光文社文庫

山田風太郎ミステリー傑作選②

十三角関係
〈名探偵篇〉

山田風太郎

JN285759

光　文　社

目次

チンプン館の殺人

夜の巷の獣たち

「お前さん……ねェ、お前さんってば……」

黄色い吐物《へど》の散った土間に、白いふたつの膝《ひざ》をついて、

「おねがい、あれを！　今夜の稼ぎァみんなあげるからさァ、あれが、あれがなくっちゃァ、あたい動けない……ねえお前さん、青樽《あおだる》の旦那、神さま――」

唇だけは真っ赤に塗っているが、なんという顔色だろう、死人の色。暗い隈《くま》のできた眼の瞳孔は針の穴みたいに小さくなって、額《ひたい》から、つーッとながれるあぶら汗。蛇のように両腕がボロ椅子の上の男の膝にからんで、きちがいのようにゆさぶるのを、どろんと濁った眼で見下した四十男の脹《は》れぼったい紫色の唇に、毒々しい残虐な冷笑がにやっとかすめたが、すぐに平然と知らん顔になって、

「よウ、ねえちゃん、も、もういっぺえ……」

笑う声、唄う声、凄《すさ》まじい周囲の喧騒ながら、なお息をひそめて哀願していた土間の女の奥歯が、カチカチと鳴ると悲鳴みたいに声がカンばしって、

「くれないの！　おまえ――畜生！　悪魔！　あたいをこんなにしたのァ誰なんだ。よウし、

云《い》ってやる、いますぐ警察へいって、チンプン館の青樽兵吉《あおだるひょうきち》って男は――」

パッとその顔に酒の飛沫《しぶき》が散った。――正確にいえば酒ではない、アルコールを水で割ったバクダンと称する奴。空《から》になったコップを左手につかんだまま、青樽兵吉という男、女の鼻に自分の鼻をコスリつけるようにして、押しつぶしたような恐ろしい声。

「おい、警察《きさつ》へゆくにァおよばねえ。今、そこをいぬが通ったようだぜ。追っかけていってみな――」

腐ったような黄色い歯のあいだから、一語ごとに、ペッペッと唾《つば》がとぶ。ぬぐいもせずに恐怖のために、酒と唾に濡れた女の顔は死固したよう。

「フ、フ、三度々々のおまンまのほかに、あのおやつをくれるほど、ニ、日本のお上ァ御慈悲ぶかかァねえぞ。検束《ぱく》られて、の、のた打ちまわるなァ、おめえだけよ……あっ畜生！　もってえねえことをさせやがって、――す、すまねえ、ねえちゃん、もういっぺえ……」

新しくつがせたアルコールを、ぐいとあおりながら、低いささやき声で、

「アケミ、おらァこれから二丁目に約束がある。が、十一時にァ帰るからな。そのころチンプン館にやってきな、――なんなら、合鍵をやっといてもいいが、早くからいって部屋じゅう掻《か》きまわすんじゃァねえぜ。へ、へ、ちょいとおめえにめっかるようなところにァ隠してねえんだ。――そらよ」

鍵を女の襟もとへ投げこんで犬でも追っぱらうように、

「ゆきな」

額にねばりついた髪を片手でつかみ、歯をくいしばって女は起《た》ちあがった。二坪あまりのバラック酒場『てんやわん屋』――入口でよろめいて、柱にぶつかり、幽霊のように夜の町へ消えてゆく。

「へっへっへっ、こんなァ――女にィ、誰がしたあ――と来やがった！　えっへっへっへっへっ！」

振返りもせずに青樽兵吉、きちがいみたいな哄笑《こうしよう》をあげて、あおる、あおる、あおる――火のようなアルコール。

「うるせえぞ、バイドク病《や》み！」

傍《かたわら》の右掌《みぎて》に白い繃帯《ほうたい》を巻いた若者が、振向いてどなった。

「おンや？　こ、これァお隣のシベリアか。ヤケに景気がいいが、た、強盗《たたき》にでも入ったのか」

前の皿に盛った林檎《りんご》に、左手でグサリとナイフを突きたてて、青樽兵吉、ニヤッと乱杭歯《らんぐいば》を剝《む》き出した。これは、アパート・チンプン館で、隣室に住むシベリア帰りの小栗丹平《おぐりたんぺい》という若い男。まン円《まる》い子供みたいな顔に、ペロリと舌を出して、

「げっ、強盗だろうが人殺しだろうが、てめえの商売にくらべれァ紳士というもんだ！」

「嫉《や》くな、嫉《や》くな、こん夜またあのアケミとたまらねえ音を聞かせてやるからな。アイス・キャンデーでも買っていって、おへそを冷やしながら、壁に耳をくっつけていな――」

「へっ、可哀そうに――あすにもバイドクが頭に上ろうとしているのを知りやがらねえ。もう

長かァねえっていってたぞ」

林檎を左手につかんだまま、ヒョロヒョロ店を出てゆこうとして、青樽兵吉、はたと棒立ちになったが、たちまちかっと眼に凶悪なひかりを燃えたたせて振返り、

「どこのどいつが、そんなことぬかしやがった？」

「荊木歓喜《いばらぎかんき》先生」

――と、そのとき外の露地を、がっくり、がっくり通りかかった黒い影が、蹌踉《そうろう》とのれんをくぐって入ってきて、

「ふふん、いま、歓喜先生、と声が聞えたようじゃが、おれを呼んだのァ誰じゃな？」

雀どころかクマタカの巣みたいなモジャモジャ頭。大兵肥満だが、年はちょっと見当のつかぬ男。ちんばで、おまけに右の片頬に三日月のような傷痕《きずあと》がある。じろりと青樽兵吉に投げた眼の冷たさは五十代の人のようで。

「いよう！　先生、先生！　お呼びしたなァ小栗でさァ、ちょうどいいところへ――今夜ァあっしにごくおめでてえ晩なんです。さァ、ここへ来て、いっぺいやって下せえ――」

「お、これは丹平か。飲ましてくれるたァありがたの利生《りしょう》やだ。御馳走になるよ」

ニッコリ笑った唇のあたりのあどけなさは、二十代のよう。

「けっ、チンプン館のバカヤローども！」

ひッ裂くように叫んだ青樽兵吉、半分かじった林檎を小栗丹平めがけてたたきつけると、ヒョロヒョロ、『てんやわん屋』を出ていった。

「あ、畜生！」

後頭部にくだけ散った林檎に、血相かえて起ちあがる丹平の繃帯した手をヤンワリとらえ、

「ふふん、みんな、自分のことをいってやぁがる」

荊木歓喜先生、すでに悠然とコップを口に運んでいる。……

百鬼夜行図の一片

酔っぱらいの歌声、喧嘩の響、客を呼び入れるカストリ屋の叫び、悪戯《いたずら》されるパンパンの悲鳴を縫ってものがなしい艶歌師の楽器の旋律。

赤い灯《ひ》、青い灯が、美しく、汚ならしく、怪しく、浅ましく、素敵に面白い新宿の夜の裏町。ドロドロに血の華が咲き、悪の星が堕《お》ちるマカ不思議な迷路《ラビリンス》。

「せ、先生、今夜ァおれの祝賀会だ。だ、だんぜん！　二次会。なに、おれの部屋に来て下せえ。まだ、ウイスキーが二本とってあるんだ。す、すげえでがしょう？」

三日まえ降った雨が、まだ乾《ひ》あがっていない水たまり、酒と吐物《へど》と小便のぬかるみの上に大の字になって、幸福そうに眠りこけている酔っぱらいを踏ンづけて、肩をくんだ小栗丹平と歓喜先生、千鳥足どころか蹣跚《まんさん》たる環状歩行。尤《もっと》も、歓喜先生の方はもともとびっこである。——

「わっ、忘れていた。さっ、さっきから、めちゃくちゃにおめでたがっていたんだが、丹平、

いってえ、おめえのお祝いってのァ何なんだ?」

「これだから、歓喜先生は大好きさ。実ァ先生、職がめっかったンで――」

「そ、そりゃ、ほんとにおめでてえ――が、何をやる?」

「サンドウイッチマン」

「サンドウイッチマン? パン屋のボーイかい?」

「へへへ、先生、何にも知らねえな――ほら、ひるまよく表通りを歩いているでがしょう? 高橋海軍大将の伜《せがれ》だか孫だか、身体《からだ》のまえうしろに看板をぶら下げて、ブラリ、ブラリ――」

「あ、あれか――丹平、どうもおめえ、不思議な奴だな」

「――何が、ですね?」

「ふふん、おめえはな、ち、ちっとァ見どころのある奴だと思っていたンだ。どうしてまた、あのチンプン館なんぞにくすぶっているんだか、――な、なんか、一風変った望みでもあるのか――」

「へ、へ、ご、御冗談を――お、親の敵《かたき》討《う》ちじゃあるめいし。サンドウイッチマンが、そんなにいけませんかね?」

「うむ、この世に、あれくらい横着な、ものぐさ野郎の商売はねえな。な、浪花節の合の手に、ヨーとか、キャーとか、スッ頓狂な声をはりあげる役があるだろ、生まれて来甲斐のねえ商売という点に於て、これとまず東西の双璧だな。わ、若え者のすることじゃあねえよ」

「フ、フ――だって、先生、世の中にァ、隣りのあの青樽みてえな商売をやってる奴もあるんですぜ。麻薬のブローカァ、そ、それだけじゃあねえ、田舎《いなか》からぽっと出て来た娘をさらってきて、モヒを注射して、半きちがいにして売りとばしちまう。む、無惨といおうか、鬼畜といおうか、いったん中毒になったら、未来永劫あのバイドク病みから離れられねえと見える。四ツン這《ば》いに這えといわれたら這いまわる。飲めといわれたら、しょ、小便でも飲む、――さっきも、てんやわん屋にひとりいましたぜ。あっしァ知ってるが、あれァはじめァ滅法可愛らしい娘ッ子だった。そ、そいつがたった一年ほどの間に、今じゃァ婆ァだか幽霊だか見分けのつかねえありさまでさ。歯ぎしりして、胴ぶるいして薬を欲しがってンのに、あの野郎、ニヤニヤ面白がって見てやがる――悪鬼《あくき》だァね！　あっしがスネに傷さえなけれァ、なんど訴えてやろうかって思ったか知れやしねえ――」

「よしな、他人《ひと》さまの悪口ァ――フ、フ、おれだって、訴えられる口だ――」

「せ、先生のァいいよ。だ、誰がなんといったって正義でさ。ダンサー、パンパン、カフェーの娘ッ子、生んじゃならねえ、生みたくねえ子をタダで堕《おろ》してやるなァ、か、神様だって――」

「ふふん、基督《キリスト》さまはお嫌いらしいよ。生んだり生まれたりするなんて、くだらねえ、何でもねえことさ。そんなことにいちいち神さまが口出しするほどのことァねえ。だから、おれァ神さまって奴ァ嫌えだよ――が、神さまァともかく、警察《さつ》ァお許しになってくれねえからな。たのむから丹平、あんまりそうわめきたててくれるなよ」

「けンど先生、せ、先生ァ刑事《でか》なんぞと仲がいいんじゃあねえんですかい？」

「なぜ、そんなことをいう?」

「だって、こないだ、じゅ、聚落《じゅらく》ん裏で話しをしていた男ァ刑事でがしょう? いまも、てんやわん屋の前を通ってゆきましたがね、青、青樽も知っていて、いぬと呼んでましたぜ——」

「ふふん、なるほどあいつァ古い友達《だち》じゃ。が、刑事じゃあねえ。ま、麻薬統制官、麻薬のGメン」

「麻薬のGメン? ——そ、それで、先生ァ青樽のことをひとこともいってやらねえんですかい?」

「堕胎をしとる人間が、ひとさまのことを、何をいう?——そ、それに、おれァ世のなかを清めに生まれてきたんじゃあねえよ。あ、悪党ァ、ここらのドブの蛆《うじ》みてえなもんさ。蛆を一匹一匹退治するより、ドブをなくする方がてっとり早いな——と、ところで、ドブがなかったら、この世の面白味ァ、き、気のぬけたビールみていなもんよ。——おっと、来たぜ、チンプン館」

銀河の下に森鬱然《うつぜん》と新宿御苑《ぎょえん》。そのすぐ裏の小さなアパート。六月の夜の薫風に、空気はうす蒼《あお》い微光に染まって壁のあちこちに大きな亀裂のはしっているのが、くっきり浮かんで。——のみならず、洞穴みたいな玄関の一方に、電柱の胴切りしたのが一本ツッかい棒としてささえてあるが、それでもおよばずやや傾いているのが、肉眼でもはっきり見える。遠いカストリ横町の罪ふかい歓楽の潮騒に、建物全体がブルブルとふるえているよう。

この怪しげなるアパート・チンプン館の住民は、下に闇屋と艶歌師と、伜と夫婦になっている未亡人。etc《エトセトラ》二階の御連中もそれと大同小異だが、この物語に関係ある人物の部屋の間取りをいえば、四十九歳のパンパンガールの東隣りに新サンドウイッチマンの小栗丹平青年。次に麻薬魔兼バイドク病みの青樽兵吉。その隣りがちんばの怪人荊木歓喜先生で、階段は青樽の部屋の前にある。

ボーン、ボーン、ボーン……と何処《どこ》かの部屋で柱時計が鳴ったが、陰にこもったその音と音との間隔が、ひとつひとつ妙に差のあるのは、錆びた振子にまでも亀裂の入っているせいか。――

「まだ、十時だ。せ、先生、おれの部屋で、もう少し、ぜひ飲んでってくださいよ。ねェ親愛なる歓喜先生――」

チンプン館の惨劇

絆創膏だらけのガラス窓からふる星あかり、暗い部屋の東隣りの壁に、一条二条、糸のような黄金《きん》色のすじがはしっているのは、玄関につッかい棒を要するチンプン館のどこの部屋にも見られる壁と柱とのあいだの隙間。そこからもれる隣室の灯で、してみると四十九歳のパンパンガール、もはや餌《え》じきをくわえこんで、斎藤別当《さいとうべっとう》も三舎《しゃ》を避ける血戦をくりひろげているらしい。――

「か、歓喜先生」

小栗丹平は、パチンと裸電球をつけると、

「おめえは不思議な奴だ、って言葉だったが、おれなんかァシベリア帰りのルンペンで、な、なんのへんてつもありゃしねえが、不思議千万なのァ、せ、先生の方でさ」

「ふふん」と歓喜先生は破れ畳にどっかと胡坐《あぐら》をかいて、顎《あご》を撫《な》で撫で、じろじろ部屋じゅうを見まわしている。

西の壁ぎわの戸棚の上に、講談本と食器と林檎の皮と水瓶がのっかっている。なんにもなくて、ただ男くさい。丹平の云いぐさではないが、不思議千万なのはその壁で、すりきれた背広《せびろ》はいいとして、軍隊の防寒外套がほこりをかぶってまだぶら下がり、真ん中の柱と壁との一ミリほどの隙間には、赤い絹糸でくくった紙きれやらハガキやら配給通帳やらが、生えたように無造作にさしこまれ、その柱には、いつかバクチのかたにとってきたという、こればかりヤケに立派な六角時計がかかっている。

「あら、とまってら――さっき、十時が打ちましたね」

と、丹平は蜜柑《みかん》箱の上にのびあがって、時計のネジを巻きながら、

「先生は、やっぱり、ほんものの医者ですかい?」

「ふふん、正真正銘、巷《ちまた》の大医《だいい》じゃよ」

「してみると、その頬っぺたや足の傷がわかンねえ。いや先生こそ、ど、どうしてまた、このチンプン館なんぞにくすぶっているんだかな、――なんか一風変った望みでもあるんですかい?」

「真似ェすんねえ、バカヤロー。なんの望みもねえよ」

「それそれ、その伝法《でんぽう》なタンカが、ど、どうも医者らしくねえ、堕胎やってるくせに、Gメンだか刑事だかに顔が売れている。それでいて、だ、誰の悪にも知らん顔の半べエだ。ボスかといえば大変な貧乏。と、年までわからねえんだから化物だ。ヘンなことを聞きますがね、そもそも先生はおれより年寄りなんですかね？」

「ふざけるねえ！　おい、丹平、へ、ヘンな詮索だてはおよしおよし、それよりァ、ウイスキー二本はどうしたんだ？」

「あ、二本まで覚えてやがる。――か、歓喜だなんて、へっ、ヤケに嬉しそうな名前のくせに、いつも仏頂面《ぶっちょうづら》ァして怒鳴りつけてる先生だァね。これもまた、な、七不思議のひとつで――」

丹平。蜜柑箱から飛び下りると、戸棚をあけて、ゴソゴソと、二本の角瓶と一本のハムを持ち出した。

「もう詮議だてはやめます――さ、ゆきやしょう！」

「それよそれよ、ひ、他人《ひと》さまの素姓を洗うなァ、おれァだいッ嫌いさ。おっとっと、散ります散ります、なァ愛すべき丹平よ、わ、若えおめえに歓喜先生が、金輪際危ッ気のねえ処生訓をさずけてやる。いいか、まちがっても他人の悪を、他人の悪を見つめちゃなんねえぜ、あっはっはっ」

「へっ、酒ェ飲むときだけァ、なるほど歓喜先生だ」

みるみる角瓶のひとつが空になってゆくように見えたがさすがにいつしか、次第に新宿の夜

のどよめきが甘哀しくうすれて、遠い路《みち》から、

「こんなァ——女ァにい、誰がしたあ——」と獣の吼《ほ》えるような歌声がながれてきた。

「や、青樽の野郎、帰ってきやがったなあ——」

茹《ゆ》でダコみたいな顔をあげる歓喜先生、突然、丹平が起ちあがり、

「チクショー、ま、またモヒ中の女を馬にして、鞭でなぐるやら、這わせるやら、近所かまわずふざけ散らすにちげえねえ。め、毎晩《めえばん》だ！　シャクにさわるから、先生、今夜ァひとつ、こっちでわあっと騒いで、胆《きも》ゥ潰してやりましょうや！」

向う鉢巻して、黒田節、きちがいのように踊り出した。

階段を、もつれた歌声と跫音《あしおと》がのぼってくる。隣のドアをあける音。

「わっ、さ、酒がこぼれる、こぼれる——」

歓喜先生、大狼狽《だいろうばい》、コップと角瓶をひっさらう手の上を泳ぐようにヒョロついた丹平が、どんと壁にぶつかったとき、

「あ——おまえ——」

そんな青樽の驚いたような叫びが聞えたが、次の瞬間、待ってましたとばかり壁のこちら側から丹平の割れ鐘のような大音声。

「酒をのめ、のめ、のむならば——」

猿みたいに壁をつたいながら、左手で戸棚の上の水瓶をとろうとしたが、手もとが狂って、ガラガラ、ガチャーンと下の蜜柑箱に砕け散る破片。

「あっはっはっ、ザマ見やがれあっはっはっはっはっ」

　アパートじゅう鳴りかえるような大哄笑――いや、きちがい笑い、すっかり酔っぱらって、またステテコ踊り出す丹平を、ニヤニヤ笑って見ていた歓喜先生、

「待ちな――丹平――」

　急に唇をとがらして、首をかたむけた。キョトン、と見下ろした丹平「な、なんでい、先生？」と嚙《か》みつくように問いかけたとき、隣室で、

「モヒを、モヒを――」

　しぼり出すような女の喘《あえ》ぎ声。

「イヤ、イヤ！　知らん顔するのよして――青樽の旦那――神さま？　悪魔！　――殺してやる、畜生！」

　一語ごとに、冷水が昇騰するような凄愴《せいそう》な変化、最後に恐ろしい絶叫がはたととぎれて、急に人のドターンと倒れるような響が聞えた。

「ふふん」と例のごとく鼻を鳴らして眼をあげる歓喜先生にくらべ、小栗丹平は水を浴びたような顔色。

「殺《や》った――ね！　先生」

　どたどたとふたりは廊下へ飛び出し、隣の部屋のドアの前に立った。ひいてもたたいても開かばこそ。丹平、鍵穴に顔を押しつけ、

「あっ――血！」

歓喜先生ものぞきこんで、「うーむ！」と唸《うな》った。床に倒れている青樽兵吉の胸、その真っ赤に染まったワイシャツの一部が見えたのだ。胃袋にあふれる酒が、一瞬、氷になったような小栗丹平、いきなりうずくまると、ゲーエと変な声をあげた。

「なんだ、見かけによらねえ弱虫め——しかたがねえ、おれがポリを呼んでくるからな。丹平！　しっかり番をしていなよ！」

がっくり、がっくり階段を降りていった歓喜先生、十分もするとふたりの警官をつれてきたが、そのときはもう部屋の前はチンプン館の住人の黒山。すぐ内側で、

「入るんじゃねえ。お上の御出張まで、指も触れちゃならねえんだ。退《さが》れ退れ、ヤジウマども！」

扉《ドア》をたたき破った薪ざっぽうを振りたて振りたて、とみに英気を回復した小栗丹平大威張りで怒鳴っているところ。

東側の壁際、柱の上にれいれいしくかかげられた御殿女中と若衆の春画の額の下に、あおむけに倒れた青樽兵吉、血潮にまみれたワイシャツをひらけば心臓部にみごとな一刺し、完全な即死だ。傍にパーマの髪をみだして、うつ伏せの若い女は、案の定、『てんやわん屋』で兵吉に追っぱらわれたアケミという淫売婦で、死人のような土気色の肌、が、抱き起こしてみれば生暖かく、すぐにこれは傷ひとつない失神とわかったけれど投げ出された右手に、しっかと摑んだ果物ナイフ。鋭い刃に真っ赤にかがやく血潮の物凄さ。

「ふふん」

と、また鼻を鳴らして、机や棚からひき出され、放り出された抽出《ひきだ》しに乱れはてた部屋を、じろじろ見廻していた荊木歓喜氏、ふいと、隅の方から蝙蝠傘《こうもりがさ》を一本もってきて柱の上の春画の額をポンとはらった。

額の裏から、宝石の雨みたいにひかりつつバラバラと落ちてきたアンプルを、素早く座蒲団《ざぶとん》で受けとめた先生は、身をのばして床の上の抽出しから注射筒をひろげると、注射針の疵痕《きずあと》だらけの女の右腕にプスリと突き刺した。三筒――また五筒。

「ふふん、効験神《こうけんかみ》のごとし、というところか――」

つぶやく声とともに、みるみる血色の漂い戻ってくる女の顔。夢みるようにぽっかり瞳をひらいて、恍惚《こうこつ》たる表情。

「しっかりしろ！　人殺し――」

と、恐い顔して変な文句を浴びせる警官氏をうっとりと見つめ、ふっとけげんな光をたたえた瞳が、どんよりと傍の死体へ、それから、おのれの右手につかんだ血だらけのナイフへ。

はじかれたようにはね起きると、

「まあ！　あたい、とうとう！――」

ひしと顔を覆って、悲痛な叫びだった。

蕭々《しょうしょう》たり壁越し問答

二日目の夜だ。雨が地をたたいていた。先夜のごとく、蹌踉ともつれる足で、小栗丹平がチンプン館へ戻って来た——

が、先夜とちがって、雨に濡れそぼれ、まるで大病人のような息づかい、階段の途中、いちど休んで、急に猿みたいに飛びはねながら自分の部屋に駈けこむと、闇をさぐりつつパチンと裸電球をひねる。

ボーン、ボーン、ボーン。……

十一時を知らせる柱時計を、なにげなく振り仰いだ丹平、急にぎょっと息をひいて、みるみる恐怖に瞳孔が散大した。

時計の傍に、フラフラと揺れる一枚の紙片。墨くろぐろと、

——殺人者小栗丹平——

「見たか？　丹平——」

何処かで、低い声がした。何処かで？——壁の向うだ。死者の部屋。冥土へ去って住む人もない、暗い西隣りで、

「ふふん、お化けじゃねえ——おれァ神さまとか幽霊とかァ嫌《きれ》えだから、そんな真似ェして、おめえを脅すつもりァねえよ」

「あっ、歓喜先生！」

丹平、ヘナヘナと畳に崩折れて、

「どうも、先生――悪戯《いたずら》が過ぎるなあ！」

「おめえも、ちょっぴり正義を愛好し過ぎたらしいよ、丹平。だから、おれが安全な世渡りの教訓をさずけてやったんじゃあねえか、他人《ひと》さまの悪にァ知らん顔をしていろと――尤も、あンときァ、この始末まで見抜いていったわけじゃあねえが……」

「な、なんのことです？　先生――薄ッ気味の悪いところにトグロを巻いていねえで、こっちに出ておいでなさいよねェ――」

「丹平！　おめえ、おれに、だいッ嫌えな詮議だてをさせるつもりか？」

低い叱咤《しった》に、小栗丹平は沈黙した。いや、何か云おうとしているのだが、唇はみにくくふるえるばかり。それをどうとったか、壁の向うで、歓喜先生のひとりごとのようなつぶやきが、

「ふふん――じゃあ聞け、あの女ァ兵吉殺しを白状したそうじゃ。凶器の果物ナイフは、てんやわん屋のもの、はっきりしねえがあの晩アケミがあの店へいった時刻になくなったと、てんやわん屋のねえちゃんが答えたとやら。――だが、その時刻の前後にァ、たしか青樽もおめえもおれもあの店にいたっけなあ、丹平」

「――そ、そうでしたっけ？　よく覚えちゃいねえが、そ、それがどうしたんです？」

「可笑《おか》しいことに、あの女ァ自分がナイフをとってきたように思いこんでいるよ。そればかりじゃねえ、薬欲しさに自分が青樽を刺し殺したと考えて、泣いていら」

「それに――それに違えねえじゃねえか！　あの晩の様子ァ先生もここでお聞きの通りだ。せ、先生――恐れ入りますが、いま、酔っぱらっていらっしゃるんじゃねえンで？」

「モヒ中は、バクダンよりもおっかねえもんだよ、丹平。ヒステリーの朦朧《もうろう》状態そっくり、意志も消耗していれば記憶も危っかしい。その代《かわ》りデタラメな幻覚、錯覚――夢遊病から醒《さ》めたようなもんさ。やったことも忘れている代りやらぬことでもやったと思いこむ――」

「じゃ――じゃ先生は、アケミが殺ったんじゃァねえとおっしゃるんで？　ぷッ――その部屋ァ両側ァ壁ですぜ。廊下向きァ御存知の通り内から鍵がかかってた。窓ァ、チンプン館の住人はみんな泥棒の親類みてえな奴ばかり、それにバイドク野郎自体が、後暗《うしろぐれ》えどころか真っ黒けのけの奴だったから、ガッチリさし込み錠を落していたのを、先生、先生も御承知じゃァねえですか？　アケミ以外の、人殺し野郎が、いってえ何処から入って何処から逃げたんですよ？」

「丹平――ちょいとムダなお喋《しゃべ》りをやめて、その柱にぶら下がってる紙きれをとってみな。おい、とってみな！」

　蕭々《しょうしょう》と雨は窓をたたいている。のろのろと丹平が起ちあがった。壁の柱にすがりつくような姿勢で、例の「殺人者云々」と書いた紙きれに右手をのばして、伸びあがる、――とたん、

「――げっ」

　と丹平、異様な絶叫をあげて右胸をおさえ、どんと畳に尻餅をついた。からくも手につかんだ紙きれから、赤い絹糸がひとすじ、ユラリと空に漂っている。――

「びっくりすんねえ、果物ナイフじゃあねえ」

声は壁の向うだが、その壁と柱との細い——一ミリか二ミリの隙間から、ピカリとひかってのぞいている薄いガラスの破片。いま、丹平の胸をついたのは、そいつにちがいない。

「どうだ丹平！　人殺し野郎が何処から入って何処から逃げたか、納得がいったろう？——ふふん、このカラクリに思いあたるまで、おれァまる二日かかったよ——」

壁越しに雷のごとくとどろく荊木歓喜の凄じい声、尻餅をついたまま、丹平は両肩で息をついている。

「いや、こんなものの云いかたややりかたァ、おれァ嫌えだよ！　まだおめえが、チョコザイにとぼけるつもりなら、単刀直入にあの夜のおめえの働きぶりをいってやらァ。先《ま》ず、青樽を殺すつもりで、おめえはてんやわん屋から果物ナイフを失敬してきた。ここへ戻ると、時計のネジを巻きながら、柱と壁とのこの隙間から、前もって絹糸に結びつけておいた紙きれを、青樽の部屋へ押しこんだが、糸の反対の端ァおめえの頭の上から垂れさがり、紙きれはこっちの壁へぶら下がったきりよ。やがて青樽が戻ってきて、待っていたアケミを見てちょいとびっくりする。アケミはモヒを探しくたびれ、気息奄々《きそくえんえん》、昏迷状態よ、で、ニヤリとこの柱の上のふざけた額を見上げた青樽ァ、当然、傍にぶらさがってるヘンな紙きれを見とめたにちげえねえ。その紙にァ、なんか青樽の凄くイヤがる文句でも書いてあったかも知れねえな。おやとばかり、そいつをとろうと、壁際に腕をのばして伸びあがる——いいか、あいつァ左利きだったぜ！　だから、左手をのばしァ、心臓はピッタリこの隙間にくッつくことになる——」

「――せ、先生！」

「時あたかも、そっちの部屋じゃあ、壁づたいに飛んだりはねたり、小栗丹平一世一代の猛演さ。青樽が紙きれをつかんだとたん、つながれた絹糸が、おめえの頭の上でピクリとうごく。その瞬間、青樽の心臓が隙間のどこらへんにあるか、背と柱の高さをはかって置きァ狙い狂わず、ブッスリ一刺し！　柄《つか》ァ通らねえが刃物は通る、すなわちガラピシャーンと水瓶までひっくりかえして、ザマみやがれ！　とおめえが大見得をきったときさ。きちがい騒ぎにかき消されて、青樽の倒れる音も何も聞えやしねえ――丹平、御苦労、力演だったなあ！」

　雨の音が、ざあっと遠のいていった。

「前篇終り――こいつァ上出来だったが、後篇は悪かった。ひどく悪かったよ、丹平。――頭がボケて半きちがいのアケミが、殺してやる！　とゆさぶりたてたときにァ旦那の魂ァちゃあんと地獄の一丁目あたりを千鳥足さ。ドターンと倒れた物音ァ、モヒの禁断症状極まって、発作を起した女がひっくりかえったのよ――が、この可哀そうな女にあとでナイフを握らせたのァ、まったくおめえらしくねえ、天真《てんしん》不爛漫《ふらんまん》な細工だったよ――なあ、そうは思わねえか、丹平！」

「――先生！　か、かんべんしておくンなさい、歓喜先生！」

　小栗丹平は、壁にとりすがった。

「図星だ！　先生のァあたったが、おれのたくらみァあたらなかった。あの女が、もうちゃんと青樽の部屋に待っていたのァ、おれにとってもまったく計算外のことだったんだ。お、おれア、バイドク野郎の、ら、乱心、自殺、物狂い、あのナイフは屍骸《しげえ》の下へでもころがしておいてやろうと、おれがわざわざこの手に繃帯を巻いていたのも、てんやわん屋であいつが残した柄の指紋をそっくり運んでくるためだったんだ。ところが、思いがけねえアケミの飛入りでビックリ仰天、トドのつまりあいつに罪をおっかぶせるほかはねえ破目になっちまったんだが苦しかったよ、先生」

歯ぎしりしながら悲壮な絶叫だった。

「心臓の位置にメボシをつけるため、絹糸のカラクリをつかったのァまさにおっしゃる通りだが、野郎の部屋に押しこんだのァありきたりの紙きれじゃァねえ。これだ——見ておくンなさい、この写真だ」

丹平は懐から一枚の写真をとり出し、隙間から隣りへ挿しこんだ。

「お——可愛らしい、きれいな娘じゃァねえか、これァ誰だえ？」

「天涯、たッたひとりのおれの妹だ。そして——二年前、あのアケミとおんなじ運命に落ちて、獣みてえに狂い死んだ娘だ！　おれァその頃シベリアにいた。復員してきて、そのことを知り、死物狂いに青樽兵吉を探りあてて、一年間狙いつづけていたんだ。他人さまの悪にァ眼をふさげと先生はいう。が、こればっかりは眼をふさげなかった！　先生、あの夜の祝い酒ァ、いよいよ悲願成就の盃だったんだよ！」

まるい、子供のような丹平の頬に、涙がキラキラながれた。壁の向うでは、歓喜先生、しーんと黙ったきり、やがて、ヘンにくもった声が、

「わかった、単なる欲得で、おめえが青樽を殺ったんじゃあるめえとは察していたが——そんな事情があれァ——あの女を無実の罪におとすのァ、愈々《いよいよ》有終の美を全くする所以《ゆえん》じゃあねえと、おれァ思うがな——おそらく、死んだ妹もよろこぶまいよ——」

「そ、そうなんです先生。この二日間のくるしさといったらシベリアの地獄どころの騒ぎじゃなかった。今やっと心が軽くなったようでさ。自首します、先生、今すぐ警察へゆきます——」

「そう思ったら、そうするがいい。おめえのやりかけた仕事だ。おめえの心のすむまでやってみな——」

蕭々《しょうしょう》たる雨声が、急にまたしげくチンプン館をつつんできた。そのなかに、例の「ふふん」と鼻を鳴らす音が聞えて、

「丹平、どうも、おめえはひどい奴だよ——」

「へっ、相手もあろうに荊木歓喜先生を、アリバイの番人にしようとしたことですかい？——へ、へ、だが、天罰テキメンちょいと見くびり過ぎましたよ、先生」

泣きながら、小栗丹平、にっと笑った。

「ふとい野郎だ。が、おれを困らしたなァ、そればかりじゃあねえ」

また鼻の音が聞えたが、これは涙をすすりあげるような「巷の大医」怪人荊木歓喜の声だった。

「他人さまの素姓あらい、他人さまの悪の詮索——だいッ嫌《きれ》えなオッチョコチョイを、まんま

とおれにやらせたってことよ――あのモヒ中の女せえいなかったら、知らん顔していてやるんだが、進退両難、その罰があたって――見ろ、な、な、泣けるじゃァねえか！」

抱擁殺人

笑う人

M町一番町の教会の扉をひらいて出てきたひとりの娘は、石段の上で、ちょっとおどろいたように眼を見はって、西空の夕焼けをながめた。

（ま、なんて美しい――）

その夕焼けの美しさは、しかし、哀れな人間の町なみの果てに万丈の炎のごとく燃えあがる風のものではなく、ふかくあおく澄みきった空に、いくすじかの鮮麗な紅《べに》と黄金《きん》の水脈《みお》をひいた、太古の夜明けのように神秘的な景観だった。

が、そのひかりに濡れてしばし恍惚と立つ娘の姿は、その夕映えよりもなお神秘的な美しさだった。みずから意識しないで微笑《ほほえ》んだ唇は童女みたいにあどけなく、うるんだ大きな瞳は絶えずなにかに祈っているようだった。――が、その手に持っているのは、房の垂れた角帽である。その帽子をパーマの髪にふッさりのせると、彼女は石段をおり、うすぐらい黄昏《たそがれ》のしずんだ広場をななめにつッきっていった。鞄《かばん》をさげているのは、大学からの帰りと見える。

――と、灯のともりはじめた街路にあゆみ入ろうとしたとき、すーッとはしってきた一台の自動車、五、六間もとおりすぎてから、クルリと反転して娘の傍にもどってきた。

「もし――」

運転台から顔を出したのは、見たこともない老人。眼は骸骨のようにくぼみ、両頰は半白の髯《ひげ》がうずを巻いている。

禿げあがった額に血管が蔓草みたいに這って、眼は骸骨のようにくぼみ、両頰は半白の髯《ひげ》が
「失礼じゃが、あなたは蜂谷甚兵衛《はちやじんべえ》氏の御令嬢ではないかな?」

「はい、そうでございますけど――」

角帽の娘は、けげんそうに小首をかしげて見あげたが、本能的に一歩さがった。

見知らぬ老人の、くぼんだ眼窩《まぶた》の奥から眼があおく、燐光みたいにひかって、じっと見すえた視線はくいいるようだった。

「ははあ――女子大学にいっていらっしゃるか?」

「はい」

「お名前は、なんとおっしゃる?」

「悠子《ゆうこ》――と申します」

「悠子……」

老人は鸚鵡《おうむ》がえしにつぶやいたが、同時になぜか痩《や》せこけた身体がぶるぶるとかすかにふるえたようである。悠子はうす気味わるくなった。

「たしか……お母さんのお名前も、おゆうさんといわれたな……」

「あの、どなたでいらっしゃいましょうか?」

「いや、御両親の古い知合いです。なるほど、お母さんによう似とられる。いま、通りすがりにあんたの顔を見て、はっとしたのじゃが……お母さんは、たしか、だいぶ前に亡くなられたと聞いたが、お父さんはおたっしゃかな？」

「はい、あの……」

不思議な老人は、憑《つ》かれたようなまなざしとつぶやきから、このとき、やっとわれに返ったように見えた。髯だらけのその口辺に、あいまいな、ぶきみな微笑がボンヤリと浮かびあがった。

「いや、お嬢さん、実はわしはこれからあんたの家へうかがおうと思っていたところなんじゃ。いやいや、わしはちょっとほかに急ぐ用事があるので、お家の前で車をとめて、使いの者だけ参上させるつもりであったが、ここでお嬢さんに逢《あ》ったなら、ちょうどよい。甚《はなは》だすまんが、使いの者をつれてお帰り下さらんか。──おい、半太郎」

首をうしろへねじむけて呼ぶと、そこに黒ぐろと一塊の袋みたいに寂然としていたもうひとりの人間が、ゴソゴソと車の外へおりてきた。

鳥打帽をかぶり、すりきれた、ヨレヨレの服、見あげるような若い男である。馬みたいに、愚鈍な、動物的な体臭が鼻を打って、悠子は思わずまた一歩身をひいた。

「半太郎、では、お嬢さんといっしょにおうかがいするがいい。そして、わしの書面を甚兵衛氏にわたせ。きっと蜂谷家では、お前を風呂《ふろ》焚《た》きか庭掃きくらいにはつかって下さるだろう」

「お父《とう》……しかし、おれがいなくなって、そッちは大丈夫かな？」

半太郎と呼ばれる若い男は、不安そうにふりかえった。変なアクセントの、にぶい不明瞭な声だった。

「心配《しんぺえ》するな。面倒は婆さんがみてくれる。じゃあ、いいか、追っておれが何かいうまで、お前は蜂谷家に世話になっていろ。早くゆきな――」

半太郎は、朦朧とお辞儀するようにうなずいて、悠子の方をふりむいた。悠子は足早にある き出した。なにがなんだかわからないけれど、一刻も早く、この黄昏の化身のような老人から わかれて、明るい家にかえりたかった。

半太郎はあわてて娘を追いながら、なんべんも車の方をふりかえる。ばかばかしいほど大きな図体をしているくせに、まるではじめて旅に出る子供が、母親にわかれるときみたいに、弱々しい、すがりつくような視線である。

悠子は、ちょっと可笑しくなった。なぜか、この変な若者が、そう怖がるにあたらない、それどころかひどく気の毒な人間であるような直感が胸に湧きあがった。

「あの、いまのお年寄りの方、父の古い知合いとおっしゃったようですけど、なんというお方なのでしょうか？」

「香坂大助《こうさかだいすけ》という人です」

はっきりしない発音ながら、その返事の奇妙なかんじに、悠子はまばたきして顔をふりむける。

「あら、あなたのお父さまじゃございませんの？」

「いえ、そう呼んでいますが、そうではないです。けんど、おれにとっては、親よりもありがたい大恩人です。……満州で、死にかけてるおれをひろって、いままで実の子供みてえに、可愛がってくれて……」

「何処におすまいですの？」

「新宿の裏の方で――」

「そう……そして、あなた、うちへなんの御用事？」

「おれ、知らねえです。この手紙をもってゆけば、下男につかってくれるからって……あの人は、この夏から足がたたねえ病気なんで、おれ、心配だから、ゆきたくねえって断ったんだけど、どうしてもゆけって怒るもんだから、しかたがねえです……」

情けなさそうな声である。悠子は思わずクスリと笑って、この鵺《ぬえ》のようにえたいの知れぬ若者の横顔を見た。そのとたんに、彼女はふっと妙な表情になった。

「何を笑っていらっしゃるの？」

「おれ？　なにも笑っていません」

「でも、笑ってるわ」

悠子は立ちどまり、まじまじと、男の顔を見つめた。残照の一閃《いっせん》が、悪夢のような血いろのひかりで彼の満面をいろどった――。笑っている。ペチャンコの鼻、唇はニンマリと両頬に大きくつりあがって、ひとめ見ただけで、吹き出さずにはいられない爆笑の表情だった。

「まあ、笑っていらっしゃるんじゃあないの？」

「おれ、いつでもこういう顔なんです」

若者はかなしそうな声でいった。悠子は、ぎょっとして立ちすくんだままである。と、夕焼けにぬれて、茫然《ぼうぜん》と立つ娘の夢幻的な美しさにはじめて彼も気がついたらしい。――急に、その笑った顔に、おろかしい、恥じらいの色がさっと浮かびあがった。

一方――遠ざかっていった娘と若者を、車の窓から禿鷹みたいに首を出して、いつまでもじっと見送っていた怪老人、そのくぼんだ眼は蛇のように陰々と燃え、唇はヒクヒクとぶきみに痙攣《けいれん》していたが、やがて声なき笑いをもらすと、足のかわりに巧みに棒をつかってクラッチとアクセルをふんだ。

――と、その一瞬、ガックリ、ガックリおまけに酔歩まんさんと通りかかったちんばの男、なにげなくヒョイと車をのぞきこんで、

「待った！　これァいいところで香坂さん。新宿へおかえりならば、どうかわしものせてってくれい」

あわてて窓にかじりついたその男は、大兵肥満、恐ろしいモジャモジャ頭、右頰にカッキリ三日月型の傷痕がある。――

怪老人、にがにがしげにふりかえったが、すぐに冷たい、仮面のような愛嬌笑いを満面に彫って、

「ふむ、それでは、どうぞ、荊木《いばらぎ》歓喜《かんき》先生――」

コムプラチコス

「これは、立派な車じゃな。ふん、ビュイックという奴か、なんだって、松倉親分のもの？――ふうむ、最高裁判所の長官がシャケみてえに吊革にぶらさがり、やくざの大将がビュイックの新型をのりまわしとる。陳腐なセリフだが、面白え世のなかだね」

荊木歓喜、坐席にふンぞりかえったまま、いい御機嫌で、とりとめもないことをしゃべっている。

松倉組とは、いうまでもなく新宿の大ボス、やくざ、テキ屋の総元締、露店、パン助、チンピラにいたるまで、大なり小なり夜の人種でその親分の息のかからぬものはないといっていいが、ただひとり、超然として、しかも彼らに一目も二目もおかれているのは、この荊木歓喜と呼ぶ不思議な医者。御苑裏のチンプン館というボロ・アパートに住んで、生んではならぬ不幸な女たちの子供をおろしたり、ゆきだおれの面倒をみたりしているが、まずたいていは焼酎《しょうちゅう》をのんで、へべレケになって、黙々飄々《ひょうひょう》と時をつぶしているえたいの知れぬ人物。

ところで、運転台でハンドルをまわしている香坂大助という老人の正体は、さあこの歓喜先生にもわからない。はっきりわかっているのは、満州からの引揚者で、いまは松倉親分の客分格だということ。ボンヤリきいているのは、ずっとまえに刑務所に入っていた経歴があり、いま夜の東京を妖《あや》しい香で満たす麻薬は、ほとんど大部分、いちどはこの老人の手をとおっているらしいということ。

が、なんにしても他人さまのなさることには、まず関心をもたぬことを信条としている荊木歓喜、しごく屈託のない顔でゆられていたが、だいぶいってから、急にグルリと眼をむいた。

「はて、香坂さん——自動車というものァ足がきかんでも動かせるものかな」

こういったのは、香坂大助がこの夏から坐骨神経麻痺でまったく下肢《かし》の運動が不可能なことを、これを診断した医者から、いつかきいたことがあるからだった。

ヨロヨロと身をのばして前の坐席をのぞきこみ、大助が足のかわりにたくみに棒をつかっているのをみると、

「わっ、なるほど——文明はありがてえね。二十世紀の勝五郎さんは、初花《はつはな》がいなくったって、敵討ちでもなんでもできらあ」

勝五郎さんとは、むろん躄車《いざりぐるま》を妻の初花にひかせ、兄の仇を討ったというあのお芝居の躄勝五郎。なんでもなくいったのだが、このときヒョイとバック・ミラーを見あげた大助の眼の物凄さ。

「初花といや、あの半太郎はきょうはお留守番かな。いつでも影の形にそうように、あんたの傍にいるようだが」

腹の底から他意のない声、他意のない顔だ。君子の交りはあわきこと水のごとしというが、香坂大助もこの歓喜という風来坊には二、三度会って、君子かどうかは甚《はなは》だあやしいけれど、とにかく他人のことには恐ろしく恬淡《てんたん》なことは見ぬいている。

バック・ミラーから眼をそらし、老人は妖炎のような薄ら笑いを頬に浮かべて、

「いや、半太郎はきょうかぎり奉公に出しましたよ。それをいま送ってやってきた帰り途《みち》で」

「奉公？　まさか、見世物じゃあるまいね」

「いや、ちゃんとした富家の下男で」

「それはよかった。が、よく口がありましたな。あの顔は、どうしても見世物のほかに使いみちがない――というより、見世物用につくられた顔じゃが」

大助はまたバック・ミラーに蒼くひかる眼をあげる。しゃがれた声で、

「先生、御存知かな？」

「ふむ、わしは、あんな細工はもう無くなったものと思っていた。何世紀かまえに、中国ではあったらしいが……赤ん坊を盃形の壺に入れる。十何年かたってその壺をこわす。と、盃形の人間がノコノコ出てくる仕組みじゃね。とんと人間の今川焼か鯛焼とおんなじで」

吐き出すような口調は、酩酊のせいばかりではない。

「香坂さん、あんた、コムプラチコスという言葉を知っておられるかな？」

「コムプラチコス？　どこの言葉です？」

「スペイン語。子買いという意味です。十七世紀ごろ、スペインと英国に猖獗《しょうけつ》をきわめた幼児売買団のこと。赤ん坊を買って、口をひろげ、唇をきり、軟骨をとり、植皮術をほどこし、怪物《ばけもの》にして売ったといわれる。見世物用にですな。――あの半太郎の顔は、天然のものじゃない。たしかにこの手術――むごたらしい不整形手術をくわえられたものとわしは見ておっ

た」

残照はすでに消えはて、窓のそとをながれ去る闇と風と灯の交錯。疾走するビュイックのなかで、音にきこえた日本のカスバ・新宿に爬虫のごとく棲息するふたりの怪人物の対話は、淡々としているだけに、いっそういいしれぬ妖気がただよっている。

「実はな、荊木先生、わしはこう見えても、あなたとおなじ、やはりいちどは医者の学校にいったこともあるので――御存知と思うが、それ、大正末年に起ったN医専事件」

「ああ、学生が卒業してみたら、文部省の認可がとってない学校で、医者の資格がもらえなかったという――」

「左様、その犠牲者のひとり、それから身をもちくずして、いやはや、たいへんな一生涯で――」

香坂大助が麻薬売買のベテランであるという噂がほんとうならば、その立志の地盤はそこにあったのか、と歓喜はうなずく。

大助の骸骨に似た顔に、一抹の哀感がふッとかすめたが、すぐにふたたびぽやっとのぼった微笑には、陰火のごとき凄気がこもっている。彼がこの飄々たる酒仙先生を相手に、思わず知らずおのれの過去の一端をチラリとのぞかせたりしたのは、その昂奮のなせるわざであったろう。

「ふッ、ふッ、監獄に入ったこともありますがな、これは、麻薬の密輸の件を密告《うりこ》まれたのがもとで、売ったのァ、やはりその医専くずれの友人でさ。そして、わしを監獄に放りこんでおいて、ひでえ奴、そのあいだわしの女を盗《と》っちまいやがったものです。怒りましたね。わしは――そこで牢破りをやりました。牢破りはやったが、さてもう日本に身のおきどころがねえ、朝鮮から満州へ高飛びして、それ以来、ずっと終戦まで――」

「それは、どうも、お気の毒といっていいやら」

「あの半太郎は終戦直後、奉天でひろったものです。日本人の曲馬団で道化をやらされていた奴で、あのドサクサにあちらの連中にひきずり出され、往来で面白半分にお陀仏《だぶつ》にされかかっているところを助けてやったものじゃが、わしもひとめ見るなり、これはだれかに細工をされた顔だなとわかりましたよ。きいてみたが、そんな手術の記憶はちっともない。よほど小さい時分やられたと見える。顔も人間じゃないが、そういう生い立ちだけに、頭もまるで犬猫なみです。いやまったく、それだけに可愛がってやれば、なつくこと犬か猫のようで――あはは、先生、犬や猫の方が、裏切らぬという点では、人間よりもよっぽど人間的なもので――」

「イエース、イエース。人間の方がたしかに猿よりも猿にちかい」

いやはや、たいへんな共鳴ぶりである。車はすでに、無数の毒の華のような灯と女の群が、きらめき、匂い、ただよい、うずまく秋の夜の新宿に入っていた。……

ちょうどおなじ時刻、M町一番町の一角蜂谷甚兵衛氏の邸宅の一室では、ションボリと立った「笑う人」半太郎が、ときどきビックリしたような眼をあげて、椅子に身をうずめたまま頭をかきむしっている主人をながめていた。

デップリふとり、つやつやとかがやいている頰は鉛のよう、蜂谷甚兵衛氏は恐怖と懊悩《おうのう》に血ばしったひとみを、眼前の怪物になげ、また手のなかの一片の手紙になげた。

友よ。若き日、君が無限の友情のはなむけを受けて異郷に去りし余は、ここにふたたび帰りきたれり。幸というべきか、不幸というべきか、つたえきくに、君は武蔵《むさし》製薬会社の重役として、いまや海のごとき富と幸福のなかに、静謐《せいひつ》にして多忙なる晩年を過しつつありと。まことに大慶のいたりなり。しかるにわれ一介の引揚者として、なんら旧年の恩にむくい得ざるをいかんとす。ただ大陸の果てにてはからずも入手せし珍品一個、汗顔のきわみながら、せめて余が感佩《かんぱい》の寸志をくんで、請う、快くこれを受けられよ。──

香坂大助　拝

蜂谷甚兵衛殿

聖処女

雨にたたかれて剥落《はくらく》した極彩色の曲馬団の絵看板、それが半太郎の人生だった。それは滑稽で、陰惨で、毒々しくて、哀しかった。

親はだれか、兄弟はいないのか、生れたところは何処か、いや、いったい自分の年はいくつなのか──彼は何も知らない。

第一の記憶は、自分のまわりに恐ろしい波のようにどよもしている笑い声だった。

第二の記憶は──それもやはり、自分をのぞきこんでいる沢山の笑った顔だった。

いや、それが「笑った顔」だと知ったのは、ずっとのちのことである。彼にとってはそれが普通の顔だった。しかし半太郎は、それらの、キラキラひかる無数の細い眼、ひろがった無数の鼻、耳まで裂けた無数の口を、幼児のころから本能的に怖がって泣きさけんだ。すると、誰かが、いっそう恐ろしい声で笑いながら指さしてこういった。

「やあ、こいつ、笑いながら、泣いてら」

まことに半太郎は、喜怒哀楽の表現として、ただひとつの脱ぐことのできない肉の仮面のみを持っていたのだ。彼自身がもっとも怖がる哄笑の仮面を。

怖がっても、半太郎は笑っていた。笑いとあくびは伝染する。彼はこれ以上はもとめられない道化役者にちがいなかった。詮文どおり――おお、その道化役者にするために、加工されたいのだとは、なんで彼が知ろう。

彼は大陸の町から町へながれてあるく曲馬団の馬小屋でそだてられた。馬の匂いは彼の身体のみならず、頭のなかまでしみこんだ。遅鈍《ちどん》な、暗澹《あんたん》たる頭のなかには、自分の顔とそれに密着した運命をつくり出した何者か――それがわかるはずもなく、またこのような場合、一般の人々が恨みの対象として描き出す神というような観念もついぞ浮かばなかった。そして彼は、道化の傑作、扮装せざる道化師として、剝落した極彩色の舞台と、滑稽で陰惨で毒々しくて哀しい人生へ登場したのだった。

その第何幕目かの幕ぎれが、あの終戦直後の奉天の町の十字路にくりひろげられたのだ。真っ赤な落日へ、哀愁を帯び、おどけたクラリネットの音が鳴りわたると、叫喚《きようかん》していた群集は、急にひッそりとなった。クラリネットは犠牲者の腰にあったのを、死刑執行人が吹いたのだ。即製の絞首台で、恐怖と当惑に顔を紫いろにして立っているのは半太郎だった。なぜ殺されるのか、それを知らなかったのは彼ばかりではなかったろう。見物している満人たちもはっきりとは知らなかったにちがいない。それは、数日にわたって展開された昨日までの支配者日本人への襲撃の劇的フィナーレだった。

「こりゃなんだ?……助けてくれ! 助けてくれ!」

両腕をふってわめきたてる声は、たしかに恐ろしい悲鳴としか思われないのに、なお爆笑の顔をしている日本人道化師の姿を仰いで、群集はよろこびに狂乱した。

ゲラゲラ笑いながら、この珍妙な囚人の首に綱をかけようとした男は、その一瞬に誰やら冷たい手に肩をおさえられ、ふりかえってさけんだ。

「香大人《こうたいじん》!」

「殺すな」

と、その髯だらけの骸骨のような老中国人はいった。

——半太郎は救われた。そして彼が、自分の命を救ってくれた香大人が、その実香坂大助という日本人だと知ったのは、だいぶのちのことだった。

それは、沈鬱な、気味のわるい、えたいの知れぬ人ではあったけれど、半太郎は心から好きになった。なぜなら、香坂大助は、彼の顔を見て笑わぬ最初の人であったから。——それどころか、彼に自分を父と呼ばせ、引揚船にのりこむころは、まったく犬か猫みたいに彼を手なずけ、飼いならし心服させてしまった。——

その大助の命のままに、蜂谷家の下男になった半太郎は、いまひろい庭園のまるく刈りこんだ梔子《くちなし》の樹蔭に、大きな蟇《がま》みたいにうずくまって、芝生のあいだに繁殖する雑草をむしっている。

晩秋の日曜日の、あたたかなひかりが背に沁《し》みいり、あまい木犀《もくせい》の匂いがただよっていた。彼は幸福だった。——

彼はこの家にきて、自分を笑わぬ第二の人を見た。主人の蜂谷甚兵衛氏だ。笑わないどころか、最初逢ったときのあの悶絶《もんぜつ》せんばかりの衝撃的な表情、さすがの半太郎もあっけにとられ、次にわけのわからない悪寒のような恐怖に身体じゅうをちぢめたが、しかしそれ以来、甚兵衛氏はべつに自分を怒りもせねば殴りもせぬ。つとめて自分の顔を見ないようにしていてくれる——。そして、笑わぬ第三の人、あのお嬢さまの姿を、毎日見ることができるとは！

あれは人であるか、まぼろしであるか、半太郎はわからなかった。制服や帽子をとって、ふつうの洋服や着物などを身につけたお嬢さまは、一見、街でみる近代娘とちっとも変りはないのであるが、日のひかりのすきとおる耳たぶ、かなしいほどけがれのない唇、澄みきった瞳にたたえられた優しさとまじめさ。お嬢さまのような人を、いままで半太郎は見たことがなかった。お嬢さまのとおっていったあとには、すうっとすずしい風が吹いているような思いがし、いくどか半太郎は、その靴あとののこる地べたに礼拝したいような衝動に打たれるのだった。

そのお嬢さまの、可愛い、かなしそうな声がきこえる——。

「ほんとうに、どうしたのでしょう、お父さまは——このごろ、めっきりおやつれになったわ。

イライラして……夜なかでも階下のお部屋で、突然恐ろしい声をあげて二階であたし飛びあることがあるの。なんかにうなされてるようなのよ」

「医者にみてもらったら？」

「御自分では、会社の方の御仕事でちょっと面倒なことがおこったからで、悠子の心配するようなことじゃないっておっしゃるの。でもね……」

悠子といっしょに、しずかにあるいているのは、隣家の成瀬《なるせ》順吉《じゅんきち》という大学生だ。五月の薫風のようにあかるく爽やかな青年――悠子と許婚《いいなずけ》だときき、誰もほんとうにお似合いだというのだけれど、半太郎はなぜかかなしかった――。どこか甘い、やるせない絶望、いままでかんじたこともない不思議な感覚に胸をひたしたまま、半太郎は草のなかに笑った顔をつっこんでいる。

「でもね、このあいだ、ちょっとお部屋の外をとおったら、お父さまが、手でひねくりまわしながら、じっと御覧になってるものチラと見たんだけど、あたしふるえあがったわ……」

「何だい？」

「ピストル」

「ピストル？　なんにするんだろう？」

「わかンない。あたしには、何もいってくれないんですもの……」

不安に消えいるような声だった。半太郎は、お嬢さまのおびえをとくためなら、主人を悩ましているもの、それが火であろうと、水であろうと、眼をとじてとびこんで消しとめたいような気がした。

お嬢さまたちの声は遠ざかってゆく——。

「お父さま、なにかあたしにかくそうとしてるわ。もっとも、いやなこと、心配なことは、決してあたしに見せまい、聞かせまいとするのが、ずっと昔からのお父さまの御方針らしいけれど……」

「不満？」

「不満よ、父娘じゃありませんか？」

「そう。ぼくは必ずしもそうは思わんな。世のなかには、真に愛しているなら、相手の幸福のために、悩みを自分の胸ひとつに死物狂いにとじこめて置かなくてはならんこともあるように思う——。女は愚痴ッぽすぎるよ」

「あら、あなた、あなたになにか秘密あって？」

「ぼく？　はははは、と、とんでもない！　ぼくにはないよ。胸中かの蒼天のごとし。今のは一般論的な男性の信条をいっただけ」

「イエスさま——どうぞ男性のこの偽善的な愛情のエゴイズムをおしかり下さいまし。——」

青春の憂いはたちまちにして笑いに変る。花のように笑いながら、ふたりは家に入り、甚兵衛氏の部屋の前をとおりかかった。

ドアがすこしひらいている。そこから見えたもの——窓ぎわのソファに身体をしずめた甚兵衛氏は、凝然と、ピストルを自分の額にあてていた！

「お父さまーっ」

絶叫一声、驚愕《きょうがく》のあまり身うごきできないふたりを、しずかにふりかえって、甚兵衛氏は青白く笑った。

「何という声をする。冗談だよ。ほら、あそこのつぐみを射って見せてやろう」

駈けこんでくるふたりをむかえて、甚兵衛氏は他意なげにピストルを庭の一点にむけた。

その瞬間、悠子の瞳のはしにチラと傍の壁鏡が入った。まるい梔子《くちなし》の樹蔭——おや？　と眼を見はったが、それに映っている思いがけぬ方向の庭の一部は、いったんつきあたりの洋服箪《だん》笥《す》についた鏡に映って、それがさらに反映しているものであった。が、そんな鏡のいたずらより、その梔子の下に大きな背を見せて草をむしっている人間の姿——それから、照れくさそうに何げなく向けられている父の銃口！

「お父さま、いけないっ」

叫びがかえって撃発し、山彦のように銃声が鳴りわたると、灌木にさえぎられた庭の向うから、獣のような悲鳴があがった。

ツンのめった半太郎の左肩から背にかけて、真紅の血の花が咲いていた。

「しまった！　しまった！」

ころがるように甚兵衛氏たちが駈けてきたとき、痛みと出血に半太郎は、笑った顔ですでになかば気絶していた。

「ゆるしてくれ！　わしは、お前、こんなところにいようとは、夢にも思わなかったんだ！

半太郎、これ、しッかりしろ――」

薄ぐらくなってゆく頭のなかで、半太郎は、（やっぱり、おれは不倖せに生まれついたんだ……）と考えていた。やがて庭から門の方へ運ばれてゆくらしかった。痛い、痛い……しだいに彼は、もがく力さえ失っていった。聞いたことのない声が、ふと聞えた。

「輸血の必要がありますが……」

門のところで自動車にのせられるときであったか、すでに病院のなかであったかは記憶がない。ただ半太郎の暗黒な視界に、黄金の円光をいただいてすッくと立った天使のような美少女が、一秒のためらいもなくこういった。

「あたしO型ですわ。あたしの血をつかって下さい！」

白夜の悲劇

「お前は道化役者だが、芝居なんてものァ見たことァあるめえ。ふん、躄《いざり》勝五郎の話は知らなかろう？――いつか、荊木歓喜って変な医者がふいにすッ頓狂にこの名を口にしやがって、思わずドキリとさせやがったが、たしか勝五郎の躄車をひいて敵をさがしまわった初花って女ア、可哀そうに途中で返り討ちになっちまう筋だったよ。――あやういところで、お前は初花の二の舞ふむところだよ、半太郎！　なんだって？　知らずに射ったァ？　冗談も休み休みいいやがれってんだ。半太郎、お前はちゃァんと狙って射たれたんだよ！」

粉雪のなかを、半太郎は歩いている。院長から完全に治癒したと申しわたされたはずの貝殻骨の弾痕が、それを受けた刹那《せつな》のように熱く、痛かった。

それ以外には、さっき退院直前、新宿《ジュク》のやくざに負われてやってきた香坂大助が、ベッドの傍の椅子に坐ったまま、ドス黒い炎のように吹きこんだ声が耳いっぱいに鳴りひびいているのが、唯一の感覚だった。

「お父《とう》、なぜおれを射ったんだ？　おれァあの人に、何も悪いことァしねえ、これぽッちも……」

「あいつがお前に悪いことをしたんだ。いや、射ったことをいってるんじゃあねえ。それァ、あいつがお前に加えた罪業を、自分の眼の前から消すためさ！　おお、むかしの闇ンなかでつくり出した罪のかたまり、恐ろしい怪物《ばけもの》が、功成り名とげて何くわぬ顔の今日、ヒョックリ這い出してこようとは！　あははは、どんなにあいつが仰天しやがったろう、どんなにあいつが苦しみやがったろう、お前《めえ》を殺《ばら》しちまおうとしたのァ、その苦しまぎれのあげくの逆上だよ！　逆上？　そうじゃあねえ。うぬが現在の天下泰平にァあくまで傷をつけめえと、お前のいるのを知らずに射ったと、卑怯な、狡《ずる》ゥい言いのがれをたくらみやがった」

「お父、あの人はいったいおれに何をしたんだ？」

半太郎は歩いている。夜の雪のなかを、笑った顔が歩いている。細い眼がらんらんと血いろに燃えていた。それは、芒洋《ぼうよう》とし、暗澹とした自分のにがい人生に、はじめて物凄い一条の稲妻をあてられて、その全貌を知った人間の恐るべき瞳だった。

「復讐しろ！　半太郎、あいつに地獄の苦しみをなめさせろ！　お前のつき堕とされたとおり、あくどく、残忍に、あいつを地獄のどん底につき堕とせ！」

彼は蜂谷家の門を入り、玄関の方へ歩いていった。霏々《ひひ》としてふる粉雪は、そのよろめくような足跡を消してゆく。

「誰だ？」

玄関に立っていた黒い影が、ぞッとするようなひくい声で叫んだ。

「わしです。半太郎で……旦那さま」

「半太郎？」

「はい。やっと病院から、さっき帰ってもいいといわれましたんで……」

「さっき？　――ウーム、半太郎、お前、あの香坂からなにか聞いてこなかったか？」

「いえ、あの人は、ずっと前、いちど見舞いにきてくれただけで……」

蜂谷甚兵衛氏はほっとした様子で、はじめて硬《こわ》ばった笑顔になり、

「いや、長い間、すまなんだのう、半太郎。でも退院とはめでたい。そうと知ったら、誰か迎えの者をやるところだったのに、……いや、きょうはちょっと折りあしくそれはできなんだな。都合があって、女中も婆やも書生もみな用に出してしまった。……」

かすかにわななく手でポケットにねじこんだのは、たしかにピストルらしかった。

「おお、雪がやんできた。いま、何時ごろかな？」

「さあ、八時ごろでございましょうか。旦那さまはここで何をしていらっしゃいますんで？

何か御用なら……」

「いや、いい、いい、何でもない。くたびれたろうから、お前ははやく寝《やす》みなさい」

甚兵衛氏はあわてて、不興らしくそッぽをむいた。

半太郎は家のなかへ入っていった。なるほど、誰もいないと見えて、ガランとした気配である。

「――半太郎！」

階段の上から、ささやくようなおどろきの声がふってきた。見あげると、純白の羽二重《はぶたえ》のナイト・ガウンを羽織った悠子が、青白い顔でたたずんでいる。

「帰ってきたのね！　もういいの？　よかったわね……」

かすかだが、ほんとうに嬉しそうな笑いがきよらかな眼にかがやいた。半太郎の笑った顔が青醒《あおざ》め、ピクピクと痙攣《けいれん》した。

「ちょっときて……おねがい、そうッとよ」

彼はためらった。白孔雀に呼ばれた猛獣のためらいだ。――が、すぐに彼は足音をしのばせて、階段をのぼっていった。

悠子はおそるおそる玄関の方をのぞきこみながら、

「お父さまに見つかったらたいへん。今夜は、なぜだかお部屋から一足も外へ出ちゃいけないっていわれてるの。へんだわ……」

彼女は廊下から自分の部屋へすべりこんでいった。細く笑った眼にドンヨリしたひかりをたたえて、半太郎はあとにしたがう。

「へんだわ。なぜでしょうってきいたら、お父さま、きちがいみたいに、今夜だけおれのいうことをきいてくれって、しまいには涙をながすの。それに、なぜだか、きょうのおひるから、ねえや達をみんな外へ出してしまって……怖い、怖い、あたし、さっきから胸がつぶれそうだったの……」

突然、下の部屋で雷みたいな大音響をあげて音楽が鳴りはじめた。それがラジオの未完成交響楽であると気づくまでに、数分間かかるほどの物凄い音だった。

ぎょっとして、悠子は思わず半太郎の腕をつかんでいた。

「何でしょ？　あれ……お父さま、気でもちがったのかしら？」

羞恥はわすれていたし、第一、異性という眼で見たことのない半太郎であった。

「見てくる！　あたし、もうがまんができない、あたし、見てくるわ！」

はなそうとした悠子の手は、強い力でぐッとつかまれた。笑った半太郎の顔は、一瞬、赤不動のように染まり、次に真っ蒼に変った。

「お嬢さま……」

「なあに？」

「旦那さまがおびえていなさるのは、このわしです……」

悠子は半太郎をふッと見あげ、恐怖のさけびをあげて飛びさがった。

「なにをいうの？　半太郎！　まあ、なんて怖い顔――」

「怖い？　わしの顔が？　いひひ、可笑しいのではございませんか？」

半太郎は扉を背にして、ムズと腕をくんだ。両眼は火のように灼けただれ、哄笑した顔にあぶら汗がギラギラと浮かんでいた。

「お嬢さま、わしのこの顔を、怖い、可笑しいものに変えちまったのは、あの旦那さまです！」

とどろく未完成交響楽のなかに燃えたぎる恨みの声。

「半太郎……」

「旦那さまは、インチキの医者の学校を出なすった。飯のたねに、モグリをやったり、阿片《あへん》の密輸をやったりした仲間のなかに、旦那さまは、あッちこッちから赤ん坊をさらって、むごたらしい手術をして、みんな化物にして見世物に売りなさった！　その犠牲《いけにえ》のひとりがこのおれです。おれ、親も知らん、故郷《くに》も知らん。が、親ァおれをこんな顔には生まなかったはずだ！　売られて、道化になって、中国や満州をながれあるいて、おれがどんな目にあったか……人間じゃあねえ。おれ、人間のあつかいして貰えなかった！」

憤怒にわななく爆笑の顔にしたたる大粒の涙。

「あげくのはてに、首吊りの見世物にさらされて、すんでのことにお陀仏になるところだったよ、お嬢さん。……」

「うそ！　うそおっしゃい、あのお父さまが！」

「うそじゃない。旦那がおれをピストルで射ったのは、おれ、殺して、自分のむかしの悪事もろともこの世から消しちまうつもりだったんだ！」

陶器みたいに蒼白くなって、悠子は立ちすくんだ。宙を見はった瞳によみがえるあの鏡の映像。

「この細工されたのは、お嬢さん、生まれる前だったろ。お前さん、知らねえだろう？　倖せだ！　が、なんにも知らねえ、倖せな赤ん坊のおれさらって、一生涯、メチャメチャにしてしまったのァ誰だ、誰だ、誰だ……」

彼は大手をひろげた。あたかも侏羅紀《ジュラ》の翼ある爬虫のごとき怪奇な姿。

「待って！　半太郎！」

叫ぶよりはやく、号泣するような声をあげてとびかかってきた半太郎の手に、純白のナイト・ガウンがびりっとふたつに裂けた。

「何をするの！　だめ、だめ、お父さま——っ」

「けがしてやる。おれの苦しみをわけてやる。メチャメチャにしてやる！」

狂ったように鳴りわたる階下の交響楽。寝巻がちぎれた。ころがりでる桃色の乳房。抱きすくめられた。ふりはなした。天使と怪物の死物狂いの鬼ごっこ！

「よして、半太郎、かんにんして——っ」

怒濤《どとう》のごとき第二楽章、父はなにをしているのか、悲鳴はきこえないのか、悠子のほとんどまる裸になった身体はよろめいて、ベッドの上に仰むけにころがった。

「成瀬さん！　順吉さあーん」

なぐられても、痛さをかんじないようにのしかかってくる笑った顔、滂沱《ぼうだ》たる涙にぬれた狂乱の顔！

突然、悠子は抵抗をやめ、ひろがった瞳でその顔を見つめた。

「半太郎！　お前のいったこと、ほんとね？」

ふるえる、ひくい声だった。

「もし、ほんとなら――あたし――罰をうける義務があるわ――」

彼女は深い眼を天井になげた。

「イエスさま――父をおゆるし下さい――」

かすかに叫んで、彼女は眼をとじ、失神した。――いや、失神したとおもっていたが、その白い足は、大きく痙攣していた。耳は何も聞えなかった。

何も聞えない？　何処かで一発、銃声がひびいて、同時にあの凄じい交響楽がはたととぎれてから、何分たったろう？　三分であったか、五分であったか、しーんとした宇宙の底にわなないていた悠子は、突然はっと眼をひらいた。

「半太郎……さっき、誰かピストルを射ったのじゃない」

半太郎は飛び起き、扉の方を見た。昂奮《こうふん》に真っ蒼な顔でかすかにうなずき、いちども悠子の方を見ず、一語も発せず、すぐに扉をひらいて階下に駈け下りていった。

悠子はちぎりすてられた衣類に視線をおとした。頭は混沌として火がうずまいているようだった。急に鳥の羽ばたくように彼女は立ちあがって、代りのパジャマをひきずり出し、まる裸の身体にまとうと、夢中で階段をはしり下りていった。

父の部屋の扉はひらいていた。そして隅の等身大の書棚の下に、棒のように倒れている彼の身体が見えた。

「お父さま、お父さま——っ、誰がしたの、誰が——」

悠子が駈け寄ったとき、玄関の方から半太郎がもどってきて、

「外にゃ、誰もいねえ」

と叫んだ。そして屍体のコメカミにはじけ出したような赤い孔《あな》と、右手にしッかとにぎりしめられ、まだ硝煙の香をただよわしているピストルを見つめ、うなるようにいった。

「自殺だ」

浮かれ大助

「おッと！　香坂さん、その自動車、何処ゆきじゃな？」

雪どけの朝。野菜をつんだトラック、魚をのせたリヤカー、露天商、会社員、学生などがゆきかい、ドロドロになった聚落《じゅらく》の裏通りを新宿駅の方へ、ガックリ、ガックリ、まわりかかった荊木歓喜、ふいと傍をとおりかかったビュイックを呼びとめた。

「いやなに、ちょっとM町一番町へ——」

「わっ、そりゃありがてえ。わしもそっちへゆくんじゃよ。満員の電車に乗らなきゃならんか

と、ウンザリしてたら、棚から牡丹餅《ぼたもち》。――」

運転台の香坂大助、いやァな顔をしたが、歓喜先生、もうドアをあけてノコノコ乗りこんできたからしかたがない。しゃあしゃあとして、

「おッ、思い出した。不思議な御縁ですな。香坂さん――この秋、やはりM町一番町からこの車にのせてもらって帰ったことがあったっけ――」

「いったい、先生、あっちの方へなんの御用で？」

「いや、知り合いが心臓病でな、昨夜とうとう死んだという電報がきたものじゃから――香坂さんは？」

「ふ、ふ、似たような話ですな。実は例の半太郎、あれの奉公している家の主人が、どういうわけか、昨夜ピストル自殺をしたという電話がありまして――」

「ほほう！　そりゃまたなんで？」

「さあ、理由は知らん。ま、乱心、発作という奴じゃないかな。この一、二ヵ月、へんにしずんだり、イライラしたり、ピストルをひねくりまわしたり――おッ、そうそう、そのピストルいじりがまちがいのもと、一ト月前、庭で草をむしっていた半太郎がいきなり肩を射たれたという事件がありましてな、そこのお嬢さんの輸血でやっと助かったという騒動まであったので、いまの警察《さつ》ァ、ピストルの暴発というやつにゃ、おッそろしく理解だか同情があるようで、それはそれで無事すんだのですが、こんどは――ふッふッ、御自分に暴発という段ではないのかな。ま、昨夜おそく、警察がきて騒ぎたてたあとで、やっと半太郎が電話で知らせてくれたただ

けで、くわしいことはこれからいって見なくてはわからんが」

「いったい、何をしとる人です？」

「武蔵製薬の重役、御存知かもしれんが、蜂谷甚兵衛という――」

「知らんね。乱心、発作といっても、なんか原因があるじゃろ。ふん、金づまりかな」

疾走する車のなかで、バットをふかし、歓喜つまらなそうな顔である。

「さあ、なにがつまったものですかな、とにかく、そうとう変だったらしい。昨日ひるから、女中も書生もみんな追い出しちまって、家にいたのは当人と娘さんと半太郎だけだったそうで――尤《もっと》も半太郎はいまいった病院から、昨晩ヒョックリ帰ったばかりのところだったらしいが――」

「ふうん――してまた、いったい半太郎が奉公したというのァ、どういう縁故で？　やっぱり、その、あんたのクスリの方の御関係ですかな？」

大助、ヒョイとバック・ミラーを見あげたが、たいくつそうな歓喜の顔にニヤリと笑い、

「いや、わしの古い友人で――」

「そのなんじゃ。いつかあんたがいった、あんたを売って、いいひとを盗ったというのァ、その蜂谷なんとかベエさんじゃないのかな」

ズバリといった。大助の肩がにぶくうごいて、

「なぜ？」

「いやなに、この前、そこからの帰り途そんなことを話されたから――は、は、ちがうか？」

「左様、そのとおり」

傲然《ごうぜん》として、大助、大きくうなずいた。

「しかし、先生、わしはべつに半太郎をつかって、蜂谷に仕返しさせたのじゃありませんぞ。そんなら、昨夜のうちに、あいつァ警察《さつ》へしょっ引かれているでしょう！——」

「あはは、香坂さん、わしゃ何もいっとらんよ。第一、半太郎はそんな大それたことのできる男じゃない」

大助、またうすく笑った。唇はすぐにむずとひきしめられたが、眼にのぼった、どこか嘲《ちよう》弄《ろう》的《てき》な挑戦的な笑いはまだ消えず——。

「左様々々。しかし、まあおききなさい。こりゃ半太郎の電話口上で、こまかいことはよく知らんが、とにかく半太郎がピストルの音をきいて主人の部屋へ駈けつけたのァ四、五分もたってからだったそうで——」

大助また笑い、歓喜先生、眼をパチクリさせた。

「そりゃまた、おッそろしく落着いてるな。よほど遠いところにでもいたのかな？」

「いや、蜂谷がそれまでわんわんラジオかけていて家じゅう耳がツンボになっていたせいだろうっていいますが。やっぱりだいぶ狂っていたにちがいない」

「ほほう、耳がツンボになるほどな——しかし、四、五分も間があったとすると、誰か外から入って——」

突然、歓喜は身ぶるいして口をつぐんだ。香坂大助、ついにたまりかねたように物凄い笑い声をあげた。

「わしが、逃げたとおっしゃるか？」

「いや——」

「この足で——」

「——」

「ふ、ふ、とにかく半太郎は主人が倒れてるのを見るやいなや、外へとび出して、門のところまでいって見たそうで——誰もいない。尤《もっと》も雪の上に、ふッ、ふッ、玄関《げんかん》から門まで誰か往復した足跡はあったという。往来は通行人や自動車自転車のあとが乱れていて、これはわからん」

「玄関までの足跡、というのは？」

「おッと、はやまっちゃいけませんや、先生、わしは御覧のとおり——神経麻痺で倒立《さかだ》ちもできん、ふッふッ、いや、これァ警察がよく調べたそうです。果せるかな、その足跡は、蜂谷自身のもの、その靴はちゃんと玄関にのこっていたそうで——どう、ガッカリなすったかな？その少し前、半太郎は主人が玄関のあたりをウロウロしてたのを見たというから、このときフラフラ門までいってもどったもの——とより考えようはありませんな——おッと！」

キーッとするどい音をたててビュイックがとまった。

「ここです、蜂谷家は——」

「あっ、そうか、いや助かりました。お世話さま」

歓喜先生、いままでの話はとたんに忘れたようなケロリとした顔、ポンととび降りて、ここから友人の家へテクルつもりか、飄々と五、六歩ゆきかけたが、背後で香坂が二度三度けたたましく警笛を鳴らしているのをきくと、ふりかえり、小首をかしげ、苦笑した。

「は、半太郎をお呼びか。そうじゃった。あんた、歩けんのじゃな」

立ちもどってきて、大きな背なかをむける。

「お礼じゃ、玄関までわしが負ぶっていってあげる」

大助、ちょっと眉をひそめたが、家のなかから誰も現われてきそうにないのを見ると、やむなく、

「では、恐縮ながら――」

――ちんば、躄《いざり》を負ンぶするの図である。

薄雪《あわゆき》はすでにとけ、いまはドロドロになった玄関までの道、ガックリ、ガックリ十歩ばかりあるいて、ふッと歓喜は立ちどまった。

「先生、どうなすった?――重いかな?」

「いや、そうではない」

破顔一笑、首をふると、歓喜、ふたたび歩き出す。

玄関で声をかけると、やっと半太郎がとび出してきた。笑った蠟面《ろうめん》のような顔、大助を見て、唇がワナワナとふるえたが、一語だになし。――

「遺骸は?」

だまって、奥の方をさす指はかすかにおののいている。

「いったい、どこを射ったんじゃな？」

半太郎の背に大助をうつしながら、しずかに問う歓喜に、半太郎は両手の指を両耳の上にさしあてて、

「右のコメカミにピストルをくッつけて射ったらしい。そこから左のコメカミへ弾が通りぬけて、本棚の上のラジオにとびこんだらしいんでその弾、――お巡りさんが持ってゆきました」

「そのピストルってのァ――」

「死んだ旦那が右手に握っていたんで――旦那が前から持ってたピストルです」

「ふん、いつかお前がいきなり喰わされたっていうおッかねえパチンコだね」

背なかで、大助、苦笑いする。このとき、なぜか半太郎の頬につーッと涙がひいた。――歓喜、ちょいと見張って眼をそそいで、

「ラジオのなかに？　そのラジオってのァ、それまでヤケに鳴ってたという奴かい？」

「へえ、それがピストルの音といっしょに、急にとまっちまったんです。それで――」

「そのラジオをとめた弾ってのァ、頭ァ射った弾とおんなじものだって証拠はあったのかい？」

妙なことをいい出したのは香坂大助、なにかに憑《つ》かれたもののような眼つき。半太郎がうなずいて、それに聞えた銃声はただ一発、ほかに部屋のどこにも弾丸或いは弾痕の見られなかった模様を答えると、また唇がムズムズうごいて、

「ラジオは本棚の上にあったって？」

「へえ、五尺ほどの本棚です。その下に旦那が倒れていたんで――」

茫漠と散大したひとみでうなずく半太郎、よろめく足もと、ただ背なかの大助のみ渦巻く髯のなかの唇が、まだみみずみたいにうごめき出しそう。

――危し！　何に浮かれてそう喋《しゃべ》る？

復讐はわれにあり

「自殺じゃね」

香坂大助、歓喜の方をふりかえって、カラカラと笑った。

「さっき、外から入って――とかなんとかいいかけて、ちょいと妙な顔をなすったようだが、荊木先生、これでわしはきれいさッぱりシロくなりましたよ。右のコメカミに銃口をくッつけて、左のコメカミ水平に通りぬけた弾が、五尺もある本棚の上にのッかったラジオにあったといや、こりゃとうてい躄《いざり》にできる仕事じゃねえね。ふッふッふッ、疑い、はれたら、御同役、いざいざ安堵めされて御友達の御葬式とやらへ――」

「しからば、御免――といいてえが、香坂さん」

荊木歓喜、顔をあげたがしばらく黙然、ふいにヒョイと半太郎をのぞきこんで、

「半太郎、よくまあ警察《さつ》がお前《めえ》を手放したね。さっき聞きア、お前、ピストルの音をきいて駈

けつけるのにだいぶ間があったようだが、誰がそれを証明してくれるんだよ？」

「お嬢さんで」

「お嬢さん？　銃声が聞えたときお嬢さんはどこにいたんだ？」

「二階のお部屋で」

「それは誰が知ってるんだ？」

「おれです」

「いっしょにいたのか」

半太郎、ぶるぶるっとふるえあがった。鉛いろの唇で、しゃっくりのように、

「おれ駈け下りてみたら、旦那、死んでる。強盗でも入ったのかと門のところまで出てみたが、誰もいねえ。それでまたひッかえしたとき、お嬢さんもやッてきたんで――」

「どうです、荊木先生、お嬢さんがアリバイの証人たァ、天下にこれほど身許《みもと》たしかな――」

笑いに燃えたつ香坂大助の凄じい眼をふりかえって、荊木歓喜、ニッコリ笑った。

「いや、香坂さん、さっきからあんたしきりにわしをからかいなさるが――尤もあんたにしてみれば、相手はわしでも杓子《しゃくし》でもよかろうが――相手がわるい、わしは年甲斐もない天邪鬼《あまのじゃく》でな、ちょいとあんたに何かしッペ返しがして見とうなった。は、は、ゆめゆめ安心なりませんぞ、香坂ウジ――いままでの話でな、こんなからくりが想像できんこともない――」

「からくり？　どんなからくり？」

「たとえばサ、ここに蜂谷氏に宿怨《しゅくえん》あり、その旧悪をつかんどる男があって、きのう、つい

に電話か何かで蜂谷氏に会見を申しこむ。——ところで、この会見にあたって三つの妙なことがある。まず奉公人をみんな追ン出したこと、ラジオをばかでけえ音で鳴らしたこと、お嬢さんだけは家にのこしておいたこと——これァその男の指示《さしず》だったと思うが、お嬢さんをのこしておくこと以外は蜂谷氏にも好都合な処置だったろう。なぜなら、その会見で予想される話の内容は、なるべく誰にもきかれたくねえ、いやァなことだったろうからな。その上、なりゆきによっては、蜂谷さん、相手をパチンコでやッつけかねねえ覚悟をもってたから——」

大助、凝然と歓喜を見つめたまま薄笑い。

「その男ァ約束の時間にきた。門の前まで自動車で——それから主人の蜂谷氏に負ンぶして家のなかへ入ったのさ。ちょうど、さっきわしがあんたを負ンぶしたようにな。は、は、ところで蜂谷さんピストルを用意しちゃいたが、一応は相手の要求をきいてみるつもりだったろう。ところが相手は真珠湾さ、いきなりパチンコをコメカミにくッつけちゃった。あっと思うまに蜂谷氏のピストルをとりあげて、そいつに代え——あとァ、馬を手綱《たづな》でひきまわすとおんなじさ。ハイヨー、それゆけそれゆけ——」

「待った！　お話ちゅうだが、荊木先生、なにか証拠があっておっしゃってるんで？」

「まあサ、聞きなさい。ラジオの大騒ぎァ蜂谷氏にとって、ただこの会見の声をお嬢さんに知らせたくねえためだけだったろうが、相手にァもっと別の目的がふたつもあった。馬になった蜂谷さんの横ッ面《つら》を本棚の上のラジオにおしつけてパチンコをぶッぱなした。躄《いざり》にできる仕事じゃねえと居直るためと、とくにパチンコをぶッぱなした時間をお嬢さんによくよく御納得いただきてえためさ——半太郎がやったんじゃねえぞ、と——」

「証拠は？」

「痛かったろうなあ！　背なかの男は——ひッくりけえる死人といっしょに床にドシーン、ピストルを死人ににぎらせて、お尻をなですすっていると——おッと！　半太郎、香坂さんを落っことしちゃいけねえぜ！」

グラリとした半太郎の背なかで、香坂大助、冷やかな笑いをまだ消さず、

「いや、御心配なく。ありがてえことにわしは神経麻痺で」

「ああ、そうじゃったな、そりゃ都合がいい。おい、半太郎、香坂さんを放り出してもいいってよ——」

半太郎、顔をあげて歓喜を見たが、なんという眼！　ほそい眼は霧みたいにドンヨリにごって、その奥にしーんと燃えたってきた篝火《かがりび》のような光。——殺気とかんじて歓喜、一歩さがり、ひとりごとのように、

「で、放り出されたその人殺しを、二階から駈け下りてきた半太郎がひッかついで外へ——門の外の自動車へ運んでいった——んじゃあねえかな……」

「わしのきいておるのは証拠なんだっ。証拠をいわっしゃい！」

「証拠？……あはは、香坂さん、そうムキになンなさるな、あんまりわしをからかいなさるから、では、一言なかるべからずと……ほんの座興、出まかせの冗談。証拠もヒョットコもないわサ。第一、蜂谷甚兵衛なる人物、どうやら自殺なすってもあんまり神さまから文句のきそう

にないお人ではないのかな……なんにしても、わしとは無縁の人――」

歓喜、ゆらりと身をうごかした。立ち去ろうとする姿勢である。――

と、薄暗い廊下の奥から足音がした。もつれあうように娘と青年の姿があらわれた。うなだれた娘を、青年はやさしく、熱心にのぞきこんで、なにかささやいている。

はじめて玄関に三人の男が立っているのに気がついたらしく、ふたりは顔をあげて足をとめた。

――とたんに、「おっ……」とおもわず歓喜先生、息をのんだのは、その娘の異様なばかりの美しさに打たれたからで。

髪は白蠟の頰にみだれ、瞳は涙でいっぱいになり、唇はワナワナとかすかにふるえ――いまにも薄明りのなかへ消え入りそう。哀しみの精にも似た姿をぼーっととりかこむ不思議な蒼いひかりは、幻覚か、それとも打ちふるえる天使の魂の波紋か。

彼女は何ものかを凝視している。が、また何ものをも見つめていないようだった。青年はちょっとこちらに目礼した。そして娘をなかば抱きかかえて歩き出した。彼女は、よろめくまぼろしのように三人の傍をとおりぬけて、玄関の外へ出ていった――

「あれが、この家のお嬢さんか――」

うめくようにつぶやいた荊木歓喜、やがてその眼に恐怖とも疑惑とも悲痛ともつかぬひかりがともってきて、

「半太郎！　聞いておきてえことがある。ピストルの音がきこえたとき、お前、あのお嬢さん

といっしょにいたというが、何をしていた？」

　半太郎はびくっと大きく肩をうごかした。

「四、五分もたってお前がとび出し、お嬢さんが駈けつけたのァそれよりもっとあとだと――その時間をかせぐために、まさか、お前は……」

　苦悶にねじまがったまま沈黙している半太郎の唇を見て、歓喜、ぞーッと腹の底から冷えあがる感じ、思わずしらず拳《こぶし》をつかんで、

「む、む、むげえことをしやがったなあ――聞け、半太郎、警察《さつ》ァかならずこのまま手をひきやしねえ。またやってくる、徹底的なアリバイ調べに――が、そンとき、お前、どんなことがあっても、お前のしたことをいっちゃなんねえぜ！　父親の罪のつぐないは父親だけでたくさんだ。あのお嬢さんの一生を地獄におとすなよ！」

「何もしやしねえ、おれァ」

　突然、半太郎は絶叫した。

「おれァお嬢さまに何もしねえ。昨晩、いっしょにいたってのもウソだ！」

「馬鹿野郎、何をいい出しやがる。それじゃてめえのアリバイが成り立たなくなるぞ。甚兵衛殺しの罪をひッかぶっていいのか！」

　背なかで驚愕してわめき出した大助の身体は、どさっと床に落ちた。仰天し、口から泡をふきながら、

「気でもちがいやがったか、半太郎。てめえの面を怪物《ばけもの》にしたのァあの甚兵衛だってことを忘

れたか。その娘だぞ、犯しただけじゃまだあきたらねえ。世間さまへいいふらして、一生一代たたってやるんだ。——おお、お前に見せてやりたかった。ピストルをコメカミへくッつけられ、グーの音も出ずに、二階でお前に犯される娘の悲鳴をきいてのたうちまわっていた甚兵衛の面を——」

半太郎は絶叫してくりかえす。

「おれァ、何もししねえ」

「畜生っ、おれを裏切るのか！　お前の命を救ってやったのァ誰だ。命の恩人のいうことをきかねえのか。警察にいえ、アリバイはあります。二階であの娘を強姦していましたと——へっ、それだけなら、たとえしょッぴかれても、また出てこられらあ。そしてふたりであの娘の一生を見物してやるんだ。そ、そ、それが一番の眼目《がんもく》じゃねえか。さもなきゃァ、てめえ、甚兵衛殺しの申しひらきが——」

「おれが殺したといわれてもいい」

血いろにきらめく眼で、半太郎は大助を見下ろした。

「だが、おれァお嬢さんに何もしねえ」

「野郎！　いうんだ。いや、いわせないでおくものか、畜生っ、おれを裏切りやがったおゆう、そいつの娘にァ死ぬまで暗闇をひきずらせるんだ！」

悪鬼の形相《ぎょうそう》だった。香坂大助、立たない身体を這いまわらせ、のびあがって、

「ようしッ、てめえ、いわなきゃ、おれがいう。さっきの若造、あれァあの娘の恋人《いろ》か。まず

手はじめに呼んでこい、おれが日本じゅうひびきわたるような声でどなってやる。その娘ァ、この半太郎って怪物に――」

　ふくれあがった喉に、鉄の罠のような二本の腕がとびかかった。

　凝然と立ちすくんでいた荊木歓喜、はっとして止めようとしたが、急に手をひいて足もとにころがりまわる二匹の獣に、嫌悪と憤怒に燃える眼をおとしただけ。――

　大助の眼がとび出し、唇がねじれ、紫いろの舌が吐き出され――そしてうごかなくなった。

「先生……旦那ァおれが殺した」

　彼は哄笑の顔をあげていった。

「だから、おれが昨夜《ゆうべ》お嬢さまの部屋にいたってことァ、嘘です。警察《さつ》にも隣りの若旦那にも……それからお嬢さまにも、先生からそういっておくんなさい」

　歓喜がうなずくより早く、半太郎は、白いまぶしい外光の方へいくどか礼拝しながら、ひくい澄んだ声でまたいうのだった。

「お嬢さまに、おれ何もしなかった。しなかったとも、……」

西条家の通り魔

橋の上の歓喜氏

女の運命は、その美しさを枢《くるる》とするが、橋の運不運は、かならずしもそうではないらしい。数寄屋橋《すきやばし》、化粧もわすれた病女のように、ひからびて、うすよごれたこの橋が、なんとその名だけは、甘いひびきを多くの人々の耳にきざんでいることだろう。――むかしの双六《すごろく》の振出しは日本橋であったが、アプレ・ゲールの日本の双六は、まずこの数寄屋橋から振出した方がいいようだ。

「いや、振出しじゃねえ、――旅路の果てのあがりかな」

にがい笑いを翳《かげ》のように浮かべて、歓喜先生はつぶやく。ややかたむいた晩春の日のひかりを、靄《もや》のようにかすませる砂ぼこり、ラッシュ・アワーちかく、織るがごとき銀座マンのゆきかいを、橋の手すりにもたれて泰然と見まもること、すでに三十分。

新宿裏のぼろアパート・チンプン館に住んで、巷の大医と自称し、酒とパンパンの堕胎をもっておのれの天職と心得ているかのごとくに見える怪人荊木歓喜《いばらぎかんき》、ガラにもなく真っぴるまの銀座界隈にそのモジャモジャ頭をあらわしたのは、実は友人の或《あ》る麻薬統制官に、今宵一ぱいオゴってもらう約束があったからで……。

飲む方にかけては、どうもいささかアサマしい歓喜先生、その一方、気楽なもので、橋のたもとで、米搗《こめつき》バッタのようにお辞儀している乞食に、目下の全財産五百円と若干のうち、三百円やってしまって、退屈まぎれに、学生アルバイトのおもちゃ屋から小さな銀いろの笛を買って、ときどき、ピー、ピー、と吹いている。

三百円やったのは、その乞食の耳と眼と腕が片方ずつないのに、百円ずつ弔意を表したわけだが、なに、ご本人だってちんばだ。橋の上で、ちんばが笛を吹いていれば、ひとさまどころか、こっちこそ、足もとに金をなげられかねない図だが、べつにそうする人もいないのは、どこかうすッ気味わるい歓喜先生の眼。

「ふふん、とんとサイコロの行列じゃ」

と、ひとりごとをいったのは、綺羅《きら》をかざった通行の人々のことで、振出しかあがりか、とにかく一日一夜のあいだにも、百万の悲劇と喜劇を架けわたす運命の橋、見ていて、つくづく面白くてたまらなくなったらしい。――

――と、これだけは人生のあがりはまちがいない例の乞食の方へ、また視線をやった歓喜先生、ふっと小首をかたむけて、

「あの子、まだ、いらあ――どうも普通《ノーマル》じゃねえな」

ふだんから、普通じゃない手合とばかり面《つら》つきあわせて暮している歓喜氏を、ことあらためて不審がらせたのも道理、乞食の傍に、ボンヤリ立っている九つか十の男の子。むろん三百円ぶん足りない男と無関係なことは、そのきれいな青い洋服を見てもわかるが、――いったい、

いつからあそこにいるのだろう？　たしか歓喜がこの数寄屋橋にやってきた三十分もまえから、そこにいたようだから、ひょっとすると、その子はもう一時間以上もおなじ場所に。――迷子にしてはおびえてもいず、雑踏《ざっとう》に見とれているにしては、その眼はどこかうつろで、ボヤけている。

「坊や、坊や」

歓喜先生、ブラリと橋を横ぎっていって、その子供の肩をかるくたたいた。

「坊や、おめえさん、ここで何をしているのだえ？」

キョトンと見あげた子供の顔、色白というより貧血のいろで、ぶくぶくとふとっているが、表情にほとんどしまりがない。

「何処からきたね？」

すると、しろい小さな唇がピクピクうごいて、ぷいとそっぽをむいてしまった。歓喜先生、苦笑して傍をふりかえり、

「おい、爺さん、この子は何じゃね――知っちゃいねえかな？」

数十枚の雑巾をぶら下げたような大々的ぼろをまとった乞食男は、あかくただれた眼をおずおずあげて、

「さあ……そういわれると、一時間程めえ、女のひとが連れてきたような気がするでがすがな……」

「――女？」

「へ——赤い着物きて、たしか、黒い眼鏡をかけた、……わたくしは、北海道の炭坑でこのありさまになりました哀れな乞食で……」

「……?」

「どうぞ、お情けぶかい旦那さま、五円でも十円でもおめぐみを……」

歓喜先生、おどろいた。どこまでが女のはなしかわけがわからない。

「なるほど、インフレじゃ、乞食の相場もあがったネ——昔ァ、どうぞ一文……といったものだが、——だがな、爺さん、おれァさっき三百円もおめえにあげたんだぜ。だから、今じゃ、おめえさんの方が、おれよりちっとばかりブルジョワじゃよ」

——と、歓喜先生、子供が片手に一枚の赤い封筒をしっかりつかんでいるのに気がついて、

(オンや? 捨子の置き手紙かな?——捨子にしちゃ、すこし図体が大きいようだが、……)

ヒョイと、その手紙をとろうとしたが、子供の拳《こぶし》ははなさばこそ、はてはワーッと赤ん坊みたいに泣き出した。歓喜先生、大狼狽、あわててひッこめた手で、ちょいと頭をかいたとき、

「あ——いた、いた、あそこにいたよ!」

あわただしい足音とともに、バタバタ駈けてきた三人の男女、そのひとりは制服の警官で、

「おい——君はなんだ?」

いきなり、ムズとばかり荊木歓喜の右腕をつかんだ。

歓喜先生、泰然自若ひととみをほそめて、泣きわめく子にとりすがっている男と女の姿を眺めている。

男は、まだ四十にもなるまい——が、すでに腹の出具合はいわゆる重役タイプの立派な紳士。女は三十をちょっと出たばかり、青い錦紗《きんしゃ》の羽織、髪をアップにした、上品な、美しい婦人だ。

さすがにオロオロして涙ぐんで、

「カンちゃん！　カンちゃん！　ママ、気がちがいそうだったわよ！　どうして、こんなところにきたの？」

「赤《あけ》え着物きた、黒眼鏡の女につれられて来たッてよ——西条君」

と、荊木歓喜がいった。

「それじゃ、やっぱり、また——」

恐怖のさけびをあげて、茫然と立ちすくむ婦人の傍から、紳士はけげんそうな視線を、まじまじと歓喜氏に投げかえして、

「わたしの名をおっしゃる、君は？」

「忘れたかな？　フッフッ、頬っぺたにゃ傷があるし、ちんばで、デブで——そのうえ、少々うすぎたねえからな、——左様、もう、十五年にもなるかなあ……」

「あっ——思い出した！」

紳士は突然大きく手を打って、叫んだ。

「そうか、君だったのか？」

同時に瞳に、微笑のひかりがのぼったのは、おそらくその追憶のほほえましい性質によるものであったろう。

「なんだ、——御存知の方だったのですか？」

警官がおどろいて、手をはなしてふりむいた。

「うむ、これは高等学校時代の友人です」

「西条君、いったい、これはなんの騒ぎじゃな？」

「ああ、いやまったく得態《えたい》のしれぬ、妙な悪戯《いたずら》をする奴がいましてな」

と、はじめて西条氏はポケットからハンケチをとり出して、額の汗をぬぐい、

「この子をつれて、家内と三越に買物にいっていたんだ。と、家内がトイレットへいって、子供は私の傍にいるはずだったのに、ちょいと釣道具を見ているあいだに消えてしまった。家内もトイレットから、すぐに帰ってくればよかったのだが、途中で節句の武者人形を見ていたのだそうで、私もたぶんそんなことだろうと考え、子供をそっちへいったものと思って、べつに気にかけていなかったのだが、二十分ほどして家内がやってきて、子供は、どうして？　というわけで、さァ、大騒ぎ、店員にもたのんでデパートじゅう、それからお巡りさんにとどけて、この界隈《かいわい》をさがしまわっていたんだ。……」

「なるほど、——じゃあ、その手紙は？」

と、歓喜氏に指さされて、昂奮しきった西条夫妻もはじめて気がつき、はっとした顔いろ。

「カンちゃん——そのお手紙、ママにちょうだい」

さすがに、母だ。別人みたいに素直にそっとさし出す赤い封筒の、封をきると、一枚の紙片。

ボールペンで、おそろしく右肩のいかった青い金くぎ文字。

――西条夫妻へ最期の警告。

まだオレサマをナメているのか、子供をユーカイするくらいのことはアサメシマエ、そのお手並がまだこれでもわからないか。五月五日午後二時、神宮橋へ、百万円持って来ねえと、コンドこそ子供の命はないぞ。

闇黒紳士

「うーむ、ウスばかの子供をネタにゆするとァ、イヤな野郎だ！」

荊木歓喜、気の毒なことをツイうっかり口ばしって、急にあわてて地にかがみこみ、ちぎり捨てた赤い封筒の細いきれはしをヒョイとひろいあげながら、ついでにもうキョトンとしているカンちゃんの頭をなでた。

「坊や、どうだ、おじさんが笛をやろうか？」

すると、子供の顔がまた石みたいにカチンとかたくなって、

「イヤだい！」

子をとろ子とろ

さすがの歓喜先生、すっかりめんくらって、

「ああ――この子、おッそろしいネガチヴィスムスがあるな」

思わず長嘆息をもたらしたが、ネガチヴィスムスとは、医学用語で拒絶症。なにがなんでも外来の刺戟に抵抗し、反抗する精神障碍《しょうがい》の一症状で、それをなんと聞いたか父親の西条氏、にがい笑いに顔をくもらせて、

「実は、四つのとき、脳膜炎をやりましてな」

「ホラ冠一郎、ママがいただいたわよ。可愛い笛、ママからならいいでしょ？　あーら、いいわねえ……」

夫人、間に立って、三歳の幼児にいいふくめるような口ぶりで、しかしその双眸《そうぼう》に一パイにかがやくかなしい涙。

さて、それからあらためて挨拶をかわしたのち、とうとう歓喜先生、この昔の学友、いまは東洋工業商会社長西条啓作氏の邸宅へひっぱってゆかれてしまった。これは、どうやら待っても来そうにない約束の麻薬統制官より、こっちの方が確実に、且《か》つうまい酒にありつけそうだという、はなはだアサマしい胸算用七分に、いま西条邸を襲っている不気味な影に、ちょいと気にかかるものが三分——というところ。

世田谷若林町へすべりこんでいった自家用車が、とある青蔦のからんだ石門のまえにとまると、広い庭はうすくれないの石楠花《しゃくなげ》、木蓮、藤の花、新芽を巻きだした無花果《いちじく》、それらが樹々をとおす黄金の斜陽の縞や斑《まだら》に、——さながら晩春の青葉と花とひかりの饗宴。

その向うにそびえ立つ赤煉瓦づくりの三階だての建物を仰いで、

「ほ——チンプン館より、だいぶ立派だわえ。この家に、家族は何人だえ？」

なに、だいぶどころか、チンプン館とはてんで較《くら》べものになりはしないが、とにかくさすがの歓喜もいささか感服顔。

「うむ、いや、これは戦後買ったのでね。なにも、こんなに大きくなくっていいのだが、なにしろ今の家不足でほかにゆくところもないのだから――」

「フ、フ、持てるものの悩みか――御同情に堪えんね」

「家族はこの三人。それにことし七つになる次男。女中に婆や。運転手それだけだ」

脳膜炎のカンちゃん、家に帰って安心したものか、上機嫌で、ピー、ピーと笛を吹きながらあるいている。

「ママ、ママ――」

あかるい、金属的な叫びがきこえて、顔を左にむけると、樹立のなかのハンモックに、半分起きなおった六、七歳の男の子、傍に立ったねえやといっしょに、こちらを見て花のように笑っている。

「次男の京之助だ」

西条氏が手をふったとき、夫人は小ばしりに駈けていってハンモックから抱きあげ、なにかはなしながら戻ってきた。

「おとなにお留守して、いい子だったわねえ――ママ、どっさりお土産買ってきてあげたわよ」

「ショーキさま?」

「え、鐘馗さまも、あかい陣羽織も」

「お節句、いつくるの？」

「え、もう、六――いえ、五つねたらね」

微風と日光。美しい母と子。これは童話のなかの風景だ。微笑してながめる孤独な荊木歓喜のひとみを、淡い雲のようなものが過ぎたのは、ガラにもないが、さすが一脈の哀愁の思いか。――

「幸福な家庭は、やはり見ていてよろしいな、西条さん」

「うむ、ただ、――あの、闇黒紳士という得体のしれぬ馬鹿がな」

「得体がしれぬ？　西条さんには、思いあたることはなんにもないのか？」

「ない」

「黒眼鏡かけた、赤《あけ》え着物の女というのは？――さっき、わしがそういったとき、奥さんが、それじゃ、また、やっぱり――とか、おっしゃったようだが――」

西条氏はじっと旧友の顔を見かえして、

「ま、詳しいことは、酒でものみながら話すとしよう。与太者などの扱いに馴れておられるなら、君に、なにかいい智慧を出して解決してもらえるかも知れん」

瀟洒《しょうしゃ》な二階の応接室。

めったにアリつけない上等なウイスキーに、歓喜先生、すこぶる快適ないい顔いろになって浮かれたち、しばしのあいだ、足もとの絨緞《じゅうたん》の上で紙をひろげて絵をかいている小さな京之

助をからかっていたが、やがて顔をあげて、

「なあ、西条さん、あんた、闇黒紳士なンてふざけた野郎に、なんにも憶えがないとおっしゃるが、そうではないじゃろ。どうも様子からみて、わしにはそう感ぜられるがな」

「ええ、それが――」

と、傍にくッついていて相かわらず笛を吹いている冠一郎の頭をなでながら、お酌をしていた笙子《しょうこ》夫人が何かいおうとするのを、西条氏は暗い顔で制し、

「おい、おまえ――書斎へいって、いままでの脅迫状を持ってきてごらん。二通あったはずだ」

「はい、カンちゃん、ちょっと待ってね」

吸いかけた煙草を置いて出て行った夫人が、階段をのぼってゆく足音を聞きながら、

「実は、荊木君、おっしゃる通り、思いあたることがないでもない。――もう十年もまえになるが、わしはあるダンサーをちょっと世話してやったことがある」

「なるほど」

「蘭子といってな。家内と結婚するまえのことで、それと同時に手をきるようにつとめたんだが、なかなかしつこい女で、それからまだ三年もズルズルとつづけていたかな。そのうちに家内も知って、あれのきりまわしで、やっと女は大陸にいってしまってくれた。終戦後上海《シャンハイ》から引揚げてきた或るひとから、偶然、蘭子が向うで悲惨な死にようをしたと聞いたのだが――いま考えてみると、それはウソではないかと思われるフシがある。……」

「——どうしてな？」

「最初、あの冠一郎が、門のまえであそんでいて、フイといなくなったのが、この二月の末。気がついて、三時間ばかりして、ここからちょいとはなれた三軒茶屋の交差点のところに、今日御覧になったようにボンヤリ立っているのを発見されたのだが、あの通りすこし魯鈍な子だから、むろん誰がつれていったとも当人の口からは聞けなかったのだけれど、ポケットに赤い封筒が一通入っていたんだ。……」

夫人がその赤い封筒を持って部屋に戻ってきた。

「荊木君、これがそのときの——一番目の脅迫状です」

「ははん、では拝見」

受取って、ひらいてみると、

——西条啓作氏へもの申す。

満天下の人民セキヒンにくるしむなかに、ヤミ肥りしてゼイタクのかぎりをつくすナンジ西条よ。少しは後生をよくするために、オレサマが面倒をみてヒン民に施してやる。三月一日、午後四時、有楽町ガードへ十万円持参せよ。最初にして最期の勧告、まちがうと子どもの命はないものと思え。　闇黒紳士

「うーむ、——で、心あたりがあるというのは、字体にでも？」

と、苦笑いして荊木歓喜。

「いや、字はご覧のように、おそろしい右上がり、わざと下手につくった文字で全然憶えがない。――で、わしは、だれかの悪戯じゃろうと思って相手にせんかった。ところが、三月の終りになって、家内が冠一郎をつれて横浜の貿易博覧会へいったのです。すると、また子供がいなくなって、結局、ヘンなところにポカンとしているのを見つけ出したのだが、子供をそこへつれてきたのは、赤い着物に黒眼鏡の女だったと、目撃している人があったそうで、ポケットにまた例の封筒。蒼くなって、家内が持って帰ったのが、これ――二番目の脅迫状です」

――西条夫妻へ告ぐ。

オレサマをバカにしているのか。子供などサラうことはお茶ノ子サイサイだのに、それをかんべんしてやる情けがわからないか。四月二日、午後七時、五十万円、鶯谷《うぐいすだに》寛永寺坂に持ってこい。こんどこそ、最期だぞ。　闇黒紳士

「そしてこんどが百万円か、――なるほど、乞食が十円、請求する御時勢じゃな。誘拐犯も、インフレ値上げにいそがしい――」

と、歓喜先生、ポケットからきたならしい煙管《きせる》をとり出して、卓の上の灰皿からつまみあげた吸ガラをガン首につめている。夫人が、気づいて、

「あら、荊木さま、お煙草ならその箱に――」

「いや――はっはっ、習い性となって、この方がうまいのでな」

と、先生はすましてスパスパとやっている。

　西条氏は苦笑しながら、

「で、このときはじめて赤い着物に黒眼鏡の女が犯人らしいことがわかったのです。女？――と考えて、この二通の脅迫状を見つめているうちに、はからずも気がついたことは――これは、今日の脅迫状でも暴露しているが――ほら、ヘンな字のまちがいをやっているだろう？」

「――どこが？」

「はっはっ、最期という字。いちばん終りのという意味だから、最後、とかかなくちゃならんところだ」

「おお、なるほど――」

「いや、この誤字が、――実はあの女のクセで――」

「ほ、蘭子とかいう、ダンサーの？」

「そう、なんにしても教養のひくい女だから、しかたがないが、念のため、あれが昔、わしのところへしつこくよこした手紙の束をお見せしてもよい」

「いや、それにはおよばんが――すると、その蘭子さんが、上海で死なずに戻っているというわけですな」

「そうわしは思った。これはあり得る。それから、あの女なら、生活の苦しマギレに妙なことをすることも、あり得る。で、それならべつに怖くもないから、指定の日、ともかく五千円だけ持って寛永寺坂へいってみたんだ」

「値切ったね。さすがは、実業家じゃ」

「いや、金はべっとして、すこしとッちめてやろうと思ってね。ところが来ない。誰も来ない――そして、今日だ」

「あたし、こんどこそは怖くなりましたわ。――」

と、夫人は冠一郎を抱きしめるようにして、わなわなと身をふるわせ、

「ねー―あなた、ほんとうにお金など、どうでもいいんですから、もうこんなひどい悪戯をなさらないように、どうかして蘭子さんに会って下さいましな」

「もってえねえ――」

と、歓喜先生が首をふったとき、階下で、「坊っちゃま――坊っちゃま、御夕飯でございますよ――」

と婆やの呼ぶ声が聞えた。

「あ――ごはん！」

京之助がとびあがって、紙と鉛筆を卓《テーブル》のうえに放り出し、バタバタ駈け出そうとしたが、急にくるっとふりむいて、

「パパ、ママ、おさきに、いただきまーす！」

ぺこんと両親にお辞儀して、はしっていってしまった。キビキビした智慧にあふれて転がりまわる珠《たま》みたいに愛くるしいその弟にくらべ、兄のカンちゃんの、なんという哀れさ。

「ごはん、ごはん、ママ――ゆこうよ、ねェ……」

手をひかれて、夫人、かなしげな笑顔を向け、

「しかたのない子――では、ちょっと……」

小腰をかがめて、母子ふたり、もつれるように出てゆく姿を、西条氏暗然と見送り、卓《テーブル》のうえに銀いろにころがった小さな笛をながめて、さて吐息のごときひとりごと。

「ああ、せめて兄弟、逆ならいいのだが……」

「いや」

と歓喜先生、急にはげしく首をふって、

「あのカンちゃんをネタにつかうとァ、ちょいと許せねえ悪党じゃ。こんど指定の神宮橋とやらへ、わしもお供しましょう。なに、金なんぞ一文も持ってくる必要はないです。――おっと、何日だったかな？」

京之助のかきのこした紙の上に、その鉛筆をとって、

「五月五日、午後二時」

死のハンモック

五月五日、午後一時、原宿で待ちあわせ、荊木歓喜はものかげにかくれていたのだが、すでにそれに感づいてきらったのか、闇黒紳士と名のる人物、またもやついにその姿もあらわさず、

なかば不安、なかば安心でグッタリして、西条啓作氏が、歓喜をつれて若林町の自邸へ戻ってきたのは、その日の夕方ちかく。

ちょうど婆やは、娘のお産とかで宿下りをして、女中とともに戦々兢々《せんせんきょうきょう》、学校も休ませたふたりの子供を抱きかかえるように待ちかまえていた笙子《しょうこ》夫人。

「やっぱり、いたずらじゃ。奥さん、わしが承合《うけあ》いますよ」

カンラカラカラと鳴りわたる荊木歓喜の笑い声に、憂いの眉がややあからんで、やっと子供たちを小鳥みたいに庭にはなしたが、まだ念のため塀のくぐり戸は全部閉め、今日一日はと表門をとざして、その前に運転手をのせたまま自動車を横づけにしておく警戒ぶり。

その日は、ちょうど端午《たんご》の節句。庭の草のなかに立てた高い竿のうえには、矢ぐるまがキラめきわたり、緋鯉が悠々と泳いでいる。

二階の応接間で、キャッ、キャッとひびいてくる明るい少年の声に、次第に夫人の面に微笑の花が満ちてゆきながらそれでもさすがに母の本能的不安からか、ここの窓の外には大きなヒマラヤ杉が青い枝をいっぱいにひろげて、庭の眺望のわるいせいもあって、ときどき下へ出ていっては、しばらく子供たちの相手になっていた夫人、やがて女中にカンちゃんを抱かせてもどってきた。

「ハンモックに寝ていたら、ほんとに眠ってしまいました」

と夫人、やさしい笑顔になって、

「こんどは京之助がかわって、寝かかっていますわ……」

「はっはっ、子供というやつは――いや、子供にかぎらず大人でもいったいに揺れるものに乗っていると、よく寝るのは、これァ荊木君、揺籃《ようらん》時代のなごりかな」

「ほんとに、ふたりとも眠ってくれたら、もう安心。起きていると、どうしたってひとつところにじっとしていてくれませんもの、……ねえや、京ちゃんが寝ついたらね、つれてきて、いっしょにお寝間にねかせておいてちょうだい」

「いや――笙子、心配することはない。あの脅迫状は絶対悪戯じゃと、荊木君が保証するそうだ。その根拠を、これから説明するといっているところだ。おまえも、ちょっと聞きなさい」

「まあ、それならうれしゅうございますけど……どうしてでございますの？」

歓喜先生、もう猩々《しょうじょう》みたいな顔、眼に童児のようなひかりがかがやきながら、なぜかもじもじとして、

「ふふん、どうも、こまったな。――ずいぶん、ばかばかしい話で、……わしもこんなオセッカイは、生来、だいきらいなんじゃが、ツイ知ってしまったんで……」

「なにを？」と啓作氏はけげんな顔。

「子供さんの血すじのことで」

「ねえや」

と夫人は狼狽してふりむき、

「カンちゃんはそこのソファにねかせておいて――ちょっと、河内屋へおつかいにいっておくれ。チーズがとってくれてあるはずだから――」

女中が命ぜられた通りに部屋を出てゆこうとすると、夫人は急に呼びとめて、

「あのね、京ちゃんがもう眠っていたら、日があたるといけないから、これをお顔にかけてやっておくれ」

ハンケチをわたすと、女中の跫音が階段をおりてゆくのを聞きすましてから、しずかに座って、

「荊木さま……いま、おっしゃったこと、どうしてお知りになりました？　女中でさえ、知らないことを——」

「区役所の戸籍でも調べたのか？」

「いや、わしは、そんな探偵みたいなことは好かん」

と、歓喜氏は、フン然と首をふったが急に小さな声になり、

「といって、ま、似たような真似をやったわけじゃが——実は、例の誘拐、妙にカンちゃんばかり狙って、京之助クンの方にはいっこう手出ししないのを、ちょいと妙に思いましてな。もっとも、兄の方がさらい易《やす》い、ということはあろうが、弟だってせいぜい七つ、それに京之助クンに万一のことが起った場合の方が、西条さんにはイタイはず、——しかるに、この方には、なんの異変もない。この点から、ひょっとすると、何か血すじの問題がからんでおりはせんかと、いや、これはわしのちょいとしたカン」

「で、どうしてわかったね？」

「血じゃ」

「血？」

「フ、フ、血液型からな」

「血液型?——いや、君は、わしたちの血を?」

「いや、西条さん、今は血を採らんでも、唾からわかるんじゃ。先日、ここを帰るとき、わるいがちょいとチョロまかした、あんたと奥さんの煙草の吸ガラ。鉛筆をなめ絵をかいていた京之助クンの鉛筆。それから、カンちゃんの吹いていた笛——もっともこの笛は、そのまえにわしもちょいと吹いたことがあるが、わしの血液型はO型じゃから、これはふつうオー型とは呼んじゃいるけど、実際はゼロ型というのがほんとうで、だから笛についても擬集反応という奴が出なければ、カンちゃんもO型ということになるし、A型なり、B型なり、なにか出れば、それがあの子の血液型じゃということになる。……」

「うーむ、それで?」

「調べた結果は、西条君がA型、奥さんもA型。よろしいかな? その子として生まれるものはかならずA型かO型。カンちゃんはO型じゃから、これはあんたたちの子供さんであり得る。が……京之助クンの方はAB型、そう思ってみれば、なるほど弟の方は、西条さんにどこやら似ているが、奥さんにはちっとも似かよったところがない——」

「そうなんでございます! そうなんでございます!」

　急に、息をはずませて夫人はさけびはじめた。

「おっしゃる通り、京之助は、あたしの腹をいためた子ではございません。あれは、蘭子さんののこしていった子供でございます。それを、こないだあなたに申しあげようとしたのでございますが、主人が眼でとめまして——」

頰の筋肉をピクピク痙攣させながら、黙って煙草をふかしている西条氏を、じっと見つめていた夫人は、急に風鳥のように身をひるがえして部屋を去り、三階の書斎へ上っていった。しばらくして、戻ってくると、歓喜に一枚の写真をさし出した。

断髪に悪どいほどの厚化粧、妖艶な若い女の顔であった。

「このひとなんでございます！　さあ、これで、この恐ろしい脅迫者が、どうして冠一郎ばかりを狙うのかおわかりになったでしょう——」

笙子夫人の美しい双眼から、ハラハラと涙がこぼれて、

「ヒドイ、ほんとにヒドイ方ですわ。それはむろん、主人と別れていただきますとき、あたしもずいぶん強硬な手段をつかいました。でも、それは妻として、あたりまえのことではございませんか？　その恨みをまだ根にもっていらっしゃるなら、主人は大丈夫といってくれますけれど、いつかそのうち冠一郎は、どんな目にあわないともかぎりません。——京之助、あたし、腹がちがっても、やはり主人の子でございます。あの子をひきとるとき、主人から、手をついてたのまれた京之助でございます。どうして、わけへだてや、そんなことを致しましたでしょう？　カンちゃんは、ご存知の通りの子、ゆくゆくはこの家も京之助にと思って、育ててまいりましたのに——」

「ああおまえ——もういい、もういい」

と、西条氏も眼をうるませながら、やや持てあまして、歓喜の方をふりかえり、

「で、荊木君、蘭子のやっていることが、いたずらに過ぎん、とおっしゃる根拠は？」

「そりゃわからん」

急にコップで顔をかくすようにして、ウイスキーをあおりながら、歓喜先生、おそろしく元気のない声になった。

「わからん？——いま、それを説明するといったじゃないか？」

「うむ——ま、だからサ、そういう関係にある女がさ、カンちゃんになにか危害を加えようと思えば、いつでもそれができる機会をなんべんも持ちながら、いままでブジにすんだところをみると、まず、これからも大丈夫……」

そのシドロモドロの舌の根がまだ乾きもやらぬうちに、

「きゃあっ——」と庭にあがった女の悲鳴。

「誰かきて——坊っちゃまが！」

一瞬、雷火に打たれたがごとく三人がとびあがり、いっせいに階段を駈け下りて玄関に出る。——庭の樹立のなかのハンモックの傍に立って、なにかはげしく叫んでいる女中と運転手の姿。

「どうした」

花壇を縫って、狂気のごとく走ってゆく西条夫妻のうしろから、荊木歓喜、ガックリ、ガックリ。

「京之助！　京之助！　京之助！」

腸をちぎるようなふたりの声に、ハンモックのうえに仰向けのまま白蠟人形にもまごう幼児の唇はこたえず、ただ、その後頭部から真っ赤な滴《しずく》が、ポトリ、ポトリ——すでに小さな池をつくって、妖しい虹をえがく地上の血、血！

「……死後、すくなくとも、十分」

虚空をふく、こがらしのような歓喜の声。ノロノロとかがみこんでハンモックの下から眼をあげ、

「後頭部……鈍器損傷」

「こ、こんなむごいことを……鬼！　悪魔！」

かすれた声でつぶやいて、酔っぱらったようによろめく夫人の眼に、運転手、にぎりしめた手の真っ白なハンカチを、微風のごとくふるわせて、

「今です、たッた今——外からもどってきたお葉ちゃんが、門をはいるなり、坊っちゃまが！　とわめいたので、あわてて飛びこんでみると、このありさま——が、門からそのほか誰も入った者は、絶対にございません、まして、逃げ出した者は——」

皆、紙のような顔いろ、恐怖に満ちた瞳が、青葉と花と血の香りにむせかえる庭をさまよう。……ヒッソリした五月の夕、ただ聞えるのは、鯉のぼりの竿の、ものうく、ギイ……ギイ……ときしむ音。カラカラとまわる矢ぐるまのほがらかな響。

ついに決然と西条氏があるき出した。ハンモックから最もちかい塀の小さなくぐり戸。おそるおそる、そっと押してみれば、

「開く！」

すーっと開いた樫の扉。人通り稀《まれ》な外の露地には、ただ、あかあかと寂しい夕日。と西条氏の足もとにポトリと落ちたものがある。

「あっ——赤い封筒！」

わななく指にかき裂いてみれば、あの不気味な右肩あがりの青い文字。ただ一行に、

仏の顔も三度。先ずバカ息子の死刑執行。　　闇黒紳士

葉桜の幹に茫然ともたれかかったまま、荊木歓喜、両腕をくんだまま、深い、深い呻《うめ》き声。

「ああ——おれのひでえ考えちげえ！」

正体みたり闇黒紳士

その恐ろしい赤い封筒をはさんであった塀のくぐり戸は、午前ちゅうに夫人と女中がたしかに内側から鍵をかけておいたもの。

闇黒紳士は、「仏の顔も三度」という。それは一番目の脅迫状に対するスッポカシ、二番目に要求額にはるかにみたぬ金を持っていったこと、三番目には手ぶらで、そのうえ荊木歓喜と

いう番外の怪人物を同伴していったこと、などさしているのであろうが、いったい、どうしてそれらのことを感づいたのであろうか。

いや、それほど油断のならぬ狡智を持っている奴なればこそ、鍵をかけた扉をも、いかにして易々とはずして入ってきたのであろう。

そのくぐり戸から一直線に、花壇を踏み通ってやってきたことは、――そのときはじめてわかったのだが――金色の夕日に炎のように燃えたつチューリップの群が、ひとすじ、無惨に踏み倒されていることからもあきらかだった。

しかし――

「ああ、おれのひでえ考えちげえ――」

と歓喜は呻いたが、はたして彼がそれまで何を考えていたのかは別として、世にもひどい考えちがいをやったのは、しかし闇黒紳士の方ではあるまいか。

「は、はい、あたし、さっき河内屋へ出かけますとき、奥さまのおいいつけの通り、坊ちゃんのお顔にハンケチをかけて参りました。そのときは、坊っちゃま、ほんとうによくおねんねなさっていらっしゃいました」

嗚咽《おえつ》に声もとぎれながら、ねえやはうったえる。――

「そして、帰ってきて、あそこからヒョイとこのハンモックの方をみましたら、ハンケチはそのまま、まだグッスリねむっていらっしゃる御様子――安心して歩き出そうとしたら、そのお頭《つむ》の下から、赤いものが、キラ――とひかりながら地面へ落ちたように見えて、おや？　と思って飛んできたのでございます。——は、はい」

「そのハンケチは？」

と、荊木歓喜がうしろから、しゃがれた声を出した。

「こ、これで——」

運転手が茫然とまだつかんでいるハンケチをさし出すと、歓喜はそれをひろげてじっと見ていたが、やがてしずかに死児の顔にかぶせて、また黙々と腕をくむ。——

「ああ——蘭子さんは——それでまちがえたのですわ！」

死体を見るに耐えぬか、少しはなれた鯉のぼりの竿の下にうずくまって、よよと泣きくずれていた笙子夫人、ふいに愕然と立ちあがってさけび出した。ヨロヨロ歩いてきながら、蒼白な顔で、

「ハンケチで顔が見えないので、京之助を冠一郎だと思って——」

まことに死の置手紙にも、「バカ息子の死刑執行」とある。若《も》し西条夫妻の思いこんでいるごとく、闇黒紳士すなわち蘭子に相違ないならば——ああ、愚かなる鬼女よ！　さすが凶悪無惨の殺人者でも、無心の幼児の顔を真っ向からたたきつぶすには耐えられなかったのか、それとも、飛び散る返り血をおそれたのか、——ハンモックの下側から後頭部めがけて、鈍器を打ちあげたその相手は、なんぞ知らん——人を呪わば穴ふたつ、可憐な、利発な彼女自身の子京之助だったではないか！

だが、この犯人の錯覚はしらず、その結果は、まことに歓喜のいったように——すくなくと

も西条氏にとっては、哀傷、悲嘆、言葉もおよばざる痛恨事ではなかったか。

「うーむ、なんという馬鹿な——き、君！」

と、眼を惨《さん》と血ばしって、西条氏、ムズと荊木歓喜の腕をとらえ、

「き、君は、今、心配ない、大事ないと承合ってくれたじゃないか。君の責任もないとはいわせんぞ。どうしてくれる、ど、どうしてくれるんだ？」

「すまん、わしの、とんでもねえ考えちげえ……」

さすがの歓喜先生、消えも入りたげにガックリとうなだれたが、やがて沈痛きわまる眼をあげて、

「仏の顔も三度……とはよくもヌケヌケと吐きやがった。誰が仏だ？」

ボンヤリつぶやいていたが、急にきっと皆を見まわし、

「いやな役目だが、わしが仏になる。わしが裁く！」

凄然としていいきった。

「西条さん、警察へとどけるのァ、ちょっと待ちなさい。下手人《げしゅにん》はわかっている。——いいや、蘭子とかいう女じゃねえ！」

「ど、ど、どうして？」

「それじゃ、誰でございます！」

驚愕の叫びをあげて立ちすくむ夫妻のまえに、半眼になったまま荊木歓喜、陰々として独語のごとく、

「犯人は、わかっていた。が、その手段を——その、まったく、途方もねえおッそろしいやりくちを、わしは今まで考えていたんだ。……さて、何からいおうか？　まず第一番に、闇黒紳士があのくぐり戸からやって来たんじゃねえということ」

「なに！　だって、君、チューリップが……」

「なるほど、ひとすじ、踏み折られているなあ。が、西条さん、その茎の折れ具合、重なり具合を、ようくごらんなさい。向うむきに踏み折られたものの上に、こっち向きに踏み折られたものが重なっている、——いいかな、こいつァ、下手人が、くぐり戸からハンモックのところへやってきて、同じ道を逃げ去ったんじゃあなく、ハンモックのところからくぐり戸のところへいって、同じ道をもどってきたってことを、チューリップの花の野郎、踏ンずけられて腹癒《はらい》せにおしゃべりしてやがるんだ……」

「な、な、なんだって！」

「犯人は、内にいたんだよ、西条さん。……脅迫状の送りぬしもそいつだ、蘭子じゃねえ。そんな女ァ上海でおッ死んでしまったというのが、ほんとうの話だろう——」

「しかし、あの文字のまちがいは！」

「そんなことァ、知っていれァ、誰だって真似られら。おお、蘭子じゃねえってわけは、あの女の血液型ァたしかB型かAB型のはずだが——」

「ど、どうしてそれが君にわかる？」

「代数とおんなじだよ。父親と母親の血液型から、子供のそれがわかるように、父親と子供の血液型がわかっていれァ、逆に母親のも推量がつくんだ。あんたがA型、京之助クンがAB型なら、その生みの母親ァ、かならずB型かAB型のほかにねえ、——だが、あの赤い封筒の主の血液型ァA型だったよ」

「な、なぜ？」

「封の唾からわかったよ——先日、数寄屋橋でちょいと拾った封筒のきれはしからな。なぜ、わしがそんなものを拾っておいたのかとおっしゃるか？　そいつァ、あのカンちゃん、あの恐ろしくネガチヴィスムスのある子を、そうやすやすとさらうのァ、まったくアカの他人にできるわざじゃあねえ。きっと、そのちかしい人間にちげえねえと思ってな。そんなら、そいつの血液型を知ることが出来れぁ、悪戯者を探すんだって、よほど手間がはぶけるじゃろうと思ってな」

「きみは——君は——いったい、犯人が、誰だというんだ？　わしとでもいうのか」

「いや、闇黒紳士、——その人を御覧！」

荊木歓喜、腕組みをとくと、ハッシとばかり指さした。花のなかに立ちすくむ、しとやかな笙子夫人の姿。黄金いろの背光に、寂然として聖母のごとき美しさ。

これに対して、冷然、水のごとき声を送るのは、さすが怪人荊木歓喜なればこそ。

「ふっ、ふっ、花壇の足跡も、閉めたくぐり戸の鍵をはずして、赤い封筒をはさんで置いたのも、そりゃ、ちゃんとねえやが出てゆく前のこと。みいンなこの奥さんがやった仕事さ——」

「あたしが……京之助を殺した？……」

影は暗く、ささやくような声だ。

「まあ、何ということを……ねえやが出かけてもどるまで、あたしはずっとあの家のなかにおりましたのに……」

「ば、ばかな！　君は正気か！」

唖然《あぜん》としていた西条氏が、急に憤怒して叫び出した。

「それはわしも知っている、君も知っているはずじゃないか！　それとも、笙子が窓から何か投げたとでもいうのか？　それはいわんだろう。京之助の傷は下側に——」

「投げた、投げた、いや——はははは、それにちかいことをおやンなすった」

「それに、ちかいこと？」

「ご覧、この子の頭の傷を——頭皮が、たんに裂けているばかりじゃない、底から剥がれて、いわゆる弁状裂創というかたちだ。これは鈍器の衝撃がななめに来たせいで、この状態から、兇器の飛んできた方向がわかる。——あっちだ」

指をソロソロ向ける方角をたどると、——

「ここから——あそこの鯉のぼりの竿。それから、ずっと向うの母屋《おもや》のあのあたり」

彼は、三階の書斎の窓を指さしていた。

「よいかな、あの竿の高さは、三十尺——三十五尺もあろうか。てっぺんから地面へととどくまで、鯉を吊りあげる棕梠《しゅろ》縄が垂れておる。あれの先を、あの窓へ持っていってな、大きな金槌かなにか結びつけて、手をはなせば、高い矢ぐるまを中心に、ぶーんと巨大な弧をえがいて飛んでくる兇器は、ちょうどハンモックにのっている子供の頭へ、下から、がつ、がつ」

「――」

声もなく、両手で顔を覆ったのは笙子夫人。あとの三人は、恐怖にヒシと眼を見張って、ただ茫然と、高い鯉のぼりと窓を見あげているばかり。……

星の下の母に告げん

「いまにして思えば、奥さん、あんたが蘭子の写真をとりに三階の書斎へのぼっていったときに、このおッかねえ大ブランコを飛ばしたにちげえねえな。これァ一瞬の仕事だが――細工は朝からだ。どうしてあの棕梠縄を書斎の窓へわたしたのか、縄のさきに細い紐《ひも》をつけて、花壇のなかを這わせて、書斎の窓までひきあげて置いた奴を、大いそぎでくりでもなすったものか。――いや、この仕掛は今日になって思いついたことじゃねえな。今見れァ、のぼりの竿がいくぶん傾いているようだが、こいつァ兇器がブランコの途中で竿にぶつからねえでまわってゆくように、ちゃあんと人足に竿を立ててもらうときから、傍でさしずなすったものだろう。――いや、いや！　ことのはじめは、横浜の博覧会で、わざわざ赤え着物にきかえて黒眼鏡、御自分の子供を誘拐する真似をなすった三月の終り、うんにゃ、最初の脅迫状が来た二月の末――さらに、それより前――」

荊木歓喜、声をのんで――ぶるっと、かすかな身ぶるいひとつ。

「怖《こえ》えなあ……」

深い深い戦慄《せんりつ》の一語。

「西条さん、わしなあ、カンちゃんをさらう奴が、その奥さんだってことァ知っていたよ。なぜ、さらうのか？　そりゃ知らん。知らんでもええと思った。どうも一家の私事、そこまで嗅《か》いでまわるのァ、わしの肌にァ合わん。ただ、罪もねえバカの子供をネタにつかうってのが気にくわんから、誘拐魔の正体をつきとめたまでの話。それから先のことァ、おれァ鼻をつッこみたかァなかったよ。母親が、自分の子をさらって、どうするんだ？　どうもしやしねえ、するはずがねえ、――わしが悪戯じゃ、心配ねえといって澄ましていたのァそのためよ。あそこまでいえば、奥さんにァわかるはずと、知らん顔してやったのが、とりかえしのつかねえ買いッかぶり。まさか、カンちゃんを狙うのァ、最後に京之助クンを殺す――コッ、殺すための煙幕だったとァ、わしもゆめにも思いよらなんだよ！」

「――笙子、おまえは――」

白痴のように喘ぐ西条氏と、石に凝《な》ったかと思われる夫人を、歓喜先生、交互に暗然と眺めやって、

「西条さん、あんた、このあいだ――せめて、兄弟逆なら――とおっしゃったな、すべての根源は、あんたのその心情だったんだよ。なあ、奥さん、それにちがいなかろうがな？」

「あたし……あたし」

突然、夫人は泣きくずれた。幼児のごとく身もだえして、悲痛というより凄惨きわまる叫び

声。

「あたし冠一郎が、可哀そうでたまらなくなったんです！」

「やかましいっ」

はじめて荊木歓喜は大喝した。双眼は爛《らん》と燃えあがり、全身は炎のようにわなないて、不動明王のごとき憤怒の姿。

「泣くな、泣く資格があんたにあるか。聞きなさい、むかし、人の赤ん坊を喰った鬼子母神に、お釈迦さまァ子供の肉の匂いのする柘榴《ざくろ》をくれてやったとやら——が、おれにァそんな情けはねえ。おれはいう、おれは、あの世のありとあらゆる母親にいってやりてえ！　母性愛、これはありがてえ、いいもんだ。こいつがなかったら、けだものとちがって、ひ弱い人間の子は生きてゆけめえと思われるほど、尊いもんだ。だが——その母性愛のために、どんなにたくさんの他人の子供が泣いたか！　幾百万の孤児が苦しんだか！」

蓬々《ぼうぼう》たる髪の毛に日のひかりが金粒をまぶしたよう。ぬっくと獅子像のごとくつッ立ったまま荊木歓喜、愴々《そうそう》と声をしぼって、

「おのれの子ひとりのために、他人の子ァ泣こうが、苦しもうが、いいや、殺してもよいとさえするその鬼を、母性愛からたたき出せ！　その鬼が棲む以上、母性愛は徳でも聖でもありゃしねえ。悪だ。人間最大の、許すべからざる、愚劣きわまる悪だとおれはいう！」

ガックリと首を垂れて、歓喜先生、別人のように悄然としてひとりごと。

「だが……これを女に求めるのァ、猿に智慧を求めるとおんなじかな……あ」

今はきよらかな血もしたたり尽きて、純白のハンケチもひっそりと、ただ微風のみにふるえるハンモックをかえりみて、荊木歓喜の刀痕《かたなきず》三日月に似た片頰につーッとひく涙の糸。

すでに可憐な魂が、緋鯉とともに喜ぶ蒼天をちょっと仰ぐと、歓喜、ユラリと葉桜の幹をはなれて、

「西条さん、あんたの心情を思うと、まことに友としてなぐさめの言葉もねえ。……来ねえがよかった。いや、この殺しに、おれの来る来ねえはなんのかかわりもなかったろうが、そのかかわりのねえことに首をツッこむことになったのが、おれァ恨めしい。——裁判ですべてが終るわけじゃねえのが、この浮世だ。ああ、オッチョコチョイの真似ェして、のこるのァいつも辛《つれ》え心ばかり。——すまねえが、わしァもう逃げさしてもらいますよ。——」

ガックリ、ガックリ、藤の花のしたから石楠花《しゃくなげ》のあいだを遠ざかっていったが、いちど、凝然と塑像のごとく立つ西条家のひとびとの方をふりかえって、

「おお、奥さん——さっき、鯉のぼりの竿ンところにいなすったが、そのとき棕梠縄ンさきへブラ下がった金槌を、ふところへしまいこみなすったろ？　隠れンぼうはもうすんだ。もういいから、そんな重いものは出しちゃった方がいいですぞ。では、御免」

そして、門から黄昏の巷へ、飄々とその姿を消してしまった。

女狩

危険な輪舞

聖ミカエル病院の外科の医局のすぐ外に白いヴェランダがある。ちょうど下が崖になっているので秋の日にひかる町の屋並みがはるばるとみえ、晴れた日には遠く秩父の連山や富士がうす紫にみえるので、外科のみならずほかの科の若い医者や看護婦がよくあつまって、ほがらかに談笑する場所だった。

きょうも、そこの手すりに白衣の二人がよりかかってしゃべっている。ひとりは、色の黒い、どこか百姓のように鈍重で陰鬱な顔をした小男の医者で、ひとりは女医だ。

この女医も恐ろしく不器量で、醜いというより、眼が小さく、鼻がひくく——一言でいえばよくもまあこれほど似たと思われるくらいおかめの面に似ているが、それだけに患者の心をきっと明るくするにちがいない快活さがあった。

「いやあね、こんな病院の下に豚小屋をたてるなんて！　なんとかはやく撤去させないとこまるわ」

「うん、いま厳重に抗議しているんだがね、なんでもこの下の家の息子が、獣医学校の出身でね、富士山麓の牧場につとめていたんだが、ちかごろ神経衰弱になって帰ってきたんだそうだ。

ところが、習慣というものは恐ろしいもので、牛か馬か豚が傍にいないと、何だかおちつかなくってあばれるものだから、まあ牛や馬は飼うわけにもゆかないから豚をあてがうことにしたんだというんだが、病院のすぐ傍とは、非常識きわまるね」

　ふたりは、しかめっ面をして、しばらく崖の下をのぞきこんでいた。やがて女医はまぶしそうに遠い地平線をながめて、

「片桐先生、富士といえば、この次の日曜、あなたも富士へいらっしゃる？」

「ええ、まあ、みんなゆくならね」

「ほほほほ、みんなだなんて！　伊吹《いぶき》先生がいらっしゃるからでしょ？　あたし、わかっていますわよ」

「ば、ばかなこといっちゃいけない。あそこは、学生時代演習にいったところでなつかしいもんだから」

「ほほほほ、まあ、あかくなった。伊吹先生はほんとうにおきれいですものね。あら、片桐先生、にげ出さなくたっていいじゃありませんか？」

　女医葛山《くずやま》弓子はほがらかに笑った。

　片桐医師がにげ出してから三分とたたないうちに、医局の扉をあけて、やはり白衣の美しい女医がのぞいた。

「あら伊吹先生」

「長谷部《はせべ》先生いらっしゃらない？　いま婦人科の方をのぞいてみたら、こっちへゆくといって

出たって――」

小児科の女医伊吹史江《ふみえ》は、背が高く、白い額がひろく、まるでギリシャ彫刻のヴィーナスみたいな誇り高く冷徹な美人だった。なるほどあの風采のあがらない片桐医師までが葛山女医にからかわれるような心境に陥ったとしてもむりはない。

「いいえ、まだいらっしゃらないわ」

と、葛山女医はかぶりをふって、愛嬌よく、

「でも、それならいまにいらっしゃるでしょう。ここで待ってらしたらいかが？」

「そうね、でも、ちょっとさがしてきますわ。すこし内密の話があるものだから」

「ああ、わかった。あいびき？」

と、葛山弓子はけらけらと笑う。よく笑う女だ。が、伊吹史江はにこりともしないで、そそくさと顔をひっこめた。

すると、それとほとんど入れちがいに、その長谷部医師が扉をひらいた。これはよくふとって、血色がよく、かがやく眼と赤い唇に、いかにも無遠慮な、わがままな悦楽精神があふれている美男である。

「おや、ここに君いるのか？」

「ほほ、いちゃいけないんですの？　それじゃ退散しようっと――おっと、長谷部先生、いま伊吹先生がさがしていらっしゃったわよ」

「へええ、なんだろう？」

「なんか、内密のお話があるんですって――うらやましいこと」

「御冗談でしょう。僕は思いあたらんよ。それより、まだ院長のお嬢さん、ここへこない？」

「あら、可奈子さん、病院へきていらっしゃるの？」

「うん、また院長におねだりだろう。さっき院長室の前で、牧村君と話していたがね。あとでここで会おうって――」

「そう、あたしずっとここにいたんですけど、知らないわ」

「ちくしょう。僕にきかれたと思って、場所をかえたのかもしれないな。よし、もういちど、院長室をのぞいてみよう」

あわてふためいてとんでゆく長谷部直哉を見送って、葛山女医はくつくつ笑った。院長の令嬢をめぐって、この病院の若い医師たちが色と欲の渦をまいているのが可笑しかったのだろう。

偶然というものは面白いもので、長谷部医師が血眼《ちまなこ》になってさがしている令嬢の相馬《そうま》可奈子が、それから数分とたたないうちに、その絢爛《けんらん》たる和服姿をあらわした。大柄で、丸顔で、その華麗奔放な性質が鮮烈な化粧にまぶしいばかりにかがやき出している。

「こんにちは、お嬢さん。――牧村先生でしょ？」

「あら、よくご存知ね？　あのひと、どこにいて？」

「いいえ、牧村先生はまだいらっしゃいません。いま長谷部先生が血相かえてやってきて、そんなことをいっていらしたから。ほほほほほ」

「ほほほほほ、そう、あのひとがきたの。うるさいわね」

相馬可奈子は声を合わせて面白そうに笑いながら、ヴェランダに出てきた。

「うるさいだなんて。――きいたら怒りますわよ。もっともあのひとも、ちくしょう、とかなんとかいってましたけど。お嬢さんが牧村先生とお会いになることよ。ほほほほ」

「ちくしょう？　まあ失礼ね。あのひと面白いんだけど、ちょっとこちらが甘い顔をしてると、すぐつけあがって、――危険で悪質なドン・ファンだわ」

そして、彼女は白いふっくらとした掌《てのひら》を額にかざした。

「まあ、富士がみえるのね」

「ええ。でも、ほんとうにお嬢さまのおきれいだこと。あたしとこうならんでいると、おなじ人間とはみえませんわ。ほほほ、ほほ、ドン・ファンの長谷部先生が操狂《マニィ》になるのもむりないわ。――ああ、そうそう、富士にはお嬢さんもいらっしゃるんですってね」

「え、山へ登るのはいつかいって懲りちゃったけど、山麓をピクニックするのならね」

「でも、宿が百姓家だというじゃありませんか。あたしたちはともかく、お嬢さまにがまんができるかしら」

「ならいっそう面白いじゃないの。そう、あなたもいらっしゃるの？　じゃおねがいがあるわ。あたし、たいへんたのしみにはしているんだけど、あの長谷部さんがうるさいの。あなたよく監視してて――」

「まあ、お目付役？　はいはい、承知仕《つかまつ》ってございまする」

「そしてねえ、なるべくあたしと牧村さんをいっしょにして――」

と、ぬけぬけといって、相馬可奈子ははなやかに、コケットリイに笑ったが、ふと、崖の下に視線をおとして、

「だあれ、あのひと？」

「え、ああ、あのひとじゃないかしら、きちがい獣医だとかいうのは——」

崖下の豚小屋から出てきた男は、凄じい蓬髪《ほうはつ》にジャンパーをきて、ゴム長をはいていたが、頭上の笑い声にヒョイと顔をふりあげて、革手袋で髪をなであげた。きゃっと可奈子は悲鳴をあげた。青い、やせこけた顔をこすったとたん、ベットリと赤い血がくっつくのがみえたからだ。

「まあ、小屋のなかで何をしてたのかしら？　豚が子供でも産んだのかしら？」

その男は、ぎらぎらする眼でこちらを見つめていたが、すぐニタリと笑って家の方へいってしまった。

「まあ、きみのわるい。——葛山さん、あたしもういちどパパのところで待ってるから、牧村さんきたら、そういって」

院長の令嬢が去ってから、まるでそれを待っていたように牧村医師がどこからともなく、ひょっくりあらわれた。

「おい、じゃじゃ馬娘いっちまったかい？」

「あ、びっくりした。牧村先生、知ってらしたの？」

「知ってたさ。いやあ、さっき会ってくれといわれたんだが、あんな向うみずの高級パンパン

とのおつきあいはごめんだよ」

笑いもしない。細面《ほそおもて》にピッタリ髪をなでつけた美貌は凄いほどだが、どこやら外科医らしい、厳格な、残忍にさえみえる冷たさがある。

「ひどいことおっしゃるのね。高級パンパンだなんて——牧村先生ったらお顔に似合わず、おっしゃることが無遠慮すぎるわ。あんなおきれいな方を」

「ふ、ふ、きれいだなんて、あの厚化粧をおとせば、腐敗臭満々たる臓器と化物じみた性器だけさ。ほらいま君も無遠慮といったじゃないか。遠慮なく、ほんとうのところをいえば、ありゃ淋病《トリッペル》の既往症《アナムネーゼ》があるんだからね」

「まあ、恐ろしいことを——あなた汚瀆症《おとくしょう》の傾向があるからいやよ」

「ははは、そうかもしれん。しかし、汚ないのが人間の実体だからね。僕は、きれいなもの、清らかそうにみえるものをみると、ぐいっとその皮をひっぺがしてやりたくなるんだよ」

「まあおっかない。それじゃあたしなんか免疫だわ。ほほほほ、これ以上オトクのしようがない。——」

「そううぬぼれなさんな。ところで間宮はどこにいるか知りませんか?」

「牧村先生、あの子をオトクしちゃいけませんわよ。まるでしみひとつない山の中の百合みたいな、まだねんねの娘なんですから——」

「だから、僕はあの娘だけにゃ欲望が起きるんですよ。白紙にインクをぶっかけたい。——ははは、なあに、あれだって、ある瞬間から女になりますよ。本性色情狂の女というものにね」

「もういいわよ。あの子は、そこの十三号室の――」

「ははあ、僕は葛山さんの顔をあかくするのをはじめてみた。だってね、先生、僕のいったことが真理だってことは、精神病院にいってみりゃわかる。男の患者《クランケ》は兇暴型、沈鬱型いろいろあるが、女の方はまず大抵色情狂みたいになるじゃありませんか？」

「わかりました。はやく間宮のところへいって下さい。たしか荊木先生のところへ検温にいってるはずですから――」

――その荊木先生なる人物は、医局のとなりの第十三号室のベッドのひとつでうなっていた。荊木先生は、その名、荊木《いばらぎ》歓喜《かんき》、やはり医者だがこの病院の医者ではない。新宿の裏町のボロアパートに住んで、酒びたりになって、自ら巷の大医と称している怪人物。

怪人物であることは、その雀の巣のようなモジャモジャ頭、片頰に浮かぶ三日月型の刀痕《かたなきず》でもわかるが、いかな怪人にせよ盲腸炎にはかなわない。昨夜腹をかかえてころがりこんできて、早速牧村医師の手で手術をうけたが、さて麻酔がサッパリきかないたちで、けさから鯰《なまず》のごとく地をふるわせてうなっている。

「ほんとうに、こまったわね、もういっぺん注射していただいたらどうかしら？」

と、検温にきた看護婦の間宮路子はおろおろしている。これはさっき葛山女医が深山の白百合にたとえたが、みるからに清純可憐な美少女だ。

「だめだめ、この人にゃいくら麻酔をうったってきかないよ」

と、病室につかつか入ってきた牧村医師がいった。うなっている荊木歓喜をジロリとみた美しい眼には、冷淡というより、むしろ嗜虐《しぎゃく》的な快感の色さえあるようだ。

「それより、間宮、こんどの日曜に富士山麓にゆかないか、長谷部先生や伊吹先生もいっしょにゆくことになってるんだが……」

看護婦間宮路子はおびえたように牧村を見あげて小首をかしげた。

「あの、片桐先生もいらっしゃるでしょうか？」

そのとき、大うなりにうなっていた患者の荊木歓喜が、ぎろりと眼をむいていった。

「ううむ、いてえぞう。畜生、この病院の青二才ドモ、色恋沙汰にゃあみんなヤケに達者だが、医者の腕ァなんてへたくそだい。麻薬がきかなきゃ、酒をのませてくれえ。きゅーっと焼酎《ちゅう》をいっぺえ呑ませてくれりゃ、へぼ医者の三、四人たばになったより、ききめがあらあ」

先生、うなりながら、ヴェランダの恋の輪舞のささやきをきいていたらしい。

岩窟の夢幻境

聖ミカエル病院の七人の男女は、土曜から日曜にかけて、富士山麓に行楽にやってきた。泊ったのは原里村の或る農家である。これはちょうど十年前、片桐や長谷部や牧村が医学生だったころ、教練の教官につれられて演習にきたとき、分宿させられた家の一つであった。時はすべてをおしながす。敗戦前夜、空き腹をかかえて、怒号する教官に追いまくられた難行軍の想い出も、十年たってみれば、これだけは変らない林や森や草原や、農家の軒にぶら下がった黄色い黍《きび》や赤い干柿や、可憐な野菊や、そしてもちろん壮大な富士の風景のなかに、むしろなつかしかった。

そのかわり、新しい悩みが彼らをとりまいた。そのいらいらした感情は、十年前の苦痛を知らない四人の女をも、とらえていた。いや、正確にいえば三人だったかもしれない。とにかく狂言廻し役の葛山女医をのぞいて、あとの男女は、それぞれの恋を追い、そしてそれぞれ邪魔をし、たのしい行楽の笑いのなかに、ぞっとするような憎悪をひらめかしあった。

日曜の午後、七人は、いわゆる、『御胎内』のちかくの草原の上にあおむけにねころんで、薄雲のかかった秋空の富士を見つめていた。ほとんど同行者ともみえない、はなればなれの位置にである。原里村の宿から一里半も胸つき八丁の山道をあるいてきたので、だいぶくたびれかげんだが、そのくせまだ爆発し足りないような鬱屈したものがみんなの胸にある。

「おうい、おうい、誰か御胎内に入らないか」

と、遠くで牧村圭介がどなった。

「御胎内って何なのよう」

と、相馬可奈子が応ずる。

「御胎内って、このちかくにある岩窟さ。大むかし富士が噴火したときにながれた熔岩がつくった洞穴ですよ」

「まあ、そりゃ面白そうね。牧村さん、入ってみましょうよ」

と可奈子がはしゃぎ出すのに、牧村は急に冷淡になって、

「いや、まあよしましょう。なかは真っ暗で四つン這いに這わなきゃならんところもあったような記憶があるし、内部の路を、やれ小腸部、大腸部だの臍帯《せいたい》部だの精水池だの、名前だけはもったいぶったふざけた洞穴だから」

そして、牧村はたちあがって、草をざわざわ鳴らしながらどこかへきえてしまった。

きのうの夜から、相馬可奈子に、さも何事かを請求されるようないらいらした眼で追われていた葛山女医はしばらくしてそのことに気づいて、可奈子のところへしのびよった。

「お嬢さん。……もしかしたら、あんなことといって、牧村先生ひとりで洞穴へ入ってしまったのかもしれませんよ」

「えっ？……そうかしら、ようし、それじゃあたしも入ってみるわ」

葛山女医がそ知らぬ顔で立ってみると、いつのまにか誰の姿もみえないようである。きょろきょろ見まわしていると、草のかげに、つかれはてたように看護婦の間宮路子があおむけになっている。

「間宮、つかれたの？　まだこれからあの道をかえらなきゃならないのよ」

「みんな、どうしまして？」

「さあ、どこかみえないようね。みんな御胎内に入っちまったのかしら？　間宮、ヴィタミンでも注射してあげましょうか？」

「ええ、お願い、それからあたしも入ってみますわ」

「ほほ、片桐先生がお入りになっているかもしれないから」

「あら、いやな先生」

「あなた、けど、どうして片桐先生が好きなの? あんなお百姓みたいなひと。——」

「だってほかの先生は、長谷部先生だって牧村先生だってどっかおっかない人ですもの。片桐先生はほんとうにまじめな方ですもの」

一体、看護婦にとって、若い医者と結婚することは、もっとも確実性のある夢である。が、医者の方では看護婦は夢ではない。それで、看護婦は、はでな、大きな夢ばかり追う医者よりも、むしろ地味な、ぱっとしない医者に親近感をもつ。――そんな計算が無意識にもこのつつましやかな可憐な看護婦の夢にあるのかもしれないが、そんなことは全然かんがえられもしない無邪気な間宮路子の顔であった。

やがてふたりは、その岩窟にもぐりこんだ。

リュックからとり出した蠟燭《ろうそく》に灯をつけると、黒い岩壁の地下水がてらてらとひかる。葛山弓子をさきに、間宮看護婦は、小腸部と名づけられたトンネルから大腸部へ、五臓部へすすんでいった。乳房石のつき出したところあたりから、洞穴は急に細くなりひくくなり、まえに葛山女医の大きなお尻だけがうごめいているのがみえたかと思うと、いつか消えてしまった。

間宮路子は急に全身がふるえはじめてきた。恐怖もあるがそのほかに、なんとも名状しがたい異様な感覚がわきあがってくる。呼吸がはずみ、下半身が汗ばんで、かっかっと炎にあぶられるようである。

精水池とよぶ、とろりとした水たまりの上をわたって、臍帯部にたどりついたころ、彼女は頭がぼうっとかすんでくるのを感じた。この御胎内の空気には、なにかふしぎなエーテルでもまじっているのであろうか。

手さぐりですすむ左側の岩壁に、『この奥知らず』という穴がぽっかりあいている。風がふっとその奥からふいてきて、蠟燭の灯がきえた。

「たすけて……」

声を出そうとしたが、のどはひきつけたようである。彼女は四つン這いになった。暗黒のためもあったが、またそういう姿勢にならなければ通れないほど穴がせまくなってきたからであった。

と、前方にチラっと灯がみえた。あいだをふさぐ『後産石《あとざんいし》』という大きな石がある。その傍をくぐりぬけようとして、路子ははっと息をのんだ。

そこにはふたりの人間が横たわってはげしい息づかいでうごいていた。

その手足がからみあって、しばらく誰が誰ともわからなかったが、やがて下の女がぴしりと上の男の頰をうち、男がころがりおちた。

「あ、は、は、は」

満足しきったような笑い声はたしか長谷部医師のものである。

そして彼は蠟燭をもって、四つン這いに向うへにげていった。

「ちくしょう」

髪をふりみだして起きなおったのは相馬院長の令嬢であった。その豊麗な顔が、ぽっと紅に染まっている。

彼女が、ほとんどむき出しになった四肢をつかって、すぐにそのあとを這ってゆくのを、茫然として間宮路子は見送った。

それは一瞬の極彩色の幻想かと思われた。が、すでに闇黒にもどった岩壁に、路子はいまの妖しい残像をはっきりとみた。

彼女は生まれてはじめて、男女の秘戯を目撃したのである。

それは数秒とも思われ、数十分とも感じられる時間だった。突然彼女はじぶんの足をうしろから生暖かい手がそろりとつかんだのを知った。

「あっ……」

悲鳴をあげてふりむこうとしたが、身動きもできない狭い穴の中である。

のたうちまわって蹴《け》はなそうとしたが、そのゴリゴリした手は芋虫のようにふくらはぎからふとももへねばりつき、這いくすぐっている。

「あっ……あっ……た、たれか」

路子は身もだえした。心臓もねじれるような恐怖のなかに、形容もできない甘美な感覚が下腹部を這いまわってきた。全身に焔《ほのお》がもえはじめ、眼華《がんか》のような先刻の光景が五彩の幻想となって暗黒に狂いとび、この清純な娘は、恐怖と恍惚の交錯する夢幻境にあえぎ、さけび、のたうちまわった。

五分……十分……二十分……はてしなき、執拗《しつよう》な恐ろしき愛撫。

「ヒ、ヒ、ヒ、ヒ、ヒ……」

その笑い声がうしろからきこえると思っているうち、路子はじぶんの口から出ていることに気がついた。からだがねじれ、脳髄がねじれ、闇に反響するぶきみな喜悦の笑い声の中に、間宮路子は発狂した。

美女と野獣

あの淡雪のような美少女が、思いもよらぬむざんな色情狂となって、六人の男女にかこまれて帰京したことを知って、病院は鳴りどよめいた。同行した連中もわけがわからないといっているのだから、ましてほかのものに路子の発狂の原因がしれようはずはない。
ただ、彼女が処女を保っていたにもかかわらず、下腹部が血をうすらにじませて真っ赤に腫れあがっているという事実と、涎《よだれ》をたたえながら狂笑する歌声の、
「男と女子《おなご》と
まめんちょ
あんまり
ちょうして
泣かせなよ」

という文句が――彼女の生まれた岩手の素朴な民謡なのにかかわらず――なにやら人々を異様な恥ずかしさと恐ろしさにさそいこむのだった。
しかし、ほかの人々は、間宮路子の発狂を彼女自身の遺伝とか体質とかに求めようとし、この病院に直接の関係はないと思っていた。しかし、六人の男女だけが、漠然と悲劇がこのままで終りそうもないことを予感しておののいた。
二、三日たって、間宮路子を精神病院に送りこんだ日、もう夜がとっぷりくれてから、六人の男女が例のヴェランダにあつまった。
「……可哀そうに、どうしてあんなことになっちまったのかしら？」

と、伊吹女医が、冷たい美貌を翳《かげ》らせてつぶやく。葛山弓子は妙な顔をして、ちらちらと牧村圭介をながめつつ、

「牧村さん、偶然でしょうが、……あなたの持論のとおりになりましたわね。どんな女でも、一皮めくれば色きちがいだという――」

牧村医師は、べつに狼狽もせず、なにか考えこんでいたが、やがてにやりと気味わるい笑顔をあげて、

「いや、あれが偶然だとは僕には思えないね。とにかくあの御胎内に入ってその中で発狂したんだから……そこで彼女はいかなる目にあったか？」

「あたしは、間宮のすぐ前に入っていったのですけれど、べつにどんな恐ろしい目にもあわず、通ってきましたわ」

と、葛山女医は狐につままれたような表情をする。

「どうも、誰が御胎内の中に入ったかわからないんだが、僕はあの出口にちかい雑木林の中に立っていて、たしかにあそこから妙なそぶりで出てきた二人を見たんだがね」

と、牧村は憎悪のこもった眼で長谷部医師と相馬可奈子を見つめた。虚無的なその眼にこうまで暗い怒りと嫌悪《けんお》がみなぎっているのはめずらしいが、この冷血児、ひょっとすると案外本気で間宮路子を愛していたのかもしれない。

「そのふたりと、あの間宮のうたう妙な歌――男と女子とまめんちょ、あんまりちょうして泣かせなよ――という文句をむすびつけてみると、間宮がどんなものをみたか、大体見当がつきやしないかな?」

「おい、きみ――」

と、長谷部医師が何か真っ赤になっていいかけると、相馬可奈子がいきなりわっと泣き出してうずくまった。と思うと突然涙だらけの眼をきっと葛山女医にふりむけて、

「あんたがわるいのよ！　牧村さんが洞穴に入ったなんてうそついて、――だから、あたしは――あんたがわるいのよ！」

「いいえ、あたしは、ただ……」

葛山弓子があわてて弁解しかかるのを、相馬可奈子はきこうともせず、わんわん泣きながら医局を通りぬけてかけだしていった。いい面の皮の女医は狼狽しながらそのあとを追う。

長谷部は顔をゆがめて見送ったが、すぐにむかむかしたように牧村をにらんで、

「ほら、葛山君が、君も御胎内に入ったといったじゃないか。誰が入って何をしたか、わかったものかい」

「僕は入らないよ」

「僕もだ」

と、片桐三郎が、ぼさっと陰鬱な顔でつぶやく。そのときいままで何やら首をたれていた伊吹史江が眼をあげて、

「牧村さん、あなた長谷部先生になんかへんなことをいってらっしゃるようですけど、たとえ間宮があの御胎内でどんな目にあわされたにせよ、そうした人間があたしたちのグループの中にいるとは限らないじゃありませんか？　誰か全然局外者がはじめからあのなかに入っていたと考える余地ありません？」

「え？　というと――」

「あたしねえ、あの日、原里村から御胎内へハイクしている途中、ずっと向うを馬にのってはしってゆく人をみましたの、それがいま思うと――」

「だれだったの？」

「この病院の下のあのきちがい獣医……」

「なんだって？」

みんな愕然としていた。伊吹女医は、元気づけるように長谷部直哉を見あげて、

「先生、ばかな疑いをはらすためにも、どうかあの獣医のあの日の行動をしらべて下さいませ

ん？」

長谷部はちょっとどう返事していいかわからないような顔つきでだまっている。すると片桐三郎が突然決心したようにいった。

「よろしい。僕がしらべてあげましょう」

彼は、伊吹女医の望むことなら、その足すすぎでもやりかねないほどの表情であった。

――こうして別れたその夜に、またも恐るべき第二の大惨劇が起ろうとは誰が予想したろう？

これらの問答を、第十三号室の窓ぎわのベッドで、荊木歓喜先生が、じっときいていた。いや、きいていたわけではなく、天然自然にきこえてきたのである。が、明日退院というのに、もう一升瓶をかかえこんで、グビリグビリとやっているのだから、きいた内容もきれぎれである。また全部きいたとしても、いかな荊木歓喜といえども、その夜の殺人を予測できなかったにきまっている。――いかな荊木歓喜といえども――というわけは、この歓喜先生、放蕩無頼の大不良老年のくせに、ふしぎな探偵能力があって、都下の警察でもひそかに一目おかれている人物だからである。

――その夜十二時ちょっと前、その惨劇の第一の徴候をみとめたのは、ちょうど当直で、外科の医局で研究していたという葛山弓子だった。崖下の豚小屋で、なにやら、きえ――っ、きえ――っと豚のひしめくただならぬさけびに、ふしんに思ってヴェランダに出てみると、真っ暗な豚小屋の前の柵のなかで、あらあらしい格闘する音がきこえる。

「助けてくれ、助けてくれ」

そう叫ぶ声がたしかに片桐の声らしいので、高いヴェランダの上の葛山女医はけたたましく悲鳴をあげた。

夜勤の医者や看護婦を督励《とくれい》して病院の玄関から大まわりをして崖下の家にやってきてみると、格闘していた二人の男は家人に抱きとめられて、嵐のような息をついている。とくに血だらけになって気絶しそうになっているのは片桐医師だった。

「葛山先生、伊吹先生からお話をききましたか？　あの御胎内事件のあった日、この狂人が原里村にいっていたらしいということを。――そ、そ、そのことを僕はきょうの夕方からいっしょうけんめい調べていたんです」

と彼は気息奄々《きそくえんえん》としていった。

「すると、やっぱり、あの日、あっちへいってるんです。あそこのちかくにもと勤めていた牧場があって、そこへときどきふらりとゆくんだそうです。……一昨日帰ってきたそうですが、きょうはまた朝から町へ出かけてしまったという。その帰るのを待って、このあたりをぶらぶら見張っていたら、あいついつのまにかこの豚小屋にもどってきていたらしい。あんまり豚がさわぐので、のぞきにきてみると、いきなりその暗がりからとび出して、くみついてきたので……」

「この豚泥棒め、串カツにして食ってしまうぞ！」

と、その狂人は口のはしから泡をかみ出しながらうめいた。

人間同士の騒ぎは鎮まってきたが、小屋の中の豚の騒ぎはいよいよ荒々しい。怒りとも歓喜ともつかぬうなりが渦をまいているようだった。

「きえ――っ、きえ――っ」

その異様な昂奮に、まずふしんの気を起したのが、いつのまにやら病院からのこのこと現われてきていた荊木歓喜だった。

「はてな」

つぶやいて、小屋をとりまく長い竹の柵をまたぐその足は、ガックリ、ガックリちんばである。泥水をぴちゃぴちゃはねあげて小屋をのぞきこむ。小屋の向うの板壁の上部に縦二尺横三尺くらいの窓があって、そこから向うをふさぐ暗い崖とちょっぴりのぞく星空がみえる。微光のなかに、模糊《もこ》たる豚の群は、まるで創世記の、のたくりかえる泥海のように怪奇な光景だった。

「灯を――」

と、荊木歓喜がいった。二つ三つ懐中電燈がはしりよってきた。

とたんに、誰かが「ぎゃあっ」とたまぎるような悲鳴をあげて、その灯をとりおとした。

荊木歓喜はその懐中電燈をとりあげて、じっと小屋の中を照らす。その灯がまるで波のようにゆらぐ。むりもない。みよ、その汚物と悪臭の底に横たわっているのは、人間の女ではないか。しかも若く美しい女ではないか。その上に、豚どもはあの厚いいやらしい鼻をおしつけ、鼻息をふきかけ、或《ある》いはしゃぶり、或いはその胸をふんまえ、或いはそのまわりをぴちゃぴちやとめぐっている。

それぱかりではない。それぱかりではない。……その白い百合の花弁のようにひらき、まくれあがった白衣の下から、青竹が一本まっすぐにつき立っている。両脚のあいだから刺しこまれて、そのそぎ切ったはしは、右の肩にかすかながらつきぬけている。

「ううむ！　人間の串カツか！」

と、さすがの歓喜先生がしぼり出すようにうめいた。

「しかも、しかも、あのきれいな女医さんを！」

とたんに、片桐三郎が泥水のなかに崩おれた。肛門から串刺しになって殺されていたのは、あの誇りたかく、冷たき美貌の女医、伊吹史江だったのである。……

絢爛《けんらん》たる解剖台

屍体の両腕はうしろにしばりあげられていた。

この串刺しが、生きながら行われたものにせよ、屍体に加えられたものにせよ、細い鋼鉄ならともかく白銅貨大のふとさをもつ青竹だから、犯人がいかに恐ろしい怪力をもつ奴であるかがしれた。何にしても、もとより常人のなせる業ではない。

「この竹は？」

と荊木歓喜は小屋の外に出て、懐中電燈をふりまわしながらつぶやいた。

その竹の、おそらくそうと推定される出所はすぐにわかった。柵につかうためであろうか、小屋の裏にそれと同じような十数本の青竹の束が高々とたてかけてあったのである。

たちまち、そのきちがい獣医は逮捕され、なにか物凄いわめき声をあげてあばれるのを、よってたかって拘引されていった。

参考人、として呼ばれた片桐医師が、どうしてこのきちがい獣医を看視していたか、という疑問にこたえて、富士御胎内の怪事件が明るみに出て、この淫虐な狂人の所業は満都の子女をふるえあがらせた。昭和七年、名古屋で十九歳の娘を殺害し、バラバラはおろか、髪の毛のついた頭皮をひきめくり、眼球も耳も乳房も性器もえぐり出した淫獣増淵《ますぶち》某の例をひいた新聞もあった。

ところで、事件の雲行がやや変ってきたのはそれから一週間とたたないうちである。それは伊吹史江がはたしてあの恥ずかしめをうけるまえに、すでに青酸カリで毒殺されていたこと、そしてその死亡時刻はあの夜の八時以前だということがわかり、同時に午後七時に病院内でその姿をみた者があったので、兇行は七時から八時のあいだに行われていたことがあきらかであるが、ちょうどその時刻、きちがい獣医は東京のはしっこの或る交番で、挙動不審のため取調べをうけていたことが判明したからであった。

嫌疑は片桐医師にむけられた。彼が被害者を恋し、しかも顧みられないということがわかったからである。しかし彼はその時刻、病院のすぐちかくの珈琲《コーヒー》店で通りを見張っていたことがわかった。

御胎内の怪事件もなんらかの脈絡《つながり》があるとみて、ほかの四人もつぎつぎと呼び出されて取調べをうけた。しかし牧村医師と葛山女医は当夜一歩も病院から出たことがないのが明らかになったし、長谷部医師と相馬可奈子は――これははじめアリバイが判然とせず、またあとになっても、どこか朧《おぼ》ろなうしろ暗さがのこったが――とにかく、その夜、可奈子は銀座の某ナイト・クラブにいたし、長谷部は場末の温泉マークの連込宿に或るダンサーと泊まっていたという。そして事件は迷宮の色を濃くしてきた。

――その妖雲にひそかに一石を投じたものがある。いや、一石というより一個のボタンといった方が正確だろう。十日ばかりのちの或る夜、退院したはずの荊木歓喜が飄然と病院にあらわれて、それとなく人々に白い小さな一個の貝ボタンをしめし、

「このボタンを見覚えの方はおありでないかな?」

と、きいている姿がみられた。どうしたのです?　ときくと、声をひそめて、

「いや、ちょっとまだわしのないしょにしてもらいたいんじゃが、実はあの夜、伊吹さんの屍体の靴の一つがぬげていたものじゃから、何気なくとりのけようとしたはずみに、なかからポロリと出てきたんで――」

しかし、この貝ボタンの持主もとうとうわからなかったらしい。

そして、ちょうど伊吹史江が殺害された夜から十五日め、またも聖ミカエル病院に第三の大惨劇が起ったのである。

その夜、荊木歓喜は、偶然また外科の第十三号室にいた。というのは知りあいの与太者が喧

嘩をして片腕へし折られたのをかつぎこんでやってきたのである。

「さあて」

彼は、ときどき、このおなじせりふをつぶやきながら、窓から崖下の小屋を見下ろしていた。

「誰か、そろそろボタンにかかりそうなもんじゃが」

それはどういう意味であろう？　先日の荊木歓喜のあのボタンの持主について何かわかってきたというのだろうか。それとも、あの持主さがしが特別の意味でも持っていて、その網に真犯人がひっかかってくる見込かなにかあるのだろうか。

そうだったのである。荊木歓喜はそれを待っていたのである。しかし、さすがの彼も、その夜あのむごたらしい絢爛たる殺人が起ころうとは神ならぬ身の知るよしもなかったのである。

そしてそのことは、むろん隣りの外科の医局にあつまって、ヒソヒソ話をつづけている五人の男女にも――たったひとりをのぞいて――知れようはずはなかった。

「警察じゃ、まだあたしたちをうたぐっているらしいけれど、ほんとうにあんな恐ろしい人殺しをしたひとが、このなかにいるのかしら？」

と、相馬可奈子が恐怖にみちた眼であとの四人を上眼づかいに見ながら、ガブリとコーヒーをのむ。

「いるにちがいない。警察ではまだわれわれのアリバイに満足していない。僕と葛山君だけはまあこの病院にいたからいいが、あとの方には、いまのうちに曖昧性をといておく必要があるな。みんなの誤解をとくためにも、あるいは誤解じゃなければ、逮捕をのがれるためにね」

と、牧村医師が、にやりと冷酷なうすら笑いを浮かべた。

「何をいっているんだ。僕はだまされたんだ。警察ではどう思っているかしらないが、あの晩たしかに僕は可奈子さんがあの旅館に待っているからという電話があったからいったんだよ。僕をあやつってアリバイをおかしいものにしてしまったんだ」

と、長谷部は必死に力説する。

「あたし、そんな電話はかけないわ。だまされたのはあたしよ」

「いや、たしかに女の声だった」

「あたしに、あのキャバレーで待ってるからと電話をくれたのは、たしかに——牧村さんだとはいわないけれど——牧村さんらしい男の声だったわ」

と、可奈子は顔を紅潮させる。

誰もが誰もを疑い、恐れ、にくしみあって、この不幸な一座には、近代的な大病院の中の青春の群像とはみえないほどの、陰惨な、血の香のするような妖気がたちこめていた。……そうだ。妖気だ。みんな妖気にあてられたのである。誰も知らない白い部屋で、彼らはそのうちふしぎにも、みんないっせいに眠りはじめたのである。彼らは音もなく夢魔の国に沈んだ。

真夜中——ひとりの看護婦が、医局のとなり、ちょうど第十三号室とは反対側にある手術室に、あかあかと電燈がついているのに気がついた。

「おや？　今夜急な手術《オペ》でもあるのかしら？」

と、廊下の掲示板をみたが、何もない。二、三人、あつまって、部屋に入ろうとしたが扉はひらかないし、呼んでみても返事はなかった。

ちかくの内科の当直の医者が呼ばれて、しばらくののち、意を決して廊下沿いの窓のすり硝子をくだいた。

「あれ？」

片眼をあてて中をのぞきこんだその医者は、しばらくまじまじと瞬《まばた》きしていたが、突然、

「あ――っ大変だ！」

と絶叫して、ヘナヘナとうしろに尻餅をついてしまった。

手術台の上にのせられているのは、全裸の相馬可奈子であった。雪白の脂肪が煌々たる電燈に照りはえてまぶしいようだった。――けれど、それは手と足と顔だけである。その軀幹《くかん》部は――まさに紅、白、紫の牡丹《ぼたん》が狂い咲いたようであった。紫は内臓である。白は肋骨である。紅はもとより血で、それは手術台からタイル張りのぬれひかる床へ、いまもなお滴々《てきてき》とおち、ぶきみな虹や輪をえがいて八方へひろがっているのであった。

そして手術室のベンチには長谷部医師が、片腕をだらりと床にたらしてころがっていた。

それから、床にはうつぶせに牧村医師がたおれている。なげだした右手と、長谷部のたおれた右腕とのちょうど中間あたりに、血まみれのメスがおちていた。

扉をこわして手術室に入った人々は、手術室からすぐに通りぬけられる医局に入った。そこの革椅子には、片桐医師と葛山弓子が、がっくり首をたれて沈みこんでいた。

すぐに、この四人の男女が、殺されているのではなく、眠っているのだということがわかり、その眠りの異様にふかい様子から、人々の眼は卓上の五つのコーヒー茶碗に注がれた。

「ああ、あんなきれいな屍体にむごたらしいことを……」

と、かけつけた警察署長が、さすがに、思わず両掌《りょうて》で顔を覆うのに、うしろの群衆の中から声がかかった。

「いや、署長さん、屍体を解剖されたのじゃない。どうやらあのお嬢さんも眠らされて、生きながら解剖された所見がみえる。むろん単に催眠薬じゃなくて、あらためてクロロフォルムかエーテルをかがされたものじゃろう」

「おお、荊木先生」

署長がふりむいて、ちょっと会釈した。相知《そうち》の仲らしい。

「いったい、こんなむごいことをしたのは何者でしょうな、あとの四人とも眠らされている間にやられたものとみえるが」

「ばかなことをおっしゃっちゃいけません。眠るのは、こういうことをやったあとで、あらためて催眠薬をのみゃよろしい。たとえさきに眠ったふりをしようとね……」

「えっ、では、犯人はこの四人のうちですか？」

「そうだと認めてもらうために、真犯人はわざわざこの手術室と医局を密室としたらしいじゃないですか？」

狂わざる狂人

ちょっと、ここ一、二時間は醒めそうもない四人の医者は、とりあえず医局の革のベンチに横たえられた。

むろん局外者は追い出され、廊下には警官が厳重にたちならんでいる。そして中には、署長をはじめ捜査係官と荊木歓喜だけが、或いはうごき、或いは坐っている。——尤も沈湎《ちんめん》と腕をくんで、椅子に坐っているのは、歓喜先生だけである。

「そうか。……ボタンにひっつかれて、はね出すだろうと思ったが、こう派手に、一挙においでになるとは思わなかった……」

かすかな身ぶるいがその肩をかすめる。署長がふりむいた。

「荊木先生、なにか御存知のことがありますか？」

「いや、わしゃねえ、署長さん、いちばんはじめ色きちがいになった間宮という看護婦の世話になったし、またまたひょんなことで、殺されたあと二人のお嬢さんとこの三人の青年医との、恋と憎しみの鬼ごっこみたいな関係を知ったものじゃから、ちょいとお節介な気をおこして、実は十日ほどまえ、富士の御胎内とやらにいってきましたよ」

「へへえ。やっぱりあの事件とこの殺人とはつながっておりますか。それで、何かわかりましたか？」

「いやはや、たいへんな穴で、わしゃこの通りデブですからあとにもさきにも進退きわまり、往生しましたわい。しかし、おかげでどうやら、あの看護婦が色きちがいになった原因らしいものが見当がつきましたよ」

「ほ、人間を色情狂にするものが、あの洞穴にありますか？」

「べつにあの洞穴にかぎったわけでもなく、また、そうなる人間の年齢とか性質にもよりましょうが、おそらくあの看護婦は、洞穴のいちばんせまいところで、うしろから抱きつかれて、しつっこく性器をもてあそばれたものと思う。のみならず、あの牧村という医者が目撃したというところによると、長谷部と院長令嬢があられもない恰好であらわれたとか。間宮はそのけしからん光景を洞穴のなかでみたとすれば——そのうえまた、知らぬあいだにヨヒンビンか何か催淫剤でも射たれたとすれば……」

「色情狂になりますか」

「ならんけりゃ、殺すつもりだったかもしれません。しかしあの洞穴のなかで、人間ばなれのした刺戟でせめたてられりゃあ、若い娘の気がへんになっても面妖じゃなかろう——わしゃそんな気がしましたな」

「それにしても、誰がどんな順序であの御胎内に入ったのかこちらも調べましたが、結局よくわからんかったのですよ。葛山女医は看護婦のまえに入ったというし——入らなかったという者も、それがほんとうかどうか——」

「左様。それにさきに入っても、途中で、この奥知らずなんて横穴もありますし、やりすごすこともできるわけです。いや、その点は実はわしにもよくわからなかったのですがな。――しかし、二度目の殺人で――」

「あの串刺し殺人ですな」

「あのとき長谷部と院長令嬢に、それぞれ誰か偽電話をかけて、曖昧なところへ出かけさせたという」

「その電話の件は、ほんとかうそかわかりませんが、とにかくあの時刻に長谷部と令嬢がその曖昧な場所をウロウロしていたことは事実らしい。ただ、そのころ伊吹女医がどこにいたか、この点がまだよくわからんのですが――」

「わしゃ、伊吹女医はこの病院にいたと思うんです」

「えっ、それは殺されたのも、この病院のなかだ、という意味ですか？」

「左様。その偽電話で、あの二人を外出させ、駈けまわらせた細工から、逆に人殺しはここで行われたと思うんです」

「ほほう！　すると、誰がその屍骸をあの崖下の豚小屋にはこんであんなむざんな真似をしたのですか？」

「犯人も、またこの病院を出なかったと思うんです」

「そんな、ばかな――」

「いや、やって出来ないことではない。その細工は――先ずひるまのうち、豚小屋にあった青竹を二本、こちらの崖によせかけておいて、日がくれてから、一本は先をそぎ竹にしてこのヴェランダにひきあげる。医局で伊吹女医を毒殺するとその竹槍を肛門にさしこみ、もう一本の竹竿に、足をしたにしてくくりつけ、このヴェランダから小屋の裏窓をとおしてすべり落すんですよ。つうッ、とすべっていった屍骸は小屋の中へ――そしてその加速度で肛門の竹槍はぷつーりと胴をつらぬいて肩までも出る……」

「……」

「というようなことを考えたから、わしゃ、かまをかけてみた。伊吹女医の靴のなかにボタンがあったと――なあに、そりゃわしのボタンでそんなことはうその皮ですがな――しかし、それがもしほんとうだとすれば、伊吹女医は靴をはかなかったわけになる。外出しなかったわけになる。靴をじぶんではけば、中のボタンに気がつかなかったということはあり得ませんからな。ただし、外出しなかったことが必ずしもこの病院にいたということにはならんかもしれないが、もし屍骸に靴をはかせた奴があったとすれば、必ずや胸にドキリ、蠢動《しゅんどう》しはじめると思っていたんだが、あくまでこの人殺しはやりぬくつもりであったらしい――」

「先生。すると……この四人のなかで、あの夜病院にいたのは牧村医師と、葛山女医ということになりますが……」

「左様」

「女医はまあ話の外におくとして、やっぱり牧村医師ですか！　ううむ。そうか。そういえば牧村医師は、きわめて冷血な性格らしいし、院長の令嬢をひどく嫌悪しているという聞込みも耳にしたことがある……」

「署長さん、なぜ女医を話の外におきなさる?」

「なんですって?」

「とまあそうお考えになるのが常識、これほどのことをやった下手人が、どうしてそんな常識どおりに、いかにも自分を疑えと、いわんばかりに、解剖屍体のすぐ下にひっくりかえって、メスを横にころがしておくものでしょうか」

署長と荊木歓喜の問答は終った。

恐ろしい沈黙ののち、つくりつけの木像のように歓喜先生の頰を凝視していた署長が、かすかに唇をうごかせた。

「……なぜ?」

そのとき、ヴェランダへ出る鍵がガチャッと鳴った。はっとしてふりむくと、いつのまにか葛山女医が、その把手《ハンドル》を背にして立って、きっとふたりをにらみつけている。

「なぜならば」

と、彼女は軋《きし》り出るようにいった。しずかにその扉が左右にひらかれてゆくが、彼女の身体はうごかない。左手にぶらんと小さな瓶をにぎりしめていた。

「そう、新聞には、きっとこうかくでしょう。だれにもかまってももらえない、道化じみた醜い女医の、美しい同性に対する狂乱のヤキモチだとね——」

彼女はじりじりとあとずさりにヴェランダに出てゆく。しかし署長と歓喜は身うごきもできない。左手の小瓶もふたりを、金しばりにしている原因であるが、それより、彼女の、眼の小さな、鼻のひくいおかめそっくりの顔が恐ろしいのだ。いや、それは恐ろしいというより荘厳ですらあった。

葛山弓子はヴェランダの手すりを背に、銀河きらめく秋の夜空を見あげた。それから全病棟にひびきわたるような大声でさけびはじめた。

「神さま！　あなたはなぜ女の幸福を、その容貌だけにおかけになったのです？　男は智慧で生きます。力で生きます。けれど女は、智慧だけでは、力だけでは生きられません！　ほんとうにすぐれた賢い女が、ただ醜いというだけで、むかしからいままで、どれほど愚かしい美女の高慢な笑いの下にみじめに死んでいったことでしょう。皮膚さえはぎとれば、みんな同じなのです！　むしろ美人の心はうぬぼれに病んで腐っているのですのに！　神さま！　あなたは不公平です。邪悪です。あたしのしたことは、全世界の醜女《しこめ》に代わってあなたへの抗議ですわ！　復讐ですわ！」

左手の瓶が唇へいった。彼女は咳《せ》いた。口のはしから血泡があふれた。そのひかる眼が、医局になおこんこんと眠っている愚かな三人の医者をみて、さげすむがごとく笑った。

「あっ、待て！」

と、荊木歓喜がおどりあがったとき、葛山弓子は、物凄い高笑いを虚空にひいて黒闇々たる崖の下へ、礫《つぶて》のようにおちていった。

お女郎村

傾城《けいせい》の故郷《ふるさと》寒きところなり

荊木《いばらぎ》歓喜《かんき》は、保科《ほしな》家の裏土塀のくぐり戸から庭に入った。
庭——むかしはさぞかしよく手入をされた美しい庭園だったのであろう。樹立のかげに苔むした石燈籠がたっているし、青くひかる筧《かけい》の竹の向こうには泉水があったにちがいない。けれど、いまは廃墟のあとの草っ原のようだった。膝にからまるまでの丈たかい雑草のなかには、萩や桔梗《ききょう》や芒《すすき》が風にゆれている。
往診鞄をぶらさげた歓喜が小さな離れ屋にちかづくと、なかで秋風のふるえるような唄声がきこえた。
「ちょうごろ、ちょうごろ、はねちょごろ、
羽根も蓮華《れんげ》ものりこして、
おじゃが女郎《じょろう》衆の音きけば、
一や一のまる、二や二のまる。……」
蓬髪のそよぐ頰に、三日月型の刀痕さえある荊木歓喜の魁偉《かいい》な顔に、ふっとあわれみをふくんだ微笑が浮かぶ。

彼は離れ屋の入口にたった。この離れ屋は入口が一つしかない。一方の雨戸は釘づけにされ、反対の母屋に向う窓には櫺子《れんじ》がはめてある。のみならず、その入口の戸には、外から小さな閂《かんぬき》さえさしてあった。

閂をぬいて中に入ると、歓喜は笑顔で呼んだ。

「婆さんや、お舟婆さん」

しきっぱなしの蒲団の上で、ちゃらちゃらと銭をもてあそんでいた老婆は、白い頭をあげて歓喜を見たが、べつに意に介した風もなく無心に歌いつづけた。

「お雛《ひな》さんのお飾り物とて、

金の小袋に長崎かもじ、

入れて結われて花見に出しゃれ。……」

しゃがれた、うらさびしい、けれどうつろな声であった。すでにまったく頭の荒廃した女の声である。

荊木歓喜の瞼《まぶた》の裏を、ちらっと東京の――吉原や新宿の紅燈《こうとう》のかげにたたずむ、風鳥《ふうちょう》のようにはなやかな女たちの姿がよぎる。

(あの女たちのなれの果もこれか。……)

このお舟も若いころ吉原に身売りされた女だった。むかしから身売りの多い地方なのである。それから幾十年――この女がどんな哀しい恐ろしい、暗い運河を流れてきたか、それはいま彼女のスピロヘータにむしばまれた脳をみれば想像がつく。お舟はもう恢復しがたい麻痺性痴呆だった。

そうなったればこそ、風のように故郷にながれ戻ったのであろう。なんの理解力も判断力もなく、記憶力も霧のようにうすい。唇も舌も手足の指もいつもふるえている。二、三度ここからさまよい出て、河におぼれかかったことがあってから、やむを得ずこの離れを座敷牢のようにしたのである。ふだんは幼児のようにおとなしいが、ときどき発作的にあばれたりするので、部屋に危険なものは何ひとつおいてない。

ただ、彼女のおもちゃは銭である。しかも、音のする白銅貨である。おそらく、彼女が春を売ったころ、その値が音のする銭の単位であったことから、そのひびきに、たのしい愉悦《ゆえつ》と郷愁をおぼえるからであろうか。

「婆さん、そうれ」

荊木歓喜は、その枕もとにかがんで、ぱらぱらと五、六枚の白銅貨をなげた。歓喜は医者だが、もとより、もはや彼女を治療するためにここにきたのではない。この銭をあたえるためである。

お舟婆さんは、うれしげな笑い声をたててそれを膝の間にかきよせた。

そのとき、入口がひらいて、明るいやさしい声がきこえた。

「あら、荊木先生。また御親切に――」

「おお、お嬢さん。学校はもうおひけか」

お茶と夕飯の盆を持って、入ってきた若い娘は、この保科家のひとり娘の百代《ももよ》である。地味な紺のサージのツーピースながら、玲瓏《れいろう》とすきとおる玻璃《はり》細工のように清麗な処女だった。

まるで赤ん坊にたべさせてやるように、箸をもって痴呆の老婆の口にご飯を入れてやりながら、

「先生。松葉先生はその後どんなご様子？」

「まあ、この半年はうごけますまいな」

「まあ、お気の毒に。でも半年たてばおなおりになるなら、父にくらべればお倖せね。父なんかもう十年になるんですもの。……」

十年になるというのは、母屋にねているこの邸《やしき》の当主保科一馬《かずま》の中風のことである。

この大きな邸をみてもわかるように、敗戦までは保科家は近郷きっての大地主であった。彼が脳溢血でたおれたのは、敗戦後のあの土地解放のさわぎのなかである。彼が病床についているあいだに、保科家の日は一挙にかたむき、むしろ闇の中に崩壊した。長男は戦死し、妻はまもなく死んだ。そしていまは、辛《から》くもこの荒れ果てた邸を持ってはいるものの、その生活はほとんど、小学校教師をしている娘の百代によって支えられているのである。彼女は夜にとざされようとする保科家のただひとつの星であった。

「まるで、天使だ」

と、荊木歓喜は、微笑の眼でこのけなげな娘をくるむようにみる。

村にながれもどってきたお舟をこの離れに引きとって世話をしているのは、ただ百代の天使のような心からである。お舟は娘のころ、百代の兄の子守をしていたことがあるそうだ。しか

し、そんな記憶は、いまは一切この老女にはないらしい。ただ犬のように、ぺちゃぺちゃとお皿にかじりついている。

「それじゃ、お嬢さん、ちょいとお父さんをお見舞しますかな」

食事が終るのを待って、荊木歓喜はたちあがった。

ふたりは庭へ出た。百代は哀しげに入口をふたたび閂でとざす。人手がないから、お舟のためにやむを得ない閂である。

「寂滅為楽《じゃくめついらく》」

と、斜めにおちる黄金色の日の光を仰いで荊木歓喜がつぶやいた。なるほど、廃園にはそんな寂寥《せきりょう》の感としずかな平和がみちていた。その、なんとなくいい心持であるいていた歓喜の心を、突然、はっと波立たせたのは、壁の崩れおちた土蔵の角を、玄関の方へまわったときである。

これまた朽ちはてた冠木門《かぶきもん》を、そのときぱっとはなやかな日傘がひとつ、しゃなりしゃなりと入ってきた。

「まあ……お笛《ふえ》さん」

と、百代がさけんだ。

「ああ、そうだわ。もうお帰りの季節になったのね」

「そうなんでございます。お嬢さま、また旦那様にご挨拶にうかがわせていただきます」

荊木歓喜は、眼をぎらっと凝固させて、この村にきて以来みたこともないあかぬけした豪奢な着物をきた四十年輩の女を見つめて立っている。

その歓喜にふっとなにげなく視線をやった女も、はたと足をとめた。さすがに、ちょっと声もでないほどどめんくらった表情であったが、たちまちその豊麗な顔が牡丹のように笑みひらいて、

「まあ、おめずらしい、荊木先生。このごろ新宿にお姿がみえないと思ってたら、まあ、こんなところに！」

「ううむ。とんだお富と与三郎じゃな。——といって、頬っぺたに傷こそあるが、とんと色気の方にゃ縁のない与三郎だが——」

「先生、どうしてまあ、この村などにいらっしゃるの？」

「なに、この村のお医者の松葉さん、あれがわしの同窓でな。それがこの二カ月ばかりまえから中風になって、わしを呼びつけたわけさ。……ところで。マダム」

と、荊木歓喜はなお眼をぱちくりさせて、

「あんたは、またなんでこんな北陸の山の中の水呑み村へあらわれ出でたものかな。あんたのような、東京の遊——」

遊廓といいかけて、そばに百代がいるのに気づき、荊木歓喜はあわわわと口をおさえた。まことにその鴉田笛《からすだ》は、吉原、新宿に十数件の妓楼《ぎろう》をもつほかに、盛り場に大きなキャバレーさえも経営する女だったからである。

鴉田笛は、日傘をたたみながらニッコリ笑って小腰をかがめた。

「先生、その水呑み村のこの小代村《おじろ》が、あたしの生れたところなんですのよう」

水損《すいそん》の村へのさのさ女衒《ぜげん》ゆき

荊木歓喜は新宿の裏町に住む医者である。もっとも医者の看板をかかげたことはない。恐ろしいボロアパートに住んで、界隈の与太者や売春婦を相手に、ただにちかい商売をやっていて、本人は「巷の大医」と称しているが、その方の腕はどうだかわからない。ただ、奇妙な探偵能力があって、警察の方でも一目おいているが、その反面、東京のいかなる闇黒街にでも、たとえ、べろべろに酔っぱらって大道に寝っころがっていようと、誰も手を出す奴はひとりもいないというふしぎな徳がある。

で、彼は、東京でも指折りの大売春業者といわれる鴉田笛と相知の仲だが、といって、べつにそれほど親しいわけではない。

というのは、鴉田笛は或る意味で上流階級に属するからだ。彼女は十数軒の妓楼やキャバレーをもつ。自家用車も別荘もあるそうな。ちらと小耳にはさんだところによると、息子は貴族大学といわれるK大学にいっているというし、彼女もつねに一流の芸能人らとつきあっているという。

歓喜は、このお笛が、与太者を相手にすばらしい啖呵《たんか》をきっている姿をいちどみたことがある。彼女は毎夜しとやかな着物をきて、じぶんの店々の勤務状態を視察してあるくのが日課らしいが、そのうち、或る一軒の店さきで、女にからんでいるタチのわるい数人の酔っぱらいを目撃したのである。そのとき彼女が、女を背にかばって、男たちにたたきつけた啖呵の水際《みずぎわ》だった凄さには、きいていた歓喜も舌をまいた。まるで貴婦人のような女の口から、みごとな伝《でん》法《ぽう》口調がとび出してくるのに、さすがの酔っぱらいどももドギモをぬかれたらしい。

這《ほ》う這《ほ》うのていでにげ出すうしろ姿を見送って、「あっはっは、あっはっはっは」と高笑いするお笛の顔は、まるで夕焼にはえる牡丹のように凄艶だった。その一方で、彼女が実に女たちをまんべんなく可愛がることは、歓喜もよくきいている。ポン引や風呂焚きの男たちには痛烈をきわめるが、女たちには慈母のごとくやさしい。どんなにずるけて休んでも、ニコニコして、「あんたたちゃ、からだが資本なんだからね、ほんとによくなるまで、ゆっくりお休みな」という。はじめてきた娘には、こんこんと訓戒し、またいったんやめてまた帰ってきた女は叱りつける。けれどその叱り方が実に情味にみちているので、女たちは、まるで母の膝下《しっか》にすえられたように泣くということであった。

——これが、手だな、と思いつつ、荊木歓喜も感服せざるをえない。

しかも、この笛は二十年ばかりまえ吉原に売られた女なのである。そして妓楼の息子に惚れられてかけおちしたという。一家はあわてふためき、涙をのんでゆるした。しかし、まもなく彼女は完全にその両親をも掌握し、夫がこんどの戦争で戦死してからは、まったく経営の実権を手中におさめた。

鴉田笛は、遊女たちのあこがれの女王であり、女郎たちにとって立志伝中の女傑であった。

「ひょっとすると、あのマダムほどの女は、女代議士のなかにもねえかもしれねえぞ。……だいいち、あのモモンガー連とちがって美人じゃわえ」

と、さすがの歓喜先生に一目も二目もおかせた鴉田笛は、そうか、この小代村の出であったのか。――しかし、彼女がこんど帰郷したのはなんのためだろう？　故郷に錦をかざるというつもりなのだろうか？

しかし荊木歓喜は、すぐに、鴉田笛がこの村へ帰ってくるのは、なにもことしにかぎったことではなく、毎年のことだということを知った。――そして、それは、商売種のあたらしい仕入のためであることも。

いままで思いもよらないことであったからむりもないが、それと知ってあらためて村の人々の噂をきいてみると、なんと彼女への素朴な讃歌がうたわれていることだろう。その職をいやしみ、その業《わざ》をにくむどころではない。鴉田のお笛さまは、よけいな娘っ子を引きとり、食べさせてくれる大慈善家であるのみならず、また冬には若い衆を女郎屋の風呂焚きなどに出稼ぎさせてくれる村の大恩人である。――それを批判するには、小代村はあまりにもまずしかった。

そのうえ、菜っ葉まじりの青い飯をくっているその故郷へ、彼女はつねに、うまそうに肥えふとった囮《おとり》のめん鶏《どり》をつれてくるのだ。

「おうい、千代子姉ちゃはなあ、袂《たもと》のなンげえ着物きて、えれえ美《うつく》すいぞォ」

「ふんだあ、嫁御みてえだなやァ」

秋の午後の村路で、石けり遊びや縄とびをやっていた子供たちが、急にばらばらとはしってゆく。

歓喜先生が、保科家の裏土塀の外にある地蔵堂の縁に腰を下して煙草をのんでいると、しばらくたって、子供たちのはしっていったのと逆の方角から、息せききってひとりの大学生と若い女がかけてきた。

「待ってえ、坊っちゃん、そんなににげなくったって、いいじゃないの?」

「よせよせ、まるで見世物だ。だからこんなところにくるんじゃあなかった」

ふたりは荊木歓喜に気がつかないで、地蔵堂の縁側に坐った。のぞくともなくのぞいてみると、ひとりはやせがたの、色の白い、気品のある大学生で、もうひとりは、けばけばしい錦紗《きんしゃ》のお召をきた、円顔《まるがお》の、さぞ化粧をおとせば愛くるしかろうと思われる女である。いうまでもなく大学生が鴉田笛の一人息子弦一郎で、女は新宿の遊廓で朱実《あけみ》という――つまり囮となるこの村出身の千代子という女であることはすでに荊木歓喜は知っている。

女は安香水の匂いのぷんぷんするハンケチで、白いくびれた顎をはたはたとあおぎながら、

「見世物? まあうれしい。坊ちゃんといっしょに見世物になるなんて! 村のひとたち、口をあんぐりあけて見ているわ。あたい、もう東京へ帰らないでいま死んでしまいたい。……」

無智な、けれど、どこかむせぶような真実味のあるつぶやきであった。が、そのままべたべたと肩をもたせかけてゆく手口は、まごうかたなき女郎のものである。

「冗談じゃない。――」

と、そっぽをむいて肩をはなしかけた弦一郎は、急にふっと声をのんで、朱実の顔を見まも

った。——と、その視線のはしに、虚空をながれる紫煙がうつったのか、「おや？」とけげんな顔をして地蔵堂のうしろの方に首をのばした。

「誰かいるの？」

荊木歓喜は頬にあてた手の指に煙草をはさんだまま、ぼんやりと秋の雲をながめている。

「あら、歓喜先生じゃないの？」

と、朱実は地蔵堂をまわってくる。なんどか村の路であうたびに、ひどくひとなつかしげな、はにかんだような顔をするのを見て、荊木歓喜はこの遊女の心にまだ愛すべき泉があるとみて、可憐な思いにうたれるのだった。

荊木歓喜はわざとぎらりと見あげて、

「おい、朱実ちゃんや。あんまり坊っちゃんをたぶらかすんじゃあねえぞ。マダムにお眼玉くうだろう」

「あら、いやーだ。たぶらかすなんて！　坊っちゃんの方があたしなんかよりよっぽど上手《うわて》よ！」

「朱実。君どっかへいってしまってくれ」

と、鴉田弦一郎は猫でも追っぱらうような手つきをして、荊木歓喜に微笑した。細面のいかにも頭のよさそうな美青年である。

「お初にお目にかかります」

子曰《しのたまわ》くを息子道具也

なに、路ではなんどもお目にかかっているが、なるほど挨拶するのはこれがはじめてだ。が、こういうエチケットには幼児よりも下手クソな歓喜先生、めんくらって、二十歳の大学生に額をぴょこぴょこさせて、

「いや、どうも、こちらこそ——」

とむにゃむにゃごまかして、やっと立ち直り、

「あなた、マダムのご子息ですな。ここがお母さんの生れ在所だとはこないだ知ったが、あなたははじめておいでになった？」

「ええ、どうも若いころはいやでしてねえ」

「ほう。……もうあなたお年寄りか。いまおいでになって、どうです？」

「まあ、祖先の地といったところで、母の父母なんかどんなに水呑百姓だったことか、いまは家もないぐらいですから、はじめから想像していたとおりで、べつになんの感慨もありませんねえ」

ひどく冷たくって、なめらかで、なんだか、とりつきようがない。そのくせ顔にはニコニコと愛嬌のよい微笑を浮かべつづけているのだ。荊木歓喜はやっとこの大学生にいささか興味をおぼえた眼つきで、しばらくまじまじとその美しい横顔をみていたが、突然、

「妙なことをうかがうが、あなた、案外気楽に店の女とやりとりなすっていらっしゃるが、そういうことはお母さんもお認めなすっていらっしゃるのかな？」

「どうしてです？　ぼくのうちの商品じゃあありませんか」

「いや、それはそうだが、お母さんは案外貴族趣味でいらっしゃるようじゃから……」

「成上り根性でしょう？　は、は、は、たしかに母はその気味がありますがね、しかし、ぼくのおふくろながら、あれでなかなか女傑ですから、僕の女郎買《じょろうかい》など、あらたまって膝をただすほど馬鹿じゃないでしょう」

「ほ、女郎買、あなた、ヤンなさるか」

「べつに買いやしません。自家製品ですから。――しかし結婚前にはどうしても必要な排泄作用ですからね。この点僕は環境的にずいぶんめぐまれていると思います。僕はおふくろを買っていますが、じぶんの健康維持のために必要な行為にまでおふくろの容喙《ようかい》はゆるしません」

しごくまじめにいう。歓喜の表情にしだいに不審の色が浮かんできた。あんまり大学生などと話したことのない歓喜だが、それにしてもこの若者はいささか肌合いが妙だと思う。そういう論理はむかしの豪傑肌の学生にむろんあったけれど、この端麗などこかお澄ましやの青年の口から出てくると、一種異様な妖気があった。

　荊木歓喜、論理学ないし倫理学ははなはだ苦手なのだが、ついこの妖気にさそいこまれ、なにをとりきんで、

「では、あなた、またまたいっそう妙なことをうかがうが、いったいお宅の御商売をどう考え

ておいでかな？」

「平凡な説明ですが、職に貴賤《きせん》なしでしょう。世のなかには、教会といっしょに下水道が必要です。遊廓の存在意義はたしかにあります。もっともおふくろはいい気になって貧家の子女の救済だなんて本気にかんがえてるようですが、これはすこしどうかと思う。そんな理由は、共産国家にでもなれば消滅しますよ。しかし、人間の世界には下水道が必要だという真理は、どんな国家制度になったって永劫不変ですよ。遊廓のない国はきっと別のかたちでそれに似た現象があると思います。せめて性病のまんえんをいくぶんかふせぐ意味で、遊廓は日本の数少ない文化的知性のひとつなんじゃありませんか？　いや、べつに僕が女郎屋経営者の伜だからいう屁理屈じゃありませんよ」

しかし、この二十歳の大学生の言葉は、あきらかに、生まれながらその世界の妖しい瘴気《しょうき》に醞醸《うんじょう》されてきたものであった。

「道徳的に悪いなんていってもねえ。道徳なんてものはもともと右側通行とおんなじで、社会生活上人間が勝手につくりあげたものですからねえ。社会生活上非常に好都合で、必要で、合理的なものなら、それがすなわち道徳だと僕は思いますよ」

歓喜先生、だいぶアテラレかげんである。鴉田弦一郎は依然として、甘い冷たい微笑をたたえながら、

「だいいちねえ、遊廓は不道徳だなんていう女代議士より、女郎の方がよほどきれいな心をもっていますよ」

「それは、たしかにそうですじゃ」

と、荊木歓喜、これだけは大きくうなずく。それからニッコリ顔をあげて、

「それじゃ、鴉田さん、あんた将来女房は女郎からでももらいなさるか？」

「いや、それはもらいません」

「そりゃ、なぜ？」

「道徳的にはかまいませんが、趣味としてごめんこうむります」

「なるほどね、そういう理屈もあるか」

「僕は精神的には貴族主義ですからね。生活的には合理主義者ですけどね。ここの点がおふくろとちがう。おふくろの貴族趣味は、ありゃ、つけやきばで、本性は実に恐るべき野人ですよ。その証拠に――」

といいかけて、ふっと妙な微笑でとめて、しばらく考えこんでいる。歓喜先生はけむにまかれてぽかんとしている。

ややあって、

「あんた、それじゃなかなか惚れる女がみつかるまい」

「いや、みつけましたよ」

と、けろりと笑った。

「ほう、生活的には遊女必要論をとなえる合理主義者、精神的には遊女排斥論をとなえる貴族主義者、それを両立させるようなえらい娘さんがみつかりましたか」

「いえ、僕はそのふたつを両立させてはいませんよ。僕の人生の主柱は、あくまでも貴族的精神にあるんです。それを守るための合理的生活なんです。同様に、僕は結婚に於ても、絶対に醇乎《じゅんこ》として醇なる聖女を求める。それを僕という夫が合理的生活で守ってやりたいんです」

「わしにゃさっぱりわからん。いったいあんたの好きな女って、どんな女なんですかな。具体的にいってもらわんと——」

「保科百代さん」

かろやかなささやきを吐いて、このふしぎな大学生は、きれいな眼で蒼穹《あおぞら》をあおいでいる。

「ここに来た甲斐がありました」

茫然としてその顔をみつめていた歓喜先生が、——なるほど——とうなずこうとするのをすばやく見てとって、

「そこで先生にひとつおねがいがあるんですがねえ」

「なんです」

「僕は是非百代さんと結婚したいと思います。ところが、母はあのとおり成り上りの執着心のつよい女ですから、あのおちぶれた家のかよわい娘さんなど嫁にもらうことを反対するのはわかっている」

「そんなことに容喙《ようかい》させなきゃよろしかろうが」

「いや、女郎買とちがって、事柄の重大性がちがいます。なにしろ僕はまだ絶対におふくろに生活権を掌握されているのですからね。そこを合理的にうまくやらないとねえ。げんに、おふ

くろは、あの邸《やしき》を買いにかかっているんです」

「なに？」

「毎年くるのに、いまの別荘は手狭すぎるというんです。あの邸を買いとろうというんですが、おふくろのことだから、じわじわと巧妙に網をしめていっているらしい。そして、この十五日、保科家の御当主におふくろが談判にゆくことになってるんですが——なるべくそんな話は百代さんの耳に入れたくはない。僕までとばっちりをくって憎まれるかもしれん。僕はなんとかして保科家と百代さんの心に傷の入らないように奔走してみるつもりですが……」

「それで、わしへのねがいとは？」

「先生は百代さんとお親しいんでしょう。だから、ともかくその十五日の夜だけ、なんとか百代さんをさそい出して、ちかくの柳温泉へでもいっていて下さらないでしょうか？」

さてこそこの合理主義者が、とっつきにくい荊木歓喜になれなれしく近づいてきた理由であったのだ。

合理主義者はいった。

「むろん、旅費は僕が負担します」

幻術を女郎行う危なごと

まさか鴉田弦一郎に旅費をもらっての温泉行がうれしかったわけではないが、荊木歓喜、保科の邸の売買に口の出しようもない文なしであるから、ただおきのどくと嘆息するよりほかはないが、それにしても、弦一郎のいうように、彼の目的はともあれ、そんな悲しい談合の席に百代を侍《はべ》らせたくない。またふだんのけなげなはたらきをねぎらってやりたいという心から、一馬氏とお舟婆さんの世話は、百代の幼な友達たる朱実がみてやるという口車にのって、ついうっかりと柳温泉にきたのが一代の不覚であった。

案の定百代は家の話などなにもきいてはいなかった。それを、夕方になって一杯きこしめした歓喜先生が、ふと、その夜保科家にお笛がたずねていっているはずだというようなことを口からすべらせて、百代が急にはっと暗い顔になったのに気がついた。

「先生、父は大丈夫かしら?」

「なんです?」

「いったん脳溢血になった老人は、また脳溢血を起し易いんでございましょう? それを、お笛さんがいって、何か口論にでもなると……」

「——そうか、なるほど!」

「いえ、父はめっきり心が弱くなって、何をされても腹をたてるような気力はありません。むかしのことは、ほんとうに後悔しています。けれど、お笛さんはまだきっと根にもっていらっしゃることが、どんな笑顔でもわかりますわ。それもほんとうにむりはないのですけれど。……」

「お嬢さん、そりゃいったい、どういう意味です?」

「ああ、先生はご存知ないのもむりはありませんわ。あたしだって去年だかに、はじめてふと父の口からもれたのをきいたのですから。……お笛さんはずっとむかし、うちの女中をしていらしたとき、父のためにいちばん大事なものを……」

「なにっ、そ、そ、そんなことは、まさに相知らなんだぞ」

「なんだかよくわからないんですけれど、それがもとでうちを放逐《ほうちく》され、身売りしなくちゃならないことになったんだそうです。……」

　荊木歓喜は盃をなげた。

「しまった！　しまった！　あの女はこわい！　どんな復讐でもやりかねぬ女だ！」

　ふたりは急にあわてて出して、小代村にとってかえした。

時すでにおそし。――秋雨《しゅうう》蕭々《しょうしょう》たる夜の保科家には、ふたりの予想をすらこえた、言語に絶する大惨劇が待ちうけていたのである。

母屋《おもや》の一馬の居間に、一馬の姿は見えなかった。そのかわり、そこに鴉田笛と朱実が死んでいたのである。

　ケバ立った、黴《かび》くさい古畳の上に、お笛は驚愕の形相すさまじくうつ伏せにつっ伏していた。みだれた髪のあいだから、ねっとりと畳ににじみ出した血潮に気がついて、荊木歓喜は髪をかきわけた。

「後頭部……鈍器損傷……棒状のもので打たれたな」

ただ一撃、それが東京屈指の大売春業者、小代村の女王の最期であった。

眼をあげて、こんどは朱実の屍骸を見る。実に不可思議な屍骸である。まず第一に彼女は大得意で村の人々に見せびらかせた、例の錦紗《きんしゃ》のお召をきていなかった。どこからさがしてきたか、百代のつつましやかなツーピースをきている。第二に、彼女の頸《くび》にまきついているのは、これまた百代の赤い帯であるが、その両はしは縄のようによじれて前にのび、それとはすかいに、なんと血まみれのすりこぎがさしこまれてころがっている。——すりこぎをねじればだんだん頸がしまって倒れると同時に、そのすりこぎが畳に横になるから、帯のよじれは戻らない。きわめてまれに自殺者が試みる手段ではあるが。……

「それより、こいつがなぜ死んだか、それが問題じゃ」

荊木歓喜は、朱実の傍の経机《きょうづくえ》の上をみた。一帖の便箋がひらかれて、あきらかに朱実の稚拙な筆のあとがある。

「マダム。もうしわけありません。しんでおわびいたします。朱実」

夜の座敷々々をこだまさせて、あちこちと父を呼んではしっていた百代が、ふたたびこの居間にもどってきた。

「先生。……先生、父の姿がどこにも見えません」

ほんの数分間のことであったが、茫然としてふたつの屍骸をながめていた荊木歓喜は、

「……おっ」

とわれにかえったうめきをあげて、あけはなたれた障子から庭ごしに裏の離れ屋をみた。

「お嬢さん、もしかすると……」

ふたりは庭下駄をひっかけて、離れにはしっていった。離れの入口の戸には、いつものように閂が外からかかっていない。それをひらくと——まずお舟婆さんの姿が朦朧《もうろう》とみえた。婆さんは銭勘定をしている。ちゃらっ、ちゃらっと、美しい、幽《かす》かな白銅貨の音をたてている。白銅貨は散りみだれていた。まるで妖しの魚鱗《ぎょりん》のように、蒲団のうえに、畳の上に、そして……櫺子《れんじ》窓の下にうつ伏せに倒れた黒衣の老人の背の上に。

「お父さまっ」

百代はころがるようにかけよった。

保科一馬もまたこときれていた。灯にむけると、生前聖僧にちかかったその顔は、ぎょろりと眼球を右にむけ、なにやら恐怖と苦悶に満ちた形相だった。

「はてな……その眼は」

と歓喜はつかつかと傍へよった。じっと見下ろして、

「今度は右眼半球に溢血されたのかな。いままでは左がやられていたんだが」

「先生。……父は卒中で死んだのでございますか？」

「さあて」

愴然たる顔色を灯にかえして、歓喜は祈るように痴呆の老婆をみつめた。

「婆さんや、お前さんは何を見た？　そいつをきかせてもらえないか？」

お舟は唇をゆがめた。思わず身をのりだすと、唇はにんまりと薄笑いのかたちとなった。そして、ふるえる歌声がながれはじめたのである。

「ひいや、ふやの山道を
　通ってあるくは、お嬢さま
　山の土手はくずされた
　赤鬼三匹にげ出した
　はやくにげろや、お嬢さま。……」

なんのことはない。この地方にふるくから伝わる縄とび唄である。けれど、この哀愁にみちた童謡が、この鬼哭啾々《きこくしゅうしゅう》たる死の家をただよう亡霊のごとく、なんと恐ろしかったことか。

さすがの荊木歓喜も、われ知らず、そくそくたる冷気に満身をしばられて、凝然とたちすくんでいる。……

その静寂をやがて突然破ったものがある。母の名を連呼するたまぎるような鴉田弦一郎の叫び声であった。

母親が昼の鶴ゆえ泣く子哉

櫺子《れんじ》の窓から、荊木歓喜に大声で呼ばれて、はじめて気がついたらしく、恐る恐る離れにやってきた大学生は、そこに今夜は柳温泉にいっているはずの歓喜先生と百代を見出して、きょとんとした顔になったが、たちまち保科一馬氏の屍骸に視線をなげて、

「お、お、お父さんも？……」

と語尾不明瞭なことをうめいて、それからさめざめと嗚咽《おえつ》しはじめた。

「申しわけありません！　ぼ、ぼくの手ぬかりでした。……」

「そりゃ、どういうわけですな？　鴉田さん」

「今夜は僕も母と一緒にこちらへうかがうはずだったんです。ところが、夕方から腹痛をおこしたものだから、くれぐれも母に、こちらによくしてあげるようにたのんで、ずっと別荘にひきこもっていたんですが、なぜかどうも胸さわぎがして」

「胸さわぎとは、こりゃまたえらく不合理なことをおっしゃる。それで、鴉田さんはこのありさまをどう解釈なさる？」

「なにがなんだか、ちっともわかりません。どうしてこんなになっちまったのか。……」

「とにかくこの御主人は、いまわしのみた範囲では卒中死だね。マダムはなにか長い鈍器で打ち殺されたようだし、朱実はじぶんで頸をしめて自殺したようにみえる。死に方は、てんでばらばらだが。……」

「えっ、こ、この御主人は、卒中で亡くなられたのですか？」

「そういう所見です。ところでマダムと朱実の死のあいだにはあきらかにむすびつきがある。朱実がすりこぎでマダムを打ち殺して、あとで自殺したような書置もあるし、……ただ、なぜそんなことをしたのか動機が不明だし、その事件と保科さんの卒中死とどんな関係があるのか、そもそも時間的にどれが一番早いか、まだわからん」

荊木歓喜は立ち上った。

「せ、先生、どこへいかれるんです？」

「いや、この御主人は平生ここに住んでいらっしゃる方ではない。右手右足が御不自由な方だったから……それが、どうしてこの離れで死んでおられるのか、も一度、そこらへんを調べてみることにしよう」

歓喜は出ていった。甍《いらか》を蕭条《しょうじょう》と雨がうつ。若い二人はまた泣きはじめた。

歓喜がもどってきたとき、鴉田弦一郎が声をとぎらせながらいった。

「先生。……朱実が母を殺したのには、思いあたる理由がないでもないような気がするんですけどね。……」

「ほう、それは？　わしからみれば、朱実はマダムの絶対的讃美者のひとりじゃったようだが」

「そ、それが原因のひとつだったんじゃありませんか？　つまりあいつには母の立志伝が聖書なんです。それはほかの女たちには夢であっても、あんまり利口じゃないあいつには、だんだん夢じゃなくなってきたらしい。つまり、正気で僕と結婚したいという希望なんですね。そのことはこんどの旅に出てから、日をへるにしたがって僕を閉口させてきたんですが、村へきて、あっちこっちを鵞鳥《がちょう》みたいにいばって歩いているうち、だんだん他動的自動的にぬきさしならなくなって、とうとう今夜母にきり出したものじゃないでしょうか。母はもちろん一笑に付する。母の一笑は、時により酷烈ですからね。その喧嘩のはてが、あんなことになっちまったとは考えられないでしょうか？」

「どうしてここへこられたかはわかりませんが、この方の卒中死がもしそれに関係があるとすれば、その窓からふたりの格闘でもみていて、おどろきのあまり死なれたか……」

「左様、窓から母屋の何かをみて、ひどいショックを受けられたのじゃないかという見解にはわしも同感するが、マダムと朱実の喧嘩云々は少々腑《ふ》におちんことがある。第一に、マダムはあのすりこぎで頭をうたれたものではない。髪の上から頭蓋骨を一撃しただけで、あんなにベットリ血がつくはずがない。あのすりこぎの血は、あとでにじみ出してきた血を、ことさらになすりつけたものではないか。……第二に朱実の自殺のしかた、棒をはさんだ縄をねじって自ら頸をしめるというやり方は前例のないことでもないが、そのときはたいてい棒を右廻しにするから、縄も右ねじりになっているはずじゃが、あの帯は左にねじれている。まるで反対側に誰かいて、そいつにすりこぎをねじられたような、……」

「誰か？……誰です？」

「あんたじゃないか？」

それがあんまり無造作にいわれたものだから、鴉田弦一郎はとっさに陳弁の言葉も出ない風で、キョトンと荊木歓喜の顔をみた。

ふたりはじっと眼を見合せた。雨のひと吹きわたるほどのあいだに数刻の時がすぎたかと思われる程の恐ろしい沈黙があった。智慧も細工もはたらきようのない沈黙のにらめっこの間に、あきらかに人間の力の差が浮かびあがってきた。

「僕が、なぜ母を……？」

「わからん。あんたの思想は、わしには」

と、歓喜は憮然たる、とりつくしまもない表情だ。——ようやく鴉田弦一郎の蒼白い頬に、うすい微笑がかすめた。

「それじゃあ、できませんかな、百代さんとの結婚は」

弱々しいつぶやきであった。しかし、歓喜と百代はだまっている。実は吐気のするような戦慄におそわれているのだ。が、その沈黙は、弦一郎にとっても苦痛にたえぬものであったらしい。いまの吐息のような絶望の一言を、吐いたあとですぐ悔いる智慧と、あたらしい無気力の波との交錯が、その白い額に明滅した。

「えい、いっちまおう」

と、急に彼はぷっつり糸のきれたようにいった。

「しかしねえ、歓喜先生。まさか僕ほどの合理的な人間が、自分が死刑になるような殺人は行いませんよ。すくなくとも、いかにもわざとらしく先生と百代さんを温泉に追いやって、その留守に人殺しをするようなへまはやりませんよ。僕は母を愛しているし、朱実をばかにしている。保科氏にいたっては恩讐ともにない。——実際にまた僕は誰をも殺しやしなかったんです」

はじめて荊木歓喜の顔に、けげんの色があらわれた。この大学生の端倪《たんげい》すべからざるおしゃべりを思い出して、警戒のまなざしになる。

「だから、真相をいえば、僕は死刑はおろか三年の懲役すら受けないんです。こういう犯罪には小細工をしない方が合理的にきまっています。それと知りつつ、ついばかなまねをやっちゃったが……真相をいいますとね、今夜僕はあの部屋で百代さんを強姦する筋書になっていたのですよ」

「……？」

「母の復讐の刺客としてねえ。母は保科家への復讐欲にもえていました。母が本性土百姓の野蛮人であったあらわれです。美しく成長した百代さんをみて、母のえがいた恐ろしい夢は、ただ百代さんを女郎にたたき売ってやりたいということでした。しかし、むろん百代さんはどんなことがあっても、女郎になりそうなひとじゃない。そこで母は、せめてあの保科氏の生きているうちに、その眼前で、僕に百代さんを犯させる光景をみせてやりたいと考え出したのです。……」

百代はふるえはじめた。弦一郎はようやくとりもどした天性の愛嬌をながし眼ににじませて、

「御安心なさい。僕はそんな野蛮人じゃありませんよ。僕は百代さんと是非結婚したいが、そんな阿呆らしい強姦劇をやるには、あまりにも精神的貴族です。しかし母のあせりはいよいよ甚《はなはだ》しい。ついには僕の小づかいまで全面封鎖をしかねない理性の喪失ぶりです。そこで僕の方になんらかの便法があれば、それによらないで小づかいの封鎖をくうということは、まあ合理的じゃありません……」

「…………」

「そこで僕の考えた便法とは、あの夜百代さんに温泉にいってもらって、その留守に、朱実に百代さんの代役をさせてやろうということでした。それはできるのです。母の考えが保科氏を強制的にあの離れにはこんでいって、窓の格子越しにあちらの部屋の強姦劇を見物させるということでしたから……。僕は熱演しましたよ」

「…………」

「ところがふと形勢をうかがってみると、この離れの窓で観劇しているはずの保科氏も母の頭もみえない。ふと妙な感じがしましてねえ。朱実をおいて様子をみにくると、おどろくべし、母は頭から血をながしてこときれているし、保科氏も死んでいる」

「…………」

「なんで殴ったのか兇器もない。僕はあわてました。とっさに考えたのは、てっきり娘さんが強姦されているものと怒りに狂った保科氏が母を殺して、あとで死んだのだろうということでしたが、さてそうなると僕の騎士的行動がぜんぜん無意味になる。親同士の殺戮《さつりく》、そんな運命の星の下にあると知って、どうして百代さんが僕との結婚に承諾をあたえてくれるだろうか。ともかく、ふたりの死を無関係とみせるために、ふたつの屍骸をひきはなさなくてはならない……」

「…………」

「暗い雨の庭を、見知らぬ老人の屍骸をはこぶのはこわいから、僕はとりあえず母の屍骸をしょってもどりました。もどりながらかんがえました。母の屍骸には下手人が要る。そこで僕は朱実にいったんです。情事の相手がお前だと知って、母が怒り抵抗のはずみに殺してしまった。もういけないから心中しよう。――あいつは眼をほそくしてよろこびましたよ。可憐なものですねえ。……」

「………」

「そこであの赤い帯とすりこぎをさがしてきて、帯を輪にして向いあったふたりの首にかけ、すりこぎをまわしはじめたんです。だから、朱実の死は自殺なんです。そういうさいの目分量ですから、いくぶんすりこぎの位置が朱実の方にちかかったかも知れませんが、僕の手の方が長いのだからやむを得ませんよ。それで、朱実の方がはやく頸がしまって、さきに死んじまったんですよ……」

百代は恐怖のため瞳孔が散大している。その奥から、魂をふるわせる嫌悪の激情がさざなみをたててみえた。が、この奇妙な、歪んだ合理主義者はそれに気がつかないのか、甘い、美しい、そして熱烈な笑顔でからみつくように、

「ねえ、百代さん、僕のこれほどの苦労はみんなあなたのためだということが、おわかりになったでしょう。そこを汲んでいただけますか。可哀そうだと考えてくれますか」

「おきのどくだが、わしはそう思うが、お嬢さんはそうお思いなさるまい」

と、荊木歓喜がながいながい嘆息をもらしていった。

そのとき、また、ちゃらっ、ちゃらっと美しい白銅貨の音がして、影のようなお舟婆さんが

うたいはじめた。

「ねねこ寝ろねろねんねこせ
おらほの愛児《めんこ》さんだねんねこや
ねんねのお守はどこサいった
あの山越えこえ里サいった。……」

ふっと畳の一点におちた荊木歓喜の眼が、きらっとひかった。胸が大きくうごいている。そこにおちていたのは一尺あまりの細い紐であった。その紐に五、六枚の白銅貨がとおされている。

「わかったぞ、兇器が！」

と、荊木歓喜が両掌をうって絶叫した。

「あのひもに五円の白銅貨をとおす。何枚とおるだろう？　二百枚か。目方はどれくらいになるだろう？　一キロあるかな。千円じゃ。千円で長さ一尺、白銅の重い兇器ができる！　兇器としてつくったのじゃあるまい。おもちゃとしてつくっていたのだろう。……婆さんは、朱実をお嬢さんだと思ったんじゃ。お嬢さんがけがされていると思って、笑っているマダムの頭をその恐ろしいおもちゃで打ったんじゃ……」

お舟婆さんは鈍《にぶ》いうすい微笑をうかべて、百代を見つめていた。そのうつろな瞳に、ふかい慈愛のかがやきがあった。そのふるえる口から、切々と子守唄はむせび出ている。

「合理主義者、ついに痴呆にやぶれたりか！　ちくしょう。あのことさえなければ、僕は……」

救いのない青年のうめきを、その唄声と、百代の嗚咽と、そして雨の音がふかぶかとかきけしていった。

怪盗七面相

一

「何をくよくよ川端《かわばた》やなぎ、こがるるなんとしょ、水のながれを見てくらす。……」

荊木歓喜《いばらぎかんき》、朱泥《しゆでい》をかためたような顔色で、畳の上におかれたバケツのふちを箸《はし》でたたきながらうたっている。バケツには、天井から絲《いと》のようにおちてくる雨水が、たえまなく鳴っている。アパート、チンプン館《かん》の外はひどい風雨である。

ちゃぶ台代《が》わりの蜜柑箱の上には、沢庵《たくあん》を盛った丼とコップがふたつ、そして焼酎の一升瓶が一本。

その向う側にながながと横たわって、大きな鼾《いびき》をかいているのは、廊下向いの部屋の住人で、リンタク屋の三平という若い男である。顔にのせた新聞紙に黄色いしみがあるのは、乾物屋が沢庵をつつんでくれた新聞だろう。

「倒れし戦友だき起し、耳に口あて名を呼べば、ニッコリ笑って目に涙、トコトットッー。……」

「せ、先生の知ってる唄《うた》って唄ァ、ずいぶん骨董品ばかりだなあ。……」

鼾がやんで、三平がクスクスと笑った。むっくり起きあがって、

「なんだ、まだ呑んでるんですかい？　一升の焼酎が、もうあと一、二合《ごう》ですぜ。……まるで正覚坊《しょうがくぼう》だね」

あきれたようにいって、畳におちた古新聞をひろげて、読むともなしに読みはじめた。芸のない男である。

「赤壁《せきへき》美術館の名宝《めいほう》盗難。……神か魔か、怪盗七面相の跳梁《ちょうりょう》いよいよ不敵……昨十三日の夜、赤壁美術館として名高い文京区湯島の元子《もとし》爵《しゃく》七条康弘氏邸に、目下話題の怪盗七面相が侵入、同家所蔵の国宝的名画名宝の大部分をたくみに贋物《にせもの》とすりかえ、盗み去ったという怪事件が起った。盗難の美術品は百数十点におよび、警戒厳重な同美術館を如何にして襲い、この離《はな》れ業《わざ》を行ったか、その魔手《ましゅ》は有名なる七面相とはいいながら、まさに驚《きょう》天動《てんどう》地《ち》の神技《しんぎ》というべく……てへっ、神技ときたね、泥棒もこうなると、神さまあつかいだね、こりゃ……」

「わたしゃよっぽどあわてもの、ガマグチひろってよろこんで、うちへ帰ってよくみたら……」

歓喜は蕩然《とうぜん》として明治三十年代に流行したラッパ節《ぶし》をうなっている。

「馬車にひかれたひきがえる。トコトットット……」

「七条家の被害甚大《ひがいじんだい》。ほとんど破産に瀕《ひん》す、か。……傷心の七条康弘氏は語る……」

「三平！」

荊木歓喜、唄声をふっとやめて、リンタク屋を呼んだ。

「ああ、おどろいた。なんですね？」

「誰が破産するって？」

「こっちと関係ありませんよ。七條康弘って元子爵ですよ。例の怪盗七面相に、大事な美術品や宝物をドッサリ盗まれたんですとさ」

「例の怪盗七面相ってなんだ？」

「あれ？　先生、知らないんですかい？　こりゃおどろいたなあ。……ずいぶん前から東京じゅう……いや関西方面まで荒らしまわってる例の顔が七つあるって怪盗じゃありませんか？」

「顔が七つ？　化物か」

「化物くれえ変装のうめえ泥棒ですよ。大臣にも化ければ乞食にも化ける、爺いにも化ければ女にも化ける。……こないだサンフランシスコにいった吉田首相は、実はこの怪盗七面相だそうで」

「うそをつけ。……その化物の方はいいが、七條元子爵の方は、そいつに狙われて破産するってえのか？」

「ええ。そうらしいですよ。いっぺんあたしなんかも破産ってやつを味わってみてえね。……なんしろ、七條家の財産といや、ほとんどその美術館の値打が大半だっていうらしいから。……しかし、凄《すげ》えね、この怪盗七面相って奴ァ。前もって主人公に、十三日の夜、お宝頂戴に参上するって、挑戦状をおくっていたらしいんだ。主人公の方も警戒おこたりなく、いろいろ仕掛けをしていたってんだが、一夜あけてみたら、まンまと贋物とすりかえられたってね。どうしてそんなことができたのか、サッパリわかンねえって、警察《さつ》の方も手をあげてますよ。ヤヤ、怪盗七面相、扉の仕掛けにどっかやられて、血の痕《あと》がずいぶんのこってたって出てますぜ。……」

「ふふん。……そりゃいってえ、いつごろの話だい？」

「こうっと、この新聞は……ええ、ざっと一ト月前《つきめえ》です。ですが、先生、先生みてぇに人間ぎれぇの無精者《ぶしょうもの》が、どうして七條元子爵なんて人のことをそんなに気にかけるんですかい？」

「そりゃ、例の志乃坊《しのぼう》が、小間使《こまづか》いにいったところだったからさ」

「お志乃坊？」

「ほら、一年ばかり前、わしが夜の街で、パンスケにおちかかってた可愛《かあい》らしい田舎娘をひろってけえったことがあるだろ？　あの娘《こ》を七條家に世話したんじゃよ」

「あー、あのぼっちゃりした、綿のなかから生まれたような小娘ですかい？　……してまた先生が、どういう因縁故事来歴《いんねんこじらいれき》であの娘を七條家へ？　……どうみたって先生は、そんな金持やアンコロモチにおちかづきがあろうとはみえねえが……」

「ふふん、まさにお説《せつ》の通りだが、実はそのまた一年ばかり前《めえ》、ひょんな縁で、七條家に起った妙な事件にひッかかりあって、ついその下手人をつかまえてしまったことがあったのさ。その恩を売るためってわけじゃあねえが、なんしろ、あのお志乃坊を、こんな悪党の巣窟みてえなアパートに、いつまでもころがしとくわけにゃゆかねえじゃあねえか」

「たはっ、悪党の巣窟たぁひでえね、先生。……」

といったがリンタク屋の三平、頭をかいてニヤニヤ笑った。

まことにこの新宿御苑《ぎょえん》裏のチンプン館と呼ぶボロ・アパート。住人はキャバレーの用心棒にバタヤに麻薬密売者、パンパンに美人局《つつもたせ》にインチキ媚薬《びやく》製造者。百鬼夜行とでもいいつべきなかで群をぬいて変っているのが、この荊木歓喜という人物。

職は医者だが、パンパンの堕胎《だたい》専門、年がら年じゅう酔いどれて、クマタカの巣みたいな蓬《ほう》髪《はつ》に、頬に浮かぶ三日月に似た傷痕、みるも魁偉《かいい》な風貌《ふうぼう》だが、それでいて新宿暗黒街《あんこくがい》の男や女、はては警官にまで一目も二目もおかれているのは、その天真爛漫《てんしんらんまん》、豪快きわまる性格とそれから、ふしぎなことに、おそろしい無精者《ぶしょうもの》でありながら、巷《ちまた》におこる不思議な犯罪の謎を、天《てん》衣無縫《いむほう》にといてゆくという奇妙な能力によるものであった。

「それにな、あの七條という元子爵、こりゃ金持に似ず、なかなかできた人物らしいとみた。追放解除になって、なんか実業界の方からヤイノヤイノ出場をうながされとるということだが、浮世《うきよ》には愛想《あいそう》がつきたそうで、ノホホンと美術品をながめ暮しとる。ありゃ若えが、ちょいと仙味《せんみ》をおびて、話せる人物じゃな」

「へへっ、先生は仙味をおびてる人間が好きでがすからね。なんにもしねえから、こんどみたいにその美術品をゴッソリもってゆかれると、その罰《ばち》があたって――」

と、そこまで三平がいったとき、ノックもしないで扉《ドア》がひらいた。

暗い廊下に立っているのは、レインコートも三角頭巾も一面に雨にぬれひかり、息をきらしてしばらく物もいえない様子の娘である。

「おや、こりゃ……噂をすれば影……お志乃坊じゃあねえか」

と、さすがの歓喜も浮き腰になって、

「よ、よくきたなあ。その後、どう暮しとるかと心配しとったぞ。御主人は――」

「その旦那さまが、七面相に硫酸《りゅうさん》をかけられました。……先生、あのにくい七面相を、どうぞつかまえて下さい！」

と、お志乃は怒りと昂奮《こうふん》にふるえる声でそう叫ぶと、ヒシと両掌《りょうて》を顔にあてた。

二

ああ、神変不可思議《しんぺんふかしぎ》の怪盗七面相！

銀座モデルン・ホテルに忽然有閑紳士《こつぜんゆうかんしんし》として登場し、奇妙な密室殺人遊戯の中から黄金仏像《おうごんぶつぞう》をうばい、或いは新帰朝《しんきちょう》の大富豪の財産を狙う陰謀の渦中に私立探偵としてすべりこみ、まンまとその悪党の方から五十万円まきあげて去り、或いは朴訥《ぼくとつ》な大家《おおや》さんに化けて、黄金唐獅子《おうごんからじし》を盗み、或いは仮装舞踏会でピエロに変装して淑女たちの首飾や腕輪を強奪するなど、変幻《へんげん》無比《むひ》の出没に全日本を驚倒戦慄《きょうとうせんりつ》させている奇賊七面相。

しかも一滴《てき》の血をながすことも嫌悪《けんお》するこのアルセーヌ・ルパンばりの怪盗が、ついに七条康弘氏に危害《きがい》をくわえるにいたったのには、それ相当の理由《わけ》がある。

「七面相から旦那さまに、ちかく美術館の品物をもらいにゆくと、人をくった手紙がきはじめたのは、半年ばかり前からのことですの。旦那さまは笑っていらっしゃいましたが、それでも、それから軽井沢の御別荘におゆきになるのはやめて、ずっとこちらにばかりおとまりになってました。……」

お志乃は、激情《げきじょう》をこらえて、いっしんにいう。まるい顔に眼がふかぶかと大きい。あどけない、少女の匂いがまだ薫醸《くんじょう》しているような頬に、まだぬれている雨つぶをふきもせず、

「あたしも、いくらなんでもまさかって思ってたんです。でも、だんだん心配になってきましたの。だって、誰も入らない旦那さまの寝室の壁に、朝になったら――名画御用心、七面相――なんてかいてあったり、客間でお客さまたちとお話していらっしゃるそのテーブルの上に、いつのまにか――いよいよ近日参上、七面相――なんてかいた紙きれがのこっていたりするんですもの。……」

「そ、そりゃ面妖《めんよう》だね、先生――」

と、三平は首をかたむける。荊木歓喜はしごくつまらなそうな顔つきで、

「ちっとも面妖じゃねえさ。そりゃ誰かが寝室に入ってかいたのか、誰かがテーブルの上に置いたのさ――家人《かじん》か、客か――」

「家人って、そのころは、旦那さまとあたしだけでしたわ。東京はイヤだってよく軽井沢においでになったんですけど、あっちにも婆やがひとりいるだけだそうで――」

「客は？」

「七面相の脅迫状がくるまでは、美術商の方や絵かきの先生方もよくおいでになったんですけれど、この半年ばかりは、それも警戒して――それに全く身もとたしかな方も、男と話をする

のはたいくつだっておっしゃって、おいでになるのは女の方ばかりですの」

志乃はちょっと深い息をついて、ひとみを空にすえる。

「よくおいでになるのは、女優の南珠代《みなみたまよ》さん、貿易商のお嬢さまとかの小栗由貴子《おぐりゆきこ》さま、旦那さまの遠縁の方で、去年女子大をお出になった水上旗江《みなかみはたえ》さま、それから、むかしのお友達の未亡人だとかの柳原鮎子《やなぎはらあゆこ》さま――どのお方も、ほんとにお美しい方ばかり。……」

「なんだか、承《うけたま》わってると先生、七條って大将あんまり仙味《せんみ》をおびてもおらんようじゃねえですか？」

「なに、そこが仙味をおびとるところじゃよ。わしだって、お前みたいな大睾丸《おおぎんたま》と焼酎のんでるより、絶世《ぜっせい》の佳人《かじん》ばっかりとつき合いたいんじゃが、如何《いかん》せん、誰もきてがない――」

「ええ、どのお方も、旦那さまの奥さまになりたいって一生懸命なんです。そして、どのお方も旦那さまがお好きになれそうな品のいいお方ばかり。……でも……」

「でも？」

「一ト月ばかり前、大変なことが起りました。美術館の絵や彫刻やいろいろなものが、ほとんどぜんぶ盗まれてしまったのです。……」

「おお、そのことをわしはいま知ったばかりなんじゃ。いったい、それはまたどうして？」

「いよいよ、明晩頂戴《ちょうだい》にあがるって七面相の予告が客間の鏡に紅棒《べにぼう》でかいてあったその翌《よく》晩《ばん》……家のまわりには警官が立って、あたし、旦那さまと、それからちょうどその晩遊びにいらした水上旗江さまと美術館の入口の小部屋《こべや》で一晩見張《みは》ってました。ときどき旦那さまは館内をお見廻りになりました。たしかに誰も侵入せず、それから誰も出てゆかなかったのです。この三人も。……だのに、朝になったら、ほとんど全部贋物にすりかえられていたんです。あたし、思わずぞーッと……」

「ほかに出入口はねえんだね？」

「絶対に！　それればかりじゃありません。夕方までには一滴もみえなかった血の痕《あと》が、朝になったら床《ゆか》に点々《てんてん》とおちていました。旦那さまが、或る大きな鎌倉時代の仏像のケースの扉《と》にお仕掛けになっていた細工に怪我をしたらしいんですの。……七面相はたしかに入ってきたんです」

「そんな、ばかなことが！」と呆《あき》れたように三平青年。「透明人間が赤い血だけをのこす……てへっ、まるで香山滋《かやましげる》って人の小説だね、そりゃ……」

「みんな恐ろしくなるより、ボンヤリしてしまいました。なかでも旦那さまのおくやしがりようったら……あの、なんでも茶化《ちゃか》してばかりいらっしゃるほがらかな旦那さまの、あのびックりなすった顔色、あんなお顔のいろをみたことはありません。それ以来のションボリなすっている御様子といったら、志乃《しの》、みているだけで、苦しいわ。そのうえ……」

「その上？」

「それっきり、女優の南珠代さんが家へおいでにならなくなりました。旦那さまに、南さまはどうなすったんでしょうって、そう申しあげたら、志乃、僕はひどい貧乏になっちゃったからねって、かなしそうにお笑いになりました。あたし、腹が立ったけど、でも、うれしいんです。そんなお心でちかづいていらした女の方が、そのことでおいでにならなくなったってことは……」

「その女優が……まさか……」

と、三平がゴクリとのどぼとけをうごかせていった。

「怪盗七面相っていうのかい？」

「先生、あいつは女にも化けるっていいますぜ。だって神戸の富豪から『青い月』ってサファイヤの指環を盗ろうとしたときにゃ、看護婦に化けたっていうじゃないですか」

「そりゃあたしも知ってるけど、まさかあの女優さんに……」

お志乃は急にはげしく首をふって、

「それにその次の脅迫状がきたときには、旦那さまと旗江さまのおふたりだけがいらっしゃるとき、いつのまにかテーブルの上に、その紙がのっかっていたんです。七面相は血をみるのはきらいだが、それだけにじぶんのながした血に対しては、相手にも血をながしてもらわなくては計算が合わない、先夜《せんや》美術品を頂戴したとき小癪《こしゃく》な小細工《こざいく》でやられたお礼はきっとするって――」

「おい、お志乃坊」

歓喜先生がふっと顔をあげていった。

「血といえば、その美術品をとられたとき、誰も怪我をしやしなかったかね？」

「誰も？　それは七面相が――」

「いや、お前さんたち三人——」

しばらくボンヤリ歓喜の顔をみていたお志乃は、急に蒼《あお》くなって、ヒステリカルに笑い出した。

「先生は……先生は何をおっしゃるの！　まさか……いいえ先生、誰もそんな怪我なんかしやしなかったわ。だいいち、あれだけの血をながしたのに知らん顔でかくしてるなんてことはできやしません。……七面相がそのなかの誰かに化けてるっておっしゃるんですの？」

「うん、いや……むにゃむにゃだ」

「旗江さまに化けてるっておっしゃるなら……ばかばかしい、いくら七面相だって——あんなお美しいお嬢さまに……とにかくお会いになってみればわかってよ。だいいち、いつか旗江さまから、いまお伺《うかが》いしてもいいかってお電話がきたことがありましたわ。そのとき客間でお話していらした由貴子さまと柳原鮎子さまの足もとに、ひょッこりとれいの七面相の脅迫状がおいてあったんです。……」

「そのほかには誰もいなかったのか？」

「ええ、旦那さまもちかくの警察へ、御相談にいってらしたんです」

「いッてえ、七條さんは誰がいちばん好きそうなんだね。その四人のニョショウのなかで？」

と、三平がとうとう悲鳴をあげた。

「それは……どうも柳原鮎子さまらしゅうございます。この方だけですわ、旦那さまの書斎へ平気で入っていって、なにかヒソヒソ話を……いえ、何をしていらっしゃるかあたし存じません。旦那さまのお留守ちゅうでも、旦那さまから鍵をあずかっていらして、平気で書斎や美術館に入ったりなさいます」

志乃の愛くるしい唇がゆがみ、声と息がかすかにふるえた。

「へへッ、生娘《きむすめ》より女郎《じょろう》、女郎より妾《めかけ》、妾より後家《ごけ》ってえが、七條さん、後家さんにおちたかね」

「それで、七條さんに硫酸《りゅうさん》ってえのは？」

と荊木歓喜はさきをうながす。

「一週間前の夜、旦那さまが美術館にお入りになって、この前さすがの七面相も盗《と》りのこしていった、古い長持《ながもち》の蓋《ふた》をあけようとなすったら、その蓋のどこに仕掛けがしてあったのか、硫酸がびゅッとふき出して旦那さまのお顔へ——」

志乃は顔を覆《おお》ってむせび泣いた。が、すぐに血ばしった眼をきっとあげて、

「お見舞にいらしたのは、水上のお嬢さまと柳原さまだけ。小栗由貴子さまはいちどおいでになりましたが、旦那さまのむごたらしいお顔をみて、それっきり二度とおいでになりません。……あたしこの一週間、ヘトヘトになるほど看病していたんです。でも変りはてた旦那さまのお顔をみると、七面相がにくらしくって、にくらしくって……」

「泣くな、お志乃坊。わしもいってみようよ、お見舞に——」

と、ながいあいだ、考えこんでいた荊木歓喜がいった。

三

嵐に神田明神《みようじん》の森が、怒濤《どとう》のように鳴りどよめいている。

荊木歓喜は、三平とお志乃といっしょに、お茶の水の七條邸の玄関を飄々《ひようひよう》と入っていった。荒れた気配はあるが、さすがに宏壮《こうそう》な邸宅である。二年前、或る事件でこの家に招かれたときの、主人の、男らしい、快活な、しかも茫洋《ぼうよう》とした印象を思い出す。

志乃に案内されて病室に入ってゆくと、ベッドの上には白布で顔を覆った康弘氏が横たわり、遠縁《とおえん》の水上旗江が傍に坐って何か洋書を読んでいた。

「おお、七條さん。大変な目にあわれたのう。知らなんで、お見舞もせず——荊木歓喜です」

恐縮《きようしゆく》そうにいってちかづく荊木歓喜を、繃帯《ほうたい》のあいだから眼だけをのぞかせて、七條康弘氏はかすかに黙礼《もくれい》しただけである。

「いやいや、何もおしゃべりにならんでよろしい。いま志乃からいろいろ伺ったんじゃが、実に実に七面相はなんたる奴か。とんとその心事《しんじ》が解《げ》せん、正直なところ。——」

窓を打つ風声《ふうせい》のせいもあるが、病人を病人とも思わぬ、はなはだ医者らしからぬ、われがねのような声でいって、それから突然声をひそめると、

「もっとも、あんたの逢《あ》った災難のからくりはようわかっとるんじゃが」

「えっ——なにがわかったんですの？」

と水上旗江が椅子からたちあがった。なるほど女子大を出たらしい、冷たい理智《りちてき》的な美貌《びぼう》である。

「たとえば、脅迫状がこの家のあちこちに落ちていたり、壁にかかれていたわけさ。それから、美術館盗難事件のからくりさ」

「それは、いったい……」

「中学時代読んだ探偵小説にようかいてあったわ。そんな場合の脅迫状の送り主、書き主は、たいていその家の住人さ。ばかばかしい」

「この家の住人？」

七條氏は繃帯の下から、かすかに嗄《しゃが》れた声でいった。

「左様。ここへくる途中もお志乃からいろいろきいたがな、そんな紙ッきれや文字がのこっていたときは、きっとその場所にあんたがいたよ。つまり、七條康弘氏自身。——」

「まあ……」と、お志乃がたまぎるような声をあげて立ちすくんだ。

「けど、先生」

「康弘氏がいないときにゃ、他の誰が欠けていてもきっと柳原さんって未亡人がいた。きくとお志乃はおふたりがいっしょにいたのを見たことがないという。いつもないしょで密議談《みつぎだん》合《ごう》……ありゃあんたの相棒《あいぼう》だな」

じっと繃帯のあいだから眺《なが》めている七條氏の眼がかすかに小波《さざなみ》をたてた。狼狽《ろうばい》したようにもみえるし、なにか皮肉に笑ったようにもみえる。

「美術館の品物のすりかえは、むろん前もってあんたがコツコツやっておいたことじゃよ。……血は、あの血はなんのことかわしにゃわからん。わかってもわからなくても、そりゃこの事件の本質にゃなんの関係もありゃせんて」

「わたしがやったと、おっしゃるか？」

と、七條氏はしゃがれ声でいった。

「わたしが、わたしを脅迫し、わたしの品物をすりかえ、わたしの顔に硫酸《りゅうさん》をかけたとおっしゃるか？　……ばかな！」

「ばかなことかどうか、その繃帯をとってみなさい。三平、とってあげるがいい」

キョトンとしていた三平は、急にはっと何か気づいた顔色になってベッドにとびかかった。弱々しい悲鳴をもらしながら抵抗する七條氏の繃帯を、三平のふしくれ立った指が、荒々しく無慈悲にといてゆく。

「ああ……」

と、お志乃と旗江が眼を覆ったとき、白布の下から、髪は焼け、額から頬にかけて、赤藍《せきらん》色《しょく》にやけただれた恐ろしい顔があらわれた。

「かまわん、もうひとつ剝《む》いてみるがいい」

「へっ？」

ぎょっと思わず指をひッこめていた三平の様子をもどかしがって、荊木歓喜はつかつかとちかよると、七條氏の耳のあたりをつかんで、べりっと何かをひきさいた。七條氏は痛苦《つうく》にたえかねたような物凄い悲鳴をあげた。

悲鳴？　……いや、その声はながくつづいている。陰々とつづき惻々《そくそく》と絶えて……それが笑い声だと知って、皆が総身《そうみ》に水をあびせられたような気持になったとき、七條康弘氏は、全然無事な、もとどおりの男らしい、快活な、茫洋《ぼうよう》たる顔で、すックとそこに立っていた。……

志乃がさけんではしり寄ろうとした。

「まあ、だ、旦那さま！」

「旦那さまではない。もうひとつ面《つら》の皮をめくると、これが即《すなわ》ち怪盗七面相。……」

その荊木歓喜の指さきから、ズタズタにひきちぎられたうすいゴム製の仮面がおちた。

水上旗江と志乃は、思考を絶した表情で立ちすくんでいる。そのふたりの娘を横眼でニヤリと笑ってみて、怪盗七面相は鄭重《ていちょう》に一礼した。

「はじめまして。御高名はうかがっております、荊木先生」

茫然《ぼうぜん》としていた水上旗江の眼に、冷たい理智《りち》のひかりがもどると、急に持っていた書物を床にたたきつけ、魔性《ましょう》の気をはらいおとすように身ぶるいして、バタバタとかけ出していった。

「ははん、小生を七面相と知って、あのお嬢さん、ついに逃げ出しましたね」

怪盗七面相は皮肉そうに声をたてて笑った。

「ところで、荊木先生、わたしがここまで七條氏に化けていて、しかも女の子たちを相手に、ああまでゴテゴテお芝居をやってきた意味がわかりますかね？　美術品のいただき方など、もっと簡単にゆくはずなんだが。……」

「泥棒の心境《しんきよう》など、わしは知る義務をみとめんな」

「それでは、お気の毒ですが、つかまえられてあげる義務を小生もすてることにいたします。では、みなさん――」

ベッドからはねおきるとき、どこからかつかみ出していたらしい、その手にぶきみな銃口が黒くひかっている。さすがの歓喜も三平も身うごきがつかない。

「旦那さま――」と、お志乃が思わず叫んで急にすすり泣きはじめた。

怪盗七面相はチラとその方をみてまばたきし、しかしスルスルと蟹《かに》あるきに歩いていってぽんと部屋の外に出た。ドアがしまり、外から鍵をかける音がし、物凄い高笑いの声がしだいに遠ざかっていった。

四

「い、いったい、七面相の野郎が、いつのまに七條さんに……」

「さあてな。わしが二年ばかり前にあったときはたしかに本物じゃった。一年前、この志乃をつれて、使ってやってくれとたのみにきたときも本物じゃったよ。おそらく、この半年……男の知人を遠ざけて女の子ばかりを相手にし出したころから七面相が化けていたんじゃろうと思うがな。あれだけの変装の天才。そしてあれだけの不敵な自信がありゃ、女って奴ァ被暗示性《ひあんじせい》が強えから、ころっと――」

「旦那さま……」志乃はかなしげにすすり泣いた。

急に荊木歓喜は愕然《がくぜん》として、志乃をふりかえって叫んだ。

「志乃……お前はあれに惚《ほ》れていたのか？」

「はい！」と、志乃はわるびれずに、きっと顔をあげていった。

「いつごろからだ？」

「こ、この三ヵ月ばかり前から、急に……でも、あたし、元子爵《もとししゃく》さまの御主人だと思ってあきらめていましたわ。けれどあんな悪いひとだとわかってみると、急に可哀《かわい》そうで……先生、あたしだって、いちどはパンパンに墜《お》ちかけた女です！」

「ば、ばかな！　それじゃお前の惚れたのァ七面相だ！　いかん、いかん、いくら恋にも限度がある。美術品盗賊だけなら、まだ可愛いところもある。じゃが……じゃが……ああ、心配じゃ。わしは心配でならんのじゃ。本物の七條さんはどうしたのか、いや、どうされてしまったのか……」

志乃ははっとしたように蒼《あお》ざめて、ひとみをひらいてしまった。

「三平！　ドアを破れ。七面相の逃げッぷりに、あっけらかんと感服《かんぷく》している場合じゃねえ」

ふたりは肩をならべてドアに身体をたたきつけた。二度、三度——めりっと板が裂けたかと思うと、ドアははじけとんで、ふたりは広間へとび出した。三人が玄関のところまではしり出たときだった。門の方から蛇《じゃ》の目《め》をかたむけて、小走りに入ってきた女がある。

「まあ……柳原さま！」と志乃が叫んで立ちどまった。

「なにっ……柳原？」

足を釘づけにした荊木歓喜の前に、つかつかと寄ってきた柳原鮎子という未亡人は、歓喜たちをあやしむ余裕もないらしく、唇をふるわせて、

「どうなすったの、七條さまは？　あのお怪我なのに、雨のなかをドンドン聖橋《ひじりばし》の方へかけていらっしたわ。あたしが気づいて呼びかけると、ニコッと白い歯をみせて、ヘンなことおっしゃった。美術館の長持《ながもち》のなかに遺品《かたみ》がのこしてあるから、持っていらっしゃいって――」

髪をアップにした品のよい、なまめかしい頰の肉が、異様な不安にブルブルとわなないている。荊木歓喜は茫然《ぼうぜん》として柳原未亡人の姿を見あげ見おろしていたが、やがてはっとわれにかえると、

「ううむ、美術館の長持に遺品《かたみ》だと？――いってみよう！」

雨のふりしきる庭園をつッきって、四人は美術館の入口にたどりついた。個人的なものだから、むろん普通の美術館のように巨大なものではないけれど、それ自身が一個の芸術品のように典雅《てんが》で古風な建築であった。

「これ、これ、これにちがいないわ」

柳原未亡人が、巨大な仏像のかげをおとした一隅《いちぐう》に、ひッそりと横たわっている黒い長持の蓋《ふた》をたたいた。志乃はびッくりして、

「あっ、そ、それには硫酸《りゅうさん》のとび出す細工が――」

「それはうそじゃといまわかったじゃないか、志乃」

と、荊木歓喜、思わず苦笑して、その蓋に手をかけ、無造作にはねあけたが、次の瞬間、あっとさけんで二、三歩とびのいた。

鼻をうつ腥《なまぐさ》いとも凄惨《せいさん》ともたとえようもない悪臭がむらむらとわきのぼってきたからである。

「死肉《しにく》の匂いっ」

歓喜の絶叫とともに、あとの三人もわれ知らず鼻孔《びこう》を手や手巾《ハンケチ》で覆ったまま、五、六歩はなれて立ちすくんでいた。三分……五分……誰もうごかない。息さえできない、吐気《はきけ》をもよおすような腐臭《ふしゅう》であった。

が、その位置からでも、朦朧《もうろう》とみえる。腐りただれた死人の顔、頸、胸――膿汁《うみしる》をたらし、ズルズルに皮膚を剥《む》きおとしながら、寂然《じゃくぜん》と横たわる七條元子爵《もとししゃく》の変りはてた姿。

柳原未亡人がかすかに顔をあげて歓喜をみた。三平をみた。志乃をみた。みんな、金縛《かなしば》りにあったようである。

「これは、いったい……」

といいかけた未亡人は、急に泣くような叫びをあげると、その長持の方へよろけ出していった。と思うと、むしゃぶりつくようにその腐爛《ふらん》した死体を抱きあげた。また死臭がむらむらと濃くあたりにゆらめき満ちた。

「ちがいます、ちがいます」

急に志乃は叫んでいた。涙の眼がかがやいて、柳原未亡人を見つめている。

「柳原さま。それは……」

「志乃さん、何をいうの？　これは七條さまでしょ？　けど、すると、さっき逢《あ》ったひとは……」

「あれは怪盗七面相です。早く追っかけて、いっしょに逃げて下さい。この死体は、あたしが殺したんです。あたしが……あたしが……先生、あたしが七條さまを殺したんです。七面相のために……」

「ありがとう、志乃」

と、誰かがいった。強い、男の声だった。

みんなキョロキョロあたりを見まわした。誰もいない。が、誰かがしかもほんのすぐ傍《そば》で、さもうれしそうに、ふくみ笑いの声をたてている。

ガランとした深夜の美術館のなかに、ぞっとするような妖気《ようき》がはしった。

五

「――やられたっ、七面相！」

突然、荊木歓喜がさけんで両手をうった。眼ははりさけるばかりである。

「どうですか、荊木先生、わたしはね、正体を見あらわされて、一目散にそのまま行方をくらますような、そんな権威のない消え方はしませんよ」

男の声で、柳原未亡人はカラカラと笑った。腕にかかえた死体を無造作になげ出すと、それは石の床にゴトンとかたいひびきをたてて、首がもげ落ちた。巧妙きわまる蠟人形であった。

「この悪臭のもとは、長持の底にある二匹の犬の死骸です。……それはともかく、わたしの実験が終ったから、荊木先生もさっきシャッポをぬいで、知らんとおいばりになった泥棒の心理その他こまごましたことを御説明しますがね」

と柳原未亡人――いや、奇賊七面相は悠然《ゆうぜん》として煙草を口にくわえてしゃべりはじめた。

「要するにですな。わたしはいろいろと苦心惨憺《さんたん》してあちこちから美術品を頂戴《ちょうだい》してですね。その結果……いや、おどろきました。その大部分が贋物《にせもの》なんですよ。その持主もほんものだと思っているのでしょうが、みんな、とんでもないインチキの赤鰯《あかいわし》なんです。黄金仏像も黄金唐獅子も、『青い月』とかなんとかもッたいぶった名をつけた指環も、貴婦人たちのつけていた腕環、首飾りも……馬の目をぬくという言葉があるが、いや怪盗七面相の眼の珠《たま》もとび出しましたよ。ばかばかしい世間といおうか、セチがらい国といおうか、つくづく泥棒商売が……ひいては日本ッて国に愛想《あいそ》がつきはてました」

「……」

「で、わたしは豁然大悟《かつぜんたいご》するところがありましてね。南米へゆく気になりました。いや、泥棒しにじゃありませんよ。こんどは、いとも健康的なる開拓事業にです。あざむかざるものはただ自然のみ！　こう悟りをひらいたわけです。ところで、やっぱりそこはそれ天性ロマンチックなわたしですから、どうもひとりじゃものさびしい。なんとか最後の腕をふるってベターハーフたるべき大和撫子《やまとなでしこ》をひッさらってゆきたい。しかもこんどばかりは贋物はごめんこうむりたい。……そこで、軽井沢にいる美術鑑賞の心友《しんゆう》七條康弘氏を訪ねましてね。ちょいと彼氏にかわって、花嫁さがしのテストをはじめたわけです。七條氏？……彼氏はすでに女も贋物ばかりだとはじめから悟《さと》ってね、軽井沢で空々漠々《くうくうばくばく》と、山と雲をながめて暮していますよ。いやこの美術館のほんものの作品はわたしがあちらに送ってやりました。ここのほんものは、まちがいなく芸術上のほんものばかりでしたがね」

「……」

「さて、こっちのほんもの探し。……別嬪《べっぴん》さんが三人集まりましたがね。これはいずれもそれぞれの味覚でわたしの趣味を満足させそうな尤物《ゆうぶつ》ぞろいのはずでした。ところが、この美術館の品物がみんな贋物にすりかえられて、わたしが破産しそうになったってぇと、まず女優の南珠代嬢が退却しました。あの夜の血は、あらかじめ試験管《しけんかん》数本に入れていた血液をばらまいたものでね。つまり人を傷つけぬ七面相が、七條康弘――あたしの顔に硫酸《りゅうさん》をぶッかけるって悪業《あくぎょう》をやってもおかしくない伏線《ふくせん》なんです。で、首尾《しゅび》よくあたしの顔がふためと見られなくなると、お金持のお嬢さん小栗由貴子嬢が脱落しました。……かくのごとく女ってぇものは、何に化けるか判らないこと七面相も三舎《さんしゃ》をさけるくらいだから、だからわたしはその一方で、柳原未亡人なるものにも化けましてね、女同士《おんなどうし》？　として彼女らを研究しておったのです。いや、花嫁えらびもなかなか楽じゃない。――どうだ志乃、わたしと柳原未亡人を同一の視野にみたことはいちどもあるまい？」

「あっ……そういえば、そうだったわ！」

と、志乃は夢でもみているような顔でいった。

「次に、荊木先生を呼んできて、その模範的な御推理によってわたしの正体を看破《かんぱ》してもらうと、泥棒と知って、インテリの水上旗江嬢がさっき御覧《ごらん》のごとくスタコラ逃げていっちゃった。のこったのは……のこったのは……」

怪盗七面相は微笑して志乃をふりかえった。

「のこったのは、実に思いがけない小間使《こまづか》いのこの志乃ひとり！」

彼は両手をさしのばした。

「さあ、志乃、おれはお前を愛する。お前もおれを愛してくれる。いっしょにひろい南米の天地にとんでゆこう」

うっとりと抱きよせられかけた志乃は、急に身体をかたくして、ぱっとうしろにとびずさった。双眼《そうがん》が涙にキラめいて、燐《りん》のようにもえている。

「イヤです！」

「なに？　なんだって？」

志乃は大きく喘《あえ》いで、けれどしッかりと立って、必死の声をふりしぼった。

「あなたは、そんな実験までしなければ、誰がじぶんを愛しているかわからなかったのですか？　人間まで、そのほんものか贋物かがわからなかったのですか？」

七面相、横《よこ》ッ面《つら》をはりとばされたように立ちすくんだ。しーんと落ちた息づまるような沈黙のなかに、しだいにたかくなった雨の音をやぶって、カラカラと荊木歓喜が笑い出した。

「七面相、最後のどたんばでやられたな！　気の毒千万な、うたぐりぶけえ泥棒根性《どろぼうこんじょう》のおかげで、とうとうほんものの宝を盗《と》りそこねやがった。わはははははは！」

七面相はみじめな苦笑《にがわら》いを浮かべた。

「まッたくだ、先生！」

とうなづいて、志乃の顔をじろっと見つめたが、燃《も》えるような娘の怒りの眼に、その精悍《せいかん》な顔がだんだん翳《かげ》って、うなだれて、

「まッたくだ。お前はおれにゃもッたいねえや」

三分間考えこんでいて、それからまた手をぬっとさし出した。

「それではやっぱりひとりで南米にゆくよ。うんにゃ、柳原鮎子って後家《ごけ》さんといっしょにゆかぁ。てへっ、これぞ正真正銘の偕老同穴《かいろうどうけつ》……しかし日本にゃいい娘がいたよ。想い出に、たったいちどでいいから、どうか握手してくんな」

志乃はよろめきかけた足をふんばり、しずかに手を出した。奇賊七面相はその小さな手を、じっと味わうようににぎりしめていたが、あっさりと男らしくはなして、

「じゃあ、皆さん、あばよ。ながながとおやかましゅう。……」

頭をさげて、ふりかえりもせず、スタスタと去っていった。入口のあたりで、

「寂滅為楽《じゃくめついらく》の雨の音、諸行無常《しょぎょうむじょう》のひびきあり。……」

と、ひとり笑いする声がきこえたが、それもすぐに夜の雨声《うせい》のなかへ消えてしまった。

落日殺人事件

わが恋せし乙女

「伶子さん、親父とおふくろの結婚ロマンスってやつをお話しようか」

「ええ、おねがい」

「それがとても愉快なんだ。なんでも親父が大学を卒業する年の春というんだから、明治の終りか大正のはじめごろだろう。おふくろは、女子大に通うために上京して、あなたのお父さんと従兄妹《いとこ》にあたる関係から、おなじ家に下宿していたんだね。ところへ、あなたのお父さんと親友だった親父がいって、たちまちぞっこん惚《ほ》れこんじまったんだ。そして、結婚申込みの直接談判をやったのが、はじめて会ってから十日目のことだというからいい度胸ですよ」

「まあ。……」

「傑作はそれからだ。おふくろはめんくらって、そんなことは、両親に話して下さいとにげたらしい。するとね、親父は、卒業論文もかかなくちゃならない最中なのに、その夜のうちに四国の徳島県、あの山の奥のおふくろの実家にとんでいったというんです。さてその村にいって、おふくろの家へのこのこ入っていったものの、いくらなんでもきり出す口上がみつからない。出てきた家人に、へどもどしながら、あの帝劇はどちらへゆけばいいのでしょうか、ときいたそうです」

「あら、……ほほほほほほ」

「家人はあっけにとられてる。親父は赤面してとび出して、さすがに、いちどはそのまま東京へかえろうかと思ったものの、それではなんのために宙をとんで四国くんだりまでかけつけてきたのか、わけがわからない。それに、財布をみると、帰京の汽車賃が足りないというしまつです。意を決して、またのりこんでいって、いきなり、優子さんのことで重大なる御相談に参りました、と大音声《だいおんじょう》に呼ばわったそうです。家人はびっくり仰天して、まあまあ、優子がどうかしましたか？　と蒼《あお》くなったということです」

「そりゃ、そうでしょうねえ。それから？」

「いや、優子さんの結婚問題について、というと親たちはいっそうふるえあがって、えっ、優子の結婚ですって？　いったいどなたと？　とききかえす。親父は弱って、汗だらけになって、実は、相手は僕ですが。……」

「まあ……ほほほほほほ。でも明治の大学生らしいいいお話ね。そして、首尾よく御結婚なすったのね。それで、豊さん、そんなお話、お父さまからおききになったの？」

「とんでもない。親父がそんなことしゃべるもんですか。去年の秋――おふくろからきいたんです。おふくろが死ぬ三日ばかりまえのことですがね。そんなことをうっとりとしてしゃべるおふくろの顔、子供の僕がみても、夢のように美しいと思ったな。……」

「わかるわ。お母さまにとって、それはどんなになつかしい、微笑《ほほえ》ましい想い出だったでしょう。……」

「わが親ながら、実にいい夫婦でしたね。親父が警視総監をやっていたころ、兇漢に襲われたことがあるんです。そのとき僕は現場にいなかったのですが、ピストルのまえに、おふくろがたちふさがって、射つなら私をお射ちなさい、といったら、さすがの兇漢がたじたじとして逃げ去ったという事件があるんです。でも、僕にゃ、そんな勇ましい母ともみえませんでしたがね。しかし、ふしぎなこともある。戦争中、僕は母と山梨県の方に疎開していたんですが、その家は非常に来客の多い家で、一日じゅう何十回か玄関の扉をひらくわけです。ところへ、親父が東京からぶらりとやって来る。ときどきといっても、何カ月に一回の割で前ぶれも何もない。ところが、母は、朝から、きょうはお父さまがおいでになるよ、と、はっきりいうんです。どうしてわかるの？　と、きいても、じぶんの胸をさして、ここがあたしに告げるのよ、といって笑っていましたがね。まさに、その通り、その日に親父がひょっくりやってくるんです。あれだけはふしぎだったなあ。……」

「お母さまが、ほんとうにお父さまを愛してらっしゃった証拠ですわ。ほんとうに魂から愛し合った夫婦なら、きっとそうだろうと思うわ」

「だから、おふくろが死んでから、親父の弱りようといったらないんです。むろん、終戦後追放をうけてここへひきこもってから、めっきり老けちまったんだが、とにかく足があんな風になっちまったのは、おふくろの亡くなった打撃にちがいないと僕は思ってるんですがね」

「老人性脱疽《だつそ》……とかいいましたわねえ。なおらないものかしら？」

「両足の指が、生きながら腐っておちてゆくなんて、なんてまあ奇妙な病気になったものだろう。エノケンがこのあいだ、こいつにやられましたね。エノケンのはたしか特発脱疽だったと思うが、親父のは動脈硬化からきたものらしいです。それから、三代目の沢村田之助もこいつにかかって、両手両足をきって達磨《だるま》のような姿になりながら、なおその女形《おやま》姿で観客を悩殺したというんですが、曾《かつ》ての鬼総監がそんな名優たちと同類の奇病にかかるなんて、理屈に合わんと怒るべきか、光栄だと思うべきか。……」

「ほんとうに、なんといっておなぐさめしていいかわからないわ。……手術してもだめなんですか?」

「森博士にきてもらってるんですが、手術するなら両足とも脛《すね》からきってしまわなきゃならんというんです。いまのところ、まあ、注射だけで経過をみようとおっしゃってるんですがね。そして動脈硬化は老人だからしかたがないが、それが脱疽をひきおこしたのは、たしかにおふくろの死んだという精神的打撃かもしれない、大きにあり得ることだ、といってるんですよ」

「ああ、お母さまが生きていらっしゃったらねえ。……ここへはじめてうかがったときは、もうお葬式がすんで一ト月もたっていましたわね。そうと知って、あたしの父もどんなに残念がったことでしょうか。あたしも、いちどおあいしたかったわ。……」

「でも、あなた方のおかげで助かりました。父はあの通りうごけない。僕には勤めがある。よし、勤めがなくたって、どんなに心のなかで同情していても、どうもこれまでいっしょにくらした親子じゃ、べつになんの刺激もないしねえ。……若いころの親友というものは年とってからでも、実にいいらしいですねえ。ほら、あんなによろこんでいる」

庭の若いふたりは、微笑んで、樹の間がくれに離れの灯をながめた。そこから微醺《びくん》をおびた、ふたりの老人の歌声がきこえてくる。

『妻をめとらば才たけて
　眉目《みめ》うるわしくなさけある……』

明治の歌であり、明治の声であった。その声は人生の挽歌のような哀愁のなかに、かえらぬはずの遠い明治の青春の日が、ひとすじの水脈《みお》をひいてきたようにうれしそうだった。年があけても、ふしぎなくらい暖かい冬の夜で、枯れた葡萄棚の上にかかった月も、春のようにまんまるく朧《おぼろ》だった。青年はあえぐようにささやいた。

「伶子さん。結婚して下さい。……そして僕のあの母のような妻になって下さい。……」

若いふたりはぴったり抱きあって接吻した。きよらかな青春の陶酔のそのひとときへ、しゃがれた二老人の歌声がながれてくる。

『友をえらばば書を読みて
　六分の侠気　四分の熱……』

娘は夢みるような顔をはなして、しばらくして、恥じらうように、また窓の灯の方をみてつぶやいた。

「あたしの父はともかく、あなたのお父さま、お酒めしあがっていいのかしら？」

「よくはないでしょうがね。……すこしくらいなら、いまの父に、あんなにあなたのお父さんにあってよろこんでいる父に、それをよせとは僕にはいえないのです」

青年はまた娘をくいいるようにみつめて、やがていった。

「昨日、父に話しました。伶子さんと結婚したいって、……そしたら、それはよかろう、と大賛成でした」

「うれしいわ……」

「ただ……」

「え？」

「ただ、そのまえに、ふたりのあいだで、医者の証明書をとりかわせというんです」

「医者の？　どうして？」

「健康証明書なんです。僕も、あの父が突然あらたまって、なにをいやに近代的なことをいい出すんだと思ったんですが、しかしまあ、そんなことなら簡単だ、と承知したんですがね。ただ、あなたの場合は……」

青年は頰をあからめた。

「もうひとつ、処女であるという証明書をもらえないかというんです」

娘は、あっけにとられたように、まじまじと青年を見ていたが、やがてその清純な頰にぱっと血がのぼり、それから白々と透きとおるような顔色になっていった。

彼女は、かなしそうに、そしてきっぱりとつぶやいた。

「あたしは、いや」

処女検査医

「ほう……奇遇じゃのう。芦刈《あしがり》伶子、と名乗りをきかんけりゃ、あんたとは思えん」

と、大きな眼をぐるりとむいて、その医者は笑った。熊鷹《くまたか》のようなモジャモジャ頭、右頬に、三日月のように浮かぶ刀痕、この魁偉な容貌が笑うと子供のように人なつこいものになる。

「いや、まったくよくおいでなすった。ゆっくり遊んでいってくれといいたいが、御覧の通りの貧乏ぐらしでのう」

と、いって、洒然《しゃぜん》として部屋をみまわす。部屋のなかには、隅っこにおんぼろの寝台がひとつ、小さな戸棚にちょっぴりと薬品らしい瓶と手術器具がみえるが、あとはただ、空っぽのおびただしい一升壜ばかり。ただし、その寝台には、毛布をひっかぶって、誰かがねている。のぞいた髪の毛の様子からすると、どうやら患者は女らしい。

新宿御苑にちかいチンプン館という妙な名前のぼろアパートの一室である。よくこれで医者ができるものだ、よくここへくる患者があるものだ、いや、よくまあこんなところで開業がゆるされるものだと豊はあきれている。が、伶子にいわせると、終戦前、彼女の一家が中国の済《さい》南《なん》市に住んでいたころ、その町の貧民窟で開業し、貧しい哀れな中国人たちに、『歓《かん》喜《き》先生』といえば、慈父のごとくしたわれていた医者だということである。

「それでも、よう無事でひきあげてきなすった。お父さんも、お母さんもお達者かな？」

伶子はうなだれた。

「いいえ母は引揚船のなかで死にましたの。……」

「ほう。それはまたお気の毒に。あなたのお母さんは、たしかにお父さんとおなじにクリスチャンとかで、それはそれはやさしい、ようできた方じゃったが……そうですか。で、お父さんは？」

「父はまだ元気です。ただ、いろいろ、ひどい目にあって、……」

「やっぱりのう。あちらでは手広くやっていなすったが、裸ひとつで追いかえされた日本は、御覧のような百鬼夜行のていたらく。……」

「先生は、やっぱりお医者さまをやっていらっしゃいますの？」

「さあて。どういったものか、まだここで開業の許可をもらったおぼえはないが、いつのまにやら界隈のパンパンどもがあつまって、ま、淋病をなおしてやったり、父《てて》なし子を堕してやったりしとるんじゃから、医者の行為はやっとるわけでしょうな」

と、けろりとした顔でいう。隅の寝台の毛布がむくむくうごいて、女の顔がのぞいた。若いが顔色は蒼い。

「あれが、そのパンパンで。御参考のためによく御覧になるがいい。本人はちっとも悪いことをしたとは思わんといっとるが、人間の身体という奴は、心より正直で、てきめんにああいうあさましい顔になる」

女はくッくッ笑い出した。まるで動物園の猿を説明でもするようにずいぶんひどいことをいう医者だが、この大兵肥満の歓喜先生の語韻には、妙に人の腹をたたせない徳がある。

「いいたい放題のことをいってやがら。先生、あたい、もう帰る」

女はひょろりとたちあがって、ものうそうに帯をしめはじめた。

「帰るか。うん、もうよかろう。サリイ、約束だ。いいか、ここ十日くれえは決して商売気だすんじゃねえぞ」

「ふ、ふ、そんなことしてたら、先生、いつまでたってもきょうの手術の玉《ぎよく》が出ないわよ。それでもいい？」

「はははははは。よかろう。いつでも、払えるときに払えるだけもってこい。なるべく酒のほうがいいのう。勘定はいいが、一週間たったら、もういちどおいで。それから、おっと、これが薬。毎日、おまんま食ったあとでのむ」

と、机の上の薬の紙袋をぽんとほうった。女は笑っていたが涙ぐんでいる。

淫売婦がでてゆくと、伶子は顔をあげた。

「先生、あたしおねがいがあるんですの」

「ほ？　何です？」

「あたしの結婚問題について……」

歓喜は微笑して、伶子と豊の顔をみくらべた。

「相手は、この方かな？　ふうむ……中国にいたころは、あんた、まだ十か、十一の小っちゃいお嬢ちゃんじゃったが、もうそんな年になんなすったか。なるほど、光陰は流水のごとし。……」

「この方は、薬師寺豊とおっしゃって、……先生、御存知ないかしら？　ずっとまえ、警視総監をしていらした薬師寺右京って方の御子息なんです。親同士が、大学時代の親友で……」

「おお薬師寺右京、おぼえとる、おぼえとる。なんでも帝都のギャング狩りで雷名をとどろかせた鬼総監じゃった。ほう、あんたが、その、あの方の子供さんかな？」

　伶子はつづいてなにかいおうとしたが、さすがにためらったのか、話をかえてまたしゃべりはじめた。

「それがねえ、先生。あたしたちあんな風なありさまでひきあげてきたのでしょ。なにしろ父は、大学を卒業するとすぐ中国へわたって、母ともあちらで結婚したくらいですから、内地には何にもない。ただ、先祖代々からの土地が、この新宿に五百坪ばかりあったんですって。親戚の方にあずかってもらっていたのですけれど、その方があの空襲騒ぎで疎開して、そこで亡くなってしまわれたんですって」

「新宿で、五百坪。そりゃたいへんじゃ」

「ところが、いまはその土地にぜんぜん知らない方が住んでいるんですの。そして、父がいってみると、終戦後、その方は、秦《はた》彦四郎という新宿の親分から途方もない権利金をはらって、立派に借りたんだとおっしゃるんですって」

「なにッ、秦？　ああ、それはえらい人間に狙われなすった。東京の、つまり、なんというのかな、闇黒街の大将というか、日本の代表的悪漢じゃからのう」

「先生、御存知ですの？」

「いや、なに」

と、荊木《いばらぎ》歓喜という医者は口をもごもごさせた。この歓喜先生、実は、その闇黒街での往来御免という特権があって、東京中のやくざたちが一目も二目もおいている人物だが、その一方で、奇妙な探偵能力があって、いままでにもたびたび不可思議な事件を解いたことがあり、ただその犯人に、罪にくむべしといえども人にくむべからずというような点があると、知らん顔して逃がしてしまうくせがあるので、警官たちからも尊敬されたり、危険がられたりしている人物だが、若いふたりはむろんそんなことは知らない。

「父は、そんな秦なんて人きいたこともありません。で、その方のところへいってみると、けんもほろろ、というより袋だたきの目にあって帰ってきました。父は告訴する、と涙をながして立腹したのですが、先生、法律って妙なものですわね。たしかにその秦って人が、父の土地をぬすんだのにまちがいはないのに、土地の窃盗罪というものは、法律にないんですって」

「ほう、はじめてきく。そんなものかな」

「そして区役所へいってしらべてみると、いま住んでいる方が建築なさるとき、地主の承諾書がいるはずなんですけど、その承諾書の印をついている人が……」

「秦親分か、それともお父さんの名をかたっていたのかな」

「いいえ、それなら、なんでも私文書偽造行使罪とかいうので訴訟ができるのだそうですけれど、その地主の名と印は、全然この世にいない架空の人らしいのです。そうだとすると、法律では、これまたどうにもならないんですって」

「ああ、やられたな！　秦って野郎は、それくらいの悪智恵はまわす男です。それで、どうなすった？」

「どうにもならないんです。父は、引揚後の苦労でずいぶん変りましたけれど、やっぱりもともとクリスチャンでしょう。悪いことをにくむ心が人一倍つよいので、そんな悪人をはびこらせておくのは、じぶんだけの問題ではない、といって、いちじは何をするか、わからないような気がして、あたしもはらはらしたのですけれど、そのとき、むかしのお友達薬師寺さんとおあいできて、ほんとうにたすかりましたわ。つまり、父が秦って人の家でひどいめにあって、半死半生になったことが、新聞の隅っこに出たことから、薬師寺のおじさまがお手紙下すったのです」

「おう、それはそれは」

「そしていまでは、一週にいちどは薬師寺さまのところへ遊びにうかがって、ふたりでうれしそうに昔のおはなしししています」

「そして、あんた方も、ふたりでうれしそうにいまのおはなしするってぇことになったわけじゃな」

　と、荊木歓喜先生がにたにたと笑った。伶子は頰をそめて、まじめくさって、

「で、薬師寺のおじさまも、その土地のことおききになって、秦なら面識があるから、そのうち話してやろうとおっしゃるのです」

「それはよかった。ギャング退治の元総監なら、いくら秦でもあんまりむちゃは押し通せまい。……それで、お嬢ちゃん、あんたのわしへのねがいというのは？」

「あの、あたしたち……結婚したいんです」

「おお、似合いの花嫁花婿じゃ」

「ところが……」

と、薬師寺豊が、ためらいながら口を出した。最初、浮浪人だか仙人だかわからないような気がして、めんくらってみていたこの荊木歓喜という医者が、伶子のいうとおり、なんとなくなつかしい、巷の哲学者のように感じられはじめていた。

「僕の父が、どうあっても、伶子さんが処女かどうか、医者から証明書をもらえ、そうでなくちゃ結婚はゆるさんというんです」

「ほ？　どうしてじゃろう？」

と、医者の歓喜先生も眼をぱちくりさせる。

「ことさら、そんなことをいい出すとは、なんか特別なわけがあるのかな？」

「あたしにはありません！」

伶子は昂然ときよらかな顔をふりあげていった。

「あたしは、おじさまにおあいしてからまだ三カ月しかたちません。そしてそれまでだって、そんな……そんなお疑いをうけるようなこと、いちどだって、ゆめにもありませんわ。……いくら元警視総監だって、そんなことお疑いになるなんて……」

「いや、疑ってるわけじゃないと思うよ。親父がへんてこなんだ」

と、豊はおどおどしていった。ふしぎそうな表情であった。

「しかし、そんなことといい出すなんて、それまでの父の言動からまったく思いもよらないことなんだがな。ほんとうなら、そんな失礼な提案、僕は蹴ってしまいたいんです。もし母が生きていて、そして父がいま病気じゃなかったら。……けれど、いまのあわれな父の様子をみると、そういうことを一応はきいてやりたいという気持になるんです」

「そして……あたしたち……やっぱり結婚したいんです！」

と、伶子はいった。子供のようにむきになった愛くるしい顔をみて、荊木歓喜の魁偉な頬に、
にッと片えくぼが浮かんだ。

「は、は、そしてお嬢ちゃんの……その検査に、このわしを思い出してくれたとおっしゃる
か？」

「あたし、そんなこと……先生でなくっちゃ、いや！」

「勿体《もったい》なき仰《おお》せつけ、それは千万《せんばん》かたじけない！」

首吊りの門

薬師寺豊は、チンプン館のうそ寒い廊下に、寒さのためばかりではなく、緊張のために、かたくなって待っていた。

まったく、親父は何のはずみであんなことをいい出したのだろう？　それは、われわれ若い者よりはるかにひらけた科学的な考え方かもしれないが、しかし、若者には若者特有の純潔な直感というものがあるのだ。伶子さんが処女じゃない、なんて、そんなことがあるものではない。

——それにしても、どうも変てこなアパートである。さっき入口を入るとき、玄関の一方に大きな電柱を胴切りにしたやつが一本ツッかい棒にしてあったが、この廊下の壁も亀裂《ひび》だらけ、はずれの窓ガラスはほとんどわれて、そこから粉雪をまじえた寒風が、氷のようにふきつけてくる。きょうのひるごろから急に陽気がかわって、ちらちらふりはじめた雪であった。どこかの扉がひらいて綿のはみ出したどてらをきた若い女が、歯ブラシをくわえたまま出てきた。時刻はもう夕方にちかい。壁にもたれかかっている豊を、じッと見た瞳は虚無と罪そのもののようだった。

ちらッと、豊の頭に、十日ばかりまえの夜、はじめて処女検査のことをいい出したとき「あたしは、いや」ときっぱりいった伶子のかなしそうな顔がかすめた。胸に不安のさざ波がたった。ばか、おれはなにを疑うんだ？

……しかし、あの荊木歓喜という医者は、ほんとうのことをおれにつげるだろうか？　この犯罪者の巣窟のようなアパートに住む、えたいのしれぬ蓬頭垢面《ほうとうくめん》の奇妙な医者。——が、豊の胸に、また歓喜先生の眼が浮かんだ。

大きな、が、あかん坊のように澄んだきれいな眼だった。うそをつく人の眼ではない。……

扉がひらいて、歓喜先生があらわれた。豊は壁からとびはなれた。

「先生。……」

「薬師寺さんの坊ッちゃん。お嬢ちゃんは……生娘《きむすめ》じゃないのう」

ぬうッとつッ立ったまま、アパートじゅうに鳴りわたるような大声でいった。愕然として豊は歓喜をみあげる。深沈たる巨大な眼が、じッと青年を見おろしていた。

「伶子さんは？……」

どきどきしながら、部屋にかけこもうとする豊のまえに、巌《いわお》のようにたちふさがって、

「さて、どうなさる？　結婚はおよしか？」

といった。歓喜先生のうしろに、ちらと伶子の顔がみえた。蒼ざめた顔の中に黒い眼がひたと豊になげられていた。

その刹那、豊は、ほんとうに自分が彼女を愛していることを知った。いままでの愛は、夢に酔ったようなものだった。いまこそ彼は、伶子の過去がどうあろうと、彼のまえに敢然と裸になってみせてくれた彼女を、魂の底から愛していると思った。

「先生。……やっぱり結婚します」

荊木歓喜はにッと笑った。

「えらい！」

と、手をうって、

「そうでなくちゃならん。ほんとに惚れたなら、娘が処女であろうが、あるまいが、それがど

れほどのことじゃ、花嫁だけは生娘でなくちゃならんとは、男の身勝手かッ、見栄か、もしくは智恵足らずの古くさい迷信よ。坊ッちゃん、えらい！　そう坊ッちゃんが決心なされば、坊ッちゃんのお父さんのことはまた別問題。……」

と、豊は苦笑した。

「先生、その坊ッちゃん嬢ちゃんだけはかんべんして下さい」

「あッ、そうか、そうじゃった。これから結婚なさるおふたりであったのう。そうか、もう坊ッちゃん嬢ちゃんと、いっちゃ可笑しかろう。……」

「ですが、先生」

と、かんがえこんでいた豊は顔をあげて、

「先生、たいへん、ぶしつけですが、これから先生にも僕のうちへきていただけないでしょうか。父がなんといおうと、僕の気持ちはかわらないのですが、説得に昂奮して、病気の父の心をきずつけたくはないのです。そこで、先生にもいっていただいて、父にいいきかせてやってほしいのです」

「わッ、そりゃこまったな」

と、歓喜先生は大狼狽した。急に笑顔になって、何かいいかけたが厳粛なばかりの青年の表情に、ただ口をもがもがさせた。

「先生なら、それができる。どんなに父が頑迷だろうと、きっと納得させる力が、先生ならあると思うんです。伶子さんも先生を信用している。僕も先生の義侠心に訴えます！」

歓喜はたすけを求めるように娘の方をふりむいたが、伶子はしずかにいった。

「先生。ひさしぶりにあたしの父にも会ってやって下さいませ。きっとなつかしがって大よろこびするにちがいありません」

「おお芦刈さんならお眼にかかってもいい。では、そっちへおうかがいしよう」

「いえ、あたしの父もきょうは、また薬師寺のおじさまのところへいっているはずですの。ひるごろから出かけましたから。――」

荊木歓喜、進退きわまった顔つきになったが、急にやぶれかぶれといった風に大きくうなずき、

「それじゃ推参つかまつる」

部屋にとってかえすと、何よりさきに、一本の一升壜をとりあげて口にあてた。ごく、ごく、ごく、とうまそうにのどがうごくと、みるみる五合ばかりひといきにのみほして、

「ふーっ。いや、きょうは寒いのう」

ガックリ、ガックリ、出てきた足はちんばである。

外は、雪はすこし小止みになっていたが、もう二、三寸もつもっていた。町にはもう灯がともりはじめている。空がくらいのに、地上の風物のみ雪と灯にうかびあがって、なんとなく妖異な美しさであった。

突然、歓喜がつぶやいた。

「いま、東京に生きている人間で、明日までに死ぬ人間が何人いるかのう。いやいや、病人の

ことじゃない。この雪さ。雪のせいで、今夜死ぬ奴が、きっと何人か十何人かはいるぞ。明日の朝刊をみてごらん。やれ車がぶつかった、やれ車にはねられたと、仏さまになる奴がきっといる。この文明の世に、たったこれだけの雪でふしぎなようだが、それより、そいつらが、てめえの死ぬのを知らねえで、いまのほほんとこの雪を見てるだろうと思うと、わしゃ何やらおかしな気になるが、あんたら、そうは思わんかな？」

三人が、郊外電車にのって、薬師寺豊の家にちかづいたのは、それから二、三十分のちのことであった。

いまはほとんど世捨人にちかい元警視総監の邸は、世田谷区というより神奈川県にちかい丘の麓《ふもと》にあって、駅からすこしあるくと、もう家もまばらになり、そしてこうして雪にふりこめられてみると、いっそう武蔵野の原野をおもわせる中に、ぽつりとたっている。

雪はやみ、空はもうどんよりとくれて、満目蕭条《まんもくしょうじょう》たる雪明りのなかに、ただふたすじの車輪のあとがはしっていた。自動車のタイヤのあとだった。それ以外には人影ひとつ、足跡ひとつみえない。

「おや……うちに、自動車がとまってる」

と、薬師寺豊が、けげんそうにたちどまった。門の前に一台の緑色のビュイックが右側を横づけにしてとまっていた。

荊木歓喜は、自動車のなかをちょっとのぞきこんだが、左側の運転台にも座席にも誰の姿もない。

「誰がたずねてきたのだろう?」

「こいつぁ、みおぼえがあるぞ。……どうやら、秦の車らしいが」

と、歓喜はいって、車の前方をずっとすかしてみていたが、その方向にもなお車のあとがはしっているのをみて、つかつかあるき出した。はッとして豊と伶子が顔を見合わせていると、すぐに歓喜はもどってきて、

「ここまできた自動車のあとは、一台しかないようだのに、車の向う側へもタイヤの跡がはしっているから、ふしぎに思ってちょいといってみたが、あれもこの車のあとじゃね。二十メートルほどはしりぬけて、また後退してもどったとみえる」

と、うなずいて、

「それから、車の右の車輪にそうて、何やら重いものをひきずったようなあとがあるのう。この門のまえから二十メートルばかりはしってそれから、ぷつんときえとるが」

「なんでしょう?」

「なんだかわからん。ま、入ってみればわかるじゃろう」

そのとき、自動車をまわって、門を入りかけた芦刈伶子が、突然たまぎるような悲鳴をあげた。

門をみあげて、荊木歓喜も薬師寺豊も、全身に水がながれたようなおどろきにうたれた。――人がいる。――黒い人が立っている。――いや、雪をかぶった冠木門《かぶき》の上から、男がひとり、ぶらりとぶらさがっている。……

「お父さま！」

と、伶子が、絶叫して、よろよろと崩折れた。かけよった豊があやうくこれをささえ、荊木歓喜が、しゅっとマッチをすった。闇黒の雪空から、じッと地上を見下ろしている死顔は、瘦せぎみの白髪の老紳士で、口髭の下からだらりと舌をはき出し、品がよいだけに、いっそう凄惨な形相だった。……

「芦刈さん。……」

歓喜が身ぶるいしてうめいたとき、家の方で何やら、獣の号泣するような叫びがきこえた。しゃがれた老人の声である。

「誰？」

と、荊木歓喜。

「父です！」

と、薬師寺豊。老人の声がまたきこえた。

「だれか……だれか……はやくきてくれえ。たすけてくれえ！」

豊は、伶子を両腕に抱いたまま、血相かえてかけ出そうとする。荊木歓喜はよびとめた。

「薬師寺さん。……秦がいるかもしれん。仔細はわからんが、御用心。——」

豊は、きッとうなずくと、一直線に離れの方へはしり去っていった。

歓喜は首吊人の足の下に、雪にまみれて蹴たおされている木の株をみた。直径一尺あまりの切口をよくみがいたもので、曾ては床の間の置物か何かだったのを、いまは冠木門の扉をひらいたとき、そのおさえにつかっていたものらしい。

その株をおこして、その上にのぼり、もういちどマッチに火をつけて、死人の顔に見入る。

「顔面貧血性……眼結膜に溢血点なし……結節蹄係《ていけい》か。……」

ぶつぶつとそんなことをつぶやいていたが、ふと洋服に手がさわって、

「おんや、ひどく、ぐっしょり、ぬれていらあ」

と、小首をかしげて、空をみた。雪はやんでいる。

株からおりて、いちど、不安そうに家の方をうかがったが、そこからなんの叫びもきこえてこないので、またかがんで、死人の靴下をおろして、マッチをつけた。

「ふむ、この血液沈下《ヒポスターゼ》の様子では、まず死後三十分か。……はてな、雪はやんでから、もう三十分以上たっているがのう」

彼は靴をぶらさげたまま、門の中の庭をみた。いま豊がかけさった靴の跡とはべつに、靴跡がある。手にした靴をあわせてみると、すこし跡が大きすぎるようである。それは門から家の方へあるいていったものであった。もうひとつ、家から門の方へやってきた靴跡にあわせてみると、ぴったり合う。

「ははあ、芦刈さんは家の中から出てきて、ここで首を吊ったのか。そうするともうひとつ、門から家へ入っていった奴は……と秦彦四郎かな」

荊木歓喜は、ガックリ、ガックリ、豊の足跡をふんで家の方へあるき出した。ときどき、マッチをしゅッとする。右に門の方へあるいていった芦刈慶蔵《けいぞう》の靴の跡、左の家の方へ入ってい

った別の大きな靴跡がある。どちらの靴跡にも雪はふりつんでいなかった。

足跡を追って、庭の右側にある離れに入る。

入口に、あわただしく、ぬぎおとされた豊と伶子の靴のほかに一足の立派な靴のあるのを見てから、荊木歓喜は、のっそりと座敷に入っていった。

「……………」

四人の人がそこにいた。茫然とたっている豊と、やっと気がついたものの、まだ悪夢でも見ているような眼つきでそれにとりすがっている伶子と、そして、繃帯でぐるぐるまいた両足をなげ出して坐っている、頭のはげた、達磨《だるま》のようにふとった老人と、それから座敷の入口にうつぶせにたおれている男と。……

「豊……あの人は？」

と、その達磨のような老人が、恐怖の眼を歓喜になげていった。

「芦刈さんの中国にいられたころのお知り合いで……荊木歓喜先生というお医者です。いま僕たちがおつれしてきたのですが。……」

「元警視総監、薬師寺右京さんですな。えらいところへ参上したもので……。お初にお目にかかります」

と、荊木歓喜はおじぎして、もうひとつのうつぶせにたおれた男の傍へあゆみよった。ふと、い猪首《いくび》に一本の手拭《てぬぐい》がぎりぎりとくいこんでいる。歓喜はその頭をもちあげた。紫色に鬱血《うっけつ》した兇悪きわまる死顔をのぞきこんで、彼は溜息をついた。

「とうとう年貢をおさめなすったらしいなあ。……秦親分」

絞殺されていたのは、東京闇黒街の王者、秦彦四郎だったのである。

足なき目撃者

「伶子さん、しっかりして……」

と、豊は娘の肩をつよく抱いてから、荊木歓喜の方にむきなおった。

「先生。……まさかと思っていたことが起ってしまいました。いま父からきいたのですが、父は、例の新宿の芦刈さんの土地の問題で、今夜秦をここへ呼んで、とっくり三人で話をつけようとしたというのです。芦刈のおじさんはひるすぎに、秦はほんの一時間ほどまえにここにやってきたそうです。そして会談中、ふたりははげしい口論をはじめ、芦刈のおじさんが、いきなり秦にとびかかってしめ殺してしまい……そしてとび出していったというのです」

「いま、きけば、芦刈君は門で首をツッて死んでいるそうですな。……」

と、薬師寺氏は声をふるわせた。涙がその眼にうかんだ。

「あの無礼きわまる秦のいいぶん、芦刈君の憤激したのもむりはない。……わしは、あいつを見そこねておった。悪党ながら以前はもう少し筋の通った話のわかる人間じゃったが、こんど会ってみて、まったく話にならん奴になっているということがわかった。まさに社会の害虫じゃ。わしでさえ、腹がにえくりかえったくらいだから、芦刈君の立腹もむりはないが、……しかし、親友が眼前で人殺しをし、自殺するためにかけ出してゆくのを、みすみす元警視総監のわしが、ここで達磨のようにながめておらんけりゃならんとは。……」

元総監はしぼり出すような悲痛な声をあげて、じぶんの足をながめた。

「先生。……父は、両足とも脱疽におかされて、起つこともできないのです」

と、豊がいった。

「それは、お気の毒……」

と、歓喜先生はうなずいたが、なにやら茫然と眼を宙にすえて考えこんでいる様子である。ちょっとうす気味わるい表情であった。

やがて卒然と顔をあげて、

「おお、そうですか。それで話のつじつまが合うじゃろう。豊さん。すまんが、何はともあれ、警察に報告しなきゃなるまい。電話はおありか？」

「ありません。ここ一町あまりはなれたところにある酒屋までゆかなければ。……」

「それじゃ、そこへいってきて下さらんか。おっと、伶子さんも……伶子さんは、ここで死骸とにらめっくらしていたんじゃたまるまい。あとは、わしにまかせて、母屋のどこかで休んでいらっしゃったがよかろう」

ふたりが、よろめきながら離れを去ると、部屋に、ひとつの屍体をなかにしんとした沈黙がおちた。

薬師寺元総監が、ぽつりとつぶやいた。

「荊木先生とか。……どうしてここへ？」

「どうしてか、わしにもよくわからんのです。ただ、中国で、芦刈さんと古い知人でしてなあ、どこでわしの所在をつきとめられたか、きょうお嬢さんが御子息をつれておいでになって、おふたりの結婚を、あなたに許してもらうように、わしから手伝ってくれとのお申しつけで。……」

歓喜は、窓へ顔をむけて、また雪がちらちらふりはじめたのをみると、

「おお、ありがたい。この雪で……門の芦刈さんをもういちどぬらしてくれる」

と、意味不明瞭なことをいった。そして、元総監をながめて、

「薬師寺さん。……芦刈さんとはふるいお友達だと承わったが……」

「古い。四十何年ぶりかに再会したが、それ以前は兄弟のような親友でした。……」

歓喜はまた黙ったが、やがてゆっくりと腰をあげながらつぶやいた。

「どれ、おまわりどものくるまえに、門の前にタイヤの跡とならんでついていた妙な雪の跡をごまかす細工にとりかかってきましょう。おまわりどもの中で、おかしなことを考えつかんやつがないともかぎりますまいからのう」

薬師寺右京は顔をあげた。

「門のまえに……何かありますか？」

「左様、何やら車とならんで重いものをひきずったような跡が」

「それは……」

「おそらく、芦刈さんの身体をひきずった跡でしょうな」

元総監は愕然としていた。

「芦刈の身体がひきずられた！　誰にとおっしゃる？　芦刈はここをとび出して門で首を吊ったということじゃありませんか？」

「正確にいえば、殺されて、門に首を吊られたとわしは思っておるんですじゃ」

荊木歓喜は深沈とした伏眼になってこたえる。

「誰に殺されたのです？　なにか屍骸にそんな形跡でもありましたか？」

「いや、屍骸そのものは完全な縊死体《いしたい》です。この秦の絞殺死体のように顔に鬱血《うっけつ》も来しておらん。蒼白で、結膜にも溢血点がなく、縄のくびれも頸をななめにはしっておる。……」

「それで、どうして？」

「洋服がぬれております。が、あの屍体は死後まず三十分。ところが雪は一時間もまえにやんでおる。ここから玄関への途中、また道路のうえに、足跡とタイヤの跡のほかに、芦刈さんがころんだような跡はまったくない。ただ、車の右の車輪にそって十メートルほどひきずられたような跡以外は」

「それは、どういう意味のものです。わしにはわからんが。……」

「おそらく、えらい想像ですが、芦刈さんは、門前にとまった自動車に呼ばれて、ここを出て、門のところまで出ていったものと思われる。そして窓ごしに何やらなかの人と話しているうち、いきなり首に縄をひっかけられて、同時に発車した車に、ひきずられたのが、あの跡と思われるが、どうでしょうな。洋服がぬれておるのは、そのとき雪まみれになったせいでしょう。なんじょうたまろう。十メートルとはしらんうちに、芦刈さんは、縊死体そっくりの仏となりはてる。……人間を縊死体そっくりに殺すのは実に至難のことじゃが、これはみごとな、恐るべき着想です！」

荊木歓喜は、ぶるっと身ぶるいして、

「してみると、あの庭の足跡は、秦がここへ入ってきて、その後、芦刈さんが門へ出ていったものではなく、芦刈さんが門へ出ていって、それから秦がここへやってきたということに相成る。が、さっきあなたがおっしゃったような順序にみせるために、秦の足跡はわざと芦刈さんの足跡をさけてここに歩いてきとるようにみえるが、いかがです？」

「では、……秦が芦刈を殺したとおっしゃるのですか？」

「いやいや。秦には殺せん」

「えッ？」

「車を発車させたのは秦でしょう。運転台は左にある。左の運転台に坐っとる人物が、一方で右側の窓から外の人間の首に縄をひっかけて同時に発車するようなまねはできんはずです」

「それじゃ、いったい誰が？」

「誰がといっても、この離れと門をめぐる殺人劇に登場者は三人しかいない。芦刈さんが殺され、殺したのが秦でないとすれば、のこるのはただひとり。……」

「わしだと、おっしゃるか！」

と、薬師寺右京はとびあがろうとして、足の痛みにつんのめった。達磨のような顔が蒼白に

ねじれて、

「わしは、ひるから、芦刈君とここにいた。そこへ秦がきたのだ！」

「と、いうのは、あなたひとりだけ。あとの二人は口なき死人です」

「わしは足がたたん」

と右京は肩で息をきりながら、くりかえした。

「この青黒く腐った足を、医者ならおみせしてもよい。足のたたぬわしが、どうしてその車からここへ来て、大男の秦をしめ殺すことができるものか。……」

「秦に背負われてくれば来れます。そして、この部屋に入ってから背中から首に手拭をまいてしめつければ、いかなる大男であろうと無防備無抵抗なることあかん坊のごとし。……」

元警視総監はしーんとだまりこんだ。突然、平静な仮面みたいに変った顔を歓喜にむけたま、その眼に、ちらと妖しい笑いに似たものがながれた。それはあまりにもみごとに解き去られたのに、元警視総監として、本能的に浮かべた会心の微笑といったようなものだった。

こがらしに似た吐息がその口をもれた。

「わしが……余生すくない、世捨人のこのわしが、なんのために友人を……そんな恐ろしい、きちがいめいた殺人を……」

「さて、それがわからんので」

と、荊木歓喜はゆっくりと首をふって、沈痛な眼で薬師寺右京をながめやって、

「高名なる元警視総監閣下が、左様な恐怖すべきはなれわざをなさるとは、よくよくふかい仔

細があろう。……この一介の野人歓喜なぞには思いおよばん事情があろうと思うだけです」

そのとき門の方から足ばやにかけてくる足音がきこえた。警察へ電話をかけにいっていた豊が帰ってきたらしいと知って、右京の虚脱したような顔に、サッとふたたび苦悶と狼狽の波が立った。

「薬師寺さん。それであなたは、こうなっても、なお御子息と芦刈伶子嬢の結婚をのぞましいと思われますか？」

と、歓喜先生は大声でいった。薬師寺右京は満面をひきゆがめ、絶望と哀訴にみちたまなざしをなげて、

「おお……あの子供たちが愛し合っているならば」

豊が息をはずませて、部屋のなかに入ってきた。荊木歓喜はにッと破顔してふりむいて、

「豊さん。安心なさい。お父上はあんた方の結婚を、事情はどうあろうとおゆるし下さるといわれる」

ぱッと眼をかがやかせて、たちどまった豊に、歓喜先生はついに声をたてて笑った。

「事情はどうあろうと、といってもな、豊さん。実は伶子さん自体に事情はなんにもない。ただ、おへその下に、可愛らしい梅の花みたいにちッちゃな痣《あざ》があるばかりで。ほんとうをいうと、伶子さんは、そりゃ立派に、きよらかな生娘じゃ、ははは」

「先生。……」

「ひるまいったのは、ありゃ大嘘の皮じゃよ。生娘じゃない、といったらあんたがどうなさる

か、どこまでほんとに伶子さんを愛していなさるか、ちょいと、あんたの心底みとどけたさの悪戯じゃッたよ。そいつをあんまり真剣に受けとられて、わしゃ、ひっこみがつかんであとの弱りようといったらなかったね。あはははは、いや、かんべんかんべん。豊さん、どうか安心して、可哀そうなあのお嬢ちゃんを、どうかしあわせにしてあげて下さいよ。——」

あっけにとられていた薬師寺豊の顔に、にこッと微笑がはしってうなずいた、が、急にまたはッとむずかしい表情になって、

「先生。いますぐ警察の方からくるそうです」

「御苦労さん。ところで、わしは、あんまりそういうおかたいむきと面つき合わせるのは好かんのでなあ、月下氷人《なこうど》のおつとめは果たしたようだし、それじゃ、あんまり大降りにならんうちに、そろそろ退散つかまつるとしますか」

そして、ガックリ、ガックリ、ちんばをひきながら、霏々《ひひ》として雪ふる白夜のなかへ飄々たる姿をけしていった。

落日からきた手紙

粛呈《しゅくてい》。

一筆書き遺し申し候。

先夜はからずも小生の大罪、尊台の痛烈なる指頭に剔抉《てっけつ》せられまことに震駭《しんがい》戦慄のほか

御座なく候。思い出せば当夜の小生の行動、さながら暗天の下をうごめく妖怪にも似て、われながら夢魔のごとく悪寒を禁じ得ざるもの有之候《これありそうろう》。

仰せのごとく、かの日の午後、雪いまだふりつもらざる時刻芦刈まず拙宅に参り、つづいて車にて秦彦四郎来り候えども、小生特に話すべきことありとして、芦刈のみをのこし、秦に負われて車に投じ、秦が秘密の某妾宅に去れる次第に候。ラジオの天気予報は、朝より、この雪夕《ゆうべ》にいたりて三寸たるべしと告げおり候えば、その時刻までその妾宅にありて、芦刈殺害の計画を秦と相談つかまつり候。

秦なる人物にとりては、他人の命は虫けらにひとしく、さらに芦刈は例の土地問題につき小うるさき存在にして、かつまた秦は曾て小生に或る恩義あり、加えて小生の提案するごとく、車にて芦刈をひきずり殺せば縊死同然の屍体所見を呈するが故に、第三者による他殺なりと露見するはずなきことを力説いたし候ところ、秦は一も二もなく加担いたしくれ候えば、いよいよ夕にいたり、拙宅にもどり、ついに、芦刈を殺害つかまつり候。その方法は、まことに尊台の御指摘のごとく奇怪なるものにて候いき。

しかれども、もともと芦刈には自殺いたすべき理由なし、その理由をつくるために、芦刈をして秦を絞殺したるがごとく、而《しこう》して、その殺人の結果として自殺したるがごとく装わしむるは、小生内々所定の計画にて有之《これあり》候えば、芦刈の屍骸を車にはこびいれて門前にひきかえし、首尾よく門に吊りて縊死体のごとくみせかけ終るや、何くわぬ顔にて秦に負われて車を出で候。

　このとき小生いきなり秦の背後よりその首に手拭をまき候。秦大いに驚愕いたし候えども、この兇悪なる肥大漢の生命すでに、みずから背負える足なき老廃の小生が手中にあるを如何せん、その命のままに唯々諾々《いいだくだく》としてあゆみ、離れに入るよりほかはのがれようもなきていたらくと相成り候。而して離れに入るや、所定のごとくわが手に絞殺いたされ候。

　さて、当日の小生の行動は右のごとくに候えども、そもいかなる仔細にて、小生が四十数年ぶりにあえる若き日の親友を殺害せしか、すでにこの世のあらゆる欲望執着を断てる小生が、なにゆえにかかる陰惨の執念を燃えたたせしか、こはさすがの尊台も判断に苦しまれたる御様子に拝察つかまつり候えども、まことにそはむりからぬことにて御座候。

　みずから申すもいかがかと存じ候えども、追放以前の小生の人生は、熱火のごときものにて有之候いき。若きときは、或は自己中心の野心欲望のため、或は他をして顰蹙《ひんしゅく》せしめることもまま有之候なるべし。されど以後はただ一途に、民衆のため、社会のため、国家のために奮闘し来りたるつもりにて御座候。曾て新聞評に、小生を目して、情にあつく涙もろく、味方にしては千万の人より頼むべしといいしこと有之候えども、こは、半面、敵にまわせば鬼神のごとく恐るべき人物なりという同断にて、鬼総監なるありがたからざる異名は、ここらあたりより出でしものと存ぜられ候。されど、神明も御覧あれ、小生はいまだ曾て社会国家を忘れてその職にありしことは無之《これなく》、いつの日にか、満ちたる生涯を神に謝しつつ大手をふって大往生をとげるつもりにて候いき。

　しかるに、はからざりき、国やぶれて追放の憂目にあい、世外に蟄居《ちっきょ》の悲運においこまれんとは。されど、そはあながち小生のみの運命にあらず、またみずから負うところ天地に恥ぢずとは申すものの、国家的にみれば小生らの責任まさに少なからざるべしとの自責充分有之候。とは申せ、この隠遁を境として、いかに小生が、世の無情、人の無情を感ぜしか御推察にまかせ候。

過ぎ去りしこと、国もわが個人も、そのすべては夢に似たり、あわれはかなきまぼろしに似たりとして、空々たる眼《まなこ》に老残の余生を笑うとき、ただひとつ、夢にあらず、まぼろしにあらず、美しきかたち、尊き金貨のごとくわが眼に映ぜしものは何ぞや、そはわが生涯の妻、優子の存在にて有之候。

かえりみれば、わが六十余年の生涯を通じて、わが愛せしただひとりの女、波瀾万丈の人生のなかに、影のかたちにそうがごとく、小生とともにありし女、或るときは小生が生命を身を以てすくい、或るときは小生の絶望失意を力づけ、身心まったく同一の人のごとく運命をともにせし女、老妻優子こそは、すべて泡沫のごときわが生のなかに、真に信頼すべきただひとつの存在に候いき。

しかるに昨秋、妻小生をのこして世を去り、小生うたた空漠として、ただその想い出のみを抱きていずれ妻の昇りし天へあと追う日をまつよりほかはなき仕儀《しぎ》となり果て候。運命の悪魔は、このときにいたって突如として到来つかまつり候。

そはすなわち四十年前の友人芦刈慶蔵との再会に候いき。

小生と芦刈はしばしば懐旧の盃を交わし候いしが、そのうち、はからずも酔余の芦刈より、実に驚愕すべき事実を耳にいたすの機会にめぐりあい候。そは、四十数年前、優子が小生と結婚いたす以前、芦刈と相愛の仲にして、しかも小生と挙式の数日前、みずから肉体を芦刈のまえになげてその貞操を失いしことに御座候。

噫《ああ》、これをききしとき小生のおどろきはいかばかりなりしか。実に天地もくずるる思いとはこのことに候。

　いまにして思えば、当時芦刈はすでに基督《キリスト》教信者にして、且優柔不断の性あり、これをみかぎりたる優子が、剛毅なる小生にひかれ来るまえ、処女の感傷にみちたる最後の火花として、わかれ去るふるき恋人にその恋のはなむけをささげしものなるべし。而《しこう》して芦刈の告白は酔余とは申せ、すでに人生の日落ちんとするふたりの世捨人のあいだに、かかるふるき一事件は洒々落々《しゃしゃらくらく》たる笑いと、涙をさそうにすぎざるものとしてその口よりもれしものなるべしと存ぜられ候。

　されど小生は、断じて笑いすてること能《あた》わず候いき。老廃の身中に沸々《ふつふつ》よみがえり来りしは、曾ての熱火のごとき血潮に候いき。あわれ、小生が信ぜしものは何なりしか。すべてむなしと観ぜし人生の追憶に、ただひとつ燦《さん》たる星の正体は何なりしか。あらゆるものの最後のものまで崩壊する轟《とどろ》きのなかに、小生は、憤怒に狂い、悲哀にうめく魂の毒々しい号泣をきき申し候。

　小生がにくみたるは、優子が処女ならざりしことにあらず、その事実を生涯ついに小生に一句だにももらさざりし心情に有之候。しかも優子はすでにこの世にあらず、怒りの吐け口にもだゆる小生の悪しき心が、ここに於て眼前に恬然《てんぜん》と笑う姦夫芦刈にむかいしは余儀なきことに候いき。

ああ姦夫。

これを姦夫というべきや。四十余年前、妻いまだ小生に嫁《か》せざる以前の恋人、これを姦夫と呼ぶは法に於てあたらざるべく、しかも小生が信念に於いては姦夫以上のにくむべき人物なりしことをお察し下されたく候。彼は小生の生命を殺さず、それより大いなる罪、小生の人生を抹殺する罪を犯し候。小生にして彼の生命を殺すは、復讐としていまだ足らざるものと存ぜられ候。

されば、芦刈を、一杯の毒、一口の剣にて殺せば足る。しかるに小生があの面倒くさきからくりを弄《ろう》せしは何ぞや。そは、ほかならず、愛児豊と芦刈の娘伶子が相愛の仲なりしことに御座候。

われらが人生すでに終わらんとす。されど彼らが人生はこれよりはじまらんとするものにて候。いかに芦刈の娘としてにくまんと欲するも、すでに小生には芦刈以外ににくしみをおよぼすの気力なく、またにくしみをおよぼさんと欲するも伶子なる娘は、とうていにくみ得ざるよき娘に御座候。しかもその父を殺してわが子なる豊が伶子と結婚できるものなりや否や、こは考えるまでもなく自明のことに御座候。雪崩《なだれ》のごとく狂いひしめきつつ墜ちゆくわが執念と殺意のなかに、このことのみ、さすがに小生の心をとらえて、かくてあの苦しき殺人計画が、いまわしき、弱々しき糸のごとく縒《よ》り出されたる次第に御座候。

先生、神来の慧眼《けいがん》を以て、小生の愚かしき奸謀《かんぼう》を一挙に看破《かんぱ》せらる、しかも、子らにそれを告ぐることなく飄然として去りゆかれたる義侠、まことに小生にとりて土下座して拝すべき御厚情に候いき。感涙のきわみにて御座候。

さらば小生は、これより最初よりの考えにしたがいて、みずからの命を相断ち候。理由は、妻を失い、友を失い、足を失うのなげきにたえざるものとの遺書をのこしゆくつもりにて御座候。

こいねがわくば、先生、この愚かなる明治の痴人の虫よき苦衷《くちゆう》に一掬《いつきく》の涙をたれたまい、永遠に子らにかの恐ろしき秘密を黙したまわらんことを。

薬師寺右京

荊木歓喜先生御侍史《おんじし》

帰去来殺人事件

ろう。

血の十字架をかく男

「こがらしの身は竹斎《ちくさい》に似たる哉」

と、つぶやいてみたものの、師宣《もろのぶ》えがく竹斎先生の風骨《ふうこつ》とは、似ても似つかぬものであったろう。

雀どころか、クマタカの巣みたいなモジャモジャ頭、右の頰にクッキリ三日月のような刀痕がある。大兵肥満、たいへんな汗ッかきと見えて、額、頸すじはおろか、上半身裸になって、薄汚れた手拭で三十分間もふきながら、ぐるぐる峠の附近の景観を見まわしたり、麓の横笛村を眺め下ろしている。

吹く風は、こがらしではない。九月なかば、蟬の声は絶え、白すすきはゆれているがまだあつい。左側の尾根にそよいでいる桑畑の傍に誰が死んだか、まだ新しい卒塔婆《そとば》一本、ながれる雲はさざなみのよう。峠のすぐ下は午後の日にかげって、この寒村には珍しいほどの一軒の宏荘な屋敷は、まるで水底の竜宮にも似て見えるが、あとの三百ばかりの家々は、まだ青い稲と森のなかに、明るい、牧歌的な一幅の絵のようであった。

峠の男は上衣をつけた。そして、草のなかからひとつの四角な風呂敷包みをとりあげ、村に向って下りはじめた。ガックリ、ガックリ、なんとひどいちんばで、風采はいま述べたごとくだが、この男、妙に威風堂々としたところがある。

横笛村に入ると、路を聞き聞き、或る、わりと大きな門を入っていった。

「ごめん、千葉医院はこちらかな」

ちょうど、診察室から鞄を持って往診に出かけようとしていた医者は、その男を一目見るなり、はっと驚愕、たちまちその満面に喜色があふれて、

「これは、荊木歓喜《いばらぎかんき》先生！」

薄汚ない客は、微笑して、ちょっとお辞儀したが、心中千葉医師の変貌におどろいている。白皙《はくせき》長身、まだ三十二、三であろう、こんな片田舎の医者にしては惜しいほどの男ぶりだが、頬に鋼鉄の蒼さあり、眉に哀愁の翳《かげ》がある。

「婆や、婆や」

と、応接間に招じながら呼びたてる声にひッそり閑《かん》とした家の裏庭のあたりから、はあい、とまるで糸のような返事。

「なんじゃ、千葉さん、まだ独身者《ひとりもん》か。あの、あんたの囈語《うわごと》みたいにいっとった娘ッ子はどうした？」

「コロちゃん？　ふッふッ、復員してみたら、もう遠いところへお嫁にいっていましたよ。よくある話で――」

こういう、ちぎって捨てるような物のいい方も、前の千葉軍医中尉には見なかったところ。

華北済南で交際していたころの若い軍医は、紅顔、熱血と烈々たるヒューマニズムに燃え、おだやかなときは、ただ故郷の隣村に住むという愛称コロちゃんなる可憐な許婚者《いいなずけ》の名を、夢みるごとく口ばしる場合だけだったものだ。

「ふふん、それは気の毒。だが、あんたほどの男なら、女はコロちゃんに限るまいに――」

ケロリとした荊木歓喜の表情は、千葉医師からみれば、昔とちっとも変らない。

荊木歓喜、これ医者だが、戦争中、中国で肝胆相照《かんたんあいて》らしたのは、歓喜が軍医であったせいではない。彼は町医者、しかも日本人町ではなく、済南市の貧民に溶けこんだ国際的風来坊医者だった。飄々たる顔色に、ときとして燃えあがる熱情は、彼の本性、必ずしも悟りすました仙人ではなく、少くともその前半生、なにやら凄じい波瀾を思わせて、それより恐ろしいちんばと頽傷、その由来《ゆらい》をとえば、

「ふふん、なに、若いころ日本で、慾の皮をつッぱらしすぎた罰でな」

洒然《しゃぜん》たる破顔に、どこかゆらめく一道の妖気、そんなところがこの異境に駐屯する若い軍医の心を、いっそう深くとらえてしまったのだ。

「いや、わざわざよく訪ねて下さいました。いま、何をしておいでです？」

「東京でな、堕胎をやっとるよ」

婆やの運んできたお茶をすすって、平然という。

「いや、引揚以来、御多分にもれずさんざんじゃ。いま、新宿の裏町にあるチンプン館というぼろアパートに翼《はね》を休めとる。あちらは不心得者が多うてな。それ、パンパンなどいう奴らじ

や。生んじゃならん子をテコテコはらみまくっては泣きついてくるから、人助けじゃと思って堕《おろ》しとる。——これはないしょじゃがな」

「は、は、結構ですよ。いや、こんな田舎でもそんな不心得者が最近めっきりふえましてね。都会とちがって、その始末が実に非科学的です。傘の骨をつかったり、酸漿《ほおずき》の根をつかったりする。この村にも、ひとりたいへんな婆あがいまして、産婆なんですが、これが変なことをして困ったものですが、幸か不幸か、一ト月ほどまえ、本人が死んでくれましたよ——」

「産婆？」

歓喜は声をあげた。

「千葉さん、若《も》しや、その産婆は、石黒——といわなかったか？」

「石黒麻《あさ》——どうして御存知です？」

千葉医師はおどろいて叫んだ。

「ウーム、死んだか……あいつのおふくろは……」

歓喜先生が長嘆息したとき、応接間の襖《ふすま》がすっとひらいて、青白い女の顔がひょいとのぞき、

「あら、失礼申しあげました。お客様とは知らなかったものですから——」

あわてて、襖をしめてしまった。

歓喜先生は腕組みをといて、

「千葉さん、実はな、わしがやってきたのは、ただ遊びにきたのじゃない。或る男を探しにき

たんじゃ。石黒魚蔵という男――」

「おお、お麻の子！　あれはたしかもう十何年かまえにこの村を出奔しましたが、いつ先生はお知り合いになられたのですか？」

「引揚後、新宿のチンプン館でじゃ。バタ屋のようなことをやっておったがな。耳がとがって痩せ猿みたいな男じゃった。ところがこの二タ月《ふたつき》ほど前から、おそろしく兇暴になりおってな。怒ると自分の髪の毛をひきむしったりする。犬をたたき殺してケロリカンとしとる。はては、隣室の女を、何の恨みもないのに半殺しの目に逢わしおった。血をみると、うれしがってその血で壁に十字架をかいて逃げるんじゃ。その逃げ方が、なかなかすばしこくって、狡《ずる》い。とうとうチンプン館から姿をくらましおった。あとで考えて、わしは、ありゃ早発生痴呆《シツォフレニー》が出たにちがいないと思う。野に虎をはなったようなものじゃ。で、こりゃ大変と心あたりを探しながら追うてきたが、正気のころ、しきりに産婆の母親を恋しがっておったから、若《も》しやこの故郷へ、とやってきたら、横笛村、そこではたと、千葉さん、あんたもこの村が故郷じゃったなと思い出して、先ずやってきたわけじゃ」

「ああ、それは！」

と、千葉医師は、眼を見張ってじっと荊木歓喜の顔を見つめていたが、やがて声を落して、

「先生、魚蔵が東京のアパートから姿を消したのは、いったいいつごろでしょうか？」

「左様、もう十日――になるかなあ」

「ああ、それならちがう！　お麻を殺したのは――」

「殺した？　そのおふくろは殺されたのかな？」

「ええ！　いまから一ト月ほど前です。豪雨の深夜、村はずれの路でなぐり殺されたのです。私が検視したのですが、後頭骨の彎曲《わんきよく》骨折でね。兇器は玄能《げんのう》みたいなもの、いや、頭蓋骨にハッキリ残っていた骨折の形状は四角でしたから、玄能ではない、ちょっと思いあたりませんが、とにかく、ただ一撃、変な鈍器です――」

「それで、犯人はわからぬ？」

「ええ、わからないのです。たいへんな悪婆で、恨んでいるものの数も少くはなかったでしょうが――いや、その残虐さから推して、若しやその魚蔵が？　と思ったのですが、アパートから逃げ出したのがまだ十日前ならその疑いはありません」

「ばかな――いかにオカしな奴でも、生みの母親は殺すまい。それにあれは、ひどく母親を恋しがっておったからな。父親は、これはまた恐ろしく憎んでいたが――」

「ああ、父親に虐待されて、この村を飛び出したのですからね。そういうこともあるでしょう。それというのも、魚蔵はあのお麻の連れ子でしたから――」

「その父親は、いまでも生きておるかな？」

「吉之助ですか？　生きてますよ。按摩《あんま》をやっています。魚蔵がいなくなってまもなく、淋菌性結膜炎にかかって、盲目になってしまったのです。眼があいているころも強慾非道で鳴らした男でしたが、盲目のいまも、なかなかひと筋縄ではゆかん悪党ですよ――」

「フーム、そのほかに家族は？」

「藤江という妹。これはお麻と吉之助の子です。ことし二十六、七ですがね。可哀そうに、これは白痴ですよ」

「ああ、こりゃ何て家族だい？」

歓喜が、あきれ返って眼をむいたとき、隣室で「もし——千葉先生」と、ひそやかな、喘《あえ》ぐような女の呼び声が聞えた。

けげんな顔をして立っていった千葉医師はしばらくその部屋でなにやらボソボソと話し合っていたが、まもなくその女といっしょに、やや顔色を変えてもどってきた。

「先生、魚蔵はこの村に帰っているかも知れません。この方が、今日のひるま、庭つづきの裏山——先生が越えてこられたあの峠のある山ですね——その林のなかに、変な男の影を見たというのです。一瞬に逃げていったそうですが、たしかにその耳が、ピンと犬みたいにとがっていたというのです」

「何だって？」

歓喜先生は驚愕してふりかえった。

「御紹介しましょう。真金《まがね》雪子さん——峠のすぐ下に大きなお屋敷があったでしょう。あのおうちの若奥様です」

「真金？」

歓喜は首をかしげて、じっと女を見つめた。これは、さっき、ヒョイとのぞいたあの婦人だ。

あまり無遠慮に凝視されて、彼女はしとやかにお辞儀したが、その頬にぼうと血の色がうごいた。恥じらうのも当然であろう（――まず、妊娠七ケ月）と、歓喜はその腹部を見る。この程度になると、たいていの妊婦は浮腫傾向《エデムベライトシャフト》を帯びて、顔の輪廓などぼうっと霞んで見えるものだが、この雪子夫人のなんという清澄さであろう、ふたたび血の気のひいた頬はまるで白蠟のよう。

「魚蔵が現われたと？」

うめくように歓喜先生。

「いえ、あれがそうとはいえませんわ。――けれど、誰か村の人なら、あたしの姿をみて、どうして逃げるわけがございますでしょう？」

おびえて、見ひらかれた瞳は、風にゆらぐ深い湖に似ていた。黙然として煙草を口に持っていった千葉医師は、急に雪子夫人の顔を見かえして、

「で、奥さん、きょうおいでになったのは、なにかお身体でもお悪い？」

「はあ、いえ、ちょっと頭痛がするものですから――」

また頬が薄あかくなって、おどおどした笑い顔になって、

「叔父さまに大変叱られましたの。それで気持がモヤモヤして、少し歩いたらなおるでしょうと、散歩がてら、ついお伺いしましたの」

「ほほう、いったい、何をやって叱られたんです？」

「きょう、またあの吉之助が参りましてね。お金をくれ、というんです。叔父さまはちょっとお留守だったものですから、またあとでねといったら、じゃあ叔父さまのお部屋にある柱時計

をくれなどいい出したのです。なにしろ、盲目で、杖などふりまわしてわめきちらすでしょう？　もてあまして、こわくなって、とにかくそれをちょっと持って帰らせたのです。お金なら、つかってしまうでしょうが、時計なら、あとですぐ取り返せるから、と考えたのです。そしたら、お帰りになった叔父さまが大変お怒りになって――」

「叔父さま？　あなたの御主人は？」

歓喜がけげんな顔をあげた。千葉医師がいった。

「御主人は、お気の毒に結核なんでね。離れで療養中なんですよ。で、いま、真金家の事実上の当主は、叔父の康弘氏という方なんです」

「ふーん、で、その按摩の吉之助は、どうしてまた、真金家に対して、そんなゆすりがましい真似をするんじゃね？」

不遠慮な歓喜の問いに、ふたりはちょっと途方にくれた顔を見合わせていたが、やがて観念したように、腹立たしげに千葉医師がいった。

「いや、先生だから申しあげましょう。実は、その康弘氏ですがね。もういい御年輩の方ですが、なかなかの御発展家で、この奥さんの前でなんですが、村の女達でも手当りしだいという御乱行。その始末を、そら、さっきいったお麻婆さんが、酸漿《ほおずき》の根かなにかで片づけていたらしいのですが、天罰覿面《てんばつてきめん》――いや、魔罰覿面《まばつてきめん》といおうかとうとう自分の娘、白痴の藤江が孕《はら》まされてしまった。――」

雪子夫人は、座にもいたたえぬ顔色であった。

「ところが、悪婆、どッこいこんどは堕さない。そして真金家に脅迫にゆくのです。こちらは、ちょうどこの奥さんも御妊娠中であり、ふたりが大体おなじ時期なので、わざわざ藤江をひきとって、いっしょに静養、という面倒まで見られているのです。そのうち、お麻婆さんは何者かに殺されてしまった。するとこんどは父親の吉之助が、三日にあげず、イヤなことをいってゆすりにゆくんですよ——」

「イヤなこと？」

「ええ、お麻の変死にからんでですな——」

「ははん、なるほど——」

歓喜先生、なぜかニヤッと笑って、妙なことをいった。

「血を血で洗う——という図じゃね。それでは、その上わしが姿でも見せたら、康弘氏は神経衰弱にもなりかねまい……」

「え？」

ふたりはびっくりして、歓喜の顔を見た。

「奥さん、お家《うち》のこと、ズケズケたずねて失礼した。いや、他人のことにくちばしをいれるのは、わしゃ大きらいなんじゃがな。凡夫、さすがに忘れられんと見える。奥さん、わしは康弘氏も吉之助もよく知っておるんじゃよ。当時、吉之助はまだ盲目じゃなかったが——」

「康弘氏と吉之助を御存知ですと？」

千葉医師は叫んだ。

「左様。もう十五、六年も前。千葉さん、わしはこのちんばと頬ぺたの傷の由来を、まだあんたには話してはなかったな。いや、あんまり馬鹿馬鹿しい話で、誰にもいってはいない筈じゃ。当時、わしは或る鉱山医をやっとったが、慾の皮が仁術の檻《おり》からはみ出してな、金山探しに血まなこになっていたもんじゃ。トドのつまり、或るふたりの山師にだまされて、いや、半死半生の目にあった。北陸の或る山の廃坑におびきこまれてな、廃坑といってもいろいろあるが、そのなかの欺瞞坑《ぎまんこう》という奴じゃね。つまり、その昔、詐欺師達が、なんでもないタダの山を五、六十間《けん》も掘りぬいて、よそからもってきた黄金をそこから採掘したように見せかけ、黄金亡者どもをしぼりとった残骸じゃ。そいつにつれこまれて、いきなり穴をふさがれてしまった。生埋めというわけじゃ。そこから逃げ出した死闘の果てが、このちんばと傷よ。わしは命からがら逃げ出したが、可哀そうにもうひとりの田舎大尽《いなかだいじん》は、とうとうそこで死んでしまったよ。なんといったか、名も忘れたがな――」

煙草のけむりの輪をふきつつ、荊木歓喜、平然たる顔色。

「そのふたりの山師の名も、忘れてやろうと思ったがな。ふッふッ、やっぱり忘れられん。その名はたしかに真金康弘、それから石黒吉之助――」

予期はしていたが、千葉医師と雪子は叫び声をあげた。

「だから、奥さん、きょうお帰りになっても、叔父御に、荊木歓喜って変な男に逢ったといっちゃいかんよ。わしもあの人には逢いたくはない。逢えば十五年前の怒りがまた燃えるかも知れん。仕返しがしたくなるかも知れん。わしが中国へ逃げていったのも、その自分の心が恐かったからじゃ。引揚後、チンプン館で石黒魚蔵というならず者が石黒吉之助の伜じゃということを知った。わしはすこぶる魚蔵を可愛がってやったがな。そりゃ吉之助への恨みを押えつけようとする努力じゃよ。ふふん、いやはや、われながら崇高なものじゃて——」

声もないふたりに荊木歓喜、もう口とはまったく別のことを、ふっと考えている眼の色で、

「おお、それはそうと、千葉さん、きょう、わしが越えてきた山な、あの上にまだ新しい卒塔婆の立った小さな墓場があったようじゃが、あれが、ひょっとしたら、お麻婆さんのなれの果てじゃないかな？」

「おっしゃるとおりです」

「ウーム、それを魚蔵が知ったら——わしより恐いぞ。ありゃ何しろ乱暴者じゃから——」

雪子夫人は、思わず両掌で顔を覆った。しばらくして、白い指のあいだから、おののく声で、

「では——魚蔵が帰ったことは、叔父さまにはお知らせしてもいいでしょうか？」

「そりゃ、かまわぬでしょうな」

いつしか、窓の外は暗く曇って、庭の金木犀《きんもくせい》の花が、気味悪いほど強く匂ってきた。——と、微風《そよかぜ》のようにわたってゆく雨の音。

「女ごころと秋の空、か——」

澄まして見あげている荊木歓喜の魁偉な横顔に、千葉医師はなにかゾーッとするような妖気を感じた。……

横笛村の按摩、石黒吉之助が殺されたのは、その深夜のことである。

しかも、血みどろの惨劇の部屋、その崩れかかった壁に大きく、不器用に、荒々しくえがき残されていたのは。おお、ドス黒い血潮の十字架！

盲目の目撃者

最初、その惨劇を発見したのは真金家の女中のひとりで、お秋という娘だった。

というのは、吉之助の家というのが、真金家のひろい後庭をへだてて、垣根ごしの背中合わせになっていたからで、白痴の藤江をひきとってからは、盲目の吉之助のために、三度々々の食事は真金家からはこんでやる習慣。――で、その朝七時、いつものようにお秋が庭づたいに食物を持っていってやると、その裏口の戸がひらいている。

（おや、もうどこかへ出かけたのかしら？）

ふっとふりかえると、その裏口から、真金家の庭へ、いま彼女のやってきた足跡とはべつに、点々とつづいている草履《ぞうり》のあと。これは昨日午後からふり出して、夜十一時ごろふりやんだ雨のせいだ。

お秋はむしろほっとした。あの藤江をひきとり、吉之助の食事の世話までみる義務は、真金家にあるかもしれないが、女中のお秋にしてみれば、そうまでしてもらいながら、傲然と、それどころか、へんに不足がましい顔をして見せる、痩せこけた、いやらしい老按摩の顔は、毎日のことだから、見るのもあんまりうれしいものじゃない。

で、一歩入って、つッけんどんに食事をうす汚い台所に置きながら、念のため、「お爺さん、御飯、ここに置いとくよ——」と声をかけた。

と、それに応ずるように、ひくい唸り声が聞えた。しかも、奥からではなく、すぐ足もとから。——びっくりして、雨戸をとじたままの薄暗がりのなかを見下したお秋、たちまち物凄い悲鳴をあげて裏口からとび出した。

そのお秋が、千葉医院にとんできたのは、それから十分とたたぬうち、ちょうど千葉医師と客人荊木歓喜が朝の食事につこうとしていたところ。——

「先生！　先生！　吉之助爺さんが血だらけで——」

「血だらけ？　どうしたんだ？」

「なにがなんだかわかりません。いま、お町さんが介抱してますが、うなってます。死にかけてます。どうか早くきて下さい！」

歓喜を見かえった千葉医師の顔は真っ青。歓喜は、凝然と天上を仰いで一語だになし。千葉医師が鞄をかかえて駈けつけたときには、しかし老按摩はもはやすでにこときれたあとであった。

さすがに抱きかかえて介抱したものと見え、血まみれになった着物にもうわの空で、ブルブルふるえながら報告するのは、真金家のもうひとりの女中お町。

「息は、いましがたまであったのですけれど、ものがよくいえないんです。誰がこんなことをしたの！　誰にこんな目にあわされたの！　とたずねましたら、たしかに、ちんばと……」

そのとき、ガックリ、ガックリ、裏口にあらわれた荊木歓喜、この意外な証言にはっとそそがれる皆の視線に知らぬ顔の半兵衛。ヒョイとふりかえって、駈け集まってくる近所の人々に、

「おっとっと、そこらへんを踏み荒しちゃいけませんぞ。雨あがり、下手人の足跡がのこっているかも知れんからな――」

そして、びッこをひきひき、座敷にあがってきて、

「ちんばだと？　ふッふッ、盲目によく犯人がちんばだとわかったな」

いわれて、はじめてお町はわれながら驚いた顔色で、

「では、では、それはあたしの聞きちがいだったかも知れません――」

「吉之助のいいのこしたのは、それだけか？」

と、歓喜先生。

「ああ、もうひとつありますわ。いつ、いつごろのことなの！　とゆさぶりますと、二時といいました。二時、二時、これだけはハッキリ聞きました」

「二時？」

千葉医師は思わず頓狂な声をあげた。ちょっと考えこんでいたが、

「それも、どうして盲目にわかったんだろう？」

「時計は鳴るからな」

と、荊木歓喜、なぜかほっとした顔つきで、

「そりゃ千葉さん、やられたときか、そのあとで、それ、あそこの柱時計が二つ打つのを聞い

たんじゃろ。ふふん、これが、二時十三分だとか、二時四十分だとかいったというならアテにゃならんがな。キチンと二時といったところからみて、その返事の出どころは時計の音じゃと、一応参考にはなろうよ。——お町さん、爺さんのいったことは、ほかにまだあるかい？」

「いいえ、あたしの聞いたのは、ただそれだけ——」

茫然と、吉之助の死骸を見下ろしていた千葉医師は、このとき不思議な顔をあげて、

「歓喜先生、妙ですね」

「なにが？」

「この傷ですよ。左胸部——乳の下の傷、第三肋間《ろっかん》にまるで鳶口《とびぐち》でもブチこまれたようなこの傷。心臓がやられて、即死まちがいなしと思われますのに、午前二時からいままで生きていたとは——」

「フーム」

と、かがみこんで、じっと腕ぐみしていたが、

「千葉さん、この男、心臓が右にありゃせんか？　この男を、診察なすったことはないのかな？」

「えっ、心臓が右に？　なるほど——いえ、私がこの村で病人を診《み》はじめたのは復員してからのことですが、そういえばこの男、まだいっぺんも私の手にかかったことはありません」

「ごらん。吉之助がやられたのは、あの奥座敷の寝床のなかじゃ。血があそこからここまで川をなしとる。おそらく、眠っているところを狙いさだめて一撃されたものじゃろ。犯人はそれ

で爺さんが参ったものと考えて、悠々と逃げたにちがいない。ところが、まもなく爺さんは這い出して、時計が二時を打つのを聞き、助けを求めてここまでやってきた。そして朝まで虫の息でいたんじゃろう――」

「いったい、なんのために、この按摩を殺したんでしょうな？」

喘《あえ》ぐようにいったのは、このときまでデクの坊みたいに眼ばかりパチクリさせていた駐在の高木巡査。一ケ月前にお麻婆さんが殺されて、その犯人もまだ五里霧中のところへ、相ついで襲ってきたこの大惨劇に、頭蓋骨から全脳味噌をひきぬかれて、代りに熱い鉛の塊でもたたきこまれたような衝撃だ。

「強慾非道、人間の道にも盲目な、因果な爺いだったというじゃないか？　生涯にまいた悪の種は、このごろの夜の星の数ほどもあろうて。星はときに隕石となって、人を打ち殺すこともある――」

歓喜先生、ガラにない風流なことをいって、しかしそっと片手拝み、物凄い断末魔の形相を、感無量といった表情で見下した。

――と、はっとして顔をあげた千葉医師は、ツカツカと奥座敷に入っていったが、たちまち恐ろしい叫びをあげた。

「先生！　犯人《ホシ》が血の十字架をかきのこしました！」

そして、一同はようやく寝床の壁に、大きく描かれた、いやらしい血の十文字を見たのであった。

「やっぱり……やっぱり……魚蔵です！」

喘ぐような千葉医師の声であった。そして急にあたりを見廻して叫んだ。

「時計はありませんか？　いや、この柱時計じゃない。あの、吉之助が昨日、真金家からもらってきたという柱時計はありませんか？」

「それがなかったら、どうなんじゃ？」

と、けげんな顔の荊木歓喜。

「いや、まだ先生にはお話ししてありませんが――いや、けさそのことをお話ししようと思ってるところへ、お秋がとんできたのですが、先生、実は昨日の夕方、また雪子さんがあの魚蔵に会ったのです」

「なに、魚蔵に？　どこで？」

「またそこの裏庭で――雪子さんはヒョイと庭にでたついでに、ひるまあの怪しい影を見た林を、よせばいいのに念のため、おそるおそるのぞきにいったというのですね。すると、突然、背後から、そのままでいろ、こっちを向くな、という恐ろしい変な声が聞えて、その声が、帰ったら康弘に告げろ、お前の柱時計はおれがとりかえしてやる。今夜一時、誰にもいわず峠の上の卒塔婆のところへやってこい、そう康弘にいえ――とそれだけしゃべると、石みたいにうごけなくなってる雪子さんの背後から、ソロソロと遠ざかっていったというのです――」

「――ウーム、一時、峠の上でな」

と、うなったが荊木歓喜の表情がちょっと変った。

「だから、奥さんは、魚蔵の姿を見たわけじゃありません。が、あいつのほかに、誰がそんな仕業をするでしょう？　で、家に戻ると、まもなく散歩から帰ってこられた康弘氏にそのことを告げた。そのまえ、魚蔵の帰村を報告した際、ばかな、わしがお麻を殺したわけじゃなし、あいつが戻ってきても、わしになんのかかわりがあるものか。恐がるのは、あの吉之助の方じゃろう、と剛腹《ごうふく》に笑っていられた康弘氏も、この変な伝言にはさっと顔色をかえて考えこまれたというのですね。——ま、この事件は、あとで奥さんなり、康弘氏に、もういちど、よく聞かれたがいいと思いますが——」

「いったい、魚蔵って何者です？」

と、三年前横笛村に赴任した高木巡査が言葉をさしはさむ。

「お麻婆さんの連れ子でな、十年前、継父《けいふ》の吉之助にこの村からたたき出された男じゃよ。東京で気が狂って、血をみるのが大好きという猿みたいな人間で、しかも、その血で、それ、あの壁のように十文字をかきたがる、厄介な野郎じゃ。最近、こっちの方に逃げてきとる形跡があってこのわしはそれを追っかけとるのじゃよ——」

「きちがいですか！」

と、高木巡査は戦慄して、あらためて壁の方をふりかえる。

「実は先生、先生はおやすみだったでしょうが、昨晩十一時ごろ、真金家からこのお町さんが呼びにきましてね。奥さんが胸が苦しいといってらっしゃるというので、私は往診にきていたのです。帰宅したのは、さあ二時半ごろだったでしょうか？」

「知っとる、知っとる。これだから田舎のお医者はたいへんじゃと、わしは大いに同情しとった」

と、荊木歓喜は何やら少からず狼狽した顔つき。

「奥さんが、心臓が苦しいといい出したのは、そのひるまの恐怖からきた神経性のものなんですね。ま、心臓ノイローゼ、といっていいでしょう。妊娠中でもあり、あり得ることです。――が、若し、この吉之助がやられたのが二時だとすると、私はそのころ、庭向うの真金家の二階、奥さんの部屋にいたわけですが、別に何の異常も感じなかったですな。もっとも、庭が広いが――」

「あたしたちも、何も気づきませんでした。あたし、ドアの向うの、奥様のお苦しみになる声で、頭がいっぱいだったせいかも知れませんが――」

と、お町がうなずくのに、歓喜、ふと眼をあげて、

「ドアの向う？」

「いや、雪子夫人は非常に潔癖な方でしてね」

と、千葉医師は破顔して、

「私に診察される姿を他人に見られるのをひどくいやがり、恥ずかしがられるんですよ。だから、そのあいだ、女中は部屋の外で待っていて、一々私が首を出して用を足してもらう始末なので――」

「そして、そのきちがいが峠の上に呼び出した一時だね、そのとき康弘氏はほんとに出てゆか

れたのかね？」

　と、高木巡査は真剣な眼いろだ。

「いいえ、出てはおゆきになりませんでした」

　と、お町は首を横にふった。歓喜がいった。

「どうしてそれがわかる？」

「大旦那さまのお部屋は、奥さまのお部屋の階下《した》なんでございます。ですから、大旦那さまがドアをあけて出ていらっしゃったなら、階段の上にあたしたちがいたのですもの、見えない筈はありません」

「一時というと、私は奥さんの発作をしずめるのに夢中でね。それに、その魚蔵の再度の出現の話をきいたのは、それがしずまったあとのことですから、そのときは別に康弘氏のことを何も気にかけなかったのです」

　と千葉医師はいった。

「が、奥さんから、そのことをきいて、私はお秋に、康弘氏のところへいって、念のため扉をたたいておうかがいしてみろ、といいました。おお、それはちょうど二時頃のことじゃなかったかい？」

「ええ、——あたしそんな事情は知りませんでしたけれど、千葉先生からそういわれて、大旦那さまにちょっと声をかけてみました」

「——いられたかい？」

「はい、たしかにいらっしゃいました。何じゃ？　と眠そうな御機嫌の悪いお声なので、千葉先生のおいいつけで——と申上げたら、ばかな、とひとりごとをおっしゃって、またお眠りになった御様子でした」

「二時のアリバイ成立か——」

と、歓喜は微笑した。

「ところで、その吉之助が持っていった柱時計って、そもそも、どんな素姓のものだい？」

「さあ……大層古い、立派なものでしたけれど……」

「よしよし、詳しいことは、康弘氏御自身にきこう。町の本署に急報して置いたから、もうそろそろ、大勢こられる時刻だろう」

腕時計をのぞきこむ巡査の姿に、荊木歓喜はつとわれにかえったように顔をあげ、

「おっとっと、縁なき衆生《しゅじょう》が、まだ俗事に首をつッこむところじゃった。危い、危い——」

と、ひとりごとをつぶやいて、千葉医師の耳に口をよせていった。

「ウカウカしとると、康弘に対面の場と相成りそうじゃからな。わしゃ、そろそろ退散させてもらうよ——いや、なむあみだぶつ」

そして、逃げるがごとく、ガックリ、ガックリ、惨劇の家を出ていった。

——と、あっけにとられて見送っている千葉医師の傍へ、そっと寄ってきた者がある。見ると、彼の身の廻りの世話をしている婆やだ。おそるおそる、この兇変をのぞきにきていたと見える。

「若先生、あの方、妙なお人でございますね」

「妙な人だよ」

「いえ、昨晩、あの方も外へ出ていったのを、御存知でございますすまい？　いえ、御知りにならない筈でございます。若先生が真金さまにお出かけになったすぐあとから、フラリと何処かへ出ておゆきになりまして——」

「なに！」

千葉医師は愕然として顔をふり向けたが、そっと高木巡査の方を盗み見て、声をひそめ、

「歓喜先生が？　そして、お帰りになったのは？」

「さあ、一時半ごろだったでございましょうか——」

「一時半！　それじゃ、一応アリバイがある。——しかし、婆や、このことは誰にもいっちゃいかんよ」

強い眼色でいったが、さすがにその面《おもて》に墨みたいにひろがった怪訝《けげん》の表情は消えなかった。

それとは知らず、高木巡査もギロリと眼をひからせて、

「千葉先生、いまいった人は何者です？」

「私の親友です。東京の新宿から、昨日おいでになった方で——」

「ちんばですな」

と、巡査はつぶやいたが、彼の心に、さっき歓喜先生は笑殺したけれど、お町が、瀕死の被害者からきいたという、あのちんばの一句が、恐るべき切実な連想としてよみがえっているこ

とが、その顔つきからありありとわかった。

そして、皮肉にも、その怪人荊木歓喜その人が、さきほど注意した、「おっとっと、そこらへんを踏み荒しちゃいけませんぞ。雨あがり、下手人の足跡が残っているかも知れんからな――」という言葉を、やっとこのとき頭にひらめかし、あわてて裏口へとび出していったものである。

果然！　不思議な足跡はあった。

その裏口には、もう沢山の足跡が殺到していたが、それは皆一定の方向からばかりで、それとは全然ちがう方角に、或る足跡がくっきり往復していたのだ。ワイワイ騒ぐ村人達にきき合せても、それは覚えのないものであった。

昨夜十一時ごろまでの雨に、しっとり湿って紫色を帯びた赤土の庭、それに印せられた往還二条の足跡をたどると、それは真金家の康弘氏の部屋、その裏側の窓の下へ、そこからまた裏山の林のなかへ、往復した草履の跡がハッキリ残っているのであった。

この足跡は、検察官が到着してから、注意ぶかく足型をとられた。どうしてとるのかというと、赤熱《しゃくねつ》したブリキ板を足跡の上に置いて、足跡および板と地面との間の空気層を熱し、この板と地面の間にステアリン酸をながしこむのである。――はだしでなく、草履の跡だったので、人の身長は測れなかったが、その代り、断定はできないけれど、或る注目すべき事実が発見されたのであった。

それは、山林から康弘氏の部屋の窓の外へやってきている足跡は、ちんばらしいが、その逆へ去っているものはそうではない。それから、窓の下から吉之助の家の裏口へ入っている歩行線はふつうだけれど、その逆へ歩いているものは、どうもちんばらしい。

なお、解剖の結果、まさに歓喜の指摘したごとく、石黒吉之助は右心症という内臓逆位があり、死因は左肺の鈍器損傷による出血死と鑑定された。

真金康弘、ことし五十二歳、頭の禿げあがった、眼が鷹のようにするどい、あから顔、でっぷりふとった巨大漢、みるからに剛腹で一筋縄ではゆきそうもないこの男は、検察官の問いにこう答えた。

「左様、そういえば、昨夜、二時ごろ、ちょうどお秋の呼び声に、なんだ？　と眼をさました直後、窓の外に誰かやってきたような気がしたが、大して気にとめなかった。それっきり、何も聞えんかったから或いはわしの耳の錯覚かと思いこんでいたくらいです。ガラス窓の外には雨戸があるから、それが何者だったかわからない。――峠の上？　は、は、魚蔵とかいう男が、なにやら、雪子に伝言したそうですがな。誰が、ばかな、真夜中の一時ごろ、山の上へゆくものですかい。時計？　そりゃ時計はわしのものです。わしはな、古いものを集めることが趣味でな、特に江戸時代の鉱山用具を沢山蒐《しゅう》集《しゅう》しとるが、あの時計は明治初年のものです。珍しいものじゃから、やるわけにはいかん。吉之助からは、今日にも返してもらわなくてはならんと思っとった。これは当然でがしょう？　当然であるがゆえに、何も人殺しまでしてとりもどす必要もなければ、吉之助の伜から恩きせがましく、真夜中、へんな場所でコソコソ返してもらう必要もない。魚蔵の伝言、なんのことやら、わしにゃ解《げ》せんですな……」

まあ、こういう調子。要領を得ないが、本人もなんのことやらわからないといっているのだから、手のつけようがない。

足跡のちんばらしいことから、盲目の吉之助がどうしてそれを知ったかは不思議として、彼の最後の言葉がきわめて重大性を帯びてきて、それにつれて、やられたのが二時という言葉も、決して黙殺できないものとなってきたが、康弘氏には二時のアリバイがあり、第一ちんばじゃない。

この豪家の事実上の当主が、一介の老按摩を殺害するという疑いを起すよりも、もっと疑うべきは千葉医院に昨日やってきたというちんばの怪人荊木歓喜だが、彼が昨夜外出したことも、十五年前の廃坑の悲劇的挿話も、警察は知るに由なく一応魚蔵のことについて問いただしたのみ。ぬうッと人をくった顔つきが検察官を少からず面食わせて、ともかくこれは東京の淀橋警察署に照会することにした。

が、一番重大なる容疑者は、むろん謎の狂人石黒魚蔵である。彼はちんばではなかったが、その後、何かの事情で、足に怪我をしたのかも知れない。山林から下りてきて、なんのためか康弘氏の窓の外にやってきて、それから吉之助の家に侵入し、十年前、鬼畜のごとく自分を虐待した継父を惨殺し、また康弘氏の窓の外へもどり、山林へ逃げこんでいったものではないか。――

よし、この事件に康弘氏或いは歓喜、それとも他のなんぴとかが関係しているにせよ――多々ある疑問を一挙に解くためにも、まずその狂人をつかまえろ!

その日から、村民総出で大山狩が開始された。そして果然、山上のあのお麻婆あの新墓《にいばか》を、何者かが三尺ばかりも掘り下げているという奇々怪々なことが発見されたのである。おお、愛する老母の骨を掘り出そうともがいている悪魔の子のような狂人、その幻想におびえつつ、さがし求める人々の前に、杳《よう》として彼はその姿を現わさず――また、奪っていった柱時計もついに見当らぬ。

三日、四日、五日。――

往診の帰途、千葉医師は、村の駐在所の前で、夕日にぬれて、無心の子どもたちが遊んでいるのを見た。笊《ざる》や箕《み》を頭からかぶって、夢中で何だかごッこをやっている。その頬は真っ赤に燃え、眼はかがやいて、彼らがすっかり空想の国に没入していることを物語っている。

傍で、うっとりそれを眺めているのは、なんと荊木歓喜。その眼をほそめ、凄い傷痕を印した頬には、なごやかな微笑が浮かんでいる。

「先生――」

「お、千葉さんか」

ふりかえって、ニコリとする。

「何です、ばかばかしい――」

「いや、御覧、この光景を――なあ、千葉さん、大人どもの感激したり熱中したりすることァ、なに、みんなこれと同じだな。ハ、ハ、そうはお思いなさらんか？」

苦笑しながら、ふたりで家の方へゆきかかると、背後で、「千葉先生――」と呼ぶ声が聞えた。

ふりかえると、駐在所のなかの高木巡査。千葉医師がけげんな顔をしてもどってゆくと、巡査も小首をかしげながら、真剣な、ひくい声で、

「先生、あの荊木歓喜さんて方の素姓を、一応東京に照会したところがですな」

「はあ――」

「変人は変人だが、決して犯罪など起すような人ではない――」

千葉医師、歓喜の堕胎行為を想起して変な顔をする。

「その性格、愛すべく、信ずべく、尊敬すべく――特に、今まで犯罪捜査に協力し、数々の功績をあげた素人名探偵といってもいい人物じゃ。ただし、御本人のつきとめた犯人をしばしば知らぬ顔で逃がしてしまう悪い癖があるから、それだけは注意せよと、これは淀橋警察署長、じきじきの太鼓判を押しての返事ですよ――」

生れし夜滅び失せよ

十九世紀の末葉、仏蘭西《フランス》の田舎路を、茶のビロードの服、白い皮の縁無帽《トック》、肩にズタ袋をさげ、胸に手風琴《てふうきん》をぶら下げ、杖のかわりに破れ洋傘をついた、人の好さそうな顔をした、ひとりのルンペンが歩いてゆく。村々の辻で、彼は手風琴を弾いて子供達をよろこばせる。大人どもはほとんどこのルンペンのことを気にとめない。――ところが、彼が去っていったあと、必

ず若い女の死体がころがっている。暴行され、眼球をえぐりぬかれ、首をねじきられ、身の毛もよだつ恐るべき置土産。

ルンペンの名は、ジョゼフ・ヴァシエ。彼の魔手にかかったもの、五年の間に八十余人。飄々として風のように旅をつづけてゆくこのルンペンが、実に歴史的殺人鬼であることがわかるまで、この歳月とこの犠牲者が要ったのである。後、彼自身の首がギロチンで切断されるとき、彼はいった。

「どうしても殺さずにはいられなかったんです。私に逢った者が、運がわるいんです。血が、私自身の慰安なのですから」

文句のつけようのない、立派な狂人である。かかる途方もない大殺戮者を、五年間も逮捕できなかったとは、まったく以《もっ》て不思議千万な話だが、その謎をヴァシエ自身はけろりとして説明した。

「神様が、私を護っておいでになりましたので。へっへっ」

いやはや、たいへんな神様があったものだが、しかし考えてみると、そのほかに納得できる理由はないようだ。狂気の頭脳からかもし出される天衣無縫の奸智。神出鬼没、常識の虚空を翔《か》ける非合理の魔術。

さて、筆者がここでこのような余談をさしはさんだのは、横笛村を恐怖の坩堝《るつぼ》にたたきこんだ例の狂人石黒魚蔵が、連日の大山狩にもかかわらず、容易に捕縛できないからで。——いることはいる。あの吉之助老人が殺されてから十日ばかりの後、鍬《くわ》をかついで野良から帰る途中の村娘が、夕闇の前方を山の方へむかって、通り魔みたいに逃げてゆく、痩せた小男の影を目撃したという報告があった。その夜、またまた彼の血に飢えたいまわしい性癖の名残が歴然と村にのこされていたのである。もっともこんどの犠牲者は人間ではなく、一匹の猫。ところが、その兇行の場所が場所。メチャクチャといおうか、大胆不敵といおうか、高木巡査の眠っている駐在所のすぐ外に、腹をきり裂かれた猫の死骸が放り出され、なんとその壁に、例の不気味な血の十字架がぬたくりつけてあったのだ。

それから一ト月ちかくその影をひそめて、もしや何処かへ高飛びでもしたのではあるまいかと、警察の方でいささかグロッキーになりかけたころ、またもや、深夜の横笛村を彷徨《ほうこう》している彼の姿を見たものがある。こんどの目撃者は小娘ではなく、往診から帰りの千葉医師だ。例の真金家の門前を通りかかったとき、その仄《ほの》暗い門燈の灯影をかすめて、びッこをひきひき、妖風のように消えていった猿みたいな男。さすがに蒼くなってもどってきた千葉医師は、一応そのことを歓喜先生に伝えたが、果然、朝になって、真金家の犬が虐殺され、そして、庭に面した康弘氏の部屋の外壁にあの十字架がえがき残されていることが発見されたのであった。

いかにそのむかし迫害されたとはいえ、盲目の養父すらも惨殺して逃げた執念の悪鬼。真金康弘。これは魚蔵の妹、藤江を姦《おか》し、その上、証拠がないとはいえ、彼の最愛の母お麻の死に対しても、変な噂をたてられている男ではないか。

まえの駐在所の血の十字架とちがって、こんどは単なる無意味な悪戯、或はきちがいじみた嘲弄とは思われない。——あの吉之助が殺された夜、妙ちくりんな条件で康弘氏をおびき出そうとした形跡もあることであり、この戦慄すべきサインを、不吉な予言、と最も痛感したのはむろん当の康弘氏であったろう。さすがの剛腹漢も怖気《おじけ》をふるったと見え、まったく外へ姿をあらわさず、もっぱら部屋で、例の趣味としてあつめた古い鉱山用具にうずもれて暮している。

こうして——盲人殺しから約二ヶ月、凍る銀河もさんらんたる初冬の夜がきた。

康弘氏の壁の血の十字架がえがかれたのは、まだ二十日ほど前のこと、薄気味悪い死の影がへめぐっている真金家にも、その内部には着々尊い神の御手はうごいて、美しい夫人の胎内に成長してきたものは、今夜にも呱々《ここ》の声をあげようという見込の夕方、果して女中のお町が息はずませて飛びこんできた。

ひるごろからいわゆる準備陣痛がはじまっていたので、千葉医師も宅診のひまをぬすんで、二度ばかり分娩《ぶんべん》用具をはこびがてら診《み》にいったのであるが、歓喜が小首をかたむけたのは、その間、千葉医師がしきりと思案にくれている様子だ。——もっとも彼が何やらいっしん不乱に考えこんでいるのは、この二、三日以来のこと。はじめ夫人のお産か、或はどの患者かの経過について心配でもしているのかとも想像したが、どうもそうではないらしい。その証拠に、歓喜は、この青年医が、じっと宙に眼を据えたまま、ブツブツとこんなことをつぶやくのを聞いた。——

「山からあそこへびッこ……あそこから石黒へは普通……石黒からあそこへびッこ……あそこから山へは普通……」

夕食後、鉗子《かんし》類やら臍帯鋏《せいたいばさみ》やらカテーテルなどをとりそろえながら、なお考えこんでいる千葉医師に、歓喜がたずねかけようとしたとき、お町が注進にやってきた。

「先生！　たいへんです、すぐおいでになって下さい！」

「生れそうかね。どっちだい？」

いそいで立ちあがる千葉医師の問いをきいて、荊木歓喜、にやっと笑った。どっちだい？とたずねたのは、もうひとり、藤江も産気づいているからで、これァいっしょに生れることになるかもしれんな、とさっきも千葉自身苦笑して蒼白い頰を撫でたばかり。産婆のお麻はすでにこの世になく、さしあたって千葉が産婆をかねるよりほかはないので、見るに見かねて歓喜先生、

「どうじゃ、わしもゆこうかな？」

といったが、なに、大丈夫ですよ、とかるく首をふられ、実は歓喜、真金家に顔を出したくない事情があるから、それならそれで、と助かったような表情だった。

ところで、色蒼ざめたお町が吐き出した叫びは、人間誕生の前ぶれどころか、――

「先生、若旦那さまが、いまにもお息が――」

「なに！」

千葉医師が狼狽の極といった表情になったのもあたりまえ。荊木歓喜、いくらなんでももう知らぬ顔の半兵衛はきめこんでいられない。

「千葉さん、若旦那ってえのは、あの奥さんの御亭主かね？」

「そうです、もう末期肺癆《はいろう》の状態で、覚悟はしていましたが、まさか今夜とは――」

「何処にねてるのかな?」

「門を入って、少し右側にいった離れです」

「よろし、そっちはわしが受持とうよ」

愛児生れんとして、死にゆく若い父がある。新しき生命を生み出させるために急ぐ千葉医師、死にゆく生命を見とらんがためにゆく荊木歓喜。運命的な夜の地上を、深い穹窿《きゆうりゆう》からじっと見おろしている銀河のような星屑の群。

山麓に巨大な塀をめぐらす真金家の門をくぐると、真正面に、大きさよりも西洋風なつくりがこんな田舎には珍しい母家《おもや》がある。

が、ふたりは門から右へそれて、庭づたいにともかく離れに急行した。

雪子夫人の夫公彦は、京大冶金《やきん》科を出たものの、結婚後二、三年で胸を病み、爾来《じらい》ほとんど寝たきりで、千葉医師と同年輩ということだが、なんという恐ろしい、いたましいやつれ方。色は蒼白をすぎて半透明になり、浮腫状《ふしゆじよう》にふくれあがった顔に、ふたつの洞穴みたいにみえるのが眼窩だった。

「先生――」

ベッドの上から、入ってきた千葉医師をみて、彼は弱々しい微笑を浮かべたが、そのとたんにまたはげしく咳きこみ、息がつまるというより、まるで空気飢餓のような悲惨な苦しみだった。

咳がやむのを待って、かるく胸に聴診器をあてる歓喜先生を、傍から千葉が「二タ月ほど前から、僕のうちにきておられる先輩、東京のお医者さんです」と紹介した。

「もうすぐ楽になれますね」

と公彦氏はうなずいて、歓喜を見あげる。死の意味だ。歓喜は微笑んで、ぶッきら棒に、

「そんなことがあるもんか」

公彦はじっと歓喜の顔を見つめていたが、やがてすがりつくような眼を千葉医師にむけて、

「子供はどうです？」

「これから生れるところです。生れたら運んできてお見せしましょう」

「もうその必要はありますまい。もう……僕は……それより雪子は……」

「雪子さんにきて欲しい？　まだ来られるようだったら、つれてきましょうか」

「いえ……身体にさわりがあるとわるいからどうか僕はほうって置いて下さい……」

彼は暗い天井を見て、それから枕もとに眼をうつした。薬瓶の間の、黒い聖書の背に、金文字が鈍くひかっていた。彼は口のなかでブツブツとつぶやいた。それはこう聞えた。——

「わが生れし日ほろび失せよ、男の子胎《はら》にやどれりといいし夜もまた然《しか》あれ。その日は暗くなれ、神上よりこれをかえりみたまわざれ、光これを照すなかれ、暗闇および死の蔭これをとりもどせ……」

「神を恨んじゃいかん……苦しいか？」

ゴボリと血の泡のあふれ出した口を、ガーゼで覆ってやりながら、さすがの歓喜も、ぞっと身ぶるいしていう。

瀕死の男は、血まみれの唇でまた異様な微笑をもらし、千葉医師をみて、思いがけぬはっきりした声でいった。

「先生！　いって下さい。雪子のところへ――僕はこの先生に見ていただきます」

千葉医師の眼にチラと涙がひかった。がすぐに彼は面《おもて》をそむけ、

「じゃ、しっかりして、待っていて下さいよ――先生、おねがいします」

目礼して、いそぎ足で出ていった。

宏荘な母家の玄関を入ってあがると、すぐ左側に階段がある。階段の上、つきあたりの部屋には、もう赤ん坊の沐浴盥《ゆあみだらい》や、おむつなどを用意した女中のお秋とお町が、湯を沸かしながら待っていた。左にまわると、一個の扉。なかは十二畳の部屋で、ふたりの若い女が、いまや母となるべき運命を数時間ののちにひかえて床についている。

なかからは、もう苦しそうに藤江のうなる声がしたが、入っていった千葉医師は、しばらくすると、手をふきながら、まだ大丈夫といって出てきた。

「お町」

と、彼はちょっと思案の後、顔をあげていった。眼が不思議な緊張にかがやいている。

「下に、康弘氏はいられるね？」

「え、いらっしゃいます――」

「僕はちょっと話があるのだが、誰もこないように、廊下で番をしていてくれ」

奇妙な表情のお町をしたがえて千葉医師は階段を下り、そこにお町を待たしておいて傍の部

屋に入っていった。

これは産婦達のいる部屋の真下にあたるやはり十二畳敷だが、壁にとりつけられた棚には、ぎっしりと変てこな器具や鉱石がならんでいる。手鑽鋏《たがねばさみ》や玄能、山鎚、山刀、中鎚、焼鎚、試金石《つけ》、逆方儀、方針磁石など、これは康弘氏が長年の苦心蒐集になる江戸時代の鉱山用具だった。

入ってきた千葉医師を見て、康弘氏は照れたように、不安そうに笑った。でっぷりふとったあから顔、禿げあがった額の下で、熊鷹みたいな眼がまたたいて、

「もう生れるかな？」

「はあ、御安心下さい。どちらも順調のようです」

「見ていてやりたいが、雪子が嫌うものじゃから——」

「まあ、女の方にしてみれば、いちばんあさましい、恥ずかしい姿ですからね。なるべく人目にさらしたくないのも御尤《ごもっと》もです」

千葉医師は変にぶつんとした顔で、壁の棚を見ていたが、やがて、眼をあげて、しずかにいった。

「康弘さん、もっとあとでおききしようと思いましたがね。この二、三日前から考えていて、やっと思いあたったことが、あまりに恐ろしいから、たまりかねて今おうかがいするのですが——」

「恐ろしい——何を？」

康弘氏はぎょっとなった様子。そしてしばらくの後廊下のお町の全身を、一瞬に氷に変えるような、沈痛な千葉の声が聞えた。

「単刀直入にいいましょう。裏の吉之助を殺されたのは、あなたではありませんか？」

「わしが――吉之助を――な、なんてことを――」

かすれた、あっけにとられたような声がした。

「吉之助を殺したのは魚蔵じゃないか！　そのためのあの大山狩じゃないか！　き、君あんまり馬鹿なことをいうと、いくらお医者でも容赦はせんぞ！」

「はあ、それは魚蔵かも知れません。いや、あなたではないかと私がいったとしても、別にいま証拠がのこっているわけではないからただふたりだけの話です。なぜそう私が考えたか、それだけどうか一応聞いて下さい」

「聞くといって、君――げんに、吉之助はあの夜二時ごろ殺《や》られたというじゃないか？　そのころ君が二階に往診にきてくれていて、お町にわしがいるかどうか、わざわざ調べに来させたじゃないか！」

「そうです。私は、あのとき奥さんから、魚蔵があなたに真夜中の一時、峠の上に呼び出しをかけたという話をはじめて聞いて、びっくりしておうかがいさせたのです。そうです、二時には、たしかにいらっしゃった。――」

「では、文句はあるまい？」

「しかし、一時ごろには、いらっしゃったでしょうか？」

「いた。いたが、一時にいようといまいと、あの事件にはなんの関係もなかろう?」

「いや、重大な関係があります」

「なぜ?」

「吉之助が殺られたのは、二時ではなくて一時ではあるまいかと思われるからです」

「一時に! じゃあ、吉之助がそういったのは、あいつのデタラメか、お町のききちがいか、それともあそこの柱時計が狂っていたのか?」

千葉はするどく微笑した。

「吉之助の最後の数句は、大いに信頼しても、いいフシがあります。お町のききちがいでもありません。——時計とおっしゃった。そう、時計は狂っていたのではないが、奇妙な悪戯をやったのです」

「悪戯?」

「吉之助は御承知のように盲目です。音だけ聞いて判断したのです。つまり、ふたつの時計が相ついで一時を打ったのを、二時と思いこんだのじゃあありませんか?」

「時計——ふたつの時計?」

この刹那、康弘氏の顔は紫いろに充血し、眼の球はとび出すように見えた。しばらく息もつけないのを、千葉はしずかに見やって、

「ふたつの時計。ひとつはもとからある時計、もうひとつは、あの日、あなたの留守中、吉之助がこの部屋から盗むように持ってゆき、当夜吉之助から曲者が奪っていった時計——」

「その時計を、おれが奪ったというのか！」

康弘氏は飛びあがって、怒号した。

「馬鹿なことを！　それじゃあ、その時計は何処にある。たわけ、それをおれが知りたいくらいだ。あの時計は莫大な――」

突然彼はぴたっと口をふさぎ、恐怖の眼色で千葉をながめた。千葉医師はまた微笑した。

「そら、うっかりおっしゃった。あの時計は莫大な――何か、それは私も想像のしようもありませんが、莫大な宝かなにかをかくしていたのでしょう。それでなければ、吉之助がわざわざ持ってゆくはずはなく、深い仔細も知らずあれを吉之助にわたされた奥さんに、あなたがそれほど激怒されるわけもありません。そして、だからこそ殺人を敢《あえ》てしてまで奪い返す価値があったのでしょう。――康弘さん、私は、さっきから単なる私の推理をいっているのですがね。だんだんその推理に自信がついてきましたよ。――」

「何処にある？　あの時計は、何処にある？」

康弘氏の声はかすれた。

「何処に？　さあ、それはあなたが御存知でしょう？　は、は、若《も》しお白ばくれになるなら、いやこれも私の想像ですが、あの時計は、おそらく裏山の何処かに埋めてあると思いますよ」

「裏山にだと！」

飛び出しそうなそぶりを見せる康弘氏を、千葉は冷徹な凝視で射すくめて、

「真っ暗ですよ。魚蔵は怖くはありませんか？」

康弘氏は、石のように立ちすくんだ。

「いや、私が裏山にあるのではないかというのはね、あの惨劇の夜、庭につけられていた足跡ですよ。警察では、魚蔵が裏山から出て、呼び出したはずのあなたの様子を見にこの部屋の外へきて、それから父親を殺しにゆき、時計を奪ってからまたあの窓をのぞきに来、やっと裏山の方へ退散していったように考えているのですが、私は、あなたが窓から庭づたいに時計を奪いにゆき、故意かゆきがかりか吉之助を殺し、いったんあの窓の外までもどってきたものの、この部屋に時計を置くのは危険だと思いなおして、裏山の何処かへ埋めにゆかれたものではなかろうかと考えたのです」

「裏山へだと？」

康弘氏はまたくりかえしたが、よろめいて、しぼり出すように叫んだ。

「千葉君、いおう、わしは、たしかにあの夜一時前後、ここにはいなかった。わしは裏山にいった。——」

「的中だ！」

千葉は手を打って叫んだ。康弘氏はわななく声で、

「おれは、時計が欲しい！　魚蔵など怖がる因縁はなにもない！　だから、あいつが、一時に峠のお麻の墓地で時計をかえしてやるといったのにつられて、ノコノコ峠へのぼっていったんだ。だが、そこでおれが見たのは、魚蔵じゃない——」

「時計はあなたのもの、魚蔵は恐れる必要なし、それだのに、なぜあなたは玄関から堂々と出

てゆかないで、泥棒みたいに窓から出ていったのです？」

「千葉君、君のうちに、変な人物がきているそうじゃね？」

康弘氏は、もはや千葉医師の冷静な言葉も聞えぬかのよう、どろんと泥酔したような眼を血ばしらせて、

「荊木歓喜——」

「知っていたか？　真金康弘——」

鸚鵡《おうむ》がえしにこう叫んだのは千葉ではない、扉の外、その扉をひらいて、ぬッくとつッ立っているのは、蓬髪、片頬の傷痕も凄じい荊木歓喜。

「ふッふッ、とんと切られ与三の登場じゃ。真金さん。康弘さん、いやさ山師の真金康弘、お久しぶりだなあ！」

犯罪の星座

驚愕して棒立ちになったままの千葉医師と、扉の向うで泣きベソをかいたようなお町の顔を歓喜、ニヤニヤと見くらべて、

「おッと、見張りをお怒ンなさるな。わしがあのお女中の口を押えたんじゃ。が、千葉さん、わしならよかろ？　あまりほかに聞かれてよい話じゃないが、こいつの人殺しァ今にはじまったことじゃないのは、すくなくともわしは知っとるからな。——では、ごめん」

ガックリ、ガックリ、部屋に入ってきたが、その片手にはなんのためか、琥珀《こはく》の液体をたたえたグラスをひとつ持っている。——康弘凝然、声もなし。

「千葉さん、なかなかあんたの探偵は面白い。つづけなさい。——がちょっとお待ちなさいよ、あの一時、アリバイが成り立たんのは、この爺いばかりじゃないぞ。わしもあんたのうちにいなかった。婆やからお聞きじゃろ？」

にやっと笑った。千葉医師は、また特有のするどい笑みをとりもどして、

「私が探偵——は、は、歓喜先生、あなたこそ東京で警察も一目を置くほどの名探偵なそうじゃありませんか？」

「おっ、いつ調べた？」

と、眼をまるくして、苦笑いして、

「なにそれほどでもねえさ——」

「いや。先生——それではどうか御判断下さい。あの足跡は先生のものじゃありませんよ。いいですか。山林から窓の外へ来ていたのはびッこ、吉之助の家の裏口から窓の外へ来ていたのもびッこ、——この犯人がびッこであったということは、あの歩行線の測定と、吉之助の言葉と、二重の証拠から信頼すべき確率は非常に大きい。なぜ盲目がそれを知ったのか？　盲人の耳の感度は、常人の想像外です。びッこの犯人が、悠々と去ってゆく跫音、右足と左足にかかる体重の相違、そこから吉之助が犯人をびッこだと知ったのにちがいありません——」

「おいおい、千葉さん、わしゃちんばじゃぞ」

「わかってます。ところが、先生、あの窓の外から山林へ去っている足跡と、吉之助の家へいっている足跡はびッこじゃあないのです」

「わからんな」

「これは犯人が常時びッこではないということです。ときどきびッこになる男。――」

千葉ははっしと康弘氏の足に視線を投げた。

「医者の私だけが知っていることです。この人の片足の動脈は硬化しているはずです。だからその血管が灌漑《かんがい》する部分の栄養が低下して、ながく歩行したり、はげしい運動をすれば、疼痛《とうつう》をおぼえて、びッこをひくようになる。が、しばらく休んで血液循環がよくなれば、ふつうの歩き方ができるのです」

「なるほど、あの間歇性《かんけつせい》跛行《はこう》というやつじゃな。――ウーム、この男、そんな病気を持っておったのか……」

「そうなんです。散歩のときなど、よく杖をやすめて立ちどまられるから、めったに人にはわからないが、――だから、ここから吉之助の家へゆくときは普通、だが戻るときはびッこ、窓の外でしばらく休んで、ふたたび裏山へ歩き出したときは普通で、また帰ってきたときはびッこをひいていたんです」

「そんなら、あの血の十字架はなんのためじゃな?」

「魚蔵じゃありません。魚蔵が東京失踪以来びッこになったのではないか、この想像はあたっていたようです。なぜなら、いちどこの真金家の門前で、深夜チラと私が見たあれらしい影、それはたしかにびッこをひいていましたから。――だからこそ犯人は――すくなくとも吉之助を殺した犯人は、魚蔵じゃないのです。そのわけは、いま歓喜先生について申しあげたと同じ理由のほかに、さっき康弘氏は、あの夜窓から裏山へいったと白状なさった。すると窓から吉之助の家の裏口へいったのは、康弘氏でないとすれば、いったい誰です？　この部屋の廊下へ出るあのドアから、誰か出入する者があったとしたなら、階段の上にいたあたし達が見ていたはずだと、お町が証言したじゃあありませんか？　すると、その犯人は空中から窓の外へとび降りて吉之助の家へ往復し、また空中へ消失したとでも考えなければならぬではありませんか？　そんな馬鹿な話はない！　吉之助の家へいったのも、やっぱりこの康弘氏のほかにありません。あの十字架は、犯人を魚蔵に見せかけるための細工です。血を見ることの好きな狂人がこの村に帰っている事実を、早速、まンまと利用なすったのです！」

「ウーム、なるほど！」

歓喜は凍りつくような眼を、真金康弘氏へ投げた。

「その前日の夕方、雪子さんから魚蔵のあの変な伝言をきかれた康弘氏は、夜になって、窓から裏山へゆく前に、よもやと思って吉之助の家をのぞきにゆかれたのでしょう。すると魚蔵がとりかえしてやるといったあの時計は、なんのことだ、まだちゃんとそこにあるではないか。そこで、ムラムラと自分が奪ってゆく気になり、その結果が吉之助殺害になったものに相違ありません。――」

「すると、どうじゃ、その後、あの駐在所の壁や、この部屋の外の壁にかき残されたとかいうあの血の十字架は？」

「それはわかりません。それも、魚蔵の癖を大いに村の連中に強調するためのこの人の細工かも知れません。が或はやっぱり本物の仕業《しわざ》かも知れません。魚蔵はたしかにこの家を狙っている。いや、康弘氏を狙っている。——その動機は、狂人の妄想、執念というべく、あまりにも正当な裏づけがあります」

「ほ——それは、なんじゃ？」

「おそらく、三ケ月前、お麻婆さんを殺したのも——」

千葉医師の眼に、物凄い悲哀の笑いが浮かんだ。

「あの事件はウヤムヤになってしまっています。この人のアリバイもあるともいえないかわり、ないともいえなかった。が、吉之助を殺した兇器、あの胸に鳶口でもブチこんだような傷痕が、あそこの棚にある焼鎚のひとつではないかと思われるにつけても、お麻の頭蓋骨に印されていた四角な鈍器のあとは、やはりあの棚にある中鎚じゃないかと考えられてくるじゃありませんか？」

「おお、なるほど、婆さんの方は知らんが、吉之助の傷はあの焼鎚にぴったり合うな。——」

「もっともお麻は、藤江をはらましたといって、康弘氏を脅迫していた狸婆あだから、これは殺されても一応の理由がある。が、一人殺した人間は、二人目の殺人に、常人よりも躊躇《ちゅうちょ》しない、これは考えられるでしょう——」

「ば、ばかな——」

苦悶に満ちたうめきを吐き出そうとする真金康弘を、歓喜、はッたと睨みつけて大喝した。

「なにが、ばかだ。お前さんの人殺しは、昨今にはじまったことじゃない。十五年前、あの北国の欺瞞坑で、お前さんがたしかに一人殺しているのァ知らねえとはいわせねえぞ。おれァ命びろいしたさ。だが、生れもつかねえこのびッこ、おかげで、按摩殺しに、駐在巡査にウロンな眼つきィされてよ。けっ、仕返しされても文句のねえのァ、相手が魚蔵にかぎらねえってことァ、お前さんもようく覚悟してるだろう!」

千葉医師がはじめて聞く凄じい歓喜の伝法口調。あから顔が鉛のように変って、ワナワナふるえている康弘をみて、荊木歓喜、またにやっと笑った。

「おッと、ところでおれがいまここへやって来たのァ、立ち聞きするためでもなく、こんな凄《すご》文句《もんく》をならべにきたわけでもねえ。もともと、お前さんの顔なんか見たくもねえから、いままで知らん顔していてやったんだ——おれが来たのァ——」

歓喜先生、急にうす気味わるい猫撫で声になって、

「おい、お前さんのはらました白痴娘が、これから赤ん坊を生むそうだな。甥御のお子さんを奥さんがお生みになる。おたげえにおめでてえことだ! どうかいッぺえ祝いの酒をくんでおくれって、そらよ、これは甥御さんの御献盃だ。死にかかってる病人の志だ。素直にありがたがって飲んでくれ」

しずかに片手のグラスをさし出した。無意識的に受取って、グッとのむと真金康弘、つーッと額にながれる汗をふいてヨロリとなる。歓喜カラカラと笑って、

「おれの使いはすんだ。じゃ、帰るよ——」

　といいかけたとき、階段の上で、「先生！　先生！」けたたましいお秋の叫び声がした。

「おッ、いよいよ御誕生か。——」

　茫然、痴呆のごとくたたずむ康弘氏をしりめに部屋をとび出し、階段を駈けあがってゆく千葉医師につづいてガックリ、ガックリ出てきた歓喜、うしろ手に、扉をピーンとしめ、下から見あげて威勢のいい笑い声。

「せいぜい、楽に生ませてあげなさいよ。——離れの方はおれがひき受けた」

　そして、何もなかったような顔つきで、飄々と玄関の方へでていった。

　産湯《うぶゆ》の準備をした階段上の小室では、お秋が胸を抱いてウロウロしている。扉の向うの産室から聞えてくるうめきはたかまり、切迫し、耳を覆いたいようだった。藤江の声だ。牝牛みたいなその呻《うめ》きに、からみつく糸のように細く、切なげなのは雪子夫人の喘ぎであった。

　扉をあけると、

「千葉先生？——」

　夫人の必死の叫びがとんできた。

「ねえや、来ないでね、見ちゃアいや、見ちゃアいや——」

「大丈夫、私だけです」

　千葉医師は苦笑しながら、それでもさすがに指を鳴らし、ひきむすんだ唇に一抹の凄気をたたえて姿を消した。扉はしまった。

悲劇と喜劇は紙一重だという警句は、人生万般に通ずるが、悲壮と滑稽の最も強烈なる融合は、けだし人間の女の分娩にしくはない。いや、それは滑稽であればあるほど、荘厳に値する。日夜街衢《がいく》にひしめく群衆をみて、人間をほとんどゴミのように考える人も、あのふきあがる羊水と鮮血の泉のなかに、はじめて新生児の黒い頭髪のあらわれてくる劇的光景を目撃すれば、粛然としていままでの人間観が改まる激動を感ずるであろう。そして、小さなベッドの上で、顔面は紅潮し、唇のいろも紫にかえて苦闘する女の姿を見ては、いかなる無情の男性も、脱帽し、ひざまずき、満腔の涙を禁じ得ないにちがいない。憐れむべき女よ！　これは女だけの業罰《ごうばつ》だ。尊敬すべき母よ！　これは女のみの栄光だ。神はアンフェアである。

玲瓏《れいろう》、潔癖、水晶のように﨟《ろう》たき雪子夫人が、分娩介助者としてただひとりの医師のみをちかづけたことは、その苦悩をつらぬく滑稽の分子を恥じたからであろうが、外に待つふたりの女中、これは処女、それゆえにこの深刻なる「女の宿命」に対する恐怖はいっそう大きく、蒼ざめて見交わした顔がしだいに真っ赤にりきみ、おむつをつかんだ拳は石塊のよう。

独逸《どいつ》語で、産婦をクライセンデというが、これは泣き叫ぶものという意味だ。さすがに雪子夫人は歯をくいしばっているらしいが、その代り、藤江のいや騒々しいこと。一分おきくらいに「しっかり、もうすこしの辛抱です。がまんして、大丈夫――」と間断なく聞えてくるのは千葉医師の力強い激励の声。

一瞬とも思われ、永劫とも感じられたが、正味のところ、千葉医師が入ってから一時間半か二時間くらいであったろうか。……たちまち、部屋のなかから、おぎゃあ、おぎゃあ、と高い、かなしげな声があがった。

「生れた」

「生れた！」

お町とお秋、よろめいて、蒼じろい唇をわななかせてニッコリ。その泣き声がやがてちかづいてきて、扉がひらいた。微笑した千葉医師の顔にさすがに珠のようにひかる汗。その両腕にささげられた、うすもも色の小さな人間！

「これは――」

タオルでつつむように受取りながら、見あげるお町に、

「真金家の御曹子」

答えて、ふたたび千葉医師は扉の向うに消える。なるほど、恐ろしい藤江のうめきは、まだいよいよたかまっている。

「まあ、若旦那さまにそッくり！」

お町は笑いながら、小さな御曹子の身体についた胎脂《たいし》を、卵の白味にひたした脱脂綿でふいてから産湯につけた。あらかじめ千葉に教えられたとおり、硼酸水《ほうさんすい》で眼を洗い、重曹水で口をぬぐい、糠《ぬか》で全身を洗ってゆく。――と、

「おーい、生れたな」

大声で叫んで玄関の方から入ってきたのは荊木歓喜。階段の下に立って、へんに厳粛な顔で

見あげていたが、やがて音もなくあがってきた。

扉をあけて出てきた千葉は、手に白い盆をささげている。ドロリとわだかまっているのは、鮮血によごれた紫いろの胎盤。すぐ上にガーゼをかぶせて傍におきながら、ニコニコ笑って、

「これで、奥さんの方はすみました」

「その代り、若旦那はいま亡くなったよ」

歓喜先生、吐息のごとく細く、ぽつんといった。ふたりの女中、はっと立ちすくんだまま、口をぽっかりあけた。――なかでは、なお藤江の唸りはつづいている。

「……そうですか。――いけませんでしたか」

じっと歓喜の顔をみて、千葉は暗然とうなずいたが、医者と医者、いまさら責めることもなく、といただすこともない。すぐにあきらめたと見えて、きっと顔をあげ、

「もういい、お秋、大旦那さまをお呼びしてきてくれ。あとは藤江だけだから。――お町、お前も入ってもいいよ。だが、若旦那さまのことは、いま奥さんにいうなよ。――」

もつれる足で、お秋は階段の下に駈け下りてゆく。歓喜先生、台の上におむつにくるまれて泣いている赤ん坊の傍につと寄って、

「ふん、小せえな」

と、つぶやき、傍の小さな瓶からピペットに吸いあげた薬を、無造作に赤ん坊の両眼をひらいて滴《たら》した。新生児膿漏眼《のうろうがん》を予防する硝酸銀水だ。それからちょいと謎めいた微笑を浮かべ、

「じゃあ、おれは死人のお守りをやるよ――」

産室はのぞきもしないで、ガックリ、ガックリ、階段を下りてゆく。なんとなくぞッと妖風の尾をひく後姿。

「奥さま――」

千葉医師につづいてころがりこんだお町は、ベッドの上にぐッたり横たわった雪子夫人に叫びかける。いまは全身白布に覆われて、弱々しい微笑を浮かべた夫人の面輪《おもわ》は、その白布よりもなお白かった。

「しっかりしろ！　藤江！」

大声でわめく千葉医師の叫びにふりかえると、隣のベッドに両肢をひらいた藤江の、紫いろに変った口から、人間とも思われぬうめきがあがり、あっというまに、千葉の両手にまたひとり、するすると赤ん坊が生み落とされた。これは、女の子だった。

潮のひくように呻吟《しんぎん》がしずまり、急にしんとした空気のなかで、

「康弘氏は――まだ？」

藤江の足の間にその赤ん坊を仰向けにころがし、血と羊水にまみれた母の外陰部にガーゼをあてながら、千葉医師が顔をふりあげたとき、階下で恐ろしいお秋の悲鳴が聞えた。

「大旦那さまあっ――」

康弘氏そっくりの赤ん坊は、それに応ずるように新生の第一声をあげ、ひとみをひらいた。

――それっきり、下はしーんとしている。千葉はしばらく変な顔をして耳をすましていたが、そのあいだにも手は確実にうごいて臍帯《せいたい》を結紮《けっさつ》し、切断し、赤ん坊を抱いて扉の外へ出ていっ

た。

「千葉さん――」

階段の下で、しずかに呼ぶ声が聞えた。凝然と立っているのは荊木歓喜。片手にぐったりとなったお秋をささえている。

「おお、どうしました? さっきの声は、――」

「あれか。――その赤ん坊の始末をつけたら、ちょいと降りてきてごらん」

千葉はお町を呼び出し、康弘氏の赤ん坊に産湯をつかわせた。そして、いまはもう四肢をうごかし、指を口にいれ、さかんに泣いているふたりの赤ん坊を、まちがいないようにそれぞれの母のふところへ運ばせると、蒼ざめた、けげんな顔で下りてきた。

「お秋はどうしたんです?」

「これか。これはさっき康弘氏のドアをノックしたが、返事がない。ゆきかかったわしが立ちもどって、ひらいてやると――」

と、歓喜は傍の扉をひらいて、

「あれよ」

指された室内をみて、千葉医師は、はっと息をのんで棒立ちになった。

部屋の中央に、仰向けにころがっている真金康弘。その左胸部を染める血潮のなかに、真ッ直につッ立って、物凄いひかりをはなっているのは異様な形をした一本の山刀。

「しまった! さては――自決ですか!」

一歩入って、思いあたったように愕然と硬直する千葉医師に、

「そうかもしれん。が……そうでないかもしれん。ごらん」

ふたたび指さす庭向きの窓のひとつ、半ばひらいて、しずかに夜風にゆれている。

「とうとう、……やっぱり、魚蔵ですか！」

恐怖の眼をみひらいて、千葉は絶叫した。荊木歓喜はつかつかとその窓のところへゆき、暗い地上を見まわして、

「ここ当分、雨がふらなんだから、こんどは足跡がなかろ」

そして、平然と空をふりあおぎ、

「おお星が美しい。あれが小犬座、あれが双子座、あれが小熊座……人間が、こうぽくぽく死ぬにふさわしい夜じゃないが、その代り、ふたりも赤ん坊が生れた。さしひき、損得なし。神さまってものァ、ふッふッ、案外、勘定高えもンだなあ！」

黄金を抱く墳墓

悲喜こもごもいたる、というありふれた言葉の意味するものが、この星美しき一夜の真金家ほど徹底的に、深刻無残にあらわれたこともめったに世にあるまい。

ふたりの母は、つつがなくふたりの子を生んだ。が、歓喜先生が、ああ、神が勘定高いものだと、腹の底からうなったほど、その誕生とほとんど時を同じうして、それぞれのふたりの父

親は死んでいった。——

思うに、人間なるものの生涯は、そもそもの生誕の瞬間から鮮血にまみれている。その肉体の血は、一見産湯で洗い去られたかのごとく見えても、無色透明の血潮は、なおその塊を彩《いろど》っているのではないかと思われるほど、人の一生は苦悩に満ちたものである。その証拠に、いかにこの地上に人多くとも、神より、なんじの生涯をふたたびくりかえせと命じられたならば、色をへんじ、震慄し、面をそむけひたすらその業罰のゆるされんことを請わない人はないであろう。ことほど左様に、苦しみ多き生命が、はたしてあの悲壮なる母体の苦悶を必要としてまで生み出される価値があるかどうかは、われわれが神に投げつけたい深刻なる疑問ではあるが、しかし、ひろく生物界一般の現象を観察するのに、人がおのれの生命をどのように思念しようとも、神はただひたすらに、生命の継続を、子孫をのこすことを、恋を、交尾を、誕生をねがい、命じ、あたかもそれを以て生物の最大の義務と考えているかのごとく思われる。

こう見てくると、あわれむべきふたりの父、真金公彦と真金康弘は、ともかくもその荘厳なる生物学的義務を果して消滅したものとして、まずまずあきらめてもよいように思われるが、なかなか以てあきらめきれず、不本意千万なのは警察の方で、公彦氏の方は相手が結核菌だからこれは司法権外にあるけれど、康弘氏の方は当然捨てておける筋合いのものではない。

(なんたる兇賊！　なんたる鬼畜！　前代未聞の殺人鬼！)

とばかり、こんどこそは、まさにこちらが発狂したような大山狩が再開される一方、康弘氏の死体についても入念な調査がなされたが、致命傷はむろん左胸部の山刀。ただいささか奇妙なことは、その山刀にのこっている指紋が康弘氏自身のものだけという点。その右こぶしは柄のすぐ傍の胸にのっており、且《かつ》その山刀はその部屋の棚にあったものであるから、突然襲撃されたものとは考えられず、その多少ともある余裕に、どうして康弘氏が叫び声をあげなかったかという点も不思議なことで、これらの点だけとりあげれば、みずから刺したという推理も成りたたないわけではないが、とにかく二十日まえに、その部屋の外壁に不吉な予告のサインをのこした殺人狂が厳存する。指紋の点は魚蔵が軍手かなにかをはめていたのだろう。悲鳴がきこえなかったのは、階上のふたりの産婦と医者はそれどころではなく、またふたりの女中も全聴神経をその生みの呻吟にそそいでいたせいにちがいないと考えるよりほかはない。

もうひとつ、警察が首をひねって、そしてどうしてもわからなかったことは、康弘氏の部屋の例の鉱山用具。古い木製の 鞴《ふいご》 のなかから出てきた一個の髑髏《どくろ》。しかも暗灰色で火によって焼かれたものと判断されたが、いったいこれは何者か、いかなるわけで康弘氏が所有していたものか、死人に口なし、いまや問いただすすべもない。

ただ、東京淀橋警察署長保証付の名探偵、荊木歓喜先生が、憮然として頬ッぺたをなでながら、

「相手が殺人狂とはいえ、撰《よ》りに撰って殺される男じゃ。どうせ、公明正大な手段で手に入れた代物じゃなかろ。――」

と、つぶやいたが、しかし、歓喜はもちろん、千葉医師も、当夜追及したあと康弘氏の大犯罪を暴露することをしなかったのは、ともかくすべては問題の魚蔵を捕縛してみてからの話と

遠慮してか。

勢いよくあがるふたりの嬰児の泣声に送られて、真金家の門からふたつの棺が出たが、むろん、このことをいつまでもふたりの産婦にかくして置くわけにはゆかない。いや、彼女達がその恐ろしき悲劇を聞かされたのは翌朝のことであったが、はたしてこれは雪子夫人にはひどい打撃であった。彼女は一時失神した。失神から醒めたが、果然、それは三日たっても四日たっても、乳が出ないという事実で酬《むく》われた。このときつくづくありがたかったのは藤江の白痴。誰が殺されようとどこ吹く風、満々とミルクタンクのごとくはりきったふたつの乳房に、ふたりの赤ん坊を吸いつかせて、原始的快感に牝牛のごとく眼をほそめている。――

その三日目の夕――。

真金家の門から出てきたのは千葉医師、鋼鉄のような頬に、さすがに憔悴のいろが濃いのは、ただ主《あるじ》なきこの家の後事の処理に、ゆきがかり上この三日忙殺されたばかりではない。産褥《さんじょく》にある雪子夫人が、乳が出ないのみか、あの精神的衝撃のためか、爾来《じらい》夜もねむれず、食物もとらず、四肢もさながら死人のごとく冷たいといった状態から恢復《かいふく》しないからで。――

「千葉さん、おいよ、千葉さん」

呼びかける声に、はっと顔をあげると荊木歓喜。

「奥さんは、まだよくはならんかな?」

「はあ、どうも――あれを聞かせなきゃよかったんですが、どうも事件が事件ですし、話さないわけにはゆきませんでしたのでね。……」

「そりゃそうだ」

うなずいて、伏目になって、じっと考えこむ歓喜先生を、しばらく見ていた千葉医師は、やがて思い出したような笑顔になって、

「おお、荊木先生、実は先夜、あの事件の直前、康弘氏にといただしたあの私の推理、あれを裏づけするひとつの証拠を思いついたのですがね」

「ほ――どんな、証拠を？」

「いや、これはやってみないとわからんですが、あの吉之助の家から奪いかえした柱時計、足跡から裏山のどこかに埋めてあるにちがいないと私はいったのですが、やっとその埋めた場所に思いあたったのです」

「何処じゃ」

「あたっているかどうか、それはわからんですから、ひとつこれから私とそこへいってごらんになりませんか？」

眼をまるくしている歓喜の前からつとそれて、千葉医師は傍の農家から鍬《くわ》を一丁借りてきた。そして、首をふりながら真金家の裏山の方を見あげて、

「しかし、何しろ魚蔵がまだつかまっちゃいないので、どうもあの山をうろつくのは不安ですね。――きょうの山狩はもう終ったらしいが、どうです、すこし人数を借りてゆきましょうか？」

歓喜先生、ニッコリ笑った。

「いや、魚蔵はもういまい、あの山にも、この世にも」

「えっ？——」

天地も崩れたかと思われるような叫びを発して、千葉医師はふりかえる。歓喜、微笑の顔をかしげて、

「千葉さん、これァわしの推理じゃがな。あの康弘の部屋の鞴《ふいご》のなかから出てきた髑髏、あれに肉づけしたら、どうもわしの知っとるあの石黒魚蔵に似ているような気がしてならん。……わしゃ警察の前じゃとぼけて、知らん顔していたがな」

「では、では、では——」

千葉は驚倒して、はげしく喘《あえ》いで、

「あの、すると、康弘氏はやっぱり魚蔵も殺していたのですか！　そして、なお生きているように見せかけて、自分の犯罪をあの男に——」

無数の言葉の渦がどっと喉にあふれ出して、そこでつまってしまったように、千葉医師は急に茫然とひとみをひらいて立ちすくんだが、突然笛みたいな叫びをあげた。

「先生、すると、それは大変なことですよ！　康弘氏を殺したのは、それでは魚蔵じゃないってことになる——」

「大きな声をあげなさンな。千葉さん、歩きなさい。その時計の埋めてある場所とやらへ歩きながら、話そうじゃないか」

飄々とさきに立って歩き出した歓喜先生を追いながら、千葉医師は声をひそめ、なお息はず

ませて、

「では、やっぱり自殺ですか？　——おお、私に追いつめられて——」

「いや、やっぱり他殺とは考えられんか？」

蔦のからんだ古い土塀の上に、夕日に赤く燃えるような柿を仰いで、歓喜は平然という。

「他殺？　だ、誰が——」

「例えば、私」

「ば、ばかな！　先生、なんということを——」

「ばかな話じゃないさ。わしはあいつを殺してもよい動機があるぞ。それから、あのあんたがふたりの産婦を二階で介助していた一、二時間、そのあいだわしは離れで公彦氏の死をみとっていた、ということになっとるがな、しかし、その公彦氏は死んでしまった。その前後にわしが何処へゆこうと、誰がそれを知っていておしゃべりできるじゃろう？」

「だって、だってあの康弘氏の部屋の扉は、階段の上からまる見えじゃありませんか？　その間、お町とお秋はそこにいたじゃありませんか？」

「庭向きの窓はひらいていたじゃないか？　わしが離れから庭へまわったとは考えられんか？」

歓喜は足をとどめようともせず、山路にかかっている。千葉はかわいた唇をなめて、

「先生！　からかうのはよして下さい！　事にもよりけりです。——ね、あの髑髏は、魚蔵じゃないんでしょう？　魚蔵はやっぱりこの山にいるんでしょう？　それとも、康弘氏は自殺し

たか。——先生じゃありません！　絶対に先生じゃありません！　先生は人殺しなどする人ではありません！」

「ありがとう。ひどく信頼してくれるな。が、人は見かけによらぬものだよ。千葉さん。——いや、そう見てくれるのは、千葉さんくらいなものでな。アカの他人が見たら、人殺しなんぞしかねない人相に見えるかも知れん。その通り——げんにやっとる。——」

歓喜はちょっと立ちどまって、じっと千葉の顔をのぞきこみ、それからいった。

「ふッふッ、魚蔵を殺したのァ、このわしじゃからな」

千葉の足は地面に吸いついた。顔色が変った。ほとんど死人のようであった。

「先生——もし、それはほんとうですか！」

「もうわしは嘘はつかんよ。——」

悲鳴のごとき声が、くるりとかえった歓喜の背なかにからみついた。

「それはいったい、いつのことです」

「わしがこの村にやってくる五日前。だから、魚蔵が吉之助や康弘を殺すわけは、金輪際ねえさ」

千葉医師は躍りあがって、一足とびに歓喜に追いついた。

「先生、しかし、最初先生は——なぜ、先生は最初そうおっしゃらなかったんです！」

「ばかな、誰が、のっけから、自分の人殺しを吹聴《ふいちょう》してえものか。——わしがな、魚蔵に追いついたのは、甲府の山ンなかでじゃ。ところが、狂人のあさましさ、あいつはいきなりわしに噛みついて来おった。――これを殺しちまったのァ、まったくのときのはずみ、正当防衛、実に、やむにやまれぬなりゆきではあったが――」

歓喜の声音に、はじめて悲愁と懊悩のおののきがながれて、

「じゃが、それが正当防衛であると、誰が知っとる？　ヘタをすれば、懲役、監獄ゆきじゃ。つくづく可哀そうでもあり、ずるくもあるが、わしはあの狂人の生命と自分とを秤《はかり》にかけるのァ、どうもいささか愚劣なように思ったから、そこでないしょで火葬し、せめてもの罪ほろぼしにあいつの故郷に骨をうずめてやろうと、こう考えてやってきたのさ。おれが持ってきた四角な箱はそれだったのよ。――そしたら、あれの母親ァ一ト月めえに殺されたという話じゃないか？」

「先生、先生！　それにしても――」

あまりのことに、千葉の唇はワナワナとふるえた。山路からぱっと雉子《きじ》が飛びたった。

「それじゃ、この事件のあの大山狩を見ていながら、どうして黙っていたんです。二ケ月もの間――」

「それは、はじめいきなり、あの雪子さんが、死んだはずの魚蔵に逢ったという話をしたからさ。こりゃ面妖な――と思っていたら、なんたること、その夜吉之助が殺《や》られて、あの血の十字架がかきのこされていたじゃあねえか。こりゃ名探偵たらずとも、眉に唾ァつけて考えこみたくならァ、そうだろう？」

「しかし、せめて、こ、この私くらいには――」

「待った。千葉さん、いいか、吉之助が殺られた夜までに魚蔵が帰っているって話を知っていたのァ、お前さんと奥さんと、それから奥さんからそれを聞かされた康弘の三人だけだぜ。だから、あの血の十字架の細工をした奴もこの三人のうちではないかと、考えがそこに落ちるのァあたりめえだろ？　康弘ならまだいい、しかし——そうでなかったら——わしが、魚蔵帰村は嘘ッぱちだと、これァめったにしゃべれねえと腕をこまぬいちまった気持ァ汲んでもらえるだろ？」

「三人——ばかな！　私や奥さんがなんの必要あってあんな残虐なことを——第一、私は吉之助の殺された時刻の前後、ずっと真金家の二階にいたのですよ。これは奥さんも藤江も知っていてくれる。また扉の外にはお町とお秋がいたのです。奥さんが出なかったことは、私がはっきり保証します」

「だから——お前さんがいったように、犯人は康弘さ。そうして置こうよ。康弘が、庭向きの窓から出ていったのよ——窓から、窓から、窓から——あっはははは！」

「歓喜先生！　どうしてお笑いになる？」

「あははは、千葉さん、たしかに康弘ァ白状したっけ。あの夜窓から飛び出て魚蔵に逢いにこの峠の上へいったと。——だが、魚蔵なんかむろんいるわけはありゃしねえ。その代り、あいつはお麻の卒塔婆の傍で、恐ろしいものを見たにちげえねえ。月下に、鍬をふるって墓場ァ掘ってる男をな——」

「誰です？　それは——」

「おれさ」

「先生が？」

「あの夜、あの時刻、おれがぶらっと外へ出ていたのは、その用事よ。つまり、魚蔵の骨を、母親ン傍へ埋めてやったのさ。だが、それを樹蔭から見た康弘の野郎は、さぞや仰天したろ。――思いきや！　歓喜がいる、十五年前生埋めにしたはずの荊木歓喜が眼の前にいる。まるで地獄の穴からいま這いあがってきたような気がしたろ、驚倒、震駭《しんがい》、それでおれが峠から去ったあと、いったいなにを埋めたのだろうと掘り返して、そしてあの髑髏を持って帰ったにちげえねえ。それ、例の間歇性跛行、ガックリ、ガックリ、ちんばをひきながらね。――むろん、あいつァそれが魚蔵だとァ知らなかったろ。ひょッとしたら、十五年前、おれといっしょにあの廃坑で埋め殺した金持の骸骨を、おれがなにか仕返しのネタにしようと細工してると思ったのかも知れねえな。――あいつが警察《さつ》にその夜の峠ゆきをしらばッくれたのァ、おれの登場と、必然的結果として誘い出されるあいつの旧悪の露見を怖がったためだろ。――だが、その翌日、前夜一時に康弘が峠に呼び出しをかけられていたときいて、わしの驚きはいかばかりであったか――さてはあれを見られたかも知れねえな、と――」

「わかりました、先生！」

千葉は歓喜のおしゃべりを断ちきるように叫んだ。歯をむき出して、

「やはり私の推理のとおりです。康弘氏はその峠へゆくまえに、吉之助を殺していったのです。そしてあなたが墓を掘りかえしているのを見た。のちになって、この跡を見て、みんな不思議

に思った。——」

いまや、ふたりは峠の上、お麻の卒塔婆の傍に立っていた。例の掘りかえされたあとはすでに埋められて、土の色はもとどおり、枯れた草まで風にそよいでいる。

「そこで、それからまもなく康弘氏の智慧は、奪いかえした時計、あの夜吉之助の家からいったん自分の部屋にはこびこみ、処置にこまっていた時計の絶好のかくし場所を、はたとばかりに思いついたのでしょう。いったん異常と思われ、その後埋められたこの場所に、ふたたび罪悪の時計をかくすという天来の奸智を——」

黙然と歓喜の眼をおとす地上へ、千葉医師は、はっしとばかり鍬をふり下した。一鍬また二鍬。——

クルクルと舞ってきた落葉が、歓喜の蓬髪と千葉のまるくした背に、黄色い蝶のごとくにとまる。——カチリとかすかな音がした。

「——おっ」と思わず息をのむ歓喜の足下に、鍬は急に小刻みになって、地底三尺、土にまみれて、見よ、果然現われた異形の物体!

「麻疹《はしか》は、いったん罹《かか》ると免疫になる」

千葉は興奮した笑顔をあげ穴の底の一物を指した。

「疑惑のワクチンを注射したこの埋蔵場所、なんという大胆な智慧、先生、私がひょっとしたらここではないかと思いついたのは、その免疫という医学的なヒントからでした!」

かがみこんでとりあげたのは、長さ二尺以上もあろうと思われる、長い、古風な、エキゾチックな柱時計。一番上に雌雄の孔雀が相対した彫刻があり、下は荘重な唐草模様で彩られた大きな台がある。が、ふたりが、「ああ!」と叫んだのは、その異風な形ではなく、いま、鍬のさきに打ちあてられて亀裂の入ったその台から、すーっとながれ落ちた黄金の砂の糸だ。

落日は黄金《きん》いろのしぶきをあげて、重畳とかすむ西方の山脈《やまなみ》の彼方に沈みつつある。ふたりには、その滴《したた》りが、忽然そこに落ちたかと思われた。――

「ウーム、砂金じゃな!」

さすがに瞠目してながく呻く荊木歓喜。千葉医師、蒼白な会心の笑いを片頬にきざんで、

「さてこそ、吉之助が敢てこれを持ち去り、それを知った康弘が愕然と狂憤し、そして、殺人の冒険をすらおかして奪い返した価値があったわけですよ!」

荊木歓喜何処へゆく

「読めた。――これだけの砂金、あの男が、しかもこんな妙ちくりんな古時計にかくしていたとァ、ふん、もとをただしァどうも臭え恐ろしい血の匂いがするな。十五年前、おれ達をこの世から消そうとした悪山師、この砂金についちゃあ、もっともっとひでえ罪を犯しているのァきまってる。むろん、吉之助も相棒だったろ。ふふん、だからこそ、魚蔵がこいつをとり返してやると伝言したら、表沙汰にもできねえで、コソコソ、死物狂いにこの峠へやってきたわけさ。――」

子さんを、背なか越しに脅した男は、――」

帳然《ちょうぜん》とつぶやく歓喜に、千葉はぼんやり、それから急にはっとした顔をふりむけて、

「魚蔵の伝言？　先生、それはちがっていましょう。魚蔵はいやしないのだから、あの夕、雪子さんを、背なか越しに脅した男は、――」

「ふむ、誰じゃったろう？」

「いうまでもなく、康弘氏自身でしょう。事実、あの人はその時刻、どこかへ散歩にいっていたと称しているのですから――」

「はて、康弘が自分で自分への伝言をしたとすれば、なんのために？」

「あくまでも魚蔵の存在を強調するためです。当夜吉之助の家からこの時計が奪いとられていたことがわかれば、当然康弘氏も疑惑の重大な対象になるでしょう。だから、その嫌疑を、あらかじめ魚蔵に転嫁しておくためです。また、万一、兇行の時刻、自分が家にいないことがわかっても、その伝言で峠にいったといいのがれできるようにです。――してみると、この事件は、そもそものはじめから、康弘氏が入念に計画した犯罪だということが、もう私には断言できますね」

「そう、あんたは断言できるかね」

荊木歓喜は薄く笑った。

「それよりほかに、考えられないじゃありませんか？」

「いや、そうでもあるまい。まだほかに変なことが考えられんでもなかろ」

歓喜はさびしげに頬を撫でて、落日をながめ、しばらく沈黙した。

「まだほかに、変なこと、とおっしゃると?」

「たとえばさ。康弘氏はやっぱりあの伝言をほんとだと信じて、ノコノコ出かけていったので、吉之助を殺したのァまったく別の人間だと、――」

「別の人間? 誰です、それは誰です!」

「君さ――」

千葉医師の足もとから、ささと土くれが崩れて、穴の底へころがり落ちた。

なんともいえない歓喜の声。

「――私?」

「千葉さん。――お前さん、いつか真金家の門前で、魚蔵らしい人影を見たといったなあ、女子供の目撃者はアテにゃならん。枯尾花《かれおばな》を幽霊とみる類ということもあり得よう。だが、あんた、あんたほどの人間が、どうしてそんなウソをつかれる? よいかな、魚蔵なる殺人鬼が、真金家の界隈をウロついていると皆に印象づけさせる細工に、あんたも重要な一役を買っていたんじゃなかったかと、こう思われてもしかたあるまい?」

「ば、ばかな――だって、見たものは、見たというよりほかはないでしょう。そりゃ、もちろん、私はあれが魚蔵だと白日の下ではっきり見たわけじゃないから、断言はできませんが――」

困惑して、つぶやくようにいった千葉医師は、突如さすがに猛然と憤怒の表情になって顔をふりあげ、

「なんですって? この私が、吉之助を殺したのですと! 先生、私はびッ、、、こじゃありません

よ。あの吉之助の言葉は、それじゃなんです？」

「あれは、びッことといやしなかった。ちんば――いや、ちば、千葉といったのだよ」

歓喜、半眼のまま暗然と、

「跫音《あしおと》なんぞより、その息づかい、体臭で吉之助は悟ったかも知れねえ。或は、吉之助はてっきり死んだものとして、犯人がなにかひとりごとでもつぶやいたのを聞いたのかも知れん。――と考えりゃあ、あの康弘の部屋から吉之助の家へ往来していた足跡は、千葉さん、あんたということになるね――」

「だって、だって、その帰りの足跡は、たしかにびッこだったじゃありませんか？」

「これだけの砂金をかくしたでッけえ時計だもの、重てえことも大したものだろうな。片手にぶら下げりゃ、足どりも変テコになろうさ。――ひょッとしたら、あんたのいうとおり、その跫音をきいて吉之助はちんばといったのかも知れないね。――そして、その後、こいつをここへ埋めたのはほかならぬお前さんさ。なあんだ、自分で埋めたのだもの、よく知っているはずだァ。ふッふッ、免疫のヒントも蜂のアタマもありゃしねえ。――」

千葉の手から鍬の柄がはなれて、バッタリ倒れた。が千葉はなお笑う。――

「先生、しかしその足跡は、康弘氏の部屋の窓の外から出ていたのですよ。二階にいた私が、そこから出てゆかなかったのは、ドアの外のお町やお秋が証明してくれるでしょう。――」

「だから、あんたは二階の窓から、綱で、下の地上へ下りたのさ。その時刻に康弘を峠へおびき出したのァ、あいつにうしろ暗え外出をさせる目的をかねて、そのとき、あの階下の部屋を空けさせておく必要があったからだろ？」

「窓から——は、は！　先生、二階には私のほかに、雪子さんも藤江もいたじゃありませんか？」

「藤江はあのとおり白痴さ。馬が見ていたとおんなじさ。奥さんは——」

歓喜はまた黙った。千葉は唇をねじらせたが、奇妙なことにこれも沈黙。——歓喜は苦しげに声ひくく、

「御存知であっても、知らん顔していられたと考えるよりほかはない。——」

千葉は首をたれて、地上の砂金時計に眼をそそいでいたが、

「では、なんのために、私が吉之助を殺したのです？　この時計が欲しいからだとでもおっしゃるのでしょうか？」

「そんなことがあるもんか。お前さんがあの按摩を殺したのァ、二ケ月後の康弘横死の直前に、あの滔々《とうとう》たる長広舌をふるうためさ。絶体絶命、強引にあいつを追いつめて、自殺しても面妖《おか》しくねえほどやッつけて、それをお町に立ち聞きさせるためさ。——康弘自殺の伏線さ。——思い出すよ、千葉さん、あの夜のお前さんの、息もつがせぬ論理の肉薄、あいつに一言のまっ、ぃ、とうな口答えもさしはさむヒマを与えぬように、用意周到、考えに考えぬかれた死刑宣告の順序、駈引き、たたきこみ。——みごとだ、千葉さん、あんたは吉之助の胸を刺したとき、それで息の根をとめたつもりでいたろ。それが思いきや、心臓が右にあって、翌朝までまだ生きていたと知ったとき、あんたの驚愕はいかばかりであったか。——その吉之助はいった。殺られ

たのァ二時、下手人はちば、――禍《わざわい》を転じて福となす、あんたは、それが一時で、犯人も千葉といったということをちゃあんと承知しておりながら、冷静、着実、計画どおり二ケ月待った。康弘を弾劾するのァ、あの赤ん坊の生れる直前がいちばん都合がよかったはずじゃ。それが必要だったんだ。だから、あのもっともらしい宣告を、それまで伏せて待っていて、さて吉之助の思いちがい、お町の聞きちがいを、巧みに論理の網に組み入れて、いっそう上手に利用なすった。わしァつくづく感服することがある。按摩がちんばといったというお町の言葉を、あんたは注意ぶかくも必ずびッこと、同義の異語で利用されておった。千葉への連想を抹殺するためさ。――そしてあきれけえった康弘が、異議をとなえるひまもないうちに、スタコラ二階の産室へ駈けあがっちまう作戦じゃったろう。――」

「自殺の伏線――」

千葉は歯ぎしりして、しぼり出すように叫んだ。

「先生、よし私がそれを設定したとして、そのあとで康弘氏が、あの強情我慢の康弘氏が、必ずああうまく自殺してくれると、あらかじめ期待できるでしょうか！」

「だから私は、あれも他殺とは考えられんかといっておる」

「私が殺したとおっしゃるのですか！」

千葉医師は躍りかからんばかりの形相であった。眼は血ばしっているのに、口からはなお笑い声がもれた。

「康弘氏が死なれた時刻、そのときこそは私は二階の産室にいましたよ。あの間じゅう、ふたりの産婦をはげます間断ない私の声を、女中達は聞いているはずです！」

「そうじゃろう。二階の窓から綱をつたって下りて、康弘氏の部屋に入り、あの胸に短刀をつき刺したのは、たしかにあんたじゃあるまい。——」

「では——誰です？」

千葉の声は息づまるよう。歓喜、愁然と頬を蒼ざめて、

「雪子夫人——」

千葉はカラカラと笑った。なにかが裂けたような異様な笑い声であった。

「先生——すこしひどい——いくら名探偵の推理でも——分娩中の婦人がそれほどの行動を——あんまりです！」

「千葉君、奥さんは、赤ん坊を何も生みやせなんだよ」

千葉医師はとびあがり、よろめき、眼をむき出し、両腕をひろげた。

「なんですって？　——先生、子供はふたり生れたのですよ！」

「あれは双生児《ふたご》さ。どちらも藤江の生んだ子さ。はじめに産湯をつかわせた公彦の嫡子《ちゃくし》と称する赤ん坊、そりゃそう思えば、公彦に似ていようさ。真の父親、真金康弘と公彦とは叔父甥の血縁にあるものな。——奥さんが乳が出ねえってこともあたりめえだ。分娩そのものの場はもとより、それまでの診察のとき、いつもあんた以外の何人《なんぴと》も近づかせなかったのも、あたりめえよ。——この、あんたと奥さんだけは兇行時絶対的なアリバイをつくり得るトリック。このトリックを可能とする喜劇的、いや悲劇的な夜、すなわち、双胎《そうたい》妊娠をしとる藤江が分娩す

る夜まで、前もって罠にひッかけておいた康弘にトドメをさすのを、あんたは待ち受けていたのだよ」

「双生児《ふたご》……双生児ですと――」

「左様。――もういってもよかろ、この犯罪は、あんたと雪子さんの共謀じゃろ？　医者たるあんたの指示にしたがって、着々腹に布かなんかを入れてふくらませてゆく夫人、その他巧妙につくり出していった種々様々な妊娠徴候。そもそもの発想が途方もねえ上に、医者が指揮者になっとるのじゃから、これァちょいと常人、素人、無智純朴の村人達には思いもよるめぇ。――そして、この破天荒なトリックを最後まで完成させるため、前もって、あんたは、村のただひとりの産婆、お麻をこの世から消して置かなければならなかった。――」

突然、千葉医師は崩折れた。膝に泥と金粉がまぶれついて、まだらにきらめいた。歓喜、暗然と見下ろしたまま、身うごきもせず――

「夫人との共謀犯罪じゃ。じゃから、お麻を殺した中鎚、吉之助を殺した焼鎚も、あの部屋から持ち出せたはずよ。夫人が魚蔵を見たということ、魚蔵があの伝言をしたということ、みんな嘘。猫を殺したのも、犬を殺したのも、あちらこちらに血の十字架をかきのこしたのも、みんなあんたか奥さんの仕業。――ただ、村娘が見たという魚蔵らしい人影は、あれだけは単なる錯覚か、幻覚じゃろう。――すなわち、血を見ることの好きな狂人がこの村に帰ってきたという噂を、まンまと利用なすったのは、ほかでもない、あんた方だったのじゃ！」

歓喜の片頬に、淡くかすめる苦い笑いの翳《かげ》。

「吉之助殺害は、康弘横死の伏線。その康弘の死は、追いつめられての自殺に見せかけようと、これがあんた方の最初の計画じゃったろう。その計画を急遽変更して、殺人鬼魚蔵をも利用しようと妙な色気を出したのが千慮の一失、蟻の穴、あんた方のとりかえしのつかぬ誤りのもとよ。——惜しい哉」

日が落ちた。

凝然と坐ったままの千葉医師のシルエットは石像のよう。ただカラカラと舞ってくる枯葉、枯葉、枯葉。——

ややあって千葉は沈んだ、しずかな声で、

「先生——ではどうして私達が康弘氏を殺さなくてはならなかったか、御存知でしょうか？」

「あんたから、それは聞きたい。ただな、千葉さん、わしはあんたが好きだよ。というのは、この場合、常識的に考えられる共謀の動機、たとえば、あんたと夫人との不倫な結びつき、そんなことはわしはちっとも信じないな」

「先生——ありがとうございます！　よく信じて下さいました！」

千葉は腕をついてふりあおぎ、

「先生、申しあげましょう。いつか先生のお話しになった、十五年前、北国の廃坑にあなたといっしょにとじこめられた金持の男。そしてついに永遠にもどらなかったその男。その人こそ雪子夫人の父親だったのです。——」

「なにっ」

と、さすがの歓喜、愕然として身をうごかせた。

「千葉さん、それはほんとか、——」

「あとにのこされた少女は、北国から帰ってきた康弘氏と吉之助に、父が旅先きで病死したと聞かされたばかりでした。そしてその家は、その後数年のあいだに、あのふたりの悪党にていよく、まンまと食い荒らされて、落魄《らくはく》してゆきました。そのあげく、彼女は隣村の真金家へ、彼女を恋しているとかいう康弘の甥、公彦氏のところへ売られる人形のように輿《こし》入れしてくるよりほかはない運命に追いこまれてしまったのです。ほかに相愛の青年がいたにもかかわらず——かなしいことに、そのころ、その青年は遠い異郷の戦いへ出かけていたのでした。——」

「ウーム」

「けれど、雪子夫人はその父の敵を知っていたわけではありません。そのことは、歓喜先生、あなたがこの村へおいでになって、あのお話をされてからはじめてわかったことで、それよりすこし前まで、彼女は、ひたすらあの叔父を信じて、病める夫の傍に貞潔な生活を送ってきたのでした。純潔、清麗、その魂はその名よりも白く、彼女はやがて復員してきた曾ての恋人にすら、涙のほかは何も与えなかったのです。それほどの彼女を、一夜襲って、その淫虐な毒牙にかけたもの、不倫の叔父、真金康弘、——」

千葉の声は慟哭《どうこく》しているようであった。歓喜の瞳には、いまや忽然とよみがえった、曾て中華済南で見たあの純情熱血の青年軍医の姿《こ》が。——

「彼女は身ごもり、村医者の私の助けを請い私はこれを秘密のうちに堕胎しました。罪の子は肉体から闇へ消えました。が、事はそれですんだでしょうか？　なにもかも、それできれいになったでしょうか？　いえ、いえ！　貞節な魂をかき裂いた憎むべき爪の痕、黒い血はそこからあふれ、純白な彼女を染め変え、ここに悲痛な復讐の女神が出現したのです。こんどの殺人の動機はここに発したのでした。——」

蠟のような千葉の頰に涙がひかった。

「先生、先生はドストエフスキーの『白痴』という小説をお読みになったことはありませんか。あのなかのヒロインは、無垢の肉体をただいちど瀆《けが》されたばかりに、その刹那から偉大なる極悪の化身に変貌したではありませんか！　——貞操、貞操！　それがあまりにも安く、あの枯葉のようにあつかわれすぎるこのけがれはてた時代に、雪子夫人の凄絶な発心は満腔の涙を以て尊敬すべきではありますまいか！　こうして、その意志の具体的な表現に、まなじりを決し、私が力強い腕をさしのべたのです。——若し、私が夫人と不純な関係にあったら、私は決してこのような恐怖すべき企図《きと》に身を投げ出しはしなかったでしょう。——信じてくれますね？」

「信ずる。わしはあんたの気性を信じているよ、千葉さん——」

「私はそのころ、同じく康弘に犯された白痴の藤江が、双胎妊娠をしていることに眼をとめました。ちょうど六ケ月目です。二個の数のちがう胎児心音が、同時に二ケ所でハッキリ聞え、その心音数の差は一分間に十以上もありました。そして、このことを知った刹那、一閃のひかりのように、あの怪奇なトリックが私の頭に浮かんだのです。私は夫人に妊娠を公然発表するようにすすめ、それがなお継続中であるかのごとく装うことを教え、藤江を真金家の同室に静養させるようにひきとらせたのです。ところが、——」

「ところが、——」

「お麻、あの悪婆、さすがに長年のカンは恐るべきもの、或る日、そっと私のところへきて、首をかしげながら、藤江のあまッ子、あれは双生児《ふたご》をはらんでいるのではござえますまいかな、とふッという。——その夜、お麻は殺されました。いや、殺さなければなりませんでした。むろん、ただ殺すだけが目的なら、私はもっと医者らしい上品な方法をつかったでしょう。が、あのすこぶる医者らしからぬ、野蛮な、残酷な殺し方こそ、私はもちろん夫人への一切の嫌疑の盲点であり、また将来の伏線として必要だったのです。これは、吉之助殺しの場合にも同様でした。——」

ふかぶかとうなずく歓喜。——

「吉之助殺しの目的は、康弘の死でした。それは、先生のおっしゃるとおり、最初は自殺と見せかけるつもりだったのです。が、自殺と見せかける他殺というものは、なかなか容易なものではありません。そこへ突然先生がおいでになって、あの魚蔵のお話です。で、それを聞いた雪子夫人があのときとっさに私を部屋の外へ呼び出す。ここで急遽その殺人鬼をも利用することに相談がきまり、万一それが該当しなくなっても、それでは康弘氏は自殺したのだと思わせるよう、二重の用意が計画されたのでした。お麻はすでに殺害され、殺戮の車はすでに動き出していました。が、あの最初の日、雪子夫人の父を殺した者はあのふたりの悪党だと先生から聞かされて、私達はどんなに自分達の恐るべき車が正当な軌道を進んでいるのだと勇気づけられたことでしょう。その改めて燃えあがった憤怒と、それからあの日、ついにめぐりきた絶好の条件に乗って、その夜盲人殺しが敢行されたのです」

「絶好の条件？」

「そうです。あの日、吉之助が康弘氏の留守中にこの砂金時計を持ち去ったという事件。それを奪い返すための康弘氏の兇行とプログラムをつくるには、あの夜が最も適当だったのです。むろん私は、康弘氏が窓から庭づたいに裏山にゆくとは思っていませんでした。あの男が夜半コソコソと出てゆく姿は、当然女中達も見るものとして、それが計算に入っていたのです。砂金時計の秘密は、雪子夫人が知っていました。それにつられて強慾な康弘氏がこの峠にやってくる。が、むろんあの伝言は嘘ですから、魚蔵などに逢えることはありますまい。ここにおいて吉之助殺しの時刻に、康弘氏のアリバイは甚だあやしげなものになってくるでしょう。――ところが、他の多くの例にもれず、私の計算以外のことが種々生じた。庭にのこっていた足跡、朝まで生きていた吉之助、あの最後の数句など、――それを私は、たしかに、かえって自分の計画にいっそううまく利用しました。まさに、先生のおっしゃるとおりです。――」

千葉医師はすッと立ちあがり、黄昏のただよいそめた蒼いひろい天を仰いだ。

「おお神！　先生、――私は医者です。ただ外より撞《つ》いて万有を指頭に旋回させるような、そんなありふれた神を信じはしません――それにもかかわらず、私は神を信じていたのです。白痴の女の身ごもる双生児、それを無事産み落させることができるだろうか？　なるべく分娩は夜であって欲しいが果してそうゆくであろうか？　また同じ双生児でも、そっくり相似した一卵性のものではあるまいか？　もしやその双生児の身体が胎内で癒合するという畸型学上の変化が起りはすまいか？——どのひとつが予期に反し、杞憂《きゆう》のとおりに実現しても、このトリックは崩壊します。もちろん、藤江を安産させるためにあれを真金家にひきとり、私と夫人は必死にそれを保護しました。分娩の時刻は夜間に多いということは、統計学上の事実です。また双生児の八十五％は二卵性です。双生児の胎内癒着など、まず奇蹟といっていいほど稀なものに相違ありません。けれども——私にあのトリックの成功を信じさせていたのは、こんな科学的な確率の問題ではなくて、神でした。正義の神でした！　その証拠に、あのみごとに産み落された藤江の双生児は、男と女、しかも立派にふたつの胎盤をすら持っていたではありませんか？　若し先生さえいらっしゃらなければ、誰がどうして——」

「正義の神」

荊木歓喜はしゃがれた声を出した。

「千葉さん、あんたは正義の神の存在を信じなさるか？」

「信じます。私はこの犯罪は、神も許したまうと信じています」

「奥さんは？」

千葉医師は、ゴクリと唾をのみこんでだまった。恐怖と苦悩がその顔を鉛色に変えた。

歓喜の瞳に黄昏のひかりが沈んで、

「あんたは男だ。鉄石《てつせき》の意志の持主だ、耐えられよう。が、奥さんはどうじゃな？　あの夜以来、乳の出ないのはあたりめえとして、あれほど憔悴してゆくのは、——」

「先生！」

千葉はガックリ首を折って、指を組んだ。

「復讐をなしとげたあと、あの人は自らのながした血、理性を超えた深い恐怖に、夜も昼も魂をしめつけられているのです！」

「だから、つたえてあげなさい、奥さんに。——あなたは決して人殺しはせなんだと——」

「えっ」

千葉は眼をあげて、痴呆のような表情になった。荊木歓喜の瞳に、深い戦慄的微笑が這いのぼった。

「いや、あの人のふるった短刀が、兇漢康弘の胸から血をながさせたのは事実じゃろうが、しかし康弘を殺したのは奥さんじゃない。——思ってもごらん、あの男が、たとえ油断し、或は驚愕に金縛りになっていようとも、どうしてギャッともいわずおとなしく胸を刺されたかと、——」

千葉は、まさに、頭が麻痺した。

「先生、それはどういう意味です？」

「だから、さっきわしがいっとるじゃないか？　康弘を殺《や》っつけたのはこのわしじゃと、——」

「先生が——いつ？　どうして？」

「千葉さん、わしはな、あの公彦の臨終にひとり立ち会った。そのときまでは、吉之助を殺した奴は、康弘か、あんたか、それともまったく他の奴か、実はハッキリわからなかった。——ところが、瀕死の公彦は、何をわしに訴えたと思いなさる？　末期《まつご》の一時間に立ち会った風来坊のこのやくざ医者の、いったいどこを見込んだのか。——あれはいった。雪子を妊娠させたものは叔父の康弘だ。わたしではない。わたしは子が出来ない或るかなしい肉体的欠陥を持っている。誰も知らないが、大学時代ふと或る機会でそれを知った。——医学用語でいえば、アツオスペルミーという奴。——」

「精虫欠如症——」

「——それをきいた刹那、電光のごとくわしは、これからあんた達が何をしようとしているかを悟ったのじゃ。それから、それまでの事件の真相を。——魚蔵に仮託して跳躍する殺人鬼の目的を。——が、さすがにまだ、まさか雪子さんが全然妊娠しておらんとまではわしも公彦氏も知らなんだ。変じゃと思ったのは、あの最初に生れた赤ん坊の小ささと顔をみたとき。はっきりそれを知ったのァ、あの分娩中、あんたの声が間断なく聞えたという女中どもの話から、こりゃ犯人は夫人じゃな。——すると、それまで曾て夫人があんたに診察されるのを、ほかの誰にも見せたことがないという記憶がよみがえって、はっしとばかり膝を打ち、千葉さん、さすがのわしもワナワナとふるえあがったよ。——さて、公彦は、血を吐きつついう。私は復讐したい。自分のためではなく、あの貞節な愛すべき妻が、そのためどれほど苦悩しているか、その妻の堕ちた地獄にかけて、あの不倫の人間獣、叔父康弘を道づれにひきずってゆきたい。そして、おののく断末魔の手で、わしに託したのが、致死量以上のアドルムを投げこんだあの酒杯じゃ。——」

「先生！」

千葉の両眼はは り裂けんばかりであった。

「半ば棺桶に入った男の呪いの息吹を吹き送る風の役。――よいか、千葉さん、わしはこの死の使者の役目を断らなんだのだぞ！　それは、わしの復讐のためでは断じてない、あわれな夫と妻の復讐のため、愛すべき君にそれまで以上の罪を犯させないため、そして善人を苦しめる大悪党を天に代って誅戮《ちゅうりく》するためじゃ。で、わしは真っ向から康弘をおどしつけ、睨みつけ、無我夢中のあいつにまンまと毒杯を仰がせてしまった。あはは、覚えているじゃろう、あのときのわしの名演技を、――」

「先生――」

「致命傷はあの心臓を刺した小刀じゃと思いこんで、康弘の死骸の解剖はいいかげんなものであったか、或は分解の早いアドルムを検出し得なんだか、――警察《さつ》ァついにそのことを知らなんだらしい。――万一、あとでなにかいってきたら、アドルムのんで死にきれねえで、自分で胸を刺したのだろうといっておけばいいさ。それ、あいつの自殺の伏線はみごとに張ってあるじゃないか、アハハハ――で、ともかく夫人がその胸に短刀をつき刺したときァ、真金康弘、グウグウ寝ていたはずじゃ。絶体絶命、永遠の地獄へすべり落ちる直前の死の眠り。――」

「おお！」

「だから、あの毒虫をちょいとひねったのァ、雪子夫人じゃない。この放蕩無頼の旅の医者、名探偵、荊木歓喜先生。――」

彼は笑った。物凄い笑いであった。巨大な笑いであった。そしてツカツカと歩み寄って、茫

然たる千葉医師の肩をたたき、

「天もゆるさねえ極悪人も、ときに人間の法律はゆるすことがある。そのウジムシを、天に代って誅戮《ちゆうりく》するという独断、意志、哲学を持った豪傑が、ちょいちょいあってもよかろうよ。千葉さん、忘れるな、人殺しァあんただけじゃあねえ。このおれもそうさ。だが、わしは康弘なんぞの、ふざけた、糞ッくせえ亡魂と相討ちなんか断じてしねえぞ。わしは生きてゆく。わしが生きてゆく以上、若えあんたも生きてゆくんだ。ただ、――生きてゆくついでに、あの可哀そうな白痴の女と、生れたふたりの赤ん坊も幸せな一生を送るように目をかけてやっとくれ。あれたちァ、みんな何も知らねえ天使だよ。――」

飄然とはなれ去る歓喜、五、六歩いってまたふりかえり、

「それからな、千葉さん、せっかく穴ァ掘ったんだから、あの魚蔵の髑髏な、あいつを母親ン傍へ埋めてやってくれい。そのついでに、その汚ならしい時計もたたきこんでおくがいいぜ――じゃあ、あばよ――雪子夫人すなわちコロちゃんによろしくな。――」

「御存知でしたか、先生！」

千葉は愕然としてよろめき出した。

「ふッふッ、この事件、真相を知らん顔してゆけばいいものを、わざわざひンめくったのァ、ただ、ひとえにコロちゃんの苦しみをのけてやるためよ。いたわってやるんだよ。――」

「先生――どこへおゆきになるんです？」

千葉は両腕をさしのべて、悲痛な声で叫んだ。

「人殺しふたり、もう面《つら》ァつき合せている必要もなかろうさ。さあ、どこへゆこうかな。——天涯の風来坊——風のまにまに、あ、は、は、は、は」

笑い声は、横笛村とは反対の峠の路を、まさにその風のように去ってゆく。来るときとちがって、いまはまるっきり手ぶら、ただ白すすき蒼茫と暮れゆく山の黄昏に、ガックリ、ガックリ、吹きなびく蓬髪の向うから、遠く、小さな、かなしげな声が聞えてきた。

「塚《つか》もうごけ、わが哭《な》く声は秋の風。——人殺しごっこは、もうコリゴリさ。——」

十三角関係

第一章　車裂《くるまざき》の美女

幕があがった。

おぼろな闇のなかに、一箇の、赤い風ぐるまがまわっていた。それは、直径が一間《けん》以上もある、あの和蘭陀《おらんだ》の風景画によくみられるような、巨大な羽根車《はねぐるま》だった。そのかたちは、いかにもどこかで牧歌でもきこえてきそうである。けれど、その色は、網膜も染まりそうなほど真っ赤だった。真っ赤なひかりをはなちつつ、ユックリとまわっていた。ユックリ、ユックリと——そうだ、まるでなにかをぶらさげているように重々しく。……いや、みるがいい、その赤い風車《ふうしゃ》は、たしかになにかをぶら下げている。あれはいったいなんだろう？　大きな十字架のような四片の羽根に、ひとつずつ、仄白《ほのじろ》い物体が吊《つ》られているのだ。

赤い風車はまわる。あれは一本の足ではないか。つぎの羽根の吊っているのも、人間の足ではないか。恐ろしい十字架はまわる。そのつぎは、腸詰みたいにたばねた二本の腕ではないか。そして最後に、真紅《しんく》の毫光《ごうこう》にもえたつようにみえるのは、美しい女の首ではなかったか？

——荊木《いばらぎ》歓喜《かんき》が、その不思議な少女にみちびかれて、この吐気《はきけ》のする悪夢のような殺人事件の、しかも華麗とも凄惨《せいさん》とも評しようのない開幕の場にいあわせたのは、なかば偶然にちがいなかった。

「駅まで千鳥足で二十分」

その夜、荊木歓喜は、壁にそんな紙を貼りつけた、東京S町の遊廓の入口にある小さな焼鳥屋で、焼酎《しょうちゅう》をのんでいた。

歳の瀬にちかい冬のことで、時刻も九時半にちかかったが、こういう場所の盛りはこれからである。ひやかしてあるくには、やはり酒の力をかりる必要があるのか、こがらしのなかをあるきつかれて、あたたかな火の色にさそわれるのか、または精力の補給に、あぶらの多い肉をもとめるのか、店は、今夜も、猿のように赤い顔の、狼みたいに騒々しい客でいっぱいだった。

「レバ、肝臓。……タン、舌。……フクロ、子宮。……タマ、睾丸《こうがん》。……」

となりの三人の大学生が、肉をやく煙と匂いにかすんだ天井からぶらさがった「ホルモン料理」と銘打った紙きれを読んでいた。

「そのへんはわかるが、マメ、腎臓《じんぞう》とはなんだい？」

「そりゃ、腎臓というやつが、そらまめの恰好しとるからですな」

と、歓喜がよこからぶすっといった。

よこから口を出されて、大学生はけげんそうにふりかえって、ちょっと気味わるそうな表情になった。むりもない、大兵肥満だが、まるで乞食みたいなモジャモジャ頭、おまけに右の頬っぺたに、クッキリ三日月のような傷のあとがういている。——が、コップ一杯の焼酎を、き

ゆーっとひといきにのんで、にっと笑った顔が、ふしぎに愛嬌のある童顔となったのに、ついつりこまれて、

「ははあ、なるほど、それじゃ、ガツ、胃袋。……テッポー、腸下《ちょうした》。……テバヤキ、雛鳥《ひなどり》ってのはなんです？」

「さあ、そいつは、わしにもわからんて。なかんずく、テッポーの腸下、その腸下というやつがわからん。腸下などいう臓器は解剖《かいぼう》でみたことがない、とわしはここの大将に注意したんじゃが」

真っ赤におこった炭火からあげた串刺しのテッポーにタレをかけていた焼鳥屋の亭主が、笑いながらいった。

「へ、へ、学生さん、その先生は、いやに汚ねえが、そうみえてれっきとしたお医者だからね。いつもその紙きれをみて、あたしに文句をいってしようがねえんですよ。腸の下ってえと、生殖器か、なあんてね」

「どりゃ、それではそろそろ女の腸下をくいにゆくか」

と、サラリーマンらしいふたりづれがつぶやいて立ちあがったので、店はどっとわきかえった。色もわからないほどあぶらじみたのれんのすきまから、平和で、享楽的で、活力にみちた笑い声と、あたたかで香ばしい湯気が、冷たくて哀しい冬の夜靄《よるもや》のなかへ波うちながれ出ていった。

——そののれんをかきわけて、少女が顔をのぞかせたのは、そのときだった。

「あのう……恋ぐるまって、どこでしょうか」

なにげなく顔をあげた亭主の眼が、パチパチまばたきをしたので、みんなふりむいた。のれんのあいだからのぞいているのは、まだ十七、八の、愛くるしい円顔《まるがお》の少女だった。しかも、ここの毒々しい女たちとちがって、化粧もしていない、セーラー服の姿だったのである。

このおくは、七十五軒の、いずれおとらぬ奇怪な建物が、迷路をかたちづくっているし、ここらでほかにものをきくような店もないから、思いあぐねて立ちよったものだろう。「恋ぐるま」というのは、妓楼の名のひとつだった。

「恋ぐるま、恋ぐるまってえのは……ここをまっすぐにいって、二つめのかどを左へおれて、そこから四つめの……いや、ニュー曙《あけぼの》のあるのは三つめだから、そうそう、三つめのかどを右へまわって……どうも口でいってもわからねえな。旦那旦那、すんませんが、そっちへ案内してやってくれませんかい？」

「オッケー」

と、たちあがっていたふたりのサラリーマンが手をふって、あみだにかぶった帽子でのれんをわけて出ていった。

「いまの女の子は、高校生じゃないか」

と、大学生たちが顔を見合わせた。

「高校生が、いまごろ女郎屋に、なんの用事があるんだろうね？」

「姉かなんか、はたらいているのじゃないか」

「そういう家庭の女の子ともみえなかったよ。ちょっと上品で、利口そうな顔をしていた。――」

荊木歓喜が、またぶすっとひとりごとをいった。

「そういう家庭の息子ともみえんもので、遊廓に酒をのみにくる大学生もある」

「ちげえねえ！」

と、亭主がひたいをたたいたので、ニヤニヤ笑う大学生を、またどっと笑いの渦《うず》がつつんだ。

荊木歓喜は、こんどはニコリともしないで、

「おやじ。もう一杯。それからこのドラ息子たちにも一杯ずつ」

「あ、御馳走さま！　しかしね、おじさん、こういうところにくるのも、修行のひとつですよ」

「むかしは、そうじゃったが」

「いまだっておなじですよ。おじさんは、お医者だってね。キンゼイ報告によると、男性の性慾は二十歳《はたち》以前に絶頂に達するというじゃないですか、そういうエネルギーをスポーツにそそげって説もありますけどね、あれもなかなか時間をくうもので、わるくすると勉強と本末顚倒しかねない。それより、こういうところで、かるく、サラリと――」

しゃあしゃあとしていう。歓喜先生はまじめな顔で、

「なるほど」

「なに、このほうなら、本末顚倒するほどお金がありませんよ。ガール・フレンドという手も

ありますけどね。あれはうまくゆけばタダだけど、やっぱりねえ、あとくされがのこるし、こっちの方が合理的ですよ。それに、ぼくたちだって、いつか結婚するでしょう？　そんなとき、女を知らなければ――セックスの芸術を知らなければ、その結婚がどんなにみじめなものであるか、ひいてはフラウに対してもどんな不幸をあたえるか――おい、フクロいっちょう！」

「なるほど」

「ぼくはタマをもらおうかな」

と、もうひとりも軍鶏《しゃも》みたいにくびをほそくのばして、

「おゝ、女郎屋よ！　赤線区域よ！　これは不合理にみちた日本が、世界にほこるべき唯一の合理的機構ですよ。あんた方の世代は戦争にまけたから、なんでも外国にないものは野蛮だとおもわれるかもしれんが、ぼくたちにそんな劣等感はない。公平に、科学的精神を以てこれをみれば、実に天才的な機構です。外国に遊廓はないかもしれんが、もっと不潔な売春婦はうんといる、バートランド・ラッセルも、日本の吉原をホメてますからな。そのラッセルがいうには、です。道学者は、男どもがじぶんの教えにしたがえば売春はなくなるだろうと主張するし、もちろん、しごく尤もな言い分ではある、だが、男どもがこの教えにてんで従わないことは、道学者じしんがよく承知していることだ、とね。売春禁止法案はおそらく通らんし、通っても長つづきはしないし、長つづきしても、法案提出者の婦人代議士たちの想像もしない不幸な副産物がとび出してくるでしょう。……」

「そう、なりますかな」

「ただ、うらむらくは、女郎屋の経営者がもうけすぎることですよ。あれを慈善事業に供出させろ、とまではいわんが、もっとこんな遊廓の芸術的雰囲気《ふんいき》の向上に投資させなくちゃあいかん。せめて、徳川時代の吉原のクラスまでにね！　だいたい、いまの経営者たちはエスプリがない、太夫、禿《かむろ》、ありんす言葉、裲襠《うちかけ》に伽羅《きゃら》の駒下駄にあの後光《ごこう》みたいなかんざし、あの風俗をそっくり再現させりゃあ、千客万来、その人気たるやシネラマや原子力展覧会やアメリカの球団やプロレスになかなかヒケはとらんと思うんだが」

そして彼らは、酔っぱらってコップを箸でたたきながら、「ラ・マルセイエーズ」をうたい出した。

「あのう……恋ぐるまって、どこでしょうか？」

ふりむいて、亭主がまた眼をパチパチさせた。さっきの高校生がまたのぞいている。

「あれ？　いまつれてってくれた旦那がたはどうしたい？」

「あのひとたち……すぐそこで女のひとたちにつかまって……ひっぱってゆかれちゃったんです。……」

「ウフ、なあんだ、女の腸下をくいにゆく、なんてえらそうなことをいって、てめえのほうが腸下にくわれちゃったんじゃあねえか」

と、亭主が舌打ちしたので、またみんなどっと笑いくずれた。大学生が歌をやめて、

「ぼくがつれてってやろうか」

「いかん、いかん、おまえさんがたも、その合理的な腸下にくわれそうじゃ。わしがゆこう

よ」

と荊木歓喜が、コップをかちりとおくと、フラフラとたちあがった。あるき出すと、ガックリ、ガックリとちんばである。

魁偉《かいい》なうしろ影がのれんから夜靄のなかへきえると、大学生たちは顔を見あわせた。

「おやじさん、あれでもほんもののお医者？」

肉をきっていた亭主が、庖丁《ほうちょう》をあげて、赤い顔をした。どういうわけか、ひどく憤慨したようである。

「ほんものもほんもの、たいへんな名医でさあ。汚ねえのは、患者からろくに銭もとらねえからで」

「へへえ。いや、そんなつもりでいったのじゃないさ。あんなにのんだくれで、さばけた医者があるかと思って……」

「なるほど、のんだくれ、焼酎を一升ものむからね。それだけが、タマにキズだね。そして今夜みてえに、のんでも金をはらわねえ。いよいよタマに大キズだね。しかし、それも女たちから金をとらねえことが多いからでさあ。あたしゃあの先生から、酒代もらおうたあ思わないね」

「女たちから？」

「ここの女たち、裏町のおかみさんたちの、生んじゃいけねえ子、生んじゃこまる子を、タダで始末してくれるんでさ。病気だっておなじこと。……なんでも中国からの引揚者だそうだが、いまもって医院も病院もねえ。御苑ちかくのボロアパートの二階に住んでいなさるそうで。……そのくせ、あの先生、ここらあたりの与太公やボスに、えらく顔がききますぜ。なんしろ警察《さつ》の署長と親友だそうですから」

「どうして？」

「どうしてなんだか、あたしにもよくわからねえんだが、……いや、署長と親友のわけはわかってるんですよ。あの先生、ああみえて、この四、五年このあたりで起った人殺しで、警察のほうにゃかいもく見当もつかない事件の犯人《ほし》をひっくくったそうで。——わからねえというのあ、そこのことでさ。ごらんのとおり、のんべえで、ぶしょう者で、人なつこくて、どっちかといやあ、あたまのわるい豪傑みたいにみえる人ですからね。しかもさ、与太公たちに一目《もく》おかれてるってのあ、あの先生、わるいことした野郎つかまえても、その悪いことに相応の理由がありゃあ、そのまま知らあん顔してくれるからだってことですよ。……」

——荊木歓喜先生は、憮然《ぶぜん》として遊廓のなかを、高校生の少女とあるいていた。

赤く塗った軒、紫石の柱、壁の卑猥な彫刻、五彩のネオン、全体のかたちまでが、これ以上毒々しく、これ以上怪奇な趣向はかんがえられないような家々が、右に左に、はてしもなくつながり、からみあい、その下に、毒蝶のような化粧をこらした女たちが立って、むちゅうで客を呼んでいた。ひるま白日の下でみるとはまったくの別世界に、陳腐なたとえだが、まるで不夜城か天女のようにみえるのは、なにもかも朧《おぼろ》おぼろにうるませる夜の靄のせいであったろう。

　歓喜先生は、人さまのすることに、あまり文句をいいたいたちではない。まして、こんな年ごろの娘さんにはお手あげだ。しかし、彼はときどき、チラチラと少女のほうを横眼でみた。ビニールの小さな包みをかかえた彼女が、みちみち、その清純な愛くるしい顔を、たえずキョロキョロと左右の風景にむけていたからだった。そのかがやく眼には、嫌悪や恐怖よりも、もっとつよい好奇のいろがあった。いや、好奇よりも、もっとつよい憧憬にちかいひかりがあった。

　とうとう歓喜先生はいった。

「お嬢さん、あんた、恋ぐるまへ、なんの用でいらっしゃる？」

「はい、おばさまに御用があって」

「おばさま？　おばさまとは、恋ぐるまのマダムか」

「ええ、車戸《くるまど》のおばさま」

「これはおどろいた。あんた、あのマダムとお知りあいなのか」

「ええ、あたしのお母さまと車戸のおばさまが、女学校時代の御親友なんですって。それでお母さまのおつかいでゆくんです」

「ほう。すると……あんたのおうちも、その……おなじような御商売かな」

「まさか！　あたしの父は医者ですわ。いえ、医者でしたわ」

「医者でした？　お父さんはお亡くなりになったのですか」

少女は急にうなだれた。

「いいえ、ある事情があって、いまやめてるの」

「ほほう。……こうみえて、実はわしも医者じゃが。……それで安心したが、それじゃ、あんたはいままでもここへ来たことはおありかな」

「まあ！ おじさま、どうかしていらっしゃるんじゃない？ いままで来たことがあるなら、恋ぐるまの場所をおききすることないわ」

「なるほど、これは一本まいった。でも、マダムは知っておいでだろう？」

「知ってるわ、よく知ってるわ。ここにははじめてですけど、本郷のお宅にはなんども遊びにゆきましたもの。おばさま、ほんとにすばらしい方《かた》よ。おじさまも御存知？」

「知ってる、知ってる。あれは、ええ女じゃ。年増じゃが、あれだけの別嬪《べっぴん》は、マダム麾下《きか》百人の女郎女給のなかにもあるまいて。……」

「いやなおじさま、ええ女じゃ、なんて……」

「あゝいや、そんなつもりでいったのではない。別嬪も別嬪じゃが、あの商売上手は女にはめずらしい。いや、そういう凄腕の女はほかにないこともなかろうが、あの白無垢鉄火の度胸と、天空海濶《かいかつ》のふとッ腹は、女代議士のなかにもあるまい。まして絶世の美女にはいよいよめずらしい。わしは大好きで、且《かつ》尊敬しとります」

「あゝ、やっぱりファンはあたしだけじゃないのねえ。ほんとにきれいでチャーミングでご親切なおばさまね。おうちもたいへんよ、自家用車も二台あるし、別荘も伊東と軽井沢にあるそうだし、……去年、息子さんの三樹《みき》さんの誕生日にお祝いのパーティがあったの、女優さんや、落語家や、ジャズ歌手や、代議士まで呼ばれて、そりゃすごかったわよ。……」

荊木歓喜は、ちょっと不安になったような眼で少女をながめやった。話のあいだも、両側の女たちが声をかけたり、腰をかがめるのに、いちいちうなずいていたのが、こんどは会釈もせず、

「お嬢さん、おうちはどこ？」

「目黒なんです」

「目黒から……いまの時刻……こんなところへ、お母さんがお使いをさせなさったのか？」

「おじさまのおっしゃる意味わかるわ」

高校生は微笑した。明滅するネオンに哀愁の色がうかんだ。

「へんだとお思いになるでしょ？　でも、ほんとうなの。……あたしのお母さま、いま精神病院に入院中なのよ」

「ほほう、それは、それは」

「こんなところへお使いははじめてですけど、そんなへんなお使いははじめてじゃあないのよ。十字架を数寄屋橋から捨ててきておくれとたのんだり、お茶の水のニコライ聖堂のお庭の木の葉をとってきておくれといったり……ほんとにへんな御用、この風呂敷のなかにあるのは、お母さまのむかしから持ってらっしゃる聖書《バイブル》よ。きょう夕方、病院へいったら、おうちへかえってその聖書をすぐ車戸のおばさまへおとどけしてちょうだい、といってきかないの。……」

「なるほど、マダムは毎晩吉原の店からまわって、こっちへ出張してくるが……それにしては、ちょっと時刻がおそすぎる。マダムはいるかどうか。……それで、病院はどこの？」

「代々木の——曾谷《そや》精神病院なんですの」

「あゝ、あの曾谷博士の——あれは私立じゃが、いい病院じゃ、曾谷博士なら、わしも知っとる。えらい先生じゃて。——じゃが、失礼じゃが、きちがいの用だ。博士はなんといわれましたかな？」

「院長先生にはお会いしませんでしたけど、看護人の鴉田《からすだ》さんが、まあお母さまのおっしゃるとおりにしてあげて下さい、というものですから。……お母さまは、もうほとんど恢復しているんです。そして聖書をおばさまにわたしたら、受取をもらってきてちょうだいっていうんですの。……」

「ほほう。……」

しばらく、だまってあるいて、

「名は、なんとおっしゃるのかな？　お嬢さんは」

「あたし、伴圭子《ばんけいこ》」

歓喜先生は、くたびれた。

こんなに、ひとさまのことを訊いたのは、近来めずらしい。相手があまりにあどけない少女だから、ついつい話しこんだが、そんなことをきいてみたところでどうにもしようのないことだ。夜の魔窟へ、そこに君臨する女王をたずねて、狂女から聖書をとどける美少女、そんな言葉をつらねてみても、歓喜先生には、とんと神秘的《ミステリアス》な感情などうかんでこない。

「そうか、それはまあ御苦労なことで、マダムもさぞ感涙をながすことじゃろうて。——ところで、恋ぐるまは、あそこです。ほら、店のまえの壁に、でっかい風車《かざぐるま》のネオンのまわっておるのが——おや？」

赤い風車はまわっていなかった。ネオンはきえていた。むかいあった店のネオンはついているが、さらでだに照明力の弱いネオンはふかい夜靄に吸われて、「恋ぐるま」前面の壁は模糊《もこ》としてくらい。

壁の下には、洞窟《どうくつ》のような入口があって、そこから蛍光燈の蒼い光が妖霧のように吐き出されている。そこに三人の女がたっていた。いうまでもなく「恋ぐるま」の遊女たちだが、ネオンのきえているのは意に介する風もなく、往来を千鳥足でゆきすぎる嫖客《ひょうかく》に、

「いらしって、いらしって、ねえ、ちょっといらしってよ」

「お泊りしてってよ。サービスするからさあ、ねえったら、ねえ」

と、よびかけている。

歓喜先生は少女を待たせておいて、女たちのところへいった。

「おい、風車がまわっておらんが、ネオンは故障か」

「ヘイ！　歓喜先生、こんばんは。いいえ、ママさんが消したのよ」

「どうして？」

「アイドンノー。このすぐ上のお部屋にいると、窓からネオンの赤い光がチラチラまわって、

いやなんでしょう」

と、鮎子《あゆこ》という女がしゃべっていると、ホールのソファで会社員らしい男に抱きついていたまゆみという女が顔をむけて、

「あら、ママさんはさっき、十時になったらネオンをつけてっていってたわよ。いま、何時？」

「十時十分すぎ。――」

「じゃ、時間はもういいわね。……でも、今夜ママさんのところへずいぶん人が訪ねてきたようだけど、もうネオンつけていいのかしら？」

「お客は、みんなかえっちゃったんじゃあない？」

「あら、紋ちゃんがかえってきた。ちょいと紋ちゃん、ママさんにきいて、ネオンつけてちょうだい」

ちょうど外からぶらりとかえってきたジャンパー姿の紋太という若い衆が、「あいよ」とこたえて、煙草を片手に、ホールの隅からあがる細い階段の下へあるいてゆくのをあとに、歓喜先生は、往来へもどっていった。

「お嬢さん、マダムはいるそうです。いってみなさるがいい」

そのとき、歓喜先生の背が、ぽっと赤くなった。ネオンがつけられたのだ。どうじに、しょんぼりと立っている少女の顔もあかく染まった。赤いひかりが、ゆるやかに少女の顔をまわりはじめる。

「じゃ、わしはこれで……」

荊木歓喜はふっと声をのんだ。仰のいて、風車のネオンをみている少女の瞳が、曼陀羅華《まんだらげ》でもたべたようにひろがるのがみえたからだ。

チラチラと赤い波がその顔をわたるにつれて、縞とも皺《しわ》ともつかぬ翳《かげ》が、みみずのようにねじくれて、あどけないその眼と鼻と唇に、ぞっとするような恐怖の相をえがいた。

「どうなすった?」

なにげなくふりむいた荊木歓喜は、突然、総身の毛がそそけ立つのを感じた。

真紅《しんく》の風車は、音もなくまわりはじめている。ユックリ、ユックリと。――それは、いままでいくどもみた。いままで見ないものが、それにくっついている。凄《すさま》じいほど赤いかがやきをはなつ巨大な四枚の羽根に、朧おぼろと、異形《いぎょう》のものが吊られて、しずかにあがり、まわり、さがっている。……

凝然とたちすくんでいる歓喜と少女の異様な気配に、のろのろとちかよってきた二人の女のうち、まゆみがその風車をあおいでいるうち、どういうわけか、急にケタケタと笑い出した。悲鳴よりも、もっと恐ろしい、息をきざむような笑いを。――

いかにもそれは、ユーモラスな夢魔的光景であり、凄惨なる童画的風景であった。四枚の羽根ぐるまにぶらさげられているのは、一本ずつの人間の足であり、二本にたばねた腕であり、そして、血みどろの美女の首だったのだ。

「マダム。……」

荊木歓喜が、とび出すような眼で、歯ぎしりするような叫びをもらした。

妓楼「恋ぐるま」の壁面に、滑稽なばかりにあさましい見世物として無惨な屍《しかばね》をさらされていたのは、その家をはじめとして、五指をかぞえる女郎屋のマダム、車戸旗江《くるまどはたえ》だったのである。

路上に崩おれた少女の制服のうえを、ゆらゆらと赤い漣《さざなみ》はわたりつづけている。……

第二章　七人の訪問者

特殊飲食店「恋ぐるま」女給まゆみの証言。

——あたい、どうしてあのとき笑ったりなんかしたのかしら、いいえ、ちっとも可笑《おか》しいことなんかありゃしないのにね。可笑しいどころか、あれからまもなくからだじゅうにふるえがきて、たべたもの、みんな吐いちゃったくらいなんです。

ママさんは、いつあんなひどい目にあったのかしら、胴体だけ、お部屋にのこっていたんだってね。あたいたち、下にいて、ぜんぜん知らなかった。

そりゃあ、ああいう場所だから、たえず酔っぱらいのケンカする声や、ながしの演歌師のギターの音や、支那ソバ屋のチャルメラや、しょうばいしてる女のひとたちの呼び声がきこえて、ちっとやそっとのヒメイなんか耳にもとまらないでしょうけどね。だいいちホールじゃラジオが、ジャズをガンガンわめきたてていたし、——それにしても、あんな恐ろしい目にあうママさんのさけび声ひとつきいたおぼえがないなんて、ふんとにどうかしているわ。

もっとも、ママさんがお店にきてから、あのむごたらしい見世物になるまで、あたい遊びふたつほどとって、奥のあたいのお部屋にいってましたけど。……そのあいだのことは、朱実《あけみ》さんかユリちゃんにでもきいて下さいな。

　ママさんのお店にきたときは、知ってます。あれは、七時すぎでしたわ。そうですね、ママさんはそんなにきげんはわるくもなく、へんでもなかった。いつもとおなじ、きれいな顔でニコニコ笑ってました。ええ、ママさんは、吉原にもお店を三軒、S駅ちかくにもキャバレー持ってるし、ここにも「恋ぐるま」のほかに、「ふるさと」ってお店があるんですよ。ママさんは、毎日、本郷の家を出て、吉原からじゅんじゅんにお店をシサツしてまわるのがおしごとなんです。「恋ぐるま」にくるのは、いつもその時刻でした。

　このお店がいっちあとで出来たせいか、ママさんは「恋ぐるま」がいちばん気にいってるとかで、よく、ここでお客さんと会うことにきめていたらしいわ。いえ、お客さんといったって、あたいたちのお客さんとはいみがちがいます。組合のひとたちや、周旋人《ブローカー》のひとや、それから……いっていいかしら、いっていい？　あの警察の旦那なんかと。どんなお話があるのかあたいなんか知らない。警察のほうじゃ、わかってるでしょ？　あら、そんな眼でにらんじゃあ、いや。

　あれだけ顔のひろいママさんですもの、あたいたちの知らないひとだって、うんとあるわ。だから、その晩も、あんなにたくさんママさんに会いにきたひとがあっても、あたいたち、ちっともふしぎに思わなかったの。でも、いまからかんがえると、やっぱり妙なお客ばっかりきたものだと思うわ。

妙なお客っていえば、あたいの亭主もきたんです。いえ、あたいんとこへ。――え、もとはタクシーの運転手してたんだけど、自動車強盗にレンガであたまをたたかれてから、すこうしおかしくなってるの。あたいネ、住込みじゃあなくて、通《かよ》いなんですけどね、お店へ出かけるとき、「いってらっしゃい。おはやくネ」なんて手をふるんだから、いやンなっちゃう。それがどうしたンだか、ベロベロに酔っぱらってお店にきたじゃありませんか。お金くれというから、おばさんに借りて、やったんです。すると、まあ、あきれた、そのお金であたいと遊んでゆくっていうんですよ。

「ばかにしないでよ」

「ばかにしてないよ。おめえのほうが、おれをばかあつかいにするじゃあねえか」

「ばかだからサ。ふんとにばかなことといってるわ。笑われるわよ」

「ばか野郎、フーフの仲じゃあねえか。だれがきいたって笑わねえ。警視総監にでもきいてみろ」

「ばかね、夫婦が、こんなところで――」

「ここは遊廓だろ？　ゼニ払ってあそぶのが、なにがばかだ。ありがたいと思って、サービスよくしろい」

「あゝ、なんてばかかしら、あんたと遊んだって、あたいちっともうかりゃしないいじゃないの」

「だから、この金をやろうってんだよ。ばか野郎」

「ばか、そのお金はあたいのお金じゃないか」

「おめえの金はおれの金だろ。その金を、ほかの女郎にやるよりおめえにやったほうが、おれもソンしねえよ。おめえもトク、おれもトク、この計算がわからねえか。この大ばか野郎」

もともとあたまのおかしいのが、酔っぱらっちゃってるものだから、妙にまともなリクツをいうのよ。あたい、なにがなんだかわかんなくなって、だんだんあっちのいうことがふんとみたいな気がしてきたんです。でも、やっぱりへんだわねえ。……

「だってお店にしかられるわ」

「しかるわけやねえよ。店のもうかるなあおンなじだ。四分六《しぶろく》に玉《ぎょく》を割りゃあいいンだろ」

「そりゃそうだけど……ママさんがさっきからきてるのよ」

「きてたら、どうした。アイサツしようか」

「よしてよ、ママさん、いつもあんたのことで、心配してくれてるんだから」

「おれのことで？　ありがてえなあ。――なんて？」

「あんたと別れろってさ」

「へ」

「あれじゃ、あたいがいくらかせいだって、それこそ猫に小判だ。もともとなまけ者が、そのうえおかしくなってんだから、ここらで見きりをつけなくちゃ一生を棒にふるよ。まゆみちゃんだって、まだ若いんだし――っていってくれるの」

「なるほど。いいことをいってくれるなあ。……なに？　とんでもねえことをいう女じゃねえか、この野郎」

そのとき、鮎ちゃんたちが急にさわぎ出したのでふりむくと、パパさんがお店にやってきたのでした。え、パパさんは、このごろめったにくることなんかなかったからなんです。お店のほうは、ママさんにまかせっきりなの。

なんですって？　パパさんはふだん麻雀《マージャン》や花札《はな》でバクチばっかりやってるからだろうって？　まあ、やっぱり警察だ。そんなこと、もう知ってるの？　でも、めったにやってこないけど、あたいたちにはとってもいいパパさんだわ。ママさんの親切は、ゆきとどきすぎてこわいくらいだけど、パパさんはどっかのんきでねえ。

そののんきなパパさんが、いまかんがえると、だいぶきげんがわるかった。

「あら、パパさん、パパさん、どういう風のふきまわし？」

と、さわいでおじぎする鮎ちゃんたちを、ぎろっとにらんで、

「いるか」

と親指を出しました。ママさんのことなんです。小指を出さないで親指出すところが可笑しいわネ。ママさんになにか用があって、追っかけてきたんでしょう。それが、ちょうど七時半。

「いるわ、二階――ヒトミちゃんの部屋」

「ひとりか」

「ひとりよ。どうして？」

「だれか男の客はきてねえか」

「きてないわ。どうして？」

妙な顔をして、返事もしないでお店に入ってゆくパパさんを、ぽかんと見送っていたうちのひとは、それでもそれがふつうのお客さんじゃないことを感づいたとみえて、

「だれだい、あのちんちくりんの狸野郎は」

「パパさんよ」

「パパさん？　あゝ、いつもおめえがいってた、あの花札《はな》ばかりひいてるってえいい御身分の大将か。そんなら、おれ、ちょいとアイサツを――」

「いいってば！　でも、パパさん、なにしにきたんだろ？」

「おれにゃわかるがな」

「あんたに？」

「ママさんと、いっちょう遊びにきたのさ。どうだ、おめえも見ならえ。いいか、あがるぜ。――」

「だめ、だめったら、あんた、よして、この、無銭飲食――あれえ！　紋ちゃん、はやくきてえ！」

あたいは、とうとうお店の若い衆紋ちゃんを呼んじゃいました。

同じく女給ユリ子の証言。

――紋ちゃんは、すごいくらいいい男なんだけど、用心棒兼用ほどあって、腕っぷしもそり

ゃあつよいわ。その紋ちゃんが、まゆみちゃんのハズをつまみ出してからまもなく、パパさんは二階からおりてきて、お店を出てゆきました。

そうね、パパさんがママさんのところにいたのは十分くらいじゃなかったかしら。なんだかたいへんあわてて、あたいたちが声をかけても、ふりかえりもしなかったようでした。

つぎにママさんを訪ねてきたのは、新聞記者だったわ。ええ、なんといったっけ。名刺見せられたけど忘れちゃった。――でも、そのひと、この夏、グデングデンに酔っぱらってこのちかくで大あばれしたひとだから、顔は知ってたの。お店お店のガラスを石でわって歩いてるから、地廻りのひとが二、三人文句をいおうとしたら、「こらおれはA新聞の記者だゾ。新聞を相手にする気か」なんて大イバリなの。新聞記者はおまわりよりこわいから、地廻りのひとたち、首をちぢめてにげちゃった。――そうそう、たしかにA新聞でしたわ、本人は酔っぱらってて、そんなこともうおぼえちゃいないでしょう。昨晩はまたもっともらしい顔して、名刺出して、

「車戸猪之吉《いのきち》さんはいる?」

といったから、訪ねる相手は、ママさんじゃなくって、パパさんだったらしい。

「パパさんはいま出てったけど、ママさんならいる」

っていうと、ともかく上ってママさんに会ったようです。けど、十分ほどしたら、すぐおりてきて、犬みたいにかけ出してゆきました。

ママさんの殺されたあのお部屋は、ヒトミちゃんのお部屋なんです。けど、ヒトミちゃんは

からだが弱くって、しょっちゅう寮やマダムのお家《うち》のほうへいってるもんだから、あいてることがめずらしくないの。

ママさんは、ふだん帳場でそろばんを入れたり、伝票をしらべたり、お客さんと会ったりしていましたけど、帳場にはおばさんもいるし、それからすぐまえの廊下をたえず遊びのお客さんがとおるでしょ？　だから、ときどき具合のわるいお客さんだと、そうだわね、月に一回か二回はあったかしら、そのときだけ、あのヒトミちゃんのお部屋をつかったんです。

奥のほうには、二階にお部屋はいくつかあるけど、ホールをはさんで、往来むきのお部屋はあれひとつだけ。ネオンやら、なにやら、お店のまえのほうは飾るものが多いので、窓もネオンのうしろにひとつあるだけなの。あとは三方壁で、ただホールへおりるほそい階段がついてるだけで、夏はあついし、ネオンはチラチラするし、あんまりいいお部屋じゃありません。

あのお店は、赤い風車があるから、「恋ぐるま」って名づけたんじゃなく、はじめから、車戸という名まえから「恋ぐるま」とつけて、あとで風車をくっつけたとか、最初ちがう名だったのが、風車をつけたから「恋ぐるま」って変えたとか、そんなお話きいたけど、どっちだったか、忘れちまったわ。とにかく最初あの家をたてたときには風車はなかったので、窓の外を大きな羽根がスレスレにまわるなんて、不細工なことになっちゃったらしいんです。

だから、ママさんがつかうときは、ちょいとネオン消して、ということがよくあったんです。ネオンのスイッチは、ホールへおりる階段の下についてるの。

いいえ、お客さんなんて、ネオンを目あてにくるひとなんか、まあいないでしょうね。下に立ってる女ばかり、眼をサラみたいにして見てあるいている。……だけど、あの晩ほどながいあいだネオンを消しっぱなしなんてことはなかったし、かんがえてみると、やっぱりへんでした。

ネオンがきえたのは、三番めのお客さんがきて、まもなくです。このお客さんは、鳥打帽に革《かわ》ジャンパー、白いマスクをかけているので、あたいたちは「白マスクさん」って呼んでました。

そりゃ風邪《かぜ》がはやってるので、マスクをつけたひとも多いんですけど、このお客さんは、秋のころもいつもマスクしてくるので、そう呼んでいたんです。秋ごろから、四回か五回やってきて、ママさんに逢ってたようだけど、なんという名まえで、どういうひとなのか、ぜんぜん知らないわ。——そうそう、「白マスクさん」っていうのはネ、いつもこのひとがくるとまもなく、黒眼鏡に黒いマスクをつけた男がやはりママさんとこへくるので、あたいたちはその「黒マスクさん」とわけてそういってたんです。

そうだ、その白マスクさんがくると、なぜかママさんはいつもネオンを消すんです。その晩もそのとおりで、ただ次にきたのが「黒マスクさん」じゃなくって、ひどく立派なふとった紳士だったのがちがってました。

みんな、入口に出ていて、ホールのボックスに坐ってたのは、そのときあたいだけだったんだけど、あたいちょいと考えごとしてたもんだから、いつママさんがネオンのスイッチ消しに階段をおりてきたのか知らなかった。ただスイッチ消す音に顔をあげたら、階段を上へもどっていくママさんの着物の裾だけちらっとみえたんです。それは八時ちょっとまわったころだったと思います。

　あたいの考えごと？　それはねえ、そのまえにショートで遊んでったお客さんがねえ、なんでも画家《えかき》さんらしかったけど、そのひとが、ほそい指でモジャモジャあたまをかきあげながら、

「あなたは、こんなとこでは、珍らしい顔してるな。ニヒルっていうか、哀愁の極致っていうか、ひかれるな」

　なんていうんです。学校は？　っていうから、

「へ、へ、これでもジョシ大中退よ」

　とデタラメいってやったら、

「そうだろう。そうみえるもの。インテリの匂いがするもの。かなしいねえ。かなしみが凍りついたような眼だねえ。絵になるねえ」

　と、イヤにかんしんするんです。

　あたい、可笑《おか》しかったよ。だってあたい、学校ったら中学だけだし、こんなショウバイに入ってから、かえってふとって、十六貫七百匁《もんめ》になったもの。あたい、オヤコドンなんてたべたの、ここへきてはじめてだからね。あたいたち、たいてい身の上ばなしを三つか四つこさえといて、お客さんに合わせてしゃべるんだけど、ジョシ大中退なんていったのははじめてだ。

　うちは秋田の水呑百姓で十一人兄妹なの。いえ、これはホントのホントよ。

　だから、思わずふき出しちゃって、それにそのひと、イヤにかんしんするばかりで、いつま

でたってもうごかないからサ、こっちははやくつぎのお客さんつかまえなくっちゃならないし、おしまいにはレスリングみたいにつき出しちゃったけど、さあ、あとになってみると、そのお客さんのいった、「ニヒルっていうか、哀愁の極致っていうか……インテリの匂いがするもの」なんてことばがあたまに浮かんできて、よくわかンないけど、なんだか、甘い、ソフトクリームたべたようなきもちになるんです。あたい、そんな、高尚なはなし、だあい好きサ。

そこへぬっと、その紳士が入ってきたもんだから、おどろいちゃった。よくみると、デップリふとって、口髭《くちひげ》をはやして、お金の匂いがふあーっとしてるじゃありませんか。あたい思わず、

「まあ、お見かぎりねえ、重役さん」

といって抱きついちゃった。けど、ほんというと、いままでみたこともないお客さんなの。抱きついたら、お金より、なんだかトイレットみたいな匂いがしましたっけ。

すると、そのひと、年ガイもなく、真っ赤な顔になって、

「ちがう、ちがう、車戸旗江さんはおられるかな」

とこわい顔でいうんです。あゝ、ママさんのお客さんか、とあたいガッカリしちまった。でもお二階にはまだ白マスクさんがいるはずだし、と思って、

「ママさん、お客さんよ、ええと――」

と、名を知らないものだから、そのひとの顔をふりかえったとき、上から、かるく、

「どうぞ」

という返事でした。まえからお約束でもあったのかしらん。

さあ、そのお客さんは十五分くらいいたかしら。御用がすんだとみえて、階段をおりるとき、下の三段めくらいから足をふみはずして大きな音をたててころげおちました。びっくりして奥から出てきた若い衆の紋ちゃん、大笑い。けど、そのひとは怒りもしないで、酔っぱらいみたいな足どりで、お店を出てゆきました。いえ、ほんとにすこし酔ってたかも知れない、酔ってたとすると、あの階段、ほそくて暗いから、馴れないひとはあぶないわね。

なんですって？　その男が、ママさんを殺した人じゃないかって？

いいえ、ママさんはそのあとたしかに生きてましたよ。というのはね、そのあともうひとりお客さんがきたとき――これはあたいも知ってるひと、久世《くぜ》ってヒロポン狩りのお役人さんで、なんべんもママさんとこへきたことがあります。久世さんがきたのは――そうね。紋ちゃんはいつも九時まえに、もう一軒の「ふるさと」って店へまわることになってて、その紋ちゃんといれちがいに入ってきたんだから、八時五十分ごろだったかしら。

ええ、ママさんは、あそこの女たちがヒロポンつかうのに大反対で、そのために久世さんとよく相談してました。そのお役人さんがママさんに会ったのだから、まさかそのときは死んじゃいなかったでしょ？

いいえ、げんに十分ばかりしてそのお役人さんがかえるとき、あたい、白マスクさんまだいるのかしら、と思って、

「上にお客さんいる？」

ときいたら、久世さんは妙な顔をして、

「いや、マダムはひとりだよ」

とこたえました。あら、いつかえったのかしら、と思いながら、大声で、

「ママさん、ネオンまだ消していいんですか?」

と上に声をかけたら、ママさんがこたえたんです。

「そうね、もうちょっと——十時になったらつけていいわ」

それが、ちょうどラジオが九時の時報を知らせたとき。……


同じく女給鮎子の証言。


ヘイ! マイ・ディア・ポリス。ミイ、かなしいのよう。こんなにかなしくっちゃ、お酒でものまずにいられるものですかってんだ。アイ・アム・ソーリー、酔っぱらってて、ゴーメンナサイ。

シュア、シュア、ママさん殺されたの、かなしいわ、ミイ、あそこへくるまで、チトセやタチカワにいたんだけどサ、あんなグッド・ママさんみたことないわ。そのママさんが。……ああ、昨晩は悪い晩だったよ。ミイはそのまえから、死にたいほどだったんだよ。ミイのハートがやぶれたんだよ。ミイのラヴが消えちまったんだよ。……

ううん、そのミスター・ホワイト・マスクがいついっちまったのか、ミイも知らない。まさ

かあとであんなことが起っていようとは、オシャカサマでも御存知ないもの、だれも見張ってたわけじゃなし。……だいたいあのお店はよくはやるネ。こういうショウバイじゃ、モテる女は八頭身とはかぎらない。ゼンゼン、あのほう一点ばり。そこは、あのママさんの指導……カリキュラムは、いたれりつくせり……タチカワ育ちのミイでさえ、ウーンとうなるようなこと教えてくれたからネ。オールナイトの客をとるまで、あのお店の女は平均五人の客をあそばせるもの、ホワイト・マスクのことなど、だれも知るもんですか。

けど、ミスター・ブラック・マスクがきたときは知ってる。うん、黒い眼鏡に黒マスクをつけて、キザなヤローだ。……オブ・コース、なんてひとかアイドンノー。ミイは一ト月ほどまえからあのお店にきたんだけど、ほかのひとにきくと、秋ごろからなんどかママさんのとこへきた男なんだって。……けど、ミイがきてから、いちどもそのホワイトもブラックもきたことない。きのうの晩にはじめてみた。——だから、そのどっちにも関心ないのは、そのせいなのよ。

……でもね、おかしなことに、ミイ、その男、どっかでみたことあるような気がするんだよ。顔はわかんないけど、まるでボディ・ビルやったような肩をして、まだうんと若いネ。え、グレイのギャバジンをそりゃうまく着こなして、ちょいとすてきなスタイルネ。けど、通訳のなかにもいなかったし、お店にくる客のなかにも記憶はないし、だれか映画スターとこンがらかってるのかもしれない。

そのミスター・ブラック・マスクがきたときはねえ——え、黒マスクっていえって？　ほゝほう、お巡りさん、ブラックってイングリッシュわかんない？　それじゃイエロー……わかンないわねえ、ＧＩはね、ミイたちのこと、「黄色い便器」ってぬかすのよ。あたいつくづくキャンプいやンなっちゃって、日本人とこへもどってきたの。ま、日本の男は、ケチで、ヤキモチやきで、かげベンケイで、ヘタクソヤローで、こっちだっていいことばかりはないけどねえ、あのママさん気にいったし、それにあそこへきて……ミイ、はじめてラヴしたのよう。

まだ夜間大学出たばかりの安サラリーマンだけどね、そのひと、むかし、ミイが小学校へいってたころ机ならべた幼友達《おさな》なの。

きのうの晩、そのひとがきてくれたの。ふだんはマネがないから、いままで泊ってくれたこといちどもないんだけど、その晩はサラリーもらったからって、泊ってやるっていうのよ。……それが……うまくいかなかったの。ミイは、もう死にたいようなきもちになって、そのひとにかえってもらったのよ。

……え、黒マスクの男？　うん、その黒マスクは、ミイがそのひとを送って、ホールに出ていったとき、いれちがいに入ってきたわ。それは九時十分ごろだった。

ねえ、お巡りさん、きいてちょうだいな。ミイがそれほどラヴしたひとと、なぜかなしい別れをしなくちゃならなかったか。……ミイはほんとにバッド・ガールだ！

そのまえにあげた客がわるかった。あぶらぎった、狒々《ひひ》みたいな五十男でねえ、「おまえは毛《こ》が濃そうだから、ネライをつけてきた」なんてぬかしやがってさ、しつこいったらありゃしない。ミイはＧＩでキタエられているつもりなんだけど、あの爺いにはヘトヘトになったわ。

なんど「アイ・カム・ナウ」とさけびそうになったかわかンない。ふつうの女なら、きっと参っちゃったと思うわ。ミイだから、ひっしになって気をそらしたんだ。だって、ほんきになっちゃったら、ミイたち、とってもからだがつづかないもの。

　さあ、そのあとだ、その狒々おやじを送り出したとこへ、ミイのラヴァさんがきたじゃないの、しかも、泊ってってくれるっていうじゃないの。ミイ、どんなによろこんだか。……ミイは、今夜こそ、今夜こそほんきになろうと思ったのよ。ショウバイぬきで、相手しようと思ったのよ。……ところが……だめだった！　ミイがだめだったのよ！　ショウバイのテクニックとしておぼえたことが、ミイのからだを、女のぬけがらにしちまっていたのよ！

　ミイは、はじめてそのことに気づいたの。ミイはあおくなっちまった。胸のなかが、灰になっちまった。ぽかんとしてると、そのひと、心配そうにミイをみて、どうしたんだってきくの。ミイは急にじぶんのからだをズタズタにきりきざみたいような気もちになったわ。そして、ミイをこんなにした男たちが――そのひとまでも、呪《のろ》い殺したくなったわ！

「かえってちょうだい、あんた」

　ミイは思わず泣いちまった。

「ミイは今夜からだの調子がわるいの。泊られてもこまるの」

　そのひとは、あっけにとられて、オロオロしてなにかいうの。ミイはそれもきこえないほどまっくらな未来を見つめていたの。そのうち、たまンなくなって、とうとうきちがいみたいな声をあげちゃった。

「かえってったら帰って！　ミイはユウなんかだいッきらい。ダメダメ、もうなにもかもダメ、あんた、おねがいだから、もうミイのとこへこないで！」

——悪い夜だったよ。昨晩、「恋ぐるま」の屋根の上には、ほそい三日月といっしょに、きっと悪魔がへバりついて、口を耳まで裂いて、へラへラ笑っていたんだよ。……でも、まさか、あのママさんが殺されるなんて！　ミイはあとでママさんにうちあけて、いっしょに泣いてもらおうと思ってたのに。——

あんなことになろうとはゆめにも考えないから、ミイはそのひとを送り出したあと、ふぬけみたいになって、お店にボンヤリ立っていたの。それでも、そのときやってきたひとの姿をみたときは、やっぱりオドロキだったわ。

「パパ、きている？」

坊っちゃんじゃないの、ママさんのひとつぶだねの坊っちゃんじゃないの。いいえ、それまで、ママさんがみせてくれた写真でみただけなの。まだ高校三年なんだって。成績はいちばんなんだって。ママさんがよだれをたらしてじまんするだけあって、育ちがいいから、そりゃあ上品な、ナメまわしたいようなハンサム・ボーイ。

「まあ……あんた、坊っちゃんでしょ。ちょいとちょいと、まゆみさん」

「パパ、いるかってきいてるんだ」

と、坊っちゃんはなにか小わきに風呂敷づつみをかかえて、怒ったような顔で立ってるんです。

「パパさんは……もう二時間もまえにかえってよ。ママさんならいるわよ。――ママさん、ママさん！」

するとは坊っちゃんはきちがいみたいな眼になって、

「ママさんなんていうな！」

ミイ、たまげちゃった。でも、その怒った顔の可愛らしいったら、ありゃしない。

「まあ、こわい。でも、まだお客さん、いるんじゃないかしら？……坊っちゃん、ちょいと話してらっしゃいよ」

するとまゆみさんが、よけいなことを、

「黒マスクさんなら、たったいまかえったわよ」

それが、九時半――ううん、四十分になってたかな。

坊っちゃんは上にあがってゆきました。ミイは表に出ました。いやな晩、そんな晩にかぎってまあヤケに客がついて、あたいも、まゆみさんも、それから十分たつかたたないうちに、すぐ奥へ入らなくちゃならないはめになったの。廊下のおくで、ふとホールの方であわただしい音がしたもんだからふりかえったら、坊っちゃんが鉄砲玉みたいにかけ出してゆく姿がみえたようなのよ。――

そのとき店のまえにはだあれも立ってなかったから、女のひとでその坊っちゃんの姿をみたものはいないけど、ちょうどそのあと「ふるさと」からかえってきた紋ちゃんが、フラフラとお店を出てきた坊っちゃんをみたというから、やはりそのとき坊っちゃんがかえったことはまちがいないわ。

いいえ、紋ちゃんも坊っちゃんとは知らなかったの。だれもいないお店から高校生みたいな影がフラフラ出てったので、空巣《あきす》——っていうのもおかしいけど、なんだかおかしいと思って、すぐあとを追っかけてみたんだけど、靄《もや》がふかくって、どこの路地に入っちゃったのかわかんなくなって、ひきかえしてきたんだって。

そのじぶん、ママさんは、もう殺されていたんじゃないかって？　わかんない。そうなら、その人殺しは、まさか坊っちゃんじゃないもの、あのブラック・マスクにちがいないわ。

でも、そのときは、そんなこと知りっこないもの、ミイたち、客をあそばせて、すぐまた外に立ってるところへ、歓喜先生がやってきたの。で、やっと、ママさんが十時にネオンつけてくれっていってたのを思い出して、ちょうどそこへもどってきた紋ちゃんにいって、ネオンをつけさせ、そしてはじめてあの恐ろしい出来事を発見したというわけなの。

ママさんが死んだ。ママさんが死んだ！　あゝ、悪い晩だったよ。屋根のうえの悪魔が、蝙《こう》蝠《もり》みたいな翼《はね》を窓からさしいれて、ママさんをひき裂いてまっくらな風車にひっかけやがったにちがいないよ。……思い出しても、身の毛がよだつよ。お巡りさん、お酒ちょうだいな！

第三章　アリンス国女王

S警察署・「恋ぐるま殺人事件」捜査本部。

捜査官たちが話している。

「結局、当夜、被害者車戸旗江を訪れた人間は七人だね」

「七時。まず被害者がきた」

「七時半。第一の訪問者、夫の車戸猪之吉。これは十分間ほどいて、なにやらあわててたち去った」

「次——七時五十分ごろ、新聞記者」

「それはわかった。あれは、A新聞の社会部記者で、里見って男だよ。まだザッと話をきいたばかりだが、なんでも売春等処罰法案の防止にだいぶ業者が議会方面に金をばらまいて、その音頭とりが車戸らしいとのことで、そのニュースをとりに追っかけまわしてたというんだ。もうちょっとおそくくれば、殺人事件のスクープがとれたのにと地団駄ふんでいたよ。これはたしかに旗江に会って、生きているのをたしかめている」

「これも旗江のところにいたのは十分ばかり」

「つづいて第三番めが問題の白マスク。鳥打帽、革ジャンパーの男。こいつの正体がわからない」

「八時すぎにマダムがネオンを消した」

「それから、八時半にきた第四の訪問者が、ふとって口髭《くちひげ》をはやした重役風の紳士。これも正体がわからないが、十五分ほどいて、階段をふみはずすほど異様な気配をみせてたち去った」

「次、八時五十分ごろ、第五番めの役人」

「そいつは、こっちの仲間だ。名前がわかった。麻薬取締官の久世専右《せんすけ》氏だ。……このころまでは、車戸旗江はたしかに生きていた。十分ばかりいて、久世取締官がかえるとき——九時——女たちも旗江の声をきいている」

「第六番めが、いちばん問題の黒マスク。やってきたのが九時十分。こいつは三十分ばかりいて、九時四十分ごろに去った」

「最後が、被害者の息子の車戸三樹《みき》。これまた十分くらいで、ただならぬ気配でたち去った。十時前後だ。——いちおうきいたところでは、血みどろの胴体ばかりの屍骸《しがい》をみて、動顚《どうてん》してにげ出したというのだが、なぜ現場でひとこえの叫びも発しなかったのか。——」

「——まだあるぜ、八人めの男が」

「十時十分。歓喜先生」

凄壮な笑顔で呼びかけられても、テーブルに頰杖をついたっきり、八番めの男、荊木歓喜は、沈湎《ちんめん》とものの思いに沈んだまま、顔もあげない。

「歓喜先生、ちょっとおうかがいしますが、人間を……首、手足バラバラに切りはなす仕事が、十分や二十分でできるものでしょうか？」

「マダムは、そのまえに、すでに毒殺されていたといいましたな？」

「そう、解剖《かいぼう》所見によれば、青酸性毒物を一服盛られたらしい」

「それで、死亡時刻は？」

「それは目下詳細調査しておりますが、なにしろ、あれだけバラバラに切断されて、出血もおびただしいし、いまのところ、八時を前後にそれぞれ一時間以内——とかなんとかいっておりますが、法医学教室のほうでも自信はないらしい。その推定にしたがえば、七時から九時までのあいだということになりますが。……」

「——すると八時半にきた肥っちょの紳士は、何におどろいたのか？　またそのあとにきた久世氏はなぜ平然としておったのか？」

荊木歓喜は、うなだれたまま、ほとんどききとれないような小さな声で、

「それで……そのマダムの屍体は……首はべつとして、ほかの胴や手足は、たしかにマダムの屍体でしたかな？」

「——えっ？」

刑事はめんくらったように歓喜の顔をまじまじとみていたが、急に笑い出して、

「そりゃ、あんまり探偵小説的な疑いだ」

「いや、わしは小説など読んだこともないが」

「それはまちがいない。先生、ちゃんと、寸法にあいます。それは、亭主の車戸猪之吉も、息子の三樹も保証しておりますから」

「暴行――もしくは、性交の形跡は？」

「ありません。被害者は月経中でありました」

「ははあ」

　歓喜はあいまいな表情になって、またうつむいてしまう。しばらくして吐いた言葉は、こんどはまた恐ろしく平凡なものだった。

「結局のところ――当夜マダムを訪れた七人の客のうち、まだ素性のわからんものは、三番めの白マスク、四番めの重役風の紳士、六番めの黒マスクの三人ですな。この三人のうち、どいつかがくさい。……」

「それは全力をあげて捜査中です。……が、先生、どうも妙なことがある。さっきおききした、人間をバラバラにすることが、十分や二十分で可能かどうかということですが」

「さあ、病理解剖の先生ならしらず、素人《しろうと》には一時間以内じゃむずかしかろう」

「四番めの紳士、これはそのあとにきた久世氏が、生きているマダムに会ったというのだから、直接下手人《げしゅにん》とは思われない。のみならず滞在時間はわずか十五分前後です。また三番めの白マスク、こいつがいつ去ったかということはハッキリしないが、久世氏はあの部屋にマダム以外だれもみなかったと証言しておりますから、それ以前に去ったものとみられます。八時過ぎから八時五十分までの五十分間のあいだに――いや、これは可能も不可能もない、要するに、そのあとで久世氏がマダムに会っているんだから。取締官の言葉をうたがうとしても、ほかの女たちも、九時に、十時になったらネオンをつけてもいい、というマダムの声をきいているんだから」

「なるほど。……」

「そこで問題の黒マスクはというと、これはさっきいった法医学の死亡推定時間の外にはみ出す。法医学をうたがうとしても、黒マスクは九時十分ごろにきて九時四十分ごろに立ち去っている。滞在時間はややながいが、それでも三十分前後です」

「なるほど。……」

「それじゃ息子はどうかというと、これまた十分間か二十分間しかあの現場にいないのです。……バラバラ解体作業だけならしらず、あれを一つ一つ紐《ひも》でくくって、窓の外から風車にくくりつける仕事まででは、どうもね。……」

「――さっき、白マスクの去ったときがわからんとあったでしょう。いうまでもなく、だれも看視していたわけではなかった。ほかの犯人が侵入したというような形跡は？」

「ありません。だいいち、九時以降にそんな犯人のわりこむ時間的なすきがない」

「――空間的なすきは？」

「空間的？　人間は空間のみならず時間的な存在ですからな。たとえ問題を空間のみに制限してみても、往来むきの窓とホールへおりる細い階段、そこから女たちの眼がなくなったのは、十時前後、三樹が去ったときの一瞬ばかり、それさえも鮎子はチラとみているし、紋太という若い衆が追っかけている。――」

「押入か、なにかは?」

「押入はあります。三尺幅の二階の押入がね。ところが、下の段には電蓄やらトランクやらがギッチリつまっている。上の段には蒲団《ふとん》が入ってて、しかも天井がひくいから、人間のかくれる余地はまったくない」

「――蒲団は入れたままでしたか?」

「入ったままです。いままでにわかっている四人の訪問者、猪之吉、里見、久世、三樹、いずれも部屋に蒲団など出してなかったといっています。……最後にもうひとつふしぎなことは」

「なんですな?」

「隅にぬぎすててあったマダムの着物、これに血がついていないのは、まるはだかにしてから切断したせいでしょうが、たたみにも蒲団にも、あれだけの大虐殺をやったのに、ほとんど血がついていないこと。……いや、その血のゆくえはわかっておるのです。その血はきれいにあつめられて、隅の火鉢にながしこまれ、なかの灰は、火鉢の容積だけの血泥と化していた。……」

さすがの荊木歓喜が、ぶるっと肩をふるわせる。刑事の顔も冥府《めいふ》の人のように土気いろだ。

「吐気《はきけ》のするほど用意周到な殺人です。ために、切断された首、手足もほとんど血はながれつくし、風車にくくりつける作業中、軒下に立っている女たちが血しおのしたたる音らしい音もきかなかった。……」

「――久世氏や息子がうそをついているのじゃありますまいな？」

「じぶんのおふくろをあれほどむごたらしい殺し方をした人間をかばうためにですか？　……いや、それは実はこっちも充分うたがっておるのです。では、なんのためにうそをつくか？　ふたりがうそをついておるとすれば、ふたりのうそにどんな共通の目的があるのか？　……ところが、いままで調べたかぎりでは、どうやら久世氏と三樹とはまったく見ず知らずの関係らしい。ふたりが口をあわせてうそをついておるとは思われんのです。……」

「なんとも、奇ッ怪千万」

と、荊木歓喜がすこぶる古風なせりふを――匙《さじ》をなげたような長嘆息とともに吐いた。

「まことに奇怪千万な事件です。とにかくこんなばかなことがあるはずがない。これは断じて追及せんけりゃなりますまい。これから、もういちど、本格的にやりますがね」

荊木歓喜は、また腰をしずめて、片頬の傷をなで、しばらくしてポツリとつぶやいた。

「わしにとっては、それらにおとらん不思議なことがある」

「それは？」

「女郎たちの証言をよくききなすったろう。みんな、実に哀れなものです。じぶんの哀れさをよく自覚しとらんほどに、それぞれ悲惨をきわめとる。実は、さっききいておって、わしは涙ぐんだ。売春の是非はともかく、いや、本音を吐くと、その黙認者たるわしが、ちょいとマダムがにくらしくなったくらいです。……そのマダムを……女郎たちの証言のなかで、ただ共通しとる一点は、彼女らがいかにマダムを愛し、信じ、尊敬しとるかということです。わしはよう知っとるが、彼女らのこの心根はうそじゃない」

「――まったく、女郎屋のおかみにしては、めずらしい女だったようですな」

「そのマダムが……なぜ殺されたか。いや、あのようなむごたらしいともあさましいとも、人間の頭では想像もつかんほどおぞましい晒《さら》し者にされねばならなかったのか。……それこそ、最大の奇ッ怪事とは思われんか？」

「それは、犯人《ほし》をつかまえりゃ、わかるでしょう」

「いや、それを知らんけりゃ、この犯人はつかまるまいて」

荊木歓喜の深沈たる眼は、なにか暗い淵でものぞくような表情になった。

「先《ま》ずさぐるべき謎は、マダムという人間にある。マダムの人間性という渦《うず》のなかにある。……」

「恋ぐるま」女給朱実《あけみ》の証言。

――ママさんて、どんなひとだったか、いえっていうの？

ママさんって、どんなひとか、それはまゆみちゃんやユリちゃんや鮎ちゃんからきいたでしょ？　おんなじよ、いくらきいたって。ここの女で、あのママの悪口なんかいうひとはひとりだっていやしないんだから。

あんな殺され方をした以上、ママさんはだれかにひどい恨みを受けているにちがいない、恨まれるようなことをしてるにちがいないって思われるの、むりないけど、あのママさんにかぎって、そんなこと、ゼッタイ！　犯人は狂人にきまってるわ。よおくいっとくけど、お巡りさん、手分けして、東京の精神病院をさがした方がかしこいにきまってるわよ。……

あたいたちのママさんだからエンリョしてると思ったら、おおまちがい。なんなら、よそのお店にきいてみるがいいわ。やりてのひとにかぎって、じぶんの店の女にヒロポンはうたせる、メンスだろうがトリッペルだろうが店に出す、もんくをいうと、やれ手クセがわるいの足クセがわるいのといって、はだかでお店を追ン出すなんてのが、そりゃあ多いんだから。……

うちのママさんはちがう。お客よりも店の女の子をだいじにするくらい。おこるのは、あたいたちがヒロポンなんかうったときで、まるではんたいよ。え、麻薬Gメンの久世さんのこときいた？　そう、それなら、久世さんからきけば、あたい、ウソをついてないことよくわかるでしょ？

四、五日まえの晩もそうよ。酔っぱらいのよたもんが三人ほどきてねえ、あがるとか、あがらないとかいってるうちに、妙ないんねんを吹っかけてきたのよ。あそぶのはあそぶが、三人ともいっしょに、女はひとりでいいから、一部屋にとおせっていうの。

「三人ともこの女が気に入ったんだから、しようがねえじゃねえか」

「それじゃ、じゅんばんにしてよ」

とあたいはいった。

いったのはあたいだけど、三人につかまってるのは、お店でいちばん若くっておとなしくって、からだの弱いヒトミちゃんなの。ほんとのところをいえば、じゅんばんでもこまるわネ。ところが、あいつら、それでもだめだっていうのよ。

「じゅんばんってえと、三人ぶん玉《ぎょく》をとるんだろ?」

「あッたりまえだわよ」

「三人ぶんの金はねえ」

「それじゃ、ひとりにしてよ」

「そういうわけにはゆかねえ。この三人は一心同体だからな」

「かってにしやがれ」

「そうよ、てめえなんかひッこんでろ、このオカチメンコ」

あたい、こまッちゃった。相手があたいならいいけど、ヒトミちゃんでしょ? ヒトミちゃんは手をにぎられて、ベソかいてるし、ほうっとくわけにもゆかないじゃないの。まのわるいことに、紋ちゃん、どっかへいっちゃっていないし。——

「おい、おれがゼニを出して、おめえを買ったってことは、ショートだろうが泊りだろうが、とにかくおめえのからだを買ったってことだろ?」

「そうよ」

と、ヒトミちゃん、ふるえてるの。

「じゃ、おれが買って、友だちにわけてやるさ。おれはドータイ」

「おれはあたま」

「おれは手足をもらう」

「みんな骨つきだ」

そして、ゲラゲラ笑いながら、じぶんたちの思いつきが気にいって、だんだんほんきな眼つきになってきたじゃないか。ふんとにケダモノだよ。男って畜生は、まッたく。――あ！　お巡りさん、お巡りさん、あいつらかもしれないわ。ママさんをバラバラにしたのは！

ええっと、名は知らないけど、しょッちゅう酒のんでうろついてる連中だから、だれかにきくとすぐわかると思うわ。ひとりは物差《ものさし》ではかってやりたいほどながい馬づら。ひとりは半鐘ドロボーみたいなノッポ。ひとりは化猫みたいな声だして笑ってばかりいる男。

どうしてかって？　それはね、こんなことがあったからなの。

「えい、買った買った。うるせえや、おれは女をトロロ汁にしたり土瓶蒸《どびんむ》しにしたりケチャップにしたりする料理法を、実地に友だちにおしえてやるんだ。あがるぞ！」

そんなことをいって、とりすがるあたいたちをかきのけ、ヒトミちゃんをひきずって、その三人があるきかけたとき、うしろから、

「待ちな」

そうよぶ声がしたので、ふりかえると――ママさんなんです。ママさんが、ちょうどまわってきたところなんです。

「おい、あんちゃん、わたしじゃ、いや？」

三人のごろつきは、ドキッとしたようだった。あんまりママさんがきれいだったからだろう

と思うわ。黒地にすそまわりだけ辛子《からし》いろでみだれ格子《ごうし》ののしめをクッキリ織り出した縫取《ぬいとり》お召、それに鶯《うぐいす》色のデシンの茶羽織、足袋《たび》の白さが眼にしみるよう。——ふところ手をして、ママさんは、こっちをみて笑っているの。

「な、なんだ、てめえは。てめえも女郎か」

「女郎のおやぶん」

ママさんは笑いながら、シャナリシャナリとちかづいてくると、タバコをくわえ、カチリと銀のライターを鳴らした。タバコに火をつけるのかとおもうと、いきなりその火を馬づらのながいあごにくっつけたじゃあないの。

「馬肉は、うまく焼けないねえ」

馬づらはわっとさけんで、とびあがったわ。三人ともとびのいて、血相をかえたとき、

「男のクズ！」

「なに？」

「弱い女をいたぶる雑炊《ぞうすい》野郎、どこの組のもんだい？」

「——へ、松葉組のもんで」

可笑《おか》しいったらありゃしない。三人ともドギモをぬかれて、丸太ン棒みたいになってるの。ママさんの眼はひかってた。怒って、涙さえ浮かべて、キラキラ、それは黒水晶みたいだったよ。

「モグリ！　いつ田舎《いなか》の泥田のなかから這い出してきやがった。肥タゴくさいのが、女の料理

法なんて、きいてあきれら。どれほどの腕か、拝見してやるから、わたしを料理してみなよ。ただし庖丁《ほうちょう》に注文があるよ、松葉の大将のところへいって、庖丁にヤキを入れてもらってきやがれ。まないたの上にのってる女は、車戸のマダムだと断ってねえ」

貴夫人みたいな顔をして、胸もすくような――といいたいけれど、あたいたちでさえ、歯がカチカチ鳴るほどすごいタンカだから、馬に化猫に半鐘ドロボーなんか、とてもじゃない。ぐるっと女にとりまかれて、大の男三人、日でりのドジョーみたいに口をパクパクさせてばかりいるザマといったら、あたいなんか、もういつ死んだって、この世に生まれてきたカイがあったと思ったねえ。

ほうほうのていでにげ出す三人を見送って、

「あっはゝはゝ、あっはっはっ」

とたか笑いするマダムの顔は、まるで夕焼けにはえる牡丹《ぼたん》のよう。――と、そこへフラフラ若い衆の紋ちゃんがかえってくると、

「とんま！　なんのためにまいにち、オマンマをいただいてやがる？」

火花のちるような平手打ちひとつ。

……それほどすごいマダムが、あたいたちには、まるで女神《めがみ》のようにやさしかったわ。それが手だ、女を飼いならしてはたらかせるずるい手だ、なんていうお客さんもあったけどね。こいつはいい年をして、いつでも夜なかの二時すぎにやってきて値ぎるケチンボの爺いだった。あたい、シャクにさわって、フリとおしてやったわ。

あたいはよそから鞍替えしてきたんだけどね。はじめてこんなショウバイに入る女の子があるでしょ？　すると、ママさんはコンコンとして、一時間以上も説教するわ。

「この商売は、これはこれで世のなかのためにはなるんだけれど、かといって、けっしてすんで入れっていえる商売じゃないんだよ。お巡りとおんなじで、けっして品のいい稼業《かぎょう》じゃない。――」

あら、お巡りさん、へんな顔しないでよ。ママさんがそういうんだから。

「なぜかっていうと、どんなにながくはたらいたって、まあ十年しかやれやしない。そのあと、世間に出てから、ながい一生、ずっと肩身のせまいおもいをしなきゃならないんだよ。お金なら、すこしくらいあげるから、なんかほかの商売さがさない？」

あたい、いつかとなりのお部屋できいてて泣いちゃった。その女の子も泣いてたよ。でも、やっぱりお店に入ったね。入らなきゃ食ってゆけないんだから。どうせ地獄とかくごしていてさえ、入ろうとしてやってきたんだから。

だれか、お客さんと仲よくなって、ケッコンしてお店をやめるときもそうよ。

「よかった、よかった。ほんとうによかったねえ。でもねえ、結婚は、あんたがいまかんがえているほどよいことずくめのものじゃない。つらいこともたんとある。とくにあんたなんか、こういうひけめがあるんだからね、いっそうかなしいこともときにはあるよ。だけど、しんぼうしなくっちゃいけない。ここにいたときみたいに、ダラシないくらしはぜッたいしちゃだめよ。そして、二度と、死んでもここにはかえらないってかくごをしておいで。またかえってきたら、しょうちしないから！」

みんな、まるでじぶんのうちからお嫁にでもいくように泣いて出る。……だけどねえ、その十人のうち、九人までは、きっとかえってゆくわよ。あたいなんか、前科二犯サ。おもい出しても、じぶんがいじましくなるわ。だいたいねえ、日本の女って、女郎してたってショタイじみてるものさ。みんながかんがえるほどのアバズレはそんなにいやしない。

それどころか、ママさんがいったように、こっちは泥水のなかからはい出してきた女だともって、たいていのことには歯をくいしばってがまんするわ。

男ってちくしょうは、そこへつけこむんだ！　はじめはうまいことといって、じぶんのつごうがわるくなると、こっちのいちばんいたいヒリヒリするところへ、イタチのさいごッ屁《ぺ》をふッかけてきやがるんだ！

けっきょく、野良犬みたいに、またお店に舞いもどってゆく。すると。――

「苦労したらしい顔だねえ。ええ、おいでよ」

と、ママさんはひとこともしからず置いてくれるの。

ふだんだってそうよ。

「あんたたち、からだが資本だからね」

といって、ちょっとでもからだの調子がわるいと、すぐ寮へいってやすませてくれます。え、寮はH町にあるわ。うちの寮がいちばん設備がいいし、組合にお金出してくれるのもママさんがいちばん。

ヒトミちゃんなんか、からだが弱いから、なんでもないときだって、マダムはときどき強制的に寮にやったり——本宅の方へ女中代りという名目でつれてったり。ママさんは、本宅と廓《くるわ》とはきりはなして暮してるんだけど、ヒトミちゃんだけは、同郷というせいもあって、ひどく可愛がって、この二、三日も、いまいったよたもんにおどされて熱を出したもんだから、ずっと本郷の本宅のほうへいってますわ。からだがあんまりじょうぶじゃないし、ヒトミちゃんが若い衆の紋ちゃんに惚れてること知ってるものだから、ママさんは、お店をやめさせて、紋ちゃんといっしょに飲み屋かなんか出させようとしたこともあるけれど、ダメなの。紋公、しょッてやがって、ヒトミちゃんが不足らしいんだ。ぜいたくいってるわ、あんな可愛い娘《こ》なのに。——もっとも、紋公、女郎屋の風呂焚《ふろた》きには、もったいないほど色男にはちがいない。……

あら、あたい、何をしゃべってたんだっけ？　ああ、そうだ。ママさんが、どんなに店の女の子たちのことを思ってくれるか、それをいおうとしていたんだ。そうなのよ、店の女と若い衆がいっしょになるなんてことは御法度《ごはっと》なの。そりゃそうよね、商売物に手を出されちゃ、シメシがつかないもん。ママさんはそんなことにはひといちばいきびしいほうなんだけど、それをなお眼をつぶってやろうってとこが、あのひとの情愛なんだ。

ママさんの、そんなふとッ腹、気ッぷをショウメイするおもしろいお話があるのよ。……それしゃべると、パパさんにしかられるかな？　でも、女たちはだれでも知ってる話だわ。そして、大笑いなの。

だれでも知ってるけれど、ほんとかうそか、だれも知らない。……なにしろ、坊っちゃんが生まれてまもないころのこと、もう十七、八年もまえの話だから。……ひょっとすると、つくり話かもしれない。だけど、いかにもママさんらしい、そしてパパさんらしい話なのよ。まるで落語みたいな笑い話。

いったいにパパさんはやきもちやきだ。……ってうわさです。そりゃそうだろう、じぶんはあんなまめだぬきみたいな顔して、ママさんはあんな美人だもの。——とはいうものの、あのパパさんは、いまならやきもちやくケンリがある。浮気しないからね。

ふんとは、あのパパさん、女が大好きよ。あたいたち、ちょっと甘えても、ヨダレのたれそうな顔するもん。女郎屋の亭主で女にダラシがなくっちゃ、トメドがないようなもんだけど、そこはそれ、そういうことは、女と若い衆のあいだ以上に御法度なんだ。とにかく、どこのお店でもそんな話めったにきいたことがないわね。浮気はお店以外でする。

でも——べつにホーリツできめてあるわけじゃなし、好きになりゃ、しかたがないわね。で、パパさん、やったんです。十何年かまえに。……それが、いまパパさんの浮気封じのクスリになったというから、世のなかはおもしろいじゃない？

そのころママさんは、坊っちゃんをうんだあとだった。そのあいだに、パパさん、お店の或る女とへんなことになっちゃったのね。パパさん、その女に客をとらせることをやめさせて、じぶん専用にしていたらしい。ところが、その女にはまえから男がいてね、女はパパさんにないしょでその男をあそばしていたら、病気うつされちゃったのよ。……そのころは、いまみたいにいい薬はないし、オイソレとなおるもんじゃない。そこで女は、そのあいだじぶんとなかのいいおともだちに代役をたのんだのですって。

むろん病気うつされたなんてこといえやしない。だから、その代役のこともパパさんにわからないようにやったというんだから、いったいどうしたのかしら。二、三回はそれでぶじとおったというんだから、パパさんのうっかりかげんにもあきれるわネ。ふんとにノンキなトーサンだわ。……

すると、或る日、代役つとめてた女が、刑務所にいってた亭主が出てきたって急なハガキがきたもんだから、いそいでお店を出たんだわ。それをその女が知らなかった。気がついたのは、あくる日のことなの。

ところが、パパさんがやってきて、「きのうは」とかなんとか妙なことというのね。女はびッくり仰天よ。その顔いろみて、パパさんもおかしな顔になる。さあ、それから、ふたりのあいだでトンチンカンな問答があって、それじゃ、「その女」はだれだろう？　と、ばかみたいな顔でみまわしたら——ママさんが、むこうで、ひとりでニコニコ笑っていたんですって、サ！

ほゝ、ほゝほう。

それっきり、ママさんはそのことについて、パパさんにも相手の女にも、なあんにもいわない。

だけど、パパさんは、ママさんにくびねッこをギュッとおさえつけられて、それいらい、あたまがあがらなくなっちまった。——というおはなし。

なんだか、マユツバみたいなお話でしょ？　ほんとにデンセツかもしれないわ。でも、うちのママさんって、そういうひとなんだ。そういうみごとなひとなのよ。――

第四章　青楼の賢夫人

S警察署・捜査本部。

捜査官たちが話している。

「これでは、まったく婦人慈善事業家じゃあないか」

「紫綬褒章《しじゅほうしょう》だか、黄綬褒章だか、表彰してやりたいくらいのもんだ」

「それで、決してソンはしておらん。ソンするどころか、はじめは吉原に一軒店をもっておったただけなのが、やがて三軒になり、つぎにこのS町にも二軒出し、駅のちかくには大きなキャバレーまでつくったのだからね」

「そう、たいていの業者は店と自宅はいっしょだからな、本宅があり、別荘、車まで持っているというのはザラにゃない。そのキャバレーというのも、女郎屋の予備軍のカモフラージュじゃないのかね」

「女神か、シタタカものか」

「いよいよ妙なきもちになってきた。とにかく、あの凄じい殺され方と思いくらべて、これほど評判のいい——よすぎるところが、クサイ。なんだか眉に唾《つば》をつけたくなるじゃないか」

荊木歓喜がいった。

「ところで、その朱実の証言のなかの、馬と化猫と半鐘ドロボーは何者かわかりましたかな」

「はゝはゝ、そうきいただけでわかりましたよ。あれは松葉組のもんで、篠田、下島、伊賀ってやくざです。これはしらべたところ……いや、しらべるまでもない、犯人《ほし》じゃありません」

「わしもそう思うが、ついでじゃから」

「あいつらは、あの晩、脅喝罪のうたがいで、ここの留置場にぶちこまれていましたよ」

「なるほど」

と、うなずいて、歓喜先生は、ポケットから、ごそごそと大きな薬瓶をとり出した。

「風邪ぎみでな。ちょっと、うがいを」

と、薬瓶の水薬《すいやく》をあおって、のどをガラガラ鳴らしていたが、吐き出さないで、のんでしまった。刑事連はニヤニヤしている。焼酎《しょうちゅう》にきまっている。

「まことに、どうも、恐るべき事件だ。わたしは、背なかがゾクゾクしてならん。……殺し方も殺し方じゃが、おっしゃるように、マダムの評判のいいことが」

焼酎はのみほしたが、歓喜先生はめずらしく蒼《あお》い顔をしていた。

「もういちど、くりかえすが、女郎たちの証言はうそをついているんじゃありませんぞ。あいつらにとって、恋ぐるまは天国であったにちがいない。それは同時に、あいつらのそれまでの暮しが地獄であったということになるが、……それなら、どこの女郎屋も女郎にとって天国だというわけになる。これはやはり、マダムがとくべつよくできた女だったというよりほかはない。エライ。実に、世の実業家どもにマダムの……血びたしの灰でもなめさせてやりたい。……」

たとえがグロテスクなので、刑事たちは苦笑した。

「先生、そう感服してばかりいちゃあしかたがありません。なんたって、彼女は殺されたのですからな。しかも、あの念入りの、むごたらしい殺され方は、とうていフリの犯人《ほし》のやったことではない。……」

「また、その夜に七人もの客がきて、いつマダムが殺されたかわからない、なんて摩訶《まか》ふしぎな結果がでてる。このあいだになんかカラクリがある。恐るべき智慧がある。とうていキチガイの仕業じゃない。……」

「してみると、やはりマダムになんらかの原因があるにきまっている。マダムにはなにかの秘密がある！」

荊木歓喜がうなずいていった。

「それじゃ、その七人の客――いや、そのうち氏素性のわかっている者の証言をあらためてきかせてもらいますか」

「恋ぐるま」の持主車戸猪之吉は、四十四、五の、どちらかといえば、背のひくい、ずんぐりむっくりした感じの男だった。朱実が、まめだぬきと表現したが、それほどの醜男《ぶおとこ》ではないが、そういわれてみれば、そんな風にもみえる顔をしている。手の甲に女みたいにくぼみのできるほど栄養はいいが、皮膚が蒼いのは、あまり日光にあたらないからだろう。しかし、印象としては、陽気で、善人そうで、ユーモラスで、悪い感じではなかった。

顔のいろがわるかったのは、おびえていたせいもあったにちがいない。かっぷくがいいのに、どこかフワフワ風船みたいにかるい感じがした。銀ぶちめがねのおくで、眼は不安げにキョトキョトしていた。

「このたびは、どうもたいへんお手数をかけます」

と、彼はへんにひらべったい声でいって、ペコペコおじぎをした。刑事は苦笑した。

「妙なあいさつだね。車戸さん、まるであんたが悪いことしたようじゃないか」

車戸猪之吉はとびあがった。ほんとうにギョッとしたようでもあるし、どこか大げさな誇張的なところもみえた。

「へゝへゝへゝ、旦那、御冗談を。――」

笑い声はあげたが、眼は恐ろしげに、ぐるっとまわりを見まわして、ふと隅《すみ》っこの椅子《いす》に影のように腰かけている歓喜先生をみると、

「あ、これは先生。――」

はじめて、ほっとしたようなためいきをもらした。顔みしりなのである。

「いや、どうもお上に呼びつけられていますと、あやまるのがもう習い性となっておりまして。――」

彼は落語家みたいにひたいをたたきかけたが、いくつかのこわい眼がじっとみているのに気

がつくと、急速にかなしそうな表情になった。

「あたしゃ、もうダメです。あれに死なれて……あたしも、もう死んだ方がマシでございます。亭主とはいうものの、ここ十年くらい、ほとんど商売のほうはあれにまかせッきりでございましたからなあ。またあれにやらしたほうがうまくいったことも事実で、もともと田舎《いなか》の芸者屋の娘じゃありますが、嫁にきたときは、すこしばかじゃないかと思うほどのんきものでしたから、あれほど商売にいい腕をもつ女になろうとは、ゆめにも思いませんでしたよ。おかげで、いつのまにやら、あたしゃ床の間の置物か隠居みたい、ただ小唄をならったり、盆栽《ぼんさい》をいじったり、……」

「ばくちをしたり」

と、刑事のひとり。

「あっ、そいつをいわれちゃあ、もう合わせる顔がありません。……トニモカクニモ、えらい女でございました。鼻の下がなげえようですが、まったくあたしなんかにゃもッてえねえ女房でござんした。恐ろしくあたまがまわってキレる一方、みょうにこう……りこうなんだかばかなんだかわからない、のんきな、とぼけたところがありましてね。いえ、たくらみがあって、とぼけてんじゃありません。そんな女なら、いくらあたしだって、いままでモチませんさ。いや、あたしはともかく、死んだおふくろが――なかなかうるせえ、カン性のおふくろが、あれほど可愛がるはずはねえんです。えれえ女房ってやつは、えてして亭主にゃくそッ面白くねえもんだが、あいつはえれえばかりじゃなく、ほんとに可愛い、おもしれえ女でござんした。……」

「あんた、マダムにあたまのあがらんことがある——むかし、女のことで、首根っこをおさえられたことがあるそうじゃないか」

「えっ？」

彼はとびあがって、眼をパチパチさせた。そしてまた「へゝへゝへゝ」と笑ったが、これはくせらしい。

「あゝ、あのことですか。あんまりふるい話なので——イヤじゃありませんか、あんな話。……だ、だれがそんなこといってましたかな。あれは、へゝへゝ、あんな話はたしかにありました。しかしあたしが品行方正なのは、まさか、あんなことからじゃありませんさ。そりゃ、やっぱり女房がいいからで。……その、へゝ、殿さまをからぼりにする美しさ、ってえ川柳《せんりゅう》がありますな、あの女房じゃ、とてもほかに浮気しようなんてえ余力はのこりませんでしたよ。三十ごろからちっとも年をくわない、色ッぽくて、みずみずしくって、そのうえ、あいつは、その……スキでしたからなあ。——まッたくいい女房で、あたしみたいな男に、どうしてあんないい女房がきたのか、親同士がきめた縁組ですが、とにかくあたしゃ、よほど前世でいいことしたにちがいない。……」

「大将、ヨダレがたれる」

憮然とした顔で、歓喜先生がいった。

「車戸さん、それほどりっぱなマダムが、あんな酸鼻《さんび》な殺されかたをした。おかしいじゃないか、なんか思いあたることがあるだろう、あんたには」

と、刑事の声が、突然するどいものにかわった。問いが急速に核心に入ったことを知って、車戸猪之吉の全身が硬直し、顔の筋肉がピクピクひきつった。

「たとえば、あんまりやり手すぎて、同業者のうらみをかうとか――」

「いえ、いえ、そ、そんなことはありません。その方のつきあいに、あの女がぬかりがあるもんですか。……ただ……」

「ただ?」

猪之吉の表情が、ねじれるように憎悪のかげを縒《よ》り出した。

「旦那、あたしゃ思いあたることがある。いや、思いあたるどころじゃない。なぜあの晩あたしが店にいったかってえと、あのすこしまえ、本郷の家に電話をかけてきたやつがあるんでさ。女房が恋ぐるまで――七時半ごろ間男《まおとこ》ひきずりこんで乳くりあってるから、いってみろって――」

「なに? 電話が」

刑事たちはいっせいにからだをのり出した。

「それは、だれ?」

「わかりませんや、だれだか」

「若い声? 年よりの声?」

「それが、あとでかんげえても、サッパリわからねえ。若いんだか、年よりなんだか、男だか、女だか——まるで風呂ンなかからものをいってるような声で、とにかくあたしにゃききおぼえのねえ声だが、電話にゃはじめヒトミってえ女中が出たから、その方へもきいてみて下さいな。——それであたしゃ、ようし、コンチクショウってわけで、車をとばしてかけつけたわけで。……」

「そ、それで、どうだった、マダムは？」

「女房は、あの部屋で、なんのこたあねえ、女たちの伝票を区分けして算盤をはじいていましたよ。そして、あたしに何しにきたっていうから、電話のことといったら、急に笑い出して、なにねぼけてんのさ、ばかばかしい。だいいちわたしがいま月のものだってことは、あんた知ってるじゃあないの。——」

「ちょっと待った、車戸さん、あんた、いま電話をきくなり、コンチクショウってとび出したといったね？　すると、なにか、あんたにはその電話で思いあたることがあったのかね？」

「へえ」

車戸猪之吉の眼鏡がくらくひかった。

「電話は、いまあたしゃなんといったかわすれましたが、女房が伴《ばん》とあいびきしてるぞっていったんでさ」

「伴？　それが間男《まおとこ》の名？」

「へえ、目黒の医者の名ですがね。こいつが——」

そのとき、隅の方でしずかにひとのうごく気配がした。荊木歓喜である。歓喜先生は、顔を宙にあげて、金魚のように口をパクパクさせていた。だれもみてはいなかったが、彼は、「……伴……ばん……ばん……」と、小さくつぶやいていたのである。なにかの記憶を空中からかきさぐり、吸いこむように。——

猪之吉は、唇をひきつらせながらしゃべった。

「ええっと、名はなんとかいったっけ、伴泰策《たいさく》、とかいう男でさ。女房の幼ななじみだそうで。……幼ななじみどころじゃない。なんでも、女房が女学生だったじぶん、もうひとりのともだちと、そいつをとりッこしたんだそうです。へ、女房は、女房は山形県のNってえ田舎町の芸者屋の娘でしてね。それで結局、まけちゃって、もうひとりの女にとられちまった。ヤケになってあたしンとこへ嫁にきてやったんだ。……と笑ってあたしにしゃべったことがある。ヤケが、じっさいのところ、なあんてえこともねえ、ニキビ面《づら》のころによくある、モヤモヤッとした夢みてえな色恋沙汰らしくってね、それに、それっきり二十何年か会ったことがねえんだから、あたしもまったく気にゃしてなかったんでさ。ところが、去年の春だか、そいつにヒョイとめぐりあった。……けど、旦那、こんなことしゃべったって、しようがありませんぜ」

「なぜ?」

と、荊木歓喜がいった。

「大将、つぎをききたいね」

「だって、この話はべつに女房殺した奴と関係がねえもの。……それじゃ、しゃべりますか。女房が伴に逢ったたってえのは、そのもとは久世《くぜ》って麻薬Gメンにあるんでしてね。久世さんがヒロポンつかう店はねえかと調べにくる、女房と話してるうち、偶然、目黒にモヒ中で医者の免状とりあげられた男がいる、なんて話が出たそうで、それが伴泰策って野郎なことがわかったらしい。これはオナツカシイってわけで、それからつきあいはじめたんでさ。もっともむこうにゃ女房があるし――そのむかし競争したってえともだちですね――あたしゃべつになんとも思ってなかったが、そのうちむこうの細君が気がちがって精神病院に入っちゃったってんです。……」

「代々木の、曾谷病院だろう?」

と、荊木歓喜がうなずく。みんな、びっくりしたように、歓喜先生を見つめた。

「へ? 先生、知ってらっしゃるんで? こいつあおどろいた。あたしゃそこまで知りませんよ」

「それから?」

「さ、それから女房の、伴夫婦に同情すること。そっちの娘なんぞうちへつれてきやがって。……もっとも、ひどく情のふけえのは女房の気性でござんすからね。あたしもべつに気にもとめやしなかった。ところが、さて、そんな電話をきいたとなるとまた話はべつだ。むこうの細君は精神病院に入ってる、伴とうちの女房は、むかし、その、なにかあった――ありかけたという仲でござんしょう。そういや、それらしい気《け》もあったとカッとして――」

「そりゃおかしいじゃないか、車戸さん。さっきはひどくマダムをのろけとったが、恐ろしくまたかんたんに信用をうしなったもんだね」

「あ……それは、旦那、うちの女房をよく知らねえからそんなことおっしゃるんで。……あいつあ、あたしにとって、その、十三割くれえある女です。その三割ンとこが、どうにも手にあまる。ヒトに親切すぎるんですよ！　それに……なにしろ、スキですからねえ！」

「なにをいってるのか、ちっともわからないね」

「わかるよ、わしには。マダムという女は……ま、国にたとえれば、アメリカみたいなものだ」

と、車戸さんはいいたいんじゃろう」

と、歓喜先生が、とっぴなたとえをもち出した。

「アメリカという国は、……ずうたいが大きくって、大金持で、はで好きで、気ッぷがいい。それにいままで、よその国を侵略したという歴史がほとんどない。自由と民主主義の女神のような顔をしとる。……ところが、その一方で、どことなくぬけたところがあって、またまかりまちがうと、よしんば善意にしろ何をし出かすかわからんようなおッかないところがある。——と、三等国や四等国の人民をビクつかせるところがあるじゃないか。いや、車戸さんを三等国なみの亭主だというわけじゃないが」

歓喜は笑った。

「それより、車戸さん、さっきの伴という医者の話は、もうおわったのかね」

車戸猪之吉は、なにかもの思いにしずんでいるようにボンヤリした表情をあげて、気のない返事をした。

「いいえ、おわったわけじゃあありませんが……といって、その医者のことは、あんまり存じませんですよ。女房はよく知っているんだが、こっちからクドクドきくのはヤキモチやいてるようで、亭主のコケンにかかわるみてえな気がしたんで。……だいいち、先生、なんにしたって、その医者は女房殺した奴と関係ありませんや。ざんねんながら。……」

「どうして？」

「あたしゃ、昨晩、恋ぐるまをとび出してから、駅のうらの浮舟って小料理屋で酒をのんでた。こりゃしらべて下さりゃわかります。本郷の家にかえったのは夜中すぎ。――それまで女房の殺されたのを知らなかったわけでさ。なぜすぐかえらなかったかってえと、かえりたくねえわけがあったんで、というのは家を出るすこしまえ、A新聞から、これから記者がいってききたいことがあるが在宅かってえ電話があったんです。いるって返事はしたけど、できることなら会いたかなかった。……」

「そりゃむろん事件のまえだが――新聞記者が、なんの話？」

「知りませんや。それっきり会ってねえんだから。……きっと、例の売春禁止法案とかいう件についてじゃあねえんですかね。あたしゃてっきりそうとにらんだ。こいつあ旦那、大きな声じゃあいえねえが闇米買うなっていうのと、おなじようなムリな法律ですぜ。どだい、……」

「売春禁止法案の話はあとまわし。それで？」

「へ、だから、そのあとで、女房が間男してるってえ電話がかかってきたのがもっけのしあわせってえとなんだかへんだが、とにかく記者に会わなくっていい口実が出来たわけでさ。しかし、あたしのゆくさきが恋ぐるまだってえことは女中のヒトミは知っているんだし、そいつを口止めするのもうっかりわすれてとび出したんだから、すぐにあとを追っかけてくるにちがいない。で、女房と会ったあと、夜なかすぎまで浮舟にいて酒をのんでかえった。するとはじめてあの騒動のことが……」

「おい、それより、その医者が事件に無関係だって理由は？」

「へえ、女中がいうことには、あたしの出たすぐあと、記者もきたが、べつに伴って医者がきて、ながいあいだ待ってたというんですよ。もっとも会いにきたのはあたしがめあてじゃあねえ、女房らしいんですがね」

「はてな、なんの用だろう？」

「知りませんな。なんでも女房に薬をもらいにきたとかなんとかいってたそうだが、あたしが会ったわけじゃないからよくわからねえ。……待ってるところへ、恋ぐるまから、女房が殺されたってえ電話がかかってきて、ヒトミがさわぎ出す。気がついてみたら、いつのまにかこそっといなくなってたそうですが、とにかくその電話の時刻までにゃうちにいたことはまちがいねえんだから、あいつが女房殺した奴じゃねえってことはたしかなんでさ。……ざんねんながら」

と猪之吉はまた「ざんねんながら」をくりかえして、ほんとにガッカリしたようななげやりの調子でつづけた。

「そいつが女房殺した奴なら、すぐひッくくって死刑にでもしてもらや、こっちの胸も癒《い》えるんだが」

彼は、じっとじぶんを見つめている刑事たちの眼をみると、急に昂奮《こうふん》した。

「旦那。……あたしゃ、さっきから女房のことばかりかんがえているんだ。可哀そうで、可哀そうで、あんないい女を……思えば思うほど、殺したやつがにくらしい。八ツ裂きにしてもあきたりねえとはこのことだ。いま、死刑にしてもらや胸が癒えるといったが、ありゃうそです。伜《せがれ》とも話しあったんだが、あたしたちのきもちとしては、こっちの手でふンづかまえて、こっちの手でバラバラにしてやりてえ。そのためには、もしそいつが警察にでもつかまりそうなら、あたしゃかばって逃がしてやって、あとでユックリ切りきざんでやりてえね。……」

ひといきに、油紙に火がついたようにしゃべってから、はじめてすこししゃべりすぎたと、はっとしたらしい。急にキョトキョトとまわりを見まわして、

「いえ、いえ、そいつあほんの思いつきで、まさかそんなことはやりませんがね」

と、大あわてにあわてた。

それから、急にだまりこんだ。刑事たちも顔を見あわせたきり、ちょっとしんとしている。すると、そのみじかい沈黙にすら座がもてないらしく、車戸猪之吉はいそがしくたもとをさぐって、ハンケチをとり出し、しきりに眼にあてた。

突然、しずかに荊木歓喜がいった。

「大将、うれしそうだね」

「えっ？」

猪之吉はとびあがった。とび出すような眼で、

「あ、あたしが、うれしそう？　先生、いくら歓喜先生だって、そりゃあんまりだ。女房を殺されて、あたしのどこがうれしそうなんです？」

「いや、ただ、さっきからこう拝見してて、なんとなく」

ニヤリとする歓喜先生を、恐怖の眼でにらんでいた車戸猪之吉の顔が真っ赤になり、くしゃくしゃっとひきゆがんだ。

「先生、あ、あ、あたしゃこういう人間だ！」

ヘラヘラしたひらべったい彼の声が、はじめてしぼり出すようなうめきに変った。

「トンマじみて、騒々しいのはあたしのもちまえなんだ。……それに、なげえあいだのこんな商売で、お上の旦那のまえに出ると、どうしたって顔に愛嬌笑いが出てくるんでさ。どんなにかなしくたってどんなに腹がたったたって。……そのうえ、あたしゃこうみえて、ひどく気の弱い人間だから、こいつおれがうたがわれているなと思うと、たとえ無実だって、じぶんがほんとに悪いことをしたような顔になる。それに気がつくと、そんな顔をしちゃたいへんだと思うから、いっそう騒々しくなっちまうんだ。あゝ、おれという因果な人間は」

「もういい、もういい」

歓喜先生は、降参して手をふった。

「わかってる、わかってる。いまのは悪い冗談じゃった。あやまる、あやまります。……さもあらん」

それから、車戸猪之吉は悄然《しょうぜん》として、あの夜マダムをたずねてきた、ふとッちょの紳士、黒マスク、白マスクの男については、まったく思いあたらないとのべた。

車戸が刑事のひとりにつれ出されてから、歓喜先生はしばらく考えこんでいて、もういちど、

「さもあらん」

と、つぶやいた。

「先生、なにがさもあらんです？」

「いろいろのことが」

「と、いうと？」

「たとえばさ、車戸が、たとえ無実でも、ひとからうたがわれると悪いことをしたような顔になる、といったことですな。ヘラヘラ調の大将、はからずも苦しまぎれに、人間の或る性情について真理を吐露しおった。たしかに、そんなことが、そんな人間がありますよ。あんたがたにはよほどよく気をつけてもらわんけりゃならんことだて。人間、嘘《うそ》をついているのか、ついていないのか、そこのところを見わけるのはなかなかむずかしい。嘘発見器でもむずかしいと思うて。いまいったような現象が起って、嘘をつかんでも、嘘ついてるなと思われたと考えただけで急に血圧があがるということは、充分あり得るんじゃから」

「それはよく心得ていますよ。それじゃ先生は、車戸のしゃべったこと、みなほんとだとお考えですか？」

「そりゃ保証はできん。やはり、一応も二応も、その新聞記者、医者、女中、浮舟という店などしらべてみる必要はありましょうな。……それから、ふたつめに感服したのは、車戸がいっ

た、下手人がわかったら、警察の手でつかまえてもらうより、じぶんでつかまえて復讐したいという執念です。なるほど、ほんとに愛しとる人間が殺されたら、そういう心理も、さもあらん。……」

「すると、車戸は、それほどマダムを愛しておったというわけですな」

「左様。そういう心理は、その立場にたたされた人間でなくちゃあ——とくにあれのようにヘラヘラ調の男には思いつけない考えじゃと思う。……ところでな、三つめのさもあらんは、これはこっちの眼力で……」

「え？　こっちの？」

「やっぱり、あいつは、ちょっとうれしがっとるよ。それほどぞッこん惚れとるマダムの死んだことを」

「わかりませんな。なぜ？」

「身分不相応な家宝がこわれて、その束縛からはなれた人間の安堵に似ている、といえようか。……マダムが、えらい女でありすぎたのです。あいつは籠のふたがとれた鳥みたいに、外は闇か風かわからんが、とにかくホッとして羽根をバタバタさせておる。そこのところを——じぶんでも、ひょっとしたら気がつかない心の奥底をわしにつッつかれて、とびあがりおった。ふむ」

「女房を殺されて、あいつがよろこんでる？　それは、先生——」

「はゝ、なに、そう意気ごまんでもよろし。あんたがただって、ときどきあんたがたの奥さんが、ちょっとひとまず死んでくれたら、なんてふっと考えなさることはおありにならんか？　たとえ、どんなにいい女房であっても、じゃな。いや、これはまた失礼」

一笑したが、荊木歓喜は、また、ふかい闇をのぞくような眼つきになっていた。

「人間のこころはおもしろい。歓楽きわまって哀傷の生ずることもあれば、かなしみの極致に、ホンノリしたうれしさが同居していることもある」

「先生、しかし、そういうチョイとしたいたずら心から、まさか女房を殺す奴はいないでしょう」

「まあ、ありますまい。が、このごろ、全然動機がなくって人を殺す奴も出てきたそうじゃから、ゼロにくらべれば、その動機は大ありというべきじゃて。まして、女房がひとかたならぬ目方のある女だと、そのチョイとした心が、それに比例して、チョイとではすまされなくなるかもしれん。……たとえ、善のかたまり、美の化身、幸福のみなもとであっても、それがあまりに大きいと、ちかくにいる人間はときにうっとうしくなってくることがある。ふむ、この心理は人間の世界で最も面白くって恐ろしいもののひとつかもしれんて。……」

歓喜先生の哲学は、どこまでも無際限にころがっていってトメドがない。ようやく、はっとじぶんで気がついて、

「況《いわ》んや、車戸猪之吉、ないしあのマダムに、なんか暗い秘密があればです」

第五章　記者とGメン

「さて、次のふたりの証人をしらべるのは、ちょいとウルサイね」

と、刑事のひとりが苦笑しながらこぼしたのもむりはない。

ちかごろ、或る心理学者が、「現代の帝王」はだれか、という調査をしたことがあった。いちばん強いものはいかなる職業か、人々のこころに漠然と浮かんでいるその印象を統計してみたのである。その結果によると、もっとも強いのは、政治家でも富豪でもなく、新聞記者と司法官だということであった。この漠然たる印象の内容を分析すれば、時代の花形とか、他人への支配力の強さ、あるいは確実さとかいろいろあるだろうが、要するに、ほかの職業にくらべて、弱味のない、うしろぐらさのない、正義の使徒としての信頼感が、現代の民衆のうたがいぶかいこころにも、つよく刻印されているからであろう。

実際にわれわれは、ちょっと辛辣な気分で、欲のふかそうな、好色漢らしい人物を空想し、一方で、大臣、議員、役人、実業家、医者、流行作家などという職業をあたまに浮かべると、その顔がオーヴァーラップしてくることはかんたんである。しかし、そういう人物と、新聞記者或いは検事とむすびつけることはむずかしい。そこには、きっと清潔で、俊敏で、颯爽《さっそう》たる影像がうかび出てくる。

そのとおり、A新聞の社会部記者里見十郎は、たしかに俊敏で、颯爽としていた。ただ風采だけは、若々しい眼をのぞいては清潔とはいえなかった。洋服もネクタイもよれよれの安物で、櫛《くし》などいれたことのないような髪が、明るい、のんきそうな顔にたれさがっていた。

「やあ」

それが、最初のあいさつである。

「まだ、白マスク、黒マスク、それから、口ひげをはやしたふとッちょの紳士の正体はわかりませんか？」

さっき、刑事がこぼしたのは、これだ。べつに記者が、現代の帝王とも正義の使徒とも思ってはいないが、どっちがとり調べるのかわからなくなることだけはまちがいない。それでなくてさえ里見は、殺される直前の車戸旗江に会いながら、まさかその直後あのような大事件がおころうとは、それこそ神ならぬ身の知るよしもなく、まんまと大特種《スクープ》をのがして切歯扼腕《やくわん》しているのだから、捜査本部によばれたチャンスをかえってじぶんのために利用しようと、その鼻は猟犬のようにピクピクしている。

「わからん」

そらとぼけたのではなく、係官の顔はにがにがしい。

「そのうち、その紳士は、女郎の記憶でモンタージュの写真をつくるつもりだ」

里見記者は、事件の直後、まっさきにじぶんから警察へかけこんできて、そのとき一応きいたので、いまさらべつに問うこともなかったが、要するに、彼が昨晩、車戸猪之吉を追っかけていたのは、猪之吉の想像したとおり、売春等処罰法案をめぐって、彼と保守党の某代議士とのあいだに醜関係がむすばれたような事実が浮かんできたので、それをたしかめるためであったが、その後の情報によると、その法案をふせぐ業者の音頭をとっていたのは、猪之吉よりもマダムだったらしいというのだった。

「ふうむ、それじゃ、もしあの殺人がそれにからんだものだとすると、事件はいよいよ容易ならん大がかりなものになるぞ」

　刑事たちの顔は、緊張に蒼ざめる。

「で、その某代議士って、だれだい？」

「そいつは、いま、ちょッと。……」

　彼は頭をかきまわしたが、すぐ眼をあげて、

「いや、いいましょう。むろん、これは他社《よそ》にはないしょですよ。それは保守党の立花代議士です。社であらってるんですが、こいつ昨晩の行動がハッキリせん。……」

「そ、その、立花代議士が、あのふとッちょの紳士じゃないのかね？」

「ぼくも、実はその疑いを持ってるんです。立花代議士は、たしかにふとってますし、口髭もはやしている。――」

「おっ、それじゃ、その代議士の写真を手に入れて、恋ぐるまの女にみせろ。ええっと、――さっきのユリ子、ユリ子って女郎はまだいるか？」

あわただしい跫音《あしおと》をひびかせて刑事が部屋をとび出してゆく。

里見記者は身をのり出した。

「ね、かくのごとく、こっちの情報も入れますから、そっちもこちらに優先的にネタを下さいよ、ね」

当夜のマダムについては、――むろん、彼が会っていた十分間は、猪之吉の行方を知らせろという押問答についやされたので、結局、マダムにとぼけ通され、かんしゃくをおこしてとび出してしまったのだが、腹をたてつつも、マダムの機智縦横の応対におどろくべきものがあったという。

「ぬけぬけと――ほんとにこんな商売からはやく足をあらいたい、こんどの法案はそのいいチャンスだし、女や業者の再出発について、同業者と相談したいと、かねがね夫と話していたところだ、なんて――」

「例の倶楽部の名誉顧問くらいの資格は、充分あるね、里見さん」

と、荊木歓喜がいった。里見記者は、歓喜をみて、あたまをかく。これまた知り合いらしい。おそろしく顔のひろい先生である。

刑事は妙な顔をして、

「例の倶楽部って？」

「嘘《うそ》倶楽部」

「へえ」

「そういうユーモラスな会があって、この里見君は幹事なのです。二、三度縁があって、わしも招かれたことがあるが、――その会のある日はな、その出席中、その会員は一語としてほんとうのことはしゃべってはならん、嘘ばかりついてしゃべり合わんけりゃならんという規約があるのです」

「なんて、ばかげた――」

「なに、この世ぜんたいが、ま、嘘倶楽部のようなものじゃて。あんた方も、つかまえた人間が嘘さえつかなんだら、これほどらくな商売はなかろうが。――いや、警察なんて無用のものになるかもしれん。犯罪者ほど絶体絶命の嘘はつかんでも、この世の人間は、年がら年じゅう、消極的な嘘をつかんけりゃならん羽目に追いこまれて、くらしとる。じゃから、せめてそんな会で、思うぞんぶん嘘を吐きつくしたら、きっとせいせいするだろうと。――」

「しかし、新聞記者が嘘倶楽部の会員だなんて――」

「新聞記者も人の子さ。とくに毎日毎晩、事件の真相、問題の真実を追っかけまわし、追っかけまわされとると、いっそうそんな倶楽部でおなかをかかえて笑いたくなろうよ、なあ里見さん。――しかし、いつかの会員、あれは倶楽部はじまって以来の英雄でしたな」

「はあ、記者としては、社創立以来の大悪党、わが倶楽部員としては、たしかに不世出の大偉人でした」

「いや、嘘倶楽部の会員に、里見さんと同業の新聞記者があったのです。こいつが、例の潜行中の共産党幹部と秘密会見という大ヨタ記事をぶッぱなして、本人の馘《くび》はもちろん、支局長から部長、みんなにえらい責任をとらせおった。――」

　刑事たちは、ひたいごしにうろんくさい眼を里見記者にそそいだ。

「きみ、さっき情報交換なんてウマイことといって、大丈夫かね？」

「はゝはゝ、倶楽部の規約のなかに、倶楽部の規約を外の一般社会に適用せるものは除名という一条がありますよ」

「その記者は、その規約も嘘だと思うとったらしい」

　と、歓喜先生は破顔した。

「ところで、里見君、それでいまヒョイと思い出したのだが、いつか倶楽部で、君がわたしにしゃべったっけねえ。君が新聞記者になった動機を。――君のお父さんが新聞のデマ記事で社会的に葬《ほうむ》られたので、君は恐ろしく苦労をした。だから、君は新聞記者になり、いちど大がかりでねんいりなデマ記事をかいて、新聞の信用をうしなわせ、父の復讐をやるためにこの道をえらんだと。……こりゃなかなか奇抜な立志伝じゃが、ありゃほんとかね？」

「先生、そりゃ嘘倶楽部でしゃべったことですよ」

　と、里見はあわてて手をふった。

「倶楽部でしゃべったことを、先生ともあろうおかたが、ほんきにされちゃあこまります」

「やっぱり、そうか。いや、なかなか痛快な着想じゃや、ほんとにそういう志をたてて記者になる奴が、ひとりくらいありゃせんかと、わしゃこのごろつくづく思うものじゃから」

「へえ、どうしてです？」

「まったくのところ、新聞はそれほど信用すべきものじゃあないからな。事実半分、嘘半分」

「そりゃ、ひでえや、先生、赤新聞ならしらず——」

「そういう新聞をつくる気はなくとも、事実そうなるんじゃ。しょせん、人間のやることだ」

「しかし——」

「いや、まあ、ききなさい。たとえば、或るところに、漆黒の髪フサフサと、眼《まなこ》すずしく鼻たかく、口もとキリリとしまった偉丈夫があるとする。だれのことじゃと思う」

「わかりませんよ。……僕のことかな」

「わしのことじゃよ」

「へえ、先生が」

「いまいったことは、ひとつもうそではないぞ。ただ、ほかに、傷あとがあり、ちんばで、オンボロだといわんだけさ。嘘でない嘘とはかくのとおり。たとえこれほど意識的じゃあなくっても、新聞だってこういうまちがいはふせげんわな。なあ？」

「そういえば、そうですが……」

「それを日本人は、まるまる信じとるよ。戦争にまけて、日本人はなにもかも信用せんようになったがな。天皇さまから、大臣、役人、先生、お金、道徳、主義、愛情——老人は若い者を、若い者は老人を——テンデ信用しとらんわ。ふむ、何ものをも信用しない、いや、おもしろい世のなかになったものじゃ。これは考えようによっては、なかなかええことじゃて。——ところでな、そのなかで、新聞だけは信じとる。戦争中、あれだけ新聞にだまされて、まだ性懲りもなく信じとるのがふしぎじゃし、おかしいし、ほかのものへの不信用とくらべて、つりあいがとれんから、危険でもある。——」

例によって、千鳥足の歓喜先生の哲学は、いったいどこへとんでゆくのやら、見当もつきかねる。刑事連はむろん、里見記者もけむったい顔で腕時計をのぞきこみ、

「ところで、ちょっと僕は用があるんですが——これでいいですね。じゃ、例のネタの件、ギヴ・アンド・テイクにねがいますぜ」

颯爽と出てゆく記者を、刑事たちは、あいまい至極な顔つきで見おくっている。

「嘘倶楽部所属の新聞記者か。——」

「こりゃ、先生、あれからもらう情報は、眉に唾《つば》をつけてきかなくっちゃなりますまいな」

「まさか」

と歓喜は笑った。

「そこまで疑う必要はありますまいが」

「いや、さっきユリ子の証言のなかに、いつかグデングデンに酔っぱらって廓のなかをあばれまわり、A新聞の記者だといばっておったというのは、あの記者でしょう」

「うむ、あれは少々まずいな。……」

「わたしたちには、どうもあれが一流の記者とはみえんですが」

「いや、酔っぱらっての行状を云々されると甚だこまる。人間、酔っぱらうと本音を吐く、とよくいいますがな。それは下戸のいやみで、必ずしもそうではない。酔っぱらいというものは、

だれしもあんなものです。……」

と、歓喜先生、すこぶるあわてて酒のみの弁護にこれつとめたが、

「いや、待てよ。……本音を吐くか吐かんかはべつとして、そいつの人間の品性、これは出てくるかもしれんな」

と、首をひねった。

「……実は、わたしも、あれの嘘倶楽部での述懐に、なにやら耳にひッかかることがある。ねんのため、里見君の経歴を――あれの親父が、ほんとに新聞のために葬《ほうむ》られた人間か、いちおうしらべておいてもいいかもしれんですな」


厚生省麻薬取締官、久世専右《せんすけ》氏。

やせて、小柄な男だったが、顔は、とりしらべる刑事のだれよりもするどい、きびしい顔をしていた。うすいワシ鼻のかげで、眼が、鋼《はがね》のようにくらくひかっている。あきらかに職業の変貌させた人相だった。きくところによると、麻薬Gメンのなかでも指おりの辣腕家《らつわんか》、励精家だということである。

久世氏も、事件の報ぜられたけさはやく、じぶんからいちど出頭してきたが、やはり二応も三応もきかなくてはならぬ。どうも、所轄は厚生省と警察とちがうけれど、むろんふだんは密接な協力関係にあるのだから、刑事が内々こぼすわけだが、しかし久世氏は、いままでの車戸や里見とちがって、時間的に重大な登場人物にちがいなかった。

というのは、久世氏が恋ぐるまをおとずれるまえに、まだ正体不明の白マスクと、ふとっちょの紳士がマダムをたずねてきているからである。

そのことを記者とおなじように、まず彼から口にした。

「どうです、その白いマスクの男と、口髭の紳士はまだわかりませんか？」

わからない、と刑事がおなじようににがい顔でこたえると、久世氏は唇をかんで、暗い眼をいっそう暗くしずませていたが、

「どうも、S町で最大の協力者をうしないました」

と、沈痛にためいきをついた。

「あのマダムのおかげで、だいぶこの遊廓からヒロポンやヘロインが駆逐されていたのですがねえ。……」

「なるほど、そういえば、めっきりすくなくなりましたな」

と、荊木歓喜。

「三、四年まえまでは、白粉《おしろい》をおとすと土人形みたいな顔をして、腕じゅう注射のあとだらけ、どころじゃない、注射タコがこぶみたいにポコポコしとる奴をようみたもんじゃが」

「なに、やる奴はまだ指と指とのあいだなどにやっていますよ」

久世氏はぶきみな笑いをもらした。

「なかなか絶滅はできない。……浅草とこのS町だけでも、こっちの知ってるかぎりでも千五百人の麻薬密売者がいます。これは看視しているにしても、まだキャンプから鞍替えしてくる

女が、新しいルートをひいてくる。それをまた、マダムのように協力してくれるひとは例外で、ともすれば、やはりおつとめの時間だけはかせぎにかせぐように、内々薬をすすめる楼主が多いのでこまったものです。ヒロポンならまだしもだが、こいつがすすむとヘロインになる。……」

「いったい、どこから、そんな麻薬が日本に入ってくるものですかな」

「やはり大陸方面からの密輸ですね。わたしのみるところでは、その代り年間百億の金が大陸へ出ていると思う。なにしろ、ヘロイン一グラムが——ヤミで、五年まえまで三千五百円、二年ほどたったら二万円、いまじゃ五万円ちかくになっているのですから。それだけ取締りがきびしくなったわけですが、それでも日本じゅうに、麻薬中毒者は三十万あるとみております。ヒロポンにいたっては、成人四百人にひとり。……」

「ほう、わしゃまた淫売婦とか与太者ばかりじゃと思っておったが……」

荊木歓喜はくびをかしげて、

「いま、そのS町にもずいぶん麻薬密売者がおるようなお話であったが、れいのボスの松葉組、あれなんかどうです?」

「いや、あれは大丈夫です。下ッぱの方はしらず、松葉組の大将は関係ありません」

と、久世氏はかるくくびをふって、話をつづける。

「なげかわしいことに日本の麻薬患者の一割は、そういう連中より、患者を治療するはずの医者、看護婦、薬剤師などでありまして、……」

「久世さん、伴《ばん》という医者を御存知か？」

「伴？」

「目黒の医者で――」

「あっ、あれですか。いや、知るというほどではありませんが、いちど、モルヒネ不法所持のうたがいで、家宅捜査にいったことがあります。医者、というより、モヒ中で、麻薬統制違反で免状をとりあげられた元医者でしたが、それが、どうかしましたか」

「あの晩ですな、その伴という男が、マダムに薬をもらう約束で、マダムの自宅にいったというんですが、その薬というのは、麻薬じゃなかったでしょうか？」

「あゝ、マダムとその医者は――なんでも幼なじみだとかいうことでしたね。そうそう、わたしの雑談から、交際が復活したとかいってましたっけ。しかし、そんなことはないと思いますがね。その医者もその後なおしたらしく、わたしの捜査したときも――もう一昨年の秋になりますが――べつに麻薬は発見されませんでしたし、だいいちマダムがそんなことをするとは思えませんですね。……」

「しかし、マダムがあなたのお仕事の協力者であったとすると、ま、女郎たちの麻薬の入手先なども知っとるはずだ。マダムも麻薬を持っとらんとはいえん」

「そりゃそうです。……実はあの晩、それについてマダムに情報をききにきたくらいですから」

「と、おっしゃると？」

「この廓にいた女でですね、立川からきたパンパンで……いまはまた千歳にいっちまった奴があるんですが、こいつが相当大規模な麻薬業者と接触があったらしい、ということがちかごろわかったわけです。で、その女についてききにきたわけで……もっともマダムはよく知らなかったので、雑談をしてわかれたわけですが。——」

「そのときは、部屋のまえのネオンはきえていましたね?」

「こうっと、そう、きえてましたな」

「ほかに、部屋にはだれもいませんでした?」

「みませんでしたな」

「どこか——ものかげか何かにかくれてるような」

「ものかげっていったって、なにしろ三畳の部屋で、火鉢と姫鏡台のほかにゃなんにもないんですから」

「夜具か何か?」

「夜具は出ていませんでしたよ」

「枕は?」

「むろん、枕も」

ばかにされているように思ったらしく、露骨に不快な顔になった久世氏をへいきでみて、このとき荊木歓喜が、なぜかにやっとした。久世取締官はまばたきをした。が、すぐにもとの義眼のようなつめたく強い眼になって、おしかえすように、

「なにか、御不審でも？」

「いや」

といったきり、歓喜はだまっている。あっけにとられていた刑事のひとりが、やっと、

「さて、久世さんの会われたときに、マダムに異常のなかったことがたしかだとすると――」

「わたしのあとに、だれかまだ訪ねていったのがあるそうですね？」

「そう、黒マスクの男」

突然、荊木歓喜が、憮然としてつぶやくように、

「その男をつかまえて、もしマダムはそのとき殺されていた、などいいはると、こいつめんどうじゃね」

「君！」

久世氏は真っ蒼になった。怒りに、眼が別人のような凄じいひかりをはなった。

「ばかなことをいうのはよしたまえ。厚生省の役人だが、これでもわたしは犯罪者をつかまえることを職務としている人間ですぞ。侮辱《ぶじょく》するのもいいかげんにしないか」

「ほ、わしゃ、なにもあんたが人殺しなどといったおぼえはないが」

おだやかな声と顔だった。

久世氏の眼が、急にふたたび暗い沈鬱なものに変った。なにかじっとかんがえこんでいたが、急にその顔をあげて、刑事たちを見まわした。

「ひとつ、妙なおねがいがあるんですがね」

微妙な笑いがその眼に浮かんでいた。

「この事件の犯人が、さっそくにつかまれば問題外ですが、万一へんにこじれて手間どるようでしたら、――いっそわたしを犯人にしてくれますまいか？」

「えっ？　あなたを、犯人？」

「いや、そうハッキリ決定して、公表するわけにゃゆかんでしょうし、またこっちもこまりますけれど、そこのところをあいまいに、新聞記者などには、いかにもわたしがくさいように匂わせてもらうと、非常に好都合なんですが」

「それは、また、どういうわけです？」

「実は、さっきちょっと申しあげた大麻薬業者なんですが、その正体をわたしは知っている。いえ、日本人じゃありません。ところが、蛇《じゃ》のみちは蛇《へび》でむこうさんもわたしを知っておるのです。それでですな、これからわたし、そいつに接触するつもりなんですが、わたしがそういううしろ暗い立場にあると、むこうがわたしに気をゆるす可能性があると思うんです。英雄、英雄を知る、といっちゃあおかしいが、犯罪者は犯罪者のみに、じぶんの犯罪を曝露するでしょう。はゝはゝ、虎穴に入らずんば虎児を得ず、というやつです」

「――それで、あなたは、なぜマダムを殺したんです？」

ドキリとするような問いを歓喜からなげられて、久世氏はまたまばたきした。

「え、わたしを犯人にした場合ですね？　それは、痴情とも、或いはマダムとわたしが結託して麻薬でもうけていたのが仲間われしたとでも、なんとでも想定していただいてよろしい。……

これは、わたしのほうの仕事の都合だが、しかしあなた方のほうも、私を犯人にしたてると、ほんとの犯人——おそらく黒マスクの男——が、安心して不用意にうごき出す、そんな利点がありゃしませんか？　どうでしょう、この思いつきは」

しゃべっているうちに、彼はその思いつきにみずから感服したらしく、ひどく熱心になっていた。

「先日から、なんかひと工夫はないかと考えていたのですが、——犯罪者に告白させるために犯罪者となる、もしくは警察とうちあわせて犯罪の容疑者となる。ふむ、これはなかなか捨てがたい着想だ」

刑事たちはなにもいわなかった。やっとひとりが、あきれたように、

「できませんか？」

「犯人を泳がせる、という手は、やらんこともないですがね、しかし、そういうことは——」

「はゝは、それは、ケナされたのか、それともほめられたのですか？」

「できる、できんはべつとしても……久世さん、なるほどあなたは仕事の鬼ですな」

「ふ。……虎穴に入らずんば、虎児を得ず、なるほど」

と、歓喜がつぶやいて、じっと久世取締官の顔をみた。

「おもしろい。おっしゃるとおりにしてあげてもいいじゃありませんか？」

「ね。おもしろいでしょう。——わたし、行方がわからないことがありましても、厚生省薬務局麻薬課のほうへとい合わせていただければ、ただちに出頭いたしますから、いま申しあげた

ようなこと、あとでひとつやってみるか、と御採用になりましたら、どうぞ御連絡ねがいます」

久世取締官が去ったのち、荊木歓喜はひとりニコニコ笑っていた。

「ぬらりくらりと、鰻《うなぎ》めが——虎穴に入ってきおった」

「なんのことです、先生？　あのひとが、あやしいとでも？」

「そういうわけじゃないが、いまの応答の結果を考えてみなさい。かりに、かりにあの人がバラバラ犯人だとすれば、じゃね。皮をきらせて骨をきる、柳生《やぎゅう》流、——みずからこっちの死角に入って、あんたがたの心に、これは犯人じゃない、という心証を生みやしなかったか？」

「そうでもありますまい。……しかし、どうもおどろきましたな。嘘倶楽部会員の新聞記者に、犯罪者志願の麻薬Gメン。——まったく、なにを信用していいかわからない」

「べつにおどろくことはない。人さまざま、人間というものは、いざとなれば、どいつもこいつもひとすじ縄ではゆかんものじゃて。いや、つくづくと、あんたがたのお仕事も、たいへんなものですなあ。……」

第六章　母よ不知火《しらぬい》

いうまでもないことであるが、これは事件が起ったその翌日一日間のことである。ひとりひとりの証言のたびに、刑事が八方に事実のうらづけにとぶ。たとえば、車戸猪之吉が当夜いったという「浮舟」にその事実をたしかめるとか、目黒の元医者伴泰策氏に出頭をもとめるとか、むろん当夜「恋ぐるま」に登楼した客のうち、名のわかっている馴染客の調査にかけまわるとか。――

荊木歓喜は、もとより捜査官ではない。ただ生前辱知《じょくち》のなかであり、且大いに敬愛していた恋ぐるまのマダムの非業《ひごう》の死を、ひとごとではないと思い、――また、それで警察のなかをウロウロしても、だれも文句をいわない不可思議な顔と信頼を利用しているだけだが、実は少々くたびれた。飯どきになると、刑事たちはカツ丼とかカレーライスなどのテンヤものをとる。歓喜先生は酒が要る。れいの薬瓶のなかは、もうからっぽだ。

ぶらりと警察署を出た。うすら日の下の平和な冬の町よ。蜜柑《みかん》の籠《かご》やデパートのきらびやかな包み紙を小わきにかかえ、あたたかな外套や美しいコートに身をつつんでゆきかう幸福そうな行人のむれよ。

「これで、久世取締官によれば、ヒロポン患者が四百人に一人、精神異常でない奴は、十人にたった六人とかいったっけ。……噴火山上の乱舞か。あぶない、あぶない」

つぶやいて、石段をおりかかると、

「先生」

と呼んだものがある。ふりかえって、

「おお、ヒトミさんか」

なにげなく返事をして、三分ほどたって、急に眼を大きくした。ふたりの娘が、寒そうに、不安そうに立っていた。

ひとりは、遊廓のヒトミという女だった。朝から、まゆみ、ユリ子、鮎子、朱実と、捜査本部によびつけられた女は多いし、またそれを心配して署のまえをのぞきにくる朋輩《ほうばい》たちの姿もチラホラみえたので、はじめなんの気もつかなかったが、ヒトミという娘、これは、当夜「恋ぐるま」にはいなくって、本郷の車戸家にいた女である。――しかし、歓喜先生が眼をまるくしたのは、むろんそれがどうというわけでなく、いっしょに立っている娘が、あの惨劇の直前、彼とともに「恋ぐるま」を訪れたあのふしぎな女子高校生だったからだ。

「お。……これは？」

とっさに、この少女とヒトミとのむすびつきが腑《ふ》におちかねて、まじまじと見つめている。

「まあ、おじさま、警察の方？」

と、少女も眼をいっぱいに見ひらいた。ヒトミがくびをふって、

「いいえ、そうじゃない。そうじゃないけれど、警察にはとても顔のきく先生よ。……そうだ、お嬢さん、この先生にたのんだらいいわ。……」

と、いいかけて、これまた、

「あら！　ふたり、知ってるの？」

と、トンキョウな声をあげてしまった。

「お嬢さん、伴《ばん》さんでしたな」

伴圭子《けいこ》、名をおもい出した。おもい出したのみならず、歓喜先生は、この少女になにかききたいことがある。ききたいことがあるような気がするのだが、さてそれが何やらじぶんでもわからない。ちらっと、頭を、「そうだ、この娘さんの父親の伴泰策が、もう署へ出頭しているはずだ」という考えがかすめたが、彼のききたいのは、そんなことではなかった。

「お父さんのことでいらっしゃったか？」

と、歓喜は頭をかたむけて、

「まだ、お調べがすんどらんようだ。もうちょっとおそくなるかもしれんが。……」

「いいえ、父のことじゃあないんです」

と圭子は意外にもくびをふった。ヒトミが口を出した。

「先生、お嬢さんの心配してるのは、お父さんじゃないんだよ。そのひとなら、きのうの晩、本郷のうちでずッとママさんを待ってたもの。そりゃあたいが、あたいばかりじゃない、婆やさんも知ってるもの。……お嬢さんが心配してるのは、坊っちゃんのこと」

「坊っちゃん？ ……とは、車戸三樹のことかい」

車戸三樹は、朝からここに呼ばれている。いちど訊問《じんもん》をうけたが、本格的な取調べはこれからはじまることになっていた。――そういわれてみれば、この圭子という少女は、車戸の家にしょっちゅうあそびにゆくといってたっけ。……

「そうなんです。おひるまえ、お嬢さんのお父さんが警察にひっぱってゆかれちゃったんです。で、お嬢さんがビックリして、本郷のほうへとんできた。……」

と、ヒトミは息をきらしながらいう。それは、伴氏が、昨晩は車戸家にいたんだから、そのあかしさえたてばすぐにかえってくるから、と娘にいいのこしたのを、それでも圭子は心配してたしかめにいったものらしかった。――

「なにしろ、父はこのごろ、どこへゆくのか朝からフラフラ出かけたり、夜おそくお酒をのんでかえってきたり、何をしてるのかあたしにもわからないんですから。……すると――」

――ところへ、ちょうどA新聞の記者が取材に車戸家にやってきて、いろいろ事件の見込みをしゃべったなかに、息子の三樹の行動がどうもおかしい、というようなことをしゃべったという。

「記者、そりゃ里見という奴じゃないか？」

「ええっと――そう、里見、里見。そりゃ気ぜわしいひと」

「それじゃ、あいつ、ここへきてしゃべるまえに本郷へいったのか、それともあとでいったのか。――なるほどいそがしい男だ」

あんまり動作のはやいほうではない歓喜先生、いまさらながら、新聞記者というものの敏速さにおどろかざるを得ない。(ネタの件、ギヴ・アンド・テイクにねがいますぜ。――)と彼はいった。すでにそのことばどおり、里見が全力をあげて活動を開始していることはあきらかだった。

「ね、先生、坊っちゃんのことが、どうおかしいの？」

「おかしいのは、みんなおかしい。世のなかの奴、ぜんぶおかしいが。……とにかくな、マダムがあれほど念入りに料理された。魚ならしらず……人間ですぞ。牛肉屋でも、牛切り庖丁で骨のない牛肉をきるのに、一斤きるあいだに二、三度はとぐ。人の肉だって、脂肪層はあついし、たとえ女にしろ、骨は骨だし、とくにあのマダムなんかひといちばい血は粘《ねば》ッこそうだし。……」

「……よして！　先生」

ふたりの娘は、真っ蒼《さお》な顔になって、口をおさえてしまった。

「そんなこと、あの坊っちゃんが」

「おかしな時勢で、親殺しもめずらしくはないが」

「先生の、ちくしょう」

と、ヒトミはさけんだ。眼に涙がイッパイにたまっていた。この娘は、マダムがひどく可愛がっていたそうだが、なるほどちっとも女郎らしくない、ういういしく、感情の清潔なところがあった。

「いや、ごめんごめん、まさか坊っちゃんが、おふくろを殺《や》ったとは思えんがな。しかし、坊っちゃんはあの夜の訪問者のうち、最後の訪問者で——」

「それがどうしたの？　そのまえに、ママさんは殺されていたのよ」

「うむ、それはそうだろうと思うが、それにしても、それを発見した坊っちゃんが、なにもいわないで店をとび出してしまったというのはおかしい」

「そりゃ先生、母親の屍骸をみりゃだれだっておッたまげるわよ。それに坊っちゃんはお店がだいきらいだった。というより、あそこへいったのは昨晩がはじめて、あのお店は坊っちゃんにとって、見も知らない路《みち》ばたとおんなじだったのよ。——先生は、坊っちゃんが、なにか嘘ついてるのじゃないかと思ってるの？」

「三樹さんは、嘘なんかつかないわ、ぜッたい」

突然、圭子が決然とした調子でいった。なんのくもりもない、水晶のようにつよく澄みきった眼で、真正面から歓喜を見つめて、

「あのひとは、イエスさまにちかって、嘘はつきません」

歓喜先生は、ひどく狼狽した。これほど確信的な眼には、終戦以来お目にかかったことがない。

「ほ、あの子は、クリスチャンですか？」

「え、そうなんです。あたしも——あたしのお母さまがそうですから」

歓喜の頭を、ふっと、あの夜、聖書をもって恋ぐるまにいそいでいたこの少女の姿がよぎっ

た。

「お母さまが、三樹さんに洗礼させたんです」

「お母さま？　あんたのお母さんは、その……曾谷病院に……」

「病院に入ったのは、一ト月まえですもの」

ヒトミが、そばから、

「先生、だいいち、坊っちゃんがなんのために嘘つくんです？」

「さあ、それが不審なんじゃて」

「坊っちゃんが、犯人を知ってて、それをかばうためっていうんですか？」

「さて」

「そんなばかなことがあるもんですか。マダムは坊っちゃんのことといったらむちゅうだったし、坊っちゃんだって、ママさんを――夜の不知火《しらぬい》みたいにあがめていたわ」

荊木歓喜は、妙な顔をして、ヒトミを見おろしていた。突然、女郎らしくないひどく詩的なことばがとび出してきたのでめんくらったのである。

「ここに坊っちゃんがそうかいてる」

と、ヒトミはまじめな顔でいって、それまで持っていたビニールの風呂敷から、一冊の本をとり出した。

「そりゃ、いったい何じゃね？」

「三樹さんの高校の文芸部の仲間で出してる雑誌。新聞記者がへんなことというもんだから、あたしたち、どんなに三樹さんがおばさまを愛してたか、そのしょうこを見せようと思って——このねえやさんと相談して、三樹さんのお部屋から、これもち出してきたんです。あたし、まえにみたことがあったから」

と、圭子もねっしんにいった。

ガリ版の本の表紙には、「青春混沌《こんとん》」とある。「青春混沌」を、まだ青くきよらかな桃の実と、ほのかにあからみ、熟しはじめた桃の実と――女子高校生と、若い遊女におしつけられた荊木歓喜先生は――ぶるっと、むく犬みたいに身ぶるいをした。

「ううっ、寒い」

なんだか、ハニカンだような笑顔になって、

「ともかく、そ、そこの食堂に入ろうじゃないか。こう空《から》ッ風《かぜ》にふかれて立ち話していてもはじまらん。食堂にはストーヴもあるじゃろうから」

大通りのむこうがわに、中華ソバ屋があった。刑事たちが丼物をとる店で、中華ソバばかりではなく、なんでも屋である。むろん焼酎《しょうちゅう》もある。いかにも、かんしんなことに、ストーヴもある。

「おやじ、チュウを三つ。うん、ストレートでよろし」

歓喜先生はストーヴのそばのあぶらじみた椅子にどっかと坐って、ドタ靴をぬいで、穴からおや指ののぞいた靴下の足をつき出した。

「レディたちは、ワンタンでもくうか」

ふたりの娘はだまってくびをよこにふる。靴下が、へんな匂いをたて出した。それにも気がつかないふうで、娘たちは、謄写版で刷《す》った雑誌をめくる歓喜先生の手もとを、じっとながめている。

「母を恋す。……車戸三樹」

歓喜は題をよんで、眼をパチクリさせた。

ぼくは母を恋する。母を愛しないひとはない。ぼくは母を恋するのだ。

恋には性のにおいがある。母に性の匂いをかんじるといえば、ひとはぼくを怒るだろう。しかし、ほんとうは、母がまだ若ければ、少年はきっと母にボンヤリした性をかんじているものなのだ。……が、ぼくほど母にはっきりとそんな匂いをかんじている人間はまれだろう。

そういうと——ひとは、こんどはきっとぼくを嘲笑するにちがいない。ぼくは、ひとが母の職業を嘲笑していることを知っている、あんなしごとをしている母親だもの、息子がそんなことをかんじるのも当然だろうと。——

ちがう。ぼくが母を恋するのは、母があまりにも美しいからだ！　ぼくはひとびとのまえに昂然《こうぜん》と面《おもて》をあげていいたい。これほど美しい母が、この世にまたとあるか、と。

母は四十にちかい。しかし、まるで太陽の下の大きな向日葵《ひまわり》のようだ。海原をわたる純白の豪華船のようだ。いや、太陽そのもの、海原そのものだ。ぼくは子供でありながら、母のまえで眼がくらみ、またはそのふかみにひき入れられそうなきもちになる。

ぼくはいまでも想い出すことができる。まだ小学校へ入るまえ——湯桶に舟をうかべていたから、もっとまえのことだろう——乳いろの湯気のなかに、なぜか記憶は、無数のシャボンだまを浮かべている。そのシャボンだまは、紅の、紫の、青の、黄の、まるで虹のような色彩をながしつつ、くるくる、まわり、ひかり、ただよっているのだ。その乳いろの霧と、五彩の珠《たま》をおしひらいて母があらわれた。——そのときの母の美しさを、ぼくはいまでもおぼえているのだ。驟雨《しゅうう》のあと、モクモクとかがやきながら浮かび出た春の雲みたいな真っ白な乳房、腹、腰、ふともも——美しいというより、息もつまるような偉大さ、神秘さ、壮麗さが、まだぼくの脳膜《のうまく》にねばりついてのこっているといったら、ひとはぼくを性的異常児だと笑うだろうか。

そうだ、ぼくは異常児かもしれない。——この五月、こんな夢さえみたのだから。

それは、ぼくがねむっていると、母がやってきて、やわらかく抱きあげ、接吻してくれた夢だった。ぼくは夢のなかで、神秘な昂奮《こうふん》とふかい恐怖に全身をうねらせて母をつきのけた。すると母は、身をひるがえして、階段をかけおりていった。ぼくがそれを追いかけて下におりると、石だたみのうえに、白いチョークで、「三樹ちゃん、わたしはわるい母です。旗江尼《はたえあま》」とかいてあった。尼になったのか！　と思ったら、ぼくは涙があふれてきて、きちがいのように路をはしり出した。

水のせせらぎがきこえる。暗い麦畑のむこうに、白い月の環《わ》が浮かんでいる。いつのまにかうしろに父がきていて「死んだ！　死んだ！」とさけびながら、そうしていっしょに泣きながら、ふたりは母をもとめて、たそがれの野路《のみち》を、どこまでもかけていった。……

――眼がさめた。ぼくはふかい息をついた。微風が、夕明りの窓の外から、ライラックの花の匂いをふきこんでいた。ぼくは、しびれた頭のすみっこで、じぶんのからだがぬれているのをかんじた。

いまでも、ぼくはためいきをついて思う。ぼくは背徳者だろうか、と。

ちがう。母はあまりにも女らしいのだ。へんなたとえだが、母は女の精そのものだからだ！それが五歳の幼児であれ、血をわけた息子であれ、いやしくも男であるかぎり、その「男」を酔っぱらわせるのだ。

ぼくは、幼いときお伽噺《とぎばなし》に出てくる美しい魔女をよむたびに、いつも母のことをかんがえた。ほんとうに、母は魔法使いのようだ。母にできないことはなにもない、とさえぼくは思うことがある。欲しいものはなんでもあたえてくれる。欲しいといえば、ヨットでもヘリコプターでも買ってくれるかもしれない。会いたいと思えば、どんな女優だって歌手だって、なんかのチャンスをつくって呼んでくれる。――ひとは、これをぼくがじまんしているというか？

そうだ、ぼくはたしかに母をじまんしているのだ！

母はぼくを溺愛《できあい》している。世のひとは、溺愛とは無責任な愛だというけれど、ぼくはほんとの愛はきっと溺愛だと思っている。そのとき薄情にしておいて、あとになってから、いや、あれは本人の身のためを思う大愛だったなどいうのは、かならずまやかしものだ。ぼくの父なんかそうだ。――そして、ほんとの責任感は、その溺愛に対してこそおこるのだ。ぼくは、母の愛に、文字どおり溺《おぼ》れつつ誓う。世のひとはなんとでもいえ、ぼくはこの母を溺愛しよう！と。

けれど——その母に、ぼくはどうしてもわからないことがある。いや、ふしぎな女だ、とは息子のぼくでさえなんどかきいた言葉だし、だいいち、父がしょっちゅう口にするけれど、ぼくにとっては、陽光のみなぎりわたった大空みたいに、なんの翳《かげ》りもないはずの母に、ただ一点わからないことがあるのだ。一点、というより、その天空海濶そのものが神秘的だといえるだろうか。母はよく笑う。母はよく涙する。母はあけっぱなしだ。愛すべきぬけさくだ。

或る日、洗濯場から出てきた母は、牡丹《ぼたん》のようにあからんだ顔をして、ぼくの顔を見つめた。うるんだ眼のおくに笑いがあった。

「ママ、なに？」

「三樹ちゃん」

「なんだってば、へんな顔して」

「あんた——大人になったわね」

突然、ぼくはまっかになった。母はいたずらっぽい眼でいう。

「三樹ちゃん、あのね、もしなんだったら……神経衰弱にでもなりそうだったら、女の子とつき合わせてやろうか」

「…………」

「ヒトミなんかどうお？」

「ばか！」

ぼくはどなった。恥ずかしいからばかりじゃない。ぼくは怒ったのだ。ヒトミというのは、母がひどく可愛がってる女中だが――ほんとうは、母のやっている店の女なのだ。じっさい母は、ときどきへいきで、ケロリとしてそんなばかなことをいう。

「ばかでもないさ。おまえでも、男だからね。男ってものは、可笑しいもので、女の子とつき合わないと、神経衰弱ならまだいいけど、それこそばかみたいに、ただボーッとしてたり、きちがいになったりするものだからね。……」

歓喜はふっと眼をあげて、ふたりの娘をみた。ふたりの娘はきまじめな顔で、じっと歓喜先生を見つめている。いったいこの娘たちは、この文章を読んで、何をかんがえているのか？……が、ヒトミの眼にはただ無智の、圭子の眼にはただ無邪気のひかりしかみえないようだった。

そのときぼくは、はじめて母を非難した。ひとが母を非難しているあのことを非難した。母のやっている商売をやめろ、といったのだ。……ぼくを嘲笑するひとよ、ぼくはけっして母の職業に無関心だったわけではない。へいきだったわけではない。そのことは、ものごころついて以来、母のやっている店、その一劃《かく》に、いちどとしてぼくが足をふみ入れたことがないのをみてもわかるだろう。（ぼくの家は、ぼくが生まれてまもなく、その一劃からいまのところへ移ったのだそうだ）むろん母はすすめはしなかったが、べつに禁じもしなかったのだ。ぼくは、その問題については、幾夜、幾十夜ねむらずにかんがえつづけたことだろう。

売春禁止法の問題が新聞でやかましかった夏の一日、ぼくは別荘でひるねをしていて、恐ろしい夢さえみたこともある。——

まひるだった。往来を、群衆のはしってゆく騒音がきこえた。窓からみると、蒼《あお》い空にまっしろな煙がうずまきながれてゆくのがみえる。「火事だあ」「火事だあ」という叫喚《きようかん》が遠くからきこえた。もえているのは、まるで鱗《うろこ》のようなさざなみをたてているひろい河のむこうの、へんな家だった。日本風でも外国風でもない、蜃気楼《しんきろう》みたいな建物が、めらめらと炎をあげていた。

「放火《ひっけ》だあ」「放火だあ」そんなかんだかい声といっしょに、その建物の下にひとびとが蟻みたいにむらがり、そのまんなかに赤い支那服がくるくるともまれていた。ぼくは家をとび出した。

かけつけてみると、もう煙はけろりときえて、その建物のまえに、十人あまりの群衆があつまっているので、何ごとかあったのだな、とかんがえられるだけである。そのひとりに、「火事はもうすんだのですか?」ときくと、「ええ、その女が火をつけたのです」とこたえて、あごで地面をさした。広場をのぞいてみて、ぼくはぎょっとした。そこに大の字に横たわっている支那服の女は、母ではないか?

色のまっしろな、眼の大きい、母そっくりの顔をした豊麗なその女は、両手くびを胸のまえで、褐色《かっしょく》の棕櫚縄《しゅろなわ》でくくられていた。「ママ! ……ママ! ……」ぼくが必死によんでも、その母に似た女は、ぼくも、まわりの群衆も、まったく見知らないというように無表情だった。

そのとき、鋼鉄の靴でもはいているような音をたてて、うしろから、黒い警官服をきた背のたかい老人が出てきた。腰に革鞘の日本刀を吊っている。——その顔は、誰かだった。ゆめのなかではたしかに記憶があったけれど、さめたいまでは、どうしても想い出せない。——そのひややかな顔をみて、ぼくはぞっとして、「やめて下さい！　やめて下さい！　そんなことは！」と両うでをもみねじった。

「やめる必要はない」と老警官はつめたくこたえて、母に似たひとの美しい支那服に手をかけた。みるみる白くふとったはだかのからだが、蛇のようにくねりながら、地面のうえにころがされた。

「ああ、たまらない、ママ！　はやくあやまって下さい！」半狂乱になって、ぼくは全身で母の顔のうえに身をなげかけた。日がくらくなった。息がしずかに胸にかかって、うすぐらいひかりのなかに、もりあがったふたつの乳房が、廃屋《はいおく》の塵《ちり》にうずもれてかがやく宝石のようだった。母の吐く息が急にあつくなったので、ぼくは足もとのほうをみた。

警官は、母の足もとに片ひざをついて、日本刀をとりなおし、かかとにあてがい、ちょうど松茸《まつたけ》の柄《え》でもそぐように、ふくらはぎの方向へ、ユックリとひき切ってくるのだった。まあ、なんという足の白さだったろう、ゆたかなあぶらがひかって、まるで象牙のようになめらかだ。それがときどき、ピクリ、ピクリとけいれんする。ぼくは母のからだのけいれんとどうじに、じぶんの足からも、いなずまのようにおくられてくる激痛をかんじた。その皮膚のきられるいたみを、その肉のきられるいたみを、その腱《けん》のきられるいたみを、その骨のきられるいたみを！

老警官は、まるで木こりのようにユックリと刃をひいている。ああ、いまに断截面《だんせつめん》が――まっかな血のりでベトベトした松茸の柄がそこになげすてられるだろう。……ぼくは苦痛に身をもみねじりながら、ケダモノみたいな眼でまわりの群衆をにらみつけ、

「みなゆけ！　あっちへゆけ！　……はやくあっちへいってくれ！」

と、悲鳴のように叫んだ。……

「これは」

チュウのコップをおいて、歓喜先生はおもわず頬づえをつく。この少年の凄艶な夢はなにを意味するのか？

「フロイドは」

と、いいかけて、ぽかんと宙をみた。しばらくして、コップをぐっとひとくちあおって、

「なんとでも理窟《りくつ》をつけるが」

――眼がさめた。外はしずかに暗い夏の午後の雨だった。

この夢は、何を意味するのか、ぼくにもわからない。美しい母の身のまわりを、モヤモヤととりまいている恐ろしいものへの不安が、そんな夢をみさせたのだろうか。そのモヤモヤした

恐ろしいものとはなにか、それもハッキリぼくにはいえないのだ。社会的道徳の眼、行ったことがないからいっそう想像で呪《のろ》いにみちたものとなる女奴隷《どれい》たちの眼。——（ただひとり知っているヒトミという女の眼は、しかし、そういう名がつけられたわけがわかるほどきれいな眼なのだが）——それらの幻影だろうか。

いや、それらの幻影は、夢でなくっても、まひるのぼくをうなすのだ。だから、そのとき母を非難したときのぼくの眼は、じぶんでも、ほとんど祈るような眼だったと思う。

そのとき、母は怒ったか？　それとも泣いたか、笑ったか？　——いや、母は平然としていた。その平然さは、むりにそれをよそおっているのではなく、文字どおりの平静さだった。というより、ふだんじぶんが信じている思想を、なんのわだかまりもなくスラスラと吐く——妙なたとえだがあの修道尼のように——むしろ厳粛にさえみえる美しい顔でこうこたえたのだ。

「五尺の身体を売って、一切衆生の煩悩《ぼんのう》を安んず。……いつどこでおぼえたことばかしら？」

「え？」

「ママのお経《きょう》よ。……でもね、三樹ちゃん、これはママの身勝手な、つごうのいいお経じゃあないわ。……むずかしい理窟はママにはいえないよ。だけどママはね、ぜッたいわるいことしてるとは思わない。船は石炭や羅針盤だけじゃうごきゃしないんだよ。船乗りは、港みなとに女がいなくっちゃ、きちがいになるか半病人になっちまう。世のなかには、地べたの船乗りみたいな男がたんといるのさ。ママの商売は、そういうひとたちのためのたのしい港なのさ。そして女たちは、あんなはたらき場所がなくっちゃ、飢《う》え死するか泥棒するか、——そんな運命に生まれついた女たちを、口さき筆さきだけでなくママのようにめんどうみてやる人が世のなかにあるものかね？　それを禁じようとする人間のほうが、マヤカシ野郎か、それとも人間じゃない人間さ。ママは政府なんかこわかない。お説教好きのおいぼれ学者や、お節介な鼻がねの女史なんかへいちゃらだ。なにきめたって、いちどはそのむりがとおったって、人間の道理はきっとまたもとにもどるさ。神さまにちかって――いいえ、そんなマヤカシ野郎たちが、あんまりてがるに神さまをふりまわすから、ママは、人間にちかっていおう。ママは、人間教の信者さ。ママは、人間教にちかって、神聖なしごとしてると思ってる！」

母は、妙にあたまがいいと思われるときもあるけれど、論理的な能力はまったくゼロだ。……そのとき、母のいった理窟は、いまでもぼくをなっとくさせない。

なっとくはできないが、ぼくは母を信じた。信じさせるのは論理じゃない。詩《うた》だ。母はおなじことをくりかえした。まるで詩のリフレインを口ずさんでいるように――その母の顔に苦しみや焦燥《しょうそう》のかげは毛ほどもみえず、ただうたっているひとのような法悦感があった。それはたしかに母の宗教だった。

このとき以来、ぼくはこの母を批判しない決心をしたのである。母の信仰を、たとえそれがどんな魔教であろうと、それをみとめてやることにしたのである。幾億の人に幾億の母あれどわが母にまさる母あらめやも！　ぼくはこのただひとりの母に殉じよう。世のひとびとよ、この母に石を投げうて。ぼくは、この不知火《しらぬい》のように美しく不可思議なる母、善意の女神を、死を以てかばうだろう。……

「熱い」

荊木歓喜は、あわてて足をストーヴからひっこめた。靴下の妙な匂いがきえて、いつしか焦《こ》げくさい匂いをはなっていたのである。

パラパラと巻末をめくり、

「ふむ、去年の秋につくった本か」

すッぱいような顔をあげて、

「いまの中学生は、いや高校生は、みんなこんなことかくのかな」

圭子はくびをかしげて、ひとすじはずれた返事をした。

「まだあるの、その青春混沌って雑誌、五冊か六冊。あわててきたからその一冊だけひきぬいてきたけれど、ほかにもおばさまのことかいたのあるわ。ほかのほうがよかったかしら？……でも、どれもそんな……おばさまを愛し、かばってる、涙のでるような文章よ」

「ね、先生、こんな坊っちゃんがママさん殺すなんて、ごじょうだんでしょ？　その本、はやく警察の旦那にみせてたすけてあげてちょうだいよ。坊っちゃんたら、気がやさしくって、神経質だから……あとで熱だすわ」

「いや。……この本は、警察にゃみせんほうがよかろう」

「どうして？」

「それか。……あんたたちには、この文章が、マダムに対する愛情の詩《うた》とだけみえるか。……」

なかば、ひとりごとのようなつぶやきだった。

「わしには……虚勢、いなおり、恐れ……悲鳴ともみえるが。……」

「え、どうして、先生、どうして？」

「あんたたち――といっても、ヒトミにきくのも妙だが、マダムの商売、どう思う？」

「どう思うって。……あたい、こまるわ」

「お嬢さんは？」

「あたし……あたしはこわい」

「こわい？」

「あたしね、はじめおばさまの御商売がよくわからなかったの。お母さまにきいても、恥ずかしい商売だ、そんなことときくもんじゃないってしかられただけですもの。……だけど、おばさまをみて、なんてすばらしい方だろうと思ったわ。そしてふしぎだった、そんな恥ずかしい商売なすってて、どうしてあんなチャーミングなかたになれたのだろう……って。でも、こんどのことで、死ぬほどこわくなっちゃった」

「あゝ、こわいとはその意味ですか。そりゃあ……結構なことでありました。ところで、ふたりとも、そのマダムを殺した奴、だれだろうと思います？」

「そんなこと、わかるもんですか！」

と、ヒトミがさけんだ。

「坊っちゃんのゆくまえに、へんな男たちがウヨウヨいったというじゃないの。警察には、そいつらがまだわかんないの？」

「わからん。そうだ、鮎子が妙なことをいっておった。黒マスクの男、どっかでみたことがあるような気がするが、思い出せないと。……ほかの女にもきいてみたが、なにしろあのうす暗い照明で、黒眼鏡に黒マスクだ、まったくわからないという。ヒトミさんは知らんかね？」

「ところがね、先生、あたいそんな黒マスクなんてみたことがないんだよ、いちどだって。……あたい、よくお店をやすむから、その留守にきた男なんじゃないかしら？」

「ほう、おまえさんは知らないのか。それは残念。……」

「黒マスクばかりじゃない。黒マスクのくるまえにきっとやってきたという白マスクもみたことがないわ。ただ、なんかのついでに、ちらっとそんな話きいただけ。……とにかく、坊っちゃんがママさん殺したんじゃないってことだけはたしかだわ！」

「なぜ？」

「だって、そんなばかなこと……あたい、信じられない」

「坊っちゃんは信じるのじゃね？」

「信じます！」

ふたりの娘は、両腕をねじり合わせ、どうじにさけんだ。四つの眼に、透明な炎がもえたようにみえた。

「なるほど。しかし相手は警察じゃ、あんたたちが信じるだけでは、うんとはいうまいよ。……そもそも坊っちゃんは、なぜ昨晩マダムをたずねたのかな？」

「え、それは昨晩――九時すぎだったかしら？　だれか坊っちゃんに電話かけてきたからだと思うわ」

「なに、電話？　……はてな、親父のほうも電話でよび出されたといっとったが」

「え、どっちもはじめあたいが出たから知ってます。三樹君はいるか、いるならちょっと電話に――と、しゃがれた声でいいました。坊っちゃんがへんな顔して電話にでると、それからすぐに家をとび出していっちまったの。だから、あたい、どんな用だったのか知らないんだけどね！」

「ヒトミさん、その電話の声は、親父にかけてきた声とおなじものだったろうね？」

ヒトミは首をふった。

「それがねえ、先生、どっちもあたいの知らない声だ。……とくに、まえにパパさんにかけてきた声は、風呂のなかでものをいってるような、そりゃあ気味のわるいへんな声。だけど、坊っちゃんにきたのは、これはたしかに男の声で、どうもちがう相手みたいに思うのよ。……」

「ふうむ。ちがう相手か。そりゃ……いっそうこまったのう」

「なんだか、咳《せき》してたようだわ。でも、あたい、よくわからない。なにしろ、電話の声だから」

「ヒトミさん。わしゃ、……さっぱりわけがわからんのじゃが、なかんずくわからんのは、あの殺しの動機なんじゃ。あのむごたらしさからして、怨恨、うらみとしか考えられんが、あのよう出来たマダムに、だれがどんなうらみを抱いておったのか。……あんたは廓でも本宅でも、マダムにとくべつに可愛がられて、ま、女太閤《たいこう》のお小姓役《こしょうやく》じゃったのだが……なんか、マダムに秘密——いや、マダムをにくんでいる奴、殺しそうな奴は知らんとのことじゃが、それじゃ、マダムがとくに愛しとった人間、またはマダムをとくに愛しとった人間は知らんだろうか？」

ヒトミはまた首をかしげた。荊木歓喜はその顔をみつつ、むろん例によって、「あたい、知らないわ」という返事しか期待していなかった。

「むろん、車戸の大将とか、坊っちゃんをのぞいて、じゃね」

ところが、このとき、歓喜は、ヒトミの顔に、突然、思いがけぬふしぎな動揺がはしったのをみたのである。それは歓喜の裏返しの問いに虚をつかれたというより、彼女じしんが、そのときはじめて心のなかからぬっとつき出された或るものをじっと見つめて、衝撃的な恐怖にうたれたといったふうだった。

「ど、ど、どうした、ヒトミさん？」

思わず、はっと眼をみひらいて身をのり出す歓喜を、この可憐な遊女は、一瞬に——まるでいやな客に抱かれるときのように、ひどくつめたい、こわばった、職業的な表情にかわって、ふるえる声でいった。

「あたい……そんなひと、だあれも知らないわ。……」

荊木歓喜は、ぶらりと警察の取調室に入っていった。

「君の態度はなんだ」

どんとテーブルをたたく音がきこえた。係官たちは、くいいるような眼で証人をにらみつけていた。

証人は、少年である。高校生の制服をきた車戸三樹だった。――しかし彼は、虐殺《ぎゃくさつ》された母の子である。犠牲者と同様に犠牲者のはずだった。深甚なる同情にあたいしこそすれ、この緊迫した雰囲気《ふんいき》は妙である。

――しかし、少年の姿勢も、この場合想像され得るものとはたしかにかわっていた。彼は、刑事たちの苛烈な眼を、みえない鉄甲《てっこう》で身を鎧《よろ》ってはねかえすように直立している。ぜんぜん母親似とわかる、少女みたいにほっそりと蒼い肌をした美少年だった。眼は刑事たちの頭上をこえて、窓の外の夕空をみていた。西空の雲のきれめが、魚のはらわたみたいに赤くひかって、少年の眼に、なにやら狂人めいた妖しい火を点じていた。

「それじゃ、どういえばいいんです？」

と、彼は小さく、ひとりごとのようにいった。

歓喜は傍の刑事にそっときいた。

「いったい、なんというとるんです？」

「あの晩、知らない男から電話をかけられた。母が、父と大喧嘩をはじめて殺されてしまった。はやくかけつけろって電話だったそうで。……」

「ふむ、猪之吉にね。……」

「そのすこしまえに、父親が血相かえてとび出したのを知ってるし、それであわてて恋ぐるまにかけつけると、例の大惨劇。……腰がぬけて、半分気絶したようになって、しばらくそこに坐っとったというんです。それからやっとわれにかえって、その父親をさがしもとめてとび出したというので、だまっていたのは、動顚したのと、さわぎになるまえになんとか父をつかまえて事情をただしたいと思ったからだという」

「いちおう、納得がゆくようじゃあないですか」

「そうでしょうか。ちっと解《げ》しかねるふしもあるが。あとで、父と自分のあいだに、何人かの訪問者のあることは知ったが、そのだれも思いあたらない。久世氏のことなども知らないという。……それはまあそれとしてですね、どうもこの子の態度がわるい。妙に反抗的でね。こっちの問いに、むやみやたらに黙秘権云々をもち出す。だれもこの子が犯人だなどいってやしないんだから、なんのために黙秘権が必要なんです？　こっちは母の仇をうってやろうとしているのじゃないか。だから、つい。……」

「はゝはゝ、そりゃ考えてやる必要がある、母親を殺された子供の心情をね。……すっかり逆上しているところへ、ガミガミと取調べをうけたので、こんちくしょう、とすねてしまったのかもしれん」

　歓喜はしずかにあゆみよって、少年の肩に手をおいた。

「おまえさん」

　三樹は、ビクンとその肩をつきあげてふりむいた。

「わしは、お母さんをよう知っとった。亡くなられたからお世辞をいうわけじゃないが、あれは実に世にもめずらしい、よう出来た御婦人じゃった。……まして、あんたは、あのひとのひとり息子だ。子供にとって、母親は、よく出来るもよく出来んも、この世でたったひとりのお母さまです。あかん坊にかえって、泣いたって誰もちっとも笑わんぞ」

三樹は泣かなかった。胸と肩が、はげしく起伏しただけだった。

「表で、おともだちの圭子さんが心配して待っておられる……」

彼のながいまつげから、涙があふれはじめた。それをあわてててかきけすように、まるでマラリヤ患者みたいにふるえる指で、三樹は頰をぬぐって歓喜先生を見あげた。

「いいえ、母は、母であるよりまえに、人間です。人間でなければなりません。……」

「むろん、そうじゃ。同様に、あんたも、はだかの、すなおな人間にもどってよろしい」

「人間が、人間を売買する職業に甘んじていいでしょうか？」

「なに？　おまえさんは、なにをいいだすのだ？」

「母は……母は……あの恐ろしい罰をうけてもしかたのないことをやっていました！　その母の子のぼくも、この恐ろしい罰をうけてもしかたがないんです。ママといっしょに！　ママといっしょに！　ママ、ママ、ママ。……」

「泣け、泣け、泣くがいい。……しかし、三樹君。……ちょっと待て、あんたのうけてもしかたのない恐ろしい罰とはなんだ？」

三樹はちらっとひかる眼で歓喜をみた。

「ママの死んだこと！」

あとは、少年の慟哭《どうこく》と、刑事たちの沈黙だけであった。いかにも人の子にとって、それにまさる罰があろうか？

慟哭と沈黙のなかに、歓喜先生は、しかし気ぬけのしたように椅子に腰をおろしながらつぶやいた。

「それだけか？」

第七章　そこからはじまる

元医師、伴泰策《ばんたいさく》氏。

四十になるやならずの年というのに、彼の髪はすでに霜をおいていた。やせて、顔いろもわるく、左の眼じりに大きなしみがあり、あごにぼやぼやとぶしょう髯がはえているのも、いかにも病身らしい。病身というより、そのひかりのない、うすい瞳のいろをみていると、生命力のまったくない廃人のようだった。そして彼は、警察官にかこまれて、犯罪者そのもののようにふるえていた。

「わたしは、いまはもうモルヒネはやめております」

と、突然しゃっくりのようにいった。

「さすがのわたしも、もう懲《こ》り懲りしました。モヒこそわたしの生涯を葬《ほうむ》った悪魔でしたが……それは自業自得で、わたしはもうじぶんの人生はあきらめていますけれど、しかし、娘の人生はこれからはじまるのです。娘を、親らしくめんどうみてやれないまでも、せめて苦しめたくはないと……モヒはやめました。どうぞそれは信じて下さい。……」

「いや、伴さん、あなたにおいでねがったのは、そういうことではなく、昨夜殺された車戸旗江のことについてですがね。車戸のマダムとよくお知り合いらしいが。……」

　伴氏は、びくっと肩をふるわせた。

「はあ、知り合いといえば知り合いですが、むかしはしらず、最近はわたしよりむしろ妻のほうの知り合いでございまして。……」

「しかし、あなたは昨夜本郷の車戸家へおゆきになったそうじゃありませんか」

「はあ、実はちょっと所用があって訪ねたんですが……待っているうち、はからずも兇変を知りまして、めんくらってかえったような次第で……」

「失礼ですが、所用とおっしゃると？」

　刑事のうたがい、またのぞんでいることは、伴氏が昨夜「恋ぐるま」をおとずれた七人の客のうちのひとりだということだった。つまり、それはまだ正体のわからないあの黒マスクか白マスクではないかということである。もうひとり、ふとっちょの紳士がいるが、この伴氏は、みるとおりの痩身《そうしん》だから、あきらかに別人だ。——しかし、車戸家にいって調べたかぎりでは、そこの女中、婆やの証言にてらして、残念ながら、伴氏がその時刻車戸家にいたことは、いまのところまちがいないらしく思われる。とはいえ、この人物もたしかになにやら胡乱《うろん》くさかった。

　そして、そのとおり、伴氏は言葉をにごした。

「いや、それは、あのひとと一夜懐旧談をやろうと思って訪ねたのです。と申しますのは、あのひととわたしは、同郷の幼ななじみでございまして、……」

刑事たちが、顔見合わせて、にやりと笑った。それはその言葉をてんで信用していない、うすきみのわるい冷笑だった。

「ははあ、懐旧談ね」

そして、つぎになにかひと太刀《たち》あびせようとし、その気配に伴氏の顔が寒風にふかれたようにささくれ立ったとき、荊木歓喜がしずかにうなずいていった。

「伴さん、その懐旧談というやつを、わたしどもにきかせて下さらんか？　……実は、わたしどもは、あのマダムという人について、なんでも知りたいのです。……ちょっと承ったところでは、どうやらあなたとあのマダムに、むかし色っぽいなにやらがあったようじゃが。……」

伴氏はほっとしたようだった。にやりと笑った。

「色っぽい？　……へ、へ、へ、なあに一篇の少女恋愛小説みたいなものですが」

――もう二十何年かまえのことになります。

そのころ、わたしは山形県M郡N町の中学生でありました。ただし、わたしはN町の生まれではありません。そこから七里も山の奥に入った百姓の……いや、わたしの父はもともと村長までやった人間でしたが、その父も母もわたしの幼いころに亡くなって、わたしは百姓をやっている伯父の家に食客《いそうろう》として育てられたものです。その伯父は、まあその村ではいわゆる旦那衆と呼ばれているひとりではありましたけれど、なんといっても山のなかの村のことですし、それになにしろ子供が十人ちかくあることではあり、家のなかは正直なところ貧乏百姓同然で、とうていわたしを上級学校へやってくれるなどいうことは思いもよりません。

そのわたしが、ともかく町の中学へゆけたのは、第一にわたしの成績がたいへんよかったこと、なんでも村の小学校創立以来のものだったそうで——いえ、どうぞ笑わないで下さい。——第二には、それを惜しんでいろいろ奔走してくれた校長先生のおかげです。この校長は、たまたまN町の中学の校長の弟でありました。そこで、わたしは中学の校長の家の食客となり、また学資は小学校の校長にたすけてもらって、やっと中学へあがることができたようなわけです。

そしてわたしは、中学でも、やはり創立以来の秀才ということでありました。ほんとにどうぞ笑わないで下さい。……いまからおもうと、わたしの最も幸福な時代は、この鉛筆一本ノート一冊買うにもかんがえこんだ貧しい中学生のころにあったのです。町のひとびとは、神童として微笑の顔をむけ……そして女学生たちは、讃嘆の眼をわたしにそそぎました。

といっても、なにしろむかしのことで、とくに口うるさい田舎町のことですから、ただそれだけの話ですが、そのなかで、ひとり、わたしがめんくらうほど積極的にちかづいてきた女学生がありました。それが車戸のマダム……旗江なのです。

旗江は、町の芸者屋の娘でした。そして、はなやかな美貌ととっぴな行状で、町で評判の娘でした。

むろんそのころは、いまのような男女共学ではありません。……その旗江が、どうしてわたしにちかづくきっかけをもったかというと、彼女の親友が、わたしの食客をしている中学校長の娘で、すなわちわたしの妻真弓《まゆみ》だったからであります。

旗江は、そのころから田舎の女学生らしくない、まるで水で洗われたあざやかな大輪のダリアのような美少女でした。そのくせ、成績がたいへんにわるい。……成績がわるいのを先生に叱られたら、いきなりとびついて、その先生に接吻して口を封じてしまったという。これはうわさですから、ほんとかうそかしりませんが、とにかくそんなうわさのたつくらい、天衣無縫《てんいむほう》の少女でした。おまけに芸者屋の娘です。

これにくらべて、校長の家は、おさだまりの謹厳さで、そのうえ夫人は熱烈なクリスチャンです。そして真弓もやはりクリスチャンで、これはクラスきっての優等生でありました。そのふたりが、どうしてなかよくなったのか?

それは、どちらも仲間にとって、或る意味で女王的な存在だったからだと思います。いってみれば、真弓は女学生たちにとって一種霊的な聖女であり、旗江は俗界的のクイーンであったのです。あだ名をつける名手、流行の伝導者。——成績がわるいといったって、旗江のあたまは決してわるくはない。ただ勉強しないだけで……というより、じぶんの好きなことだけやって、あとは、恬然《てんぜん》としているたちのせいだし、一方の真弓は、これまた修道尼のように清潔な美貌のもちぬしです。ふたりがおたがいを充分みとめ合ったのは、当然といわなくてはなりません。

しかも、それが決して成熟した女同士のように、おくそこに屈折した嫉妬とか虚栄心とかをひそめたものではなく……いや、そういう微妙な点はわたしなどにはよくわからないのですが……とにかく、わたしのみたところでは、ふたりは、なんといっても純真な女学生らしく、若々しい愛情と讃美の念をおたがいにいだきあっていたようです。そしてその友情は、ながい音信不通の歳月ののち、最近ふたたびめぐりあったいまでも、かたちこそかわれ、やはり復活継続していたと思います。

……むろん、ふたりの交際は、真弓の父母のあまり歓迎しないことでした。それを超えて、旗江がこちらの家庭に遠慮なく入りこんできたのは、真弓に対する両親の信頼——というより、真弓の友情の純粋さに傷をつけることがためらわれたのと、それから、つきあってみれば、旗江のそこぬけの善良さには、どんなひとも好意をかんじずにはいられないものだったからでしょう。実際、あの気むずかしい校長が、まぶしいくらいの楽天的な彼女の顔をみると、つい笑顔でむかえるようになったのでした。

善良さ——といっていいか、どうか。彼女のいたずらは、そうとうなものでありました。たとえば、そのころ女学校に東京から赴任してきた英語の女教師がありました。これがなかなかおしゃれで、美人を鼻にかけているというのです。この先生の誕生日に、旗江がクラスの音頭をとって洋服の生地をおくりました。さて、それを最近流行の型にしたてて、その先生が或る日町いちばんの洋装店にいってみたら、そこのショウ・ウィンドウのなかで、電気じかけの猿が、それとおんなじ洋服をきて、歯をみがいていたというのですね。……

それからまたたとえば、いまでも忘れられない話で、こんな事件があります。……どうもこのところ、すっかり頭がよわっておりまして、まとまりのある思い出が浮かんできません。旗江がどんな娘であったか、もっと面白い話がいくつかあったと思いますが、うまく思い出せないので、話がつまらない枝路《えだみち》に入るようですが、どうぞゆるして下さい。わたしのとりとめのない話を、そちらでうまく按配して、なにかの参考にして下さい。……さて、その事件というやつですが、或る日の夕方、わたしは町の珈琲《コーヒー》店のまえをとおりかかりました。すると、その二階の窓から、小さな声で、「泰策さん、泰策さん」とよぶものがあるのです。みあげると、それが旗江で、はやく、はやく、と手でさしまねきます。

わたしがあがってゆくと、彼女は窓ぎわのテーブルに坐っていて、ニコニコ笑いました。テーブルのうえには、キャラメルがのっていました。

「いま、おもしろいものをみせてあげるから」

「なんだい？」

「あなた、女学校の作法の稲田先生って知ってる？」

「あゝ、知ってる。ちょっと、おッかない先生だろ？」

「おッかないどころじゃないわよ。女閻魔《えんま》よ」

それは、女学校の寄宿舎の舎監《しゃかん》もかねているオールド・ミスで、真弓の母とおなじように熱烈なクリスチャンで、ときどき校長の家へ訪ねてきました。顔はなるほど閻魔さまのようでしたが、真弓の尊敬ぶりはたいへんなものでありました。

「きょう、学校でカンニングしてしかられちゃった。試験の監督にきてたのよ。お説教、タップリ、三時間。あたしは詐欺《さぎ》者として、死んでから盗人なんかといっしょに、マアレボルゼって地獄におちて、鬼にスープ鍋にほうりこまれるんだってサ」

そして、窓から往来をみて、「あ、きた！」とさけびました。女学校のある方角から、鞄《かばん》をぶらさげてやってくるのは、うわさのぬしの稲田先生です。

「稲田先生、いつもかえるとき、ここにきて、たいていこの窓ぎわで珈琲のんでゆくの。あなた、ここへ坐ってて、あたしが合図したらすぐあたしのところへきてちょうだい」

「ど、どうするんだ？」

「あたし、あの衝立《ついたて》のむこうの席にいるから」

彼女はとびたちました。あとに、花瓶と灰皿のかげに、キャラメルがのこっています。まだ封もきってない新しい箱でした。

「あ、これは？」

「いいの、そのままにしといて！」

数分後、旗江が衝立のかげから顔を出して合図しました。わたしがそのテーブルをはなれるとどうじに、階段からひょッこり女閻魔《えんま》さまの顔があらわれました。そして、あんのじょう、その窓ぎわの席にあるいてくるのです。

先生は珈琲を注文して、窓の外をながめようとし、ふと花瓶のかげのキャラメルに視線がとまりました。が、さすがに知らない顔をして、はこばれた珈琲をすすりはじめました。

わたしたちは、衝立のかげから、じっとそれを見ていました。突然、先生があたりをみまわしました。が、ちかくの客はだれも先生のほうをみていませんし、また遠いわたしたちのほうは、先生が気がつきません。——と、先生は、珈琲をのみながら、片手をのばして、指で、チヨイ、チョイ、とその箱をつつき出したのです。いうまでもなく、なかみの重みをしらべているのです。みているわたしたちのほうが、息もつまるようでした。

先生は珈琲をのみおわると、鞄《かばん》からなにか書類を出して、五分間くらいそれをみていました。が、急にその書類をしまうと、さっと椅子からたちあがり、階段のほうへあるいてゆきました。——そして、あとに、キャラメルの箱の影もなかったのです。

「おきのどくに、先生もあたしとおなじ、鬼のスープにおなりになるわ」

と、旗江は美しく上気した顔で、ニンマリと笑いました。

「おどろいたね」

「先生、かえったら、もっとおどろくわ」

「どうして?」

「あのキャラメルは、封をきらないように輪のままそっとぬきとって、またはめたものなの。なかみは紙につつんだ砂よ」

わたしはあきれてしまいました。——旗江のいたずらとは、かくのごとく人をくったものでありました。

その旗江が、貧しいわたしに興味をもったのは、おそらくわたしが開校以来の秀才だという評判によるものでありましょう。それが彼女の性格にてらして、どれだけまじめなものであったかは疑問でありますが。……わたしはしかし、このいたずらものの美少女をまぶしいくらいにかんじつつ、またその無鉄砲さと淫奔《いんぽん》さが、おそろしくもありました。淫奔さ。……などいうと大袈裟《おおげさ》ですが、実際彼女は、わたしに女学生にあるまじきだいたんな誘惑をこころみたことがあるのです。

たしか、卒業のまえのさいごの年の早春でありました。北国に住むものにとって、春のきたほどうれしいものはありません。わたしたち三人は、ちかくの山へハイキングを計画しました。三人とはわたしと旗江と真弓です。

もっとも、そのころは中学生と女学生がいっしょにハイキングするなどということは、学校はむろん、町の人々に知られてもたいへんなことになる時代でありましたから、ハイキングといってもひと苦労が要るのです。それは旗江のおもいつきでしたが、まず町の自転車屋から貸自転車をかりて、真弓と旗江が出かけます。わたしはべつの貸自転車屋から出発して、町をずっとはなれたところでいっしょになるのです。

町はずれをながれる河の堤防には、野火がもえておりました。あかるい日ざしのなかに火の色は美しくチロチロうごき、南風が焦げくさい枯草の匂いを、自転車を駆《か》る三人のひたいに吹きつけます。……三人は、町から三里も五里もはなれた山のなかへ入ってゆきました。

ふもとの森かげに自転車をかくして、山路をのぼる。——笑いながら、唄をうたいながら。……どうもあのときの三人の少年少女が、このわたしであり、妻であり、死んだマダムだとは、まことに世はゆめまぼろしのごとくであります。……わたしはいま、娘の圭子の姿をみると、ときに涙がにじみでてしかたのないことがあるのです。いいえ、不甲斐ない父をもって可哀そうななどいう個人的な感情ばかりではありません。もっと痛切な、えぐり出されるような、惨澹《さんたん》たる人生の哀感にうたれるからなのです。……それでも、あのときは、たしかに空は碧《あお》かった。遠い山脈に残雪がひかっていた。べんとうをたべたころ、雨がパラパラと松林をわたって、すぐ霽《は》れた雲のあいだから黄金《きん》いろの日光がおちて、あたりの熊笹《くまざさ》が美しくきらめきました。……

真弓と旗江は、性格ははんたいなのに、よく意見が一致するのがふしぎでした。そのときもふたりは、こんなことを熱心にいうのです。

「あたしは、花を愛するひと、おしみなく涙のながせるひと、乞食をみたらお金をやらずにはいられないひとが好きだ。……」

「それじゃ、ぼくはきみたちに好かれる資格がない」

わたしは、ふたりのセンチメンタリズムを笑いました。ほんとのところ、わたしは花なんかに興味はないし、涙などながしたくはないし、乞食をみたってそれほどどきのどくにも考えなかったからです。

「可哀そうなひと」

と、旗江は笑いました。

「あたしは、そんな可哀そうなひとを愛し、涙をながしてやり、お嫁にいってやらずにはいられない人間なのよ」

この娘は、こんなやりとりなら間髪をいれぬ才女となります。わたしは狼狽《ろうばい》しました。すると旗江は、いたずらッぽい眼でチラチラ真弓をながめつつ、

「でも、あたしが泰策さんのお嫁さんになると、真弓さんが泣くわね」

「ばかなことをいうな」

わたしは思わずむきになってしまいました。

「なぜ真弓さんが泣くんだ？　……ぼくみたいな貧乏人の子を、だいいち校長先生が承知するもんか」

「既成事実つくっちゃえばいいのよ」

と旗江は大胆《だいたん》不敵なことをいうのです。ところがそのころまだわたしは、たいへんおくてのほうで、その意味さえわかりません。旗江はニヤニヤ笑って、

「キスしなさいよ、ここで」

と、平然としていってのけました。

「あたし、お仲人《なこうど》役になって、ここでみてたげるから」

真弓がまっかになって、突然たちあがり、水筒をさげて、バタバタと山の下にかけおりてゆきました。泉をくみにいったのです。……あとには傍若無人な旗江のあかるい笑い声があがりました。

「やっぱり、あのひと、泰策さんにほれてるわ」

そして、ケロリとして、スカートのどこからか、魔術のようにチェリーをとり出して火をつけました。

「のまない？」

「いや」

「聖女さまにみつかったら、たいへん、いまのうちよ」

そして、タバコをくわえたまま、わたしの足もとにあおむけにねころんで、白い船のような雲をみつめながら、

「泰策さん、相手は聖女さまなのよ。あんたが積極的に出なきゃしようがないじゃあないの」

「なにをいってるんだ」

「あんた、キスしたことないでしょ?」

彼女はクスクス笑いました。わたしは笑うどころではありません。だんだん蒼くなって、息もつまるようなのです。

「あたしが教えてあげようか。……」

腰をおろしたわたしの足のすぐまえに、旗江の顔がありました。そして、むろん紅もつけないのに、まるで露にうるおった薔薇《ばら》の花のような唇が、やわらかな曲線をえがいて、ニンマリ笑っているのです。それからそのむこうに、制服の胸もはちきれそうに息づいているふたつの隆起が。……

「してよ、ここ。……きもちがよくってよ」

まんなかがかすかにくぼんだその唇をみつめ、眼がクラクラとくらみそうになりながら、わたしのくびの骨は、恐怖のために硬直したっきりでした。はんたいに、心は酔っぱらいました。――その一瞬、草のうえにたてていた旗江のかたひじが、しずかにたおれたのです。白いゆびが、はさんでいたタバコを、音もなくねじ消しました。空にかすかにけむりがただよって

います。

「あなたの未来のハズを盗むところだったわよ」

と、旗江はけだるい笑顔でつぶやきました。気がつくと、草のむこうに、いつのまにか、水筒をぶらさげた真弓がじっとたっているのです。

すると、真弓はほのかに笑ってくびをふりました。

「泰策さんは、あなたには盗まれないわ」

盗まれない？　あなたには盗まれない？　それはどういう意味だろう？　わたしはドギマギしてしまいました。旗江も半身をおこしました。

「なぜ？」

「だって、泰策さんは、あなたといっしょになっても、けっしてえらくなれないもの」

「なぜ？」

真弓は、天使のような無邪気さと自信と微笑にみちた顔でこたえたのです。

「だって、旗江さんは、勉強がきらい。——ひとにも勉強をさせませんもの」

「まけたあ！」

旗江はひっくりかえって、あけっぱなしの大口で笑い出しました。それから、くるっと牝鹿のようにはねおきると、

「真弓さん、お花摘《つ》みにゆきましょう！」

とよびかけて、ふたりでどんどんかけ出してゆきました。……

あとに、茫然と、わたしだけがとりのこされました。わたしはすっかり惑乱していました。さっきからの思いがけない出来事の連続に、あれよあれよと胆をうばわれたばかりでなく、いまわたしの生涯に重大な或る決定がおこなわれたことを、わたしはおぼろげに感得《かんとく》したのです。——それは、運命の神が、旗江をわたしからひきはなし、真弓をわたしにむすびつけたということでした。

運命の神？——いや、旗江をわたしからひきはなしたのは、わたし自身だったかもしれません。なぜなら、さっきの旗江のだいたんな誘惑にわたしがのらなかったのは、わたしの少年らしい恐れととまどいのせいばかりではなく、わたしの甚だ少年らしくない打算のこころが、漠然と危険を予告したからでもありました。これは危険な娘である。……

むろん、わたしはまだ中学生で、そのうえおくての人間でありましたから、はっきり結婚のことなどかんがえていたわけではありません。それにしても、女性の代表的なふたつのタイプとして、漠然たる男の眼で、旗江と真弓をながめていたことはたしかです。漠然と——しかも実利的な秀才らしく。

わたしは、医者になる気でいました。べつに医学にたいして興味も憧憬ももっているわけではなく、ただ医者のくらしに比較的な安全性をみとめただけのはなしです。おそらくそれは、幼いころからの貧乏のせいと思いますが、それにしても、ともかくこれくらい現実的な秀才であるわたしがひそかにかんがえたことは、旗江という娘はおもしろい、これくらいゆかいな娘はまたとあるまい、しかし妻としては手のつけられない落第生で、きっと夫の仕事をめちゃめちゃにかきみだしてしまうにちがいない。それにくらべると真弓は、旗江ほど面白味はないにしても、まじめで、質実で、意志的で、かしこくって、かならず模範的な良妻賢母となるだろう、ということでした。

その真弓が、わたしをえらんだのです。いつのまにか、ひそかに、しっかりとわたしを夫としてきめていたのです。あの清純な、おとなしい娘から、そのときはじめて決然とした宣言をきいて、わたしはおどろくと同時に、運命だ、堅実で正調《ノルマール》で幸福な運命の神が、真弓の口をとおしてわたしに命じたのだ、と感動にうちふるえました。……

——とつおいつ、こんなことをかんがえこんでいるわたしの眼に、むこうの草にみえつかくれつ、花を摘《つ》んでいるふたりの娘がうつります。いとも自然に、重大な運命劇を演じてのけたふたりの少女は、もうそれをわすれはてたようすで、あかるく唄っているのです。

「……幼なじみの　あの山　この川

ああ　だれか故郷をおもわざる。……」

夕ちかい太陽はあかあかと照っていました。なんという樹か、黄色い枝葉を鳴りそよがせている雑木林の姿が、ぬれるような空の碧《みどり》にういて、しずかに明るく美しく、どこかでほがらかに鶯が鳴きました。

ああ、あれがほんとうにわたしの人生にあったことでしょうか。やっぱりあれは、ずっとのちに阿片のみせてくれた幻影のひとつではなかったでしょうか？

蒼《あお》じろい伴氏の頬は、いつしか葡萄酒《ぶどうしゅ》に酔ったようになっていた。唄をうたうものは、たとえ挽歌《ばんか》にせよ、ひとつの自己陶酔におちいることはふせげないものらしい。
はじめオドオドと卑屈にさえみえたこの廃人的な人物が、いま、きみわるいほどウットリと、
まだこの少女小説をめんめんと語りつづけようとするのを、係官のひとりが、手をあげて制し
た。

「ちょっと。……」

顔に、くっきりと、たいくつの色が浮かび出ていた。

「いや、なかなかおもしろい。それでは、なるほどマダムのところへ、懐旧談をやりにゆかれる資格はある」

と、荊木歓喜はそれをさえぎって、しかし、少々閉口したらしく、

「その用心ぶかい秀才のあなたがどうして麻薬中毒者になり、聖女の奥さんが精神病におなりになったのか？」

——それは、妻が聖女でありすぎたからです。

と、突然いってもおわかりにならないでしょうが、或いはくわしく申しあげてもわたしたちのおちいった奇怪な苦悶は御理解ねがえないかもしれません。

運命の神が命じたとおり、わたしは或る医学専門学校に入り、真弓と結婚し、卒業後五年にして博士となり、山形県のT市で開業し、圭子という可愛いこどももできました。まことに満《まん》

ものです。

帆《ぱん》に順風をはらんだすべり出しで、この世のすべてがわたしたちを祝福しているようにみえたものです。

もっとも、そこにいたるまでの生活は、たいへんな苦闘の連続でありました。というのは、むろんわたしに医学校へゆく金のあるわけもありませんから、そのなかばは県からあたえられる奨学金にたより、あとは――実は、わたしが医専に入ってまもなく、真弓の父である中学校長が脳溢血で亡くなりまして、あとは真弓が小学校の教員をして学資をつくってくれたのです。わたしも奮闘したが、妻の努力こそ容易ならぬものでありました。真弓が旗江に、「泰策さんはあなたといっしょになっても、けっしてえらくなれない」――すなわち、「あたしなら、きっとえらくしてみせる」と宣言したのは、決して乙女の夢ではなかったのです。

その旗江は、女学校をでると、しゃあしゃあとして、東京は吉原の某妓楼へお嫁にいってしまいました。嫁《と》ぎさきの親と、芸者屋をしている実家の親とが、むかしからの知り合いだったそうで、おそらく東京と山形――女郎の需要先と供給元の関係ではなかったかと思いますが、それをきいたとき、わたしたちは唖然《あぜん》としながらも、真弓は旗江をあわれんで涙ぐみ、わたしは、はたせるかな、と可笑しくなりました。なるほど蟹《かに》は、甲羅《こうら》に似た穴に入るものだ！

それっきり、旗江には、左様、去年の春まで逢ったこともありませんでした。去年の春まで――その二十何年かのあいだに、わたしの運命は、思いがけない破綻をきたしてしまったのです。

なにもかもうまくゆき、医業繁昌のうちにわたしは壮年をむかえ――そのときに、突然、いわゆる「真昼の悪魔」というやつがわたしをおそったのでした。突然——突然ではありません、わたしはいつとなく、しだいにボンヤリした苦痛にしずみはじめていたのです。苦痛とは……、妻が、あまりにも、いい女房でありすぎたこと！

どなたも、わたしに同情なさいますまい。妻は決して皮肉屋に笑われるような良妻賢母型の女ではありませんでした。わたしの趣味道楽に——もっともわたしにはこれといった趣味も道楽もありませんでしたけれども、たとえあったとしても——それに束縛《そくばく》をくわえるようなばかな女、また、夫を成功させたじぶんの努力を恩にきせるような無神経な女ではなかったのです。ほんとうによくゆきとどき、疑いというものを知らないのではないかと思われるほどきようかで——ああ、そのかしこさと清潔さ、要するにその完全さがわたしを苦しがらせたと申しましたら。……

かんがえてみれば、あの早春の山の上の、みじかい、淡いひとつの劇は、これをひきのばし、色彩をつければ、ひとかどの恋愛小説ともなるものでした。清純な娘が、妖精のような女の誘惑をはねのけて、みごとに恋人をつかんだのです。たいていの恋愛小説は、そこで、めでたし、めでたしの大団円になるのです。……しかし、人生は、ほんとうの人生は、そこからはじまるのです！

いつであったか、女の雑誌でこんな小説を読んだことがあります。なんでも、或るまちがいから、夫が妻をうたがい、なやみ、そのために妻が恐ろしく苦しむ。その葛藤《かっとう》が、小説のほとんどぜんぶで、最後にめでたく誤解がとけて、夫は妻のこころの美しさを知り、ふたりは涙とともに抱擁する。——といったようなお話でした。その小説はそこで終っていました。しかし……わたしの知りたいのは、そのあとにくる、夫の、吐け口のない空漠とした心理なのです。

わたしたちのあいだには、そんな劇的事件は起りませんでした。妻のこころの美しさは、はじめからわかっていました。中年になって、わたしの胸ににじみ出してきた恐ろしいたいくつ感は、灰いろの夜霧のように、いつともしれず、またそれゆえにふせぎようもないものであったのです。……劇的事件が起ったのは、そのあとのことでした。——しかし、それはあらゆる夫婦のあいだのいざこざのありふれた形態にすぎないでしょう。劇的事件がおこるのは、不幸の原因ではなく、結果でありましょう。——わたしはモルヒネを愛するようになり、またひとりの女を愛するようになったのです。

ふん、それは苦学力行して成功し、金がたまりはじめた中年男の、ありふれたケースじゃないか、といわれるかもしれません。そうかもしれない。実際わたしは苦学力行し、しかもその努力はただ貧乏からのがれたいというのぞみ以上にたいした目的はなく、これという風雅な道楽や趣味ももたず、なんの高邁《こうまい》な人生観もなかった人間のおちいるべき陥《おと》し穴におちたにすぎないかもしれません。……わたしのこころをしめつけてきたあの空漠たるたいくつ感は、もうすこし複雑で高尚なものではないかといううぬぼれもありますけれど、とにかく結果はおさだまりの——おさだまり以上の、こっけいで悲惨なものでしたから、あえてもっともらしい弁解をする資格はありません。猿のなやみだって、猿が上手に告白できれば、深刻きわまるものにちがいないのです。……

破局は急速におとずれました。わたしの愛しはじめた女は、患家《かんか》さきの、事故で死んだ鉄道職員の未亡人でしたが、これがたいへんな淫乱で、下劣な女でありました。はじめはその淫乱と下劣さをこそ愛したのでしたけれど、そのトメドのない欲望には、さすがのわたしも降参しました。いくら金をやっても、まんぞくするということがない。そのうえわたしの乱行のため、いつ患者がきても留守のことが多い。医業はしだいにさびれ、金はますます要り、わたしはとうとうなんどか健康保険の点数をごまかして、なんどかそれがばれて、はては健保指定医をとりけされました。

むかしとちがいまして、いま保険をとりあつかえぬ医者は、たちまち商売あがったりになります。金がいっそう不自由になったのは当然のことで、そこでついにその女とつかみあいの大ゲンカ、手ぎれの金を百万円よこせ、ばかをいうな、という騒動から、その女はとうとうわたしがモルヒネ中毒患者であることを当局に密告してしまいました。御存知のように、麻薬のとりあつかいは、医者といえども、終戦後きわめて厳重で、仕入れた麻薬と使用した患者の帳《ちょう》尻《じり》は、いつも正確にあわせておかなくてはなりません。それがいままでもひとかたならぬ苦労であったのが、とうていあわせきれない情況にたちいたっての密告だからひとたまりもない、わたしは、とうとう医師の開業免状もとりあげられてしまったのです。もうT市にもいられません。といって、かえるべき故郷の家もありません。まったく無目的に東京へにげ出してきたのは、一昨年の暮であります。

これほどの転落は、じぶんのことながら、医者としてめずらしい。営々たる十幾年かの奮闘を、ほんの二、三年のあいだに、いっきょに崩壊させてしまったのであります。くずれたのは、生活ばかりではない、家庭ばかりではない。いちばんひどい腐敗物となったのは、わたしのからだでありました。いや、わたしという人間でありました。それはモルヒネのおかげです。それでもまだわたしは、この麻薬の魔力からのがれられなかったのです。

モヒ。……はじめは、わたしの持病、肋間《ろっかん》神経痛の疼痛をのぞくために使用したのでしたが、それが慣習となったのは、なんといってもその麻薬がすぐそばにある医者という職業がかえってたたったのであります。……あゝ、モルヒネ、モルヒネ。……あれは人間を生きながら昇天させる気球のようなものです。心臓、血液、内分泌器官……全身によみがえる爽快な生気、しかもうすあかりの世界をなかば醒《さ》めなかば眠っているような恍惚境。……いや、これはたいへんだ。とんでもないことだ。……そうです。わたしは、そのモルヒネをやめたのですから！

それをやめさせたのは、あの車戸のマダムの忠告と、妻の発狂が転機でありました。マダムとの交際が復活したのは、去年の春、山形県のほうからの連絡でとりしらべにやってきた麻薬取締官のなんとかいう役人からきいたといって、わざわざ目黒までたずねてきてくれたときからでした。

もっとも、彼女のうわさは、田舎でときどききいてはおりました。それは旗江のもとから定期的に派遣される人買いの男が、近郷の村々をあるきまわっていたからであります。おもしろいことに、彼女の評判は、その村々でけっしてわるくはなかった。菜っぱまじりの青い飯をくっている子だくさんの水呑百姓の家から、娘たちをよんでくれるばかりではない。若い男たちも――仕事のない冬など、遊廓の掃除男や風呂焚《た》きや用心棒にやとってくれたからであります。わるい評判どころか、村によっては、彼女を女神のようにありがたがっているところさえあったということです。

実際、彼女は、わたしどもにとっても女神でありました。彼女は妻と抱きあって、泣きました。そしてわたしを悪魔だとののしりました。

その涙、その怒り、それはむかしの旗江の直情径行をちっとも失わないものでした。彼女は、その善意と、天衣無縫《むほう》と、若さをさえそっくり保っていたのです。

それにひきかえ、真弓のなんというみじめな変りようだったでしょう。いうまでもなく、最大の犠牲者は真弓でありました。彼女はこれっぽちの悪いこともしない。あの未亡人とのさわぎのときも、むろん冷静ではなかったが、みぐるしくとりみだしたふるまいをみせたことはない。むこうの要求する手切金をつくろうと、黙々と親戚のあいだを奔走し、けんめいに努力したのは、わたしよりも妻でありました。ただ、わたしのモヒをやめさせるためにはおとなしくはしていなかった。それは当然であります。当然ですが、それをやめさせられてはたまらない。この世になにが苦しいといって、麻薬中毒の禁断症状ほど苦しいものはない。それをあらそって、なぐり、けり、髪の毛をつかんでひきずりまわす。……地獄です、それはもう、おはなしするだけで、いまでも身の毛がよだつような惨状で、そこは御想像にまかせます。

まったく、マダムに逢ったとき、妻がいったとおりでした。

「もし、イエスさまを信じていなかったら、あたしは気がちがっていたでしょう」

そういった妻が、やがてほんとうに気がちがってしまった。妻を発狂させた原因は、いうまでもなくそれまでのわたしの折檻、虐待……長年の妻の苦悩のはてによるものでありましょう。

ただ、ふしぎなのは、わたしがマダムのきびしい忠告で、ようやく麻薬からのがれようと努力しはじめ、また生活のほうもいろいろとめんどうをみてもらって、家庭にかすかに曙光がきざしだしたころになって、気がへんになったことでありますが……しかし、これはふしぎなことでもないかもしれない。あらゆる病気が、そうしたものですから。

それは、二ヵ月ばかりまえのことでありました。突然、妻は壁にあたまをぶっつけて、自殺をこころみました。……そのまえに、どんな衝撃的な事件もありません。神にちかって――いや、これは娘の圭子にきいていただいてもわかることですが、わたしとのあいだに、べつになんの悶着もなかったのです。ただそのすこしまえから、鬱々《うつうつ》と部屋にとじこもってなにやらしずんでおりましたが、それはいままでだってしばしばあったことだし、わたしもそれほどふしんにも思わなかった。妻はときどき偏頭痛をうったえることもあったのです。

それが、自殺をこころみた。原因がわからないのと、その方法が壁にあたまをぶっつけるなど、ただごとでないのと、それ以来のようすがへんなので、まもなく東大の精神科につれていって診断を乞いました。その結果、妻は強度の躁鬱病《そううつびょう》――そのうちの重症メランコリーにかかっていることがわかったのです。

そして、一ト月まえ、マダムのお世話で、妻を代々木の曾谷精神病院に入院させたのですが。……

あゝ、世にこれほどあわれな妻がありましょうか。その罪は、わたし以外に帰すべきものはまったくありません。このショックで、ついにわたしからモルヒネの悪魔は完全におちました。犠牲は大きかったが、悪魔はついに去ったのです。二、三日まえに見舞にいったようすでは、妻の恢復《かいふく》も遠くはないということで、いまはただ一日もはやくあれが退院してくれ、わたしの甦生《こうせい》ぶりをみせてやりたい念願でいっぱいであります。

ただ、もうひとりの大恩人、車戸のマダムが、あんな死をとげてしまった。原因はしらず、またその犯人へのにくしみ、故人への哀惜はさておいて、むくいるべき恩人についにむくいずして終ったことが、いまはなにより残念で、いよいよじぶんの罪ふかきを感ずるのみであります。……

「いやいや、お話だけなら、あなたはそうわるくはないて」

と荊木歓喜が、しずかに笑った。

「どうも、夫の横暴をうったえる妻の告白より、妻の圧力をうったえる夫の告白のほうが、はるかに迫真力があるところが可笑しい」

しみじみとした眼で、伴氏をながめながら、

「ともかく、奥さんもマダムも、神さまのようによいひとで。……しかもその奥さんは気がちがい、マダムはむざんな最期をとげる。ふむ、善人ばかりでも、けっこう大悲劇のおこるとこ

ろが人間の世界というものか」

「いや、善人ばかりかどうか、まだわからない」

と、係官のひとりが、やっとわれにかえったようにくびをふった。

「だいいち、えたいのしれんたいくつ感とやらでモヒ中になり、貞節な細君を苦しめ、気をちがわせた夫が善人なら、この世に悪人というものはおらんことになる」

「左様、この世に悪人というものはおらんのです。わしの所見によれば、そもそも……」

刑事は、歓喜先生の哲学をききながして、伴氏をねめまわし、

「あなた、マダムとの再会後、いやにきれいごとにお話しであったが、そう慈善美談、甦生美談ですみましたかね？」

「そ、それはどういう意味です？」

伴氏の顔に、不安のゆらめきが浮かびあがった。

「ほんとうに、奥さんの発狂に思いあたることがなかったか？　……はっきりいえば、それほどむかしつやだねのあったマダムと再会されて、あなたとマダムのあいだに、やけぼッくいに火がついた、というようなことはなかったか？」

「あゝ、その意味ですか？」

伴氏は笑った。

「やけぼッくい、などおっしゃいましたが、べつにむかしだって火のもえたようなことはなにもなかったのです。旗江がわたしを誘惑したといっても、あれは彼女の天性のコケティッシュ

な気まぐれでしょう。そうは申しあげませんでしたか？　まして邂逅《かいこう》後のマダムが、わたしなど歯牙《しが》にもかけましょうか。真弓を苦しめた悪党として、にくみこそすれ――」

「さて、ね」

「だいいち、再会後のつきあいでも、妻のほうが、わたしの何十倍もしたしくしマダムと逢っているのです。それは娘にもきいていただいてよろしい。いやいや、それでも御信用にならんなら、曾谷病院にいって、妻にたずねてみて下さい。そんな質問にもたえられないほど、あれの頭が荒廃しているとは思えませんから」

　そして伴氏は、このとき、なんともいえない笑いをかた頬にゆがめた。

「それにね、これは検査してもらってよろしいが、実は、わたし数年前から、あのほうの不能者となっているのです。モルヒネの罰で。……」

　ことばよりも、その鬼気に係官たちはうちのめされた。ふとおちた沈黙のなかで、ようやく莉木歓喜がぽかんといい出した。

「その曾谷精神病院ですが、奥さんを入院させなすったのは、マダムの世話だ、とおっしゃったが。……」

「はあ。なんでもそこの看護人の鴉田《からすだ》とかいうひとがマダムの知りあいだったらしいのです。それに、入院費その他ことごとくマダムの好意に甘えたようなしだいでありまして。……実は、その点でも、これからどうすればいいのか、まったく途方にくれております」

「なるほど。マダムが殺されて、心情のうえにおいても、物質面においても、あなたの痛恨はさこそと御同情にたえんが……それにしては、さっきからのあなたの御様子が、すこし御冷淡のようじゃが」

「え？」

　伴氏はあっけにとられたように歓喜をみて、急に苦笑した。

「さっきのばかなおしゃべりがたたったのでしょうか。……しかし、あなたは懐旧談をかたれといわれた」

「いや、そんなことではない」

「それじゃ、ここで、泣きわめけ、とでもおっしゃるのですか？」

「はゝ、それより、昨夜のことだ。あなたは、マダムが殺されたという第一報を車戸家でお知りになって、なぜコソコソとおにげになった？」

「にげたわけではありません。……とんでもない、わたしは、きもを宙にとばして、恋ぐるまにかけつけていったのです。が、そのときはもうあの界隈にえくりかえるようなさわぎで、ちかよるどころではなかったのです」

「なるほど、ところで、さっき、マダムをたずねたのは、その懐旧談とやらをかたり合うためということでしたが、あなたがマダムのところへ薬をもらいにゆかれた、という情報がこっちに入っているんじゃが。……」

　伴氏は、ぎょっとしたようだった。しばらくの沈黙ののち、やっとこたえた。

「ははあ、車戸家の女中からおききになりましたね。それはうっかりしていた。……実は、その薬というのは、お金のことです。さっき申しあげたように、わたしどもはマダムから生活費までもらっていたのです。まさか女中にそうともいえんから、とっさに薬といったかもしれません。なにしろ、もと医者でしたから。……」

「医者は薬をひとにやりつけているものです。もらうものに、とっさに薬とは、かえって出てはこまいと思うが」

　歓喜がゆるゆるとあるき出して、伴氏の片腕をつかみ、あっというまに、その袖をぐいとおしあげた。

「ほんとうですか？」

　伴氏ははじかれたようにとびのき、たちすくみ、歓喜はうす笑いした。

「その注射瘢痕《はんこん》はなんです？　ヴィタミン？　ホルモン？」

「――ヘロインです。……」

　伴氏の声は、きしり出るようだった。がっくりうなだれようとして、必死に顔をふりあげて、

「きいて下さい。……しかし、わたしはだんだん減らしてきたのですよ。麻薬患者がいちじに薬をやめたら、その禁断症状がどんなに恐ろしいものか御承知でしょう。えら物《ぶつ》のマダムは、それをよく知っていてくれました。死ぬことだってあるのです。彼女はいっぽうでわたしをたしなめながら、いっぽうでヘロインを、だんだん減らしつつ妻にわたしてくれたのです。……」

「はてな、マダムが、どうしてそんなヘロインをもっていたのだろう？」

「それは、あゝいう商売ですから、どこからか手に入れたのでしょう。わたしはルートまでは知りません。……ただ、妻が入院して以来、その補給がぷっつりきれてしまいました。これを機会《しお》に、ざんげだと思って完全にやめろというのです。もうひといきのところでした。しかしこの一ト月、わたしは苦しみました。万策をつくして、闇のなかを這いまわり、少量のヘロインを手に入れてすごしました。……そこへ昨夜、電話をくれたものがあるのです。おとなりの呼出しですが、車戸のマダムが薬をとりにこいといっているから、はやくゆけ。……」

「な、なに、電話？」

みな、電流にうたれたようだった。ここにもまた奇怪な電話の聴手《ききて》があったのである。

「それは、何時ごろ？」

「ええっと――あれは――七時ごろ、でしたか。……」

「だれ？」

「だれだかわかりません。まるで、風呂のなかから、ものをいってるようなきみのわるい声で――」

「な、な、なぜ、そのことを、いままでかくしていたんだ？」

「薬のことにふれられるのがこわかったのです。……」

伴氏の顔は、このとき、まったく一変していた。額《ひたい》にあぶら汗がにじみ、おくびのようなものをもらし、下あごをブルブルふるわせながら、両腕を蛇みたいにさしのばしていた。眼が、ぞっとするような奇怪な媚《こ》びのひかりをはなって、ひどくまのびのした口調で、

「ねえ、一本、一本だけ、ヘロインを下さい。ここにはきっと押収物があるでしょう。……おねがいです。それを一本でいいから、わたしに下さい。土下座します。マダムを殺した奴がつかまらなくって、警察の顔がたたなければ、わたしを犯人にして下すってもけっこう。……死刑になってもかまいません。……ただ、ヘロインを。……もうひといきです。……ただ、ヘロインを一本だけ。……」

第八章　都に雨のふる夜は

——ながながと、おやかましゅう。——

以上が、この物語の、まあ前篇というわけに相なるが、それはとりもなおさず、この殺人事件をうけとめたときの警察の陣型であり、どうじに、犯人のなげた妖《あや》かしの網《あみ》のすがただった。

網はやぶらなければならぬ。警察は突進した。刑事は八方にとんだ。——そして停止した。惨劇の夜の訪問者は七人もあり、手がかりに不足はないようだった。一見、網のやぶれめがいくつかあるようにみえた。しかし、なかった。

ねんのため、車戸猪之吉の当夜の行動をしらべてみても、彼の陳述にまちがいはないようである。あれ以来、彼は、ひるまはおぼつかなげにじぶんの店々を監督してまわり、夕ぐれになると痴呆のように泣き、夜はうれしそうに花札《はな》をひいている。とうてい、愛する妻の復讐などこころみそうにない。

A新聞の記者里見十郎は、案の定、父が新聞誤報のため社会的にほうむられたなど嘘っぱちで、彼の父親は田舎で千年一日のごとく百姓をやっているが、ただ彼の細君の実家である牛肉屋が、終戦直後の飢饉《ききん》時代に、犬の肉を売ったことを報じられて、店がひだりまえになったことは事実らしい。現在その細君が結核療養所に入っていて、彼はひどくまいっているが、それはむろんこの事件となんのかかわりもないことであろう。

麻薬取締官久世専右氏は、依然として麻薬取締りに精励している。ただし、れいの奇抜な犯人志願の件は、警察のほうでもなんともいわないから、べつに虎穴に入って大密売者退治にのり出す気配もないようだ。

被害者の息子の車戸三樹は、警察からもどされた夜から発熱して、ヒトミの看護のもとに床についている。——一日、熱のさがった夕方、ふるいノートや雑誌を庭で燃していたらしいが、これは歓喜先生が、ははあ、ヒトミが白状したな、と思っただけで、警察のほうにはわからない。

それから、べつに、伴泰策氏は——いや、これはともかくアリバイがある。あの夜七時ごろ、目黒の自宅の隣家で呼出しの電話をうけとったことはまちがいない。まちがいないが、はたしてその内容が、彼のいうようなものであったかどうかは保証のかぎりにあらずである。どうも胡乱《うろん》くさい影のぬぐいきれない人物だった。

伴氏にかぎらず、影は、ほかのだれにも、多少ともあった。もっとも、それは世のいかなる人間にもあることである。人は、ひとりの生涯の友にすら、いくたびその面貌のうえに、善意の天使や狡獪《こうかい》の悪魔が交錯するのをみてとまどうことであろう。疑心のあるところ、どこにも暗鬼は生じる。——しかし、彼らのどの点を追及しても、あれ以上の事実はつっつき出せてこなかった。もちろん怪しいのは、彼らよりも、正体不明のほかの三人だ。しかし彼らのなかで、その三人のだれかを知っているものはないか？　たとえば、猪之吉と三樹と伴氏に電話をかけたものに、思いあたる共通の人物はないか？　このうたがいは当然で、必死にその糸をさぐっていっても、糸はすぐにぷっつりきれた。麻薬中毒者の伴氏に、モヒの餌を以て誘惑してすら、彼は、「思いあたらない」と頭をかきむしって否定したのである。

さて、その正体不明の三人――白マスクと、ふとっちょの紳士と、黒マスクとであるが、このうちふとっちょの紳士についてだけ、その後、ひとすじの照明が追いかけて、そして、突然、奇妙な闇にとざされてしまった。

それは、保守党の代議士で売春禁止法案をめぐって、車戸のマダムとなにやらからまりがあったのではないかと里見記者がいったあの立花兵蔵氏の写真を、「恋ぐるま」の女郎ユリ子にみせたところ、はたせるかな、そのふとっちょの紳士に似ているらしいといわれて、さてこそと警察のほうでいろめきたち、立花代議士の当夜の行動をあらいかけて――突然、その追及の手をとめてしまったのである。

なぜか？　内部のことで、刑事たちのなかでもその理由を知らないものもあった。ただ、捜査当局の幹部の見解としては、

「八時五十分ごろマダムに会った麻薬取締官久世氏の証言、また、九時にマダムの声をきいたという女給たちの証言にてらして、マダム殺害の最大容疑者は、それ以後におとずれた黒マスクの男とみられる。したがって、当局としては、全力をあげてその男を追及している」

ということで、それ以前におとずれた白マスクとふとっちょの紳士は、いちおう黙殺する方針をとったらしく、そしてそれは、もっともしごくな方針のようであった。

しかし、その黒マスクの男の正体は、ついにわからなかった。女郎たちの客でなく、ふだんから数多いマダムの客のひとりであったため、たいして関心をもたれていなかったし、それよりあの男が、その暗い照明のなかでなお黒眼鏡、黒マスクをかけて用心していたのだから、その顔など知れっこないのである。それにしてもふしぎなことは、「恋ぐるま」の女郎たち、そのちかくの妓楼の女たちで、この黒マスクの男をみたものはともかく幾人かあるが、それ以外の店では、全遊廓ひとりとして、それらしい男の姿をみたものがないということだった。

日はすぎ、新しい年をむかえたが、黒マスクの男は、闇から浮かびあがってはこなかった。どうじに、捜査当局の眼も、空漠とした闇に釘づけになってしまった。結局、しらべればしらべるほど、ただ車戸のマダムが、なにかしら妖しい霧の尾をひきつつ、或る意味で嘆賞すべき偉大な女性であったという印象ばかりが、いよいよその光芒《こうぼう》を大きくしてゆくだけだった。……

釘づけにならなかった人物がある。歓喜先生が、ガックリ、ガックリ、ちんばをひきながらあるいている。

事件から十日ばかりのちの或る夕、荊木歓喜は、代々木の曾谷精神病院の石の門を入っていった。可笑しいことに、ガラにもなく、薔薇《ばら》とカーネーションの花たばをかかえて、それから、ひとりの少女をつれて。――マスクをしているが、伴圭子だった。

この十日のあいだ、荊木歓喜はなにをしていたか。うちあけると、なにもしていない。

実は、あれからまもなく、歓喜先生は、ぶらりと本郷の車戸家をおとずれた。なにをきくというわけでもない。ただ、母を殺された少年三樹をこころから見舞ってやっただけである。そのときに歓喜先生は、あれ以来、三樹と仲のいい伴圭子が、その後いちども車戸家にやってこないということを知った。そういえば、この少女も、精神病の母とモヒ中の父をもつ、三樹におとらぬ可哀そうな娘である。――その足で、目黒の伴家をたずねてみると、はたして彼女も病気でねていた。あの日、一日じゅう警察のまえで寒風にふかれつづけたせいで、すっかり風《か》邪《ぜ》をひいてしまったのである。無頼の父は、どこをうろついているのか、貧しい小さな家に病気の娘をひとりぼっちに置きざりにして、その姿もみえなかった。それで、歓喜先生が、ずっと看護してやっていて、ようやく風邪がなおったので、そのあいだ彼女のいちばん気がかりにしていた母を、その日やっと見舞いに出かけたのに、つきそってやってきたわけである。

雨になるのだろうか、なまあたたかな曇天の下に、曾谷精神病院は陰鬱なシルエットを浮かびあがらせていた。建物の右手のほうに、小さな麦畑があって、一、二寸のびた青い麦のなかにうごいている七つ八つの影がみえる。作業療法にしたがっている患者らしい。

玄関を入って、受付で面会を申しこんでいる圭子のうしろから、急に思いついたように歓喜がいった。

「ちょっと、できれば院長先生にもお目にかかりたいので。……その伴真弓さんの病状についてうけたまわりたいのです」

もうふつうの受付時間のおわった時刻だった。それに一般の病院にくらべて、比較的医者や看護婦の数もすくなく、また患者や面会人の出入もまれな精神病院の、しんかんとした廊下をいくつかまがると、院長の部屋があった。そのとなりの応接間で待っていると、まもなく曾谷博士が、病症日誌らしい書類をもって出てきた。

「伴真弓さんについておたずねになりたいそうですが」

「これは、恐れ入ります」

と、歓喜はおじぎをした。曾谷博士は、精神病院の院長らしく、ふとって快活清明な顔をしていた。歓喜は、このお嬢さんと最近知りあいになったものだとことわりながら、しげしげと博士をみて、

「先生、相かわらずおふとりですが、それでもいつかお目にかかったときより、すこしおやせでございますな」

博士は、けげんな顔をした。歓喜は、じぶんも町医者で、或る必要から、五、六年まえ、学会で博士の偏執病《パラノイア》についての講演を拝聴にいったことがあるとのべた。歓喜先生にはめずらしくていちょうなものごしである。学界でも、その人柄と学識の点で、だれでもが敬意を表している博士だった。

「ほほう、あなたも、お医者さんですか。それなら、話が、らくだ。……いや、やせたのはこの半月ばかり風邪をひいて、食慾がないからでしょう」

と、博士は苦笑して、咳をした。

「それは、どうも。……このごろ風邪がはやっておるようですな。——そのころは、おひげを生やしていらっしゃいましたが」

「実は、ことし還暦でしてね。若がえるために、この正月に剃《そ》ったのです」

そんな雑談のあとで、院長は、病症日誌をめくって、真弓の病状を説明しはじめた。

真弓の病気は、東大精神科で診断されたとおり、躁鬱病《そううつびょう》であって、入院当時はそうとう重症のメランコリーであったが、その後急速に寛解した。もっともこの精神病は、一生にいちどあって全治することもあれば、不定期の間隔をおいてくりかえすこともあり、結局不治のこともあるので、安心はしていなかったが、はたして十日ばかりまえの夜発作をおこして、また壁にあたまをぶっつけ、自殺をはかったので、鎮静剤を注射し、保護室にいれたが、その後経過はよくふたたび寛解におもむきつつあるようである。……

「まだ多少の幻覚があり、判断力もにぶいところがありますが、まあ当分は心配なさらなくってよろしいようです」

「べつに、身体が衰弱しているというようなことはございませんか」

「そのほうは異常ありません。いちど糖尿のつよいことがあったので調べましたが、これは一過性のもので、躁鬱病患者で抑鬱状態のひどいときにあらわれる特有の糖尿であったらしい」

「ははあ、抑鬱状態のひどいとき、糖尿がね。……それはおもしろい現象ですな。どういうわけでございましょうな。どうも、精神科のほうは、すっかり門外漢になりはてまして」

「まだはっきりわからないのですが、神経系統の変化が内分泌作用に影響をきたし、内分泌作用の変化が糖質の新陳代謝に影響をきたすものとみえます。糖尿ばかりではなく、アセトン、インジカン、アルブモーゼなど出す患者もありますし、またこういう新陳代謝の異常は、躁鬱病にかぎらず、脳震盪《のうしんとう》とか、脳出血とか、脳脊髄膜炎とか、癲癇《てんかん》などにみられるものです」

「すると、躁鬱病は、やはり脳に病的変化のあるものでございましょうか?」

「いや、それがまだよくわからない。だいたいが本態のハッキリしない病気で、いまのところ脳に剖検的な病変は全然ないものとみられているのですが。……それが、ひとによっては、躁病のみのものもあり、伴夫人のように鬱病のみのものもあり、またそれが交互にくる混合状態のものもあって、なぜそうなのかもよくわからないのです。……したがって、治療法も、まあ、入浴療法とか定式阿片療法とか、新しいところでは冬眠療法とか、いろいろこころみはしますけれども、結局、極力刺戟をすくなくして、安静にたもたせるということがいちばんで、はずかしいことに、病院の存在価値はまずそこにあるといっていいくらいなものです」

「原因はなんでしょう?」

「うちでハッキリ遺伝関係のわかっているのは二、三%ですが、だいたいみなそういう素質をもっているのでしょうね。女のほうに多いのです。これが発病する誘因となるのは、脳外傷とか熱病とかありますけれども、やはり感情的ショックや精神的苦悩が大部分ですね」

「……この患者など、その代表的なものでしょうな」

歓喜先生は暗然として、そばにションボリと立っている娘をみる。この対話はほとんど独逸《どいっ》語の術語をつらねたものであったので、圭子の大きく見はった眼は、いっそう不安そうだった。

曾谷院長は少女に気がついて、

「それじゃ、そろそろ御案内いたしましょうか」

と、咳《せき》をしながらたちあがった。

「いや、院長先生御自身では恐縮です。どなたか、医員か看護人の方でも。……」

「なに、お気づかいにはおよびません。それに、当直の安西君は、いましがた往診に出かけたようですから」

「ははあ、やはり往診などもありますか」

「えゝ、ちかくにひとり癲癇《てんかん》もちのひとがありましてね、ふだんは会社などにいっているのですが、夕方とか夜、ときどき発作をおこすんです。……」

話しながら、院長にみちびかれて、ふたりは廊下に出た。渡り廊下をわたって、べつの病棟にはいる。

「反対の側に、男の患者の病棟があります」

厚い樫《かし》の扉の外に、ひとりの白衣の男が、看護婦になにかを命じていた。白衣をきているが、医者らしい知性はない、あきらかに看護人とわかる、みすぼらしい、が、頑固と朴訥《ぼくとつ》さが羅漢《らかん》みたいな黒い顔ににじみ出ている初老の男だった。

「これが看護長の鴉田《からすだ》君。この病院をわたしがはじめてから二十何年間、ずっとこの仕事をしているひとで、まあ、この病院のバック・ボーン、わたしなどよりずっと正気のひとです」

と、諧謔《かいぎゃく》まじりで院長に紹介されても、笑顔ひとつみせず、あいさつする調子も、なるほど狂人相手に人生をすごしてきた男らしく、いかにも沈鬱でぶッきらぼうだった。

鴉田看護人の手で扉があけられると、彼らは奇妙な別世界に入った。

このしずかな病院のなかに、こんな騒音にみちた一劃があろうとは、想像もつかないにちがいない。ながい、一間《けん》はばの廊下に、わああんと叫喚がこだましていた。廊下にそう、ひろい、あかちゃけたたたみじきの部屋にも、おっとせいのように、百人ちかい女たちが群れていた。唄っている少女、しゃべっている中年の女、お念仏をとなえている老婆。——また、おどっている女もある。なぐられて笑っている女もある。

「アラ！　シバラク！」

突然、歓喜先生の右手にとびついてぶらさがったものがある。見おろすと、赤いネッカチーフを髪にまいた娘だ。

「よくひとに待ちぼうけをくわせたわネ、ひどいひと！」

こんどは左手にすがりついて、いとしそうにその腕をなでさするものがある。ふりかえると、リボンをつけた人妻風の女だ。

歓喜先生の唇が、かすかにうごいた。実は、思わず苦笑して、「なに、わしはここにはじめてきたのじゃないか。お女郎さんみたいなことをいわれる喃《のう》」といいかけたのである。が、そんなわるい冗談をいうべく、なんとあわれに、可憐な女たちであろう。格子をはめた窓硝子をとおす夕ぐれのひかりに、彼女らの半面の、天使のごときあかるさよ。そしてまた暗い半面にふるえる苦悩のかげよ。

そして、部屋ぜんたいには、むんむんする女の体臭にまじって、家畜小屋の匂いがしていた。

「こら、いかん、いかん！　これは、先生だぞ」

と、鴉田看護人がしかった。もう七、八人も、ぶどうの房みたいに歓喜先生にたかっていた女たちは、あわてて手をはなして、あとずさりして、いっせいにおじぎをした。さすがに、「先生」だけはわかるらしい。

「いや、いや、おしかりなさるな。……しかし、これじゃ、毎日、看護人のかたはたいへんなことでしょう。……」

「なに、女の病棟は、医員をのぞけば――それから、まあ、この鴉田看護長をのぞいては、看護婦ばかりにあつかわせますから」

歓喜先生は、よこの壁をみた。そこには爪でかいたいろいろな文字や絵が、おぼろにうかんでいる。

「オロカナルワレハ、オロカナルコトノミヲカンガウ」

などかいてある。

「精神病」

と、かいてある文字もみえる。

大きなユーモラスな男根の図とならんで、牧水の、

「幾山河こえさりゆかばさびしさの、はてなむ国ぞきょうも旅ゆく」という歌がかいてあった。

「それは、どちらもあの患者がかいたのです。女子大を出たとかで、ひどくものをかくことが

好きらしゅうございまして」

と、鴉田看護人がしぶい表情をしていった。

歓喜先生は、そこの柱のかげに、なるほど上品な顔だちをして、犬のようにひとなつかしげにこちらをみている若い女をみてはなしかけた。

「あなた、名はなんとおっしゃる？」

「クイーン・エリザベス」

「年は？」

「セヴン・ミニッツ」

と、彼女はきれいな発音でこたえた。

「セヴン・ミニッツ？　ははあ、年は七分間か。これは、なかなかインテリだ。……じゃあ、きょうはなん日《にち》？」

「きょうはね、きょうは……シーズン」

院長は、もうぶらぶらとさきへいって、おじぎする女たちに、「お夕飯はたべたか」とかなんとかやさしくきいていた。鴉田看護人がはしっていって、腰から大きな鍵をとり出して、扉をひらいた。女たちが、いっせいに、かなしそうにいった。

「——サヨウナラ。……」

扉のそとにでると、また鍵をかける。一瞬に騒音はきえた。「ちょっと、ついでですから、保護室もごらんになりますか」と院長がいって、よこにそれた。歓喜が医者だと名のったからであろう。そして彼らは、またひとつの別世界に入った。

そこは、廊下ぞいに、いくつかの暗い密室がならんでいた。鴉田看護人が、じゅんじゅんに黒ずんだ扉をひらいてみせる。歓喜先生はうなずきながら、また二度ばかり、ふと口ばしりかけた。そのひとつは、

「ははあ、これは監獄の独房そっくりですな」

ということばだった。実際、それは、一坪ばかりの、ただ一方の壁にたかく、鉄格子をはめた小さな窓があるばかりで、あとは壁と扉だけの、穴蔵のような部屋だった。なかにはむろん花一輪もない。ただ、その底に模糊《もこ》としてうごめいているものがある、蒲団をかむっていた患者が、むくむくとおきあがってきて、蒼白い顔をみせるのである。

「さむくはないかね」

と、院長がやさしくきいても、へんじはあいまいにくぐもって、なかには身うごきひとつしない患者もあった。

「これで、ときに発作をおこして、兇暴性を発揮することがありますのでね。ああいうふうに雑居させておくと危険なのは、まあここに」

と、院長がいう。扉をあけるやいなや、いきなり猛烈にしゃべり出した女もあった。

「ねえ、十五ページ本をよんだのよ、きょう……十五夜はいつだったかしら？　お月さま、ほんとにキレイだわね、こん月はネ、冬なのよ、雪がふってね、花よ、このリボン、あらマ、紙だわ。……」

といって、赤い紙のリボンをむすびつけたざんばら髪のあたまを、ごつん、ごつん、とはげしく壁にたたきつけながら、

「鴉田さん、似顔かいてあげましょうか。あなたの顔、強姦魔に似ているわよ。オヤ、院長先生も知ってるよ、先生、ここにホルモンのトン服つくりましたよ、あげましょうか?」

ふところから紙づつみをとり出し、あけてみる。雑誌のきれはしらしい。鴉田看護長は頰をゆがめていた。院長もにが笑いしてつぶやく。

「この患者は、ふだんから色情的な被害妄想がつよくってね。……どうも、いっぱんに女性は、精神異常をきたすと色情的になりますね。やはり正気のときいちばん抑圧《よくあつ》のつよいものが出る」

「そらごらんなさい。瓶から出る、ヘチマコロン……おや、あんたあたしのおねえさまでしょ? え、あらマ、いもうと、じゃ、あたしいばれるわけだわね。……」

そして、ゆびさされて、あとずさりする圭子をもう見もしないで、また、ごつん、ごつん、と壁に、にぶい、凄惨な音をたてながら、ケラケラと笑っている。このおしゃべりが、ほとんど一秒のきれめもなく、ながれるようなはや口だった。

「シリメツレツのようで、ひとすじなにかとおっているじゃありませんか。十五ページから十五夜——月——季節——雪——花——リボン——紙——似顔をかくと、それからなんといいましたっけ? とにかく、とっぴなようで、大脳の聯想《れんそう》作用のじゅんをふんでおる。……」

と、歓喜先生は感服して、鴉田看護人をかえりみた。

「わたしたちといえども、こんな経験はけっしてないどころか、ふだんのかんがえのとき、よくある現象ですぞ。きいておると、こっちのあたままでツイつりこまれて、妙な世界へひっぱってゆかれそうじゃ。つくづくと、あなたが正気でいらっしゃるのは、偉とするに足ります。……」

「そりゃ、まあ、狂人といっても、ここまでがきちがいで、ここまでが正気だという明確な線などないんですから。……実際、その区別がつかないでまだ発見されない狂人が、何百人も何千人も世間を横行しているにちがいありません、政界にしろ、芸術界にしろ、学界にしろ……」

と、院長が笑いかけて、急に凝固した顔つきで、鴉田看護人をみつめた。

「あゝいかん、はゝはゝ、これはうっかりすると、このわたしも、チェホフの六号室を地でゆきそうです。あれは、精神病院の院長が、普通人より狂人のおしゃべりのほうに共鳴をかんじてきて、はては部下の番人に保護室のなかへおいこまれる話でしたな。……」

鴉田看護長は、ニコリともせず、へんに傲然《ごうぜん》とした眼で院長をみていた。まったくこの男なら、そんな場合、機械のごとく厳格に院長でも警視総監でも檻《おり》へとじこめてしまいそうなかんじがある。

荊木歓喜は、もうひとつ口ばしりかけたことがあった。それは、

「すると、この保護室に、いつか伴夫人をたたきこんだわけですな？」

ということばである。しかし、これもさっきのことば同様、あやうくのみこんだ。それはそ

ばにその娘の圭子がいることに気がついたからである。

しかし、院長のほうからそのことにふれてきた。

「伴夫人は、実はこのさきの特別室にいれてあるのです。同居者がひとり。これは或る官吏さんの奥さんですがね。御主人の第二号にからむいざこざで精神異常をきたしたひとですが、……ふだんはどちらもあばれるようなことはないんですが、ときどき発作的に自殺をこころみることがある。そのさわぎを一方がみると昂奮するおそれがあるので、そのときだけ、臨時にここに入ってもらいます」

その特別室は、そこから扉をへだてた階段をのぼった二階にあった。やはり窓に格子はあるが、やや清潔な十畳あまりの部屋だった。

いかにも、そこには、ふたりの中年の女性がいた。墨絵のように、典雅にひっそりとして、ちょっとみると、どっちも狂人とは思えない。ひとりはまんなかに坐って、ひざのうえにちらばった赤や白の布きれをみつめている。ひとりは窓のそばに坐って、じっと外のひかりをながめて唄っていた。蒼茫《そうぼう》たる外の世界は、いつしかけぶるような霧雨だった。

「……幼ななじみのあの夢この夢
ああ、だれか故郷をおもわざる。……」

かなしい、しみいるようなふるえ声だった。

「お母さま！」

と、圭子がさけんで、みるみる涙を頬におとした。そのさけびをきかなくっても、その娘によく似た端麗なよこ顔から、うたっている女が伴夫人だとはすぐにわかった。彼女は無心にうたっていた。いくどみても、娘がそうさけび、涙をおとさずにはいられないいたましい姿だった。そして、いくどそうさけばれ、涙をおとされても、彼女は、むなしくひろがった瞳で、たそがれの冬の雨をながめているばかりだった。

荊木歓喜が、そろそろとちかよった。

「奥さん。お嬢さんが、わかりませんか？」

圭子は泣きながら、窓をあけて、もってきた花束を格子にむすびつけている。その姿をみても、彼女の視線はほとんどうごかなかった。ただ、

「えゝ」

と、ひどくおとなしく、こたえた。

「……ここが、どこかわかりますか？」

「えゝ。……やっぱり田舎のほうなんですって。……」

「いつからここへきているのですかな？」

「あの、え……」

と、小くびをかしげて、

「この三月」

とこたえた。まったくでたらめである。それから、突然笑い出し、急にまたまじめな顔になって、

「圭子……圭子……」

と、つぶやいた。やはり娘がきていることはわかっていたのか。それとも、全然あらぬ方向をみているところから判断して、間歇的《かんけってき》にそうよびつづけているのか？

「お母さま！　お母さま！」

圭子ははしりよった。

「お母さま、なあに？」

「車戸のおばさまに、聖書わたした？」

圭子は、はっとしたように、歓喜をふりあおいだ。

圭子は、あの事件の夜以来、まだいちどもこの母のもとへきたことがない。それは風邪をひいたせいもあるが、それより母に、あの惨劇を告ぐべきか、だまっているべきかにまよったせいもあった。しかし、その点は歓喜先生が解決してくれた。

「その打撃で、気が狂われるという御心配はもうないんじゃから、ありのままをおっしゃって、かまわんでしょう」

歓喜にうなずかれて、圭子はいった。

「お母さま！　おばさまは、お亡くなりになったの。……」

その夜のことを思い出して、彼女は泣いた。

「おきのどくに、おばさまは、だれかに……殺されておしまいになったのよ。……」

「そう……だから、聖書をあげようと思ったのに。……」

はじめて荊木歓喜は戦慄《せんりつ》した。それをきいても、その狂女がおどろくことはあるまいとは思っていた。が、平然としているのはともかく、そのこたえのまともなかんじが、われしらず歓喜をぞっとさせたのだ。しかし、この場合、そのこたえのまともなことがすでにまともでないことのしるしであった。

「がんしんに、なにか信仰にからんだことだと、すじがとおるのですな」

と、院長が、暗然とした調子でつぶやいた。歓喜先生はひたいをおさえていい出した。

「どうも、医者が妙なことをいうようですが、わたしは病人というものに、それほど同情の念のわかんことが多いですな。病人のきのどくなことはいうまでもないが、病気という奴は、だれかのいったように、まずじぶんの罪悪に原因することが大半です。この罪悪のなかには、不節制とか不注意とかもふくんではおりますが、とにかく、大酒のんで胃潰瘍になろうが、機械にはさまれて片輪になろうが、細菌にとりつかれようが犬にかまれようが、まず自業自得で、だれをうらみようもない。……ところが、狂人だけはちがう。遺伝的素質はべつとして、発狂に点火するのは、かならず他人です。人間です。人間どうしの魂の相剋《そうこく》から苦しんで、苦しんで、苦しみぬいたはての始末です。……」

歓喜先生のくせを知らないから、院長は妙な顔をしている。看護人は窓ぎわへよって、つまらなそうに外をみていた。

「それじゃ、圭子……あの聖書を……四谷の聖ミカエル教会へ持ってって……神父さまに受取もらってきてちょうだい」

ふるえる声で、狂女はいっていた。

「いいかえ？　……いいかえ？　……いいかえ？」

「加害者は、人間だ。しかもその加害者は、殺人以上のことをやりながら、平然としてこの浮世にくらしとる。にくまざらんと欲するも、あににくまざるべけんや。……」

歓喜先生は、ちょっと昂奮した。いうまでもなく、真弓夫人を発狂させたのは、あの伴泰策である。いままで歓喜は、彼にもちょっと同情をしていたが、このあわれにもいたましい狂女をみては、思わず沈痛な怒りをおぼえないわけにはゆかなかった。

——しかし、その伴をえらんだのは、ほかのだれでもない。真弓じしんではないか。彼女は伴泰策をえらんだ。どうじに人生をえらんだのだ。しかもその人生はかくのごとき惨澹たるものに帰した。彼女がまちがったのではない。あの娘時代の恋、あの人妻時代の努力、だれが彼女をまちがったといえよう？　人生のほうがまちがったのだ。彼女が発狂したのもむりではない。……

そのとき、窓のそばにたっていた看護人が、つとうごいた。

「なに？　だれ？」

と、中庭をみおろして、話している。看護婦が相手らしい。すぐにこちらをふりむいて、

「院長先生、新聞記者が面会にきているそうでがす。院長先生に……」

「なに、新聞記者？」

曾谷博士は、びっくりするほど大声できききかえした。

「はて、なんの用だろう？」

「わたし、カラスのあかちゃんができたの。……可愛い可愛いあかちゃんが。……あれは、プリンス御誕生のニュースをとりにきたのです。……」

と、狂女ははじめてあどけない微笑をふりあげて、美しい声でうたいはじめた。

「からすの　あかちゃん　なぜなくの
コーケコッコの　おばさんに
……　……　……」

「――しずかになされ！」

と、看護長が吐き出すようにいって、つかつかと、いま入ってきたのとは反対の側の扉のところへあるいていった。

「新聞記者。ともかく、それじゃ会ってきますから、ごゆっくり、どうぞ」

と、曾谷博士は、はげしく咳をしながら、その扉のほうへいって、外にきえた。すると、ふたりの狂女は、そのまねをして咳をした。咳をしたはずみに、真弓夫人はなにやらすこし吐いた。頭痛とか吐気とか耳鳴りとかは、この病気の症状としてよくみられることだった。

「まあ、お母さま。……」

圭子が、ハンケチでその口をぬぐってやると、夫人はおごそかに、

「お小水」

といった。

扉のところにたっている看護人をちらっとみた歓喜先生は、そのとき、ふとわれにかえったように、ポケットから大きな薬瓶をとり出して、

「お嬢さん、まことに相すまんが、この瓶をよく洗って、お母さまのお小水をとって下さらんか?」

といった。

「え、どうしてですの?」

「そうですな、糖尿のようすを、ちょっと拝見したいので。……」

このあいだ、もうひとりの狂人は、ひとことも発しないで、はじめの姿勢のまま、じっと美しい木像のように、ひざのうえの布きれをみつめていた。

——そも、この冷たい、くらい格子のなかに、この典雅なふたりの女性は、毎日、毎夜、なにを語りあっていることであろうか? いや、おそらくふたりは、なにひとつ語りあうことはないであろう。ただ沈黙し、空笑《そらわらい》をもらし、ひとりごとをつぶやくのみで、夜も昼も、うつろな瞳で、さびしいひかりをみつめているにちがいない。……

歓喜先生と圭子が、看護人につれられて、もとの玄関にもどってきたのは、それから二十分ばかりのちだった。

すると、そこにまだ院長がたっていた。新聞記者らしい姿はどこにもみえない。

院長は、ボンヤリふりかえったが、顔いろはしずみ、眼はまだ放心状態だった。看護長は不

安そうに、

「新聞記者が、なにか……」

「いや、なんでもない」

曾谷博士は、やっとわれにかえったように、しゃがれ声でいった。

「わたしのことではなく、兄のことだ」

「兄？」

とけげんそうな表情を歓喜がむける。

「代議士をやっている兄のことです。……」

といいかけて、博士はくびをふり、突然からからと笑い出した。

「――ばかなやつだ！」

歓喜は、あっけにとられた。その笑い声とそのことばに、温厚快活な曾谷博士にはおよそ似合わしからぬ、凄絶味すらある嘲笑がかんじられたからだった。ばかな奴とは、だれのことなのか。その兄のことか、記者のことか。――しかし、それはもう歓喜先生のといただすべきことではない。

はげしく咳きこみながら笑っている曾谷博士に、歓喜はていちょうに礼をいって玄関を出た。

霧雨はもう外套を這う程度である。

「お嬢さん、マフラーをかぶられたほうがよいのじゃありませんか。……」

「いいえ、だいじょうぶ」

「風邪が、ぶりかえすといけませんぞ。……おや？」

歓喜はたちどまった。うすぐらい霧雨のなかに、チロチロと赤い火がみえる。左手の畑の傍に倉庫のようなものがあって、その軒下で火をたいているのである。そこで、ききおぼえのある声がした。

「そうです、そうです。先月——つまり、旧臘《きゅうろう》の二十七日の夜ですね」

歓喜先生がちかづいてみると、そこには十人あまりの男が、木屑をもやして、その火をとりかこんでいるのだった。ふたりほど白衣をきており、ひとりはオーバーの背をみせているが、あとは模糊として影のような姿である。さっきまでは作業療法にしたがっていた恢復期の狂人たちにちがいない。

「おい、里見さん」

と、歓喜先生がよんだ。オーバーのうしろ姿がくるっとふりむいて、

「やあ。……これは歓喜先生」

A新聞記者里見十郎である。さすがにまごついた顔で、しげしげと歓喜を見あげ見おろして、

「これはまた妙なとこで。……」

「いや、ちょっと知りあいのこのお嬢さんのお母さんが、ここへ入院していなさるもんじゃから」

「へえ」

と、里見は圭子をみたが、べつになんの興味もないらしい。彼はいちど車戸家で偶然圭子に

逢っているはずだが、マダムと伴家の関係は知らないから、印象もうすく、恐ろしい多忙のなかにわすれてしまっているようだ。——なにかひどく安心したような表情が浮かびあがって、

「ところで、れいの恋ぐるまの事件は、その後どうです？」

「さあ、いかが相なったかな。あれからわしは警察のほうへはゆかんから。……あんたのほうこそ、なかなか御活躍らしいが、どうですね、ギヴ・アンド・テイクの件は」

「先生、とぼけちゃいけません。先生は、ひとがわるいよ、まったく！」

「ほ、わしが？　わしが、ひとがわるいといわれたのは生まれてはじめてじゃが」

「先生でしょう？　ぼくのオヤジのことなど調べさせたのは？　いったい、そんなことを調べてなんになるんだ、バカバカしい。警察《さつ》のほうも、血まよってるな、あきれかえって、もう情報なんかやらんことにしましたよ」

「はゝはゝ、あの件か。あれは、ごめん、ごめん。……しかし、こまったね、あんたを怒らしてしまったのは」

　と、ニヤニヤしながら、歓喜先生は、ポケットかられいの薬瓶をとり出して、栓《せん》をぬいた。

圭子がおどろいて、

「先生、それは、あの——」

「おっ、そうか、そうか。こいつはえらいことをするところじゃった」

　と歓喜はあわてた。瓶のなかは焼酎ではないのである。そそくさとまたポケットへおしこんだが、ひどく手もちぶさたな顔で、

「ところで、里見さんは、ここに何用です？」

「だめですよ。先生」

「はゝはゝ、ほんとうに怒っておるのかな。それじゃ、わしがあんたの用をあててみようか」

里見の顔に、狼狽のいろがあらわれた。

「なに、いま院長先生にきいたのだよ。院長の兄さんの代議士のことじゃろう？」

記者はまたほっとしたようだった。

「その代議士は、もしかすると、立花代議士のことじゃないか？」

「そうみやぶられちゃあ、しかたがねえ」

と、里見は大げさにあたまをかいた。

「どうも先生は、こうみえてゆだんができないひとだからな。じゃあ、先生にだけ情報をひとつあげましょう。どうせ、そのうち警察にもわかることだから。——先生は、いったい警察が、どうして立花代議士の線をあらうのを中止したか御存知ですか？」

「そりゃ、嫌疑がはれたからじゃろう」

「そういってしまえば、それまでですがね。しかし、あの夜立花がどこにいたか、どうもハッキリしない。にもかかわらず当局が追及をやめたのはなぜか。いや、やめさせたのはどの筋かと、こっちでしらべてみると、どうやらそれは保守党の原田総務会長らしい。奴《やっこ》さん、原田総務会長とどっかの待合でパイ一やっていたんです。なぜそれが公表できないか、というと、保守党は御存知のようにものすごい派閥の暗闘の世界だ。そして立花はいま原田派の反対派に籍をおいているのですが、キツネとタヌキ、ないみつにコソコソやっていたらしいのですね。だから、そのことがいま明らかになると、彼らにとってえらいことになる。そこで原田のほうから警視総監へ三拝九拝したらしい。それをきいた警視総監もけしからん。……」

「なるほど、しかし警視総監がそれを了承したのは、立花代議士が原田総務会長さんのところにいたことがハッキリ判明したからでしょう。保守党内の派閥のことまでは、総監のあずかり知るところではない。……要するに、それで立花氏のアリバイが証明されたとすると、あんたは、院長になんのために会いにこられたのか？」

「で、立花のことをいろいろしらべているうち、彼のふたつちがいの弟で、幼いころ曾谷家に養子にいった曾谷博士のことがわかったのです。……だから、ねんのため、立花代議士の人柄や経済状態について……」

「うそをつきなさい」

「へ？」

「いや、それもあろうが、あんた、その曾谷博士自身をしらべにやってきなすったんじゃろう」

　里見はまたぎょっとした表情になる。

「あの夜のふとっちょの紳士は、立花代議士でないとすれば、弟の曾谷博士ではないか？　――とね」

　歓喜は伏眼になって、つぶやくように、

「実は、わしもそんなことを思いついておった」

「え、先生も？」

「あんたのように、立花代議士の弟さんかどうかは知らなんだが、もっとかんたんに、わしは立花さんの写真をみて、ヒョイと博士の顔があたまにうかんできたものさ。もっとも、曾谷博士をみたのは、もうずいぶんまえのことさ。で、きょうここへきたのは、内々、それをたしかめてみるつもりもあってのこと。――」

「そ、それで、どうでした？」

「わからんね。わしが、そのふとっちょの紳士をみたわけじゃなし。――あの女郎のユリ子に面通《めんどお》しでもしてもらわんけりゃ」

「博士にはひげがありませんね」

「ひげは、ことし還暦で、この正月を期して剃ったんだそうだが。――だいたい、世間にゃ多い顔だ。それだけの理由で曾谷博士をうたがうのも失礼できのどくじゃが、それにしても、ふたりの眼が、べつべつの方向からおなじ人へ符合したのは、こりゃあ奇妙」

「先月二十七日の夜、兄さんと逢われたようなことはありませんかと、博士をひっかけてみたんですがね」

「ふむ」

「外出などしたことはないという返事でした」

「それにダメ押しをするために、いまそのお医者さんにきいていたんだろ？」

ふたりの白衣の男は、ぽかんと口をあけて、この問答をきいていた。ひとりはどうやら患者を監督している看護人だが、ひとりは往診鞄をぶらさげているところからみて、まだ少年みたいに若いが、たしかに医者だ。彼は鳩が豆鉄砲をくらったような顔をあげて、

「なんですか、いま往診からかえってくると、いきなり、先月二十七日夜、院長が外へ出なかったかときかれるのですがね。……かんがえてみると、あの夜は、ぼくの知るかぎりでは、院長先生は外出などなさいませんでしたね」

「あなたの知るかぎり？」

「え、あの晩は、ちょうどぼくは当直でしたが、往診によばれて出かけていったのです。なに、いまいってきた患者とおなじで、ちかくの癲癇《てんかん》もちなんですがね。あの晩大発作をおこして、わたしだけじゃあ手が足りなくって、病院のほうは看護長にたのんで、当直看護婦もいっしょにつれてゆくさわぎでしたが、ともかく出かけるとき、院長はいられましたよ」

「それは、何時ごろでした？」

「出かけたのが七時半ごろで——途中なんども電話で看護長にまだかまだかとよばれたのですが、かえってきたのは結局十一時まえでしたか。——べつに院長先生がお出かけになったともみえませんでしたね」

「しかし、それじゃあそのあいだのことはわからんじゃないですか？」

「いや、そのあいだのことは、わしが知っとります」

と、うしろから声がして、苦虫をかみつぶしたような顔で、鴉田看護長があらわれた。

「先月の二十七日、あの晩は、いまお見舞の婦人患者が自殺さわぎをおこし、わたしももてあましして、往診へゆかれたその安西先生に連絡したのでがすが、結局院長先生のお手をわずらわして、ずっとその処置にかかっていたのでがすから」

頑固で、朴訥で、石のかたまりみたいにビクともしない看護長の顔だった。

「うそだと思うなら、ほかの患者にもきいてみなされ」

万事休す。――と、だまりこんだふたりを、看護長は白くひかる眼でギロリとにらんで、

「しかし、あんたがたは妙なお方だ。いったい、なんのためにそんなことをきかれるのでがす？」

歓喜先生は、閉口した。小さな声で、もぞもぞと、

「いや、ただ院長が、女郎屋におゆきになるようなかたか、どうかという……院長先生の御人格に関した問題で。……」

あながち、冗談でもなかったが、たとえそうとしても、冗談の全然きかないふたりの相手であった。

「人格？」

と、安西医師は、善良そのもののような若い顔をあげて、

「院長先生の御人格？　……なにをばかなことをいってるんです。そりゃもう、あれくらい福徳円満なかたはない。性格的に清らかなひとはあるが、同時に、性格的に幸福なというひとはあまりない。ぼくの知っているひとに、たったふたりある。それは天皇ヒロヒトと院長です。

ぼくの理想的人格ですね。……」

うたうようにいう。どうも精神病院につとめていると、医者までちょっと変っている。安西医師は、愛情にみちた眼を、おとなしく焚火《たきび》をみつめている狂人たちになげながらつづけるのだった。

「ぼくは、精神科医になって、ほんとによかったと思う。精神病患者は、或る意味でみな仙人みたいなものですからね。このひとたちとつきあってくらしていると、我利々々の現世に出てゆくのが恐ろしくなりますよ。二、三年つとめたぼくでさえそうなんだから、ましてあれほど心のやさしい先生が、還暦のおとしになるまで彼らのめんどうをみておいでになっては、浄化されてほとんど聖人みたいにおなりになったのも当然と思う。こりゃ誇張じゃありませんよ。院長は、まあ現代の聖者ですよ。……」

すると、傍にうずくまっていた狂人のひとりが、重々しくうなずいていった。

「そうですよ。ここは神代ですよ。……」

みんな笑うものもなかった。だれかがうたい出した。讃美歌とも催馬楽《さいばら》ともつかない、奇妙で、おごそかな歌を。——歌声は、澄んだトレモロとなって、精神病院を朦朧《もうろう》とうすぐらくつつむ霧雨の夕空へ、縷《いと》のようにたちのぼっていった。……

第九章　遠く呼ぶのは誰の声

――事件後、十五日。警察は、なお闇のまえに釘づけになっているようにみえた。……釘づけにならなかった人間が、歓喜先生のほかにまだひとりある。前章でもわかるように、それは、若き新聞記者、里見十郎である。

――その日、ひるちかく、里見がはれぼッたい眼で社に出てくると、机のうえに三、四通の手紙がきていた。椅子にふンぞりかえり、靴を机にほうりあげて、そのひとつめをとりあげる。ヒョイと差出人の名をみると、封もきらないで、むぞうさになげ出した。高原療養所にいっている妻からの手紙である。みないでも、このごろ火のつくようにきている金の無心だとわかる。毎日、彼のアパートから廻送されてくるのだが、してみるとこの男は、このごろ、毎夜、どこに泊っているのかわかったものではない。

ふたつめの手紙は、れいの嘘倶楽部からのひさびさの招待状だった。

「嘘倶楽部第八百十七回集会御招請状」

と、ある。もっとも八百一回がすなわち第一回めであった。

「(嘘町八百番地発)……嘘倶楽部第八百十七回集会が発令されました。会員紳士淑女におかせられましては、万障おくりあわせのうえ御参集のほどをねがいあげます。とくに今回は、閻魔の舌をぬくほどの大偽善大偽悪の知友をおさそいの上。

今回は、新年宴会をかねて中国料理を賞美いたしますが、趣向は恒例のとおり、もっとも卓抜なる嘘を御絶唱になりましたむきは、会費免除の特典をあたえます。

一月十四日（土）渋谷道玄坂万華楼にて。

会費千円（会員外千五百円）

　　　嘘倶楽部第三代会長　ホラ男爵」

里見はニヤニヤしながら、三通めの手紙をとりあげて、ふっと視線をとめてしまった。差出人の名は、「車戸旗江の亡霊と結婚した男」とある。

はっとしたように足をひっこめて、封をきる。

「前略、貴下ヲ、カノ恋グルマ殺人事件ニツイテ御追及中ノ敏腕ナルA新聞記者、アワセテ社会正義ノ純潔ナル使徒デアルコトヲ存ジアゲテ一筆イタシマス。小生ハ、カノ事件ノオドロクベキ真相ニツイテヨク承知シテイルモノデアリマス。トクニ、アノ事件ト代々木ナル曾谷精神病院長曾谷博士トイカナル関係ガアルカヲ。――

ソコニハ、実ニ恐ルベク唾棄スベキ現代支配階級ノ陰謀ガ伏在シテイルノデアリマスガ、イカンナガラ、小生ハタダイマ或ルノッピキナラヌ事情カラ、白日ノ下ニ出現イタシタクナイノデアリマス。タダ、カノ殺人事件ノ夜、曾谷博士ノ姿ヲタシカニ現場チカクデ目撃シ、且ソノ証拠ヲニギッテオルモノデアルコトヲ誓イマス。

ソノ件ニツキ、トクニ、貴下ヲ、ニュース・ソースヲ絶対秘密ニシテクレル信頼スベキ記者トミコンデオ願イイタシタイノハ、小生ト曾谷博士トノ交渉ニツイテ、貴下ニ御斡旋ヲ御依頼シタイノデスガ、御承知イタダケマショウカ。

御承引下サラバ、九日、十日両日、午後二時、渋谷T劇場地下喫茶室ニオイデ下サイ。ソノ隅ノ席ニ黒イ鳥打帽ニ白イマスクヲシテ坐ッテイル男ガ小生デアリマス。委細ハソノ節。ナオコノコトニツキ、万一警察乃至御社幹部ニ御連絡ナサルヨウナコトガアレバ、貴下ノ御功績ハモトヨリ、カノ殺人事件ノ真相モ永遠ニ空ニ帰スルデアロウコトヲ、ココニ確言イタシマス。

車戸旗江ノ亡霊ト結婚シタ男」

——そも、これはいったい、なんであろう？

里見はこの奇怪な文面から茫然《ぼうぜん》と顔をあげて、埃《ほこり》と騒音にかすむ編集局の大時計をみた。正午三分前。

そのとき、となりで電話をとりあげた同僚が、

「はいはい、こちらA新聞社会部。——だれ？　わからんな、なに、里見？」

と、彼に受話器をわたしながら、へんな顔をした。

「おかしな声を出す奴だよ」

里見は、なおボンヤリとしてなにげなく受話器を耳にあてたが、突如愕然《がくぜん》とした表情になり、そのひたいがみるみる異様な緊張のいろをうかべていった。

――その声は、はじめてきく声だった。しかし、知らない声ではなかった。あの恋ぐるま殺人事件の当夜、被害者の夫車戸猪之吉にかけてきたという、まるで風呂のなかからつぶやいているような、ぶきみなあの声にちがいなかった。――その声は、こういったのである。

「……あんた……里見記者……いいことおしえてあげる……黒マスクの男はだれか……恋ぐるまの……ヒトミという女が知っている。……」

「おいっ、きみはだれだ、き、きみは――？」

声は、ぶつぶつと泡をふくようにかすかにきえ、電話はそれっきりきれてしまった。

「――ヒトミ？　ヒトミという女？」

里見十郎は、白痴みたいにそのままぼう立ちになっていた。同僚が、あやしむようにのぞきこんで、

「なんだ、どうしたんだ？」

「いや」

と、里見は、われにかえったように首をふって、にやっとして、

「犬もあるけば、棒にあたる、か！」

と、つぶやくと、ソフトをひっつかんで、それこそ猟犬のように、騒然たる編集局をとび出していった。

まっ白い冬の午後の太陽が、S町遊廓をてらしていた。まひるの遊廓は、化粧のはげひから

びた老女の顔のようにあさましい。そしてまたそのような虚《むな》しい鬼気をたたえている。

——いや、その日のS町の遊廓には、なぜか、あさましさや鬼気よりも、むしろ不可思議な、幻想的な美がかんじられた。そのわけをよくかんがえてみると、この毒々しい異形《いぎょう》の町に、たったいま、どこかの路地を黒い猫が一匹よこぎっていったほかは、ほとんど人影ひとつみえないからであろうと思われる。人の影はおろか、迷路のような無数の通りに、紙きれ一枚、汚物一塊もおちてはいない。——たかく上空からヘリコプターででもみれば、この一劃のまわりは、人と車の織りなす大都会の壮観なのだから、そのなかの、この真空みたいにからあんとした町は、かえって童話めいて美しくみえたかもしれない。

午後三時。この時刻には、さすがに客はほとんど皆無でも、着飾った女たちがポツポツ店さきに追い出されて、扉のかげにたちはじめるのがふつうなのに、きょうの雰囲気《ふんいき》は、ちょっとおかしい。まるで県視学をむかえる女学校のようだ。

もっとも、その家々の怪奇的な壁一枚ひっぺがしてみれば、話はべつだ。なかで、何がおこなわれているか、しれたものではない。

そのとおり、「恋ぐるま」の二階の一室では、世にも妖しい光景が展開されていた。二階といっても、れいの恐ろしい惨劇の部屋ではなく、おくのほうの洋室だが、ダブル・ベッドひとつおけば、ほとんどいっぱいのその部屋で、冬というのに、半裸の女と男が、ドタンバタンと——しかも、ものうそうにとっくみあっているのだ。

「ねえ、じっとしててよ、ねえったら……」

といったのが、女で、

「かんべんしてくれ、もう、かんべんしてくれ。……」

と、うめいたのが男だ。

笑顔の女が、ここの女郎の鮎子で、恐怖と哀願のあえぎをはあはあもらしているのが——これは意外、あの荒廃の人、伴泰策氏ではないか。鮎子の飼っている白猫がベッドの隅に坐って、この光景を可笑しげにみていた。鮎子がまたとびついて、伴氏をおさえつけ、そのやせた顔のうえにベタリと大きなお尻をのっけて、両足で伴氏の両腕をふんづけてしまった。ぐりぐりとこねまわされるお尻の下で、伴氏の切なげなうめき声がきこえた。

「きみ……もしわしがお役にたったら……たしかにあとで、ヘロインをくれるね。……」

「ザッツライ」——そのとおり——

そして鮎子は、そのまま、まっしろな上半身をかさねて、伴氏の下半身を、しずかになめはじめた。そのあいだ、たえずたくみにからだをくねらせながら、どんな男でもたまらなくなるような甘美な吐息をあえがせて、

「アイ・フィーリン・グー」——あたい、いいきもち——

という。妖しいほどの白光《びゃっこう》のなかに、一種滑稽な戯画のかんじがあったこの光景が、さすがに凄惨なまでの雰囲気をかもし出した。……

数分後、すっくと鮎子がたちあがった。パーマの髪をぱっとはねて、

「——もう、よしたっと！」

怒りをこめた嘲笑をなげつけると、そそくさと身づくろいして、あとに背を波うたせている伴氏の姿をふりかえりもせず、さっさと部屋を出ていった。

階段をおり、けっとばすような足どりで中廊下をあるいて、ホールへ出てくると、いくつかの影がわだかまっているうすぐらい隅のボックスのほうにむかって、

「あの、おじいちゃん、やっぱりダメだわよ。――」

と、いった。

そのとき、おもてむきの扉がぱっとひらいて、つかつかとひとりの男が入ってきた。ソフトのかげで、眼をパチパチさせながら、

「ここに、ヒトミってひといる？」

里見記者である。鮎子は上り口に仁王立ちになったまま、

「ヒトミちゃんなら、そこ」

と、あごをしゃくった。隅から、ヒトミがけげんそうに立ってきた。

「あんた……あら、いつかの記者さん」

「あゝ、君か。おや、君もやっぱりここのひと？　本郷の家の女中さんじゃあなかったの？」

「なにサ、御用は？」

「きみ。……黒マスクの男、だれか、知ってるだろう？　あのマダムの殺された晩、ここにきた客のひとり。――」

ヒトミは、ぎょっとしたようだった。眼がキョロキョロうごいた。

「知らないわ」

と、いった。

「うそをつけ。いま新聞社に、きみが黒マスクを知ってると電話をかけてきた奴があったんだ」

「ほほう、それは奇ッ怪しごく」

隅のボックスから、のぶとい声がした。あかるい外光のなかから突然入ってきて、まだ眼が暗調応状態になれていなかった里見は、その声にひどくびっくりしたようだ。

「歓喜先生！」

荊木歓喜先生が坐っていた。まえのテーブルに、例によって、大きな薬瓶がひとつのっかっている。もうひとり、こちらをむいているジャンパーの男は、ここの若い衆紋ちゃんらしい。いままで、客のつまみのこした煎餅《せんべい》を罐《かん》にいれたやつをポリポリくっていたのが、その手をきつねつきのようにあげたまま、ポカンと口をあけている。

「里見さん。……電話とねえ。……ひょっとすると、それはまた、あの風呂のなかから出てくるような声じゃなかったか？」

そう歓喜先生にいわれて、里見はしかたなく、

「そうなんです。ぼくははじめてきいたのだが、あの声らしい。ちょうどひるごろ、ただ——ヒトミという女が、黒マスクを知っている——とだけいって、プツンときれちまったんですがね」

ヒトミは真っ蒼になって、両手を髪につっこんで、

「こわい！　あたい、そんなこと知るもんですか！」

えぐるように絶叫した。それから、急に、つぶやくように、

「あたい、あの晩、ずっと本郷のおうちにいたんですもの。それ、歓喜先生も知ってるわねえ。……あの晩だけじゃなく、その黒マスクのひと、あたいがあっちへいってる留守にばかりきたんですもの、知るわけないじゃあないの、それ、みんなにきいてちょうだい。……」

彼女は、恐ろしそうにホールの上のあの部屋をみた。さすがにあの部屋はあれっきりだれもつかっていない。彼女の可愛い口がひきゆがんで、

「だいいち、あの御親切なママさん殺した……かもしれないやつを、あたいがなんのためにだまっていると思って？」

だれもいないその二階の部屋から、眼にみえない妖《あや》かしの風がふきおちて、くらいホールをはいまわっているようだ。あの事件以来、知ってか知らずにか、なおこのホールにひっぱりこまれて人肉の取引をやっている夜ごとの浮かれ男どもは気がつくまいが、こうしてひるまみると、女王をうしなったこの店には、正直なもので、はやなんとなく落莫とした衰残のいろが感じられるようだった。

「そうか。……しかし、あの声は？　あれはいったいだれだろう？」

と、記者は肩をおとした。実は、ヒトミの否定を全幅的に信じたわけでもなかろうが、歓喜先生がそばにいるとわかっては、ひとまず追及をやめて後退したようである。

が、歓喜先生は、それには気づかず、蒼い顔をして記者をみあげて、

「それより、そいつは、なんのために、そんなことをいったのかな？」

歓喜先生は、はじめて恐怖のうめきを発した。

「なにやら……恐ろしい悪意、悪念がかんじられる。……悪念はマダムの死で成仏《じょうぶつ》したものと思っとったが……まだ、そいつがのこっているとみえる。……こりゃ、また、なにかが……だれかが……」

ふっと、どすぐろい霧みたいなものがホールに凝って、だれもがだまりこんだ。やっと口をきいたのは、里見記者である。

「先生、きょう、ここはすこしへんですね。遊廓ぜんたいが、いやにしーんとして……」

「なに、今夜、婦人議員団のおれきれきが御視察になるそうで、一同粛然とお待ち申しあげているのさ」

と、歓喜先生は破顔して、腰をうかし、

「どりゃ、ヒトミさん、そろそろ出かけようか？」

「おや、先生、どこへ？」

と、里見記者。

「曾谷精神病院。なに、先日見舞いにいった御入院中の御婦人から、お嬢さんにたのまれごとがありましてね」

と、いいかけて、ふとヒトミをみて、

「ところで、ちょっときくが、あの御婦人はどうしてあの曾谷病院に入ったのだっけね？」

「え、あの奥さま。——あれは、うちのママさんがあそこの看護人と知り合いだったからときましたけど」

「どうしてまたマダムが、精神病院の看護人なんかと知り合いなんだ？」

ヒトミは笑った。

「先生、ここにはどんな男のひとだってくるわよ」

「あゝ、そうか、なるほど」

「あれはね、たしかまゆみさんがあげて、廻しをとって、いつまでもゆかなかったもんだから、あのひと怒り出しちゃったんです。そのときママさんがあやまってやって、そんなことから知り合ったんじゃないかしら」

「ふん」

と、歓喜はうなずいて、また話をもどして、

「ところが、お嬢さん、どうも風邪がぬけんものじゃから、わしが代って用足しをしてきたついでに、ここによったのさ」

と、いったが、そのついでに、目黒の伴家から泰策氏という廃物をひろってきて、ここの鮎子というキャンプくずれの姐御に、へんな依頼とともに彼を託したことまでは、歓喜先生はいわない。

——ところが、さてやってきた歓喜先生をみると、ヒトミがかけてきて、おねがいがあると

いう。数日まえからヒトミは、車戸のパパさんに狩り出されて廓にもどったが、「恋ぐるま」のあの部屋はさすがにいますぐつかえないので、いまはおなじ経営の、川っぷちにある「ふるさと」というもう一軒の店にはたらいていたのだった。たのみというのは、同郷の紋太が、お店の兇変におそれをなして、もう田舎にかえりたいといい出してきかないのだが、それをとめてくれというのだ。ヒトミが紋太にほれていることは歓喜も知っているから、いっしょになってひきとめているところへ里見がきたというわけである。

「ヒトミさん、ゆこうよ」

「さあ、あたい、やっぱり、よそうかしら」

「なぜ？　あのお嬢さんのお母さんじゃないか。おまえさん、知らん仲でもなかろう。いちどくらい見舞いにいってあげてもいいじゃないか」

「でも……」

「それに、あのひと、やっぱり娘ッ子をひとりつれてゆかないとさびしがるわい。だから、おまえさん、お嬢さんに代って……」

「ばかねえ、お嬢さんとあたい、月とすっぽん」

「さ、そこが狂人のありがたさ。……」

「だって、精神病院、こわいんでしょ？」

「ここの女たちほどこわくはないて」

なぜか、歓喜先生はいやにしつこくヒトミを勧誘する。里見が、ふと思い出したようにいった。

「曾谷精神病院。……それじゃ、ぼくもいっしょにゆこうかな。……いや、ぼくの会いたいのは院長ですが」

と、いったが、里見もなぜか、あのへんな手紙のことはだまっている。先生はそんなことは知らないから、

「ほ。――あんた、妙に院長にこだわるね」

里見は狼狽した。

「いや、べつにこだわっているわけじゃないんですが、ちょっと……」

「里見さん、御注意までにいっておくが、万が一、あの晩院長がここへやってきたとしてもじゃね。ふとっちょの紳士がきたのは、八時半ごろ。そのあと久世Gメン氏がマダムに会っとるし、九時には女たちがマダムの声をきいとる。ところで、どうにもならんじゃないか」

里見がモジモジしているのを、歓喜先生はニヤニヤ見まわして、

「あんた、まだわしに怒っとるのかい？　なんか知ってて、かくしとることがあるらしいぞ。あはゝはゝ」

と、笑った。やっぱりおそるべき競争相手である。返事にこまって里見は話をそらした。

「ところで、先生、この十四日、道玄坂の万華楼で、れいの嘘倶楽部の会があるんですがね。いっしょに出かけませんか？」

「なにをいってやがる。あはゝはゝ、ごまかしちゃいけない。……そりゃ、あんたが、どなた

とお会いになろうとわしの知ったことじゃあないが」

　と大笑して、歓喜はまたヒトミをすすめ出した。

「さあ、ゆこうよ、ヒトミさん、それとも、いってるあいだに紋太が田舎へかえっちまうことが心配か？　まさか、夜逃げもすまいさ、なあ紋太君」

　ヒトミはじっと紋太をみつめて、かなしそうな声でいった。

「ゆかないわね？　紋ちゃん。……あたい、ここにひとりぼッちになるとこわいんだよ。ママさんはもういないし……いてよ、ねえ、紋ちゃん。……」

　紋太は、依然として、ポカンと口をあけたっきりだった。

　歓喜先生は、とうとうヒトミをひっぱり出してしまった。よほどこの娘とアベックを御執心とみえる。

　ドヤドヤと「恋ぐるま」を出かかって、ふとたちどまってふりかえり、ボンヤリ気ぬけしたように立っていた鮎子に、なにやら薬らしい小箱をひとつ、ぽんとほうった。

「鮎公、ごくろう。……そいつを、あの役たたずにやってくれ。あのひとにも、ごくろうさん、と、よく礼をいってねえ」

「恋ぐるま」を去ってゆく三人の頭上に、白日のひかりのない赤い風車は、そらぞらしく四枚の羽根をひろげていた。……

　曾谷精神病院の廊下を、里見とヒトミをつれて院長室のほうへあるいていった歓喜先生は、そこでめずらしい人間にあった。麻薬取締官久世専右氏《せんすけ》である。

「おンや？」

たちどまる歓喜をみて、

「おゝ」

と、久世氏も、はっとしたように顔いろをうごかせた。が、歓喜先生にはあまりいい感情をもっていないらしく、すぐむっとしたかたい表情になるのに、歓喜先生のほうは全然へいきで、

「これは久世さん。変ったところで……どなたか、お知りあいのかたでも御入院？」

「いや、ちょっと……ここに入っておる麻薬中毒患者をしらべる役目でしてね」

それから、暗い笑顔とするどい眼をむけて、

「ところで、れいの事件、まだ犯人はわかりませんか？」

「わからない。警察のほうは五里霧中らしい。こりゃ、どうあってもあんたに、犯人になってもらわんけりゃおさまらんかもしれん」

と、歓喜先生は笑った。久世氏のれいの犯人志願のことをいったのである。久世氏は苦笑して、

「はゝ、御依頼があれば、いつなりと」

と、いった。そのまま会釈して、

「それじゃ、わたし、ちょっと院長に患者名簿をみせていただきますから。……」

と、ゆきかかる。里見記者は妙な顔をしてあとを見送り、

「はてな、あれは、例の麻薬Gメンじゃないですか?」

　里見はしばらくかんがえこんでいたが、すぐ歓喜に手をふって、

「左様」

「じゃ、ぼくも、ともかく」

　と、院長室のほうへ、なにやらひどく意気ごんだ足どりで去っていった。

　歓喜先生はヒトミといっしょに、いつかの安西医師と鴉田看護人に病棟へ案内してもらったが、すこし心にかかることがあるらしい。例の特別室にとおされて、四谷の聖ミカエル教会の神父さまから、聖書と狐につままれたような顔とひきかえにもらってきた受取を、仔細らしいものごしで真弓夫人にわたしたあと、鼻をねじって思案していたが、

「ヒトミさんや、ちょっとここで待っててくれ」

　といって、ノソノソ病室を出ていった。

　ヒトミは涙ぐんで夫人をみている。扉のところには、鴉田看護長が厳然とたっている。ヒトミは、この男がときどき廓に遊びにきたことがあるのを知っているから、なにやら可笑しい気がする。が、彼女は笑うような余裕はなかった。この夫人には、いくどか本郷の車戸家で逢ったことがあるが、そのとき、なんて神々しいほど美しく、いたいたしいほど清らかな奥さま、と思っていたひとが、いま虚《うつ》ろな眼でぽかんとじぶんをみつめたっきりだまっているのをみると、いつかママさんがくやしそうに、「わるい旦那さまだねえ!」とつぶやいたあの件というヨボヨボの男が、ほんとにまざまざと悪魔のように思われ、それにつけてもあのお嬢さまが、

胸もいたくなるほど可哀そうにかんがえられるのだった。

「奥さま。……おきのどくに……」

そう、小さくつぶやいたとき、看護婦が入ってきて、「あの、お電話ですけど」といった。

「――え、あたいに？」

「えゝ、恋ぐるまのヒトミさんとか。……」

ヒトミはまっかな顔になった。看護婦につれられて、小ばしりに、病棟から玄関のほうへ出ていった。

「あ、ここ？」

廊下のはしの電話口には、歓喜先生がとりついて、だれにかけているのか、なにやらしきりにうなずいていた。

「いいえ、あなたには、むこうのお電話」

廊下のはんたいのはしに、もうひとつの電話があった。まあ、こんなところへ、恋ぐるまのヒトミだなんて、いったいだれがかけてきたのだろう？

「もしもし、あたい、ヒトミ、だあれ？」

声はよくきこえなかった。遠くから、ぶつぶつと、気泡のようになにかつぶやいていたが、そのなかから、やがておし殺すような声がきこえた。

「ヒトミ。……あの歓喜とやらに……黒マスクはだれかをおしえたら、承知しねえぞ。……」

電光のように、彼女のあたまに浮かんできた顔があった。彼女は、知らずして、驚倒すべき名をさけんでいた。

「あんた……紋ちゃん？　まあ、やっぱりあの黒マスク、紋ちゃんだったのね！」

「——そうだ。おめえ、やはり知ってたんだな？」

「ううん、ずっとあとで気がついたの。だって、ママさん、あたいがいいっていうのに、むりにお店から寮へやったり、本宅へひっぱったり、その晩にかぎって、ママさんのところへ黒マスクの若い男があらわれるってきいたもの。もしかしたら……と、ふっと思っただけなんだ。それに、その日にかぎって、あんた、へんに浮き浮きしていたから。——」

ヒトミは突然気がついて、まわりをみまわした。あたりには、だれもいなかった。が、声がふるえた。

「あんた……やっぱりママさんとあいびきしたのね。ママさん、ひどいひと！」

「…………」

「そして、あんた、なぜママさんを殺したの？」

「…………」

「ケンカしたの？　ねえ、なぜだまっているのさ？　あたい、死んでもだれにもいわないから……」

「…………」

「田舎にかえっちゃあ、イヤ。あたいかえるおうちがないもの。ねえ、かえると、あたい、みんなバラしちゃうよ！」

いつしか、電話はきられている。うなだれたように受話器をダラリとさげたヒトミは、そのときふとむこうからノソノソあるいてくる歓喜先生の姿をみて、あわてて受話器をかけた。

「ヒトミさんや、だれからの電話？」

ヒトミは、唇をふるわせて、沈黙していた。歓喜は微笑した。

「紋太か」

「ちがう」

「そのとおり。いまのは、わしだ」

ヒトミは、ほとんどのけぞった。白痴みたいに茫然とたちすくんでいるのに、歓喜はひとりごとのように、

「わしは、もうすこしはやくそのことに気づくべきじゃった。いまおまえさんがいったように、おまえさんが恋ぐるまを留守にした夜、かならず黒マスクがたずねてくるということを。……おまえさんが、何かを知ってかくしておることは感じておった。しかし、さっきの新聞記者のことばをきくまでは、そのかくしている何かが黒マスクのことだとは、気がつかなかったんじゃ。わしは、さっき恋ぐるまで、はじめてふと気がついた。……しかし、なみたいていのことじゃあ、おまえさんは白状すまい。そこで、わざとしつこく、おまえさんをつれ出したのじゃ。紋公は、心配そうな顔をしておったっけな。その心配そうな顔をみて、おまえさんはそれとなくおどしておったっけな。……だから、いま、とっさに本音をはいたのじゃ。すまん。……ヒトミさんのような気だてのいい娘をひッかけて、はなはだ相すまん。……」

歓喜先生はおじぎをして、

「ところで、ものはついでだが、もうひとり白マスクは知らんかね？」

「知らない。それは、ほんとうに」

ヒトミの顔は、なお恐怖のために硬直していた。

「先生。……それじゃあ、あの、いつかのパパさんを呼んだのや、さっき記者に電話をかけたのは、先生？」

「いや、わしのは、いまだけ」

と、歓喜は笑って、そして暗然たる眼でヒトミをながめた。

「そうか。いつか、マダムがとくに愛しとった人間、またはマダムをとくに愛しとった人間は知らないかときいたとき、おまえさんの気づいたことはそれじゃったのか。……こわいな、ほれた娘ッ子のカンというものは」

感嘆した。

「大警視庁何千の刑事のカンがもてあました堤が、娘ッ子のカンという穴ひとつでくずれるとは」

ヒトミは泣いた。両手で顔を覆った。

「紋ちゃん、あたいをかんにんして……先生、紋ちゃんをゆるしてやって……」

「うむ、ま、これからいって事情をきこうじゃないか。まだ紋公かどうかはわからないんじゃから」

そのとき、むこうから、久世氏と里見記者をおくり出してくる院長のすがたがみえた。泣いているヒトミをみて、里見がけげんそうにたずねてきた。

「おや、どうかしたんですか？」

「うむ。黒マスクの男がわかったよ」

三人の男は、電撃されたようにたちすくんだ。ヒトミは失神しそうだった。歓喜先生、いわないでちょうだい、それをいわないでちょうだい！

しかし、事態はそうはゆかなかった。ことはいかにも重大であるが、ヒトミは、それより、大人の男というものに——廓では知らない男の恐ろしさに圧倒されてしまった。

「なんですって？　黒マスクの男が、わかった？」

「左様、あれは、恋ぐるまの風呂たきおとこ、紋太という若い衆じゃったらしい。これからかえって、たしかめてみるつもりですが」

院長が咳をして、蒼白な顔で微笑した。

「恋ぐるまの殺人。……新聞でみていただけですが、思いがけなくこのわたしがその登場人物のひとりに擬《ぎ》されていたことを知って、実ははなはだめんくらっていたところでした。先日、この記者のかたが、わたしに妙なことをきき、また安西君に妙なことをきかれたそうだ。なんのことかと不審にかんじていたら、きのうは警察のほうからも、わたしがその殺人当夜恋ぐるまにいったのじゃないか、としらべにきた。さいわいわたしは当夜ここにいたというアリバイをみとめていただいたので事なくすんだが、……それは、是非、わたしも実際に登場しなければ割《わり》がわるい」

院長は、声をたてて笑った。

「それに、いまこの記者君に承わると、まだその嫌疑がはれておらんらしい。——是非とも、そのふとっちょの紳士をみたとかいう女に、わしを首実検してもらいたいといっておったところです」

「わたしも関係のない事件じゃない」

と、久世が沈鬱な声でいった。

「わたしも、その黒マスクの男とやらをみせてもらいましょう」

里見記者は、なにやら空気がもれた風船みたいに、悄然としているふうにみえた。歓喜は、ニコニコ笑ってその肩をたたいた。

「あんたは探偵じゃないんだから、あんまりガッカリしなさんな。特ダネさえせしめれば、本望とせんけりゃあならん。いろいろといいことを教えてもらって、ありがたいことでありました。だから、それ、約束どおり——ギヴ・アンド・テイク！」

第十章　墜ちた人

まさか、夜逃げもすまいさ、なあ紋太君。

歓喜先生にそういわれた紋太は、しかし、まさにその夜逃げをやらかそうとしていたのである。

紋太のねぐらは、「恋ぐるま」にはなく、もう一軒の「ふるさと」のほうにあった。この店は、川をうしろにたててあるので、往来からみると二階だてだが、川のほうからみると三階になっていた。三階のいちばん下は、部屋というより物置みたいになっていて、小さな窓には鉄格子がはまっている。ここには、ボロボロになった蒲団や、客がわすれたり借金のかたにおいていった衣類のうちで、売るにも売れなくなったものや、店をとび出した女郎の簞笥《たんす》とか鏡台とかが、ごたごたつめこまれているのだが、どうじに、そのあいだのせまい空間が紋太のねどこだった。毎日、午後からあくる日のあけ方まで、彼はこの「ふるさと」と「恋ぐるま」のあいだをいそがしく往来して、風呂を焚《た》いたり、食事の買い出しにいったり、掃除をしたり、用心棒になったり、女たちのたのむ夜なきそばや果物ややきいもやコンドームやその他の買物の用を足してやったりする。だから、この冷たいねぐらにもぐりこむのは、いつも日のいろが白い泥のような午前中だけだったが。

　その紋太が、勤務時間ちゅうでも最多忙な宵闇どきに、大きなトランクをぶらさげて、その物置からほそい階段をホールにあがってきた。入口には背をみせて、女たちが人形みたいにならんでいる。跫音をしのばせて、そっとホールのよこの戸口から路地へ出ようとしたとき、

「ほい、どこへゆくんだな、紋公」

と、声をかけられた。

　ふりかえって、ぎょっとした。ホールに、歓喜先生とヒトミとあの新聞記者と、それからもうふたりの男がたっていた。

「いえ、その……ちょっと」

「ちょっと、夜逃げか」

　歓喜先生は、ニヤニヤしている。

「車戸の大将にゃことわったか」

　紋太が口をもごもごうごかしてなにか弁解しようとしたとき、おくの帳場から、けげんな顔で猪之吉があらわれた。ちょうど、この店へきていたところだったらしい。もういけない。

「おや？　これあ先生、なにか御用で？」

「いや、大将、不粋な用だが、――実はあの晩マダムをたずねたれいの黒マスクが、どうやらこの紋太君らしいと思われるふしがありましてね。そいつをたしかめに、ちょっと参上」

「へっ、あの黒マスクが？　……この紋太！」

車戸猪之吉はぼう立ちになったが、まだその意味が解《げ》しかねるといったふうな顔で、阿呆みたいに歓喜先生と紋太を交互にみくらべている。

　歓喜先生は、伏眼になって、

「黒マスクの男は、秋ごろから四、五回恋ぐるまにきたとか……いまみてえに真冬ならしらず、秋ぐちにマスクはおかしいといえばおかしい。そのおかしい黒マスクを、恋ぐるまの女たちやそのちかくの女たちだけみているが、廓じゅうほかの店の女はみたことがないというのも、なるほど道理だ。黒マスクをみたのは、恋ぐるまとこのふるさとのあいだの店の女たちだけだろう。……」

　紋太の美しい顔が、恐怖にねじれた。

「先生、ちがう。……なんのことだかわからねえや。……」

「わからねえなら、そのトランクをあけてみろ。なにもかも、いっぺんにわかるさ」

　歓喜先生は笑った。

「おそらく、そのなかにグレイのギャバジンの洋服と黒眼鏡、黒マスクが入っておるじゃろう。そいつをきて、恋ぐるまに浮かれこんでみろ、女どもがたまげるぜ。鮎公なんぞ、どっかでみたことがあるような気がするとくびをひねっていたっけが、こいつあわからなかったのもむりはねえ。マダムへのりゅうとしたお客が、なんぞしらん、てめえらがふだん鼻でコキつかっている風呂たきの紋公とは」

「……ヒトミ、てめえ……しゃべったな？」

紋太は、憎悪に白くなった眼でヒトミをにらんだ。

「どうも、こないだから、チクチク妙なことをいいやがると思っていたが、やっぱり知っていやがったか？　ど、どうして知った？」

ヒトミは身もだえした。

「どうしてって……ただ、そう思っただけなの。……でも、やっぱりそうだったのね。……紋ちゃん、あたい、わるかった。か、かんにんしてよ。……」

「この野郎！」

泡をふいてヒトミにとびかかろうとした紋太を、このときいきなりよこから車戸猪之吉がなぐりつけた。

「こ、この畜生！　よ、よくも、よくも……」

「旦那、かんべんしておくんなさい」

「にょ、女房をなぶり殺しにされて、かんべんもへちまもあるものか。こ、殺してやる、この鬼め！」

「旦那、おいら、マダムを殺さねえ。あいびきしただけだ。……」

「なにをいってやあがる。この畜生、八ツ裂きにしてやるぞ！」

唇もきれ、血だらけになってうずくまっている紋太に、気のちがったけもののように猪之吉はとびかかって、ふみにじり、なぐりつけた。

「待て待て、大将」

歓喜先生はかけよって、猪之吉をひきはなした。心臓肥大症のきみがあるから、はあはあいっている。

「待った待った、こんなところで、男ふたり、とっくみあってちゃ、こわいおばさんがたが眼をむくぜ。いまここへくるとちゅう、ちょっとみたのだが、女代議士の一行が、廓のはしからしずしずと八文字をふんで御閲兵ちゅうだ。……それに、いま、紋公、みょ、みょうなことを口ばしったぞ。——おい、まて、大将、折檻はあとまわし、ちょっとおくの帳場に入って、紋太の白状をきいてやろうじゃあないか？」

帳場は、まんなかに長火鉢とちゃぶ台をおいた六畳の部屋だった。ちゃぶ台のうえには、いままで猪之吉がみていたらしい伝票とそろばんがあった。壁には、柱時計のよこに、「各人稼《かくじんかせぎ》高表《だかひょう》」の名札がかけならべてあり、また小さな仏壇もあって、そこに二つ三つの位牌と、そしてマダムの大きな写真がまつってあった。位牌は、ここで死んだ不幸な遊女のものらしく、おそらく生前のマダムのこころづくしであろう。そしてマダムの写真は、哀れな夫猪之吉の思いつきにちがいない。実は、その写真は、「恋ぐるま」にも、吉原の三軒の店にも、どこにもおなじものがかかげてあるのである。スターリンが死ぬとすぐ、マレンコフ、或はブルガーニンの写真ととりかえるようなわけにはまいらないとみえる。正面にはふたつの窓、右には赤いカーテンがひいてあるが、左の窓ガラスが、ネオンの遠明りのいろもなく暗いのは、窓のむこうは裏の川だからであった。やりての婆さんは、どこかへ用足しに出かけたらしい。

美しい、なぞのような微笑をたたえているマダムの写真の下に、紋太はひれ伏し、たたみに涙と血をおとしながら告白しはじめた。

——おいらがここにきてから、もう三年になります。村でなかのよかったヒトミの——ほんとうの名は、おせつ、ってんですが——両親《ふたおや》が山で伐採ちゅう、大きな木の下におしつぶされて死んで、おせっちゃんがお女郎になって東京へくるので、それを追っかけてきたんです。このマダムのところへは、冬場、よく村の男たちも出稼ぎにくるから、べつに知らないしごとでもなかったんです。

はじめは、なるべくはやくフンギリをつけて、村へかえる決心でいたし、どっちかといえば、マダムをうらめしいくらいに思ってきたんですが、そいつがだんだんかわってきました。……ここにきて、ズルズルにくさっちまうのは、女ばかりじゃありません。男だっておんなじです。

そりゃ、旦那のまえでなんですが、男としてあんまりりっぱなしごとだとは思っちゃいません。お茶ひきの女たちの背なかをながしたり、ヒステリーの八ツあたりのひきうけどころになったり、ときにゃ、へんなもののついた女郎のズロースまで洗わされる。まあ、男のカスのやるしごとでしょう。女の海のなかにいながら、水一滴のむわけにゃいかねえ。ときどき、客ののみのこしたビールなんかをぬすみのみするのがせきのやまだ。……もっとも、ほんとのことをいえば、おいらにちょッかいを出してくる女もいないじゃなかった。朝、客のかえったあとで、そうじにゆくと、まだふとんのなかにねている女に、いきなりひきずりこまれて抱きつかれたこともあるし、キスくらいなら、三日にいっぺんくらいは、だれかとやっていた。おいらはこれでもお面《めん》のほうならちょっとうぬぼれがあるし、なんたって百姓よりはからだはらくだし、もう二度と村なんかにかえる気はなくなってました。

いいえ、旦那。……そんないたずらをしたのは、はじめのうちだけなんです。おいらもズルズルにくさっちまったが、それ以上に、女たちの腐れがおっかなくなってきた。いつもじだらくにねそべって、うまいものくって、やれきのうの客はスケベーでなにをした、かにをした、などぬけぬけと——そりゃあエゲツねえことをしゃべって、はなしといえばただそれだけ。むろん、おいらは女たちをばかにしちゃいません。可哀そうに思っていたんです。が、そんな女たちをみて、こいつらはここにきてこうなったんじゃあねえ、どんな女もおんなじようにかわってくるところをみると、もともと女というものが、こういう地《じ》のもんだ、とかんがえてきました。可哀そうだが、おっかねえもんだ、と思いました。こいつあちょうど、ここの女たちが、男ってものはみんな恥しらずのドスケベーだとかんがえているのと、おんなじわけあいのものかもしれません。とにかく、おいらは、もうとても世帯なんかもてねえ男になっちまいました。相手がヒトミだろうがなんだろうが、もうごめんだと思いました。

それじゃあ、なにをめあてに生きてるかってえと——めあてなんかなくなったって、ズルズルベッタリこうしてここにいるよりほかはねえ男にはなっちまいましたけれど——それが、たったひとつあった。

マダムなんです。

旦那。……かんべんして下さい。おいらはマダムにほれちまいました。あのマダムだけはちがう。おいらは、女郎はもちろん、かたぎの女だってこんりんざい信用しねえが、あのマダムだけはとくべつ製だ。……そのことは、旦那だって歓喜先生だって、よく御存知でござんしょう。女のくされ水みてえななかにいるだけに、毎日、いきいきとしてやってくるマダムのすがたは、おいらにゃ、まるで人間ばなれしてみえるほど水ぎわだった女にみえた。……かんがえてみりゃ、ほんとにおかしい恋だ。犬が奥様に恋をしたようなもんだ。むろんかた想いです。あのマダムは、女郎たちはほんとに可愛がったが、おいらたち傭人《やといにん》には、別人みてえにあしらいがシャッキリしていた。この掃除あなんだ、用が足りてねえのはいねむりしてたかなんて、おいらなんか、十日のあいだ、ひっぱたかれなかったことあいちどもねえくらいです。それでも、おいらは腹なんかたたなかった。こいつあ、おれ以外の、吉原にいる三ちゃんだって、プー公だっておんなじだったでしょう。マダムの人徳だ。……しかし、おいらは、それどころか、ひっぱたかれると涙がでるほどうれしくって、ゾクゾクして、そのたのしみで毎日くるくるはたらいてたようなもんでした。……

それじゃあ、マダムは、おいらの想いなんか、ぜんぜん気《け》どらなかったかというと——ながいあいだのことだから、そのうちかんづいてきたらしい。もっとも、そういうかんは、あのマダム、すごいくらいいいんです。いつか、だれもいないとき、なんかのはずみで、ニヤニヤしながら、おいらの耳に口をくっつけて、「紋公、ばかなことをかんがえてると、パパに殺されるよ。——」といった。おいらは、「へ?」といったっきり、二の句もつげなかったが、その晩は、この下の物置のつめたいふとんのなかで、なんだか涙がでて涙がでて、まるで湯気にうだったようなきもちになったもんです。

　ながいあいだ、それっきりでした。あいかわらずマダムは知らあん顔してるし、けいきよくひっぱたくし――それが、この秋ごろから、ときどき、ちらっとおいらのほうをみる眼つきがかわってきたような――妙にあわれぶかい眼でおいらをみていることが、ちょいちょいあったんです。

　おいらだけのかんちがいかな、と思っていたら、たしかに去年の秋のはじめでした。マダムがおいらにそっといった。

「紋公、つくづくとおまえが可哀そうになったよ。いちど、おまえを成仏《じょうぶつ》させてやろうかねえ？」

「へ？」

「どうも、あたしゃ、ねざめがわるいよ。男のボンノウをはらしてやるのが、あたしの信心なんだからねえ」

「へ？」

「ただ、ヒトミだけにゃわるい気がするけれど――なるほど、こうしてみりゃ、ヒトミがあつくなるのもむりはない。きれいな顔してらあ。ほ、ほ、ほ、ほう」

　マダムは、おいらの頬《ほ》っぺたをつっついて笑いました。

　それがはじまりなんです。ところが、あいびきする場所が、マダムらしくひとをくったところでした。もっともマダムの顔は、どんな一流のホテルだって、温泉マークの連込宿だって、その方面にゃ東京じゅう売れてるし、ふたりが箱根や熱海にゆくとばれそうだし、だいいちマダムにそれほどの気はない、とにかくいいかげんな場所じゃあ、なんのはずみでマダムを知ってるものとぶつからないでもない。そこで、いちばん手軽に――マダムが「恋ぐるま」にくる夜をつかって、マダムが合図してくれると、おいらが「ふるさと」にかけもどって、あの背広をきこみ、黒眼鏡に黒マスクをつけて、マダムのお客のような顔をして「恋ぐるま」にのりこむ。――という、まるで探偵小説みてえな思いつきを、マダムがかんがえだしたのでした。「恋ぐるま」でつかう部屋は、ちょいちょい、ヒトミがいないときつかうあのホールの上の部屋。そのときにむりにもヒトミを留守にさせたのは、ヒトミがいるとかんづかれるという心配のほかに、ふたりともあいつにちょっと気がさしたからなんです。むろん背広はマダムが買ってくれました。

しかも、マダムがいうんです。

「どうも、おまえが風呂たきの紋公だと思うと、なんだか可笑しくなって、きぶんがでないねえ」

「おいらも、マダムだと思うと、なんだかおそれ多くって――」

それはほんとうでした。そんな相談をしているときでさえ、すれっからしのおいらが、ガタガタふるえるようなんです。

「それじゃ、まっくらにしてあいびきしようじゃないの。あたしはおまえを、ただりっぱなからだをした若い男だと思うことにするよ。おまえはあたしを、ただ――女だと思っておいで。なに、人間というものは、なにもみえないまっくらななかで色事をするときは、ふしぎになんとでも思えるもんだよ」

こんな奇妙なあいびきが、秋から四、五回ありました。

おいらはいつも無我むちゅうでした。ひかりが入らないように、外のネオンをけして――まっくらななかで、マダムもおいらもよく知っている女郎たちのあたまのうえであいびきをする。――それだけでもゾクゾクするようなきわどい芸当なのに、そのうえ、マダムは、ここの廓じゅうの女のだれもがタバになってもかなわねえような、そりゃあなんともいいようのねえ、スベスベした、蛇みてえにミリョクのあるからだをしていました。おいらは、たまらなくって、事はいつもはやくすんだ。――あのマダムのようすからみると、とても旦那ひとりじゃあおさまらねえのもむりはねえ、とおいらは思いました。いまからかんがえると、おいらのゆく前後に、やはり白いマスクをつけた男が出入りしているって、女たちがしゃべっているのを小耳にはさんだことがありますが、してみると、マダムのまおとこした相手はおいらばかりじゃなくって、案外そいつもそうじゃなかったかとかんぐりたくなります。――が、なんにしても、それをやきもちやくほどおいらはぜいたくいえた義理じゃあありません。いつもたった二十分か三十分のせかついたあいびきじゃあったが、おいらは死ぬほどあのうれしさがわすれられそうにありません。

そして、そのあくる日に、マダムがきたとき、なにくわぬ顔をしてて、ちらっとみせる、いたずらっぽい笑い顔の、ふるいつきたいほど色ッぽかったこと。……

――あっ、旦那、かんべんしておくんなさい。旦那にゃわるい。わるいと思って、ザンゲのつもりでおいらはなにもかもぶちまけてるんだ。しかし、おいらはマダムを殺したりなんかしません。あの晩のことは、まったくなにがなんだかわからねえ。

あの晩。……おいらは、やってきたマダムに、「今晩、九時すぎたら――いいよ」とささやかれたから、ここんところ一ト月ばかりさっぱり沙汰がねえんで、おいら、イライラしていたところだったんで、こおどりして「恋ぐるま」をとび出しました。ちょうど、ふとっちょの紳士が階段をころげおちてきたときです。そして、「ふるさと」で、れいによって身じたくをして、いわれたとおり九時すぎに、なんの気もなく、いつものようにのりこんでいったわけなんです。

なんの気もなく……なんのこともありゃしませんでした。いつもとおんなじでした。おいらとマダムはまっくらななかであいびきをした。……それだけです。それが、あとで、そのすぐあとで、あんなむげえ屍骸《しげえ》になっているなんて！

おいらは殺さねえ。マダムを殺したやつをたたっ殺してやりてえくれえです。おいらじゃないとすると……おいらはてっきり坊っちゃんだと思ってた。おいらのあとできた奴が坊っちゃんでなかったら、おいらはドスもってなぐりこみをかけたかもしれねえんです。が、坊っちゃんだとすると、ひょっとしたら坊っちゃんがマダムとおいらの色事をかんづいて、かっとなって殺《や》っつけちまったのかもしれねえ。そうすると、おいらのほうも、なぐりこみをかけるどころか、くわばら、くわばら。……

それが、どうやら坊っちゃんでもねえらしい。おいらにゃ、まったくわけがわからねえ、わからねえが……そうなると、坊っちゃんのまえにいったおいらのことがばれちまうと、もうどこへ出たって、おいらの逃げ口はねえと思いました。ところが、どうしたわけか、伏兵は意外なところにあって、ヒトミの奴が、黒マスクはおいらだとかんづいたらしい。とにかく田舎へにげちまおうとすると、あの野郎、チクリチクリと妙なことをいう。しかも、きょうです、どこのどいつか見当もつかねえが、黒マスクはヒトミが知ってると、新聞社に電話をかけたおせッかい野郎があるそうで、もうたまらねえ。たまらなくなって、たかとびしようとしたわけですが……先生、おいらはほんとうにマダムを殺さねえんだ！

あゝ、みんな、おいらを、あんな眼でみてら。おいらのいうことを、だれも信用してくれねえのか。ああ、みんなおいらを、あんな眼でみてら！


――マダムは墜《お》ちた。アリンス国女王、青楼の賢夫人は墜ちた！

はいつくばった紋太を、五人の男とひとりの女は、おたがいに顔をみあわせ、それから、痴《ち》呆《ほう》的な眼で壁の写真をみあげた。その写真の、なぞの微笑をうかべた華麗な顔が、一瞬に、ぞっとするほど淫蕩《いんとう》な印象にかわったようだった。

たちまち、車戸猪之吉がうなるようにいった。

「なにをいってやがる。この往生ぎわのわるい野郎め」

「ちょっと、待て。少々ききたいことがある」

と、歓喜先生がせきばらいして、しゃがれ声でいった。

「紋太、おまえが、このふるさとへもどって、またもとの紋公になり、なにくわぬ顔で恋ぐるまにかえっていったとき、たしかに坊っちゃんの姿をみたね？」

「へえ、あとを追っかけたってえのはうそですが、みることはたしかにみました。まるで酔っぱらいみてえに、フラフラ出てきた高校生のかげを。——」

「そうか。それから、もうひとつ。……ひどくききわどいことで、……きくのも、わしゃはずかしいが、……おまえ、あの晩、マダムがメンスじゃったことを知っておるか？」

「知りません。へっ、そうだったんですか？」

「それ知らんで、あいびきするとはおかしいじゃないか」

「へえ。なにしろ、マダムは、まさか紋公のこどもまで生めないやね、と笑って……その、コンドームつかわせましたから、そのへんは、どうも。……」

「コンドームは……おまえ、じぶんでとらなかったのか」

「いいえ、マダムが手さぐりでとってくれました」

くくっとまた猪之吉が、異様にうめいた。闇をはうほの白くも濃艶《のうえん》なマダムのゆびを想像したにちがいない。

歓喜先生は、あいまいな顔つきで、

「ははあ、そうすると、男にゃわからんこともあり得るか。ほほう。……」

そのとき、里見が、「ちょっと。……」と、手をあげて制した。あごをしゃくるので、戸のあいだからホールのほうをみると、入口に整列した女郎たちのまえを、いましも菊花のバッジをつけた婦人代議士の一行がとおりかかって、おごそかな声で質問している。

「あなたがた、こういう商売してて、恥ずかしいとは思いませんか？」

「――おもいます。……」

蚊のなくような、シオラシイ声だ。

「女性の尊厳をみずから蹂躙《じゅうりん》するものとは思いませんか？」

「――よく、わかりません。……」

「いいですか、こういう反道徳的な職業に従事していると、きっと心までけがれはてた、救われない女になってしまいますよ。苦しくっても、歯をくいしばって、つよく正しく生きようと努力をつづけていれば、いつかかならず神さまがお酬《むく》いになるのです。……」

「――すみません。……」

「労働条件は不満ではありませんか？」

「――べつに。……」

「とりしらべているのじゃありません。正直におっしゃい。みなさんを叱ったのではありません。みなさんは、ほんとはちっともわるくはないのです。あなたがたをこういう破廉恥《はれんち》な肉体の奴隷《どれい》においこんだ政治がわるいのです。……」

里見記者が苦笑した。

「政治はだれがしていると思ってるんだ？　……しかし、こいつは記事になる。婦人議員売春街をゆく当夜――闇の女王の仮面墜《お》つ！　とね」

「あのおかたたちは、くらしの金をめぐんでやりさえすれば、女たちは救われる、とかんがえておいでなのかな」

と、歓喜先生はうつむいて、ひとりごとをいう。

「――おそらくは、そうはゆくまい。あの女たちは、くらしの苦しさだけでここにきたのじゃない。愛に飢え、孤独をのがれようとしてここにきたのだ。……」

里見記者は時計をみながら、

「そして、恋ぐるま殺人事件の重大容疑者曝露さる、か！」

そして、代議士たちの一行が店さきを去るのを見すまして、猟犬のようにホールへとび出してゆき、すぐ階段を下の物置にかけおりていった。記事にするため、問題の容疑者潜伏の場所をみにいったのだろう。

荊木歓喜がつぶやいた。

「もし、紋公のいうことがほんとうだとすると……」

「そんな、ばかなことはない！」

と、久世取締官が、きり断《た》つような声でさけんだ。

「その十分まえに、わたしがちゃんと生きているマダムに会ったことはたしかだが！」

「実に、信じられんほどふしぎなことですな。……紋公や、ときにおまえは、ふとっちょの紳士をみて笑ったといったが、その紳士は——」

と、いって、曾谷博士の顔をみた。紋公はふっと院長をみて、

「あっ、このひとです！」

とさけんだが、急にまじまじと見なおして、

「おや、ひげがない。……」

「ひげは、この元旦に剃ったのだがね。……よくみてもらいたい」

と、博士はニコヤカに微笑して、顔をつき出した。紋太はだんだん自信をうしなってきたようだった。

「似ているが……ちがうようにも思います。あの旦那は、ちらっとみただけですが、もうすこしふとっていたようでした。……」

曾谷博士が声をたてて、会心の笑いを笑おうとして、急にまた咳《せ》きこんだとき、入口のほうから里見がのぞいて、

「久世さん」

と呼んだ。久世Gメン氏は、けげんな顔でちかよっていって、戸の外でなにやらヒソヒソ話をしていたが、すぐきびしい表情でもどってきて、

「御主人。この下の物置とかに、まさか麻薬類がたくさん隠匿《いんとく》してあるようなことはありますまいね？」

と、かみつくようにいった。猪之吉は、ぽかんと口をあけて、

「へ？　そ、そんなことは、けっして……」

「いや、それでも、いまこの記者君が、この下からこんなものを見つけ出してきたといっておりますぞ」

掌のうえにのっているのは、新しい「モルヒネ」の注射液の小箱だった。猪之吉が口をぱくぱくさせているのをしりめに、久世取締官は、恐ろしいいきおいで部屋をかけ出し、ホールから下へおりていった。

里見記者は部屋へ入ってきて、あらためてマダムの写真をみながら、

「先生。——マダムに対する観念が、いささか——見ようによっては、根本からくつがえりましたね。女神どころじゃあない。ちょっとお面《めん》のいいことだけで、風呂たきおとこをつまみぐいする。……女郎屋のマダム相応の行状ですな。しかし、そうとうな淫婦だったことはたしかだ。……」

「先生！」

突然、紋太が顔をふりあげた。眼が異様に血ばしって、うめくようにさけび出した。

「先生。……いまいったのは、みんなうそです。……」

「うそ？　マダムとのあいびきもうそだというのか？　なら、その洋服やマスクはどうした？」

「いえ……そいつはほんとですが……あとがうそで……マダムはもう殺されていました！　おいらがいったとき、マダムはもうバラバラになっていたんです。……」

「それじゃ、おまえは、そのとき、なぜだまってたんだ？」

「そ、それは、……」

紋太はすぐシドロモドロになった。しかし、それにはだまるわけがある。黒マスクの男がじぶんだとは、紋太のあえて公表したくないことだからである。しかし、それにしても。……

「——おい、紋公、もしかするとおまえは、マダムを殺した奴を知っているのじゃないか？」

紋太はイヤイヤをした。あたまをかきむしってもだえた。しかし、いつまでたっても、ことばはひとことも口から出てこなかった。

「先生」

と、里見がすすみ出た。

「五分ほど、この男をぼくに貸してくれませんか？」

「どうなさる？」

「ちょっと、或ることをききたいんですが、ここじゃまずいので」

ジロリと猪之吉をみて、

「大将、二階にどっかあいた部屋がないかね？」

「そりゃ、今夜はあの代議士がくるってんで、商売のほうはジシュクしてるつもりなんで、女たちゃみんな店さきに出てるし、どこもガラガラみてえなもんですが。……」

「このまうえが、あたいの部屋だけど……」

と、ヒトミがかなしそうに紋太をみながらいった。

「そう、それはよかった。それじゃ、そこを借りよう」

「記者さん、あたいもいっちゃわるい？」

「いかん！　きみはいかん。紋太君、ちょっと。——」

紋太は、まるであやつり人形みたいに、フラフラと記者にひっぱられて、上にのぼっていった。

院長がまたしわぶきをしていい出した。

「いまの男の告白した恋。……少々、マゾヒズム的傾向がありますな。どういうわけでしょうか、戦後の若者は、中年女に可愛がられたいという欲望がつよいようで。——」

表のほうで、いっせいにさけぶ声がした。

「バ、カ、ヤ、ローッ」

そして、どっと女郎たちの笑う声があがった。いうまでもなく、遠くの町角にきえた婦人代議士たちを嘲笑したのである。

院長は苦笑した。

「女のほうが、このごろは男性的で。——」

「いや、あれは代議士にあくたいをついたようで、実は、知らずしてじぶんたちを自嘲しているのです。……」

と、歓喜先生が弁解してやっているときである。ほんの四、五分まえに上へあがっていったはずの里見が、ただならぬようすで階段をかけおりてきた。

入口の女たちにむかって、口ばやになにかきいている。女たちがくびをふると、またこちら

にかけもどってきて、

「先生、いま、へんな奴のかげみませんでしたか？」

「みないね。どんな奴？」

「いや、ぼくもみないんですが、実はいまこの上の部屋で紋太に或ることをきいてると、ドアの外で、だれかが——笑ったような、ためいきをついたような気がしたんです」

「な、なにい？」

「ドアをひらいてとび出したが、廊下にゃだれもいない。はてな、ぼくのききちがいかな？……」

そのとき、しゃべっていた里見が、

「あっ」

とさけんだ。川のほうで、なにか大きな水音がきこえたようだった。窓のほうをむいていた彼の眼が、かっと大きくひらかれている。どうじに、柱時計が鳴り出した。七時だ。

「ど、どうした？」

「いま、そこの窓を、さっとなにかが上から下へ——」

みんな、はっとしたようにふりむいた。窓は暗々《あんあん》と冷たかった。が、歓喜先生は愕然とちんばの足をはねあげている。

「しまった！」

彼らはいっせいにどっとホールへはしり出した。ちょうど、階下の物置におりていた久世氏がホールへあがってきたが、これもつりこまれて、二階へかけあがる一同のあとを追ってきた。

はたせるかな、ヒトミの部屋から、紋太はきえていた。ただ川にむいた右左の窓が、大きくひらいているばかりだった。そして、ほかのどの部屋々々にも、紋太の姿はみえなかったのだ。ひらいた窓から水面を、久世氏はキョトンとした顔でのぞきこんで、

「なにか、落ちましたね。物置の鉄格子の外を、なにか落ちていったようなので、あわててかけあがってきたのですが。――」

という。彼は、紋太と記者がここに上ってきたことを知らないはずだからである。

歓喜先生は、ひくく嘆息した。

「……ふ、犯人自滅、ときたか。……」

「すると――あの記者君のきいたという妙な声は、ありゃ記者君の錯覚だったのでしょうか？」

と、曾谷博士が不透明な顔でいった。

――それは、ほんとに錯覚だったのであろうか？　それとも？　――その日のわずか三、四時間まえに、歓喜先生が、うすぐらい「恋ぐるま」のホールで、恐怖の眼をあげてうめいた「なにやら……悪意、悪念がかんじられる。……まだそいつがのこっているとみえる。……こりゃ、また、なにかが……だれかが……」というあの予感が的中して、そのえたいのしれぬ悪念の精が、ひそかにふきかけていったきみのわるい吐息ではなかったであろうか？

紋太は死んだ。

記者のきいたというあいまいな声は、もし錯覚でなかったとすれば、まさに影の吐息としか

思われなかった。なぜなら、もし紋太がだれかにつきおとされたとしても、そのだれかは、その同時間に「ふるさと」の二階のどこにもいなかったことが、すぐにあきらかになったからである。階段はあれひとつだし、入口には夕刻から婦人議員をむかえる女たちが堵列《とれつ》していたし、歓喜先生をはじめとして、院長、猪之吉、里見、ヒトミは階下の帳場に、久世取締官はさらにその下の物置にいたことはハッキリしているし、ほかの客はひとりもあがっていなかったのだ。

——とにかく、紋太は死んだ。三十分後、裏の川のなかから、彼の屍骸がひきあげられたのである。川といっても、幅三間ばかりの泥どぶのような川だったが、山国そだちの彼は泳ぎをしらなかったとみえて、屍体はほかに外傷もみえず、明瞭に溺死の所見をしめしていた。水面にすぐつづく一階の——つまりあの物置の外壁には、彼の転落したときの水しぶきが、鉄格子のはまった右の窓のあたりまで、凄じい泥のあとをはねあげているのがあとでわかった。

——その夜の廓は、ひるまのへんてこな寂寞《せきばく》を、なお持続していた。ただ陰暗たる空に、ほそい金の利鎌《とがま》のような月が寒風にふきとがれていた。

岸にあげられた紋太の、美しい氷滴にちりばめられた、が、泥まみれの死顔を見おろして、歓喜先生は、ふと、半月まえの、「——悪い夜だったよ、屋根のうえの悪魔が、蝙蝠《こうもり》みたいな翼《はね》を窓からさしいれて——口を耳まで裂いて、ヘラヘラ笑っていたんだよ。……」という女郎鮎子のことばを耳によみがえらせていた。

「里見君」

と、歓喜先生は、憔然《しょうぜん》として小さくきいた。

「さっき、君がこの紋公にきこうとしたことって、いったいなんだったんだ。わしがきいてわるいことかえ？」

「いえ、べつにたいしたことじゃあないんですが。……」

と里見は、モジャモジャあたまをかきながらこたえた。

「マダムとの密通を、ほかのだれかかんづいているものはなかったか？　ヒトミと車戸の主人のまえで名まえをいえないような、そのだれかはいなかったか？　——ということだったんですが」

「ふむ。ほかのだれかがねえ。……久世さん」

「なんです」

「ところで、あの物置から、ほかに麻薬の隠匿物がでましたか」

「いや、いままでのところ、ほかに見あたらないようですが」

歓喜先生の声は、ひどく元気がなかった。このような質問もなげやりで、ただ所在なさに唇をそよがせているとしかみえなかった。彼はなにやらふかいかんがえにしずんでいるようだった。

突然、歓喜先生は三日月をあおいで、身ぶるいするようなさけびをあげた。

「あいつが！　……もしや、あの男が！」

みずから愕然としたうめきだった。

「そんなことが……そんなことがあり得ようか？」

「先生、先生、どうかしたんですか、なにかわかったんですか？」

と、おどろいて里見記者がふりむいた。

歓喜先生は、だまって、こおるような冬の夜風のなかに大きくくしゃみをした。しばらくたって、月光に蒼然たる笑顔を里見にむけてささやいた。

「思いあたったことがある。思いあたった人間がある。左様、そいつを名指してごらんにいれる。……名指して白状させてごらんにいれられるかもしれん。……そうだ。里見君、れいの嘘倶楽部の集会が、たしかこの十四日にあるといいましたな？　その席にわしは出よう。わしがそいつも呼んでみよう。そいつはえらい嘘つきじゃから、充分その会にでる資格はある。……里見君、出てみたまえ。そして、よろしかったらきみからはなして、この恋ぐるまの殺人にはからずもかかりあいになられた曾谷博士、久世さん、車戸の大将にも出席してもらいなさい。……」

第十一章　人間万事嘘ばっかり

「恋ぐるま殺人事件は、劇的な終末をつげた」

と、A新聞第三面は大きく報道した。ほかの新聞の顔色《がんしょく》をうしなうまでの詳細な説明ののちに、

「第六番めの黒マスクが紋太であることが判明した以上、犯行が九時十分から同四十分までのあいだに演じられたことはあきらかで、犯人はきわめて強壮なる体力の所有者であるから、その三十分間にあのように大がかりな屍体切断を行うことも不可能ではないとみられているが、なにゆえにそのような残虐行為をしたかは、追いつめられ、進退きわまった犯人の自殺によってなお不明であるが、不倫の恋、また相手の被害者がまれにみる淫奔《いんぽん》なる女性であるところからみて、痴情のはての発作的兇行とみられている」

と、報じていた。里見記者の筆にちがいない。おなじ紙面に、曾谷博士は、紋太に白面の変質者という診断を下していた。

……それでも、それから三、四日のち、荊木歓喜は、ちんばをひきひき、雪の道玄坂をあるいている。――一月十四日は、朝から雪だった。チラチラとまう粉雪のなかに、飾りたてた道

玄坂の舗々《みせみせ》は、童話のように艶麗だった。

童話の町のなかでひらかれる奇抜な嘘倶楽部のつどいに、いま歓喜先生は、左右にふたりの男をつれていそぎつつあるのである。その嘘倶楽部に、事件の関係者、曾谷院長、久世取締官、車戸猪之吉、里見記者をよび、またたれやら「思いあたった」らしいふたりの人間を同伴してゆくところをみると、ひょっとすると、事件はまだ終らないのかもしれない。すくなくとも、A新聞が報ずるようなかたちのものではないのかもしれない。

余談になるが、むかしから探偵小説というものには、いろいろと約束ごとがあって、たとえば、「犯人は相当重要な最初からの登場人物でなければならない」とか、「いくつ殺人事件があっても、それらの犯人はひとりであることがのぞましい」とか、「探偵小説には余談が入ってはいけない」など、なかなかウルサイのであるが、歓喜先生は幸か不幸か、探偵小説などよまないのだから、べつにそんな規格にはまらない事件にも、熊みたいにノソノソ登場してくる。しかし、規則にはないが、古来名探偵というものは、たいてい最後に大ぜいのひとをあつめて、そのなかから、「犯人はあなたです」とみえをきることが大好きなようだから、歓喜先生もそのひそみにならって、あまり会合に出るチャンスなどもたない先生なので、たまたま手ぢかにながれよった嘘倶楽部の集会でも利用しようとかんがえたのかしらん。——しかし、歓喜先生が名探偵であるかいなかはべつとして、このひとにそんなはでな芝居げはありそうにないけれど、それよりも、その集会に、はたして恋ぐるま殺人事件の真犯人が出席してくるのだろうか？　いやいや、げんに先生がつれているふたりの男が、そうだろうか？

——ひとりは、小柄で、やせて、眼が詐欺師みたいにキョトキョトして、肺病やみのように貧相な男だった。もうひとりは、まるまっちく、まるで質屋の御隠居《ごいんきょ》みたいにふくぶくしく、幸福にふくれかえったような顔の男だった。

万華楼の階上には、もう噓倶楽部の会員たちがあつまって挨拶したり、談笑したりしていた。暖炉のまわりのいくつかの朱塗の円テーブルには、すでにビールがならびはじめて、コップからあふれる泡が、雪にくもる窓ガラスをながれおちる水滴と、そのゆたかに美しいひかりをきそっていた。

「やあ、先生」

と、里見があるいてきた。うしろに、まるで狐か狸の宴会にでもひき出されたような顔つきで、曾谷博士と久世氏と車戸猪之吉がしたがっていた。みんなジロジロと、歓喜先生のつれてきたふたりの男をみつめている。

里見がささやくように、

「先生、これは？」

ときくと、歓喜先生も里見の耳に口をよせて、

「左様さ、この肺病やみのようなのが、マダム殺しの犯人。……」

「えっ？　……じゃあ、こっちは？」

「こっちの、ヤケにうれしそうなのが、紋公殺しの犯人。……」

「え？　……そ、そんな……先生、紋公は自殺したんじゃないですか！」

すると、歓喜先生は、依然としてもったいぶったヒソヒソ声で、

「ここは、嘘倶楽部。嘘倶楽部」

里見は、あきれかえってしまった。こうひとをくった先生があいてでは、手のほどこしようがない。やがて、苦笑とともに、

「どっちも、ぼくのはじめてお目にかかる顔だ。これが犯人なら、ぜんぜんおもしろくありませんね」

といった。里見はなかなかの探偵小説ファンだった。

「嘘倶楽部」というのは、はじめは、ただ笑いを目的とした罪のないものだった。できるかぎり破天荒な嘘を案出した会員に、拍手とごほうびをあたえて面白がるだけのことだった。無邪気な嘘といっても、とにかくはじめから嘘とわかっている嘘だし、また会員がみなそうとうなインテリばかりだから、

「十三角関係という探偵小説は、稀代の傑作で、もう十三万部も売れたベスト・セラーだそうだ」

そんなばかげた嘘はいわない。まあ、例をあげると、

「或るひとが、喫茶店に入ってミルクを一杯もらってから、急にかんがえなおして、ジュースにとりかえてもらった。それをのんで知らん顔で出てゆこうとするから、おどろいて売子がよびとめると、ジュースのかわりにミルクをかえしたじゃあないか。それじゃそのミルク代を……

というと、おれはミルクはのまないよ。といって澄ました顔で出ていってしまった。……」

　とか、もっといい例は、百鬼園先生の随筆にある、

「三人が宿屋にとまったら、宿賃が三十円だったので、ひとり十円ずつ出した。ところが帳場のほうで五円まけてくれたのだが、女中がかえしにくるとちゅう二円ごまかして、三円だけもってきた。それを三人で一円ずつわけたので、結局九円ずつの宿賃を出したことになるから、したがって三人の合計は二十七円。女中のくすねたのが二円で合計二十九円。さて、さいしょの三十円のうち一円どこかへ消滅してしまった。してみると、一円はなかったのも同然、ゼロにひとしいということになる」

　といったたぐいの嘘で、さらに論理的なものになると、

「将棋にA級B級C級とあって、A級の対局料は文字どおり段ちがいにたかい。そこでB級C級が抗議を出していうには、そもそもA級の棋士がA級面《づら》をしておるのは、われわれBC級あればこそだ。BC級なくして、断じてA級はあり得ない。だから、われわれにもおなじ待遇をしろ。……」

　これはもう嘘といっていいかどうか疑問だが、やっぱり嘘の論理にはちがいない。こういう問題を出して、三分間なり五分間以内に、その論理の嘘を明快にほぐし去り、論破するという遊戯などをやるのである。

　それからまた、いつか歓喜先生が出席したときのように、その会場にあらわれた時間から去るときまで、演説だろうが座談だろうが、ひとこともほんとのことをいってはいけないという

遊びをやることもあったし、また、だれかにいろいろ質問されて、その返答を、決して相手につりこまれることなく、ことごとく嘘を以てしなければならない、などという遊びをやることもあった。

やがて開会のことばがあって、運ばれはじめた中国料理のまえに、すでにひとりの会員がたって、例のごとくへんてこなへりくつをのべ出していた。

「これは、無学文盲の土方から大金持に成功された或るかたの、愛児への御訓戒でございますが、人間はほんとうのことを百いっても、ひとはまあ五十くらいしか信用してくれない。また、百うそをついても、五十くらい信用してくれる。おなじことなら、うそをつけ！　これぞ、お金をもうける秘訣である。……」

なるほどなるほど、などといって感心してはいけない。二、三分して手があがり、またひとりが立って論破しはじめた。

「いや、それはちがいます。百ほんとうのことをいっても、はんぶんしかひとが信じないとは、その百のことがそれぞれぜんぶ異っている場合でしょう。また百うそをついても、はんぶんはひとが信じるとは、その百はおなじことをくりかえせば、という意味でしょう。……」

「そういう矛盾をかんじないところが、すなわち金持になる秘訣さ！」

と、だれかが嘆声を発し、会場にどっと笑いがあがった。

歓喜先生はいちばん大きな声で笑って、右どなりの久世取締官の耳に口をよせ、「なかなかうまいじゃないですか」と、ささやいた。

久世氏はつまらなそうに、

「そうですか。……わたしには、どうも」

「いや、それはあなたの嘘ほど上手じゃないが」

久世氏は妙な顔をふりむけたが、歓喜先生は真顔のままささやき声で、

「あなたも、そうとうなものじゃ。是非、きょうを機会にこの会にお入ンなさい。わたしは感服しとるのじゃから。……」

「なにをおっしゃる？　いつ、わたしが？　――」

「いつ、左様、あなたが恋ぐるまをたずねて、あの部屋でマダムとあわれたとき、夜具は出ていなかったといわれた。……」

「夜具？　――それがどうしたのです？　たしかに夜具など、出ていませんでしたよ」

「それはほんとうだ。あなたはたしかにほんとうのことをいわれた。もしあのとき、あなたが、夜具が出ていたと嘘をつかれたら、あの事件に関して、わしはあなたに失礼な疑いなどもちはせなんだのです。……」

「え、それはどういう意味です？　わたしにはちっともわからない」

「そのまえに、あなたは、マダムのほかにだれの姿もみなかったといわれた。もし夜具が出ていたとおっしゃったなら、そのことばが信じられたのです。なぜかというと、あの部屋に、だれかがかくれるとすれば、三尺幅《はば》二段の押入ひとつしかない。ところが、下の段には電蓄やらトランクやらがギッチリつまっていて、それをうごかした形跡もなかった。ただ、上段の夜具

を出せば、人間ひとりはかくれられる。だから、ほかにだれの姿もみえない。つまり、そいつが押入の上段にかくれていたとすれば、あなたは、部屋に出ていた夜具をきっとみられたはずなのだ。……」

久世氏の顔から血の気《け》がひいて、唇は膠着《こうちゃく》してしまった。歓喜先生はけろりとして、黒いあひるの卵をぱくついていた。七きれたべてから、彼は微笑した。

「実は、わしのいまいったことには、論理的な嘘がある」

「嘘だらけだ」

「わかりますか？」

「ば――ばかばかしい」

「ばかばかしくはない。それは、もしそのときマダムのほかにだれかいたならという仮定のうえにたった理窟なので、そのだれかがいなけりゃ、あなたの夜具も人もみなかったという証言はとおるのです。……ところが、こうして待っていても、あなたはそのことにお気づきにならん。ただ、ばかばかしい、とだけおっしゃる。――」

依然として、ささやくような声だ。

「それは、やっぱりあなたが、夜具か人かをごらんになっているから、いまとっさに、わしの論理の嘘が看破できなかったのだ。夜具か、人か、あなたは、ごらんになったもののうち、どちらをかくしておられるのか？　夜具をみたことなどかくすことは無意味です。あなたは或る人間をみて、それをかくしていらっしゃる。――」

久世氏はもはやただ、炒鶏《チャアチイ》をくっている歓喜先生をかっと凝視しているだけだった。

「それから、もうひとつあなたは、あなたにも似合わしからぬ不注意な嘘をつかれた」

「……なにを？　な、なにを？」

「そのことが、その目撃した人間をかくす――かくさねばならん理由になったものと思われるが、あのとき、あなたは――S町の闇黒街のボス松葉組の大将が、麻薬密売に関係がない、とおっしゃった。しかも、ごくかるく、平然と、断定的に。――」

「そ、それが？」

「はゝ、ところが、恥ずかしいことに、わしは松葉組の大将から、いつも麻薬をもらって、患者に使用しとるのですよ。警察《さつ》は知っておるかおらんかしらんが、あれは東京でも有数の大密売業者のひとりです。もっとも、恐ろしく巧妙にやっておる。じゃが、それを……麻薬Gメンきっての手腕家、浅草とS町だけでも千五百人の密売者があることを御承知で、それらを看視していると高言されるあなたが……知らないなどとはいわせない、なぜ、それをかくされる？」

「…………」

「大麻薬業者をつかまえるために、囮《おとり》の殺人犯人を志願なさるほどお仕事熱心なあなたが。――はゝはゝ、あれこそは、その殺人事件そのものへの目くらがし、虎穴に入ってつかまえたい虎児とは、大麻薬業者じゃなくって、なんぞしらん警察の心証で、虎穴に入るとは、囮《おとり》犯人の行動ではなく、あの志願のことばそのものにあったのだ。――不敵なことでありましたな」

「…………」

「以上のふたつ、これはまあたいしたことじゃない。偽証汚職、まあ罰金ですむことかもしれん。ところが、もうひとつ、決して罰金ではすまんことがある。それは紋公の死です」

「……紋公？　……あれは二階にあがった。わたしは物置にいた。なんの関係が……」

「左様、ふたりの位置はそのとおり。――しかし、紋公は、物置の窓からおちた」

「物置から？　鉄格子がはまっているのに。――」

「物置からおちたとわしはいってはおらん。わしは、鉄格子のはまった窓から紋公がおちたといっておるのです」

どっと会場にまた笑いがわいた。いくら嘘倶楽部でも、歓喜先生は、すこぶる没論理なことをいう。しかも、平然として、

「――おわかりか？」

おどろいたことに、久世取締官は、ガックリと首を折った。

そのとき、その久世氏の肩を、しずかに右どなりからたたいたものがある。歓喜先生がつれてきた、あの詐欺師みたいに貧相な男である。ふところから小さな帳面のようなものをみせると、久世氏をうながして、ふたり、そっと別室のほうへ去っていった。

歓喜先生の左どなりに坐っていた里見記者には、なぜ久世氏がその男といっしょにつれだっ

て去ったのかわからなかった。いや、談笑のなかに、歓喜先生と久世氏が、なにをボソボソしゃべっていたのか、よくきこえなかった。ただふしんそうにふたりを見おくって、

「先生、どうしたんです？」

歓喜先生は、こんどは豆腐の肉詰にとりついていた。

「ふむ。これはうまい。……久世さんはねえ、紋公殺しの犯人のひとりとしてつかまえられたのです」

「な、なんですって？」

里見は椅子からとびあがって、二、三歩あとを追いかけたが、たちまちバネのようにはねもどって、

「先生、先生はいま、久世さんを紋公殺しの犯人のひとり、、、といいましたね？　紋公は殺されたのですか？　そして犯人はまだほかにあるのですか？」

「まあ、お坐ンなさい、里見さん」

と、歓喜は笑顔で椅子をおしやった。

「里見さん、ところでな、この世でいちばんみじかい嘘を御存知か？」

「え？」

「このごろのひとは、みんなゆだんもすきもならんから、なみたいていのことじゃだまされん。嘘をつくのもらくじゃないわ。だからによって、ごらんのごとく、ああいろいろと長広舌をふるっておる。――」

むこうで、また会員のひとりがたって、おかしな議論を展開していた。

「——快楽が大きいと、あとの幻滅もふかい。これはみなさま御経験の真理であります。そして、この逆もまた真なることはおみとめでございましょう。おなかがすけばすくほど、あとでくうものがうまくなる。——この真理にてらして、さてわれわれの次代のひとびとが、建設と慈悲と汗と笑いと微風の時代に陶酔できるように、われわれのなすべきことはなにか？……実はいま、このおいしい中国料理をいただきつつ、中国の歴史をかんがえてみて思いついたことでありますが。……すなわち、われわれは、死力をつくして、破壊と残虐と血と涙と炎の時代を現出せしめるべきである。……実際にわれわれはそれをやったのでありますが、なおこのうえともいよいよ奮励努力すること。……これこそわれわれが子孫のためになすべき義務であります。……」

「先生、いちばんみじかい嘘ってなんです？」

「あっ」

「どうかしましたか？」

「いや、あっ、という嘘じゃ」

「な、なんのことだか、わからねえや。——」

「きみが、あっ、といったのじゃ」

「へえ、いつ？」

「ふるさとで、紋太が川へおちたとき。——」

あいかわらず、ささやくような歓喜先生の声である。

「きみが、紋太をつれて二階にあがり、妙な声がしたといっておりてきて、わしたちに話をしていた。当然、わしたちは入口のきみをながめ、きみひとり窓のほうをみておった。そして、あっ。――」

「あのときのことですか！　そりゃ、先生！　あのとき窓の上から下へ、紋太のおちてゆく姿をみたのですから――」

「それが、うそだ。きみにはみえんはずであった」

「ど、どうして？」

「紋太のおちた水けむりのあとは、物置の外の壁――右の窓の下にはねあがっておった。いうまでもなく、紋公はそのまうえの窓からつきおとされたのだ。物置の窓には鉄格子がはまっておる。そのうえの帳場にはわしたちがおる。したがって紋公は、きみがつれて上ったヒトミの部屋の窓からおとされたにきまっておる」

「そんなことははじめからわかっているじゃありませんか」

「おちたのではないぞ。おとされたのだ」

「いや、あれは、紋公が、じぶんで――」

「ヒトミの部屋の窓から、物置の右の窓まで、一直線に線をひくと、幾何《きか》の法則にしたがって、そのあいだの帳場の右の窓をとおる。落下物じゃから、物理の法則にしたがって、ななめにはおちん、垂直だ。……ところがな。里見君、帳場の右の窓には赤いカーテンがひいてあった。

そのカーテンにさえぎられて、みえないはずの紋公の落下する姿が、どうして君にみえたのだ?」

「……うっ」

と、里見は面《おもて》をたたかれたようにうめいた。

「みえないはずのものをみたという。きみが紋公のおちるのを、その時間まで、あらかじめ知っておった証拠だ。……」

「そんな……ぼくは帳場に、紋太は二階にいるのに……」

「いや、きみが帳場に入ってきたときは、紋太はすでに物置の窓の外にいた。きみは紋公を二階につれてあがるやいなや、ヒトミの部屋の窓から、帳場の窓の外をとおして、物置の窓の外へ紋太をつりおろしていたにちがいない。紐はヒトミの帯かしごきでもつかったにちがいない。それを物置のなかから、鉄格子ごしに、あの久世さんがしッかりとつかまえていたにちがいない。君はその帯かしごきをたぐりあげてもとにもどし、いちもくさんに帳場にかけおりてきたにちがいない。——時計が鳴った! 七時だ! きみが、あっとさけぶ。どうじに久世さんが、物置の窓の外から紋太のからだをはなす。——」

「先生。……だまってきいていれば……いくらなんでも、紋太がそうおとなしく——」

「紋太は麻薬をかがされていたのだ。だからこそ、ああかんたんに溺死させられてしまったのだ。麻薬を手にいれる機会はあった。きみは、ふるさとへくる直前に病院にいたじゃないか?」

「それに、きみは必死であった。……ふるさとへくる。帳場の窓のカーテンと時計をみる。物置へおりる。鉄格子の窓をみる。久世さんを帳場の外へよびだしてうちあわせる。久世さんはじぶんのポケットから職掌柄《しょくしょうがら》もっていたモルヒネの箱をとり出して、車戸の大将をおどし、なんとかりくつをつけて物置へおりていってまちかまえる。きみは紋太を二階によびあげて、麻薬をかがせる。……」

「………」

「これらのことを、あのふるさとへきてからの短時間に、諸条件をくみいれてとっさに考え出し——帳場のうえの部屋がたまたまヒトミの部屋だったから、いっそう好都合にいったが、たとえばどの女の部屋であっても、きみは、強引にそれをつかわざるを得なかったろう——そして、昏睡した紋太を、みンごと溺死させてしまった。そのあたまと実行力は、いそがしい商売柄とはいいながら、実におどろくべし。……」

歓喜先生は、にがッぽく笑った。

「おどろくべきではあるが、なんといっても熟考のはてのことでないから、少々むりなところがあったのはやむを得ん。たとえば、いまの窓の問題だ。それがきみのしかけの最大の眼目であるとどうじに、また、とりかえしのつかぬ欠点じゃった。むろん、帳場の左の窓をつりおろせば、きみにみえたということは嘘でなくなったにちがいない。が、いかんせん、そうすれば、そのつりおろし作業がわしたちにもみえる。あちらたてればこちらたたず、きみはみえない右の窓のカーテンの外をつりおろすよりほかはなかったのだ。……」

「………」

「もっとも物置の久世さんが、紋公のからだを左の窓に移動させればよかったかもしれん。が、なにしろ鉄格子をへだてのことじゃから、そんな器用な重労働は久世さんにはできなんだ。――」

歓喜先生は、はじめてちょっと声をたてて笑った。

「なによりも、きみが、あっ、などいわんけりゃうまくいったのだよ。きみが帳場にいるときに紋公が二階からおちた、ということを強調するための御苦心にはちがいないが、里見さん、キリキリ舞いのはずみがすぎて、ちいっとやりすぎたね。あっという、そのひと声がこの世の終り。――雉子《きじ》もなかずば撃たれまいに。……」

里見が、こんどはガックリと首を折った。

「その、あっ、があやしいとなると、きみがわざわざ紋公を二階につれてあがった理由もあやしい、と相なる。なんとかいってたっけが、とにかく、理由にならん理由でありましたなあ?」

「……ぼくが、どうして紋公を……」

地にしみいるような声だ。

「さあ、それじゃて、きみが紋公殺しの下手人であることをさとったとき、さすがのわしも心中驚倒した。おもわず、あいつが！　あいつが！　とさけび出さずにはいられなんだ。思いあたったうそつきとは、おまえさんのことだったのだ。あきらかに、あの恋ぐるま殺人事件にとちゅうから偶然とび入りした男が、事件後最大の力演をあいつとめましょうとは！」

「…………」

「おまえさん、なにやら事件に深入りしすぎたね？　ぬきさしならん関係になって、是が非でも第六番目の訪問者黒マスクの紋公の口を封じ、あいつを犯人にしたてなくちゃあつごうがわるい羽目においこまれたね？　……」

「……先生、いやしくも新聞記者が、まさか……」

「新聞記者がなんだ。職に貴賤はないぞ。職に貴賤はないが、人間に貴賤はあるぞ。品性のたかい奴とひくい奴はたしかにいるのだ。……とはいえ、おまえさんが、それほど新聞記者にウヌボレをもっておったら、あんな大それたことはしでかさなかったろうに。……おまえさん。なんでまきこまれた？　……金か？」

　里見十郎は、鞭うたれたようにビクンとした。

「はゝはゝ、どうも、おくびのでるほどありふれたことじゃが、そいつは人間の世界にゃ、やはり最大の魔物らしいて。――だいたい、男と男が、突然むすびつくとき、その接着剤となるのはかならず金だ。男と女が、突然むすびつくのは、恋の風、性慾の火花。女と女とが突然――いや、女と女とは突然にも永遠にもむすびつかんわい。……」

「――先生！　……すべてのもとは、この投書でした！」

　里見は、ついに血をはくようにつぶやいて、フラフラと例の一通の手紙をとり出した。それは、あの「車戸旗江の亡霊と結婚した男」という差出人からのものだった。

歓喜先生はふしんそうにその文面をよんでいたが、やがて顔をあげて、

「九日十日の午後二時。——九日というと、紋太の殺された日だったな」

「えゝ、あの日、午後、恋ぐるまにヒトミをたずねてゆくまえに——」

「きみ、この手紙の指定どおり、道玄坂のT劇場の地下喫茶で、この男とあいなすったか？」

「はあ、それで、その男の要求で——」

「どんな男？」

「鳥打帽に白いマスクをつけて、よく顔はわかりませんでしたが、体格の大きい……とにかく、そいつのいうことには……」

「あはゝはゝはゝ」

と、歓喜先生は笑った。

「こりゃおかしい。わしは知っとるが、あの地下喫茶は、この正月から修繕中で、したがって休業しとるわ」

「えっ」

眼をむき出したまま二の句もつげない里見の顔をみて、歓喜先生は、急に真顔になって、声をひそめ、

「それ、嘘倶楽部、嘘倶楽部」

「……？」

「いま、わしのいったことは嘘じゃ。その地下喫茶店が休んどるかひらいとるか、わしゃしらんわ。じゃが……そのびッくり顔をみると、里見さん、この脅迫状の、長たらしい差出人は、きみじしんじゃね？」

　里見十郎は、翻弄されつくして、声も息もない。

「この期《ご》におよんで、なお嘘倶楽部幹事の神聖なる義務をつくそうとするこころがけは、はなはだ敬服のいたりです。以て会員の範とすべきかもしれん。……ただ、少々往生際がわるいな」

　里見の手くびに、そのときシャッとかすかに金属的な音がひびいた。だれにもみえなかったが、銀色の手錠だった。

「大特ダネ」

　彼の左どなりに坐っていた、まるまっちい、質屋の御隠居のような男が、ふくぶくしい笑顔でたちあがった。

　そのまるまっちい男と里見記者が、一見親友のようによりそって別室のほうへあるき去ってゆくのを、車戸猪之吉をへだてて坐っている曾谷博士はけげんそうに見おくって、ふと眼をもとにもどそうとして、はたと荊木歓喜の眼とあった。

　……外は、しずかに雪がふりつづいていた。硝子戸の内側は、平和であたたかな笑いの団欒だった。だれもしらない空《くう》に、ふたりの視線がじっとからみあったままはなれなかった。やがて、蛇にみいられた蛙のように、博士の瞳孔がしだいにほそくなった。

突然、荊木歓喜がたちあがった。

「みなさん」

と、大声でいった。みんな、いっせいにふりむいた。歓喜は、その魁偉な顔がよくあれだけ愛嬌のある表情になれるものだとふしぎになるくらい、おそろしく愉快そうに、

「本日、ここにお客さまとして、わが精神病学界の泰斗曾谷博士がおいでになりました。曾谷博士を御紹介いたします」

博士は、一瞬キョトンとした顔つきをしたが、すぐ、やむを得ずたちあがって、さかんな拍手に会釈をかえした。

歓喜はニコヤカにふりむいて、

「博士は、また、学界でもだれしもが尊敬申しあげている高徳のかたで、お弟子のなかには、現代の聖者とさえ申しているひとさえあるくらいのおかたでございます。ところが、聖者というものは、お釈迦さまにしろ、キリストさまにしろ、なによりまずデリケートなおこころのもちぬしでいらっしゃるが、博士も、先日、――ながらく精神病者とつきあっていると、彼らのあわれさに同情し、共鳴し、うっかりすると、彼らの論理、彼らの世界にひっぱりこまれそうになると御述懐になったくらい、おこころのやさしいおかたでございます。そのせつ、このわたしが、この嘘倶楽部のことを申しあげましたら、それはおもしろい、是非いちど出席してみたいという御希望でございましたが、倶楽部でやるいろいろなあそびのうち、なかんずく、例

の、こちらの質問にことごとく嘘の答弁をするという遊戯に興味をもたれ、それは存外に強度な脳の力を要するあそびかもしれない。このごろちょっとクサクサすることがあって、ノイローゼのきみもあるから、ひとつ神経の訓練、逆療法としてそれをやってみたい、と、こうおっしゃったものでございます。……高名なる精神病学者のお頭《つむ》の力は、いかにつよいものであるか、これはみなさんもたいへん興味がおありになろうと存じますので、ちょっと、わたしがみなさんを代表して、失礼ながらおためしさせていただきたい。……では」

あんぐり口をあけていた曾谷博士は、急にはげしく咳きこみながら、

「きみ！　とんでもないことをいう。わたしはそんなばかなまねはやりたくない！」

「うまい！　さっそくおみごとな御応答で、あっぱれ、あっぱれ」

みな、どっと笑いと拍手をもってこれにむくいた。それは、ついに博士を苦笑させるほどあかるいものだった。

「ところで、このあそびについて御注意申しあげますが、おこたえは、ただ、はい、いいえ、だけでは合格というわけにはゆかんのです。それじゃあんまり単純すぎて興がうすい。なんか文句をおっしゃって下さい。……それでは、やりますぞ。……先生は、この会に出ると、こういう羽目になりはせんかと恐れてはいらっしゃいませんでしたか？」

「恐ろしい？　なぜ？　恐ろしがるわけなどないじゃあないか？」

と、博士は思わずさけんだが、興味しんしんとしてじぶんをみつめている幾十かの眼に気がつくと、あわてて、

「いや。……実は恐ろしかった」

と、いいなおした。つまりそれは、恐ろしくはなかったという意味だ。――とうとう博士は、まンまとこの奇妙な裏返し問答にさそいいれられてしまったようだ。

「はゝはゝ、その御調子でねがいます。そこで、先生、先生はもしかすると、精神病なんじゃありませんか？」

「……そう、精神病です。……」

満場は笑いのうずだった。この可笑しさが、この遊戯のねらいなのだった。

「それじゃ、精神病の精神病院長に御質問。……けさ、新聞で拝見すると、あなたの兄君の立花代議士が、税金やすくしてくれと陳情にきた料理屋の女将《おかみ》連中をひきつれて、議院内をねりあるいとられたそうで、立花さんは――ワッセルマン反応が強陽性らしいといううわさがありますが、ほんとうでしょうか？」

「ばかな！　いや、ほんとうです。あれは、たしかに脳梅毒です。……」

「六十五歳にして、三人のお妾さんがあり、そのうち十八のお妾さんは、このごろおめでたの徴候があるとききましたが。……」

「そんなことはない！」

と、あまりのばかばかしさに博士はいろをなしかけたが、はっとわれにかえって、

「いや、おそらくそんなこともあるでしょう。……」

「おそらくそんなこともあるでしょうとは、たよりない。精神病院長は、産科のほうは御不案

内とみえる。……それじゃ、先生、ツォンデク・アシュハイム反応というやつを御存知ですか？」

「もちろん。——存じません。……」

会員のひとりが遠くからきいた。

「荊木先生、なんです。そのツォンデクなんとか反応って？　ワッセルマン反応ならまあわかりますが」

「まあわかるどころか、あなたも強陽性と出たことがあるんじゃないかね？」

と、だれかいったので、みんなまた笑った。

「あゝ、これは、当代の碩学《せきがく》を国家試験にかけるのが甚だゆかいで、ほかのみなさんにはえらいすまんことでありましたな。……これはね、妊娠というやつは、ごく初期に診断することはきわめてむずかしい。ただ、懐妊された御婦人の小便をとって、二十日鼠《はつか》に注射し、こいつをあとで解剖してその卵巣をしらべてみると、まっかにふくれあがって凸凹《でこぼこ》になっとる。小便に出るホルモンの変化が作用したもので、これならもうごく初期に、確実にわかる。……いや、こういう質問はおもしろくない。べつのことをうかがいましょう。……」

歓喜は、うまそうにビールをひとくちのんで、

「先生、あなたのお弟子の安西先生、ありゃすこし浮世ばなれしとるが、ほんとにねっから好人物ですか？」

「安西君？　あれは……好人物じゃないですね」

「それじゃ看護人の鴉田のじいさんは、ひどく謹厳剛直にみえるが、ほんとにまじめな男ですか?」

曾谷博士の顔に、ようやく不安のいろがあらわれた。案の定、歓喜の問いが、虚心な、無邪気なものでないことに思いあたったらしい。ちょっと、かんがえて、

「いや、ふまじめな男です」

「そうでしょう。あんな羅漢さまみたいな顔をしとって、あのとしで、ちょいちょい遊廓にあそびにいっとったようだから、ただものではない。そうとうな悪党でしょうな?」

「悪党? ——いや、あれは善人です!」

と、博士は口ばしって、はっとした。歓喜は笑った。

「ふまじめな善人、ですか! はゝはゝ、それなら安心だ。この世は、ふまじめな善人にみちておる。その反対に、まじめな悪党、となると、こいつは少々こわいが。——」

博士は、危険をかんじてきた。相手につりこまれそうだった。唐突ではあったが、問答の継続を拒否することに決心して、ちらっとみた眼が、歓喜の眼とあった。……また、博士の瞳孔が、すうっと小さくなった。

荊木歓喜は、平然として、錆びのある声でいい出した。

「みなさん、実はこの曾谷博士は、最近はなはだ御迷惑なことに、御存知のS町遊廓の恋ぐるま殺人事件に、惨劇当夜、被害者をたずねた訪問者のひとりとまちがわれ、そのすじのものにいたくもないおはらをさぐられるなど、たいへんな御災難をうけていらっしゃる。これはさい

わい、そのあらぬうたがいは、はれたようで、御同慶のいたりでございますが、ま、かりに、この問題につきまして、博士の御頭《つむ》の強度を診断させていただくことにいたしましょうか。……」

――これだった！　荊木歓喜が、この嘘倶楽部のつどいを利用しようとしたそもそもの最大の目的は、このことにあったに相違ない。

曾谷博士の頰が、さっと蒼ざめた。歓喜はその眼をみていた。……もはや、そのことについて問答を回避することはできなかった。博士の顔がみるみるひきしまり、その不安そうな眼に、はじめて、つよい、挑戦的なひかりがうかびあがった。

「それは、おもしろい御質問と思います。……どうぞ、おはじめなさい」

「先生、先生は、やっぱりあの夜、恋ぐるまにおいでになりましたね？」

「――えゝ、ゆきました。……」

「そう、やはり、ゆかれた。そしてあそこの女郎にだきつかれて、あかいお顔をなすった。だきついた女郎が、あとでトイレの匂いがしたなどいっておったが、あれはなるほど女郎屋の便所にそなえてある消毒薬リゾールの匂い――どうじに、医者の匂いであったわけだ。わたしなどは、アルコールの匂いだらけで、医者はおろか人間の匂いもせんが。……それから、恋ぐるまを出てから、或る少年に、電話をおかけになりましたね？」

「――えゝ、かけました。……」

「どうりで、その電話だけ声がちがっていて、咳をするのがきこえたわけじゃ。……そして、先生は、その夜恋ぐるまにゆかれたことがあとでわかるのをおそれて、おひげをそられましたね？」

「――えゝ、そりました。……」

「以後、すこしやせられたのも、お風邪のせいもあろうが、極力人相をかえようとなさるはかないあがき、御苦心の食減らしであったかもしれん。……いや、これはおこたえにならんで、けっこう」

これだけの対話で、博士の蒼ざめたひたいに、かすかにあぶら汗がひかってきた。会員たちは、ようやくこれがただの嘘問答ではないことに気がついたらしく、いつかしーんとだまりこんでしまっていた。ただ、暖炉のもえるひびきだけが会場をしめた。

「ところで、その恋ぐるまにゆかれたとき、マダムにおあいになりましたか？」

「――あいました。……」

「そのとき、マダムはまだ生きていましたね？」

「――ム。――いや、死んでいました。……」

「ははあ、それであなたはその屍骸をみておどろかれた。階段をふみはずされたのは、そのためでしたね？」

「――あれは……そのためです。……」

ながい文句をいう歓喜よりも、みじかく答える博士のほうが、その数倍も時間がかかった。その声は、脳髄のきしみからうめき出されるようだった。つりこまれてはいけない、つりこまれてはいけない。……いや、もうつりこまれてしまったではないか？　さいしょ、恋ぐるまにいった、とこたえた。それはつまり、ゆかない、ということだから、それでおしとおして、あとは問答無用とすればよかったのだ。それを、いった、とこたえたばかりに、うっかりつぎの問いにひっかかってしまった。もうとりかえしがつかない。……あごが、ガクガク鳴り、からだじゅうが、風にふかれるようにゆれてきた。歓喜は、暗然たるうすら笑いをうかべている。

「うむ！　なかなかうまい！　被害者は死んでいた。そして、そのそばに、その下手人がいましたね？」

「――い――いました。……」

「その下手人は、先生の御存知の人間でしたね？」

「――しっている人間でした。……」

「その人間は、先生の或る弱点を知っていましたね？」

「――しっていました。……」

「そこにつけこんで、きゃつは先生を脅迫し、先生が現場を去られてから、被害者の息子を電話でよび出すことを命じたのですね？　それから、高校の制服をひとつもってくるように、と。――」

「そ、そうです。……」

これが、遊戯だろうか。なるほど存外頭脳を酷使するあそびにはちがいない。しかし、博士の表情は、全身を大拷問《ごうもん》にでもかけられているような、惨澹たる苦悩と困憊《こんぱい》の翳《かげ》をねじれさせていた。——しかも、歓喜の凝視ははなれない。

「さて、その先生の弱味というやつですが、……それは、先生の病院内で、或る患者が妊娠した、いや、精神病者だから、或る悪党に妊娠させられた——という大不祥事に関することではございませんか？　その悪党は——」

「……むっ」

博士のうめいた唇が、驚愕にはじけた。眼が血ばしって、かっとみひらかれた。

「そんなことはない！」

と、絶叫した。歓喜はおじぎして、つぶやくように、

「そんなことはない。——つまり、そんなことがあるのですね。いかにも、わたしが、その患者の尿をしらべたら、ツォンデク・アシュハイム反応が陽性に出たわけだ。……」

曾谷博士は雷《らい》にうたれたようにたちすくんだ。いまは、おそれげもなく、じっと歓喜を見かえした眼が、異様につりあがっていた。歓喜はへいきで、まばたきもしない。

「ところで、そのマダムの屍骸ですが、マダムは、そのとき、もう血みどろで……」

「わしがその足を切った！　わしが……その右足を切った！」

と、博士は、突然さけび出した。その温厚円満な顔から出るともおもわれぬ、おそろしい苦鳴であった。荊木歓喜は微笑した。

「——なかなか、お上手でいらっしゃる。さすがにお頭《つむ》のお力がつよい。……」

曾谷博士は、肩で息をして、

「わしが、その女の足を、ギッコ、ギッコと切って、大きな風車にかけたのだ！」

そして、博士は、唇から鼻さきまでまっしろにして、どうと椅子の下へくずれおちてしまった。

第十二章　告白連鎖反応

A新聞記者里見十郎の告白。

——それは、はじめ、ちょっとした出来ごころだったのです。

ぼくは、ここのところ、療養所にいっている妻からの療養費の無心に、すっかり困惑しておりました。ながい妻のるすのあいだに、酒の量はふえる、女あそびのほうもめちゃめちゃになる。……それでも、ぼくは、妻を愛していたのです。

そこに、あの恋ぐるま殺人事件がおこりました。この事件にぼくが接触したのは、御承知のように、ただ部長から例の立花代議士のスキャンダルの噂をつきとめるように命令されたという、偶然の記者活動以外のなんでもありませんでした。当然、ぼくはこの線でうごきはじめ、あの四番めの訪問者、ふとっちょの紳士が、曾谷精神病院長らしいということをつきとめました。

ぼくは曾谷博士をたずね、兄の立花代議士のことに託して、博士の当夜の行動をさぐろうとしました。しかし博士にはアリバイがありました。アリバイはありましたけれど、ぼくは博士へのうたがいを完全にぬぐい去る気にはなれなかったのです。

あの投書をかいたのは、それを博士にみせて、その反応をみようという苦肉の策だったのです。他人からの投書という形式をとったのは、まだ事件の真相について、ぼく自身ハッキリわかっていなかったので、そのあいまいさをまぎらわすためのものでした。……え、それにしても、あの文面と、じぶんで投函して新聞社にくるようにした細工のこまかいところからみると、すでに脅喝の下ごころがあったのだろうって？

それはなかったとはいわれません。こころの一部ではあったかもしれません。しかし、それはまだ、それほどつきつめた意志ではなかったのです。

ぼくは、その投書を院長につきつけました。久世氏も同席しておりました。あの夜恋ぐるまをたずねた久世氏が同席していることによって、ぼくは院長へのうたがいにいよいよ確信を得ました。すると、院長はこういうのです。

「この投書のぬしには思いあたりがある。金でかたのつく男だ。きみ、この男にもういちどあって、金をわたしてやってはくれまいか？」

そして院長は、ぼくに五万円の金をわたしてくれたのです。

ぼくはそれをふらっとして受けとりました。この瞬間に、ぼくの立場は一転してしまったのです。最大の強者から、ぬきさしならぬ弱者の立場へ。――

その金は、その男へわたすという名目のものでしたけれど、実際はむろんぼくの手に入ったことになるのです。五万円の札束と妻の顔がダブりました。あの下ごころが、忽然とあたまをもたげてきて、胸いっぱいあぐらをかいてしまったのです。……これは新聞記者として、もっともゆるすべからざる、唾棄すべき行為にちがいありません。しかし、ぼくは記者でありながら、なんということでしょう、それまで新聞社に全幅的な愛情をもっていなかったのです。なんとなくニガニガしい想い出が一点のシミとしてあったのです。それは、妻の実家が、新聞報道によって、ほとんど没落にちかい運命においこまれたということでありました。その一抹《まつ》の苦味《にがみ》、反感が、そういう記者として社をうらぎるような、無思慮な行為をとらせたのかもしれません。

それでも、ぼくは、まさか院長が、あの事件にあれほどふかい関係をもっていると知っていたなら、まさかそんなばかげた行為はやらなかったでしょう。ぼくは、マダムを殺したのは、どこまでも第六の黒マスクの男だと思っていました。院長はただ兄に代って、れいの売春禁止法案の問題についてマダムをたずねたのだという先入観念があったのです。ただ、その殺人事件のとばっちりをうけて、その夜の訪問のことがばれ、したがって兄のスキャンダルがばれることをおそれているのだろうとかんがえていたのです。

ところが、金をわたすと、院長はぼくから一札とりました。あからさまな脅喝ではない。いちおう金の仲介者という立場にあるだけ、ぼくは一札入れざるを得ませんでした。さて、それから博士は、あの夜のことをはなしてくれました。博士がいったとき、マダムはすでに殺されていたことを。――それをきいたとき、ぼくの驚愕はどんなであったでしょう。

しかし、院長はいいました。実際に、わたしも久世君も手を下してはいない。のみならず、疑惑は、いままできみがかんがえていたように、六番めの訪問者、黒マスクの男にむけられるようにしくんであるのだから、決して心配することはない。ただ不安なのは、その黒マスクの正体を、いまだに真犯人がおしえてくれないことだが、たとえわかったとしてもまずだいじょうぶだ。マダムは黒マスクの訪問直前まで生きていたとみられているからである。黒マスクの正体がわかったら、わかったときに、あらためて対策をかんがえてもおそくはなかろう。――と。

黒マスクの正体が紋太だとわかったのは、実にその直後のことでありました。それをつきとめたのは、ほかならぬ歓喜先生です。こころひそかに一目《もく》も二目もおいている歓喜先生です。ぼくの胸は大波のようにさわぎ出しました。

紋太はなにをしゃべることだろうか？　はたして安心できるだろうか？　――この不安を、いっきょにたちきる手段は、その紋太を一刻もはやく沈黙させることであります。いわゆる闇から闇へほうむることであります。あのとき三人の見かわした眼には、一瞬に、おなじ恐怖と決意の火花がちりました。具体的なことは応急作戦としてやることにし、とりあえず武器として、ぼくたちは麻酔薬とハンケチを用意して、曾谷病院から遊廓へ急行しました。……

あとのことは、すべて歓喜先生の御指摘のとおりであります。――紋太を殺したあと、この嘘倶楽部で犯人を指摘するといわれて、むろんぼくはぎょっとしました。しかし、そういわれては、いっそう、どうしても出てこずにはいられなかったのです。

あゝ、ぼくはなんというばかものだったことでしょう。たった五万円で、本来無関係の――

いや、追う立場にさえあったものを、一挙に、追われる身の殺人請負業者に逆転させてしまうとは。——

その五万円もらう瞬間まで、そのことがわからなかったのです。人間というものは、具体的な行為によらなければ、そのときのじぶんの心理まで明確に予知することができないものだということが、はじめてわかりました。約束の日に、約束の人が、お金をもってこない。その焦燥のあいだに、相手の全過去、全性格から人相、声まで呪わしくかんがえられていたものが、いざその金をもってきた瞬間、相手のすべてが神のように思われるあの心理とおなじことですね。……

ぼくがこんなことをいうのは——いや、ぼくがあんな大それた犯罪を、憑《つ》かれたようにやってのけたのは、しかし、その五万円の金があくまでもほしかったからではありません。それがバレて社をクビになるのが恐ろしかったからでもありません。……ぼくは、はじめてじぶんが、いかに新聞社を愛しているかがわかったからなのです。五万円もらった、その行為はもうとりけすことができません。事件が大っぴらになれば、いうまでもなく、子供だましの投書の小細工などすぐにばれてしまいます。そのときに傷つけられるのは、小さなぼく個人の問題などではなく、A新聞社の名誉なのです。そのことがはじめてわかって、ぼくは慄然と肌に粟《あわ》を生じたのです！

結局、ぼくの犯行は、要するにA新聞社の名誉にもとづくものでした。A新聞社を——それから、妻を愛すればこそでした。このぼくのこころだけは、どうぞA新聞社のほうへよくつたえて下さい。……しかし、社のだれもが、或はぼくのこのこころなど、わかってくれないかもしれません。……ひょっとしたら、妻までも。……

麻薬取締官久世専右《せんすけ》氏の告白。

——それは、はじめ、ほんの小さなことからでした。

どこかで読んだ知識ですが、日本の汽車がどうしてもそのスピードを或る程度以上あげられないのは、鉄道のはばがせまいからで、それは明治のはじめ或るイギリスの奸商《かんしよう》が、印度かどこかで要らなくなった中古機関車を売りこんできて、それにあうように新橋から横浜までレールをしき、それにまたあうように機関車をつくり、とうとういまのような狭軌の鉄道が全国にはりめぐらされてしまって、いまさらどうすることもできないせいだということで、矢でも鉄砲でも、さいしょの狙いが一ミリ狂うと、的《まと》から十メートルもそれる。はじめ、ごく小さなことが、しまいにはたいへんなことになるということが、これでよくわかります。

——数年前、わたしはちょっと金の要ることがあって、たまたま知りあいの車戸のマダムに借りました。金額もすくないものでしたし、あのマダムの性格からして、それでわたしに恩を売ろうというほどのハッキリした目的はなかったものと、いまでもわたしは信じています。

ただ、そのため、のちにマダムが松葉組の親分とくんで、けっして小規模ではない麻薬の密売に関係していることを知ったとき、それを知らないふりをしていなければならなかったのは、実に遺憾なことでありました。知らないふりをして、それでとおるあいだはよかったのです。しかし、そのうち、その麻薬の密売がもしあきらかになれば、わたしが知らないふりをしていたということも、どうしてもあきらかにならざるを得ないような事態が生じてきました。しかし、マダムは、実にほがらかなものでありました。悪いことをしているという意識はまったくないのです。世のなかになにか目的や義務があって、麻薬中毒のためそれがさまたげられているような人間にはつかわせちゃいけない。しかし、すでに麻薬のために生きている、じぶんの全存在の意義をそこにみとめている人間には、世話してやるのがくどくどだというのです。実際、わたしの経験からして、そんな人間が実に多いことを、わたしもみとめざるを得ませんでした。マダムはいうのでした。人間には、いろいろある。ひとがいちばん大切なこととしているもの、快楽としているもの、それをはたでとやかくいう権利はない、道徳も真理もいくつもあるのだ。すくなくとも、戦争することを人生の目的としている連中さえ大手をふってあるいていた時代があるのだから、じぶんひとり麻薬にふけることが、それほどわるいこととは思われない、と。——

その理窟よりも、その笑顔にわたしはつりこまれました。まったくあのマダムには、あらゆる人をじぶんの理窟に同化してしまう、ふしぎに快活な魅力——というより、魔力がありました。わたしは、ついに、小さな麻薬密売のカスリをもらうようなことになってしまったのです。

さて、そのあとで、わたしはふるえあがりました。いままで、実に厳格に職務にはげんできただけあって、罪のおそろしさにせめたてられました。もういけない、これが発覚したら、おれは三年の懲役だ、と思いました。

そう思うと、その恐怖が、いつどこにいてもわたしの心中にとぐろをまき、予想の恐怖が、いまにも現実の問題となりそうで、いてもたってもいられないのです。三年か、三年懲役にゆくとなると、そのあいだの家族の生活はどうなる？——そしてわたしは、いまのうちに三年間の生活費だけはつくって、どこかへかくしておかなければならないと思いたちました。そこでわたしは、もうすこし大きな麻薬密売に関係してしまったのです。それをやると、こんどは、懲役十年の恐怖でした。そして十年間の生活費をつくらなければという焦燥が、また大きな罪を犯させました。わたしは完全にマダムの一味となってしまったのです。

それはまるで、のどがかわいて潮《しお》みずをのむような愚行だとおっしゃるでしょう。じぶんでもそれはよくわかります。……しかし、どうにもなりませんでした。水のなかにいる人間のからだのうごきは、岸に立ってみているひとには、ただコッケイなものとみえるでしょう。妻子をかかえて罪の泥沼をおよぎ出した人間のきもちは、その当人でなければほんとうにはわかりますまい。さっき、さいしょの一歩がのちの千歩だといったのは、ここのところです。罪とは他人との関係の上になりたつものですから、その足跡はきえないのです。あともどりはできないのです。……

マダムが、じぶんの店の女たちに、きびしくヒロポンを禁じてカムフラージュとしていたように、わたしも死物狂いに職務に精励しました。ただ、マダムと松葉組のことだけ、わたしのあたまのなかに、まっくらな穴をポッカリとあけていたのでした。

――あの夜、血みどろのマダムの屍骸のそばに坐っていようとは！……いいおくれましたが、恋ぐるまに呼ばれたのでした。マダムが重大な相談があるから、まちがいなく八時五十分ごろょう、風呂のなかから出てくるようなきみわるい電話でよびつけられたのでした。

あの部屋には、部屋いっぱいに、ビニールだかポリエチレンだかの布がしかれて、そのうえに、まっぱだかのマダムの屍体がよこたわっていました。右足はすでにねもとからきりとられて、その――白マスクに革ジャンパーをきた奴は、そばでその布のはしをあげて、たまった血をせッせと火鉢のなかへながしこんでいました。そしてわたしをみると、わたしの秘密を知っていることをいい、また、真犯人はわたしのつぎにくる黒マスクの男がそうみられるようにしてあるから、安心して――マダムの左足をきりとり、暗い風車にひっかけるように命じたのです。……

あとでくるという黒マスクの男の正体はむろん、わたしのまえにきたというふとっちょの紳士もだれか、そのときわたしは教えられませんでした。それはのちに、曾谷博士が、新聞で、わたしもその夜の訪問者であることを知って、わたしと善後策を相談するためによんでくれて、はじめて知ったのであります。

……この恐ろしい事件も、それだけならまだよかったのです。あゝ、一歩は千歩。このことから、わたしは、黒マスクの男を河中へおとすという――殺人の共犯者になってしまいました。あゝ、実にこの世は、はじめは一歩、のちには千歩！

曾谷精神病院長曾谷博士の告白。

——それは、まったく、わたしにとって、思いもかけぬ災難でありました。

菊池寛という小説家でしたか、その遺書に、「わたしの人生は多幸でありました」というような文句があったそうですが、こころざす分野こそことなれ、わたしも死ぬときには、こころからそうつぶやいて、満足して眼をつぶれるだろうということを、わたしはゆめうたがってはいませんでした。学問的にも、家庭的にも、精神的にも、わたしは生まれたときから、青年時代、壮年時代——そして、もしあのことさえおこらなければ、やがてくる誕生日には、たくさんの孫や弟子から、赤いちゃんちゃんこを贈られたにちがいない、ことし還暦の年まで、すべてめぐまれすぎるほどめぐまれた人生をおくってきたのです。わたしは、人格者などよばれていました。それははじめ実にいやなことばだと思いましたが、それさえも、のちには、不幸と悪を知らない人間のことなら、実際わたしはそうかもしれないとかんがえて、やすらかに感謝してうけいれるほどの心境になっていたのです。

そのわたしが、実に予想もしていなかった兇悪な平手うちをくったのでした。

あれは、去年の十二月のはじめのことでした。わたしが特別室に回診にまわると、そこのふたりの婦人患者のようすが、どうにもへんなのです。ひとりは、あられもない恰好をして卑猥《ひわい》なことを口ばしって、ひどく昂奮していますし、もうひとりの伴夫人のほうは、部屋のすみッこにうずくまって、くびを胸までおりまげて、凍りついたように身うごきもしないのです。――そのうち、このふたりが恐れているのが、決してわたしではないことに気がつきました。わたしのうしろには、安西君がけげんな顔をかしげており、鴉田看護長と看護婦が、異様な表情でたちすくんでおりました。

「どうしたのかね？」

わたしはふしぎに思いましたが、そのときはべつにそれほど気にもかけませんでした。ところが、その夜、その看護婦が院長室に入ってきて、実にたいへんなことを報告したのでした。――なんと、鴉田看護長が、伴夫人を凌辱するのを目撃したというのです。

わたしはおどろきました。むろん婦人患者が暴行されたという事実にもおどろきましたが、より以上に、それが鴉田看護人だったということにおどろかざるを得なかったのです。彼はわたしより十ばかり年下ですが、病院創立以来かげの功労者であり、その間、そんな大事はもちろん、どんな小事でも、曾てまちがいのない男であり、陰鬱で寡黙ながら、およそ謹直を鋳型でうち出したような人間だとみていたからでした。だからこそ、看護長として、医員以外は男子禁制の婦人病棟に、彼だけは出入を自由にしていたのです。

わたしは彼をよびつけて詰問しました。彼は猿のように顔をあかぐろくしてうつむきました。

「とにかくきみは、即刻病院はよしてもらわなくてはならない」

と、わたしはいいわたしました。

すると、彼はあたまをあげ、実に驚愕すべきことをいい出したのです。

「もしわたしをくびになさるなら、わたしは病院の外に出て、わたしのやったことを公表します。……過去二十何年間、無数の婦人患者をはずかしめてきたことを、新聞に出してもらいます」

あっけにとられているわたしに、彼は恐ろしくまじめな顔でいうのです。

「実は、わたしが……そんなわるいことをしたのは、あの患者ひとりです。しかし、わたしをくびになさるなら、世間にはそういいふらします。何十人となく強姦したといいます。わたしがそういえば、それほどたしかなことはありません」

わたしは戦慄しました。彼のことばが実行にうつされたときの結果をおそれるよりも、まず彼のことばそのもの、いや、彼のふてくされぶりに戦慄しました。

この男が！　二十何年間、わたしのもっとも忠実な僕《しもべ》として信じてきたこの男が！

いったい、彼はそのながいあいだ、ずっと羊の皮をきた狼《おおかみ》だったのでしょうか。人間が、それだけしんぼうづよく仮面をかぶりつづけていられるものでしょうか。いまとなっては、にくんでもあまりある奴ですけれども、わたしにはそうは思えないのです。羊が突然狼になったとしかかんがえられないのです。人間というものは、そう変るものではない、いや、発狂でもするのでなければ、そう変れるものではない、それがわたしの人間性に対する見解でありました。ところが、人間というものは、突然変るものだ、善人が一瞬に悪人に変るものだということを眼前にみて、わたしは人間性というものに、魂の底からふるえあがらずにはいられなかったのです。

——しかし、彼の脅迫のことばが、万一実行にうつされたときの結果も、予想するだにおそろしいことでありました。伴夫人は美しい、狂ってもなおどこかに気品をうしなわないひとだ、それを猿のような老看護長が凌辱した！ 世にこれほど猟奇的な、センセーショナルな事件がありましょうか？ 全新聞は、牙《きば》を鳴らしてこれにとびつくにちがいありません。全東京どころか、日本じゅうがこの話題でわきかえるにちがいありません。……わたしの手塩にかけてきた病院は、それで終りになるでしょう。わたしも終りになるでしょう。還暦ちかいわたしの余生はともあれ、わたしのひそかにほこりにみちていた全生涯は、その学問的業績もふくめて、ことごとく汚辱にまみれ去るのです。苦笑して受けていた人格者という冠。それがいまや恐ろしいかがやきと鉄桶《てっとう》の力をもってわたしの頭をしめつけてきました。

わたしは伴夫人と同居していた患者をはなして保護室にうつし、官吏夫人とかえました。——この鴉田の悪業を目撃した患者を、荊木君を保護室に案内したときにみせたのは、荊木君をみそこなっていたための失敗でありましたが、患者の昂奮もいちおう鎮静に帰したものとみていたからでもありましたし、また、あの夜、わたしが伴夫人をこの鉄壁の保護室へいれる仕事にしたがっていたのだと、なんとなく、だれにともなく強調したい意識にかられていたせいかもしれません。

また、この秘密を知っている看護婦には、少なからぬ金をあたえ、沈黙をちかわせて国もとにかえしました。

しかも、かんじんの鴉田看護長のみには、わたしは一指もくわえることができなかったのです。こんな奇怪なことがあってもいいものでしょうか。——のちに、里見という新聞記者は、わたしを脅迫することによって、強者から弱者へ転落しました。ところが、この鴉田は、おなじく悪をなすことによって、弱者から恐るべき強者へ変ってしまったのです。まったくふしぎな現象だと思わざるを得ません。

わたしはおびえておりました。表面はさりげなく微笑しつつ、実はうなされるような日々をおくっていました。どこからか秘密がもれるのではなかろうか？　いまに新聞記者が殺到してくるのではあるまいか？

そこへ、あの二十七日の夜、突然電話がかかってきたのです。風呂のなかから出てくるようなぶきみな声で、「あなたの病院に入院中の伴真弓夫人のことで重大な問題がおこった。すぐ、内密に、八時半ごろ、S町遊廓の恋ぐるまという店に、車戸旗江というひとをたずねていただきたい」——車戸旗江、それは伴夫人の入院についてその保証人となっている名まえでした。きた！

わたしはそう思いました。そしてわたしは、とるものもとりあえず、倉皇として恋ぐるまにかけつけたのです！

すると——その部屋には、全裸の婦人が殺害され——そばに、思いもよらぬあいつが坐っていたのです！

それからのことは、先刻、荊木君に、不本意な真実をのべたとおりであります。

このことによって、わたしは、小さな隠蔽《いんぺい》から、恐ろしい大きな隠蔽へ、さらに死力をしぼらねばならない羽目におちいってしまいました。

はじめて新聞記者がおとずれてきたとき、わたしはとびあがりました。しかし、会ってみて、彼がまだ真相をしらず、兄のことにかこつけて、その線でわたしを嗅《か》いでいるらしいのをかんじて、わたしは安心しました。売春禁止法案のすじでわたしをつっついているとみて、ばかな男だと思いました。あの記者は、あまり利口じゃあありませんね。あとで妙な投書をみせましたが、すぐにわたしは、こいつがじぶんでかいたな、と看破し、彼をこちらの、文字どおり薬籠ちゅうのものとしてしまったのです。これがわたし自身、この手をけがした唯一の悪でありました。

わたしの外出は、あの夜、八時すぎから九時まえまでであります。それを、当夜たまたま当直の安西君と看護婦も往診していたのを利用して、苦心のアリバイをつくりあげました。あの悪党と相談して、発作をおこした伴夫人の始末に専念していたということにしたのです。このアリバイは、たとえすこし苦しいものであろうと、外部のものにはとうてい見やぶることの不可能なアリバイだとわたしは信じていました。

それを、荊木君の、奇妙な、からめ手からの作戦で、――しかも、こちらの心肝にひびく一撃で、もろくもうちくずされてしまったのです。……

「代々木の曾谷精神病院へ。――」

荊木歓喜はそう運転手に命じると、腕をくんで、ふかぶかとくびをたれてしまった。両側に、

S警察署の捜査主任と、車戸猪之吉が、なんとなくゆめでもみているような表情で坐っている。

雪はなお霏々《ひひ》とふりつづけていた。童話のような道玄坂の町は、いつしか白い薄暮のなかに、美しい灯をともしはじめていた。

歓喜先生は、いつまでもだまっていた。里見記者、久世取締官、曾谷博士三人の告白をきいていない車戸猪之吉にはむろんのこと、捜査主任にも、歓喜先生がなにを思案しているのかわからない。

「先生、なにをそうかんがえていらっしゃるのです？」

と、きいた。

「わしは、水ぐるまの音をきいておるのです」

と、歓喜はこたえた。

「恐ろしい、哀しい――不可思議な、人間の――心理の水ぐるまの音を」

それから、ふと、微笑していった。

「精神病院をさがせ、といった女郎がありましたっけなあ。……」

捜査主任は、不安そうな眼をむけて、

「先生は、いつから、事件の真相に気づいていらっしゃったのですか？」

「さあ、あれはいつごろからであったろう？　……とにかく、うすうす感づいてきたことがあったが、なにしろ、手持の札が弱かった。とくに、黒マスクの正体は意外でした。しかも、それがわかったとたんに殺されてしまった。車戸のマダムを殺した奴はにげるおそれはないとみていたが、こっちはウカウカしていると、のぼせあがって、なにをやり出すかわからない。しかも、曾谷院長のごとき、アリバイはほとんど鉄壁です。だから、やむを得ず、ちょいと荒療治をせざるを得なんだのです」

「いや、突然、紋太殺しの犯人をひきわたすから、刑事ふたりをよこしてくれとの御連絡でおどろきましたよ」

「はゝはゝ、里見と久世、いずれも往生際がわるうて、なんかあばれそうな人間じゃったから。……」

「どうも先生は、いままでの経験によると、事件の犯人をつきとめても、かってににがして知らん顔をしとられることがあるので、あぶなくってしようがない」

「いや、こんどはそんなことはしません。……曾谷病院のほうへは、もうお巡りをむけられたでしょうな？」

「はあ、いまごろ、もうその鴉田という看護長は逮捕しているでしょう」

「いや、あいつはつくづくと悪党じゃ。アリバイの件、うそだと思ったら、ほかの患者にもきけ、などヌケヌケといいおった。ちょいとひっかかりそうだが、ほかの患者といったって、みんな狂人ばかりじゃないか」

「……では、女房殺した奴は、その鴉田という看護人ですか？　あたしには、なにがなんだか、サッパリわからない」

と、車戸猪之吉が狐につままれたような顔で口を出したとき、

「ちょっと。……」

と、歓喜先生がさけんだ。

曾谷精神病院の門をすべり入ろうとしていた車は、急ブレーキで、雪しぶきをはねあげながらとまった。

門のまえに、ふたりの高校生がウロウロしているのをみとめたからである。車戸三樹と伴圭子だった。

「よお、三樹君」

車からおりてちかづいてくる歓喜先生を、車戸三樹は眼に恐怖のいろをたたえて、たちすくんだまま見まもっていたが、急に身をひるがえしてにげようとした。

「待て待て」

歓喜先生はその腕をむずととらえて、ふりむいて病院のほうをみた。玄関のあたりに、二、三人の警官の姿がみえた。

「ははあ、あれがいるので入れなかったか。……しかし、わしをみて、なぜにげる？」

と、歓喜はのぞきこんで、いきなり三樹のポケットに手をつきこみ、小さな瓶をつかみ出した。が、くるっと大きなからだで圭子とのあいだをへだて、ささやくように、

「案の定だ。これをだれかにのませようとしたか？」

三樹は、蠟《ろう》のような顔いろで、はげしくかぶりをふった。

「そんなら……きみが……きみにその必要はない」

三樹の眼に、涙がうかんだ。歓喜は、ひくく、ひくく、

「きみは、ただ、制服をひとつはこんだだけだ」

少年は愕然《がくぜん》としたようだった。車をみて、玄関のほうから、ふたりばかり警官がはしってきた。歓喜は三樹の耳に口をつけて、ふかい声で、

「きみの受けた罰というのが、わかったぞ。……なにを風車にぶらさげた？」

「……くび……」

なんともいえない少年の声だった。歓喜は水をあびたような顔いろになりながら、その肩を大きく抱いて、揺籃《ゆりかご》のようにゆさぶりつつ、

「……お嬢さんには知らせちゃいけない。お嬢さんをかなしませちゃいけない。……あとで、おじさんと、ゆっくり話をしようよ。なあ？」

警官が直立して、挙手の敬礼をしていった。

「御命令のとおり、鴉田万蔵を逮捕しました」

「そう。御苦労さん。……きみ、この少年と少女を、ちょっと婦人病棟の入口のところに待たせてやってもらいたいが」

捜査主任も、車戸猪之吉も、すでに車からおりたっていた。猪之吉は相かわらず——息子の三樹をみてさえ、茫然たるようすである。

ほのじろい雪の路に、黒くぬれた足跡をつけてあるきながら、荊木歓喜は、突然また妙なことをいい出した。

「ずっとむかし、わしゃ二宮尊徳さんの夜話っちゅうものを読んだことがあったっけが、そのとき、こいつはたいへんな悪党じゃと思うたね」

　捜査主任は、あっけにとられている。

「一言一句、ことごとく人の肺腑を刺す。坊主を痛罵し、おれが死ねば墓はいらない。あとで木を一本うえておけばいいなどいっておるが、これはどうもあの時代、なかなかえらいことばじゃて。その他もろもろ——あれほど辛辣で、ひとのわるい奴はない。ところが尊徳さんは、悪党どころか、一世の聖人として、いちじは日本じゅう銅像だらけであった。これはなぜか？……わしゃ思うに、尊徳さんは、あんまり悪党すぎて、人間性の繊弱にして劣悪なのを洞察しすぎて、かえって悪を敏感に警戒したからじゃろうと思う。……ただ、われわれふつうの悪党は、そうなると、ただ懐疑的、虚無的、厭世的になってしもうて、ただウスボンヤリと人の世を傍観しとるばかりじゃが、その点、尊徳さんはわりきって、なにか燃えとるものがある。天道と人道のことなるところ、自然と道徳のちがうところを、熱くなって力説する。そこが聖人とよばれるゆえんじゃろう。……」

「——先生、それがなにか？」

「なに、わしは、悪党論についてのべとるのです。いつか、わしゃ、人間に悪人というものはいないと弁じかけて、だれもきいてくれなんだが、わしは、真の悪党というものは、決して悪いことはせんものだといいたかったのです。……すくなくとも、ただこの世のつめたい傍観者にすぎないだろう。……」

玄関から、ふたりの警官に両腕をとられて、鴉田看護長が出てきた。歓喜はそっぽをむいたまま、ひとりごとのようにいいつづける。

「わしは、たいていのいわゆる悪党は、ただまぬけだと思うとる。なんだか可笑しくって、むしろ憐憫《れんびん》の情にたえんのです。ただ……ただひとつ、おなじく大まぬけでも、決して可笑しくない悪行がある。あわれむ気にはなれん悪行がある」

鴉田看護人と荊木歓喜は、一尺の距離をおいて相対した。歓喜は顔をあげて、真正面から、じっと相手の眼に見いった。

「天人ともにゆるすべからざるもの——それは、幼児と狂人に対する犯罪だ」

鴉田の銅盤のようなにぶい顔に、はじめてぞっとするほどみにくい恐怖があらわれ、どうじに、木の実みたいな眼に、涙がにじみ出した。こがらしのような声でいった。

「……わたしは、一生、あのオカしな女どもよりもっとうす汚ない、恐ろしい女房にいじめぬかれてきました。……三年まえ、その女房が死んだときは、もうわたしは、女郎にさえもふられるほどの老いぼれになっちまっていました。……それでも、わたしには、一生のゆめがあったのでがす。……いちど……いちどだけでいいから、貴婦人みたいな女を……」

「おまえさんに、涙があるのを見たくはない！」

歓喜先生は、びっくりするほど大声をあげて、いきなり鴉田の頬をはりとばした。鴉田はつんのめって、雪のなかに、折釘みたいに身をまげてしまった。

歓喜先生は、傍にいるのも悪臭にたえないように、顔をそむけ、足をはやめて、つかつかと玄関から廊下へ入ってゆく。

「先生、あ、あれが……」

と、車戸猪之吉は、ようやく別棟の入口でおいついて、あとをふりかえりながらうめいた。

捜査主任は、蒼い顔で出迎えた安西医師から、鍵をうけとっていた。

歓喜先生が、首をたれてつぶやいた。

「主任さん、わしは曾《かつ》て、マダムの人間を知らんけりゃ、この犯人はつかまるまいといいました。マダムの人柄は、あらゆる方面からひかりをあてられて、ようわかりました。そして、結局、実に愛すべき女性であった。殺されなければならんようなところはちっともないということがわかったのです。……わしは恐ろしい。……わしには……マダムを殺した動機が、よくわからんのです。……」

——扉はひらいた。

第十三章　罪と罰

——扉はしまった。

「——わしが、その下手人に気がついたのはいつごろからだとさっきかれたが、ほんとうに、さて、いつごろからであったろう？」

と、暗い廊下をあゆみながら、荊木歓喜がいい出した。

「——まず、わしのふしんに思ったことは、あの三番めの訪問者白マスクの男を、そのきた姿はみたものがあるのに、かえった姿をみたものはだれもないということじゃった。むろん、女郎どもはいれかわりたちかわり、客をひっぱりこんでは追ン出しとるんじゃから、それにまぎれて出ていったともかんがえられる。実際また、それよりあとできた久世取締官が、二階にはマダムひとりだと証言したものだから、だれもそれを信じて、白マスクはすでにかえったものとみとめたわけだ。……

——しかし、つぎにわしのこころにひっかかったことは、最後におとずれた三樹が、恋ぐるまをとび出すとき、ユリ子は、あわただしい音がしたので、ふりかえってみたら、坊っちゃんが鉄砲玉みたいにかけ出してゆく姿がみえたといい、紋太は、高校生らしい影がフラフラとおよぐように出てきた姿をみたといったことじゃった。おなじ入口での目撃ですぞ。鉄砲玉とおよぐのとはだいぶちがう。――ひょっとしたら、それはべつべつの人間ではなかろうか？　こう思ったのです。……

――すなわち、その白マスクの男は、さいごまでマダムの部屋にいたのではあるまいか？　そいつがやってきた八時から、三樹と前後して去った十時ごろまで、二時間にわたって、すでに殺害したマダムの屍骸とともにいたのではなかったか？　……そうかんがえると、あの解剖《かいぼう》による死亡推定時間、八時をなかに前後一時間以内という判断にもはまりこむし、またあの念入りな虐殺に要する時間も満足させる。……

――しかし、そのかんがえには、飛躍がある。それでは九時ごろ、女郎ユリ子がきいた、「ネオンを十時になったらつけてもいい」というマダムの声はどう説明すればいいのか。また、あとできた久世氏、車戸三樹がうそをついているとみなければなりたたん想像でもある。久世氏はともかく、母を殺された三樹までが、なんのために犯人をかくすのか？　それは、ふつうの人間心理では、思いもおよばんことです。しかも、久世氏、三樹のようすをみると、そうとうの根拠がなくては、追及しても、とうてい歯がたたん按配にみえた。……

――ところが、そうとうな根拠をもつべく、こちらにはまだあまりに大きな穴があった。やはりそのあいだにやってきたふとっちょの紳士、黒マスクの男の正体がわからんことがそれです。わしは、なによりそれをつきとめることが先決問題じゃと思うた。そして、まず曾谷博士という存在をさぐりあて、その病院に、マダムの親友伴夫人が入院しているという事実をこの眼でみました。

——そのとき、たまたま、わしは、伴夫人が妊娠していることを感じとったのです。これは診断ではない。妊娠といっても、ほとんど一ヵ月かそこらであろう。それを感じとったのは、ただ産科専門の医者として、これでも二、三十年の経験をもつわしのカンだというよりほかはない。もっとも、ただカンとばかりはいえないかもしれません。そのとき、偶然、伴夫人がすこし吐いた。わしはそれが、どうもつわりのような気がしたのです。つわりは、ふつう二ヵ月か三ヵ月でおこることが多いのだが、はやいひとでは一ヵ月くらいでおこることもあるのです。……突然、わしは、へんてこなことに気がついた。それは、夫人の夫伴泰策氏が、不能者であると告白したことです。もしそれがほんとうじゃとすると、伴夫人はだれのために妊娠させられたのか？……

——数日後にわしは、夫人の尿を検査してもらうことによって、その妊娠が事実であることをたしかめ、また伴氏が実際に性的不能者であることを、或る手段によってたしかめたのです。……

いっぽう、ほとんど同時に、わしはあの黒マスクの男が紋太であることを知ることができた。知ったとたんに彼は殺されてしまったけれど、その直前の告白によって、彼が当夜マダムとあいびきしていたことを知ることができました。……

紋太は、この秋ごろから、四、五回、恋ぐるまの二階であいびきしてきたといった。それは実に危険な、奇妙なあいびきであった。それをきいたときから、わしは妙な気がしておった。

要するに、ほかの場所であいびきするとばれやすいというような理由で、紋太はそれをうたってもおらんようすであったが、常識からいって、じぶんの店の二階であいびきするほどあぶないことはないはずです。いったいマダムは、なんのためにそんなきわどい芸当をかんがえ出したのだろう？……

そのときにわしは、稲妻のように、マダムのおどろくべきいたずら好きを思い出したのです。わたしたちは、女郎の散漫な陳述や、伴氏のセンチメンタルな懐旧談を、あだやおろそかにきいていてはいけなかったのだ。幼きは、あの田舎町でのキャラメルのすりかえから、のちには、この車戸の大将の色女の代役にまたすりかわって笑っていたというあの事件。……

――マダムは、要するに、完全な闇がほしかったのだ。ほかのホテルなどには、どんなはずみでさしてくるかもしれないひかり、またそのあいびきの前後に、どうしてもひかりのなかにみせないわけにはゆかない姿、それをさけたかったのだ。それが、じぶんの店の二階なら、安心してじぶんの自由になる。また紋太も場所が場所だから、少なからずヒヤヒヤして、その闇をふしんに思う余裕はない。……が、なぜマダムには完全な闇が必要だったのだろう？……

――すなわち、紋太があいびきしていた相手は、マダムではなかったのではないか。ちがう女だったのではないか。女郎たちが九時にきいたマダムの声というのは、その女の声ではなかったのか。うえにあがった客は男とばかり思っているから、女の声といえばマダムの声だとしてうたがわなかったのではないか。そしてわしは、秋ごろから、黒マスクの男のくるたびに、そのまえにマダムをたずねてきたという白マスクのことを想起したのです。そうだ、白マスクの男は、実は女性ではなかったのか？……」

車戸猪之吉はたちどまった。口をアングリとあけた。しかし、歓喜先生は、しだいに歩みをはやめる。

「——紋太はそれを知らなかった。押入に、両足のないマダムの屍骸が、ビニールにつつまれて入っているとは知らなかった。のぼせあがっていたのと、そもそもさいしょから入れかわっているのだから、途中でかんづきようもない。だいいち、だれがこのように破天荒のいたずらに思いつこうか？……

——ただ、すべてを告白したあとで、わしにといつめられているうち、はっとじぶんでも異様な疑念があたまをかすめたようにみえたふしもある。突然、じぶんが行ったときマダムはもう死んでいた！　とさけび出したのは、まだ生きていたという証言がとりあげられそうもないので、苦しまぎれのでたらめか、それとも、わしのいまのべたような疑惑がふっとわいて、それをたしかめるため、ともかくあの場をいちじ糊塗してにげようとかんがえたのか、いまはそれを紋太にたしかめるすべもないが。……

——とにかく、マダムとその女とがいれかわっていたのは、決してあの夜ばかりのことではない。いくどか、それ以前からのことだ。おそらくその女と紋太のあいびきのあいだ、夜具を出してからになった押入にマダムはかくれていたのだ。——そうなると、その女は、むろんマダムのよく知っている女だ。しかも、マダムにそれほどの手数をかけさせてまで、顔をかくさなければならんような境遇の女だ。そのときにわしは、その白マスクが、あの夜の一ト月ばかりまえから、恋ぐるまにこなくなっていたということを思い出したのです。一ト月まえ、一ト月まえから行動の自由が制限されたともかんがえられる女で、……しかも、車戸三樹に、あのような悲惨なうそをつかせるほど支配力をもっている女はだれか？　……」

歓喜たちは、もうひとつの扉のまえにたっていた。車戸猪之吉は、恐怖のうなり声をたててあごをガクガクさせ、ほとんどにげ出しそうな腰つきになった。

「――その女が妊娠したのは、もしやすると、紋太とのあいびきの結果ではなかったろうか？　そのうたがいは、紋太の証言できえました。避妊のてだては講じてあったという。あの期におよんで、紋太がそんな嘘をつく必要はない。――夫は、不能だ」

捜査主任が、扉をひらいた。

――部屋のなかに、墨絵のように、典雅にひっそりとして、ふたりの狂女が坐っていた。まんなかの官吏夫人は、ひざのうえにちらばった赤や白の布きれをみつめているし、伴夫人は、窓のそばに坐って、無心にじっと外にふる雪をながめていた。

「――では、その女を妊娠させたのはだれだろう？　……曾谷博士か、安西医師か？　……わしはなるべく、そこまで同業者の人品をうたがいたくなかった。それより、ふっとあたまにひらめいたのは、あの鴉田看護長でした。なぜかというと――いつか、新聞記者がこの病院におしかけてきたとき、狼狽する院長を叱咤《しった》鞭撻《べんたつ》する――いや、揶揄《やゆ》するとみえたその女の唄が胸によみがえってきたからです。……からすのあかちゃん、なぜなくの。……」

伴夫人は、むなしくひろがった眼で、たそがれにふる粉雪をみつめつづけていた。

「すなわち、その女は、狂人ではない。正気ではなかったのか？　……しかし、それでもわしにはわからない。正気とすれば殺人がむごたらしすぎる。狂人とすれば犯行が巧緻にすぎる。……」

伴夫人は、うつろな声で、かなしそうにつぶやいた。

「……圭子……圭子……」

荊木歓喜はおじぎしていった。

「お嬢さんは、外で待っておられます。いやまだ、なにも御存知ありません。できたら、なにもお知らせしたくない。……奥さん、車戸旗江殺害容疑者として、あなたの逮捕状を持参されたS警察署捜査主任高木滋氏を御紹介申しあげます」

伴夫人はくびをたれた。ながいあいだ、そのまま、運命の像のようにうごかなかった。やがて、徐々に顔をあげた。美しい眼に、まさしく確信にみちた一点のひかりがともった。彼女は、微笑して、しずかにつぶやいた。

「――いつか、この日のくることは知っていました。……」

――もし、イエスさまを信じていなかったら、わたしは気がちがっていたでしょう。

わたしは、旗江さんにそういったことがあります。わたしは、それほどみじめな、恐ろしい生活をしてきました。……わたしには、あの夫がどうしてあんなひどいことになってしまったのか、いっさいわかりません。ただ、人生とはまったくおくそこもしれないほど恐ろしいものだとしか思われません。……それでも、わたしは、歯をくいしばって忍耐してきました。まじめに、いっしょうけんめいに、イエスさまにおいのりをしてくらしてきました。いつかは夫ももとにもどるだろう。この地獄のような生活がきえるときがくるだろう。……そして、わたしは、たとえ一生涯夫があのとおりで、またこの地獄のような生活がつづいても、イエスさまを信じて、まじめに、いっしょうけんめいにくらして死んでいったかもしれません。もし、あの旗江さんにめぐりあいさえしなければ。……

――けれど、わたしは旗江さんにめぐりあいました。旗江さんは、むかしとおなじようにいいひとでした。親切でした。そうして、幸福でした。あのひとは、こころからわたしのために泣いてくれ、夫を再起させるために努力してくれ、できるかぎりの援助をしてくれました。……

そのあいだ、わたしたちはむかしにかえって、いろいろなおしゃべりをしました。あけっぴろげに、なんでもはなし合いました。その時間だけが、悪夢のようなわたしたちのくらしのただひとつのオアシスでした。……けれど、わたしはそのうち、だんだん憂鬱《ゆううつ》になり出したのです。はじめ、その憂鬱の原因がわからないほど漠然として、ただ、なんだかこの宇宙ぜんたいがきゆうっとねじれているようなふしぎな感覚が、わたしのあたまをしめつけてきたのです。……

――これは、なんだろう？　……その正体に気がつくまでに、わたしは旗江さんとあってから、ほとんど一年たちました。それは旗江さんとあったあと、なぜかわたしのこころに、にがい澱《おり》のようなものがたまっているのをかんじることからわかったのです。嫉妬ではありません。そのにがい澱とは、旗江さんにくらべて、どんなにわたしのこころがくらく、みにくくねじけているかという自覚でした。それはまた、あのひとが、どんなにあかるく、美しく、のびのびしたこころのもちぬしかということの証明でもありました。嫉妬ではありません。わたしはあのひとの生活的な幸福を、ねたましいなどいちどもかんがえたことはありません。それはむしろ、わたしはあさましく、きのどくにさえかんじていたのです。ただ、旗江さんのむかしにかわらない天真らんまんさこそは驚異でした。……

むかしにかわらない？　――いいえ、あのひとは、むかしよりもっと成長していました。それは天性のものだったのでしょうか、それとも、わたしのしらないあいだに、あのひとをそう成長させるさまざまな出来事があったのでしょうか。あのひとは、ほんとうにみごとな、血も涙もあるすばらしい女になっていたのです。……

さまざまな出来事。――けれど、あのひとをとりまいている環境、あのひとがやっているしごと、それはわたしのよく知っているはずのものです。あのひとは、わたしには、なんでもうちあけました。人身売買はいうまでもなく、売春禁止法案をふせぐため、代議士に運動していることも可笑しそうにしゃべりましたし、わたしの夫の麻薬中毒のはなしから、久世という麻薬取締官をなかまにして、麻薬の密売をやっていることも面白そうにしゃべりました。……

しかも、あのひとは、まるで太陽のようにあかるく、親切な善意にみちあふれているのです！　……

それは、おそろしいことでした。やっていることよりも、そんなことをやりつつ、なおいい人間であり得ることは、恐ろしい発見でした。悪をなしながら、それでも善良なひとであり得る、すぐれた女性になり得る。――その発見が、わたしのくらい魂とひきくらべて、わたしの信仰をねもとから衝撃したのです。……

　これはへんだ、なにかがまちがっている、こんなことがあっていいはずはない。――わたしは、だんだん、陰鬱にかんがえこむ日が多くなりました。……けれど、それでも、まさかわたしはそれだけのことで、あんな大それたことを思いたつはずはなかったのです。わたしの信じているキリスト教にも、最後の審判という思想がありますし、仏教にも地獄というものがあります。わたしはただ永遠の未来を信じていればよかったはずでした。……

　ところが、そのうち、わたしのふるえあがるようなことがおこりました。――わたしは、旗江さんのやっていることが、いけないことだ、わるいことだと、ことあるごとに娘の圭子と、あのひとの息子さんの三樹さんに、憑《つ》かれたようにおしえました。そして、三樹さんをわたしの信仰にみちびきいれることに成功したのに、かんじんの娘は、しだいにあの旗江さんにあこがれてきたのです。悪というものが、わからなくなってきたらしいのです。わたしに反抗して、いつか三樹さんのお嫁さんになって、旗江さんのあとをついで、あのひとそっくりの女になりたい、など口ばしるようになったのです。……

　わたしは頭をうちのめされたような気がしました。わたしはもだえました。わたしはなんのためにこの世に生まれてきたか、なんのためにこの世に生きてゆくのか、わからなくなりました。……そして、ようやく気がついたのです。最後の審判などというものはない、地獄などというものはない。ないからこそ、ひとがこの世につくり出したのだということを。悪いことをするひとが、一生涯しあわせであり、いい人間であり、最後の勝利者であり得るし、どんなに清浄に、かしこく努力しつづけても、結局ふしあわせであり、ねじくれた人間であり、最後まで敗北者であり得ることを、いろいろとみて知っているからこそ、ひとが、死後に、そんなお伽噺をつくって、せめてものうさばらしをしているのだということを。……

そして、わたしは、とうとう、最後の審判を、現実に、じぶんの手で、この世につくり出そうとかんがえ出したのです！　そして、それをハッキリと娘にみせてやろうと思いたったのです！

悪をなすもの、ほろびるべし！　……そのきっかけは、あの三樹さんの一言にありました。どうしてか、わたしをひどく愛してくれたあの子は、いつか、ママはかならず罰をうけなければいけない、と口ばしったことがあるのです。あの子は、狂信的なクリスチャンとなるとどうじに、ゆめにうなされるほど、おうちの職業、ママのしているしごとに思いなやんでおりました。……

陰鬱なかんがえごとのなかに、わたしのあたまに、ゆめかまぼろしのように、ひとつの計画がかたちづくられてゆきました。——わたしはそのあとで気がくるいましたけれど、ひょっとしたら、そのころからもう気がへんだったのかもしれません。わるいことをしながら、なお善意にみちた人間であり得る——そのとおり、わたしは旗江さんを愛し、感謝しながらも、あのひとにひどいひどい罰をあたえようと計画していたのですから。……

そのころ、あのひとは、廓の若い衆の紋太さんが、ヒトミという女給さんに好かれながら、それにこたえようとしないのは、どうやらあたしにほれているせいらしい、などいう話を笑いながらしました。それからまた、わたしは、夫の麻薬中毒のため、夫婦生活はここ二、三年ずっとしたことがない、などいう話をしました。このふたつの話から、あの恐ろしいたくらみがつくりあげられていったのは、わたしばかりの智慧ではなく、旗江さんの智慧でもありました。つまり、わたしがあのひとに化けて、まっくらななかで紋太さんとあいびきするという、とほうもないたくらみでした。わたしがそれにのったのは、べつに恐ろしい下ごころがあったからでした。あのひとがそれにわたしをのせたのは、もちまえのいたずら好きと、そして紋太さんの恋とわたしの寂しさを満たしてやろうという親切からでした。けれど、要するに、あの恐ろしい計画は、加害者と被害者の共同の制作であったことにまちがいはありません。……

わたしのさいしょの計画というのは、こうでした。それはわたしが旗江さんに化けて、何回か紋太さんとあいびきする。そして、そのあと、このことを――旗江さんと紋太さんがあいびきしているということを、御亭主かヒトミさんに知らせて、嫉妬させて、旗江さんを殺させるか、あるいは、ぜんぶ紋太さんに知らせて、怒らせて、旗江さんを殺させるか、という方法でした。……

わたしは、革ジャンパー、鳥打帽、白いマスクなどを手に入れ、恋ぐるまをおとずれて、去年の秋から、紋太さんと四、五回あいびきをしました。そして、闇のなかで、おそらく旗江さんならこうするだろうと思われるようにふるまいました。……

……けれど、こんなことがながつづきするわけはありません。なにより、わたしのこころがたえきれません。突然、わたしは悪夢からさめたようにわれにかえりました。わたしはなにをしてきたか、おゝ、わたしはなにをしようとしているのだろうか？　現実をみまわして、わたしは恐怖にうたれました。それは全身こなごなになってしまったような恐ろしさでした。そしてわたしは、なにもわからなくなったのです。わたしは気がちがってしまったのです。……あゝ、せめてあのまま、永遠に気がちがっていてくれたら！　……

わたしがもういちどわれにかえったのは、この精神病院のこの部屋ででした。わたしは、或る感覚の刺戟で気がついたのです。——あの鴉田に身をけがされて、それで正気にもどったのです。……

数日のうちに、わたしはすべての事情を知ることができました。わたしこそは恐ろしい罰をうけたのです。この寒ざむとした精神病院で、あのけがらわしい、猿のような老人に、世にもあさましいすがたで凌辱をうけたのです。

そのうえ、月のものまでとまったことを知ったとき、わたしは死固したようになってしまいました。なぜ、このわたしがそれほどの大苦難をうけなくてはならないのか、なぜ、ここまでむごいはずかしめをうけなくてはならないのか。……突如としてわたしは、復讐の鬼女にかわりました。だれに？　それはもう、鴉田看護長などを超えた、やけただれるような怒りでした。厳密にいえば、あの相手は旗江さんでなくともよかったのです。それは、人生に対する復讐、運命に対する復讐でした。……

ただ、その具体的な復讐の実現として、気がちがうまえにかんがえつづけていたあのことがえらばれたのでした。わたしは復讐の魔神のように、ふたたび計画の遂行にのり出しました。……

計画はややかわりました。新らしいものがつけくわえられ、根本的な構図も毒々しい色に染めかえられました。わたしは、わたしをこういう運命におとしいれた責任の一端を負うべき曾谷院長をくみいれ、麻薬取締官でありながら、麻薬を密売して、わたしの経験したような不幸を世にまきちらしている久世さんをさそいいれ、またこの復讐をもっと象徴的にするために、旗江さんの息子さんもよぶことにしました。要するに、旗江さんは、もっともあさましい姿で十字架にかけられなければならないのです。そして、その死の意味として、あのひとが世にも淫蕩な妖婦であったということを、ひとびとに印象づけなければならないのです。……そのためにも、あの夜わたしは、旗江さんのまわりに、えたいのしれない男どもをウヨウヨ登場させなければならなかったのです。……

むろん、それは、わたしの白マスクの姿をごまかし、埋没させるためでもありました。この点をさらに完全にさせるためにも、白マスクが最後に去ったということがわからないように、わたしは、三樹さんに、高校生の制服をもってこさせるようにかんがえ出しました。わたしが殺したということがわかったら、娘への教育というひとつの大義名分がくずれます。すべてのことが、ぜんぶムダになります。わたしという人間をかんづかせてはなりません。そのために、わたしは、わたしのもっとも呪うべきもの、呪わしい人間、夫の泰策と鴉田をあえて恋ぐるまへの登場人物から除外しました。ただ夫は、あいかわらず麻薬をもとめて、夜な夜なえたいのしれないところをうろついているでしょうから、いちばん完全なアリバイをつくるために、わざと本郷のうちへやりました。鴉田看護人には、まえとおなじ鳥打帽やジャンパーや白マスクを手に入れさせ、その夜わたしがぬけ出す手つだいをさせました。監視人が手つだうのですから、病院を出ることは、これほど世にもらくなことはなかったのです。……

わたしは、その日の午後、あらかじめ鴉田に電話で旗江さんに連絡させ、病気がほとんどよくなったので、ちょっと相談があるから、夜ひそかに恣ぐるまでおあいしたい。ついてはいつものように、九時すぎに紋太さんをよんでもらいたいといいました。旗江さんはたいへんおどろいたり、よろこんだり、笑ったりしたということです。……

あの夜、わたしが外出したのは、七時半から十時半まででした。……

それからわたしは、鴉田に命じて、それぞれ時間を指定して、車戸の御主人や、院長や、久世取締官や、夫に電話をかけさせ、みんなを将棋の駒のようにうごかしました。ただ三樹さんだけには——院長に電話をかけさせませんでした。それはなるべく、事件を混乱させるためと、またあとで真相をばくろさせないように、いちばんあぶなそうな院長に、犯罪を手つだわせたいと思ったからです。……

わたしは、八時に恣ぐるまで旗江さんにあいました。そして、鴉田から手に入れた毒薬をあのひとにのませて殺しました。そのあと、はだかにした屍体を、院長や久世取締官にバラバラにさせたのは、わたしの力にあまるしごとだったからでもありますけれど、やはりあのひとたちに犯罪を手つだわせたかったからなのです。あの男たちを、ガンジガラメにしばりあげたかったからなのです。……

久世取締官をかえし、九時になったとき、わたしは下の女のひとに、「十時になったら、ネオンをつけてもいい」とへんじをしました。それから、両足のない旗江さんの屍骸を、それまで部屋にしいていた大きなビニールの布でつつんで、押入にいれ、かわりに夜具をとり出しました。そして、あのひとの着物をきて、闇のなかで紋太さんと、いつもとおなじようにあいびきしたのでした。……

……わたしは、あのひとを殺したことを、わるいことをしたとは思ってはおりません。わたしは、わるいことを罰しただけなのです。娘に聖書をもってゆかせたのは、その厳粛な罰のすがたをみせてやりたいからでした。……あとで、新聞記者に、また鴉田に電話をかけさせて、危険をもかえりみず、黒マスクの正体をほのめかしてやったのは、あのひとがどうしても罰をうけるに値する大淫婦であることを、ひとびとに――娘におもいしらせたかったからです。それは娘が、まだあのひとのことを、おきのどくに、とかなんとかいって、その罰の当然さを信じるのが足りなかったようにみえたからです。けっして、犯人の虚栄心でひとびとをからかったのではありません。……

……もっとも、男たちが白状しないかぎり、わたしが犯人だとはぜったいにわかるまいとは思っていました。すべてが終ったのち、わたしは、また夜具とひきかえに出した旗江さんの胴たいだけを部屋にのこし、着てきたジャンパーや毒薬の瓶や庖丁類を血まみれのビニールにつつみ、三樹さんの服をきて、店さきにだれもいないのをみすましてとび出し、ふたたびここにもどって、狂女をよそおいました、しかもそのことは、院長も看護長も知っているのです。知っていながら、どうしようもないのです。ふたりは、わたしのおなかにいる胎児を、なんとかしてしまつしようともがきましたが、わたしははねつけました。この模糊としてまだかたちをなさない罪の胎児こそ、あのふたりを思いのままにうごかす魔法の杖なのですから。また胎児はすべて神のものであるとして堕胎をゆるさないのが、キリストのみおしえですから。――あゝ、この幾重もの壁と扉のなかに、暴力で身ごもらせられてうずくまっているきちがい女、およそこの世でいちばんみじめで弱いものが、いまや幾人もの強い男たちを鞭うち、かけずりまわらせているとは、だれが知ることができるでしょうか？……

……わたしは、あのひとを殺したことを、わるいことをしたとは思ってはおりません。……ただ、わるいことをしたと思っているのは、あの三樹さんを呼んだことです。……あゝ、あのママの屍骸をながめ、わたしをながめ、そしてとうとうくびをきったときの、あの子の眼！……それだけが、わたしの夜ごとのゆめをおびやかしました。……あの子がしんぼうしきれなくなるまえに、その眼が、わたしの正気のこころをひきちぎりそうでした。……それから、もうひとつ、わたしのしたもっとわるいことは、たとえ手段にすぎないとはいえ、わたしがあの紋太さんと姦通したことです。……手段にすぎないとはいえ？……いいえ、わたしは……そのあいびきを、ふかいこころのおくそこで、たのしんでいた瞬間さえあるのです。……

……いつか、この日がくるだろうとは、このふたつの悪への恐怖から知っておりました。……わたしはひとに罰をあたえました。……こんどは、わたしが罰せられなくてはなりません。……わたしは娘にだけは知らせたくはなかった。……けれど……悪をなすもの罰せらるべし、……ほろびるべし、……そのすがたは……ちょうど旗江さんの子の三樹さんがみて知らなければならなかったように……娘の圭子も知らなければならないかもしれません。……さあ、娘をここへよんで下さい。……そして、不貞を犯したこの母の……厳粛な罰をうける恐ろしいすがたを……みせてやって下さい。……


「さあ……娘を……ここへよんで下さい。……」

歓喜先生は、声もなかった。

「この母の……厳粛な罰をうける……恐ろしいすがたを……みせてやって下さい。……」

伴真弓夫人はもういちどいった。

これらのことばは、ひどくおちつきはらっていた。いや、告白のおしまいごろから、彼女の語韻《ごいん》は、ひどくまのびしてきこえていた。……彼女の白い唇のはしから、嘔吐の声とともに、ひとすじのよだれがしたたりおちた。

「よんで下さい。……よんで、わたしの狂った姿をみせてやって下さい。……はやく、娘をよんで下さい。……」

歓喜先生は、ぎょっとした。真弓夫人の全身に、異様な変化がおこるのをみたからである。彼女の右手と右足が、ピクピクと奇妙なけいれんをはじめた。その眼からひかりがうすれ、顔からすべて緊張というものがうせた。

「灯を。……」

と、歓喜がうめいた。

ふるえながら、安西医師が、天井からぶらさがっていたはだかの電燈をつりおろして、真弓夫人の眼のまえにおしつけた。ふつうなら瞳孔が縮小するはずなのに、彼女の瞳孔は散大した。……まさしく彼女は、ふたたび気が狂ったのである。発狂の宣言をして、この恐ろしい、いたましい女性は、そのとおりに発狂したのである。それはいくどか寛解し、またゆりかえす躁鬱病の波によるものにすぎない現象であろうか。いや、それこそ厳粛な神の罰とはいえないであろうか?

——おゝ、神よ、彼女をして永遠に狂わしめたまえ。……

歓喜先生は、蒼白い顔で、捜査主任をふりむいた。

「いやいや……このひとは……そもそもさいしょから狂人だったのです。……そうでなければ……そうでなければ……」

そして、車戸猪之吉に命じた。

「大将、すまんが、お嬢さんと三樹さんをよんできてくれませんか」

猪之吉は、ころがるように出ていった。

このあいだ、もうひとりの狂女は、依然として身うごきひとつせず、膝のうえの布きれをかなしげにみつめていた。伴夫人は、恐ろしそうに、窓のところまで犬みたいに這って、そこでくびをたれた。

三樹と圭子がかけこんできたとき、彼女は顔をあげた。しかし視線はそのほうへ、すこしもうごかなかった。ただ、ほそいふるえ声でうたいはじめた。

「花つむ野辺に……日はおちて……

　みんなで……かたを……くみながら……」

　かけようとした圭子が、そのときはたと足をとめた。たちすくんで、じっと眼をみはった。夫人は、ほのぼのとけぶるような美しい笑顔で、なにやら空《くう》をさぐるような手つきをくりかえしていた。

「まあ……おばさま！」

「なに？」

　歓喜先生は、蒼然《そうぜん》として顔をふりあげた。圭子は、母と、それからなにかをじっとみつめている。

「お嬢さん、な、な、なにがみえるのだ？」

「あっ、ママ！　……ママ！　……ママ！」

　三樹が、絶叫した。両うでをまえにさし出し、全身をぼう立ちにした。

「三樹君、お嬢さん、なにかが、そこにいるのか？」

「おばさまがいます。……美しい鶯色のデシンの茶羽織をきて……」

　そのとき、車戸猪之吉までが、ふっと眼を大きくひろげて、なにやらのどのおくでうめいた。なんともいえない鬼気にうたれてか、さすがの捜査主任も、ぐっと歓喜先生によりかかる。歓喜は総身に水をあびたような思いになりながら、

「ばかな！　こ……こんな話に……幽霊が出てくるって法があるけえ。……」

と、うめいた。

「それでも、そこにいらっしゃるのです。……花がみえます。花がみえます。……おばさまは、お母さまと、笑いながら……花をつんでいます。……」

うたうような圭子の声につづいて、三樹も、妖しい微笑を眼にみなぎらせて、つぶやいた。

「そうだ。花がみえる、白い花が……ママ！」

たちすくんだ歓喜先生の眼に、そのとき、白い花が点々と、ぼうっとおぼろに浮かんでみえたようだった。花が——幻の花が。……いや、雪だ。それが格子の外の世界をうずめて、霏々《ひひ》としてふりしきる粉雪でなくてなんだろう？

——そして、その雪のうえから、天はいま、しずかに夜の幕をおろそうとしていた。……

盗みたい宝庫

森村《もりむら》誠一《せいいち》
（作　家）

山田風太郎氏（以後敬称略）の作品に初めて接したのは、私のホテルマン時代、三十代前半であったと記憶している。友人が、これは面白《おもしろ》いよと貸してくれたのが、『甲賀忍法帖《こうがにんぽうちょう》』であった。それ以後、私は風太郎作品の虜《とりこ》になった。

『甲賀忍法帖』が風太郎忍法帖シリーズの嚆矢《こうし》であり、伊賀《いが》と甲賀の忍者十名ずつを選出して、それぞれの生き残りをかけた凄絶《せいぜつ》な試合を行なう。以後、私は次々に発表される風太郎忍法帖を追いかけて、約その八割は読んでいると自負している。といっても、当時薄給《はっきゅう》の私は、貸本屋で風太郎忍法帖を借りて来ては貪《むさぼ》り読んだ。だが、貸本屋でも同忍法帖は読者の人気の的で、いつも貸し出されていてなかなかありつけない。貸本屋の主人が風太郎忍法帖を読み漁《あさ》る私をおぼえていて、返却されると、私のために取っておいてくれるようになった。

風太郎忍法帖の面白さは、登場する忍者の一人一人が超人的な忍法の持ち主であり、権力の走狗《そうく》として使い捨てられる忍者の運命を背負いながら、使命のために死んでいく悲しみと奇想天外なストーリーが、縦糸、横糸となって絢爛《けんらん》たる小説のタペストリーを編んでいることである。常人ではおもいもつかぬような超人的な忍法の数々が、作者の医者出身のキャリアを踏まえた説得力のある描写によってリアリティを持つ。何度でもよみがえる不死の忍者、背後に杳々《ようよう》と同化してしまう隠身の術、相手の夢に自在に出入りできる忍法、射精が止まらなくなり男を枯《か》らしてしまう筒枯らし、全身の関節を外して物理的に不可能とおもえるような狭い空間にも入り込める特異体質の忍者、等々、数えあげればきりがない。発明された忍法は七十まで数えたが、軽く百を超えるであろう。

戦国、江戸期、明治から現代まで、一人一人が超絶の忍法の持ち主である忍者が、抜群に面白い時代環境の中で、権力の消耗品として生き、死んでいくさまが描かれる。滅亡《めつぼう》の坂を転がり落ちる武田家を支える忍者、赤穂《あこう》浪士を骨抜きにせよと秘命を受けた吉良《きら》（幕府）の忍者、死んだ剣豪と対決する柳生十兵衛《やぎゅうじゅうべえ》、戦艦や大砲に忍法をもって対決する飛騨《ひだ》忍者など、次々に繰り出される忍法と共に、忍者の活躍する時代設定と時代環境が比類《ひるい》なく面白い。

風太郎忍法帖は他の作家の忍法小説や、コミック『伊賀の影丸』などに多大の影響をあたえ、映画化も数多くされた。だが、映像になると、超人的な忍法だけが強調されて、権力闘争の道具とされる忍者の悲哀や、使命を奉じて従容《しょうよう》と死んでいく心理が描かれず、古典落語の「目黒の秋刀魚《さんま》」のように風太郎忍法帖の杳然《ようぜん》たる妖《あや》しさが脂を抜かれてしまう。

風太郎忍法帖から山田風太郎の作品世界に入って行った私であるが、死者の魂が辻馬車の乗客を守るという『幻燈辻馬車』や『おんな牢秘抄』『妖異金瓶梅』『妖説太閤記』、また小説ではないが、世界の人間の遺言を集めた『人間臨終図巻』などは私の愛読書である。

忍法帖に隠れて、風太郎ミステリーは目立たなかった。私が初めて風太郎ミステリーに触れて強烈なショックを受けたのは、『夜よりほかに聴くものもなし』である。このアンソロジー中、なんの罪も犯さず、最も効果的な敵討ちをする作品に、完成された短編の醍醐味《だいごみ》を味わった。

本書は、出版芸術社版『帰去来殺人事件』収録の八短編（いずれも昭和二十年代に書かれた）に、長編『十三角関係』（昭和三十一年刊）を加えたアンソロジーで、新宿チンプン館の住人・荊木歓喜が探偵となって難事件を解決する。どの作品にもミステリーの醍醐味と言える不可能興味を盛り込んだ切れ味の鋭い作品集であり、時代を超えて生きつづける本格ミステリーのシンボルのような作品である。

作品の解説は専門家に委《ゆだ》ねて、山田風太郎作品と私の半生との関わりを端的に言うならば、当時、巨大ホテルの消耗品、歯車であった私にとって、風太郎忍者の心理描写が私の心の投影であるかのように共鳴をおぼえた。作品をどのように読もうと読者の自由であるが、小説は作者がどのような虚構《きょこう》の世界を築こうと、作者の人間性と人生がどこかに投影している。そして、それが読者の人生観や生き方と共振するとき、面白く共鳴をおぼえるものである。読者が面白くない、認められないと判定したり反発したりするのは、読者の生き方や人生観とは相反するものがあるからであろう。

もっともそれも私の個人的な小説観であるが、小説の主題が人間と人生にある以上、読者の人生と重ね合わせざるを得ない。自分の人生にうんざりして、そこから逃げ出そうとしている読者が、自分の生《い》き様《よう》と正反対の小説を求めることはあっても、やはりどこかで自分の人生の投影を作品中に探してしまう。山田風太郎の一見、荒唐《こうとう》無稽《むけい》（実はそうではない）、奇《き》略《りゃく》縦《じゅう》横《おう》の作品世界に実人生から逃避《とうひ》して来た読者はほっとして、人生の重荷から束《つか》の間《ま》解放される。

だが、風太郎ミステリーや忍法帖に登場する多彩な人間群像と忍者は、一見、現実には存在しないような奇《き》矯《きょう》で、超常の人間ばかりのようであるが、いずれもどこかに読者の断片が鏤《ちりば》められている。その断片とは大企業の歯車やネジであったり、読者が果たそうとして果たし得なかった夢であったり、人生の重荷にあえぐため息であったり、人間関係のどろどろした愛憎であったりする。

　風太郎作品世界を支える柱は何本もあるが、特に顕著《けんちょ》な支柱はミステリー、忍法帖、時代小説、エッセイの四本であろう。小説は虚構の世界であるが、作者を通して現実がどこかに投影している。小説の手法としては日常性の中に非日常を描くものと、非日常の世界に日常を描くものがある。風太郎作品は後者に近い。

　風太郎ワールドの特徴は、自由奔放な空想力で、常人ではおもいもつかない発想や奇略を縦横に駆使《くし》して、非日常の世界に非日常の物語を展開する。日常性の中の日常を描いても、日記にはなっても小説にはならない。日常性の中の非日常、非日常の中の日常性を作品化するところに、小説の面白さがある。

　風太郎ワールドは非日常世界に非日常的な奇人、変人、凡人、天才、冷酷あるいは凶悪な犯罪者などが登場する。

だが、ここで騙《だま》されてはいけない。風太郎ワールドに登場する多彩なキャラクターは、読者と別世界にいるように見えても、読者の心の延長線上にある。作者の奔放な空想力に追いつけないだけで、作者が創造した虚構の世界と現実のギャップの間で読者は遊ぶ。自分自身と程遠い人間造型のように見えながら、読者は自分の断片を見いだす。作者の空想が生んだ人間造型でありながら、そのキャラクターの中に、読者自身の断片を探している。自分とは人種がちがうとあきらめていた登場人物の中に、読者自身の断片や延長線を見いだす。

ギャップが大きいほど、作者の想像力がつくりだした世界の広さをおぼえると同時に、読者自身の中にも作者の造型人物の要素があることを知って驚いたり、喜んだり、ぞっとしたりする。

非日常世界に築かれた非日常でありながら、読者はそこに自分自身の非日常願望を知る。非日常は日常と裏返しに、読者の心の中に同居している。それを風太郎ワールドは具体的に再生してくれる。

山田風太郎は類《たぐい》まれな空想力に恵まれた天才作家である。天才でなければおもいもつかない作品世界を構築し、読者をそこへ誘《さそ》い込んで翻弄《ほんろう》する。いったん誘い込まれたら中毒になるような麻薬が仕掛けられている。いわば小説のヒロポンである。天才だけが処方できる麻薬、この麻薬の処方箋《しょほうせん》は作者以外にはわからないが、私なりに分析してみると、

一、前提としての天分の空想力、構成力

二、時代環境の設定の巧みさ

三、作者の前身《キャリア》を踏まえた医学、科学的知識
四、多彩な人間群像の造型
五、長文を主体とした語彙《ごい》豊富な起伏のある文体
六、広い視野と、豊富な歴史の知識
七、反体制的反骨精神
八、ロマンチシズムとエロチシズム

等々であるが、本来、このような分析は無用である。だが、私自身、作家の末席に連なる者として、風太郎ワールドを解剖《かいぼう》して、その醍醐味を摘出《てきしゅつ》し、我が作品に盗みたいとおもう。盗みたいとおもうような作品にはなかなか出会えないものであるが、その意味で風太郎作品世界は同業者にとって盗みたい宝の庫《くら》なのである。それは同時に読者を魅了し尽くし、いったん虜にされれば脱出不可能な小説中毒の檻《おり》となる。

小説の面白さというものには種類があるものであるが、風太郎作品には無差別級の面白さがある。それだけに怖い作品世界である。読者はいったん落ち込んだら脱出不可能な作品世界と覚悟して、風太郎ワールドの第一ページをひもとかなければならない。

(筆者注：三十年以上も前に読んだ作品もあるので、記憶ちがいがある場合はご容赦《ようしゃ》願いたい)

解題

日下三蔵《くさかさんぞう》

第二巻には、風太郎現代ミステリ唯一のシリーズ探偵・荊木歓喜の登場する八短篇と一長篇を収めた。

荊木歓喜は新宿のボロアパート、チンプン館に住む酔いどれ医者。売春婦の堕胎を専門とするこの先生は、蓬髪肥満で片足が不自由、頬には大きな三日月傷があるという怪人物だが、抜群の推理力の持ち主で、ヤクザや売春婦のみならず、警察からも一目置かれる存在なのである。飄々としたその性格設定には、作者である山田風太郎自身が、多分に投影されていると見ていいだろう。

初登場作品は、昭和二十四年の「チンプン館の殺人」（本書所収）で、以下、八短篇と二長篇に出演している。本書に収められていない長篇は、高木彬光《たかぎあきみつ》との合作による『悪霊の群』（「講談倶楽部」昭和二十六年十月号〜二十七年九月号）で、歓喜先生は高木作品に登場する名探偵・神津恭介《かみづきようすけ》と共に、猟奇連続殺人事件に挑むことになる――。ながらく入手困難な「幻の作品」だったが、現在は、出版芸術社からハードカバーで刊行されているので、本書と併せて読まれることをお勧めしたい。

短篇作品は、連作「怪盗七面相」をのぞく七篇が、桃源社から『落日殺人事件』(昭和三十三年七月)としてまとめられた。〈推理小説名作文庫〉シリーズの第九巻だが、この叢書は文庫判ではなく、四六ソフトカバーである。昭和五十八年五月、同一内容の作品集が大和書房から再刊された際に『帰去来殺人事件』と改題。平成八年七月の出版芸術社版『帰去来殺人事件』は「怪盗七面相」を増補した完全版で、本書の底本には、この出版芸術社版を使用した。

チンプン館の殺人

「講談倶楽部」昭和二十四年九月号に掲載後、『落日殺人事件』(桃源社〈推理小説名作文庫9〉/昭和三十三年七月)に収録。単行本収録時に「歓喜登場」と改題され、大和書房版もこれを踏襲しているが、シリーズ第一作であるということを示す以外に、さして意味のない改題だったため、出版芸術社版で原題に戻された。

抱擁殺人

「ホープ」昭和二十六年一月号に掲載後、『落日殺人事件』(桃源社〈推理小説名作文庫9〉/昭和三十三年七月)に収録。

西条家の通り魔

「愴々歓喜仏」のタイトルで「富士」昭和二十五年一月号に掲載後、『落日殺人事件』(桃源社

〈推理小説名作文庫9〉／昭和三十三年七月）に収録。単行本収録時に「西条家の通り魔」と改題された。

女狩

「小説と読物」昭和二十九年十二月号に掲載後、『落日殺人事件』（桃源社〈推理小説名作文庫9〉／昭和三十三年七月）に収録。

お女郎村

「講談倶楽部」昭和二十九年十二月号に掲載後、『落日殺人事件』（桃源社〈推理小説名作文庫9〉／昭和三十三年七月）に収録。

怪盗七面相

「探偵実話」昭和二十七年四月号に掲載後、『帰去来殺人事件』（出版芸術社／平成八年七月）に収録。若手探偵作家の団体「鬼クラブ」のメンバーによる連作「怪盗七面相」の最終回で、初出時には「諸行無常の巻」のサブタイトルが付されていた。

　この「怪盗七面相」は、神出鬼没の怪盗七面相が、各作家の探偵役と対決する、という趣向の読み切り連作。高木彬光なら神津恭介対七面相、島久平《しまきゅうへい》なら、伝法義《でんぽうよし》太郎《たろう》対七面相、といった具合である。「探偵実話」昭和二十六年十月号から二十七年四月号まで、七回にわたって連載されたこの企画の執筆陣は、順に、島田一男《しまだかずお》、香住春吾《かすみしゅんご》、三橋一夫《みつはしかずお》、高木彬光、武田武彦《たけだたけひこ》、島久平、山田風太郎。

なお、本篇を含む連作の全編は、〈山田風太郎コレクション3〉『十三の階段』(出版芸術社近刊)に収録される予定である。高木作品と山田作品をのぞく五篇は、これが初の単行本化ということになるので、興味をお持ちの向きは参照していただきたい。

落日殺人事件

「読切小説集」昭和二十九年四月号に掲載後、『落日殺人事件』(桃源社〈推理小説名作文庫9〉/昭和三十三年七月)に収録。

帰去来殺人事件

「週刊朝日」昭和二十六年一月増刊号に掲載後、『眼中の悪魔』(春陽堂書店〈春陽文庫〉/昭和二十七年五月)に収録。

歓喜先生の頰の傷と足の怪我の由来が明かされる、「歓喜先生自身の事件」ともいうべき一篇。発表順では三作目ながら、内容的には最終話といってもおかしくないストーリーである。そのためか、これまでの作品集では常に巻末に配置されており、本書でもこれを踏襲した。豊かな物語性といい、アリバイトリックの独創性といい、短篇パートの棹尾《とうび》を飾るのにふさわしい傑作である。

十三角関係

昭和三十一年一月〈書下し長篇探偵小説全集〉の第十巻として、大日本雄弁会講談社より書下し刊行。その後、講談社〈ロマンブックス〉（昭和三十四年六月）、東京文芸社〈山田風太郎推理全集2〉（昭和四十年五月）、東京文芸社〈トーキョーブックス〉（昭和四十一年十一月）、東京文芸社〈トーキョーブックス〉（昭和四十九年四月）、大和書房〈夢の図書館ミステリ・シリーズ11〉（昭和五十八年十一月）、廣済堂出版〈廣済堂文庫／山田風太郎傑作大全2〉（平成八年六月）といった刊本がある。また、講談社『山田風太郎全集15』（昭和四十七年九月）にも収録された。

初刊本を含む〈書下し長篇探偵小説全集〉は、戦後初めての書下し推理小説叢書。戦後にデビューした新進作家四人（香山滋《かやましげる》、高木彬光、島田一男、山田風太郎）をメンバーに含み、最終十三巻を「十三番目の椅子」と称して一般公募に充てた点でも、特筆すべきシリーズである。この懸賞には、中川透《なかがわとおる》がアリバイ崩しの本格長篇『黒いトランク』で当選し、刊行に際して筆名を鮎川哲也《あゆかわてつや》と改めている。

各巻の構成は、以下の通り。ただし、八巻と十一巻は、予告のみで実際には刊行されなかった。

1『十字路』江戸川乱歩《えどがわらんぽ》　2『見たのは誰だ』大下宇陀児《おおしたうだる》　3『魔婦の足跡』香山滋

4『光とその影』木々高太郎《きぎたかたろう》 5『上を見るな』島田一男 6『金紅樹の秘密』城昌《じょうまさ》幸《ゆき》 7『人形はなぜ殺される』高木彬光 8『五匹の盲猫』角田喜久雄《つのだきくお》 9『夜獣』水《みず》谷準《たにじゅん》 10『十三角関係』山田風太郎 11『仮面舞踏会』横溝正史《よこみぞせいし》 12『鮮血洋灯』渡《わた》辺啓助《なべけいすけ》 13『黒いトランク』鮎川哲也

このシリーズでは、口絵に著者近影があり、その裏ページに著者のコメントが記載されているが、『十三角関係』の近影は、当時満一才の長女・佳織《かおり》さんとのスナップ。口絵裏には、「私の近況」と題した次のようなコメントがある。

「「山田風太郎は探偵作家じゃない」といった人がある。どうも、そうらしい。今までかいた作品のうち、純粋探偵小説はその一割にもあたるまい。
探偵作家じゃなくって、それじゃほかのなんだといわれると、どうもそのへんがあいまいである。エイヤッもかけば、エロでも諧謔でも——なんでもやります。お金がほしくってやるわけではない。(もっとも欲しいことも欲しい) 気の多いせいにちがいない。そして浮気な男は、決してほんものの好色漢ではないのである。

まあ、こういう次第で、ひさしぶりのこの「探偵小説」にはテコずりました。——などかくと、この小説をよまない人が出てくるかもしれん。アイヤお立会い。読んでおどろいてはいけない——やっぱり、それほどでもないが、まあ三百円ぐらいのねうちはあります。二百六十円はりこんで、はやく買ってお読みなさいという、宣伝《せんでん》依《よつて》件《くだんの》如《ごとし》。
――写真の愛玩物は、一昨年十月のわが製作品。そのうちチャチャチャでも教えこんで、ガラにない探偵小説などよして、左ウチワでくらしたいと考えている」

刊行当時の定価は、二百六十円であった。

＊本文中、今日の観点からみて、明らかに差別的な用語・表現が含まれています。しかしながら、著者がすでに故人であること、作品が書かれた時代的背景、さらには、著者に差別意識はないことなどをあわせて判断し、概ね発表時のままとしました。

また、資料的価値からも、発掘した著者のミステリー作品のすべてを収録することが必要と考えます。読者の皆様にご理解をいただきますようお願いいたします。

〔編集部〕

光文社文庫

山田風太郎ミステリー傑作選②
十三《じゅうさん》角《かく》関《かん》係《けい》 〈名探偵篇〉
著 者 山《やま》田《だ》風《ふう》太《た》郎《ろう》

2001年3月20日 初版1刷発行
2002年3月20日 4刷発行

発行者 濱 井 武
印 刷 萩 原 印 刷
製 本 関 川 製 本

発行所 株式会社 光 文 社
〒112-8011 東京都文京区音羽1-16-6
電話 (03)5395-8149 編集部
8113 販売部
8125 業務部
振替 00160-3-115347

© Fūtarō Yamada 2001

落丁本・乱丁本は業務部にご連絡くだされば、お取替えいたします。
ISBN4-334-73122-8 Printed in Japan

Ⓡ本書の全部または一部を無断で複写複製(コピー)することは、著作権法上での例外を除き、禁じられています。本書からの複写を希望される場合は、日本複写権センター(03-3401-2382)にご連絡ください。

お願い　光文社文庫をお読みになって、いかがでございましたか。「読後の感想」を編集部あてに、ぜひお送りください。

このほか光文社文庫では、どんな本をお読みになりましたか。これから、どういう本をご希望ですか。

どの本も、誤植がないようつとめていますが、もしお気づきの点がございましたら、お教えください。ご職業、ご年齢などもお書きそえいただければ幸いです。

光文社文庫編集部

光文社文庫　好評既刊

網（上・下）　松本清張
女の小説　丸谷才一　和田誠
「ぷろふいる」傑作選　ミステリー文学資料館編
「探偵趣味」傑作選　ミステリー文学資料館編
「シュピオ」傑作選　ミステリー文学資料館編
「探偵春秋」傑作選　ミステリー文学資料館編
「探偵文藝」傑作選　ミステリー文学資料館編
「猟奇」傑作選　ミステリー文学資料館編
「新趣味」傑作選　ミステリー文学資料館編
闇椿　皆川博子
東京下町殺人暮色　宮部みゆき
スナーク狩り　宮部みゆき
長い長い殺人　宮部みゆき
鳩笛草　燔祭／朽ちてゆくまで　宮部みゆき
わかれの船　宮本輝編
カミュの客人　村松友視
真昼の誘拐　森村誠一

日蝕の断層　森村誠一
悪夢の設計者《デザイナー》　森村誠一
死を描く影絵　森村誠一
殺人の赴任　森村誠一
路　森村誠一
街　森村誠一
悪魔の圏内《テリトリー》　森村誠一
殺人の組曲　森村誠一
偽完全犯罪　森村誠一
星の旗（上・下）　森村誠一
雪煙　森村誠一
勇者の証明　森村誠一
ありふれた不倫だったのに　山崎洋子
緋色の真珠　山崎洋子
せつない話　山田詠美編
せつない話 第2集　山田詠美編
眼中の悪魔　山田風太郎

光文社文庫　好評既刊

十三角関係　山田風太郎
夜よりほかに聴くものもなし　山田風太郎
棺の中の悦楽 凄愴篇　山田風太郎
戦艦陸奥 戦争篇　山田風太郎
天国荘奇譚 ユーモア篇　山田風太郎
男性週期律 セックス&ナンセンス篇　山田風太郎
殺意の宝石箱　山前 譲編
恐怖の化粧箱　山前 譲編
秘密の手紙箱　山前 譲編
燃えた花嫁　山村美紗
京友禅の秘密　山村美紗
花の棺　山村美紗
京都・バリ島殺人旅行　山村美紗
京都・グアム島殺人旅行　山村美紗
ラベンダー殺人事件　山村美紗
向日葵は死のメッセージ　山村美紗
清少納言殺人事件　山村美紗

失恋地帯　山村美紗
高知お見合いツアー殺人事件　山村美紗
殺人を見た九官鳥　山村美紗
神戸殺人レクイエム　山村美紗
愛の危険地帯　山村美紗
長崎殺人物語　山村美紗
京都花の艶殺人事件　山村美紗
夜の京都殺人迷路　山村美紗
夜の都大路殺人事件　山村美紗
京都新婚旅行《ハネムーン》殺人事件　山村美紗
シンガポール蜜月旅行殺人事件　山村美紗
獅子の門 1 群狼編　夢枕 獏
獅子の門 2 玄武編　夢枕 獏
獅子の門 3 青竜編　夢枕 獏
混沌《カオス》の城(上・下)　夢枕 獏
妖樹・あやかしのき　夢枕 獏
ハイエナの夜　夢枕 獏

光文社文庫　好評既刊

結婚小説　横森理香
編集長連続殺人　吉村達也
旧軽井沢R邸の殺人　吉村達也
シンデレラの五重殺　吉村達也
六麓荘の殺人　吉村達也
御殿山の殺人　吉村達也
金沢W坂の殺人　吉村達也
OL捜査網　吉村達也
「会社を休みましょう」殺人事件　吉村達也
ミステリー教室殺人事件　吉村達也
ダイヤモンド殺人事件　吉村達也
富士山殺人事件　吉村達也
「巨人―阪神」殺人事件　吉村達也
空中庭園殺人事件　吉村達也
クリスタル殺人事件　吉村達也
小樽「古代文字」の殺人　吉村達也
能登島黄金屋敷の殺人　吉村達也

トリック狂殺人事件　吉村達也
くりから女刑事　龍一京
暴れ蛇　龍一京
無法刑事《アウトロー・デカ》　龍一京
時効捜査官　龍一京
奇襲　龍一京
踊り蛇　龍一京
愛情の限界　連城三紀彦
少女　連城三紀彦
赤かぶ検事辞任す　和久峻三
赤かぶ検事、辞表の行方　和久峻三
二度殺された三人の女　和久峻三
夜泣峠雪女の柩　和久峻三
信州湯の町殺しの哀歌　和久峻三
悪夢の女相続人　和久峻三
京人形の館殺人事件　和久峻三
三人の酒呑童子（上・下）　和久峻三

光文社文庫　好評既刊

盗まれた一族　和久峻三
復讐の時間割　和久峻三
20時18分の死神　和久峻三
大文字五山殺しの送り火　和久峻三
冬の奥嵯峨殺人事件　和久峻三
飛驒高山春祭りの殺人　和久峻三
京都紅葉街道の殺人　和久峻三
魔弾の射手　和久峻三
京都嵐山 三船まつりの殺人　和久峻三
ママに捧げる殺人　和田はつ子
異常快楽殺人者　和田はつ子
恐怖の骨　和田はつ子
秀吉の野望　阿井景子
真田幸村の妻　阿井景子
女巡礼地獄忍び　赤松光夫
尼僧お庭番　赤松光夫
白山夜叉の肌　赤松光夫

尼僧ながれ旅　赤松光夫
暗闇大名　赤松光夫
大奥梟秘帖　赤松光夫
尼僧忍法一番首　赤松光夫
妖臣蔵　朝松健
百怪祭　朝松健
一休暗夜行　朝松健
からくり東海道　泡坂妻夫
夢暦長崎奉行　市川森一
奥義・殺人剣　えとう乱星
鶴屋南北おんな秘図　大下英治
平賀源内おんな秘図　大下英治
青眉の女英泉秘画　太田経子
無明の恋火　太田経子
半七捕物帳 新装版(全六巻)　岡本綺堂
江戸情話集　岡本綺堂
中国怪奇小説集　岡本綺堂

光文社文庫　好評既刊

綺堂むかし語り　岡本綺堂
白髪鬼　岡本綺堂
影を踏まれた女　岡本綺堂
冥府の刺客　勝目梓
上意討ち　郡順史
大江戸人情絵巻　小杉健治
のらねこ侍　小松重男
破牢狩り　佐伯泰英
妖怪狩り　佐伯泰英
木枯し紋次郎（全十五巻）　笹沢左保
直飛脚疾る　笹沢左保
家光謀殺　笹沢左保
けものの谷　澤田ふじ子
夕鶴恋歌　澤田ふじ子
幕末最後の剣客（上・下）　志津三郎
柳生秘帖（上・下）　志津三郎
大盗賊・日本左衛門（上・下）　志津三郎

天魔の乱　志津三郎
宝永・富士大噴火　芝豪
戦国旋風記　柴田錬三郎
夫婦刺客　白石一郎
南海血風録　高橋義夫
お丹浮寝旅　多岐川恭
目明しやくざ　多岐川恭
出戻り侍　多岐川恭
闇与力おんな秘帖　多岐川恭
岡っ引無宿　多岐川恭
べらんめえ侍　多岐川恭
馳けろ雑兵　多岐川恭
叛臣　多岐川恭
武田騎兵団玉砕す　多岐川恭
開化怪盗団　多岐川恭
安倍晴明・怪　谷恒生
ときめき砂絵　都筑道夫

光文社文庫　好評既刊

いなずま砂絵　都筑道夫
おもしろ砂絵　都筑道夫
まぼろし砂絵　都筑道夫
かげろう砂絵　都筑道夫
きまぐれ砂絵　都筑道夫
あやかし砂絵　都筑道夫
からくり砂絵　都筑道夫
くらやみ砂絵　都筑道夫
ちみどろ砂絵　都筑道夫
さかしま砂絵　都筑道夫
千葉周作不敗の剣　津本陽
真剣兵法　津本陽
幕末大盗賊　津本陽
新忠臣蔵　津本陽
朱鞘安兵衛　津本陽
もうひとつの忠臣蔵　童門冬二
蜂須賀小六（全三巻）　戸部新十郎

前田太平記（全三巻）　戸部新十郎
前田利家（上・下）　戸部新十郎
闇の本能寺 信長殺し、光秀にあらず　中津文彦
髪結新三事件帳　鳴海丈
彦六捕物帖 外道編　鳴海丈
彦六捕物帖 凶賊編　鳴海丈
ものぐさ右近風来剣　鳴海丈
華麗なる割腹　南條範夫
元禄絵巻　南條範夫
裏稼ぎ　西村望
後家鞘　西村望
贋妻敵　西村望
蜥蜴市　西村望
高杉晋作　野中信二
西国城主　野中信二
銭形平次捕物控　野村胡堂
芋奉行青木昆陽　羽太雄平